20世纪俄罗斯文论原典选读

陈新宇　沈　扬　◎主编

20TH CENTURY RUSSIAN LITERARY THEORY:

Selected Original Readings

ZHEJIANG UNIVERSITY PRESS

浙江大学出版社

·杭州·

图书在版编目（CIP）数据

20世纪俄罗斯文论原典选读 / 陈新宇，沈扬主编 .

杭州 ：浙江大学出版社，2024. 12. -- ISBN 978-7-308-
25775-6

Ⅰ. I512.06

中国国家版本馆 CIP 数据核字第 2024W5Q244 号

20世纪俄罗斯文论原典选读

20 SHIJI ELUOSI WENLUN YUANDIAN XUANDU

陈新宇　沈　扬　主编

策划编辑	李　晨
责任编辑	李　晨
责任校对	郑成业
封面设计	春天书装
出版发行	浙江大学出版社
	（杭州市天目山路 148 号　邮政编码 310007）
	（网址：http://www.zjupress.com）
排　版	杭州晨特广告有限公司
印　刷	杭州高腾印务有限公司
开　本	787mm×1092mm　1/16
印　张	30.5
字　数	860 千
版 印 次	2024 年 12 月第 1 版　2024 年 12 月第 1 次印刷
书　号	ISBN 978-7-308-25775-6
定　价	64.00 元

序　言

　　作为俄罗斯著名的文论家，巴赫金在其学术生涯中，无论是在文论术语的创造上，还是在研究方法的探索方面，都展现了敢为人先、独树一帜的精神。在回应《新世界》编辑部的提问时，巴赫金强调了俄罗斯文论的广阔前景。他提到，俄罗斯不仅孕育了一大批杰出的文论家，如波捷勃尼亚、维谢洛夫斯基、蒂尼亚诺夫、艾亨鲍姆等人，他们为文论研究奠定了坚实的基础，而且俄罗斯文论本身仍处于发展的初期阶段，具有巨大的发展潜力。然而，巴赫金也指出了当前俄罗斯文论领域存在的问题，即研究者们往往过于依赖传统观念，不愿意冒险尝试新的理论视角，导致学科发展受到限制。因此，他呼吁学者们应当勇于突破常规，积极寻求创新的方法论和理论观点，以推动俄罗斯文论的进一步发展。

　　巴赫金认为，俄罗斯文论面临的首要任务之一是加强文学研究与文化史之间的联系。在他看来，任何文学现象都不能孤立地看待，而应将其置于更广泛的文化和社会经济背景中进行考察。为此，他提出了"长远时间"的概念，用以描述文学作品与时代文化之间复杂而深远的互动关系。同时，他也强调了"文化的统一是开放的统一，不是闭环的统一"，这意味着文化的发展是一个不断吸收外来元素、自我更新的过程。此外，巴赫金还讨论了文学作品的解读方式，再次重申了"长远时间"和"文化的统一是开放的统一"的重要性。他还引入了"外位性"这一概念，认为它是理解和评价不同文化背景下文学作品的关键。通过"外位性"，读者能够跳出自身文化局限，更加客观地认识和欣赏其他文化中的艺术成就。

　　巴赫金坚信，凭借俄罗斯深厚的文论研究基础和众多优秀学者的努力，该领域必将迎来更加辉煌的未来。他对俄罗斯文论的前景充满信心，鼓励年轻一代学者继承并发扬前辈们的优良传统，勇敢探索未知领域，共同书写俄罗斯乃至世界文论的新篇章。

　　因此，我们选取 "巴赫金答《新世界》编辑部问"（发表于《新世界》杂志 1970 年第 11 期》）一文作为本教材的序言，附上俄文全文如下。

Ответ на вопрос редакции «Нового мира»[①]

　　Редакция «Нового мира» обратилась ко мне с вопросом о том, как я оцениваю состояние литературоведения в наши дни.

---

① 　Бахтин М. М. Эстетика словесного творчества/Сост. С. Г. Бочаров, примеч. С. С. Аверинцев и С. Г. Бочаров. М.: Искусство, 1979. С. 328 — 336.

Конечно, на такой вопрос трудно дать категорический и уверенный ответ. В оценке своего дня, своей современности люди всегда склонны ошибаться (в ту или другую сторону). И это нужно учитывать. Постараюсь все же ответить.

Наше литературоведение располагает большими возможностями: у нас много серьезных и талантливых литературоведов, в том числе молодых, у нас есть высокие научные традиции, выработанные как в прошлом (Потебня, Веселовский), так и в советскую эпоху (Тынянов, Томашевский, Эйхенбаум, Гуковский и другие), есть, конечно, и необходимые внешние условия для его развития (исследовательские институты, кафедры, финансирование, издательские возможности и т. п.). Но, несмотря на все это, наше литературоведение последних лет (в сущности, почти всего последнего десятилетия), как мне кажется, в общем не реализует этих возможностей и не отвечает тем требованиям, которые мы вправе к нему предъявить. Нет смелой постановки общих проблем, нет открытий новых областей или отдельных значительных явлений в необозримом мире литературы, нет настоящей и здоровой борьбы научных направлений, господствует какая-то боязнь исследовательского риска, боязнь гипотез. Литературоведение, в сущности, еще молодая наука, оно не обладает такими выработанными и проверенными на опыте методами, какие есть у естественных наук; поэтому отсутствие борьбы направлений и боязнь смелых гипотез неизбежно приводят к господству трюизмов и штампов; в них, к сожалению, у нас нет недостатка.

Таков, на мой взгляд, общий характер литературоведения наших дней. Но никакая общая характеристика не бывает вполне справедливой. И в наши дни выходят, конечно, неплохие и полезные книги (особенно по истории литературы), появляются интересные и глубокие статьи, есть, наконец, и большие явления, на которые моя общая характеристика никак не распространяется. Я имею в виду книгу Н. Конрада «Запад и Восток», книгу Д. Лихачева «Поэтика древнерусской литературы» и «Труды по знаковым системам», четыре выпуска (направление молодых исследователей, возглавляемых Ю. М. Лотманом). Это в высшей степени отрадные явления последних лет. По ходу нашей дальнейшей беседы я, может быть, еще коснусь этих трудов.

Если же говорить о моем мнении по поводу задач, стоящих перед литературоведением в первую очередь, то я остановлюсь здесь лишь на двух задачах, связанных только с историей литературы прошлых эпох, притом в самой общей форме. Вопросов изучения современной литературы и литературной критики я вовсе не буду касаться, хотя именно здесь больше всего важных, первоочередных задач. Те две задачи, о которых я намерен говорить, выбраны мною потому, что они, по моему мнению, назрели и уже началась их продуктивная разработка, которую надо продолжить.

Прежде всего литературоведение должно установить более тесную связь с историей культуры. Литература — неотрывная часть культуры, ее нельзя понять вне целостного контекста всей культуры данной эпохи. Ее недопустимо отрывать от остальной культуры и, как это часто делается, непосредственно, так сказать, через голову культуры соотносить с социально-экономическими факторами. Эти факторы воздействуют на культуру в ее целом и только через нее и вместе с нею на литературу. У нас на протяжении довольно долгого времени уделялось особое внимание вопросам специфики литературы. В свое время это, возможно, было нужным и полезным. Следует сказать, что узкое спецификаторство чуждо лучшим традициям нашей науки. Вспомним широчайшие культурные горизонты исследований Потебни и особенно Веселовского. При спецификаторских увлечениях игнорировали вопросы взаимосвязи и взаимозависимости различных областей культуры, часто забывали, что границы этих областей не абсолютны, что в различные эпохи они проводились по-разному, не учитывали, что как раз наиболее напряженная и продуктивная жизнь культуры проходит на границах отдельных областей ее, а не там и не тогда, когда эти области замыкаются в своей специфике. В наших историко-литературных трудах обычно даются характеристики эпох, к которым относятся изучаемые литературные явления, но эти характеристики в большинстве случаев ничем не отличаются от тех, какие даются в общей истории, без дифференцированного анализа областей культуры и их взаимодействия с литературой. Да и методология таких анализов еще не разработана. А так называемый литературный процесс эпохи, изучаемый в отрыве от глубокого анализа культуры, сводится к поверхностной борьбе литературных направлений, а для нового времени (особенно для XIX века), в сущности, к газетно-журнальной шумихе, не оказывавшей существенного влияния на большую, подлинную литературу эпохи. Могучие глубинные течения культуры (в особенности низовые, народные), действительно определяющие творчество писателей, остаются не раскрытыми, а иногда и вовсе не известными исследователям. При таком подходе невозможно проникновение в глубину больших произведений и сама литература начинает казаться каким-то мелким и несерьезным делом.

Задача, о которой я говорю, и связанные с ней проблемы (проблема границ эпохи как культурного единства, проблема типологии культур и др.) очень остро встали при обсуждении вопроса о литературе барокко в славянских странах и особенно в продолжающейся и сейчас дискуссии о Ренессансе и гуманизме в странах Востока; здесь особенно ярко раскрылась необходимость более глубокого изучения неразрывной связи литературы с культурой эпохи.

Названные мною выдающиеся литературоведческие работы последних лет — Конрада, Лихачева, Лотмана и его школы — при всем различии их методологии одинаково не отрывают литературы от культуры, стремятся понять литературные явления в дифференцированном единстве всей культуры эпохи. Здесь следует подчеркнуть, что литература — явление слишком сложное и многогранное, а литературоведение еще слишком молодо, чтобы можно было говорить о каком-то одном «единоспасающем» методе в литературоведении. Оправданны и даже совершенно необходимы разные подходы, лишь бы они были серьезными и раскрывали что-то новое в изучаемом явлении литературы, помогали более глубокому его пониманию.

Если нельзя изучать литературу в отрыве от всей культуры эпохи, то еще более пагубно замыкать литературное явление в одной эпохе его создания, в его, так сказать, современности. Мы обычно стремимся объяснить писателя и его произведения именно из его современности и ближайшего прошлого (обычно в пределах эпохи, как мы ее понимаем). Мы боимся отойти во времени далеко от изучаемого явления. Между тем произведение уходит своими корнями в далекое прошлое. Великие произведения литературы подготовляются веками, в эпоху же их создания снимаются только зрелые плоды длительного и сложного процесса созревания. Пытаясь понять и объяснить произведение только из условий его эпохи, только из условий ближайшего времени, мы никогда не проникнем в его смысловые глубины. Замыкание в эпохе не позволяет понять и будущей жизни произведения в последующих веках, эта жизнь представляется каким-то парадоксом. Произведения разбивают грани своего времени, живут в веках, то есть в большом времени, притом часто (а великие произведения — всегда) более интенсивной и полной жизнью, чем в своей современности. Говоря несколько упрощенно и грубо: если значение какого-нибудь произведения сводить, например, к его роли в борьбе с крепостным правом (в средней школе это делают), то такое произведение должно полностью утратить свое значение, когда крепостное право и его пережитки уйдут из жизни, а оно часто еще увеличивает свое значение, то есть входит в большое время. Но произведение не может жить в будущих веках, если оно не вобрало в себя как-то и прошлых веков. Если бы оно родилось все сплошь сегодня (то есть в своей современности), не продолжало бы прошлого и не было бы с ним существенно связано, оно не могло бы жить и в будущем. Все, что принадлежит только к настоящему, умирает вместе с ним.

Жизнь великих произведений в будущих, далеких от них эпохах, как я уже сказал, кажется парадоксом. В процессе своей посмертной жизни они обогащаются новыми значениями, новыми смыслами; эти произведения как бы перерастают то, чем они были в эпоху своего создания. Мы можем сказать, что ни сам Шекспир, ни его современники не знали того «великого Шекспира», какого мы теперь знаем. Втиснуть в Елизаветинскую эпоху нашего Шекспира никак нельзя. О том, что каждая эпоха открывает в великих произведениях прошлого всегда что-то новое, говорил в свое время еще Белинский. Что же, мы примышляем к произведениям Шекспира то, чего в них не было, модернизируем и искажаем его? Модернизации и искажения, конечно, были и будут. Но не за их счет вырос

Шекспир. Он вырос за счет того, что действительно было и есть в его произведениях, но что ни сам он, ни его современники не могли осознанно воспринять и оценить в контексте культуры своей эпохи.

Смысловые явления могут существовать в скрытом виде, потенциально и раскрываться только в благоприятных для этого раскрытия смысловых культурных контекстах последующих эпох. Смысловые сокровища, вложенные Шекспиром в его произведения, создавались и собирались веками и даже тысячелетиями: они таились в языке, и не только в литературном, но и в таких пластах народного языка, которые до Шекспира еще не вошли в литературу, в многообразных жанрах и формах речевого общения, в формах могучей народной культуры (преимущественно карнавальных), слагавшихся тысячелетиями, в театрально-зрелищных жанрах (мистерийных, фарсовых и др.), в сюжетах, уходящих своими корнями в доисторическую древность, наконец, в формах мышления. Шекспир, как и всякий художник, строил свои произведения не из мертвых элементов, не из кирпичей, а из форм, уже отягченных смыслом, наполненных им. Впрочем, и кирпичи имеют определенную пространственную форму и, следовательно, в руках строителя что-то выражают.

Особо важное значение имеют жанры. В жанрах (литературных и речевых) на протяжении веков их жизни накопляются формы видения и осмысления определенных сторон мира. Для писателя-ремесленника жанр служит внешним шаблоном, большой же художник пробуждает заложенные в нем смысловые возможности. Шекспир использовал и заключил в свои произведения огромные сокровища потенциальных смыслов, которые в его эпоху не могли быть раскрыты и осознаны в своей полноте. Сам автор и его современники видят, осознают и оценивают прежде всего то, что ближе к их сегодняшнему дню. Автор — пленник своей эпохи, своей современности. Последующие времена освобождают его из этого плена, и литературоведение призвано помочь этому освобождению.

Из сказанного нами вовсе не следует, что современную писателю эпоху можно как-то игнорировать, что творчество его можно отбрасывать в прошлое или проецировать в будущее. Современность сохраняет все свое огромное и во многих отношениях решающее значение. Научный анализ может исходить только из нее и в своем дальнейшем развитии все время должен сверяться с нею. Произведение литературы, как мы ранее сказали, раскрывается прежде всего в дифференцированном единстве культуры эпохи его создания, но замыкать его в этой эпохе нельзя: полнота его раскрывается только в большом времени.

Но и культуру эпохи, как бы далеко эта эпоха ни отстояла от нас во времени, нельзя замыкать в себе как нечто готовое, вполне завершенное и безвозвратно ушедшее, умершее. Идеи Шпенглера о замкнутых и завершенных культурных мирах до сих пор оказывают большое влияние на историков и литературоведов. Но эти идеи нуждаются в существенных

коррективах. Шпенглер представлял себе культуру эпохи как замкнутый круг. Но единство определенной культуры — это открытое единство.

Каждое такое единство (например, античность) при всем своем своеобразии входит в единый (хотя и не прямолинейный) процесс становления культуры человечества. В каждой культуре прошлого заложены огромные смысловые возможности, которые остались не раскрытыми, не осознанными и не использованными на протяжении всей исторической жизни данной культуры. Античность сама не знала той античности, которую мы теперь знаем. Существовала школьная шутка: древние греки не знали о себе самого главного, они не знали, что они древние греки, и никогда себя так не называли. Но ведь и на самом деле, та дистанция во времени, которая превратила греков в древних греков, имела огромное преобразующее значение: она наполнена раскрытиями в античности все новых и новых смысловых ценностей, о которых греки действительно не знали, хотя сами и создали их. Нужно сказать, что и сам Шпенглер в своем великолепном анализе античной культуры сумел раскрыть в ней новые смысловые глубины; правда, кое-что он примышлял к ней, чтобы придать ей большую закругленность и законченность, но все же и он участвовал в великом деле освобождения античности из плена времени.

Мы должны подчеркнуть, что говорим здесь о новых смысловых глубинах, заложенных в культурах прошлых эпох, а не о расширении наших фактических, материальных знаний о них, непрестанно добываемых археологическими раскопками, открытиями новых текстов, усовершенствованием их расшифровки, реконструкциями и т. п. Здесь добываются новые материальные носители смысла, так сказать, тела смысла. Но между телом и смыслом в области культуры нельзя провести абсолютной границы: культура не создается из мертвых элементов, ведь даже простой кирпич, как мы уже говорили, в руках строителя что-то выражает своей формой. Поэтому новые открытия материальных носителей смысла вносят коррективы в наши смысловые концепции и могут даже потребовать их существенной перестройки.

Существует очень живучее, но одностороннее и потому неверное представление о том, что для лучшего понимания чужой культуры надо как бы переселиться в нее и, забыв свою, глядеть на мир глазами этой чужой культуры. Такое представление, как я сказал, односторонне. Конечно, известное вживание в чужую культуру, возможность взглянуть на мир ее глазами, есть необходимый момент в процессе ее понимания; но если бы понимание исчерпывалось одним этим моментом, то оно было бы простым дублированием и не несло бы в себе ничего нового и обогащающего. Творческое понимание не отказывается от себя, от своего места во времени, от своей культуры и ничего не забывает. Великое дело для понимания — это вненаходимость понимающего — во времени, в пространстве, в культуре — по отношению к тому, что он хочет творчески понять. Ведь даже свою собственную наружность человек сам не может по-настоящему увидеть и осмыслить в ее целом, никакие зеркала и снимки ему не помогут; его подлинную наружность могут увидеть и понять только другие люди, благодаря своей пространственной вненаходимости и благодаря тому, что они другие.

В области культуры вненаходимость — самый могучий рычаг понимания. Чужая культура только в глазах другой культуры раскрывает себя полнее и глубже (но не во всей полноте, потому что придут и другие культуры, которые увидят и поймут еще больше). Один смысл раскрывает свои глубины, встретившись и соприкоснувшись с другим, чужим смыслом: между ними начинается как бы диалог, который преодолевает замкнутость и односторонность этих смыслов, этих культур. Мы ставим чужой культуре новые вопросы, каких она сама себе не ставила, мы ищем в ней ответа на эти наши вопросы, и чужая культура отвечает нам, открывая перед нами новые свои стороны, новые смысловые глубины. Без своих вопросов нельзя творчески понять ничего другого и чужого (но, конечно, вопросов серьезных, подлинных). При такой диалогической встрече двух культур они не сливаются и не смешиваются, каждая сохраняет свое единство и открытую целостность, но они взаимно обогащаются.

Что касается моей оценки дальнейших перспектив развития нашего литературоведения, то я считаю, что эти перспективы вполне хорошие, так как у нас огромные возможности. Не хватает нам только научной, исследовательской смелости, без которой не подняться на высоту и не спуститься в глубины.

编写中陈新宇负责第一、二、三、四、十、十二讲的选材、编辑、整理以及校对，同时负责序言的设计和后记的撰写；沈扬负责第五、六、七、八、九、十一讲的选材、编辑、整理以及校对，以及参考文献的整理。两位编写者各自承担了拓展资源（扫描二维码可获取）中"文论家简介"和"原著目录展示"部分的编写和设计工作，以及全书校对任务。

马宇航、孙城硕和左正中三位硕士研究生承担了原著素材整理、附录的编写和校对任务，并参与了书稿校对工作。

目　录

第一讲

Языковая концепция А. А. Потебни

Если бы языки были только средствами обозначения мысли уже готовой, образовавшейся помимо их, как действительно думали в прошлом, отчасти и в нынешнем веке, то из различия по отношению к мысли можно было бы сравнить с различиями почерков и шрифтов одной и той же азбуки... При таком положении дела было бы вероятнее, что скоро распространилось бы убеждение, что разница между языками лишь внешняя и несущественная, что привязанность к своему языку лишь дело привычки, лишенной глубоких оснований, то люди стали бы менять языки с такой же легкостью, как меняют платье.

— А. А. Потебня

预习
思考题

1.Что вы знаете о Потебне как о лингвисте? Какие исследования А. А. Потебни по лингвистике вы знаете?

2.Что вы можете рассказать об А. А. Потебне как о критике литературной теории? Какие работы А. А. Потебни, посвященные теории литературной критики, вам известны?

▶▶ **原典选读 1**

Ш.В. Гумбольдт[①]

«Язык, — говорит Гумбольдт, — в сущности есть нечто, постоянно, в каждое мгновение исчезающее... Он есть не дело (ἔργον), не мертвое произведение, а деятельность (ἐνέργεια)», то есть самый процесс производства. «Поэтому его истинное определение может быть только генетическое. Язык есть вечно повторяющееся усилие (работа, Arbeit) духа сделать членораздельный звук выражением мысли... Это — определение не языка, а речи, как она каждый раз произносится (des jedesmaligen Sprechens); но, собственно говоря, только совокупность таких актов речи (des Sprechens) есть язык. В бессвязном хаосе слов и правил, который мы обыкновенно называем языком, действительно есть налицо то, что мы каждый раз произносим. Притом в таких разрозненных стихиях не видно самого высшего, тончайшего в языке, именно того, что можно заметить или почувствовать только в связной речи. Это доказывает, что язык в собственном смысле заключен в самом акте своего действительного появления».

«Назвать язык работою духа (следовательно, деятельностью) будет вполне верно еще и потому, что самое существование духа можно себе представить только в деятельности и как деятельность»[②].

Но, с другой стороны, «от языка, в смысле речи, каждый раз нами произносимой, следует отличать язык как массу произведений этой речи. Язык во всем своем объеме заключает в себе все измененное им в звуки», «все стихии, уже получившие форму»[③]. В языке образуется запас слов и система правил, посредством коих он в течение тысячелетий становится самостоятельною силою[④]. Хотя речь живого или мертвого языка, изображенная письменами, оживляется только тогда, когда читается и произносится, хотя совокупность слов и правил только в живой речи становится языком; но как эта мумиеобразная или окаменелая в письме речь, так и грамматика со словарем — действительно существуют, и язык есть столько же деятельность, сколько и произведение.

Определение языка как работы духа, представляя существенным признаком языка движение, прогресс, возвышает Гумбольдта над всеми предшествующими теориями; но оно оставляет неясным отношение слова к мысли. Эта неясность уничтожается следующим положением, которое лежит в основании нового направления, данного

---

① *Потебня А. А.* Собрание трудов: Мысль и язык. М.: Лабирин, 1999. С. 26 — 45. （编者注）

② *Humboldt W. von.* Gesammelte Werke. Bd 1—7. Berlin: G. Reimer, 1841—1852.Bd 6.S. 41 — 42. В дальнейшем:Humboldt, 1841 — 1852, Том, с указанием страницы.

③ *HumboldtW. von.* 1841—1852. Bd 6. S. 41 — 42.

④ *Humboldt W. von.* 1841—1852. Bd 6. S. 63.

языкознанию Гумбольдтом: «Язык есть орган, образующий мысль»[①]. Объяснение такого положения ведет к новым важным противоречиям, которые, как увидим, находятся в связи с антиномиею деятельности и произведения и могут представиться ее преобразованиями, именно: мысль, деятельность вполне внутренняя и субъективная, в слове становится чем-то внешним и ощутимым, становится объектом, внешним предметом для себя самой и посредством слуха уже как объект возвращается к первоначальному своему источнику. Мысль при этом не теряет своей субъективности, потому что произнесенное мною слово остается моим. Только посредством объективированья мысли в слове может из низших форм мысли образоваться понятие.[②]

Таким образом, уже при самом рождении слова является в нем противоположность объективности и субъективности; она связана, как увидим, с другою, столь же нераздельною с языком противоположностью речи и понимания.

Язык есть необходимое условие мысли отдельного лица даже в полном уединении, потому что понятие образуется только посредством слова, а без понятия невозможно истинное мышление. Однако в действительности язык развивается только в обществе, и притом не только потому, что человек есть всегда часть целого, к которому принадлежит, именно своего племени, народа, человечества, не только вследствие необходимости взаимного понимания как условия возможности общественных предприятий, но и потому, что человек понимает самого себя, только испытавши на других людях понятность своих слов[③]. Взаимная связь речи и понимания усиливает противоположность объективности и субъективности: объективность усиливается, когда говорящий слышит из чужих уст свое собственное слово, а субъективность не только не теряется при этом (потому что говорящий всегда чувствует свою однородность, «единство» с понимающим), но и возвышается, потому что мысль в слове перестает быть исключительною принадлежностью одного лица, отчего происходит, так сказать, расширение субъекта. Личная мысль, становясь достоянием других, примыкает к тому, что обще всему человечеству и что в отдельном лице существует как видоизменение (Modification), требующее дополнения со стороны других лиц; всякая речь, начиная с простейшей, связывает (ist ein Anknüpfen) личные ощущения с общею природою человечества, так что речь и понимание есть вместе и противоположность частного и общего. То, что делает язык необходимым при простейшем

---

① *Humboldt W. von.* 1841 — 1852. Bd 6. S. 51.

② См.: Там же. S. 53. Необходимые объяснения того, каким образом слово производит высшие формы мысли, будут изложены после, здесь мы можем только сказать, что взгляд Гумбольдта вполне подтверждается позднейшими психологическими исследованиями.

③ См.: *Humboldt W. von.* 1841 — 1852. Bd 6. S. 30, 54.

акте образования мысли, непрерывно повторяется и во всей духовной жизни человека. Для деятельности мысли (Denkkraft) необходимо нечто с нею одинаковое и все же отличное от нее; одинаковым она возбуждается, на отличном — изведывает верность, существенность своих произведений. Хотя основы познания истины, того, что безусловно прочно, могут заключаться для человека только в нем самом, но его порывы к истине окружены опасностями заблуждений. Ясно и непосредственно сознавая только свою изменчивую ограниченность, человек принужден даже думать, что истина не в нем, а где-то вне его; но одно из могущественнейших средств к ней приблизиться, измерить свое расстояние от нее есть взаимное сообщение мысли, то есть сравнение личной мысли с общею, принадлежащею всем, возможное только посредством речи и понимания, — это и есть лучшее средство достижения объективности мысли, то есть истины.

Из соответствия антиномий речи и понимания, с одной стороны, и субъективного и объективного — с другой, не следует, что речь субъективна и самодеятельна, а понимание — объективно и страдательно. «Все, что ни есть в душе, может быть добыто только ее собственною деятельностью; речь и понимание — только различные проявления (Wirkungen) одной и той же способности речи (Sprachkraft). Размен речи и понимания не есть передача данного содержания (с рук на руки): в понимающем, как и в говорящем, это содержание должно развиться из собственной внутренней силы; все, что получает первый, состоит только в гармонически настраивающем его возбуждении» (со стороны говорящего)[1].

Если со стороны противоположности речи и понимания язык является посредником между людьми и содействует достижению истины в чисто субъективном кругу человеческой мысли, то, с другой стороны, он служит средним звеном между миром познаваемых предметов и познающим лицом и в этом смысле совмещает в себе объективность и субъективность. «Совокупность познаваемого лежит вне языка: человек может приблизиться к этой чисто объективной области не иначе, как свойственными ему средствами познания и чувствования, следовательно, только субъективным путем”, то есть посредством языка. Язык — это средство не столько выражать уже готовую истину, сколько открывать прежде неизвестную — по отношению к познающему лицу есть нечто объективное, по отношению к познаваемому миру — субъективное. Что до первого, то "всякий язык есть отзвук (Anklang) общей природы человека; хотя даже совокупность (содержание, сущность, Inbegriff) всех языков известного времени не может стать полным отпечатком субъективности человечества, но все они постоянно приближаются к этой цели; субъективность же всего человечества становится опять сама по себе чем-то

---

[1] *Humboldt W. von.* 1841 — 1852. Bd 6. S. 54 — 55.

объективным»[1]. Что касается до субъективности языка по отношению к познаваемому, то она еще более очевидна и эмпирически доказывается тем, что содержание слова (например, дерево), во всяком случае, не равняется даже самому бедному понятию о предмете и тем более неисчерпаемому множеству свойств самого предмета. Объяснение в следующем. Слово образуется из субъективного восприятия и есть отпечаток не самого предмета, а его отражения в душе. «Так как во всяком объективном восприятии есть примесь субъективного, то отдельную человеческую личность, даже независимо от языка, можно считать особою точкою зрения на мир». Такой взгляд будет еще основательнее, если возьмем во внимание и язык, «потому что слово, объективируя мысль о предмете, вносит в нее новую особенность». (Ниже мы постараемся представить объяснение этой двойной субъективности слова сравнительно с чувственным восприятием.) «Как отдельное слово становится между человеком и предметом, так весь язык (как миросозерцание высшей единицы, народа) — между человеком и действующею на него природою. Человек окружает себя миром звуков для того, чтобы воспринять и переработать в себе мир предметов. В этих словах нет никакого преувеличения. Так как чувство и деятельность человека зависят от представлений, а представления — от языка, то все вообще отношения человека ко внешним предметам обусловлены тем, как эти предметы представляются ему в языке. Человек, высовывая из себя язык, тем же актом вплетает себя в его ткань; каждый народ обведен кругом своего языка и выйти из этого круга может, только перешедши в другой»[2].

Так понимаемая антиномия субъективности и объективности видна не только в том, что язык вообще служит посредником между лицом и миром, но и в том, как именно он усвояет человеку этот мир: в пестром разнообразии чувственных впечатлений мысль открывает законность, согласную с формами нашего духа, и связанное с нею обаяние внешней красоты. «Созвучия с тем и другим встречаем и в языке. Вступая в мир звуков языка, мы в то же время не оставляем действительно нас окружающего мира (так что в законности и красоте языка опять сходятся противоположности субъекта и объекта). Законность в языке, субъективное состояние духа, сходное с законностью в природе, возбуждая высшие и благороднейшие силы человека, приближает его к пониманию формального впечатления, природы, которая тоже (то есть как и язык) может представляться только развитием духовных сил». Подобным образом «язык посредством свойственной сочетаниям звуков ритмической и музыкальной формы возвышает и эстетическое впечатление (Schönheitseindruck) природы, перенося его в другую (то есть

① *Humboldt W. von.* 1841 — 1852. Bd 6. S. 263.

② *Humboldt W. von.* 1841 — 1852. S. 59 — 60.

субъективную) область; но действует и независимо от этого впечатления, известным образом настраивая душу одним течением речи»[1].

Объективность (согласие мысли с ее предметом) остается постоянною целью усилий человека. Прежде всего человек приближается к этой цели субъективным путем языка, потом — он старается выделить и эту субъективность и по возможности освободить от нее предмет, хотя бы даже заменяя ее на другую, то есть личную[2]. Такая замена независимо от своей конечной цели есть уже великое дело языка, потому что она ведет не только к познанию мира, но и самого себя. То и другое находится во взаимной зависимости.

Переходим к антиномиям свободы и необходимости, неделимогои народа[3]. «Выше мы видели, что мысль в языке становится объектом для души и в этом смысле действует на нее как нечто постороннее. Мы рассматривали, однако, объект со стороны его происхождения от субъекта, а его действие на душу — как возвратное действие души на себя; теперь переходим к противоположной точке зрения, по которой язык есть действительно предмет, посторонний для души, а его действие исходит не из того, на что обращено»[4].

«Если сообразим, как стеснительно действует на каждое поколение все то, что испытал язык в предшествующие столетия, и как только сила отдельных поколений (и то не целиком взятых, потому что поколение нарастающее и отживающее смешаны) соприкасается с этим прошедшим языка, то будет ясно, как ничтожна сила отдельных лиц при могуществе языка»[5]. «Создание никогда дотоле не слышанных слов (Lautzeichen) можно предположить только при начале языка (то есть жизни человечества), выходящем за пределы наблюдения. На памяти истории человек всегда строил язык на данном уже основании, не выходя из пределов аналогии с прошедшим, он видоизменял слова в употреблении, а не изобретал их»[6]. В языке живее, чем где-либо, каждый человек чувствует себя только эманациею (ein Ausfluss) всего человеческого рода. Тем не менее, так как каждое лицо порознь и притом непрерывно действует на язык, то каждое поколение изменяет его, если не в словах и формах, то в их употреблении. «Воздействие неделимого на язык уяснится нам, если возьмем во внимание, что индивидуальность языка — только относительная, что истинная индивидуальность заключена только в лице, говорящем в данное время. Никто

---

[1] *Humboldt W. von.* 1841 — 1852. S. 61 —62.

[2] *Humboldt W. von.* 1841 — 1852. Bd 3. S. 263 — 264.

[3] Перевод-калька Потебни лат. individuus, "неразделенный, неделимый". В современном Потебне немецком за Individuum уже закрепилось значение нашего современного слова индивидуум.— Прим. сост.

[4] *Humboldt W. von.* 1841 — 1852. Bd 6. S. 63.

[5] *Humboldt W. von.* 1841 — 1852. Bd 6. S. 63.

[6] *Humboldt W. von.* 1841 — 1852. Bd 3. S. 261 — 262.

не понимает слова именно так, как другой... Всякое понимание есть вместе непонимание, всякое согласие в мыслях — вместе разногласие. В том, как изменяется язык в каждом неделимом, обнаруживается, в противоположность указанному выше влиянию языка, власть человека над ним... Во влиянии на человека заключена законность языка и его форм, в воздействии человека — принцип свободы, потому что в человеке может зародиться то, чему никакой разум не найдет причины в предшествующих обстоятельствах»[1]. «Свобода сама по себе неопределима и необъяснима»[2], но тем не менее ее присутствие должно быть признано в языке. "Противоречия, что язык чужд душе и вместе принадлежит ей, зависит и не зависит от нее, действительно соединяются в языке и составляют его особенность. Эти противоречия не должны быть примиряемы тем, что язык отчасти чужд душе и независим от нее, а отчасти — нет. Язык именно настолько действует как объект, настолько самостоятелен, насколько создается субъектом и зависит от него. Это потому, что как бы мертвая (принадлежащая прошедшему, подчиняющая себе личную свободу) сторона языка, не имея нигде, ниже в письменности, постоянного места, каждый раз сызнова создается в мысли, оживает в речи и понимании, следовательно, целиком переходит в субъект»[3].

Говорят только отдельные лица, и с этой стороны язык есть создание неделимых; но язык как деятельность этих последних предполагает не только творчество предшествующих поколений (которого не могло же быть при начале языка): в каждую настоящую минуту он принадлежит двоим, говорящему и понимающему, причем и говорящий, и понимающий — представители всего народа[4]. «Существование языков доказывает, что есть духовные создания, вовсе не переходящие от одного лица ко всем прочим, а возникающие из одновременной самодеятельности всех. Языки, всегда имеющие национальную форму, могут быть только непосредственными созданиями народов»[5]. «Между строением языка и успехами всех других родов умственной деятельности есть неоспоримая связь... Известные направления духа и известная сила его стремлений немыслимы до появления языков того, а не другого устройства... и в этом смысле будет совершенно справедливо, что создание народов (язык) должно предшествовать созданиям неделимых, хотя, в свою очередь, несомненно, что деятельность тех и других одновременно сливается в этих созданиях»[6].

Во втором члене этой антиномии неделимого и народа повторяется вышеизложенная

---

① *Humboldt W. von.* 1841 — 1852. Bd 6. S. 36.

② *Humboldt W. von.* 1841 — 1852. Bd 6. S. 66.

③ *Humboldt W. von.* 1841 —1852. Bd 6. S. 63.

④ См.: *Humboldt W. von.* 1841 — 1852. Bd 6. S. 35.

⑤ *Humboldt W. von.* 1841 — 1852. Bd 6.S. 33.

⑥ *Humboldt W. von.* 1841 —1852. Bd 6. S. 36 — 37.

противоположность свободы и необходимости, и это приводит к новому противоположению и совмещению в языке Божественного и человеческого.

В утверждении, что язык есть создание народов, которые следует представлять себе духовными единицами, есть два члена, взаимное отношение коих должно быть определено, именно духовные особенности народа и языка. С одной стороны, разнообразие строя языков представляется зависимым от особенностей народного духа и должно объясняться ими[1], так что язык будет хотя и народным, но все же человеческим произведением. Но, с другой стороны, «язык зарождается в такой глубине человечества, что его нельзя считать собственным созданием народов. В нем есть явственная для нас, хотя в сущности своей необъяснимая самодеятельность, и с этой точки зрения он не есть произведение деятельности духа, а непроизвольная его эманация, не дело народов, а дар им[2]. Они употребляют язык, сами не зная, как его образовали... Это не будет пустая игра слов, если скажем, что язык самодеятельно возникает только из самого себя, а языки— несвободны (Gebunden von den Nationen) и зависимы от народов, которым принадлежат»[3]. «Так как языки неразрывно сращены со внутреннею природою человека и скорее самодеятельно вытекают из нее, чем произвольно создаются ею, то на таких же основаниях можно бы назвать духовную особенность народов действием языков (как и наоборот). Истина — в том и другом вместе: характер народа и особенности его языка вместе и во взаимном согласии вытекают из неисследимой глубины духа (des Gemüths)»[4].

Таков действительно смысл утверждения, что язык "божественно-свободен и вытекает только из самого себя", потому что, так как связь языка с духом несомненна, а между тем язык не может быть выводим из духа народного, то, очевидно, и язык и дух должны иметь высшее начало, высшее внутреннее единство. Требование такого высшего единства остается только требованием, потому что сам исследователь, находя различия в строении языков, объясняет их только различием народных характеров (там же), то есть прямо противоречит теоретическим положениям: если язык есть создание духа, то он, во-первых, не самостоятелен по отношению к последнему, связан им, а не божественно-свободен; во-

① См.: *Humboldt W. von.* 1841 — 1852. Bd 6. S. 38.”...Mussen wiraïs das realeErklärungsprinzip und als den wahrenBestimmungsgnind der Sprachverschiedenheit die geistige Kraft der Nationenansehen...“ («Следует рассматривать духовную силу народов как реальный объяснительный принцип и истинную причину различия языков». Пер. с нем. — Прим. сост.)

② См.: *HumboldtW. von.* Berlin, 1841 — 1852. Bd 6. S. 5. ”Eineihnen (denNationen) (lurchihrinneresGes-chickzugefalleneGabe“ («доставшийся нм (народам) в удел дар, их внутренняя судьба» — Пер. с нем. В. В. Бибихина).

③ *Humboldt W. von.*1841 — 1852. Bd 6. S. 5 — 6.

④ *Humboldt W. von.* 1841 — 1852. Bd 6. S. 38.

вторых, он не нуждается в единстве с духом, но отличен от него; в-третьих, происхождение языка от народного духа есть чисто человеческое.

Усилия Гумбольдта удержать не только для практики, но и для теории человеческое происхождение языка безуспешны. «Если по справедливости язык представляется чем-то высшим, чем-то таким, что и может быть, подобно другим произведениям духа, делом человеческим, то это было бы иначе, если бы мы встречали духовную силу человека не в одних только единичных ее проявлениях, но если б мы могли постигнуть глубину ее сущности и связь в ней всех человеческих индивидуальностей, связь, на которую указывает язык»[①]. Но такая душа человечества для нас непостижима; в духе человеческом нельзя себе представить ничего выше его самого, ничего такого, из чего бы рядом могли вытекать язык и духовные особенности народа: поэтому язык есть дело божественное, притом не в том смысле, в каком могут быть названы божественными все произведения, необходимо возникающие из свойства человеческого духа (например, поэзия): языку нет ничего равного, кроме самого духа; вместе с духом он возводится к божественному началу.

Заключительные противоречия единства духа и языка и их раздельности, божественности языка и его человечности — эти противоречия тем отличаются от предшествующих, что сам Гумбольдт признает их за противоречия теории и практики и тем самым заставляет считать их следствием ему лично свойственного развития мысли, сырым материалом, которого он не мог переработать в научные положения.

Крайне ошибочно было бы сравнивать знаменитые антиномии Гумбольдта с невольными и бессознательными логическими ошибками вроде тех, какие мы видим у Беккера.

Разница между Гумбольдтом и Беккером та, что первый — великий мыслитель, который постоянно чувствует, что могучие порывы его мысли бессильны перед трудностью задачи, и постоянно останавливается перед неизвестным, а второй в нескольких мелких фразах видит ключ ко всем тайнам жизни и языка; первый, заблуждаясь, указывает новые пути науке, а второй только на себе доказывает негодность старых. Решить вопрос о происхождении языка и отношении его к мысли, по Беккеру, — значит назвать язык организмом, по Гумбольдту, — примирить существующие в языке противоречия речи и понимания, субъекта и объекта, неделимого и народа, человеческого и божественного.

Противоречие речи и понимания разрешается для Гумбольдта единством человеческой природы. Как речь, так и понимание не были бы возможны, сообщение посредством слова не было бы только взаимным возбуждением говорящего и слушающего, членораздельный звук не настраивал бы их гармонически и слушающий не овладевал бы смыслом речи

---

① *Humboldt W. von.* 1841 —1852. Bd 6. S. 38 — 39.

посредством самодеятельного, в нем самом происходящего развития мысли, если бы различие отдельных лиц не было только проявлением единства человеческой природы[①].

Тем же объясняется и противоречие субъекта и объекта, свободы и необходимости. «В исходящем из того, что собственно едино со мною, взаимно переходят друг в друга понятия субъекта и объекта, зависимости (от души) и независимости. Язык принадлежит мне, потому что я им говорю так, а не иначе, а так как причина этому заключена вместе и в том, что этим языком говорили все предшествующие поколения, без перерыва передававшие его друг другу, то речь моя стеснена самим языком. Но то, что ограничивает и обусловливает эту мою деятельность, вошло в язык из человеческой природы, находящейся со мною во внутренней связи, и чуждое в нем — чуждо только для моей мгновен- но-индивидуальной, а не для первоначальной истинной природы»[②], а потому деятельность моя стеснена мною же самим". На вопрос, как можно себе представить предполагаемое антиномиями речи и понимания, лица и народа внутреннее единство неделимых, разобщенных и различных в своем действительном проявлении, можно отвечать, по Гумбольдту, что этого представить себе нельзя, что это непостижимо, потому что «мы не имеем даже самого темного чутья (Ahnung) какого-либо сознания, кроме индивидуального»[③]. Но убеждение, что «раздельная индивидуальность есть только проявление условного бытия духовных существ», поддерживается в нас лежащим в самой человеческой природе зародышем неугасимой жажды (Sehnsucht) цельности. «Предчувствие цельности (Totalitat) и стремление к ней дано непосредственно вместе с чувством индивидуальности и усиливается по мере возрастания этой последней, так как во всяком отдельном лице только односторонним образом развивается общая сущность (Gesammtwesen) человека»[④]. На народ тоже можно смотреть как на человеческое неделимое, следующее осо-бому пути развития и требующее дополнения со стороны высшей духовной единицы, человечества. Успехи гражданственности и образования исподволь стирают яркие различия народов; нравственность, наука и искусство всегда стремятся к общим идеалам, освобожденным от

---

① *Humboldt W. von.* 1841 —1852. Bd 6. S. 55, 57, 58.

② *Humboldt W. von.* 1841 — 1852. Bd 6. S. 64 — 65. Таким образом, и другой вид того же противоречия, срединное положение языка между познающим лицом и сознаваемым миром, примиряется тем, что возможность познания истины основывается на первоначальном согласии (внутреннем единстве?) человека с миром (Humboldt, 1841 — 1852. Bd3. S. 263). Впрочем, сам Гумбольдт слегка только касается этого вопроса.

③ *Humboldt W. von.* 1841 — 1852. Bd 6. S. 31.

④ *Humboldt W. von.* 1841 — 1852. Bd 6. S. 30.

национальных вкусов (Ansichten)[1].

Мы видели выше, что предположение единой сущности, в которой сливаются неделимые, известные нам только в своем ограниченном проявлении, связано у Гумбольдта с утверждением самостоятельности языка по отношению к духу и божественного его происхождения. Противоречие божественности и человечности языка можно бы, по-видимому, разрешить таким же образом, каким примиряется противоположность объективности и субъективности, то есть утверждением единства человеческого духа с божественным, которое бы совершенно соответствовало единству объективности и субъективности в языке. Можно было бы сказать: язык истекает из Божества, а так как причина этому заключена вместе и в человеке, то Божество стеснено здесь человеком; однако ограничение божественного творчества происходит здесь из божественной же природы, находящейся во внутренней связи с Божеством, и чуждое в этом ограничении Божеству чуждо его мгновенно - индивидуальной, а не первоначальной, истинной и бесконечной природе, так что в создании языка собственно Божество само себе служит ограничением[2]. Однако Гумбольдт не старается примирять противоречия божественного и человеческого в языке таким странным построением, предполагающим в Боге мгновенно-индивидуаль- ную и конечную природу, и оставляет упомянутое противоречие неразрешенным.

Столь же мало поддается метафизическим преобразованиям другое противоречие, что язык и зависит от духа, и самостояте-лен, и в этом отношении <оно> отлично от первого только тем, что в нем более заметны ошибки Гумбольдта. Самостоятельность языка не возбуждала бы ни малейшего сомнения, если бы не выходила за пределы общего закона человеческой деятельности, по которому всякое произведение становится одним из обстоятельств, обусловливающих последующую деятельность самого производителя[3]. Но если Гумбольдт утверждает тождество (хотя бы даже и высшее) языка и духа, если он старается выйти из круга «без языка нет духа, и наоборот — без духа нет языка» таким образом, что возводит рядом и дух и язык к высшему началу, то это должно

---

[1]   Но (заметим противоречие) это стремление к общему, одинаковому для всех, осуществляется только различными путями, и разнообразие далекого от ложной односторонности выражения (обще) человеческих свойств (народами) бесконечно(Humboldt, 1841 — 1852. Bd 6. S. 32). Предполагаемое этим возрастание определенности народных характеров совершенно согласно с приведенною выше мыслью, что в неделимом стремление к цельности увеличивается вместе с чувством индивидуальности, которое должно расти, потому что жизнь углубляет сначала мало заметные духовные особенности лица.

[2]   *Steinthal H.* Der Ursprung der Sprache im Zusammenhange mit den letzten Fragen alles Wissens. 2. Ausg. Berlin:Ferd. Dümmler, 1858. S. 81.

[3]   *См.: HumboldtW.* 1841 — 1852. Bd 6. S. 305.

быть следствием каких-нибудь недоразумений. Такое решение преграждает путь всякому дальнейшему исследованию, отождествляя вопросы о происхождении языка и происхождении духа, между тем как нельзя в себе подавить убеждения, все более и более усиливаемого фактическим изучением языка, что это вопросы неравносильные и отдельные друг от друга. Гумбольдт не находит ничего равного языку; не отвергая этого безусловно, мы, однако, смело можем повторить признаваемую многими мысль, что аналогия поэтического народного творчества с созданием языка во многих случаях поразительна. Если при действительном существовании такого соответствия возможно исследовать не только ход развития, но и самое зарождение мифа и народнопоэтического произведения, не вдаваясь в решение метафизических задач, то должно быть возможно и неметафизическое исследование начала языка. Уже по этому одному может казаться, что область метафизики не заключает в себе нашего вопроса, а начинается там, где он оканчивается"[①], и что в вопросах о языке прибегать к метафизике - слишком рано. Притом, хотя мы не можем представить себе народа без языка и хотя поэтому, рассматривая язык как произведение народа, можем принять и самостоятельность языка, и его высшее единство с духом, но жизнь неделимого представляет много фактов, заставляющих усомниться и в этой самостоятельности, и в этом единстве.

Взявши слово дух, играющее в теории Гумбольдта очень важную роль в самом обширном и, может быть, совершенно неверном смысле душевной жизни человека вообще, мы спросим себя: до какой степени эта жизнь нераздельна с языком? В ответ на такой вопрос прежде всего придется устранить неразрывность (но не связь) с языком чувства и воли, которые выражаются словом <настолько>, насколько стали содержанием нашей мысли. Затем в самой мысли отметим многое, не требующее языка. Так, дитя до известного возраста не говорит, но в некотором смысле думает, то есть воспринимает чувственные образы, притом гораздо совершеннее, чем животное, вспоминает их и даже отчасти обобщает. Потом, когда уже усвоено человеком употребление языка, непосредственные чувственные восприятия или существуют до своего соединения со словом, или даже никогда не достигают такого соединения. Подобным образом и сновидения, которые большею частью слагаются из воспоминаний чувственных восприятий, нередко не сопровождаются ни громкою, ни беззвучною речью. Творческая мысль живописца,

---

① Может быть, уместно будет привести здесь следующее очень удобное определение метафизики: «Познание мира и нас самих приносит с собою многие понятия, которые становятся тем несоединимее в мысли, чем более уясняются. Важная задача философии — так видоизменить эти понятия, как это требуется особенностью каждого из них. При этом видоизменении прибавится к ним нечто новое, посредством коего будет устранена их несовместимость. Это новое можно назвать дополнением. Наука о такой обработке понятий есть метафизика» (Herbart, 1834).

ваятеля, музыканта невыразима словом и совершается без него, хотя и предполагает значительную степень развития, которая дается только языком. Глухонемой даже постоянно мыслит, и притом не только образами, как художник, но и об отвлеченных предметах, без звукового языка, хотя, по-видимому, никогда не достигает того совершенства умственной деятельности, какое возможно для говорящих. Наконец, в математике, науке совершеннейшей по форме, человек говорящий отказывается от слова и делает самые сложные соображения только при помощи условных знаков.

Из всего этого видно, что область языка далеко не совпадает с областью мысли. В средине человеческого развития мысль может быть связана со словом, но в начале она, по-видимому, еще не доросла до него, а на высокой степени отвлеченности покидает его как не удовлетворяющее ее требованиям и как бы потому, что не может вполне отрешиться от чувственности, ищет внешней опоры только в произвольном знаке[1].

Если, несмотря на такую нетождественность мысли и слова, мы удержим в полной силе необходимость слова для мысли, чтобы не впасть в ошибки теорий, стоящих ниже Гумбольдта, и если спросим, когда и для какой именно умственной деятельности необходимо слово, то, по Гумбольдту, можно будет отвечать: слово нужно для преобразования низших форм мысли в понятия и, следовательно, должно появляться тогда, когда в душе есть уже материалы, предполагаемые этим преобразованием. В этом смысле следует понимать и следующее место: «...язык есть вместе и необходимое усовершение (дополнение) мышления, и естественное развитие способности, свойственной одному только человеку. Это развитие не есть физиологически объяснимое развитие инстинкта» (и язык нельзя назвать инстинктом, хотя вполне последовательное и искусное строение языка возможно при совершенной грубости народа, точно так, как правильное строение ячеек сота не предполагает в пчеле никаких познаний). «Не будучи делом ни непосредственного сознания, ни свободы, язык может, однако, принадлежать только существу, одаренному сознанием и свободою; в этом существе он вытекает из неисследимой глубины его индивидуальности, ибо он вполне зависит от того, с какою силою и в какой форме человек бессознательно возбуждает к деятельности всю свою духовную личность»[2]. Заключенное здесь противоречие уничтожается тем, что слово нужно душевной деятельности для того, чтобы она могла стать сознательною, и появляется как Дополнение тогда, когда есть уже все прочие условия перехода к сознательности.

---

[1] См.: *Steinthal H.* Grammatik, Logik und Psychologic, ihrePrincipien und ihrVerhaltnisszueinander. Berlin: Ferd. Dümmler,1855. S. 153—154.

[2] См.:*Humboldt W. von.* Gesammelte Werke. Bd 1—7.Berlin: G. Reimer, 1841 — 1852. Bd 6. S.303 — 304."Seinergesammtengeistigen Individualist ...den treibendenAnstossenheilt".

Принявши после этого дух в смысле сознательной умственной деятельности, предполагающей понятия, которые образуются только посредством слова, мы увидим, что дух без языка невозможен, потому что сам образуется при помощи языка, и язык в нем есть первое по времени событие. Мы можем даже признать язык самостоятельным по отношению к духу, разумеется, в том только смысле, в каком дух как высшая деятельность самостоятелен по отношению к другим душевным явлениям, и притом, если примем, что формы творчества мысли в языке отличны от тех, которые назовем собственно духовными. Язык и дух, взятые в смысле последовательных проявлений душевной жизни, мы можем вместе выводить из «глубины индивидуальности», то есть из души как начала, производящего эти явления и обусловливающего их своею сокровенною сущностью.

То же следует сказать об отношении языка к духу народному. Язык не может быть тождествен с этим последним; как в жизни лица, так и в жизни народа должны быть явления, предшествующие языку и следующие за ним. Взявши во внимание, что язык есть переход от бессознательности к сознанию, можно сравнить отношение данной системы слов и грамматических форм к духу народному с отношением к нему известной философской системы. Как та, так и другая, завершая один период развития и подчиняя его сознанию, служит началом и основанием другому, высшему.

При всем этом божественность языка остается в стороне и вопрос о его происхождении становится вопросом о явлениях душевной жизни, предшествующих языку, о законах его образования и развития, о влиянии его на последующую душевную деятельность, то есть вопросом чисто психологическим. Сам Гумбольдт не мог оторваться от метафизической точки зрения, но он именно положил основание перенесению вопроса на психологическую почву своими определениями языка как деятельности, работы духа как органа мысли. Признание вопроса о происхождении языка вопросом психологическим определяет уже, где искать его решения и какое именно создание языка здесь разумеется: то ли, о котором говорили теории произвольного изобретения и божественного откровения языка, или то, на которое указывал Гумбольдт, говоря, что «язык не есть нечто готовое и обозримое в целом; он вечно создается, притом так, что законы, по которым он создается, определены, а объем и даже род произведения остаются неопределенными»[1]. Законы душевной деятельности одни для всех времен и народов; не в этих законах разница между нами и первыми людьми (по крайней мере вероятная разница в строении тела не кажется нам достаточным основанием утверждать противное), а в результатах их действия, потому что прогресс предполагает два производителя, из коих один, именно законы душевной деятельности, представляется величиною постоянною, другой — результаты

---

[1] *Humboldt W. von.* 1841 — 1852. Bd 6. S. 56.

этой деятельности — переменною. Если поэтому будем в состоянии определить законы прогресса языка, узнать, как он изменяется в течение веков под влиянием действующей на него мысли, как постепенно растет переменный агент в прогрессе языка, то есть найдем постоянные отношения, в какие становится уже сформированная масса языка к новым актам творчества, то и в этих последних, взятых в том виде, в каком их застаем в нас самих, сможем найти черты, общие нам с первыми говорившими людьми. Таким образом, в истории языка, в психологических наблюдениях современных нам процессов речи — ключ к тому, как совершались эти процессы в начале жизни человечества. Этим устраняются мнения, подобные тем, которые мы видели у Шлейхера и можем встретить у других[1], будто время создания языка прошло, будто создание это требовало особенных, неизвестных нам и несуществующих теперь сил. Так называемое падение языка, которое Шлейхеру казалось постепенным его омертвением, с точки зрения Гумбольдта представляется постоянным повторением первого акта создания языка.

Неделимое из себя создает свое развитие, но стеснено в этом направлением путей, пройденных его народом. В применении к языку это выражается антиномиею: «Язык есть столько же создание лица, сколько и народа». Законы развития языка в неделимом относятся к индивидуальной психологии; законы же языка как народного произведения, открываемые языкознанием, требуют дополнения со стороны нового еще отдела психологии, содержанием коего должно быть исследование отношений личного развития к народному. Как индивидуальная психология указывает не только общие для всех законы, душевной жизни, но и возможное разнообразие и оригинальность неделимых, так психология народов должна показать возможность различия национальных особенностей и строения языков как следствие общих законов народной жизни. Таким образом, то направление науки, которое нам кажется лучшим, предполагает уважение к народностям как необходимому и законному явлению, а не представляет их уродливостями, как должно следовать из принципа логической грамматики.

Впрочем, здесь, оставляя почти совсем в стороне народнопсихологические вопросы, тесно связанные с историею отдельных языков, обратимся к более легким — о значении слова в развитии неделимого.

---

[1] Шеллинга, Ренана. См. (Steinthal, 1858).

▶▶ **原典选读 2**

Поэзия. Проза. Сгущение мысли[①]

Создание языка, — говорит Гумбольдт, начиная с первой его стихии, есть синтетическая деятельность в строгом смысле этого слова, именно в том смысле, по которому синтез создает нечто такое, что не заключено в слагаемых частях, взятых порознь»[②]. Звук как междометие, как рефлексия чувства и чувственный образ, или схема, были уже до слова; но самое слово не дается механическим соединением этих стихий. Внутренняя форма в самую минуту своего рождения изменяет и звук, и чувственный образ. Изменение звука состоит (не говоря о позднейших, более сложных звуковых явлениях) в устранении того страстного оттенка, нарушающего членораздельность, какой свойствен междометию. Из перемен, каким подвергается мысль при создании слова, укажем здесь только на ту, что мысль в слове перестает быть собственностью самого говорящего и получает возможность жизни самостоятельной по отношению к своему создателю. Имея в виду эту самостоятельность, именно — не уничтожающую возможности взаимного понимания способность слова всяким пониматься по-своему, мы поймем важность следующих слов Гумбольдта: «На язык нельзя смотреть как на нечто (ein Stoff) готовое, обозримое в целом и исподволь сообщимое; он вечно создается, притом так, что законы этого создания определены, но объем и некоторым образом даже род произведения остаются неопределенными»[③]. «Язык состоит не только из стихий, получивших уже форму, но вместе с тем и главным образом из метод продолжать работу духа в таком направлении и в такой форме, какие определены языком. Раз и прочно сформированные стихии составляют некоторым образом мертвую массу, но эта масса носит в себе живой зародыш бесконечной определимости»[④]. Сказанное здесь обо всем языке мы применяем к отдельному слову. Внутренняя форма слова, произнесенного говорящим, дает направление мысли слушающего, но она только возбуждает этого последнего, дает только способ развития в нем значений, не назначая пределов его пониманию слова. Слово одинаково принадлежит и говорящему, и слушающему, а потому значение его состоит не в том, что оно имеет определенный смысл для говорящего, а в том, что оно способно иметь смысл вообще. Только в силу того, что содержание слова способно расти, слово может быть средством понимать другого.

Искусство — то же творчество, в том самом смысле, в каком и слово. Художественное произведение, очевидно, не принадлежит природе: оно присоздано к ней человеком.

---

① *Потебня А. А.* Собрание трудов: Мысль и язык. М.:Лабиринт. 1999. С. 155 — 198.（编者注）

② *Humboldt W. von.* Gesammelte Werke. Bd 1—7. Bd 6. Berlin, 1841—1852. S. 104.

③ *Humboldt W. von.* Gesammelte Werke. Bd 1—7. Bd 6. Berlin, 1841—1852. S. 56 — 57.

④ *Humboldt W. von.* Gesammelte Werke. Bd 1—7. Bd 6. Berlin, 1841—1852. S. 62.

Факторы, например статуи, — это, с одной стороны, бесплотная мысль ваятеля, смутная для него самого и недоступная никому другому, с другой кусок мрамора, не имеющий ничего общего с этою мыслью; но статуя не есть ни мысль, ни мрамор, а нечто отличное от своих производителей, заключающее в себе больше, чем они. Синтез, творчество очень отличны от арифметического действия: если агенты художественного произведения, существующие до него самого, обозначим через 2 и 2, то оно само не будет равняться четырем. Замысел художника и грубый материал не исчерпывают художественного произведения, соответственно тому как чувственный образ и звук не исчерпывают слова. В <обоих> случаях и та и другая стихии существенно изменяются от присоединения к ним третьей, то есть внутренней формы. Сомнение может быть разве относительно содержания: можно думать, что не только художник должен был иметь в душе известное содержание, прежде чем изобразил его в мраморе, слове или на полотне, но что содержание это было такое же и до и после создания. Но это несправедливо уже по тому одному, что мысль, объективированная художником, действует на него как нечто близкое ему, но вместе и постороннее.

Преклоняет ли художник колена пред своим созданием или подвергает его заслуженному или незаслуженному осуждению — все равно он относится к нему как ценитель, признает его самостоятельное бытие. Искусство есть язык художника, и как посредством слова нельзя передать другому своей мысли, а можно только пробудить в нем его собственную, так нельзя ее сообщить и в произведении искусства; поэтому содержание этого последнего (когда оно окончено) развивается уже не в художнике, а в понимающих. Слушающий может гораздо лучше говорящего понимать, что скрыто за словом, и читатель может лучше самого поэта постигать идею его произведения. Сущность, сила такого произведения не в том, что разумел под ним автор, а в том, как оно действует на читателя или зрителя, следовательно, в неисчерпаемом возможном его содержании. Это содержание, проецируемое нами, то есть влагаемое в самое произведение, действительно условлено его внутреннею формою, но могло вовсе не входить в расчеты художника, который творит, удовлетворяя временным, нередко весьма узким потребностям своей личной жизни. Заслуга художника не в том minimum'е содержания, какое думалось ему при создании, а в известной гибкости образа, в силе внутренней формы возбуждать самое разнообразное содержание. Скромная загадка: «Одно каже: «свитай Боже», друге каже: «не дай Боже», трете каже: «меш все одно» (окно, двери и сволок)», — может вызвать мысль об отношении разных слоев народа к рассвету политической, нравственной, научной идеи, и такое толкование будет ложно только в том случае, когда мы выдадим его за объективное значение загадки, а не за наше личное состояние, возбужденное загадкою. В незамысловатом рассказе, как бедняк хотел было набрать воды из Савы, чтоб развести глоток молока, который был у него в чашке, как волна без следа унесла из сосуда его молоко и как он сказал: «Саво, Саво! себе не забщели, а мене зацрни» (то есть опечалила)1, — в этом рассказе может кому-нибудь почудиться неумолимое, стихийно-разрушительное действие потока мировых событий на счастье отдельных лиц, вопль, который вырывается из груди невозвратными и, с личной точки [зрения], незаслуженными потерями. Легко ошибиться, навязать народу то или другое понимание, но очевидно, что подобные рассказы живут по целым столетиям не ради своего буквального смысла, а ради того, который в них может быть вложен. Этим объясняется, почему создания темных людей и веков могут сохранять свое художественное значение во времена высокого развития и вместе <с тем> почему, несмотря на мнимую вечность искусства, настает пора, когда с увеличением затруднений при понимании, с забвением внутренней формы произведения искусства теряют свою цену.

Возможность того обобщения и углубления идеи, которое можно назвать самостоятельною жизнью произведения, не только не есть отрицание нераздельности идеи и образа, но, напротив, условливается ею. Дидактические произведения, при всей нередко им свойственной глубине первоначального замысла, осуждены на раннее забвение именно вследствие иногда трудноуловимых недостатков синтеза, недостатков зародыша бесконечной (новой) определимости раз сформированного материала.

Быть может, излишне будет прибавлять, что отдельное слово только до тех пор может быть сравниваемо с отдельным произведением искусства, пока изменения внутренней формы слова при понимании его разными лицами ускользают от сознания; ряд изменений внутренней формы есть уже ряд слов одного происхождения и соответствует ряду произведений искусства, связанных между собою так, как эпические сказания разных времен, представляющие развитие одного типа.

На слово нельзя смотреть как на выражение готовой мысли. Такой взгляд, как мы старались показать, ведет ко многим противоречиям и заблуждениям относительно значения языка в душевной экономии. Напротив, слово есть выражение мысли лишь настолько, насколько служит средством к ее созданию; внутренняя форма, единственное объективное содержание слова, имеет значение только потому, что видоизменяет и совершенствует те агрегаты восприятий, какие застает в душе. Если, как и следует, примем, что внутренняя форма, или представление, так относится к чувственному образу, как внутренняя форма художественного произведения (образ, идеал) к мысли, которая в ней объективировалась, то должны будем отказаться от известного определения идеала как «изображения идеи

---

① *Кирша Д.* Древние русские стихотворения. М.: В Типографии С. Селивановского. 1804. С. 273.

в неделимом»[①]. Не отказываясь принимать это определение в смысле воплощения готовой идеи в образе, мы должны бы были принять и следствия: во-первых, так как умственное стремление человека удовлетворяется не образом самим по себе, а идеею, то есть совокупностью мыслей, пробуждаемых образом и относимых к нему как источнику, то художник, в котором была бы уже готовая идея, не имел бы лично для себя никакой нужды выражать ее в образе; во-вторых, если бы эта идея, по неизвестным побуждениям, была вложена в образ, то ее сообщение понимающему могло бы быть только передачею в собственном смысле этого слова, что противоречит здравому взгляду на понимание как на создание известного содержания в себе самом по поводу внешних возбуждений. Чтобы не сделать искусства явлением не необходимым или вовсе лишним в человеческой жизни, следует допустить, что и оно, подобно слову, есть не столько выражение, сколько средство создания мысли; что цель его, как и слова, — произвести известное субъективное настроение как в самом производителе, так в понимающем; что и оно не есть *epyov*, а *everyeia,* нечто постоянно создающееся. Этим определяются частные черты сходства искусства и языка.

Значение слова или, точнее говоря, внутренней формы, представления, для мысли сводится к тому, что а) оно объединяет чувственный образ и б) условливает его сознание. То же в своем кругу производит идеал в искусстве.

а) Искусство имеет своим предметом природу в обширнейшем смысле этого слова, но оно есть не непосредственное отражение природы в душе, а известное видоизменение этого отражения. Между произведением искусства и природою стоит мысль человека; только под этим условием искусство может быть творчеством. Гумбольдт, приняв за исходную точку искусства действительность (но не в общежитейском смысле, по которому действительность есть уже результат апперцепции, а в смысле совокупности непосредственных восприятий, лишенных еще всякой обработки), имеет полное право сказать, что «царство фантазии (под которою здесь можем разуметь вообще творческую способность души) решительно противоположно царству действительности и столь же противоположен характер явлений, принадлежащих к обеим этим областям. С понятием действительности (как его раскрывает психологический анализ) неразрывно связано то, что каждое явление стоит отдельно, само для себя и что ни одно не зависит от другого как основание или следствие. Мало того, что мы непосредственно не воспринимаем такой зависимости, а доходим до нее только путем умозаключений: понятие действительности делает излишним самое старание отыскивать эту зависимость. Явление перед нами;

[①] *Steinthal H.* Zur Sprachphilosophie // Zeitschrift fur Philosophic und philosophiscke Kritik. Bd 1 — 32, Bd 4. Halle, 1858. S. 33.

этого довольно для того, чтобы устранить всякое сомнение в его действительности; зачем еще явлению оправдание посредством его причины или действия?» — тем более, что самые категории причины и действия не даются непосредственным восприятием. «Напротив, в области возможного все существует лишь настолько, насколько зависит от другого; потому все, что мыслимо только под условием всесторонней внутренней связи, — идеально в самом строгом и простом смысле этого слова. В этом отношении идеальное прямопротивоположно действительному, реальному. Таким.образом, должно быть идеализировано все, что рука искусства переносит в чистую область воображения»①.

Очевидно, что такая идеальность свойственна не только искусству и воображению, но и разумной деятельности вообще. «Перенести в страну идей всю природу, то есть сравнять по объему содержание своего опыта с миром; соединить эту огромную массу отрывочных явлений в нераздельное единство и организованную целость... такова конечная цель умственных усилий человека. Участие искусства в этой работе показывает, что оно принадлежит не к тем механическим, подчиненным занятиям, посредством коих мы только приготовляемся к своему настоящему назначению, а к тем высочайшим, посредством коих мы его непосредственно исполняем»②.

К этому первому и самому обширному определению идеального, как того, что не есть действительность, присоединяется другое, по которому искусство облагораживает и украшает природу и идеал имеет значение того, что превосходит действительность. Художник, воссоздавая предмет в своем воображении, «уничтожает всякую черту, основанную только на случайности, каждую делает зависимою только от другой, а все — только от него самого... Если ему удается, то под конец у него выходят одни характеристические формы, одни образы очищенной и не искаженной изменчивыми обстоятельствами природы. Каждый из этих образов носит на себе отпечаток своей особенности, и эта особенность заключена только в форме, воспринимается только наглядно (kann nie anders, als durch Anschauen gefasst werden) и невыразима понятием»③.

Впрочем, выражение, что поэт возвышает природу, следует употреблять очень осмотрительно, потому что, собственно говоря, художественное произведение и создание природы принадлежат не к одной и той же области и несоизмеримы одним и тем же масштабом, точно так как чувственный образ и представление его в слове не принадлежат к одному continuum›у форм душевной жизни. «Нельзя сказать, что изображенные живописцем плоды прекраснее естественных. Вообще природа прекрасна лишь настолько,

---

① *Humboldt W. von.* 1841—1852. Bd 4. S. 20.

② Там же, S. 21.

③ Там же, S. 22.

насколько фантазия представляет ее прекрасною. Нельзя сказать, что контуры в природе менее совершенны, что цвета менее живы: разница только в том, что действительность действует на чувства, а искусство — на фантазию, что первая дает суровые (harte) и резкие очертания, а второе хотя определенные, но вместе и бесконечные»[1].

Здесь упомянуты два свойства искусства: а) особенность его действия на человека сравнительно с действием природы (даже в обыкновенном смысле этого слова) и б) совместное существование в каждом художественном произведении противоположных качеств, именно определенности и бесконечности очертаний. Первое видно уже из того очень обыкновенного явления, что многие явления природы и человеческой жизни, не возбуждающие интереса в действительности, сильно действуют на нас, будучи, по-видимому, совершенно верно изображены в искусстве. По пословице: «И сунце пролази кроз каљава Mjeстra, вей се не окала», — искусство может изображать самую роскошную и соблазнительную красоту или самые возмутительные и безобразные явления и оставаться девственным и прекрасным. Причина этому заключается в том, что художественное творчество, оставаясь вполне верным природе, разлагает ее явления, так что, во-первых, каждое искусство берет на свою долю только одну известную сторону предметов, например, ваяние — только пластическую красоту форм, устраняя разнообразные действия цветов, живопись — только свет, тени и цвета и т. д.; во-вторых, каждое отдельное произведение опускает многие не необходимые черты предмета, данные в действительности и доступные средствам искусства, подобно тому как слово обозначает образ, положим, *золота* только посредством одного его признака, именно желтого цвета, предоставляя личному пониманию дополнять этот образ другими признаками, например, звуком, тяжестью и проч.

Что до противоречия между единичностью образа и бесконечностью его очертаний, то эта бесконечность есть только заметная и в языке невозможность определить, сколько и какое содержание разовьется в понимающем по поводу воспринимаемого его вполне определенного представления. Как слово вначале есть знак очень ограниченного, конкретного чувственного образа, который, однако, в силу представления тут же получает возможность обобщения, так художественный образ, относясь в минуту создания к очень тесному кругу чувственных образов, тут же становится типом, идеалом.

В сфере языка посредством представления, объединяющего чувственную схему и отделяющего предмет от всего остального, то есть сообщающего ему идеальность, устанавливается внутренняя связь восприятий, отличная от механического их сцепления. Начавши с очевидного положения, что отдельное слово как предложение еще не вносит

---

[1] *Humboldt W. von.* 1841—1852. Bd 4. S. 23 — 24.

гармонии во всю совокупность наших восприятий, потому что выделяет из них только одну незначительную часть, мы должны будем прибавить, что это слово полагает начало водворению этой гармонии, потому что готово стать подлежащим или сказуемым других вновь возникающих слов. Слово, объединившее известную группу восприятий, в свою очередь, стремится ко внутреннему соединению со словом ближайшей группы, и такое стремление условено самим объединенным в слове образом: составленное из двух слов предложение, связывающее между собою два образа, есть, однако, обозначение суждения, которое признается разложением одного чувственного образа. Первый шаг на пути, по которому ведет человека язык, возбуждает стремление обойти весь круг сродных явлений.

Этому соответствует так называемая Гумбольдтом цельность (Totalitat) искусства. «Прекрасное назначение поэта — посредством всестороннего ограничения своего материала произвести неограниченное и бесконечное действие, посредством индивидуального образа удовлетворить требованиям идеи, с одной точки зрения открыть целый мир явлений»[①]. «Дело вовсе не в том, чтобы показать все» (утверждать это было бы то же, что сказать, будто в одном слове можем исчерпать все возможное содержание нашей мысли), «что само по себе невозможно, или даже многое, что устранило бы многие виды искусства, а в том, чтобы привести в такое настроение, при котором мы готовы все обнять взором (Die Stimmung alles zu sehen)». «Сила не в числе предметов, принятых поэтом в свой план, ни в их отношении к высшим интересам человечества: то и другое, хотя может усилить действие произведения, безразлично для его художественного достоинства». «Пусть только поэт заставит нас сосредоточиться в одном пункте, забыть себя ради известного предмета (sich in einem Gegenstand ausser ich selbst hinzu stellen — objectiv zu sein), — и вот, каков бы ни был этот предмет, перед нами — мир. Тогда все наше существо обнаружит творческую деятельность, и все, что оно ни произведет в этом настроении, должно соответствовать ему самому и иметь то же единство и цельность. Но именно эти два понятия мы соединяем в слове мир». «Здесь повторяется то же, что мы видели при достижении идеальности — Пусть поэт согласно с первым и простейшим требованием своего искусства перенесет нас за пределы действительности, и мы очутимся в области, где каждая точка есть центр целого, и, следовательно, целое беспредельно и бесконечно... Дух, на который художник подействовал таким образом, всегда склонен, с какого бы предмета ни начал, обходить весь круг сродных с этим предметом явлений и собирать их в один целый мир»[②] «То всеобъемлющее, что поэт сообщает фантазии, заключается именно в том, что она нигде не ступает так тяжело, чтоб укорениться на одном месте, но скользит все

---

① *Humboldt W. von.* 1841—1852. Bd 4. S.16.

② *Humboldt W. von.* 1841—1852. Bd 4. S. 31.

далее и далее и вместе господствует над пройденным ею кругом; в том, что ее наслаждение граничит со страданием, и наоборот; что она видит предмет не в цвете действительности, а в том блеске, каким одело его ее таинственное обаяние»[1].

Как в языке причина, почему отдельное слово стремится к соединению с другими, заключается не только в том, что это слово разлагает (идеализирует) свой чувственный образ, но и в том, что этот образ сам по себе способен к разложению и, следовательно, к связи с другими; так и условие художественной цельности — не только в свойствах идеализирующей деятельности, но и в ее предметах, взятых объективно. «Все различные состояния человека и все силы природы (следовательно, все возможное содержание искусства) так сродны между собою, так взаимно поддерживают и условливают друг друга, что вряд ли возможно живо изобразить одно из них, не принимая вместе с этим в свой план и целого круга»[2]. «Способ постановки одной фигуры в поэтическом произведении заставляет фантазию не только присоединить к ней многие другие, но и именно столько, сколько нужно для того, чтобы вместе с первою образовать замкнутый круг»[3]. Таким образом, сложное художсственное произведение есть такое же развитие одного главного образа, как сложное предложение — одного чувственного образа.

б) Об отношении искусства к сознанию того, что уже есть в сознании, то есть к самосознанию, заметим следующее.

Выше мы привели вполне убедительное, на наш взгляд, мнение, по которому звук, сырой материал слова, есть одно из средств успокоения организма, устранения полученных им извне потрясений. То же совершает в своей сфере и психическая сторона слова. «Человеку, — говорит Гумбольдт, — врождено стремление высказывать только что услышанное»[4], освобождать себя от волнения, производимого силою, действующею на его душу, в слове передавая эту силу другому и нередко не заботясь о том, будет ли она воспринята разумным существом или нет. Это стремление, особенно в первобытном человеке и ребенке, может граничить с физиологическою необходимостью. Как ребенку и женщине нужно бывает выплакаться, чтоб облегчить свое горе, так необходимо высказаться и от полноты душевной. Мысль эта с давних пор стала уже достоянием народной поэзии. В одной сербской сказке говорится, что у царя Трояна были козьи уши. Стыдясь этого, он убивал всех, кто его брил. Одного мальчика-бородобрея царь помиловал под условием соблюдения тайны, но этот, мучимый невозможностью высказаться, стал

---

[1] *Humboldt W. von.* 1841—1852. Bd 4. S. 32.

[2] *Humboldt W. von.* 1841—1852. Bd 4. S. 32.

[3] Там же, С. 33 — 34.

[4] *Humboldt W. von.* 1841—1852. Bd 6. S. 54.

чахнуть и вянуть, пока не надоумили его поверить свою тайну земле. Мальчик вышел в поле, вырыл в земле яму, засунул в нее голову и трижды сказал: «У царя Трояна козьи уши». Тогда ему стало легче на сердце.[①] Есть пословица «Остров в море, что сердце в горе», где сердце и горе сравниваются с морем, обтекающим остров. Если удержим это сравнение, то заключительные стихи былины:

То сторона, то и деянье...

Синему морю на утешенье[②], —

кроме своего буквального значения получат еще другое, более глубокое и верное, — власти поэзии над сердцем. Гумбольдт, сказавши, что в художественной цельности, в искусстве потрясти всего человека по поводу ограниченного числа данных явлений[③] еще никто не превзошел древних, продолжает: «Отсюда то успокоение, которое испытывает чисто настроенная душа при чтении древних; оттого-то древние даже состояния страстного волнения и подавляющего отчаяния низводят к душевному покою или возвышают до мужества. Это вдыхающее силу спокойствие необходимо является, когда человек вполне обозрел свои отношения к миру и судьбе. Лишь тогда, когда он останавливается там, где или внешняя сила, или его собственная страсть грозит нарушить его равновесие, лишь тогда происходит раздражение и отчаяние (verzweifelnder Missmuth). Так выгодно, однако, место, указанное ему в ряду предметов, что гармония и спокойствие немедленно восстановляются, как скоро он завершил круг явлений, представляемых ему фантазиею в серьезные минуты расчета с судьбою (in diesen Augenblicken einer ernsten Riihrung)»[④].

Успокоительное действие искусства условливается именно тем, что оно идеально, что оно, связывая между собою явления, очищая и упрощая мысль, дает ее обзор, ее сознание прежде всего самому художнику, подобно тому как успокоительная сила слова есть следствие представления образа. Представление и идеал, разлагая волнующее человека чувство, уничтожают власть последнего, отодвигают его к прошедшему. Необъективированное состояние души покоряет себе сознание, объективированное в

---

① *КарациЙ В. С.* Српске народне приповщетке. Беч, 1853. № 39.

② *Кирша Д.* Древние русские стихотворения. М.: В Типографии С. Селивановского. 1818. С. 283.

③ См.: *Humboldt W. von.* 1841—1852. Bd 4. S. 28 — 29. «Всякий гимн Пиндара, всякий большой хор трагиков, всякая ода Горация проходит, но только с бесконечно изменчивым разнообразием, один и тот же круг. Везде поэт изображает возвышенность богов, могущество судьбы, зависимость человека, но вместе с тем и величие его духа и мужество, которое дает ему возможность бороться с судьбою и стать выше ее... Не только во всем творении Гомера, но в каждой отдельной песне, в каждом месте — перед нами открыто и ясно лежит вся жизнь. Душа разом, легко и верно решает, что мы есть и чем мы можем быть, как страдаем и наслаждаемся, в чем правы и в чем ошибаемся».

④ *Humboldt W. von.* 1841—1852. Bd 4. S. 29

слове или произведении искусства — покоряется ему, ложится воснование дальнейшей душевной жизни. Отсюда как слово, так и художественное произведение заканчивает периоды развития художника, служит поворотною точкою его душевной жизни. Признания поэтов, из коих один стихами отделался от могучего образа, много лет возмущавшего его ум[①], другой передавал своим героям свои дурные качества, служат блистательными доказательствами того, что и искусство есть орган самосознания.

Находя, что художественное произведение есть синтез трех моментов (внешней формы, внутренней формы и содержания), результат бессознательного творчества, средство развития мысли и самосознания, то есть видя в нем те же признаки, что и в слове, и, наоборот, открывая в слове идеальность и цельность, свойственные искусству, мы заключаем, что и слово есть искусство, именно поэзия.

Очевидно, что не одна и та же внутренняя потребность вынуждает появление пластических искусств и музыки, с одной, и слова с поэзиею, с другой стороны: искусства выражают разные стороны душевной жизни и потому незаменимы одно другим. «Можно бы было, — говорит Лацарус, — обозначить части статуи или всю ее рядом указаний (например, высокий лоб, кудрявая борода, длинные, вьющиеся волосы, возвышенное выражение лица), но точного изображения ее нельзя бы было достигнуть словами, а математическими формулами размеров и изгибов — разве только тогда, когда бы мы, как олицетворенная математика, могли составить бесконечное множество таких формул и сложить их в наглядный образ»[②]. Но цель такой невероятной работы, то есть переложение статуи на другой язык, не была бы достигнута, потому что требуемое эстетическое впечатление можно получить не от совокупности формул или слов, а от результата их сложения, то есть от самой статуи. То же следует сказать о зодчестве, живописи и музыке по отношению их друг к другу и к поэзии, языку и условливаемой ими науке. Различные направления человеческой мысли не повторяют друг друга, потому что не извне принесены и случайны, а вытекают из самой сущности человека.

Незаменимость одного искусства другими или словом не только не противоречит, но даже требует такой их связи, по которой одно искусство является условием существования другого. Не думая браться за решение важной и трудной народнопсихологической

---

① Этот дикий бред

Преследовал мой разум много лет.

Но я, расставшись с прочими мечтами,

И от него отделался — стихами.

М. Ю. Лермонтов «Сказка для детей»

② *Lazarus M.* Das Leben der Seele in Monographien uber seine Erscheinungen und Gesetze. Berlin, 1856 — 1857. Bd 1— 2. Bd 2. S. 222.

задачи о значении поэзии в истории прочих искусств, мы упомянем только о том, что поэзия предшествует всем остальным уже по тому одному, что первое слово есть поэзия. Сначала все искусства служат если не исключительно, то преимущественно религии, которая развивается только в языке и поэзии. Прежде дается человеку власть над членораздельностью и словом как материалом поэзии, чем уменье справиться со своим *голосом*, а тем *более чем* та степень технического развития, которая предполагается пластическими искусствами. Отсюда, между прочим, можно объяснить, почему гомерические песни многим древнее времени процветания ваяния и зодчества в Греции, почему вообще совершеннейшие произведения народной поэзии относятся к таким временам, когда люди не в состоянии были бы ни понять, ни произвести что-либо достойное имени картины или статуи. Принявши, что народная поэзия, как и язык, есть произведение безличного творчества, мы найдем и другую причину упомянутого явления, именно, что зодчество, ваяние и живопись предполагают уже обособление и выделение из массы личности художника, следовательно, возможность значительной степени самосознания и познания природы, коим начало полагается языком.

Вначале слово и поэзия сосредоточивают в себе всю эстетическую жизнь народа, заключают в себе зародыши остальных искусств в том смысле, что совокупность содержания, доступного только этим последним, первоначально составляет невыраженное и несознанное дополнение к слову. До значительной степени это относится и к музыке. Хотя периоды выделения искусств из слова давно уже пройдены и забыты высшими слоями человечества и музыка давно уже стала самостоятельным искусством, в большинстве случаев вовсе не требующим и, по-видимому, не предполагающим слова, но в остальных классах почти на наших глазах совершается процесс отделения музыки от поэзии. Только в более близкие к нам времена песня может петься ради напева, может механически сшиваться из обрывков почти без всякого внимания к содержанию; это предполагает, с одной стороны, падение народной поэзии, зависящее от судеб языка, с другой — усложнение музыкальных мотивов, то есть стремление выделить и сознать, объективируя в искусстве, чувство, невыразимое словом.

Сказанное Лацарусом о нравственном развитии вполне применяется и к художественному: «Все более благородные, тонкие и нежные отношения нравственной жизни могут развиться только тогда, когда предшествующие их степени достигли полной ясности сознания. Нравственная жизнь начинается с чувств и внутренних образов (innere Anschauungen); эти чувства большею частью: — темный, неопределенный предмет внутреннего восприятия (der inneren Wahrnehmung), но они могут достигнуть определенности, образоваться в представления, которые обозначаются и упрочиваются словом. Лишь тогда, когда прежние чувства стали представлениями, возникают из них новые, более нежные; отрасли чувства должны стать ветвями представлений, и из этих пускаются новые побеги; язык упрочивает и укрепляет произведенное душою и тем дает ей возможность перейти к новой творческой деятельности. Так происходящее облагорожение человека состоит, конечно, не в том, что человек делает первоначальную естественную жизнь своего чувства предметом холодной и отвлеченной рефлексии; оно возможно только под условием возвышения естественного мира чувства до степени духов - ной собственности души, до ясных представлений»[1]. Болезненное, расслабляющее действие анализа своих чувств происходит только от неполноты и несовершенства анализа, сам по себе он — могущественное средство человеческого развития. «Так и из эстетических чувств развиваются представления, ведущие за собою новые чувства» и новые художественные произведения, быть может, не показывающие на себе предшествующего им разложения мысли посредством слова, подобно тому как растение, по-видимому не носит на себе следов почвы, на которой выросло.

Такое же отношение языка и поэзии к другим проявлениям собственно умственной жизни. Из языка, первоначально тождественного с поэзиею, следовательно, из поэзии, возникает позднейшее разделение и противоположность поэзии и прозы, которые, говоря словами Гумбольдта, должны быть названы «явлениями языка». Разумеется, это можно утверждать только в том смысле, в каком говорится о выделении из поэзии всех остальных искусств. Как скульптура образуется не из поэзии и, хотя требует известной степени ее развития, но есть новый акт творчества, так и проза — не из поэзии, но из приготовленной ею мысли»[2]. Прозу принимаем здесь за науку, потому что хотя эти понятия не всегда тождественны, но особенности прозаического настроения мысли, требующие прозаической формы, в науке достигают полной определенности и противоположности с поэзиею.

«И та и другая идет от действительности (в выше определенном смысле) к чему-то ей не принадлежащему»[3]. Действительность и идея, закон — моменты общие и поэзии и прозе; и в той и в другой мысль стремится внести связь и законченность в разнообразие чувственных данных; но различие свойственных им средств и результатов требует, чтобы оба эти направления мысли поддерживали и дополняли друг друга до тех пор, пока человечество «стремится».

«Поэзия берет действительность в чувственном проявлении (wie sie ausserlich und innerlich empfunden wird), не заботясь о том, почему (wodurch) она — действительность, и

---

[1] *Lazarus M.* Das Leben der Seele in Monographien uber seine Erscheinungen und Gesetze. Berlin, 1856 — 1857. Bd 1— 2. Bd 2. S. 202.

[2] *Humboldt W. von.* 1841—1852. Bd 6. S. 234.

[3] *Humboldt W. von.* 1841—1852. Bd 6. S. 230.

даже намеренно устраняя этот ее характер». Из преобразования чувственных восприятий, а не из каких-либо других источников, она берет, положим, что «у царя Трояна козьи уши», но устраняет от себя поверку этого образа новыми восприятиями, не спрашивает, могли Троян иметь козьи уши, удовлетворяется тем смыслом, какой имеет этот образ сам по себе. «Проза, напротив, доискивается в действительности именно того, чем она коренится в бытии, тех волокон, которые связывают ее с этим последним»[①]. В свою очередь, она не признает за факт того, что «у Трояна козьи уши», прельщаясь тем, что этот образ ведет к сознанию необходимости и связи известных нравственных явлений, или же интересуется этим образом только как феноменом душевной жизни поэта и проч.

В поэзии связь образа и идеи не доказывается, а утверждается как непосредственное требование духа; в науке подчинение факта закону должно быть доказано, и сила доказательств есть мера истины. Доказательство есть всегда разложение первоначальных данных, а потому только что высказанную мысль можно выразить и иначе, именно: поэтический образ не разлагается во время своего эстетического действия, тогда как научный факт тем более для нас осмыслен, чем более раздроблен, то есть чем более развилось из него суждений. Отсюда, чем легче апперципируются поэтические образы и чем больше происходящее отсюда наслаждение, тем совершеннее и законченное кажутся нам эти образы, между тем как, напротив, чем лучше понимаем научный факт, тем более поражаемся неполнотою его разработки. Есть много созданных поэзиею образов, в которых нельзя ничего ни прибавить, ни убавить; но нет и не может быть совершенных научных произведений. Такая противоположность поэзии и науки уяснится, если сведем ее на отношение простейших стихий той и другой — представления и понятия. В языке поэзия непосредственно примыкает к лишенным всякой обработки чувственным данным; представление, соответствующее идеалу в искусстве, назначенное объединять чувственный образ, во время апперцепции слова до тех пор не теряет своей особности, пока из чувственного образа не создало понятия и не смешалось со множеством признаков этого последнего. Наука тоже относится к действительности, но уже после того, как эта последняя прошла через форму слова; наука невозможна без понятия, которое предполагает представление; она сравнивает действительность с понятием и старается уравнять одно с другим, но так как количество признаков в каждом кругу восприятий неисчерпаемо, то и понятие никогда не может стать замкнутым целым.

Наука раздробляет мир, чтобы сызнова сложить его в стройную систему понятий; но эта цель удаляется по мере приближения к ней, система рушится от всякого не вошедшего в нее факта, а число фактов не может быть исчерпано. Поэзия предупреждает

---

① *Humboldt W. von.* 1841—1852. Bd 6. S. 230.

это недостижимое аналитическое знание гармонии мира; указывая на эту гармонию конкретными своими образами, не требующими бесконечного множества восприятий, и заменяя единство понятия единством представления, она. некоторым образом вознаграждает за несовершенство научной мысли и удовлетворяет врожденной человеку потребности видеть везде цельное и совершенное. Назначение поэзии — не только приготовлять науку, но и временно устраивать и завершать невысоко от земли выведенное ее здание. В этом заключается давно замеченное сходство поэзии и философии. Но философия доступна немногим; тяжеловесный ход ее не внушает доверия чувству недовольства односторонннею отрывочностью жизни и слишком медленно исцеляет происходящие отсюда нравственные страдания. В этих случаях выручает человека искусство, особенно поэзия и первоначально тесно связанная с нею религия.

💡 课后思考题

1. Чем известен Потебня в отечественном языкознании?

2. Как вы понимаете «внутреннюю форму слова» Потебни? Проаргументируйте, пожалуйста.

3. Как вы интерпретируете понятие «сгущение мысли»?

4. Как зарубежные ученые оценивали Потебню и его работы?

||||||||||||||||||||||||||||| ▶ 推荐阅读材料 ◀ |||||||||||||||||||||||||||||

1. *Минералов Ю.* Теория словесности А. А. Потебни // Вопросы литературы. 1990. №12.

2. *Потебня А. А.* Мысль и язык. 3 изд. доп. Харьков.: тип. «Мирный труд». 1913.

3. *Потебня А. А.* Полное собрание трудов: Мысль и язык. М.: Лабиринт. 1999.

4. *Пресняков О. П.* Поэтика познания и творчества. Теория словесности А. А. Потебни. М.: Художественная литература. 1980.

5. *Федоров В. А. А.* Потебня. История и современность // Вопросы литературы. 1981. №7.

第一讲拓展资源

第二讲

Сравнительно-историческая школа А. Н. Веселовского

Известно, какой поворот в изучении и в ценности добываемых результатов произвело в области лингвистики приложение сравнительного метода. В последнее время он был перенесен и в области мифологии, народной поэзии, так называемых странствующих сказаний, а с другой стороны, применен к изучению географии и юридических обычаев.

— А. Н. Веселовский

预习
思考题

1. Расскажите о научном наследии А. Н. Веселовского. Попробуйте охарактеризовать его научный путь.

2. Каковы основные особенности трех редакций «Исторической поэтики» Веселовского, изданных под редакцией И. О. Шайтанова в 2006, 2010 и 2011 годах?

▶▶ **原典选读 1**

О методе и задачах истории литературы как науки①

Вступительная лекция в курс истории всеобщей литературы, читанная в Императорском С.-Петербургском университете 5-го октября 1870 года.

М м. гг.! От всякого, вступающего в первый раз на кафедру, вы ожидаете и вправе требовать, чтоб он изложил пред вами свою программу. Если предмет, представителем которого он является, новый, не встречавшийся до тех пор в расписаниях русских университетских курсов, то это ваше требование еще более основательно. Я нахожусь и в том, и в другом положении; но вместо программы приношу вам, однако ж, нечто вроде обещания, несколько общих тезисов, выработанных наукою, несколько своих личных убеждений, которым, может быть, предстоит еще достигнуть научной ценности. Большего теперь я не хочу обещать, ибо не желаю, чтобы обещание превысило исполнение. Впрочем, самое свойство моего предмета, лишь недавно ставшего предметом особой дисциплины, и положение его в среде русского университетского курса, еще не успевшее выясниться, одинаково побуждают меня к осторожности. Какая потребность русской университетской науке в кафедре всеобщей литературы? Какое место займет она среди других кафедр? Будет ли она служить тому, что принято называть общим образованием, или ей предоставлено будет преследовать более специальные научные цели? Все это вопросы, которые разрешит практика, и полная программа этого преподавания явится лишь в конце его, согласно с указаниями опыта②. В Германии, как известно, кафедра всеобщей литературы существует как кафедра романской и германской филологии. Характеристика этой кафедры дана в самом названии «филологии». Профессор читает какой-нибудь старофранцузский, старонемецкий или провансальский текст (вы заметите, что дело идет преимущественно о старых текстах); наперед предлагаются краткие грамматические правила, диктуются парадигмы спряжений и склонений, особенности метрики, если текст стихотворный; затем следует самое чтение автора, сопровождаемое филологическими и литературными комментариями. Таким образом читаются: «Эдца», «Беовульф», «Нибелунги» и «Песня о Роланде». Нам такая специализация не доступна, по крайней мере на первых порах; во всяком случае она не нашла бы себе достаточно последователей, хотя несомненная

---

① *Веселовский А.* Н. Избранное. На пути к исторической поэтике / Гл. ред. С. Я. Левит; Сост. И. О. Шайтанов. М.: Автокнига. 2010. С. 9 — 20. (编者注)

② Кафедра всеобщей истории литературы была введена в русский университетский Устав в 1863 г. Этот Устав известен как одно из освободительных свершений нового императора — Александра II. В XIX веке организация науки была тесно связана с деятельностью университета и зависима от его программы. Наука институализировалась в структуре соответствующего факультета. Вот почему Веселовский начинает первую лекцию, говоря о новизне курса и отсутствии его программы.

польза, которую исследователь русской старины мог бы извлечь из более близкого знакомства с памятниками англосаксонской и скандинавской литератур, легко может устранить сомнения относительно утилитарности или же непосредственной приложимости подобного рода занятий. Иногда немецкая программа расширяется в сторону собственно литературного комментария: по поводу «Нибелунгов», например, ни один профессор не преминет поговорить о распре, до сих пор разделяющей немецких ученых по вопросу о рукописях, в которых сохранился этот древний памятник немецкой поэзии?[1] Но он пойдет еще далее: он будет говорить о его отношениях к предшествовавшим народным и литературным пересказам той же саги, о его отголосках в позднейшей песне и в названиях местностей, о его месте, вообще, в кругу сказаний о немецких героях, и т.п. Таким образом, задача, поставленная вначале на тесно филологическую почву, может разрастись до более широкой темы - о немецком народном эпосе вообще. Точно так же разбор французских «chansons de geste» легко подает повод к целому ряду таких исследований, как, например, «Histoire poétique de Charlemagne» Гастона Париса и «Guillaume d'Orange» Жонкблота (Jonckbloet)[2]; или же чтение памятников древневерхненемецкой письменности приведет к небольшому ряду обобщений и поднимет, например, вопрос, недавно возбужденный Шерером, об относительно большей или меньшей давности немецкой литературы.

Таким образом, выходя из узкой специальности, ограниченной разбором и толкованием древнего текста, мы переходим к более плодотворному анализу. Но здесь еще раз поднимается вопрос о применимости такого курса. Об общеобразовательной пользе подобного рода разысканий, разумеется, не может быть и речи; но и вопрос о научной их приложимости, — я разумею приложимость относительно русской науки, — по крайней мере, наводит на сомнения. Темные судьбы древневерхненемецкой письменности не могут возбудить в нас особенного интереса; мы не прочь принять к сведению результаты исследования по этой части, но едва ли вздумаем предпринять самое изыскание. С другой стороны, несомненно, что вопрос о немецких сагах и французских «chansons de geste» может осветить нам многие особенности русского песенного творчества; что русская

---

[1] С противостоянием филологических школ в немецком университете Веселовский столкнулся еще в конце 1862 г. См. в настоящем томе примечание к первому из его «Отчетов о заграничной коман дировке» для ЖМНП.

[2] Как отмечал В. М. Жирмунский, книга Гастона Париса «Histoire poétique de Charlemagne» (1865) «положила начало научному изучению французского героического эпоса» (М П, 1940). Ей предшествовали публикации текстов голландским ученым В. Ж. А. Йонкблутом: «В 1854 г. он напечатал по рукописи три поэмы — «Коронование Людовика», «Нимская телега» и «Взятие Оранжа». Они составили первый том следующего издания: «Guillaume d›Orange. Chansons de geste des XIe et XIIe siècles / Publiées parla premiere fois par W. J. A. Jonckbloet. La Haye, 1854»» (Михайлов А. Д. Примечания / / Песни о Гильоме Оранжском. М., 1985. С. 535).

литература XVIII века непонятна без хорошего знакомства с современным движением мысли в Англии и во Франции; но все это - задачи, предоставленные историку русской литературы или еще ожидающие его внимания; историк же общей литературы может приготовить ему материалы, но сам приступить к решению вопроса в данном приложении не решится из опасения, чтоб орудие анализа не разрослось в его руках до комической несоразмерности со значением явления, которое он возьмется осветить. Совершенно иной характер получила история всеобщей литературы на кафедрах во Франции и в последнее время в Италии. Я назвал бы его общеобразовательным, если бы это название не потребовало объяснения в свою очередь. Примеры таких курсов представляют лекции в Collège de France, книги Филарета Шаля, «Michel Cervantes» Эмиля Шаля[①], сочинения Мезьера о Шекспире и Петрарке, наконец, «История английской литературы» Тэна. Предметом исследования избирается обыкновенно какая-нибудь знаменательная в культурном отношении эпоха: например, итальянское возрождение XVI века, английская драма и т.п.; но всего чаще какой-нибудь великий человек должен отвечать за единство взгляда, за целость обобщения: Петрарка, Сервантес, Данте и его время, Шекспир и его современники. Времени, современникам не всегда отводится плачевная роль привесок, кирпичей для пьедестала великого человека; можно сказать наоборот, что в последние годы эта обстановка главного лица заметно выдвинулась вперед и не только оттеняет великого человека, но и объясняет его, и в значительной мере сама им объясняется. При всем том, великий человек остается в центре всего, видимою для глаза связью, хотя бы на это место поставило его не содержание его деятельности, собравшей в себе все лучи современного развития, а часто риторический расчет современного исследователя на то внешнее впечатление единства, какое производит на нас известное имя, известное событие, и которое мы склонны принять за единство внутреннее.

Другие риторические уловки приноровлены к тому, чтоб усилить это искусственное впечатление: к великому человеку сходятся, в нем резюмируются все пути развития, от него расходятся все влияния, подобно тому как в саду, распланированном во вкусе XVIII столетия, все аллеи сведены веером или радиусами к дворцу или какому-нибудь

---

① Веселовский называет имена ученых, о казавших влияние на становление всеобщей истории литературы не только во Франции. Филарет Шаль (Chasles) считается одним из основоположников сравнительного изучения литератур (Études de littérature comparée. 13 Т., 1846 — 1864; Études contemporaines. 3 Т., 1866 — 1869). Его курс сравнения зарубежных литератур («Littérature étrangère comparée»), прочитанный в парижском Атенее в 1835 г., положил начало французской компаративистике, о перирующей понятием «влияние» и возводящей его к Парижу как центру мировой литературы (Bassnett Susan. Comparative Literature: A Critical Introduction. Oxford: Blackwell, 1993. P. 12 — 13, 20 — 21). Этот подход преобладал в мировой компаративистике вплоть до середины XX века.

псевдоклассическому памятнику, причем всегда оказывается, что памятник все же не отовсюду виден, либо неудачно освещен, или не таков, чтобы стоять ему на центральной площадке хорошо распланированного сада, с перспективами во все стороны. Понятно, почему теория героев, этих вождей и делателей человечества, как изображают их Карлейль и Эмерсон[1](Томас Карлейль "О героях", Ралф Уолдо Эмерсон "Избранники человечества", хороша и поэтична лишь в своей неприкосновенности, доведенная до конца. С этой точки зрения они, действительно, могут представиться избранниками неба, изредка сходящими на землю: одинокие деятели, они стоят на высоте; им нет нужды в окружении и перспективе. Но современная наука позволила себе заглянуть в те массы, которые до тех пор стояли позади их, лишенные голоса; она заметила в них жизнь, движение, неприметное простому глазу, как все, совершающееся в слишком обширных размерах пространства и времени; тайных пружин исторического процесса следовало искать здесь, и вместе с понижением материального уровня исторических изысканий центр тяжести был перенесен в народную жизнь[2]. Великие личности явились теперь отблесками того или другого движения, приготовленного в массе, более или менее яркими, смотря по степени сознательности, с какою они отнеслись к нему, или по степени энергии, с какою помогли ему выразиться. Говорить о них как о выразителях всего времени, и вместе с тем обставлять их культурным материалом, свидетельствующим о движениях массы, значит — смешивать старое построение с новым, не замечая всей несообразности этой смеси. Или великие люди ведут за собою время, — в таком случае все подробности, касающиеся их среды и современного им быта, на которые так щедры эссеисты, являются в этой связи привеском, лишенным серьезного значения; или во всем этом есть смысл, — в таком случае историческая работа совершается снизу, великие люди принимают ее из пеленок, переживают сознательно; но тогда говорить о герое, как о выразителе всего времени, значит — придавать ему сверхъестественные размеры Гаргантюа, забывая все разнообразие исторической мысли,

---

[1]   Книга англичанина Томаса Карлейля (Carlyle) «Герои, почитание героев и героическое в истории» («On Heroes, and Hero-W>rship, and the Heroic in History», 1840; русский перевод: Герои и героическое в истории. Публичные лекции // Современник. 1856, пер. В. П. Боткина; в пер. В. И. Яковенко: СПб., 1891; 2-и зд. СПб., 1898), возникшая на волне романтического увлечения великой личностью, до конца XIX века сохраняла свое влияние как высказывание против утилитаризма и позитивистского принижения жизненных целей. Ральф Уолдо Эмерсон (Emerson) дал американский вариант почитания героев в книге «Избранники человечества» («Representative Men», 1850; русс. пер. 1912).

[2]   Под изысканиями, центр тяжести которых «перенесен в народную жизнь», Веселовский имеет в виду школу Г. Штейнталя, сосредоточенную на изучении языка и памятнико в народного творчества (Völkerpsychologie). С этой школой Весело вский познакомился во время своего первого визита в Германию в 1862 — 1863 гг. См. подробнее: «О тчеты о заграничной командировке» и в примечаниях к первому из этих отчетов.

воплотить которую не под силу одному человеку. Как бы то ни было, смешение ли старой точки зрения с новою, или просто возвращение к старому, только в этой подмалевке народными и бытовыми красками фунта, на котором должна тем ярче обрисовываться грандиозная фигура героя, есть известная доля лжи, которую я думал объяснить исканием риторического эффекта.

При всех недостатках подобного изложения истории литературы, характеризующего французскую школу, оно представляет и громадные преимущества.

Именно это изложение предоставляет всего более места тому, что мы можем назвать материалом общего образования: широким историческим взглядам, характеристике культуры, философским обобщениям исторического развития. Только в научной состоятельности этих обобщений мы склонны иной раз усомниться.

Под словом «обобщение» мы привыкли разуметь понятия весьма различные и далеко друг от друга расходящиеся. На практике в этом нет большого греха, но в науке интересно бывает отделить принятое от дозволенного. Вы изучаете, например, какую-нибудь эпоху; если вы желаете выработать свой собственный самостоятельный взгляд на нее, вам необходимо познакомиться не только с ее крупными явлениями, но и с той житейскою мелочью, которая обусловила их; вы постараетесь проследить между ними связь причин и следствий; для удобства работы вы станете подходить к предмету по частям, с одной какой-нибудь стороны: всякий раз вы придете к какому-нибудь выводу или к ряду частных выводов.

Вы повторили эту операцию несколько раз в приложении к разным группам фактов; у вас получилось уже несколько рядов выводов, и вместе с тем явилась возможность их взаимной проверки, возможность работать над ними, как вы доселе работали над голыми фактами, возводя к более широким принципам то, что в них встретилось общего, родственного, другими словами, достигая на почве логики, но при постоянной фактической проверке, второго ряда обобщений.

Таким образом, восходя далее и далее, вы придете к последнему, самому полному обобщению, которое, в сущности, и выразит ваш конечный взгляд на изучаемую область. Если вы вздумаете изобразить ее, этот взгляд сообщит ей естественную окраску и цельность организма. Это обобщение можно назвать научным, разумеется, в той мере, в какой соблюдена постепенность работы и постоянная проверка фактами, и насколько в вашем обобщении не опущен ни один член сравнения. Работа более или менее продолжительная, смотря по обширности предмета. Гиббону стоила его книга двадцати лет труда; Боклю (автор «Истории цивилизации в Англии», она стоила всей жизни[1].

Можно и облегчить себе эту задачу. Ваше внимание, например, обратила на себя история французской мысли в XVI веке. Вы изучили ее главных представителей — Рабле, Монтеня, Ронсара и Маро. Вы рассуждаете таким образом: если эти люди выдались вперед, если их сочинения более других продолжают привлекать внимание, то очевидно потому, что в них более таланта, и, как более талантливые, они сильнее успели воспринять и отразить современные им движения исторической мысли. И вот, Рабле и Маро являются представителями старой Франции, того «esprit gaulois» (Гальский дух), которому еще раз суждено было сказаться в полном цвете при дворах Франциска I и Маргариты Наваррской. Ронсар является несколько позже; он уже составляет переход к позднейшему литературному монархизму. Монтенъ — это тип вечного скептика, благодушно уединившегося на остров, когда впереди и сзади играет буря, и т.п. На этих трех идейках можно, если хотите, построить канву эпохи Возрождения во Франции; к ним пристроились бы по категориям все промежуточные явления; другие, не подходящие, отнесутся к явлениям переходным; картина может выйти полная.

Историю английской литературы и жизни точно так же пробовали объяснить из смены англосаксонского и нормандского элементов, их борьбы и примирения, и факты, казалось, укладывались в эти обобщения[2]. Но эти обобщения не полны, потому что добыты без соблюдения тех условий постепенности, о которых говорено выше. Они могут и не противоречить условиям научным, но совпадение тех и других будет случайное. К этому разряду обобщений относится большая часть тех книжек, в заглавии которых стоит: такой-то и его время. Французская литература ими богата.

Еще хуже бывает, когда обобщение получено даже не из такого одностороннего,

---

[1] Названы имена двух английских ученых, запомнившихся грандиозностью своих обобщающих замы слов. Эдвард Гиббон (Gibbon) — автор многотомной истории «История упадка и разрушения римской империи» («The Decline and Fall of the Roman Empire», 177 — 1788; русск. перев. В. Неведо мского, 1883— 1886). Генри Томас Бокль (Buckle) потратил двадцать лет ежедневного десятичасово го труда на создание истории всемирной цивилизации. То, что он успел написать, носит название «История цивилизации в Англии» («History of Civilisation in England», 1858— 1861, русск. переводы А. Н . Буйницкого, 1862, и К. Н. Бестужева-Рюмина, 1868— 1865, неоднократно переиздавались).

[2] Речь идет о знаменитой книге Ипполита Тэна (Taine) по истории английской литературы «Histoire de la littérature anglaise» (Т. 1 — 4, 1863; в русск. пер. под ред. А. Рябинина и М. Головина — «Развитие по литической и гражданской свободы в Англии в связи с развитием литературы». Ч. I — II, 1871). Двумя годам и ранее Веселовский развернуто высказал свое отношение к Тэну в рецензии на его «брошюру» о голландской живописи: «Новая книга Тэн а: «Philosophie de l'art dans les Pays-Bas»» (СП Б. Ведомости, 14 дек. 1868, № 342). Там он также отрицал принципиальную научную новизну метода, который принес известность Тэну, полагая, что тот мало отличается от других французских сторонников «общеобразовательных» курсов, поскольку пренебрегает исторической точностью.

неполного изучения явлений, а принято на веру из какого-нибудь другого источника, будет ли это предвзятая мысль, убеждение публициста, и т.п. Я, например, полагаю, что сенсуально реалистический взгляд на действительность есть характеристическая особенность древнерусского миросозерцания. Я принимаюсь подыскивать факты, подтверждающие мое мнение: одни из них отвечают на это охотно, другие поддаются при легкой натяжке. Факты собраны, подведены под один взгляд, и вышла книга. Книга хорошая, взгляд в значительной степени верный; но ни тот, ни другой не научны, потому что не доказательны. Не доказано главное положение, может быть также его и вовсе нельзя доказать. Могут заметить, что миросозерцание, выставленное как характерно русское, вовсе не характерно для России; что было время, когда оно преобладало и на Западе; что если оно характеризует что-нибудь, то не расу, не народ, не данную цивилизацию, а известный культурный период, повторяющийся, при стечении одинаковых условий, у разных народов. Стало быть, или обобщение не полно, то есть недовольно взято материала для сравнения; или оно принято на веру, не добыто из фактов, а факты к нему приноровлены: в таком случае оно не научно.

Само собою разумеется, я постараюсь по возможности избегать ненаучных и неполных обобщений. Несколько гипотетических истин, которые я предложу вам в начале этого методологического курса, могут показаться уклонением от этого правила, недостаточно оправданные фактами. Но они и предлагаются более как личный взгляд на генезис науки и поэзии, и должны подвергнуться потом проверке фактами; они казались мне необходимыми как точка отправления, условность или состоятельность которой должна обнаружиться при обратном восхождении от результатов к посылкам. Что касается фактического изложения, которое займет нас в последующих курсах, то здесь программе придется колебаться между полным обобщением, которое мы готовы назвать идеалом исторической науки, и тем узкоспециальным исследованием, примеры которого мы видели на немецких кафедрах. Но научное обобщение, приложенное к широким литературным эпохам, которые всего более могли бы привлечь ваше внимание, возможно лишь в конце долгой ученой деятельности, как результат массы частных обобщений, добытых из анализа целого ряда частных фактов. Вы поймете, что подобного труда я серьезно обещать не могу. С другой стороны, ограниченное более узкою, фактическою сферой, обобщение легко может перейти к той специализации, избегать которой заставляют меня исключительные потребности русской кафедры. Тут, стало быть, необходим выбор, золотая середина.

Я не выставляю ее своим идеалом; я только высказал отрицательную сторону своей программы. Ее положительная сторона, та, которая всего более интересует меня, состоит в методе, которому я желал бы научить вас и, вместе с вами, сам ему научиться.

Я разумею метод сравнительный[①]. Впоследствии я думаю рассказать вам, как в деле историко-литературных исследований он сменил методы эстетический, философский и, если угодно, исторический. Здесь мне хотелось бы указать лишь на тот факт, что это метод вовсе не новый, не предлагающий какого-либо особого принципа исследования: он есть только развитие исторического, тот же исторический метод, только учащенный, повторенный в параллельных рядах, в видах достижения возможно полного обобщения. Я говорю в настоящем случае о его приложении к фактам исторической и общественной жизни. Изучая ряды фактов, мы замечаем их последовательность, отношение между ними последующего и предыдущего; если это отношение повторяется, мы начинаем подозревать в нем известную законность; если оно повторяется часто, мы перестаем говорить о предыдущем и последующем, заменяя их выражением причины и следствия. Мы даже склонны пойти далее и охотно переносим это тесное понятие причинности на ближайшие из смежных фактов: они или вызвали причину, или являются отголоском следствия. Берем на поверку параллельный ряд сходных фактов: здесь отношение данного предыдущего и данного последующего может не повториться, или если представится, то смежные с ними члены будут различны, и наоборот, окажется сходство на более отдаленных степенях рядов. Сообразно с этим, мы ограничиваем или расширяем наше понятие о причинности; каждый новый параллельный ряд может принести с собою новое изменение понятия; чем более таких проверочных повторений, тем более вероятия, что полученное обобщение подойдет к точности закона.

Известно, какой поворот в изучении и в ценности добываемых результатов произвело в области лингвистики приложение сравнительного метода. В последнее время он был перенесен и в области мифологии, народной поэзии, так называемых странствующих сказаний, а с другой стороны, применен к изучению географии и юридических обычаев. Крайности приложения, обличающие увлечения всякою новою системою, не должны разубеждать нас в состоятельности самого метода: успехи лингвистики на этом пути подают надежду, что и в области исторических и литературных явлений мы дождемся если не одинаково, то приблизительно точных результатов. Отчасти эти результаты уже получены или ожидаются в близком времени. Например, на почве литературы, сравнительно-исторический метод во многом изменил ходячие определения поэзии,

---

① Начало своего знакомства со сравнительным методом Веселовский относит к годам учения в Московском университете у Ф.И. Буслаева. См. подробнее в главе предисловия к первому тому «Сравнительная» (ИП, 2006, 39 — 45). Веселовский видит в сравнительном методе путь научного исследования, ведущий к верным обобщениям, — и ниже в данной лекции скажет: «...сравнительное изучение поэзии должно во многом изменить ходячие понятия о творчестве». Этому убеждению он останется верным до конца и положит сравнительный метод в основание исторической поэтики.

порасшатал немецкую эстетику. Немецкая эстетика вскормлена была на классиках; она верила, и отчасти продолжает веровать в личность Гомера. Гомеровский эпос есть для нее идеал эпопеи; отсюда гипотеза личного творчества. Вместе с Винкельманом она молилась на красоты греческой пластики и на пластичность древней поэзии: отсюда является гипотеза красоты как необходимого содержания искусства. Прозрачность греческого литературного развития, выразившаяся в последовательности эпоса, лирики и драмы, была принята за норму и даже получила философское освещение, по которому драма, например, не только являлась необходимым заключением литературной жизни народа, но и взаимным проникновением объективности эпоса с субъективностью лирики, и т.п.

Когда Вольф позволил себе усомниться в личности Гомера, он выходил из критики гомеровско готекста, — другими словами, материал его сравнений оставался по прежнем у специально греческий, и он работал над фактами одного ряда. Но явился Гердер со своими «Песенными отголосками народов»[①]; англичане, а за ними немцы открыли Индию; ро мантическая школа распространила свои симпатии от Индии ко всему Востоку и также далеко в глубь Запада, к Кальдерону и к поэзии немецкой средневековой старины. Таким образом, явилась возможность изучать сходные явления в нескольких параллельных рядах фактов; вместе с тем, характер прежних обобщений не только должен был сделаться полнее, но и во многих случаях радикально измениться. Рядом с личною эпопеей Гомера стало несколько безличных эпопей; теория личного творчества была подорвана: немецкая эстетика до сих пор не знает, как ей быть, например, с «Калевалой», с французскими «chansons de geste». Рядом с искусственною лирикой раскрылось богатство народной песни, с которою плохо ладила теория красоты как исключительной задачи искусства. Оказалось наконец, что драма существовала задолго до эпоса и притом с совершенно эпическим содержанием: пример этого представляют средневековые мистерии и народные игры, сопровождавшие годовые празднества и отлиавшиеся совершенно драматическим характером. Но то же самое можно сказать и о лирике; ведийские гимны и те короткие песни, кантилены, из которых сложились великие народные эпопеи, отличаются лирическим строем. Немецкая эстетика игнорирует мистерию, а народной песне отвела лишь мелкое служебное место в отделе лирики. Но это игнорирование ни к чему не ведет; эстетике все же придется перестроиться, придется строже отделить во прософорме от вопросов о

---

① «Песенные отголоски народов» — так Веселовский передает название сборника народных песен, составленного И. Г. Гердером. Во втором издании (1807) он получил название «Stimmen der Völker in Liedern» («Голоса народов в песнях»). Гердер не был первым в Евро пе собирателем фольклора, но его сборник стал наглядной поэтической иллюстрацией высказанной этим ученым идеи «всемирной истории» (Weltgeschichte), которая явилась философ ским обоснованием сравнительного метода в гуманитарных науках.

миросозерцании. То, что мы могли бы назвать эпическим, лирическим, драматическим миросозерцанием, должно было в самом деле выступать в известной последовательности, определяемой все большими больш им развитием личности, хотя я смею думать, что эта последовательность не совершенно угадана немецкою эстетикой[①]. Что касается форм эпоса, лирики и драмы, от которых пошло название известных по этических родов и эпох поэзии, то они даны задолго до про явления в истории тех особенностей миросозерцания, на которые мы перенесли определение эпического, лирического и т.п. Эти формы — естественное выражение мысли; чтобы проявиться, им нечего было дожидаться истории. Форма драмы встречается уже в Ведах и в разговорах богов Старой Эдды. Между этими формами и изменяющимся содержанием миросозерцания устанавливаются отношения как бы естественного подбора, определяемые условиями быта и случайностями истории. Так, патриархально аристократические пиры и посиделки в палатах Алкиноя[②] или в замке средневеково горы царя должны были вызывать память о п одвигах, рассказы аэдов и труверов. Ведийские гимны и дельфийская лирика развиваются в непосредственной связи с жертвоприношением и славословием богов, с развитием жреческого сословия; греческая драма обусловлена уличною жизнью Афин, общественною деятельностью народных собраний и торжественным обиходом празднеств Диониса. Разумеется, этого подбора могло и не быть, данное миросозерцание могло осложняться не тою формою, которая теперь дает ему название. Как Аристотель ставит Гомера во главе греческих трагиков, так и мы до сих пор говорим о драматизме такого-то положения в романе и зеваем от эпической растянутости иной драмы. Во всем этом не одноразрушение обветшалого взгляда, но и задатки нового построения. Если не ошибаюсь, сравнительное изучение поэзии должно во многом изменить ходячие понятия о творчестве. Вы это проверите сами. Положим, вы не имеете понятия о прелестях средневековой романтики, о тайнах Круглого Стола, об искании Святого Грааля и о хитростях Мерлина. Вы в первый раз встретились со всем этим миром в «Королевских идиллиях» Теннисона[③]. Он привлек вас своею фантастичностью, своею поэзией; вы по любили его героев; их надежды и страдания, их любовь и ненависть, все

---

① Вопрос о последовательности возникновения родов был камнем преткновения в эстетике при решении вопроса опроисхождении поэзии. Веселовский совершенно по -новому поставит вопрос, по сути дела отказавшись рассматривать его хронологически: «Какая форма возникла раньше?»

② О пирах Алкиноя и о слепом певце Демодоке (Гомер, «О диссея», VIfi) Веселовский вспоминает не раз (в том числе в начале главы «Исторической поэтики» — «От певца к поэту») как о наглядном образе рождения и существования поэзии в условиях архаического или — позже — средневекового быта.

③ «Королевские идиллии» («Idylls of the King») Альфреда Теннисона представляют собой большой цикл поэм, варьирующий сюжеты артуровских легенд. Они печатались с 1842 по 1885 год. Публикация четырех поэм в 1859 г. принесла поэту огромную популярность.

это вы отнесли на счет поэта, умевшего воплотить перед вами эту, может быть, никогда не существовавшую на земле действительность. Вы судите по недавнему опыту, по тому или другому роману, который заявляет себя личным измышлением своего автора. Вслед за тем вам случилось раскрыть старые поэмы Гартмана фон дер Ауэ, Готфрида Страсбургского и Вольфрама фон Эшенбах: вы встретили в них то же содержание, знакомые лица и приключения — Эрека и страдальческий образ Эниды, Вивиану, опутавшую Мерлина, любовь Ланцелота и Джиневры. Только мотивы действия здесь иные, чувства и характеры архаистичнее, подстать далекому веку. Вы заключаете, что здесь произошло заимствование новым автором у старых, и найдете поэтический прогресс в том, что в прежние образы внесен о более человечных мотивов, более понятной нам психологии, более современной рефлексии. Вы, разумеется, отнесете на счет XIX века ту любовь к фламандской стороне жизни, которая останавливается на ее иногда совершенно неинтересных мелочах, и на счет XVIII столетия то искусственное отношение к природе, которое любит всякое действие вставлять в рамки пейзажа и в его стиле, темном или игривом, выражать свое собственное сочувствие человеческому делу. Средневековый поэт мог рассказывать о подвигах Эрека, но ему в голову не пришло бы говорить о том, как он въехал на двор замка Иньоля, как его конь топтал при этом колючие звезды волчца, выглядывавшие из расселин камней, как он сам оглянулся и увидел вокруг себя одни развалины : «Здесь стояла по ко сившись арка, оперенная папоротником, там обвалилась большая часть башни, словно отпавший от утеса камень, на который высыпала веселая семья цветов. Обломок лестницы вился высоко кверху: она открыта солнцу, и на ней следы шагов, теперь давно замолкших. Чудовищные стволы плюща охватили ветвистыми объятиями, серые стены и всасываются в пазы между камней; внизу они похожи на свившихся в узел змей, вверху раскинулись тенистою рощей».

Эти реальные подробности обличают Новое время: это — зеленые побеги плюща, охватившие серые своды древнего сказания; но самое сказание вы признали и продолжаете говорить о заимствовании. Таким образом вы верно решили одну сторону вопроса, которую вам предстоит только обобщить.

Но вы еще не можете остановиться на этой стадии сравнения: восходя далее от средневековой немецкой романтики, вы найдете те же рассказы во французских романах Круглого Стола, в народных сказаниях кельтов; еще далее — в повествовательной литературе индейцев и монголов, в сказках Востока и Запада. Вы ставите себе вопрос о границах и условиях творчества.

Лотце называет гениальным поэтическим инстинктом склонность великих поэтов обрабатывать сюжеты, уже подвергшиеся однажды поэтической переработке. Таков, как известно, прием Шекспира: его драмы построены большею частью на итальянских новеллах, а исторические пьесы — на хронике Холиншеда. Лотце присоединяет к нему еще Гёте. Примеров, подобных приведенному, можно подобрать множество; только они могут показаться слишком специальным и, подобранными и потому не доказательными. Доказательство приносит ежедневный опыт: нет повести или романа, которых положения не напомнили бы нам подобные же, встреченные нам и при другом случае, может быть, несколько переиначенные и с другим иименами. Интриги, находящиеся в обращения у романистов, сводятся к небольшому числу, которое легко свести к еще меньшему числу более общих типов: сцены любви и ненависти, борьбы и преследования встречаются нам однообразно в романе и новелле, в легенде и сказке, или лучше сказать, однообразно провожают нас от мифической сказки к новелле и легенде и доводят до современного романа. Легенда о Фаусте обошла под разными именами старую и новую Европу; Прометея Эсхила можно угадать в Лео Шпильгагена[①], в Pramathas индейского эпоса, в мифе о снесении небесного огня на землю. Ответ на поставленный вопрос может быть предложен опять же в форме гипотетического вопроса: не ограничено ли поэтическое творчество известными определенными формулами, устойчивыми мотивами которые одно поколение приняло от предыдущего, а это от третьего, первообразы которых мы неизбежно встретим в эпической старине и далее, на степени мифа, в конкретных определениях первобытнго слова? Каждая новая поэтическая эпоха не работает ли над исстари завещанными образами, обязательно вращаясь в их границах, позволяя себе лишь новые комбинации старых, и только наполняя их тем новым пониманием жизни, которое собственно и составляет ее прогресс перед прошлым? По крайней мере, история языка предлагает нам аналогичное явление. Нового языка мы не создаем, мы получаем его от рождения совсем готовым, не подлежащим отмене; фактические изменения, приводимые историей, не скрадывают первоначальной формы слова или скрадывают постепенно, незаметно для двух следующих друг за другом поколений. Новые комбинации совершаются внутри положенных границ, из обветрившегося материала: я укажу в пример на образование романского глагола. Но каждая культурная эпоха обогащает внутреннее содержание слова новыми успехами знания, новыми понятиями человечности. Стоит проследить историю любого отвлеченного слова, чтоб убедиться в этом: от слова *дух*, в его конкретном смысле, до его современного употребления также далеко, как от индейского Прамата до Прометея Эсхила.

Это внутреннее обогащение содержания, этот прогресс общественной мысли в границах слова или устойчивой поэтической формулы должен привлечь внимание психолога, философа, эстетика: он относится к истории мысли. Но рядом с этим фактом сравнительное изучение открыло другой, не менее знаменательный факт: это ряд

---

① Лео Шпильгагена — герой романа Ф. Шпильгагена «Один в поле не воин»; см. подробнее в комментарии к работе «История или теория романа?».

неизменных формул, далеко простирающихся в области истории, от современной поэзии к древней, к эпосу и мифу. Это материал столь же устойчивый, как и материал слова, и анализ его принесет не менее прочные результаты. Иные из них уже вырабатываются современною наукою; другие выражены были ранее, хотя еще гипотетически. «Можно бы составить чрезвычайно интересный труд о происхождении народной поэзии и о переходе схожих сказаний из века в век и из одной страны в другую», — говорил Вальтер Скотт в одном примечании к «Lady of the Lake». «Тогда обнаружилось бы, что -то, что в одном периоде было мифом, перешло в роман следующего столетия и позднее в детскую сказку. Такое исследование значительно умалило бы наши представления о богатстве человеческой изобретательности»[①].

Мне хотелось бы кончить определением в нескольких словах понятия истории литературы. История литературы в широком смысле этого слова — это история общественной мысли, насколько она выразилась в движении философском, религиозном и поэтическом и закреплена словом[②]. Если, как мне кажется, в истории литературы следует обратить особенное внимание на поэзию, то сравнительный метод откроет ей в этой более тесной сфере совершенно новую задачу — проследить, каким образом новое содержание жизни, этот элемент свободы, приливающий с каждым новым поколением, проникает старые образы, эти формы необходимости, в которые неизбежно отливалось всякое предыдущее развитие. Но это ее идеальная задача, и я берусь только указать вам, что можно сделать на этом пути при настоящих условиях знания.

▶▶ **原典选读 2**

Взгляд на эпоху Возрождения в Италии[③]

Речь, произнесенная при защите диссертации под названием «Вилла Альберти»

Я желал бы объяснить подробнее общие положения, изложенные мною во введении к моей книге, потому что они не столько руководили мною в исследовании, сколько

---

① В. Скотт снабдил свою поэму «Дева Озера» («The Lady of the Lake», 1810) многочисленными примечаниями, касающимися в том числе суеверий шотландских горцев.

② Это определение, к которому Веселовский пришел как к результату своего рассуждения о «методе» и задачах истории литературы как науки, в 1870 г., будет принято им за основу и во введении в историческую поэтику 33 года спустя. Однако в трансформированном определении «общественная мысль» предстанет неп росто «закрепленная словом», а в «образно поэтическом переживании и выражающих его формах». (Подробнее см.: вступит, стат. к главе «Определение поэтики» М П, 2006, 23 — 29).

③ *Веселовский А. Н.* Избранное. На пути к исторической поэтике / Гл. ред. С. Я. Левит; Сост. И. О. Шайтанов. М.: Автокнига. 2010. С. 315 — 330. （编者注）

объявились в его результате, как общий культурный итог. Это извинит кажущуюся специальность моей задачи: когда в историю общественных идей, под которой мы разумеем историю литературы, вносится новая последовательность, когда восстановляются органические связи развития, остававшиеся до сих пор нераскрытыми, специальное исследование не только извиняется своею целью, но оно необходимо.

В истории идей насильственных перерывов гораздо менее, чем обыкновенно думают. Эпохи упадка и возрастания, эпохи процветания и косности, — все это искусственные рубрики, группирующие известное количество фактов, произвольно отгороженных для удобства изучения. Логически защитить их невозможно; каждое поколение, каждая новая историческая школа меняет в этом отношении свой взгляд, потому что всегда остается открытым вопрос: где же собственно начался упадок, где зарождение тех идей, которым суждено проявиться во всем блеске на высоте народного развития? Оказывается, что и начало упадка, и начало зарождения обыкновенно бывают совместны, иногда как будто сильнее сказываются те и другие, и тогда мы спешим отметить эти эпохи соответствующим названием, успокаивающим нас своею кажущейся определенностью; иной раз эти начала как будто уравновешены, и мы не могли для подобных периодов найти лучшего наименования, как назвав их переходными. Но это название опять такое же условное, как и предыдущие, как обновленное Дрепером разделение истории народов на эпохи детства, отрочества, юности, возмужалости, старчества и смерти. Как будто эти категории предполагают какое-нибудь реальное содержание, как будто их границы не сплываются в представлении каждого, хотя бы в приложении к возрасту отдельной личности? Все эти вопросы, невольно поднимающиеся при изучении любой истории, восстают для нас с новой силой в приложении к итальянской культуре, столь богатой содержанием и разнообразными влияниями на ход европейской образованности. Изучить падение и возрастание идей в самом источнике, откуда потекло интеллектуальное обновление Европы, представляется заманчивой задачей. Принципы Возрождения вышли отсюда, чтобы обойти потом всю Европу. Что же такое это Возрождение?

Что такое возродилось и что такое пало, уступая наплыву новых образовательных элементов? В каких условиях и границах совершилось то и другое, каким потребностям общественной мысли отвечало, была ли тут органически последовательная смена явлений, или она совершилась быстро, в смысле насильственного перерыва?

Наплыв византийских греков, падение Константинополя, влияние Медичей — вот в каком смысле отвечали до сих пор на этот вопрос. Далеко за всем этим представлялись последние проблески национальной мысли и итальянского слова, как последние берега когда-то зеленого оазиса; между ними и эпохой Возрождения протянулась голая полоса земли без признака растительности, без всяких следов жизни. Что же такое совершилось в этот промежуток? Ведь общество продолжало жить, думать и гадать, поминая старое, открытое или неприязненное новому веянию времени. Каковы бы ни были его отношения к новому, его симпатии или антипатии старине, в них во всяком случае должна сказаться та, какая ни на есть самодеятельность общественной мысли, которая и составляет органический переход между двумя эпохами, расторженными по условным категориям.

Случайное открытие еще более убедило меня, в чем собственно нельзя было сомневаться теоретически: что смена произведена была не случайностью влияния, а в смысле последовательной выработки, органического перехода. Из страниц старой рукописи мне удалось восстановить литературный кружок, собиравшийся на рубеже XIV — XV столетий в садах Альберти потолковать об опустелых палатах старого Парнаса, о прелестях новой науки, присутствие которой смутно ощущается во всех разговорах, как новая превзошедшая сила. При помощи других современных свидетельств я вздумал досказать их недосказанные мысли, прочесть между строками, что они не считали нужным выразить яснее или сами сознавали неясно, потому что только нам, удаленным от них на целые века развития, становятся видны a vol d'oiseaux тайны того исторического движения, орудиями которого они являлись, то неуловимое скрещивание света и мрака, из которых слагаются сумерки переходной эпохи, всегда волнующейся, смущенной, поделенной между надеждами будущего и печалью о прошлом.

Такого рода изучение не только осветило новым светом отношения итальянского Renaissance к туземной старине, но и сделало возможным точнее отделить явления специально итальянского Возрождения от сродных культурных фактов, которые в других странах мы привыкли называть тем же именем.

Некоторые соображения по этому вопросу могут не показаться лишними.

Эпоха Возрождения, Renaissance XV — XVI в., принадлежит к тем эпохам, на которых с особенным вниманием останавливается историк, который бы задумал приложить к фактам литературной жизни сравнительный метод, оказавший более блестящие результаты в области других наук. Это один из тех широких вопросов, к разрешению которого не довольно было одиноких сил одного народа, потому что его не обошла ни одна культурная среда, стоявшая под влиянием римского предания. Единство источника, из которого потекло все это движение — я разумею Италию, — не может нас успокоить, ни удержать от дальнейшего сравнения. Тот факт, что движение принялось и произвело результаты, показывает, что оно явилось желанным, что сама жизнь шла ему навстречу, готовая воспользоваться всяким толчком, который помог бы внутренним требованиям органического развития. Это органическое развитие готовилось тогда в сторону новой истории. Европа вымогалась к ней из Средних веков в литературе, в изменении социального быта и политических идеалов. То, что со своей стороны принесла ей Италия, только помогло национальному брожению, и всходы вышли разные, смотря по тому, в каком смысле происходило это национальное брожение. Отсюда то впечатление разнообразия, которое производит вообще вся эта эпоха: как личность в первый раз выходила тогда на сцену истории из безразличной скуки эпического типа, так на почве политических и религиозных интересов народы выступали из космополитической цепи, в которой империя и католицизм держали все средневековое человечество. Это не обошлось без борьбы; старые жизненные принципы не могли без боя уступить победы требованиям новой жизни; но эта борьба не массовая, не эпическая, а личная; мировые силы сошли со сцены, на которой движутся теперь мелкие партии, интересы школы. В Германии темные люди и гуманисты, во Франции Плеяда и доживающая школа Marot и St. Gelais. Хронику заменила автобиография, добродушный fabliau, бичевавший касту, обратился в памфлет, направленный против личности, или заявлявший себя во имя национальной свободы против ненациональной прерогативы. Вся культура, вышедшая из этих посылок, носит отпечаток индивидуальности в личном и народном смысле. В Германии эта эпоха реформы, вся жизненная деятельность, оживленная научным влиянием Италии, обратилась к обособлению религиозного самосознания и народно-политического строя. Литература притихла, поскольку она не памфлет, не аугсбургское исповедание, или не воспоминание и не побратание старине (Seb. Brandt и т.п.), и надо будет дождаться XVIII века, чтобы плоды научного движения вошли в плоть и кровь нации, вызывая новое самостоятельное творчество мысли. В Англии, наоборот, это эпоха высшего развития литературы в народном смысле этого слова, тогда как во Франции победа Плеяды готовит развитие того монархического вкуса в литературе, который приведет к централизации французской мысли и в XVII столетии найдет свое высшее выражение в Людовике XIV.

Каким переломом сказалась эта эпоха в Италии — вот вопрос, которого не может обойти никто, отдавший себе отчет в том влиянии, какое Италия имела на развитие европейского Renaissance в смысле возрождения классической науки. Да и вообще приложимо ли это название к Италии? Было ли у нее Возрождение, когда не было средних веков, по крайней мере, в том смысле, в каком они понимаются по ту сторону Альп, когда вся культура старой Италии представляется нам, за немногими исключениями, органическим продолжением римской? Итальянцы — первородные сыны классического Рима; позже всех других романских наций они обособились в собственно романцев, потому что дольше других оставались римлянами в языке и жизни, в преданиях и верованиях. Сравнивать итальянцев с римлянами республики никому, разумеется, не придет в голову; только с этой точки зрения сближение могло бы показаться неверным. Они потомки римлян времен упадка, когда политическая и литературная централизация Рима уже успела распасться; новые народы вторглись в его историю, как провинциалы вторглись в литературу. И там и здесь народная волна прорвалась в заповедный круг аристократического развития, приводя с собой тот вульгарный элемент в языке и выражении, которому так долго не давали ходу условные формы придворной литературы. Если мы привязываем итальянскую литературу к римской, то позабываем на время Цицерона и Вергилия, и помним только посредство той вульгарной латинской поэзии, которая на перепутье между Боэцием и Данте вдохновляла гимны святого Амвросия и сторожевую песнь воинов на стенах осажденной Молены.

Та же самая преемственность в обычаях и верованиях. Римское религиозное и общественное предание удерживает свою жизненную силу, долгое время спустя после того, как христианство объявлено религией империи: принятое в городах буржуазным классом, оно не проникло в деревни (паганизм), а с другой стороны, и аристократические роды гордо держатся старины, в которой предания политической славы крепко сплетены с религиозными преданиями язычества. Симмах — не последний язычник, попытка восстановить в сенате статую Победы не последняя в этом роде. Во время осады Рима Тотилой какая-то святотатственная рука пыталась отворить врата Янусова храма на Капитолии, но забытый бог оказался глух к пугливой молитве, и заржавленные врата храма не отворились.

Другой ряд фактов приводит нас к изображениям совершенно того же характера: Боэций и Вергилий продолжают жить в народной памяти до самой поздней поры Средних веков, сказание о Тарпее слышалось Нибуру в народных рассказах современного Рима; я знаю, что Льюис подверг это сведение сомнению, тем не менее в многочисленных сагах, привязавшихся к основанию итальянских городов, едва ли позволено видеть исключительное влияние писанных хроник и школьной традиции без участия живой народной памяти о классической старине. С другой стороны, и в школах риторов, обновленных со времен Теодориха, эта старина продолжала разрабатываться теми же научными методами, как и прежде, и, может быть, с тою же любовью. По крайней мере, еще в начале VI в. Кассиодор отзывался с грустью, что священных писателей некому истолковывать публично, тогда как светские, т.е. языческие, авторы еще продолжают красоваться в школах.

Как относилась церковь к этому языческому наследию, упорно продолжавшему предъявлять свои права на жизнь, несмотря на официальное запрещение? Мы пройдем молчанием первые три века борьбы и преследования, пережитые христианством, потому что, полные страстных порывов и нареканий, они не дают нам объективного понятия о том, в каких отношениях связи и влияний находилось новое религиозное и культурное начало к старине. В IV в. эта страстность улеглась, христианство входит в историю полноправным, деятельным элементом, и в лице своих великих проповедников торжественно признает свою солидарность с культурными заветами язычества. Бл. Иероним и Августин положительно стоят на его почве, оба они вышли к христианству долгим философским искусом, не только путем веры, но и путем знания и сознательного выбора. Иероним читает в Вифлеемской пустыне Цицерона и Платона, и Василий Великий сравнивает языческих писателей с той первой краской низшего качества, в которую необходимо опускается ткань, прежде чем быть окрашенной в пурпур христианства. В самых идеалах изящного, которые начинают теперь высказываться, проявляется новый мир христианства с языческой культурой, его образы становятся грациознее, человечнее, страх чувственной красоты, отличающий представление первых учителей церкви о земном образе Христа, уступил перед требованиями плоти. Но это не надолго: пройдет немногим более столетия, и из мозаики VI в. на нас заглядят суровые лики, полные кары и сострадания, вместе с глазами болезненно открытыми, как будто испуганными. Таково все впечатление века: это пора погромов и нашествий; это не борьба или преследование из-за идеи, которая и очищает и поддерживает вместе, а какие-то стихийные силы обрушились на исторический мир, с ними нет счету; они действуют бессознательно, оттого на всей этой эпохе лежит печать неизбежного фатума, от которого спасает только вмешательство чуда. Мы в эпохе видений, чудес, процветания католической легенды. Легенда VI века — это эпос зачинающегося римско-католического мира. Как чудо исключает всякие генетические связи и последовательность развития, так легенда забывала о прошлом, для нее не существует истории. Церковь едва успевает среди варварских нашествий спасти сокровищницу веры, оставляя позади себя, как ненужный балласт, все культурное содержание древности, проводником которой она до тех пор являлась. Классическое предание ею забыто, она даже начинает гнушаться им. Григорий Великий и Григорий Турский лучше всего характеризуют этот двоякий разрыв с прошлым в легенде и с классической культурой в окончательном забвении правил Доната. Когда, наконец, промчалась буря и новый день взошел, как удивимся мы, когда под развалинами мы найдем притаившуюся культурную искру язычества! Забытое церковью, в которой одной, казалось, сосредоточились тогда все надежды на будущее, оно пережило эпоху переворота, обнаруживая всю живучесть народной основы. Вдали от официального христианства школы риторов и грамматиков продолжали разрабатывать втихомолку заложенную в обществе традицию Рима: так в миниатюре барберинской псалтыри языческие нимфы притаились за фигурой благочестивого царя Давида. О существовании этих школ в VII и VIII в. мы имеем положительные сведения; они были рассадником для Карла Великого, когда он задумал пересадить на север плоды классической культуры; в IX и X в. несколько латинских стихотворений свидетельствуют нам о ее живучести и популярности; в X веке императору Отгону I удается заманить в Германию новарского грамматика Гунцона; его спор с сент-галльскими монахами, поймавшими его на какой-то грамматической ошибке, только доказывает, как органически связана латинская культура, доживавшая в обществе, с итальянской, которая разовьется из нее незаметно, как новый побег никогда не увядавшего дерева. «Напрасно упрекает меня сент-галльский монах в незнании грамматики, — отвечает итальянский грамматик — и тут же сознается, что его нередко сбивает с толку употребление народного языка — недалекое, как он выражается, от латинского». Напрасно стали бы упрекать его также в том, что классический мир для него не завершился, что он не относится к нему, как к антику с целями подражания и восстановления; этот мир продолжает жить в нем и вместе с ним развиваться — в смысле упадка, если взять за неисторическую норму блестящие века римской культуры, но и в смысле прогресса, готовящего новые формы жизни и мысли в разложении старых. Итальянский грамматик продолжает читать Горация и Цицерона, но, принимаясь сам за поэтическое творчество, он является проводником в литературе тех неологизмов в языке и стихосложении, в забвении метрического количества и в введении рифмы, которыми отмечается крайнее развитие старой латинской основы на пути к ее проявлению в новой итальянской. Пройдет время, и он же станет писать по-итальянски, переход совершается незаметно для него самого, потому что последовательность исторической работы редко ощущается самими деятелями, и видна только на расстоянии, когда степени сравнения обозначились ясно. Если, несмотря на это, мы иногда не в состоянии проследить всех фазисов развития, то только потому, что промежуточные члены затерялись, не будучи закреплены письменно. Это не мешает нам поставить итальянский язык в непосредственную связь с последними звуками латинского народного языка, romana rustica, точно так же, как иное итальянское стихотворение в народном стиле легко представить себе новой транскрипцией старого мотива, когда-то раздававшегося на латинские слова. Так сентиментальная струнка и субъективное отношение к природе, отличающее старую итальянскую и вообще романскую поэзию, стоит в непосредственной связи с тем же направлением, впервые выразившимся в латинских поэтах времен упадка, в розах и идиллиях Авзония.

Так объясняем мы себе исторический рост итальянской литературы, коренящейся всеми жизненными своими сторонами в латинской древности. Менее чем все другие романские, она отразила на себе влияния посторонние, племенное и христианское. Вспомним, что она первая свела счеты и с католической космогонией и феодальным началом гибеллинов, потому что такое объективное создание, какова Комедия Данте, возможно только на развалинах прошлого, с которым сознание уже порешило. Данте смело берется за руку Вергилия, тогда как его современник Je-han de Meung еще довольствуется схоластическим руководством Bel-Accueil'я. Повторяю еще раз: за немногими исключениями и немногими посторонними струями, все литературное и общественное развитие Италии представляется нам органическим продолжением римского. А между тем, и у нее была эпоха так называемого Возрождения, в смысле обращения к исконным классическим основам. Разумеется, здесь оно имело несколько другой оттенок, чем в Германии, например, или во Франции, потому что отношения между старым и новым были поставлены несколько иначе. Сравнить итальянское Renaissance с германским или французским, делая наведение от одного к другому, положительно немыслимо. На Севере и за Альпами учения Renaissance являлись проводниками более широких человечных идей, выросших вне национальной почвы и потому послуживших к обогащению узких доморощенных идеалов, истощившихся до бессилия. Так мы на стороне Рейхлина, Вимпфелинга и Гуттена против темных людей и их сверстников; люди Renaissance пишут и действуют там во имя свободы в религии и политике. В Италии ученые Возрождения хотят насильно возвратить к его истокам неудержимый поток истории; относительно Италии они не проповедуют ничего нового, но лишь старое, пережитое; от Италии современной они обращают нас к Италии прошлой, латинской, и как сами они воспитывались на образцах литературной древности, так и политические их симпатии отданы эпохе, которая видела их самое блестящее развитие — эпохе Августа и начинающейся империи. Оттого они на стороне нового порядка вещей, приведшего с собою владычество Медичей и водворение золотого Августова века, тогда как предания народности и свободы были очевидно уделом литературных староверов. Роли, стало быть, поставлены здесь иначе, и та партия, которая на Севере была на стороне освобождения, являлась здесь тормозом развития, в народном смысле этого слова.

Если возможно с чем-нибудь сравнить движение итальянского Renaissance, то разве с фактами римской литературной жизни. Как будто единство организма дало здесь повториться одному и тому же явлению, и в одних и тех же формах. Как странствующие ученые времен итальянского Возрождения воспроизводят собой странствующих риторов упадка римской литературы, так борьба литературных партий в эпоху перехода от республики к единовлаетью Августа повторяется при тех же обстоятельствах на переходе от дантовского периода к веку Медичей. Старые поэты римской республики работали по греческим образцам, которые успели органически усвоить, применив их к содержанию народной мысли; те, которые пишут в конце республики, и следом за ними корифеи Августова века, следуют тем же образцам, но народное содержание ускользнуло у них, они прилепились к чужим формам и дали преимущество не национальному элементу в литературе, которая до тех пор успевала, хотя и не всегда гармонически, соединить этот элемент с народным. Это равнялось разрыву с историей: узкое поклонение чуждым образцам вызывало новые идеалы изящества и облагородило слог, но оно же сделало невозможным свободное творчество, немыслимое без народной почвы. Отсюда отрицательное отношение поэтов Августова века к народным поэтам старины, которые казались им грубыми и неизящными; отсюда интимная связь новых поэтов с новыми антинациональными стремлениями императорства, с судьбой которого они связывают себя, тогда как дело республики связано было с преданиями старой литературной школы, и вместе с ними отходило в прошлое.

Ту же борьбу принципов и противоположность литературных школ, выражавших политический антагонизм дня, мы встречаем на переходе от эпохи чисто итальянского литературного развития к так называемому Возрождению. Идеалы старой национальной школы, завершавшейся в Данте и его веке, ведутся далекими переходами и перекрестными влияниями из латинской литературной старины, к которой привязываются школами риторов и народным песенным преданьем. Поэты времен Возрождения указывают опять на ту же латинскую старину — но указывают так, как литераторы Августова века указывали на греческие образцы, позабыв историю и исходные точки своего собственного развития. Оттого и в них такое же презрение к старой поэтической школе, представлявшей народное предание в поэзии и в жизни, которой эта поэзия служила выражением; оттого и здесь то же обращение к не национальному принципу и политическим формам, идущим в разрез с заветами истории. Как там Август, так здесь Медичи, та же искусственность и манерность и отсутствие творчества, обличающее отсутствие народной почвы.

Освещенная таким образом история итальянского Renaissance становится довольно ясной в своем общем характере и особенностях, отличающих ее от смежных явлений, которые мы привыкли называть тем же именем. Я взялся рассмотреть только один уголок этой истории, начало которой мне удалось отодвинуть гораздо далее, чем обыкновенно принимается историками итальянской культуры. В конце XIV в. мне показались зародыши того общественного переворота, который разыграется в последующем столетии, приведя с собой изменения литературных идеалов и политической программы. Если исследование не обмануло меня, мне удалось отнести к основаниям и почину, что большей частью понималось как результаты и выводы; таким образом, объяснились отчасти Медичи, тогда как до сих пор они должны были давать всему объяснение. Влияние итальянского Renaissance на поворот в европейском миросозерцании велико бесспорно; тем важнее определить его в самом себе, в его внутреннем организме, чтобы из общих результатов можно было с достоверностью выделить меру того, что каждая страна приносила навстречу возрождающему влиянию Италии.

课后思考题

1. На каких материалах Веселовский сформировал свой сравнительный метод?

2. Как Веселовский определяет понятие «история литературы»?

3. Каков взгляд Веселовского на эпоху возрождения в Италии?

▶ **推荐阅读材料** ◀

1. *Веселовский А. Н.* Историческая поэтика / ред., вступ. ст. и примеч. В. М. Жирмунского. Л. : Художественная литература,1940.

2. *Веселовский А. Н.* Историческая Поэтика. М.: Высшая школа, 1989.

3. *Веселовский А. Н.* Избранное: Историческая поэтика / Вступ. ст., коммент., сост. И. О. Шайтанова. М.: РОССПЭН, 2006.

4. *Веселовский А. Н.* Избранное. На пути к исторической поэтике / Гл. ред. С. Я. Левит; Сост. И. О. Шайтанов. М.: «Автокнига», 2010.

5. *Веселовский А. Н.* Избранное: Историческая поэтика. СПб.: Университетская книга, 2011.

6. *Зубарева В. К.* Перечитывая А. Веселовского в XXI веке // Вопросы литературы. 2013. №5. С. 47 — 81.

7. *Шайтанов И. О.* Историческая поэтика А. Н. Веселовского: сравнительный метод / Знание. Понимание. Умение. 2008. № 3. С. 170 — 175.

第二讲拓展资源

第三讲
Литературно-философская критика Н. А. Бердяева

Культура — не реализация новой жизни, нового способа существования, а реализация новых ценностей. Все достижения культуры скорее символичны, чем реалистичны.

— *Н. А. Бердяев*

1. Что вы знаете о Н. А. Бердяеве?

2. Какое значение имеет Бердяев в истории русской культуры?

▶▶ **原典选读 1**

Мое философское миросозерцание[①]

В центре моего философского творчества находится проблема человека. Поэтому вся моя философия в высшей степени антропологична. Поставить проблему человека — это значит в то же время поставить проблему свободы, творчества, личности, духа и истории. Поэтому я занимался главным образом философией религии, философией истории, социальной философией и этикой. Философия моя экзистенциального типа, если пользоваться современной терминологией. Но она может быть также отнесена к философии духа. В своей основной тенденции эта философия дуалистическая, хотя речь идет о дуализме особого рода и ни в коей мере не окончательном. Это есть дуализм духа и природы, свободы и детерминации, личности и общего царства Бога и царства Кесаря. В этом я чувствую себя ближе к Канту, чем к монистическому немецкому идеализму начала XIX века. Исходная точка моего мировоззрения есть примат свободы над бытием. Это придает философии динамический характер и объясняет источник зла, так же как и возможность творчества в мире чего-то нового. Свобода не может детерминироваться бытием, свобода не определяется даже Богом. Она укоренена в небытии.

В том, что касается мыслителей прошлого, мне особенно близки Гераклит, Ориген и св. Григорий Нисский среди отцов церкви, Яков Беме, который имел огромное значение

---

① *Бердяев Н. А.* Pro et Contra. Антология Книга 1. СПб.: Русский Христианский гуманитарный институт. 1994. С. 23 — 28. （编者注） Статья было написана для немецкого «Словаря философов» (Philosophen Lexicon) в 1937 г. и имела название «Die philosophische Weltschauung N. A. Berdiaef». На русском языке впервые была опубликована в «Вестнике Русского студенческого христианского движения» в 1952 г. (№ 4/5). В настоящем издании печатается по тексту, предложенному журналом «Философские науки» (1990. Кн. 6. С. 85—89).

для моего духовного развития, и в некоторой степени Кант[1].

Что касается философов нашего времени, у меня есть точки соприкосновения с Бергсоном, Джентиле, Максом Шелером[2]. Среди представителей экзистенциальной философии наиболее близок мне Ясперс[3]. Достоевский, Л. Толстой, Ницше, в свою очередь, сыграли большую роль в выработке моего мировоззрения, так же как Маркс,

[1] Гераклит из Эфеса (ок. 554—483 до н. э.) проводил в своей философии принцип panta rhei — «все течет» и полагал огонь воплощением принципа всеобщего изменения··· Для Гераклита все было потоком изменения. «Все текло», — с одобрением писал Н. А. Бердяев в «Экзистенциальной диалектике божественного и человеческого». Но, замечал он, все же «преобладал статический онтологизм Парменида и Платона». Ориген (ок. 185—253/254) — один из первых учителей церкви, создавший свою теологическую систему посредством синтеза христианской веры, эллинистической образованности и неоплатонизма. Григорий Нисский, святой (335—после 394) — один из восточных отцов церкви, также предпринимавший синтез теологии и неоплатонизма. В «Экзистенциальной диалектике божественного и человеческого» Н. А. Бердяев писал: «Для понимания христианства как религии Духа имели значение восточные учители Церкви, особенно Ориген и св. Григорий Нисский, последний более всего, так как его учение о человеке самое высокое в истории христианской мысли и его духовность упреждает всю историю христианской мистики». Беме Яков (Якоб) (1755 — 1624) — немецкий мистик, оказавший громадное воздействие на рождение главной философской интуиции Н. А. Бердяева — понятия Ungrund, добытийственной свободы.
Кант Иммануил (1724 — 1804) — немецкий философ. Отношение Н. А. Бердяева к его философии было различным: от резкого неприятия в период становления его собственной философии христианского творческого антропологизма до положительного переосмысления как христианского по духу философа, утверждавшего свободную активность субъекта (см.: Бердяев Н. А. Опыт эсхатологической метафизики. Творчество и объективация. Париж, 1947. Ч. 1, § 1 — 2).

[2] Бергсон Анри (1859 — 1941) — французский философ, создатель философии творческого эволюционизма. Н. А. Бердяев высоко ценил главный пафос его мысли — «метафизическая сущность мира есть порыв и жизнь». Джентиле Джованни (1875 — 1944) — итальянский философ-неогегельянец, отождествивший реальность с актом мышления субъекта, что имело сходство с теорией объективации Н. А. Бердяева. Шелер Макс (1874 — 1928) — немецкий философ, знакомый Н. А. Бердяева, представитель философской антропологии. Н. А. Бердяев высоко ценил его желание основать этику на примате ценности конкретной личности.

[3] Ясперс Карл (1883 — 1969) — немецкий философ-экзистенциалист, которого Н. А. Бердяев считал «более экзистенциальным», чем Хайдеггера, хоти и замечал, что Ясперс все же наукообразен. «Я называю экзис тенциальным философом того, у кого мысль означает тождество личной судьбы и мировой судьбы» («Самопознание»). Такого тождества, по мнению Н. А. Бердяева, Ясперс не достиг.

Карлейль, Ибсен и Леон Блуа — в становлении моих социальных взглядов[①].

Задачи философии. Философия есть наука о духе. Однако наука о духе есть прежде всего наука о человеческом существо вании. Именно в человеческом существовании раскрывается смысл бытия. Бытие открывается через субъект, а не через объект. Поэтому философия с необходимостью антропологична и антропоцентрична. Экзистенциальная философия является познанием смысла бытия через субъект. Субъект экзистенционален. В объекте, напротив, внутреннее существование закрывается. В этом смысле философия субъективна, а не объектив на. Она основана на духовном опыте.

Познание. Познание нельзя противопоставлять бытию. По знание есть событие внутри бытия. Познание имманентно бытию, а не бытие имманентно познанию. Познание не есть от ражение бытия в познающем субъекте. Познание носит твор ческий характер и представляет собой акт постижения смысла. Противопоставление познающего субъекта объекту познания ведет к уничтожению бытия как субъекта, так и объекта. Понятие объекта нужно заменить понятием объективации.

Существуют разные ступени познания и соответствующие им ступени объективации. Чем более объективировано познание, чем дальше оно от человеческого существования,

---

① Достоевский Федор Михайлович (1821—1881) — Невозможно переоценить его роль в формировании самых разных аспектов философии Н. А. Бердяева (теодицея, понимание христианства, критика социализма, антропология и др.). Толстой Лев Николаевич (1828 —1910). — В «Самопознании» Н. А. Бердяев пишет: «Большое значение имел для меня Л. Толстой в первоначальном моем восстании против окружающего общества» (гл. V). Вместе с тем Н. А. Бердяев осудил толстовство, разрушавшее культуру и тем сделавшее возможным русскую революцию («Духи русской революции» в сб. «Из глубины»). Ницше Фридрих (1844 — 1900) — немецкий философ, проповедник сверхчеловечества. О нем Н. А. Бердяев, в частности, писал: «Ницшевская переоценка ценностей, отвращение к рационализму и морализму очень вошла в мою духовную борьбу и стала как бы подземно действующей силой» (О рабстве и свободе человека. Опыт персоналистической философии. Париж, 1939). Маркс Карл (1818 — 1883). — Исследователи в один голос заявляют, что социально-политическая «левизна» Н. А. Бердяева связана с его юношеским увлечением К. Марксом. Кроме того, надо отметить, что бердяевский тезис о зависимости качества познания от характера общности людей несет на себе марксистский след. Карлейль Томас (1795 — 1881) — английский публицист, историк и философ. Проповедь героического в истории была созвучна бунтарству Н. А. Бердяева. Кроме того, он разделял мысль Карлейля о том, что несчастье человека происходит от его величия. Ибсен Генрик (1828 — 1906) — норвежский писатель и драматург. Был так же любим Н. А. Бердяевым, как и Ф. М. Достоевский. «Обостренное переживание личной судьбы у меня связано с Ибсеном», — говорил философ. Блуа Леон (1846 — 1917) — французский писатель, теоретик символизма и неоромантизма. Н. А. Бердяев написал о нем статью «Рыцарь нищеты» (журнал «София», № 6 за 1914 г.). Н. А. Бердяев, так характеризуя круг близких ему философов, вполне искренен и в то же время не объективен. Он находился под влиянием минуты и оттого не назвал многие иные имена по-настоящему более на него воздействовавших мыслителей, нежели Джентиле или Леон Блуа. Например, критикуя философию всеединства Вл. Соловьева, он находился под обаянием его учения о Богочеловечестве. Кант на Н. А. Бердяева действовал не «в некоторой степени», а весьма основательно. Вообще вопрос об истоках философии Н. А. Бердяева остается до сих пор актуальным.

тем больше его общеобязательность. Эта логическая общеобязательность имеет социальную природу. Логичная общеобязательность объективированного познания связана с нижней ступенью духовной общности людей, основанной на коммуникации. Примером может служить область физикоматематических наук. Для признания истины в области математических или естественных наук духовная общность людей не обязательна. Но эта общность уже должна быть более заметной, когда речь идет о социальных науках. Философское познание не может абстрагироваться от человеческого существования, для постижения одной и той же истины здесь необходима духовная общность, поэтому метафизическое познание не может быть в такой же степени общезначимым, как математическое познание. Наконец, истины религиозного порядка требуют максимума духовной общности между людьми. Изнутри религиозные истины (истины религии) кажутся самыми субъективными и самыми спорными, для религиозных же общин, которые в них веруют, эти истины универсальны и бесспорны. Проникновение в тайну существования предполагает творческую интуицию. Объективированное познание соответствует разорванности, разобщенности мира, т. е. его падшести. Но в рамках этого мира оно имеет позитив ноезначение.

Социология познания имеет первостепенное значение. Ей надлежит установить связь между познанием, с одной стороны, проблем общества и общности коммуникаций и общения — с другой. Объективированное познание всегда имеет дело с «общим», а не с «индивидуальным», поэтому объективированная метафизика, основанная на системе понятий, невозможна. Метафизика является не чем иным, как философией человеческого существования; она субъективна, а не объективна, она опирается на символ и миф. Истинность и реальность совсем не тождественны с объективностью.

Антропология. Основной проблемой философии является проблема человека. Бытие открывается в человеке и через человека. Человек есть микрокосм и микротеос. Он сотворен по образу и подобию Бога. Но в то же время человек есть существо природное, ограниченное. В человеке есть двойственность: человек есть точка пересечения двух миров, он отражает в себе мир высший и мир низший. Как образ и подобие Бога, человек является личностью. Личность следует отличать от индивида. Личность есть категория духовно религиозная, индивид же есть категория натуралистически биологическая. Личность не может быть частью чего-то: она есть единое целое, она соотносительна обществу, природе и Богу. Человек есть существо духовное, физическое и плотское. В качестве существа плотского он связан со всем круговоротом мировой жизни, как существо духовное он связан с миром духовным и с Богом. Духовная основа в человеке не зависит от природы и общества и не опреде ляется ими. Человеку присуща свобода, хотя эта свобода не абсолютна. Принцип свободы не детерминирован ни снизу, ни сверху.

Присущая человеку свобода есть свобода несотворенная, примордиальная. Речь идет об иррациональной свободе: не о свободе в истине, а о свободе принять или отринуть истину. Другой свободой является свобода, проистекающая из истины и из Бога, свобода, проникнутая благодатью. Только признание несотворенной свободы, свободы, не укорененной в бытии, может объяснить источник зла, она в то же время объясняет воз можность творческого акта и новизны в мире.

Учение о творчестве. Проблема творчества занимает центральное место в моем мировоззрении. Человек был создан для того, чтобы стать в свою очередь творцом. Он признан к творческой работе в мире, он продолжает, творение мира. Смысл и цель его жизни не сводятся к спасению. Творчество всегда есть переход от небытия к бытию, т. е. творение из ничего. Творчество из ничего есть творчество из свободы. Однако в отличие от Бога человек нуждается в материале, для того чтобы творить, и в творчество включается элемент, проистекающий из свободы человека. В своем истоке творчество есть взлет, победа над тяжестью мира. Но в результатах, продуктах творчества, обнаруживается тяга книзу. Вместо нового бытия создаются книги, статуи, картины, социальные институты, машины, культурные ценности. Трагедия творчества состоит в несоответствии творческого замысла с его осуществлением. Творчество представляет собой полную противоположность эволюции. Эволюция есть детерминизм, следствие. Творчество же есть свобода, примордиальный акт. Мир не перестал твориться, он не завершен: творение продолжается.

Философия религии. Откровение обоюдно. Оно предполагает Бога, от которого исходит откровение, и человека, его получающего. Принятие откровения активно и зависит от широты или узости сознания. Мир вещей невидимых не принуждает нас силой, он открывается свободно. Человек не свободен в своем отрицании чувственного мира, который его окружает, но свободен в своем отрицании Бога. С этим связана тайна веры. Откровение не заключает в себе никакой философии, никакой системы мысли. Однако откровение должно быть принято человеческой мыслью, которую отличает постоянная активность. Теология всегда зависит от философских категорий, но откровение не может обязательно быть связано с какой-либо одной философией. Способность к изменениям и творческая активность (субъекта, получающего откровение, оправдывают вечный; модернизм. В свое время модернизмом считались также и труды: отцов церкви и схоластика. Религиозное познание символично. Оно не может выразить религиозную истину в рациональных понятиях. Для ума истина антиномична. Догматы — это символы. Но этот символизм реалистический, отображающий бытие, а не идеалистический, отображающий лишь состояния человека. Метафизика не может найти свое завершение в системе понятий, она завершается в мифе, за которым скрывается реальность. Религия есть связь между Богом и человеком. Бог рождается в человеке, и человек рождается в Боге. Бог ждет от человека творческого в свободного ответа. С этим связана тайна Богочеловечества, единства в двойственности. Философия христианская есть философия богочеловеческая, христологическая. Религиозная жизнь, первоисточником которой является откровение, испытывает влияние и действие социального окружения. Это придает религиозной истории человечества особенную сложность. Поэтому необходима работа над ее постоянными очище- нием, переделыванием и возрождением.

Философия истории. Признание смысла истории есть дело иудаизма и христианства, а не греческой философии. Отноше ние христианства к истории двойственно. Христианство исто рично: оно есть откровение Бога в истории. Но христианство не может вместиться в истории. Оно есть процесс истории. Фило софия истории связана с проблемой времени. Мы живем в пад шем времени, разорванном на прошлое, настоящее и будущее. Победа над смертоносным течением времени есть основная за дача духа. Вечность не есть бесконечное время, измеряемое числами, а качество, преодолевающее время. Прошлое для нас всегда есть уже преображенное прошлое. Смысл истории по стигается через традицию, которая представляет собой твор ческую связь между прошлым и настоящим. Смысл истории должен иметь смысл для каждой человеческой личности, он должен быть соизмерим с ее индивидуальной судьбой. Про гресс же рассматривает каждого человека и каждое поколение как средство для последующих людей и поколений. Прерывис тость неизбежна в истории, так же как неизбежны в ней кри зисы и революции, которые свидетельствуют о неудаче всех человеческих свершений. История должна иметь конец, смысл истории связан с эсхатологией.

Философия культуры. Культура есть творческая деятельность человека. В культуре творчество человека находит свою объективацию. В теократических обществах, основанных на сакрализации, творческие силы человека не были достаточно свободны. Гуманизм есть освобождение творческой личности человека, и в этом заключается его правда. За темой культуры скрыта тема отношения человека к Богу и к миру. Или Бог выступает против человека, или человек противостоит Богу. В своем развитии гуманизм привел к секуляризации ультуры, и в этой секуляризации были своя правда и изобличение лжи. Однако гуманизм завершился самообожествлением человека, отрицанием Бога. И тогда образ человека, который есть образ Бога, начал распадаться. Гуманизм перешел в антигуманизм. Мы это видим у Маркса и Ницше. Кризис гуманизма представляет собой движение к началам сверхчеловеческим, или к Христу, или к Антихристу, Власть техники есть один из моментов кризиса гуманизма. Вторжение масс видоизменяет культуру сверху донизу, понижает ее качество и ведет к кризису духовности. Техническая цивилизация разрывает целостность человеческого существа и превращает его в функцию. Только духовный ренессанс позволит человеку подчинить себе машину.

Социальная философия. Фундаментальной проблемой является проблема отношений между личностью и обществом. Общество представляет собой объективацию человеческих отношений. В обществе «я» может остаться одиноким и не встретиться с «ты». Для социологии личность есть ничтожная часть, подчиненная обществу. Для экзистенциальной философии, напротив, общество является частью личности, ее социальной стороной. В личности имеется духовное начало, глубина, которая не определяется обществом. Человек принадлежит двум сферам: царству Бога и царству Кесаря[①]. На этом основаны права и свобо да человека. Таким образом, существуют пределы власти госу дарства и общества над человеком. Общество не есть организм. Реальность общества определяется реальностью человеческого общения. Объективированное общество, подавляющее лич ность, возникает из разобщения людей, из их греховного эгоцентризма. В таком обществе существует коммуникация между людьми, но нет общения. Высшим типом общества является общество, в котором объединены принцип личности и принцип общности. Такой тип общества можно было бы назвать персоналистическим социализмом. В таком обществе за каждой человеческой личностью была бы признана абсолютная ценность и высочайшее достоинство как существа, призванного к вечной жизни, тогда как социальная организация обеспечивала бы каждому возможность достижения полноты жизни. Необходимо стремиться к синтезу аристократического, качественного принципа личности и демократического, социалистического принципа справедливости и братского сотрудничества людей. В эпоху активного вторжения масс в историю и головокру жительного развития техники общество устраивается технически. Человечество покидает органический ритм жизни и подчиняется механической, технической организации. Для человека как существа цельного это процесс болезненный и мучительный. Теллурическому периоду жизни человечества приходит конец. Власть машины означает начало нового периода — космогонического, потому что она подчиняет человека новому космосу. Человек живет уже не среди тел неорганических и органических, а среди тел организованных. В такую эпоху особенно требуется укрепление духа и духовного движения для сохранения образа человека. Без духовного возрождения нельзя достичь социального переустройства.

Этика. Основой этики является персонализм. Нравственные суждения и акты всегда личностны и индивидуальны, они не могут определяться понятиями и выбором коллектива

---

① Под «царством Божьим» Бердяев понимает Церковь Христову, имеющую свою собственную основу, независимую от «мира сего», и живущую по законам духовного бытия. «Царством Кесаря» есть обозначение царства этого мира, олицетворяющее его греховный порядок. Здесь не подразумевается какой-либо конкретный государственный строй, монархический или революционный.

или общества. Различение между добром и злом есть последствие грехопадения. Райское существование находится выше добра и зла. Существуют три вида этики: этика закона, этика искупления и этика творчества. Этика закона наиболее распространена среди греховного человечества. Этика закона есть этика социальной обыденности, она основана на подчинении человека нормам, для нее не существует человеческой индивидуальности. У нее человек для субботы[①]. Однако «добрые», которые со блюдают закон, оказывались часто «злыми». В этой этике господствует идея абстрактного добра. Этика закона нашла свое крайнее выражение в фарисействе. Это нормативная этика. Этика искупления исходит из живого человеческою существа, а не из абстрактной идеи добра. Этика творчества основана на творческих дарованиях человека. Творческий акт имеет нравственное значение, и нравственный акт есть творческий акт. Истинный нравственный акт уникален, он не может повториться. Нравственный акт есть не выполнение закона, нормы, а творческая новизна в мире. Всякий творческий акт имеет нравственное значение, будь то творчество познавательных или эстетических ценностей. Этика связана с эсхатологической проблемой, проблемой смерти и бессмертия, ада и неба, Ад на ходится в субъективном, а не в объективном, и он остается во времени, в бесконечном времени, не переходит в вечность. Онтология вечного ада невозможна. Ад создан «добрыми» для «злых», к потому они оказываются злыми. Царство Божие по ту сторону нашего здешнего «добра» и «зла», и мышление о нем может быть лишь апофатическим.

―――――――――

Основными работами для понимания моего философского мировоззрения являются: «Смысл творчества», «Смысл истории», «Философия свободного духа», «О назначении человека», «Я и мир объектов».

―――――――――

① Это значит, что не человек был создан для субботы, а суббота для человека! Человек наделен волей и ему решать творить ли благие дела. Древние евреи ничего не делали в субботу, это считается грехом. Так как даже Бог по преданию в субботу отдыхал. Но Иисус заповедывал, что и в субботу творить благие дела не грешно, так как добро всегда угодно Богу!

► 原典选读 2

Миросозерцание Достоевского[①]

Предисловие

Достоевский имел определяющее значение в моей духовной жизни, еще мальчиком получил я прививку от Достоевского. Он потряс мою душу более, чем кто-либо из писателей и мыслителей. Я всегда делил людей на людей Достоевского и людей, чуждых его духу. Очень ранняя направленность моего сознания на философские вопросы была связана «проклятыми вопросами» Достоевского. Каждый раз, когда я перечитывал Достоевского, он открывался мне все с новых и новых сторон. В юности с пронизывающей остротой запала в мою душу тема «Легенды о Великом Инквизиторе». Мое первое обращение ко Христу было обращением к образу Христа в Легенде. Идея свободы всегда была основной для моего религиозного мироощущения и миросозерцания, и в этой первичной интуиции свободы я встретился с Достоевским, как своей духовной родиной. У меня была давняя потребность написать книгу о Достоевском, и я осуществлял ее лишь частично в нескольких статьях. Семинар, который я вел о Достоевском в «Вольной академии Духовной Культуры»[②] в течение зимы 1920-21 года, окончательно побудил меня собрать все мои мысли о Достоевском. И я написал книгу, в которой не только пытался раскрыть миросозерцание Достоевского, но и вложил очень многое от моего собственного миросозерцания.

Москва, 23 сентября 1921 г.

Глава I.

Духовный образ Достоевского

Я не собираюсь писать историко-литературного исследования о Достоевском, не предполагаю дать его биографию и характеристику его личности. Менее всего также моя книга будет этюдом в области «литературной критики» — род творчества не очень мною ценимый. Нельзя было бы также сказать, что я подхожу к Достоевскому с психологической точки зрения, раскрываю «психологию» Достоевского. Моя задача — иная. Моя работа

---

① *Бердяев Н.* Русская идея. Миросозерцание Достоевского. М.: Эксмо. 2016. С. 313 — 381. （编者注）
«Миросозерцание» — итоговая книга Бердяева о Достоевском, она вобрала в себя более чем десятилетние размышления о писателе: от первой статьи «Великий Инквизитор» до «Откровения о человеке в творчестве Достоевского» и «Духи русской революции». О связи «Миросозерцания» с предшествующими статьями Бердяева о Достоевском см. комментарий к статье «Откровение».

② Вольная Академия Духовной Культуры (ВАДК) была организована Бердяевым в Москве в 1919 г. и существовала до его высылки из России в августе 1922 г. После высылки он создал в Берлине как продолжение традиций «Религиозно-философскую академию», переведенную затем в Париж из-за его отъезда. О работе Академии см.: Бердяев Н. А. Самопознание. С. 220 — 222.

должна быть отнесена к области пневматологии, а не психологии. Я хотел бы раскрыть дух Достоевского, выявить его глубочайшее мироощущение и интуитивно воссоздать его миросозерцание. Достоевский был не только великий художник, он был также великий мыслитель и великий духовидец. Он — гениальный диалектик, величайший русский метафизик. Идеи играют огромную, центральную роль в творчестве Достоевского. И гениальная, идейная диалектика занимает не меньшее место у Достоевского, чем его необычайная психология. Идейная диалектика есть особый род его художества. Он художеством своим проникает в первоосновы жизни идей, и жизнь идей пронизывает его художество. Идеи живут у него органической жизнью; имеют свою неотвратимую, жизненную судьбу. Эта жизнь идей — динамическая жизнь, в ней нет ничего статического, нет остановки и окостенения. И Достоевский исследует динамические процессы в жизни идей. В творчестве его поднимается огненный вихрь идей. Жизнь идей протекает в раскаленной, огненной атмосфере — охлажденных идей у Достоевского нет, и он ими не интересуется. Поистине в Достоевском есть что-то от Гераклитова духа. Все в нем огненно и динамично, все в движении, в противоречиях и борьбе. Идеи у Достоевского — не застывшие, статические категории, — это — огненные токи. Все идеи Достоевского связаны с судьбой человека, с судьбой мира, с судьбой Бога. Идеи определяют судьбу. Идеи Достоевского глубоко онтологичны, бытийственны, энергетичны и динамичны. В идее сосредоточена и скрыта разрушительная энергия динамита. И Достоевский показывает, как взрывы идей разрушают и несут гибель. Но в идее же сосредоточена и скрыта и воскрешающая и возрождающая энергия. Мир идей у Достоевского совсем особый, небывало оригинальный мир, очень отличный от мира идей Платона. Идеи Достоевского — не прообразы бытия, не первичные сущности и уж, конечно, не нормы, а судьбы бытия, первичные огненные энергии. Но не менее Платона признавал он определяющее значение идей. И вопреки модернистической моде, склонной отрицать самостоятельное значение идей и заподозривать их ценность в каждом писателе, к Достоевскому нельзя подойти, нельзя понять его, не углубившись в его богатый и своеобразный мир идей. Творчество Достоевского есть настоящее пиршество мысли. И те, которые отказываются принять участие в этом пиршестве на том основании, что в своей скептической рефлексии заподозрили ценность всякой мысли и всякой идеи, обрекают себя на унылое, бедное и полуголодное существование. Достоевский открывает новые миры. Эти миры находятся в состоянии бурного движения. Через миры эти и их движение разгадываются судьбы человека. Но те, которые ограничивают себя интересом к психологии, к формальной стороне художества, те закрывают себе доступ к этим мирам и никогда не поймут того, что раскрывается в творчестве Достоевского. И вот я хочу войти в самую глубину мира идей Достоевского, постигнуть его миросозерцание. Что такое миросозерцание писателя? Это его созерцание мира, его интуитивное проникновение во внутреннее существо мира. Это и есть то, что открывается творцу о мире, о жизни. У Достоевского было свое откровение, и я хочу постигнуть его. Миросозерцание Достоевского не было отвлеченной системой идей, такой системы нельзя искать у художника, да и вряд ли она вообще возможна. Миросозерцание Достоевского есть его гениальная интуиция человеческой и мировой судьбы. Это интуиция художественная, но не только художественная, это — также идейная, познавательная, философская интуиция, это — гнозис. Достоевский был в каком-то особенном смысле гностиком. Его творчество есть знание, наука о духе, Миросозерцание Достоевского прежде всего в высшей степени динамическое, и в этой динамичности я и хочу его раскрыть, С этой динамической точки зрения у Достоевского нет никаких противоречий. Он осуществляет принцип — coincidencia opositorгит①. Из углубленного чтения Достоевского каждый должен выйти обогащенный знанием, И это знание я хотел бы в полноте восстановить.

О Достоевском много писали. Много интересного и верного о нем было сказано. Но все-таки не было достаточно целостного к нему подхода. К Достоевскому подходили с разных «точек зрения», его оценивали перед судом разных миросозерцаний, и разные стороны Достоевского в зависимости от этого открывались или закрывались. Для одних он был прежде всего предстателем за «униженных и оскорбленных», для других — «жестоким талантом», для третьих пророком нового христианства, для четвертых он открыл «подпольного человека», для пятых он был прежде всего истинным православным и глашатаем русской мессианской идеи. Но во всех этих подходах, что-то приоткрывавших в Достоевском, не было конгениальности его целостному духу. Долгое время для традиционной русской критики Достоевский оставался закрытым, как и все величайшие явления русской литературы. Н.Михайловский органически был не способен понять Достоевского. Для понимания Достоевского нужен особый склад души. Для познания Достоевского в познающем должно быть родство с предметом, с самим Достоевским, что-то от его духа. Только в начале XX века у нас началось духовное и идейное движение, в котором родились души, более родственные Достоевскому. И необычайно возрос у нас интерес к Достоевскому. Лучше всего все-таки писал о Достоевском Мережковский в своей книге «Л.Толстой и Достоевский». Но и он слишком занят проведением всей религиозной схемы, параллелью с Л.Толстым. Для него Достоевский часто является лишь средством для проповеди религии воскресшей плоти, и единственное своеобразие духа Достоевского он не видит. Но впервые Мережковскому удалось что-то приоткрыть в Достоевском, что раньше оставалось совершенно закрытым. Его подход к Достоевскому все же

---

① coinsidentia oppositorum (лат.) — совпадение противоположностей.

принципиально неверен. Всякого великого писателя, как великое явление духа, нужно принимать как целостное явление духа. В целостное явление духа нужно интуитивно проникать, созерцать его, как живой организм, вживаться в него. Это — единственный верный метод. Нельзя великое, органическое явление духа подвергать вивисекции, оно умирает под ножом оператора, и созерцать его целость уже более нельзя. К великому явлению духа нужно подходить с верующей душой, не разлагать его с подозрительностью и скепсисом. Между тем как люди нашей эпохи очень склонны оперировать любого великого писателя, подозревая в нем рак или другую скрытую болезнь. И целостный духовный образ исчезает, созерцание делается невозможным. Созерцание несоединимо с разложением предмета созерцания. И я хочу попытаться подойти к Достоевскому путем верующего, целостного интуитивного вживания в мир его динамических идей, проникнуть в тайники его первичного миросозерцания.

***

Если всякий гений национален, а не интернационален, и выражает всечеловеческое в национальном, то это особенно верно по отношению к Достоевскому. Он характерно русский, до глубины русский гений, самый русский из наших великих писателей и вместе с тем наиболее всечеловеческий по своему значению и по своим темам. Он был русским человеком. «Я всегда был истинно русский», — пишет он про себя А.Майкову. Творчество Достоевского есть русское слово о всечеловеческом. И потому из всех русских писателей он наиболее интересен для западноевропейских людей. Они ищут в нем откровений о том всеобщем, что и их мучит, но откровений иного, загадочного для них мира русского Востока. Понять до конца Достоевского значит понять что-то очень существенное в строе русской души, значит приблизиться к разгадке тайны России. Но ведь, как говорит другой великий русский гений:

Умом Россию не понять
Аршином общим не измерить[1].

Достоевский отражает все противоречия русского духа, всю его антиномичность, допускающую возможность самых противоположных суждений о России и русском народе. По Достоевскому можно изучать наше своеобразное духовное строение. Русские люди, когда они наиболее выражают своеобразные черты своего народа, — апокалиптики или нигилисты. Это значит, что они не могут пребывать в середине душевной жизни, в середине культуры, что дух их устремлен к конечному и предельному. Это — два

---

[1] Стихотворение Ф.Тютчева.

полюса, положительный и отрицательный, выражающие одну и ту же устремленность к концу. И как глубоко отлично строение духа русского от строения духа немецкого, — немцы мистики или критицисты, и строения духа французского, французы догматики или скептики. Русский душевный строй самый трудный для творчества культуры, для историческог6 пути народа. Народ с такой душой вряд ли может быть счастлив в своей истории. Апокалиптика и нигилизм с противоположных концов, религиозного и атеистического, одинаково низвергают культуру и историю, как середину пути. И часто трудно бывает определить, почему русский человек объявляет бунт против культуры и истории и низвергает все ценности, почему он оголяется, потому ли, что он нигилист, или потому, что он апокалиптик и устремлен к всеразрешающему религиозному концу истории. В своей записной книжке Достоевский пишет: «Нигилизм явился у нас потому, что мы все нигилисты». И Достоевский исследует до глубины русский нигилизм. Антиномическая полярность русской души совмещает нигилизм с религиозной устремленностью к концу мира, к новому откровению, новой земле и новому небу. Русский нигилизм есть извращенная русская апокалиптичность. Такая духовная настроенность очень затрудняет историческую работу народа, творчество культурных ценностей, она очень не благоприятствует всякой душевной дисциплине. Это имел в виду К.Леонтьев, когда говорил, что русский человек может быть святым, но не может быть честным. Честность нравственная середина, буржуазная добродетель, она не интересна для апокалиптиков и нигилистов. И это свойство оказалось роковым для русского народа, потому что святыми бывают лишь немногие избранники, большинство же обрекается на бесчестность. Немногие лишь достигают высшей духовной жизни, большинство же оказывается ниже средней культурной жизни. Поэтому в России так разителен контраст между очень немногочисленным высшим культурным слоем, между подлинно духовными людьми и огромной некультурной массой. В России нет культурной среды, культурной середины и почти нет культурной традиции. В отношении к культуре все почти русские люди нигилисты. Культура ведь, не разрешает проблемы конца, исхода из мирового процесса, она закрепляет середину. Русским мальчикам (излюбленное выражение Достоевского), поглощенным решением конечных мировых вопросов, или о Боге и бессмертии, или об устроении человечества по новому штату, атеистам, социалистам и анархистам, культура представляется помехой в их стремительном движении к концу. Прыжок к концу противополагают русские люди историческому и культурному труду европейских людей. Отсюда вражда к форме, к формальному началу в праве, государстве, нравственности, искусстве, философии, религии. Характеру русского человека претит формализм европейской культуры, он ему чужд. У русского человека незначительная формальная одаренность. Форма вносит меру, она сдерживает, ставит границы, укрепляет в середине.

Апокалиптический и нигилистический бунт сметает все формы, смещает все границы, сбрасывает все сдержки. Шпенглер в своей недавно вышедшей интересной книжке «Preussentum und Sozialismus»[①] говорит, что Россия есть совсем особый мир, таинственный и непонятный для европейского человека, и открывает в ней «апокалиптический бунт против личности». Русские апокалиптики и нигилисты пребывают на окраинах души, выходят за пределы. Достоевский до глубины исследовал апокалипсис и нигилизм русского духа. Он открыл какую-то метафизическую историю русской души, ее исключительную склонность к одержимости и беснованию. Он до глубины исследовал русскую революционность, с которой тесно связано и русское «черносотенство». И русская историческая судьба оправдала прозрения Достоевского. Русская революция совершилась в значительной степени по Достоевскому. И как ни кажется она разрушительной и губительной для России, она все же должна быть признана русской и национальной. Саморазрушение и самосожигание русская национальная черта.

Такой строй нашей национальной души помог Достоевскому углубить душевное до духовного, выйти за пределы душевной середины и открыть духовные дали, духовные глубины. За пластами душевной оформленности, устоявшегося душевного строя, за душевными наслоениями, освещенными рациональным светом и подчиненными рациональным нормам, открывает Достоевский вулканическую природу. В творчестве Достоевского совершается извержение подземных, подпочвенных вулканов человеческого духа. Точно долгое время накоплялась революционная духовная энергия, почва делалась все более и более вулканической, а на поверхности, в плоскостном существовании душа оставалась статически устойчивой, введенной в границы, подчиненной нормам. И вот, наконец, совершился бурный прорыв, взрыв динамита. Достоевский и был глашатаем совершающейся революции духа. Творчество его выражает бурный и страстный динамизм человеческой природы. Человек отрывается от всякого устойчивого быта, перестает вести подзаконное существование и переходит в иное измерение бытия. С Достоевским нарождается в мире новая душа, новое мироощущение. В себе самом ощущал Достоевский эту вулканическую природу, эту исключительную динамичность духа, это огненное движение духа. О себе пишет он А. Майкову: «А хуже всего, что натура моя подлая и слишком страстная. Везде-то и во всем до последнего предела дохожу, всю жизнь за черту переходил». Он был человек опаленный, сжигаемый внутренней духовной страстью, душа его была в пламени. И из адского пламени душа его восходит к свету. Все герои Достоевского он сам; его собственный путь, различные стороны его существа, его муки, его вопрошания, его страдальческий опыт. И потому в творчестве его нет ничего эпического,

---

① «Preussentum und Sozialismus» (нем.) «Пруссачество и социализм».

нет изображения объективного быта, объективното строя жизни, нет дара перевоплощения в природное многообразие человеческого мира, нет всего того, что составляет сильную сторону Льва Толстого. Романы Достоевского не настоящие романы, это трагедии, но и трагедии особого рода[①]. Это внутренняя трагедия единой человеческой судьбы, единого человеческого духа, раскрывающегося лишь с разных сторон в различные моменты своего пути.

Достоевскому дано было познать человека в страстном, буйном, исступленном движении, в исключительной динамичности. Ничего статического нет у Достоевского. Он весь в динамике духа, в огненной стихии, в исступленной страсти. Все совершается у Достоевского в огненном вихре, все кружится в этом вихре. И когда мы читаем Достоевского, мы чувствуем себя целиком увлеченными этим вихрем. Достоевский художник подпочвенного движения духа. В этом бурном движении все сдвигается со своих обычных мест и поэтому художество его обращено не к устоявшемуся прошлому, как художество Толстого, а к неведомому грядущему. Это пророческое художество. Он раскрывает человеческую природу, исследует ее не в устойчивой середине, не в бытовой, обыденной ее жизни, не в нормальных и нормированных формах ее существования, а в подсознательном, в безумии и преступлении. В безумии, а не в здоровье, в преступлении, а не в подзаконности, в подсознательной, ночной стихии, а не дневном быте, не в свете сознательно организованной души раскрывается глубина человеческой природы, исследуются ее пределы и границы. Творчество Достоевского дионисическое творчество. Он весь погружен в дионисическую стихию и этот дионисизм рождает трагедию. Он затягивает в огненную атмосферу дионисических вихрей. Он знает только экстатическую человеческую природу. И после Достоевского все кажется прекрасным. Точно мы побывали в иных мирах, в иных измерениях, и возвращаемся в наш размеренный, ограниченный мир, в наше трехмерное пространство. Глубокое чтение Достоевского есть всегда событие в жизни, оно обжигает, и душа получает новое огненное крещение. Человек, приобщившийся к миру Достоевского, становится новым человеком, ему раскрываются иные измерения бытия. Достоевский великий революционер духа. Он весь направлен против окостенения духа.

Поразительна противоположность Достоевского и Л.Толстого. Достоевский был глашатаем совершающейся революции духа, он весь в огненной динамике духа, весь

---

① О романах Достоевского как романах-трагедиях несомненно был подсказан Бердяеву статьями Вяч. Иванова «Основной миф в романе «Бесы»» (Русская мысль. 1914. Кн. IV) и С. Булгакова «Русская трагедия. О «Бесах» Достоевского в связи с постановкой романа в Московском Художественном театре» (Русская мысль. 1914. Кн. IV). Наибольший интерес в этом плане представляет работа Вяч. Иванова «Достоевский и роман-трагедия» (Иванов Вяч. «Борозды и межи. Опыты эстетические и критические». М., 1916).

обращен к грядущему. И вместе с тем он утверждал себя почвенником, он дорожил связью с историческими традициями, охранял исторические святыни, признавал историческую церковь и историческое государство. Толстой никогда не был революционером духа, он художник статически устоявшегося быта, обращенный к прошлому, а не будущему, в нем нет ничего пророческого. И вместе с тем он бунтует против всех исторических традиций и исторических святынь, с небывалым радикализмом отрицает историческую церковь и историческое государство, не хочет никакой преемственности культуры. Достоевский изобличает внутреннюю природу русского нигилизма. Толстой сам оказывается нигилистом, истребителем святынь и ценностей. Достоевский знает о совершающейся революции, которая всегда начинается в духовной подпочве. Он прозревает ее пути и ее плоды. Толстой не знает, что началась в духовной подпочве революция, и ничего не прозревает, но он сам захвачен одной из сторон этого революционного процесса, как слепец. Достоевский пребывает в духовном и оттуда все узнает. Толстой пребывает в душевно-телесном и потому не может знать, что совершается в самой глубине, не предвидит последствий революционного процесса. Художество Толстого, быть может, более совершенное, чем художество Достоевского, его романы лучшие в мире романы. Он великий художник ставшего. Достоевский же обращен к становящемуся[①]. Художество становящегося не может быть так совершенно, как художество ставшего. Достоевский более, сильный мыслитель, чем Толстой, он более знает, он знает противоположности. Толстой же не умеет повернуть голову, он смотрит вперед по прямой линии. Достоевский воспринимает жизнь из человеческого духа. Толстой же воспринимает жизнь из души природы. Поэтому Достоевский видит революцию, совершающуюся в глубине человеческого духа. Толстой же прежде всего видит устойчивый, природный строй человеческой жизни, ее растительно-животные процессы. Достоевский на своем знании человеческого духа основывает свои предвидения. Толстой же прямолинейно бунтует против того растительно-животного человеческого быта, который он исключительно видит. И для Достоевского оказывается невозможной моралистическая прямолинейность Толстого. Толстой с неподражаемым совершенством дает художественное благообразие

①　О Толстом и Достоевском как художнике «ставшего» и художнике «становящегося» см. у Вл. Соловьева (Вл. С. Соловьев «Три речи в память Достоевского»). Сравнивая Достоевского с Тургеневым, Гончаровым, Пушкиным, Л. Толстым, Вл. Соловьев отдал предпочтение Достоевскому. По Соловьеву, все русские романисты, кроме Достоевского, «берут окружающую их жизнь так, как они её застали, как она сложилась и выразилась, — в ее готовых твердых и ясных формах». У Достоевского же, в его «художественном мире» «все в брожении, ничего не установилось, все еще только становится» (Вл. С. Соловьев «Три речи в память Достоевского»). Такой взгляд на Достоевского был принят всеми последующими исследователями Достоевского (см. например, В. Розанов «Несовместимые контрасты», Н. Бердяев «Откровение о человеке в творчестве Достоевского»)

ставших форм жизни. Как для художника становящегося, для Достоевского оказывается недостижимым это художественное благообразие. Художество Толстого есть Аполлоново искусство. Художество Достоевского Дионисово искусство. И еще в одном отношении замечательно соотношение Толстого и Достоевского. Толстой всю жизнь искал Бога, как ищет его язычник, природный человек, от Бога в естестве своем далекий. Его мысль была занята теологией, и он был очень плохой теолог. Достоевского мучит не столько тема о Боге, сколько тема о человеке и его судьбе, его мучит загадка человеческого духа. Его мысль занята антропологией, а не теологией. Он не как язычник, не как природный человек решает тему о Боге, а как христианин, как духовный человек решает тему о человеке. Поистине, вопрос о Боге человеческий вопрос. Вопрос же о человеке божественный вопрос, и, быть может, тайна Божья лучше раскрывается через тайну человеческую, чем через природное обращение к Богу вне человека. Достоевский не теолог, но к живому Богу он был ближе, чем Толстой. Бог раскрывается ему в судьбе человека. Быть может, следует быть поменьше теологом и побольше антропологом.

***

Был ли Достоевский реалистом? Прежде чем решать этот вопрос, нужно знать, может ли вообще великое и подлинное искусство быть реалистическим. Сам Достоевский иногда любил себя называть реалистом и считал реализм свой реализмом действительной жизни. Конечно, он никогда не был реалистом в том смысле, в каком наша традиционная критика утверждала у нас существование реалистической школы Гоголя. Такого реализма вообще не существует, менее всего им был Гоголь и, уж конечно, не был им Достоевский. Всякое подлинное искусство символично оно есть мост между двумя мирами, оно ознаменовывает более глубокую действительность, которая и есть подлинная реальность. Эта реальная действительность может быть художественно выражена лишь в символах, она не может быть непосредственно реально явлена в искусстве. Искусство никогда не отражает эмпирической действительности, оно всегда проникает в иной мир, но этот иной мир доступен искусству лишь в символическом отображении. Искусство Достоевского все о глубочайшей духовной действительности, о метафизической реальности, оно менее всего занято эмпирическим бытом. Конструкция романов Достоевского менее всего напоминает так называемый «реалистический» роман. Сквозь внешнюю фабулу, напоминающую неправдоподобные уголовные романы, просвечивает иная реальность. Не реальность эмпирического, внешнего быта, жизненного уклада, не реальность почвенных типов реальны у Достоевского. Реальна у него духовная глубина человека, реальна судьба человеческого духа. Реально отношение человека и Бога, человека и дьявола, реальны у него идеи, которыми живет человек. Те раздвоения человеческого духа, которые составляют глубочайшую тему романов Достоевского, не поддаются реалистической трактовке. Потрясающе гениальная обрисовка отношений между Иваном Карамазовым и Смердяковым, через которые открываются два «я» самого Ивана, не может быть названа «реалистической». И еще менее реалистичны отношения Ивана и черта. Достоевский не может быть назван реалистом и в смысле психологического реализма. Он не психолог, он пневматолог и метафизик-символист. За жизнью сознательной у него всегда скрыта жизнь подсознательная, и с нею связаны вещие предчувствия. Людей связывают не только те отношения и узы, которые видны при дневном свете сознания. Существуют более таинственные отношения и узы, уходящие в глубину подсознательной жизни. У Достоевского иной мир всегда вторгается в отношения людей этого мира. Таинственная связь связывает Мышкина с Настасьей Филипповной и Рогожиным, Раскольникова со Свидригайловым, Ивана Карамазова со Смердяковым, Ставрогина с Хромоножкой и Шатовым. Все прикованы у Достоевского друг к другу какими-то нездешними узами. Нет у него случайных встреч и случайных отношений. Все определяется в ином мире, все имеет высший смысл. У Достоевского нет случайностей эмпирического реализма. Все встречи у него как будто бы нездешние встречи, роковые по своему значению. Все сложные столкновения и взаимоотношения людей обнаруживают не объективно-предметную, «реальную» действительность, а внутреннюю жизнь, внутреннюю судьбу людей. В этих столкновениях и взаимоотношениях людей разрешается загадка о человеке, о его пути, выражается мировая «идея». Все это мало походит на так называемый «реалистический» роман. Если и можно назвать Достоевского реалистом, то реалистом мистическим. Историки литературы и литературные критики, любящие вскрывать разного рода влияния и заимствования, любят указывать на разного рода влияния на Достоевского, особенно в первый период его творчества. Говорят о влиянии В. Гюго, Жорж Занд, Диккенса, отчасти Гофмана. Но настоящее родство у Достоевского есть только с одним из самых великих западных писателей с Бальзаком, который так же мало был «реалистом», как и Достоевский. Из великих русских писателей Достоевский непосредственно примыкает к Гоголю, особенно в первых своих повестях. Но отношение к человеку у Достоевского существенно иное, чем у Гоголя. Гоголь воспринимает образ человека разложившимся, у него нет людей, вместо людей странные хари и морды. В этом близко к Гоголю искусство Андрея Белого. Достоевский же целостно воспринимал образ человека, открывал его в самом последнем и падшем. Когда Достоевский стал во весь свой рост и говорил свое творческое новое слово, он уже был вне всех влияний и заимствований, он единственное, небывалое в мире творческое явление.

«Записки из подполья» разделяют творчество Достоевского на два периода. До «Записок из подполья» Достоевский был еще психологом, хотя с психологией своеобразной, он гуманист, полный сострадания к «бедным людям», к «униженным и оскорбленным», к героям «мертвого дома». С «Записок из подполья» начинается гениальная идейная диалектика Достоевского. Он уже не только психолог, он метафизик, он исследует до глубины трагедию человеческого духа. Он уже не гуманист в старом смысле слова, он уже мало общего имеет с Жорж Занд, В. Гюго, Диккенсом и т. п. Он окончательно порвал с гуманизмом Белинского. Если он и гуманист, то гуманизм его совсем новый, трагический. Человек еще более становится в центре его творчества, и судьба человека исключительный предмет его интереса. Но человек берется не в плоскостном измерении гуманизма, а в измерении глубины, во вновь раскрывающемся духовном мире. Теперь впервые открывается то царство человеческое, которое именуется «достоевщиной». Достоевский окончательно становится трагическим писателем. В нем мучительность русской литературы достигает высшей точки напряжения. Боль о страдальческой судьбе человека и судьбе мира достигает белого каления. У нас никогда не было ренессансного духа и ренессансного творчества. Мы не знали радости своего возрождения. Такова наша горькая судьба. В начале XIX века, в эпоху Александра I, быть может в самую культурную во всей нашей истории, на мгновение блеснуло что-то похожее на возрождение, была явлена опьяняющая радость избыточного творчества в русской поэзии. Таково светозарное, преизбыточное творчество Пушкина. Но быстро угасла эта радость творческого избытка, в самом Пушкине она была отравлена. Великая русская литература XIX века не была продолжением творческого пути Пушкина, вся она в муках и страдании, в боли о мировом спасении, в ней точно совершается искупление какой-то вины. Скорбный трагический образ Чаадаева стоит у самого исхода движения созревшей русской мысли XIX века. Лермонтов, Гоголь, Тютчев не в творческой избыточности ренессансного духа творят, они творят в муках и боли, в них нет шипучей игры сил. Поэтому мы видим изумительное явление Константина Леонтьева, по природе своей человека Возрождения XVI века, забредшего в Россию XIX века, в столь чуждую и противоположную Возрождению, изживающего в ней печальную и страдальческую судьбу. Наконец, вершины русской литературы Толстой и Достоевский. В них нет ничего ренессансного. Они поражены религиозной болью и мукой, они ищут спасения. Это характерно для русских творцов, это очень национально в них они ищут спасения, жаждут искупления, болеют о мире. В Достоевском достигает вершины русская литература, и в творчестве его выявляется этот мучительный и религиозно серьезный характер русской литературы. В Достоевском сгущается вся тьма русской жизни, русской судьбы, но в тьме этой засветил свет. Скорбный путь русской литературы, преисполненный религиозной болью, религиозным исканием, должен был привести к Достоевскому. Но в Достоевском совершается уже прорыв в иные миры, виден свет. Трагедия Достоевского, как и всякая истинная трагедия, имеет катарсис, очищение и освобождение. Не видят и не знают Достоевского те, которых он исключительно повергает в мрак, в безысходность, которых он мучит и не радует. Есть великая радость в чтении Достоевского, великое освобождение духа. Это радость через страдание. Но таков христианский путь. Достоевский возвращает веру в человека, в глубину человека. Этой веры нет в плоском гуманизме. Гуманизм губит человека. Человек возрождается, когда верит в Бога. Вера в человека есть вера во Христа, в Бого-Человека. Через всю жизнь свою Достоевский пронес исключительное, единственное чувство Христа, какую-то исступленную любовь к лику Христа. Во имя Христа, из бесконечной любви к Христу, порвал Достоевский с тем гуманистическим миром, пророком которого был Белинский. Вера Достоевского во Христа прошла через горнило всех сомнений и закалена в огне. Он пишет в своей записной книжке: «И в Европе такой силы атеистических выражений нет и не было. Стало быть, не как мальчик же я верую во Христа и Его исповедую. Через большое горнило сомнений моя Осанна прошла». Достоевский потерял юношескую веру в «Шиллера» — этим именем... этим именем символически обозначал он все «высокое и прекрасное», идеалистический гуманизм. Вера в «Шиллера» не выдержала испытания, вера в Христа выдержала все испытания. Он потерял гуманистическую веру в человека, но остался верен христианской вере в человека, углубил, укрепил и обогатил эту веру. И потому не мог быть Достоевский мрачным, безысходно-пессимистическим писателем. Освобождающий свет есть и в самом темном и мучительном у Достоевского. Это свет Христов, который и во тьме светит. Достоевский проводит человека через бездны раздвоения, — раздвоение основной мотив Достоевского, но раздвоение не губит окончательно человека. Через Бого-Человека вновь может быть восстановлен человеческий образ.

***

Достоевский принадлежит к тем писателям, которым удалось раскрыть себя в своем художественном творчестве. В творчестве его отразились все противоречия его духа, все бездонные его глубины. Творчество не было для него, как для многих, прикрытием того, что совершалось в глубине, Он ничего не утаил, и потому ему удалось сделать изумительные открытия о человеке. В судьбе своих героев он рассказывает о своей судьбе, в их сомнениях о своих сомнениях, в их раздвоениях о своих раздвоениях, в их преступном опыте о тайных преступлениях своего духа. Биография Достоевского менее интересна, чем его творчество. Письма Достоевского менее интересны, чем его романы. Он всего себя вложил в свои произведения. По ним можно изучить его. Поэтому Достоевский менее загадочен, чем многие другие писатели, его легче разгадать, чем, например, Гоголя. Гоголь один из самых загадочных русских писателей. Он не открывал себя в своем творчестве, он унес с собой тайну своей личности в иной мир. И вряд ли удастся когда-либо ее вполне разгадать. Такой загадкой останется для нас личность Вл.Соловьева. В своих философских и богословских трактатах, в своей публицистке Вл.Соловьев прикрывал, а не открывал себя, в них не отражается противоречивость его природы. Лишь по отдельным стихотворениям можно кое о чем догадаться. Не таков Достоевский. Особенность его гения была такова, что ему удалось до глубины поведать в своем творчестве о собственной судьбе, которая есть вместе с тем мировая судьба человека. Он не скрыл от нас своего Содомского идеала, и он же открыл нам вершины своего Мадонского идеала. Поэтому творчество Достоевского есть откровение. Эпилепсия Достоевского не есть поверхностная его болезнь, в ней открываются самые глубины его духа.

Достоевский любил называть себя «почвенником» и исповедовал почвенную идеологию. И это верно лишь в том смысле, что он был и оставался русским человеком, органически связанным с русским народом. Он никогда не отрывался от национальных корней. Но он не походил на славянофилов, он принадлежал уже совершенно другой эпохе. По сравнению со славянофилами Достоевский был русским скитальцем, русским странником по духовным мирам. У него не было своего дома и своей земли, не было уютного гнезда помещичьих усадеб. Он не связан уже ни с какой статикой быта, он весь в динамике, в беспокойстве, весь пронизан токами, идущими от грядущего, весь в революции духа. Он человек Апокалипсиса. Славянофилы не были еще больны апокалиптической болезнью. Достоевский прежде всего изображал судьбу русского скитальца и отщепенца, и это гораздо характернее для него, чем его почвенность. Это скитальчество он считал характерной русскои чертой. Славянофилы же были приземистыми, вросшими в землю людьми, крепкими земле людьми. И сама почва земли была еще под ними твердой и крепкой. Достоевский подземный человек. Его стихия огонь, а не земля. Его линия вихревое движение. И все уже иное у Достоевского, чем у славянофилов. Он по-иному относится к Западной Европе, он патриот Европы, а не только России, по-иному относится к петровскому периоду русской истории, он писатель петербургского периода, художник Петербурга. Славянофилы были в цельном быту. Достоевский весь уже в раздвоении. Мы еще увидим, как отличаются идеи Достоевского о России от идей славянофилов. Но сразу же хотелось бы установить, что Достоевский не славянофильской породы. По бытовому облику своему Достоевский был очень типичный русский писатель, литератор, живший своим трудом. Его нельзя мыслить вне литературы. Он жил литературой и духовно, и материально. Он ни с чем не был связан, кроме литературы. И он являл своей личностью горькую судьбу русского писателя.

***

Поистине изумителен ум Достоевского, необычайна острота его ума. Это один из самых умных писателей мировой литературы. Ум его не только соответствует силе его художественного дара, но, быть может, превосходит его художественный дар. В этом он очень отличается от Л.Толстого, который поражает неповоротливостью, прямолинейностью, почти плоскостью своего ума, не стоящего на высоте его гениального художественного дара. Конечно, не Толстой, а Достоевский был великим мыслителем. Творчество Достоевского есть изумительное по блеску, искристое, пронизывающее откровение ума. По силе и остроте ума из великих писателей с ним может быть сравнен лишь один Шекспир, великий ум Возрождения. Даже ум Гёте, величайшего из великих, не обладал такой остротой, такой диалектической глубиной, как ум Достоевского. И это тем более изумительно, что Достоевский пребывает в дионисической, оргийной стихии. Эта стихия, когда она целиком захватывает человека, обычно не благоприятствует остроте и зоркости ума, она замутняет ум. Но у Достоевского мы видим оргийность, экстатичность самой мысли, дионисична у него сама диалектика идей. Достоевский опьянен мыслью, он весь в огневом вихре мысли. Диалектика идеи у Достоевского опьяняет, но в опьянении этом острота мысли не угасает, мысль достигает последней остроты. Те, которые не интересуются идейной диалектикой Достоевского, трагическими путями его гениальной мысли, для кого он лишь художник и психолог, те не знают много в Достоевском, не могут понять его духа. Все творчество Достоевского есть художественное разрешение идейной задачи, есть трагическое движение идей. Герой из подполья идея, Раскольников идея, Ставрогин, Кириллов, Шатов, П.Верховенский идеи, Иван Карамазов идея. Все герои Достоевского поглощены какой-нибудь идеей, опьянены идеей, все разговоры в его романах представляют изумительную диалектику идей. Все, что написано Достоевским, написано им о мировых «проклятых» вопросах. Это менее всего рзначает, что Достоевский писал тенденциозные романы a these для проведения каких-либо идей. Идеи совершенно имманентны его художеству, он художественно раскрывает жизнь идей. Он «идейный» писатель в платоновском смысле слова, а не в том противном смысле, в каком это выражение обычно употреблялось в нашей критике. Он созерцает первичные идеи, но всегда в движении, в динамике, в трагической их судьбе, а не в покое. О себе Достоевский очень скромно говорил: «Шваховат я в философии (но не в любви к ней, в любви к ней силен)». Это значит, что академическая философия ему плохо давалась. Его интуитивный гений знал собственные пути философствования. Он был настоящим философом, величайшим русским философом. Для философии он дает бесконечно много, Философская мысль должна быть насыщена его созерцаниями. Творчество Достоевского бесконечно важно для философской антропологии, для философии истории, для философии религии, для нравственной философии. Он, быть может, малому научился у философии, но многому

может ее научить, и мы давно уже философствуем о последнем под знаком Достоевского. Лишь философствование о предпоследнем связано с традиционной философией.

***

Достоевский открывает новый духовный мир, он возвращает человеку его духовную глубину. Эта духовная глубина была отнята у человека и отброшена в трансцендентную даль, в недосягаемую для него высь. И человек остался в серединном царстве своей души и на поверхности своего тела. Он перестал ощущать измерение глубины. Этот процесс отчуждения от человека его глубинного духовного мира начинается в религиозно-церковной сфере, как отдаление в исключительно трансцендентный мир своей жизни духа и создания религии для души, устремленной к этому отнятому у нее духовному миру. Кончается же этот процесс позитивизмом, агностицизмом и материализмом, то есть совершенным обездушиванием человека и мира. Трансцендентный мир окончательно вытесняется в непознаваемое. Все пути сообщения пресекаются, и в конце концов этот мир совсем отрицается. Вражда официального христианства ко всякому гностицизму должна кончиться утверждением агностицизма, выбрасывание духовной глубины человека вовне должно привести к отрицанию всякого духовного опыта, к замыканию человека в «материальной» и «психологической» действительности. Достоевский, как явление духа, обозначает поворот внутрь, к духовной глубине человека, к духовному опыту, возвращение человеку его собственной духовной глубины, прорыв через замкнутую «материальную» и «психологическую» действительность. Для него человек есть не только «психологическое», но и духовное существо. Дух не вне человека, а внутри человека. Достоевский утверждает безграничность духовного опыта, снимает все ограничения, сметает все сторожевые посты. Духовные дали открываются во внутреннем имманентном движении. В человеке и через человека постигается Бог. Поэтому Достоевского можно признать имманентистом в глубочайшем смысле слова. Это и есть путь свободы, открываемый Достоевским. Он раскрывает Христа в глубине человека, через страдальческий путь человека, через свободу. Религия Достоевского по типу своему противоположна авторитарно-трансцендентному типу религиозности. Это самая свободная религия, какую видел мир, дышащая пафосом свободы. В религиозном сознании своем Достоевский никогда не достигал окончательной цельности, никогда не преодолевал до конца противоречий, он был в пути. Но положительный пафос его был в небывалой религии свободы и свободной любви. В «Дневнике писателя» можно найти места, которые покажутся противоречащими такому пониманию Достоевского. Но нужно сказать, что «Дневник писателя» заключает в себе и все основные идеи Достоевского, разбросанные в разных местах. Эти идеи потом с большей еще силой повторяются в его романах. Там есть уже идейная диалектика

«Легенды о Великом Инквизиторе», в которой утверждается религия свободы. В противоположность часто высказываемому мнению нужно энергично настаивать на том, что дух Достоевского имел положительное, а не отрицательное направление. Пафос его был пафос утверждения, а не отрицания. Он принимал Бога, человека и мир через все муки раздвоения и тьму. Достоевский до глубины понимал природу русского нигилизма. Но если он что-либо и отрицал, то отрицал нигилизм. Он антинигилист. И это отличает его от Л.Толстого, который был заражен нигилистическим отрицанием. Ныне Достоевский стал нам ближе, чем когда-либо. Мы приблизились к нему. И много нового открывается у него для нас в свете познания пережитой нами трагической русской судьбы.

Глава II.
Человек

У Достоевского был только один всепоглощающий интерес, только одна тема, которой он отдал все свои творческие силы. Тема эта человек и его судьба. Не может не поражать исключительный антропологизм и антропоцентризм Достоевского. В поглощенности Достоевского человеком есть исступленность и исключительность. Человек не есть для него явление природного мира, не есть одно из явлений в ряду других, хотя бы и высшее. Человек микрокосм, центр бытия, солнце, вокруг которого все вращается. Все в человеке и для человека. В человеке загадка мировой жизни. Решить вопрос о человеке значит решить вопрос и о Боге. Все творчество Достоевского есть предстательство о человеке и его судьбе, доведенное до богоборства, но разрешающееся вручением судьбы человека Богочеловеку-Христу. Такое исключительное антропологическое сознание возможно лишь в христианском мире, лишь в христианскую эпоху истории. Древний мир не знал такого отношения к человеку. Это христианство обратило весь мир к человеку и сделало человека солнцем мира. И антропологизм Достоевского глубоко христианский антропологизм. И именно исключительное отношение Достоевского к человеку делает его христианским писателем. Гуманисты не знают такого отношения к человеку, для них человек есть лишь природное существо. И мы увидим, что Достоевский обнаруживает внутреннюю порочность гуманизма, его бессилие разрешить трагедию человеческой судьбы.

У Достоевского нет ничего кроме человека: нет природы, нет мира вещей, нет в самом человеке того, что связывает его с природным миром, с миром вещей, с бытом, с объективным строем жизни. Существует только дух человеческий и только он интересен, он исследуется. Н.Страхов, близко знавший Достоевского, говорит о нем: «Все внимание его было устремлено на людей, и он схватывал только их природу и характер. Его интересовали люди, исключительно люди, с их душевным складом, и образом их жизни, их чувств и мысли». Во время поездки Достоевского за границу «Достоевского не занимали особенно ни природа, ни исторические памятники, ни произведения искусства». Правда, у Достоевского есть город, есть городские трущобы, грязные трактиры и вонючие меблированные комнаты. Но город есть лишь атмосфера человека, лишь момент трагической судьбы человека, город пронизан человеком, но не имеет самостоятельного существования, он лишь фон человека. Человек отпал от природы, оторвался от органических корней и попал в отвратительные городские трущобы, где корчится в муках. Город трагическая судьба человека. Город Петербург, который так изумительно чувствовал и описывал Достоевский, есть призрак, порожденный человеком в его отщепенстве и скитальчестве. В атмосфере туманов этого призрачного города зарождаются безумные мысли, созревают замыслы преступлений, в которых преступаются границы человеческой природы. Все сконцентрировано и сгущено вокруг человека, оторвавшегося от божественных первооснов. Все внешнее город и его особая атмосфера, комнаты и их уродливая обстановка, трактиры с их вонью и грязью, внешние фабулы романа, все это лишь знаки, символы внутреннего, духовного человеческого мира, лишь отображения внутренней человеческой судьбы. Ничто внешнее, природное или общественное, бытовое не имеет для Достоевского самостоятельной действительности. Грязные трактиры, в которых «русские мальчики» ведут разговоры о мировых вопросах, лишь символически отображенные моменты человеческого духа и диалектики идей, органически с этой судьбой срощенной. И вся сложность фабул, вся бытовая множественность действующих лиц, сталкивающихся в страстном притяжении или отталкивании, в вихре страстей есть лишь отображение судьбы единого человеческого духа во внутренней его глубине. Все это вращается вокруг загадки о человеке, все это нужно для обнаружения внутренних моментов его судьбы.

В конструкции романов Достоевского есть очень большая централизованность. Все и всё устремлено к одному центральному человеку или этот центральный человек устремлен ко всем и всему[①]. Человек этот загадка, и все разгадывают его тайну. Все притягивает эта загадочная тайна. Вот «Подросток», одно из самых замечательных и недостаточно оцененных творений Достоевского. Все вращается вокруг центральной личности Версилова, одного из самых обаятельных образов у Достоевского, все насыщено страстным к нему отношением, притяжением или отталкиванием от него. У всех есть

---

① В конструкции романов Достоевского есть очень большая централизованность. Все и всё устремлено к одному центральному человеку или этот центральный человек устремлен ко всем и всему. Тип образной системы (по терминологии Бердяева конструкции) многих романов Достоевского в настоящее время определяется как «зеркальная» или «эгоцентрическая». Она характериа для философского и философско-психологического романов. Одна из ее особенностей в том, что главный герой имеет не только своих антагонистов, но и двойников.

только одно «дело» разгадать тайну Версилова, загадку его личности, его странной судьбы. Противоречивость природы Версилова всех поражает. И никто не может найти себе покоя, прежде чем разгадает тайну версиловской природы. Это и есть настоящее, серьезное, глубоко человеческое «дело», которым все заняты. У Достоевского вообще не бывают заняты другими «делами». С обычной точки зрения герои Достоевского могут производить впечатление бездельников. Но отношение между людьми и есть самое серьезное, единственное серьезное «дело». Человек выше всякого «дела». Человек и есть единственное «дело». Никакого другого «дела», никакого жизнестроительства в бесконечно-разнообразном человеческом царстве Достоевского найти нельзя. Образуется какой-то центр, центральная человеческая личность, и все вращается вокруг этой оси. Образуется вихрь страстных человеческих отношений, и все вовлечены в него. Все в исступлении вращаются в этом вихре. Этот вихрь поднимается из самой глубины человеческой природы. Из подземной, вулканической природы человека, из человеческой бездонности. Чем занят подросток, незаконный сын Версилова, о чем хлопочет с утра до вечера, куда вечно спешит, не имея передышки и отдыха? По целым дням бегает он от одного к другому, чтобы узнать «тайну» Версилова, разгадать загадку его личности. И это есть серьезное «дело». Все чувствуют значительность Версилова и всех поражают противоречия его природы. Всем бросается в глаза глубокая иррациональность в его характере. Поставлена жизненная загадка о Версилове. Это есть загадка о человеке, о человеческой судьбе. Потому что в сложном, противоречивом, иррациональном характере Версилова, в судьбе необыкновенного человека скрыта загадка о человеке вообще. И кажется, что ничего нет кроме Версилова, все существует лишь для него и по отношению к нему, все лишь ознаменовывает его внутреннюю судьбу. Такая же централизованная конструкция характерна для «Бесов». Ставрогин солнце, вокруг которого все вращается. И вокруг Ставрогина поднимается вихрь, который переходит в беснование. Все тянется к нему, как к солнцу, все исходит от него и возвращается к нему, все есть лишь его судьба. Шатов, П.Верховенский, Кириллов лишь части распавшейся личности Ставрогина, лишь эманация этой необычайной личности, в которой она истощается. Загадка Ставрогина, тайна Ставрогина единственная тема «Бесов». Единственное «дело», которым все поглощены, есть «дело» о Ставрогине. Революционное беснование есть лишь момент судьбы Ставрогина, ознаменование внутренней действительности Ставрогина, его своеволия. Глубина человека у Достоевского никогда не может быть выражена и выявлена в устойчивом быту, она всегда обнаруживается в огненном потоке, в котором расплавляются и сгорают все устойчивые формы, все охлажденные и застывшие бытовые уклады. Так вводит Достоевский в самую глубину противоречий человеческой природы, прикрытых внешним покровом быта у художников другого типа. Раскрытие глубины человека влечет к катастрофе, за грани благоустройства этого мира. Так раскрывается в «Бесах» распадение необыкновенной человеческой личности, истощившей свои силы в безмерности своих стремлений, не способной к избранию и жертве.

Концепция «Идиота» противоположна концепции «Подростка» и «Бесов». В «Идиоте» все движение идет не к центральной фигуре князя Мышкина, а от нее ко всем. Мышкин разгадывает всех, прежде всего двух женщин, Настасью Филипповну и Аглаю, полон вещих предчувствий, интуитивных прозрений. Он всем идет на помощь. Человеческие отношения единственное «дело», которым он целиком захвачен. Сам он живет в тихом экстазе. Вокруг него бурные вихри. Загадочно-иррациональное, «демоническое» начало в Ставрогине и Версилове напрягает и накаляет окружающую атмосферу, порождает вокруг себя бесовское кружение. То же иррациональное, но «ангелическое» начало в Мышкине не порождает из себя беснования, но оно не может излечить от беснования, хотя Мышкин всей душой хочет быть целителем. Мышкин не вполне, не до конца человек, его природа светлая, но ущербная. Полного человека потом Достоевский попытается показать в Алеше. Очень интересно, что в то время как «темные» Ставрогин, Версилов, Иван Карамазов разгадываются, к ним все движется, «светлые» Мышкин, Алеша сами разгадывают других, от них идет движение ко всем. Алеша разгадывает Ивана («Иван-загадка»), Мышкин прозревает в душу Настасьи Филипповны и Аглаи. «Светлые», Мышкин, Алеша, наделяются даром прозрения, они идут на помощь людям. «Темные», Ставрогин, Версилов, Иван Карамазов, наделяются загадочной природой, которая всех мучает и терзает. Такова концепция центростремительного и центробежного движения в романах Достоевского. Иная концепция «Преступления и наказания». Там судьба человека раскрывается не в человеческой множественности, не в раскаленной атмосфере человеческих соотношений. Раскольников разгадывает границы человеческой природы наедине с собой, он экспериментирует над собственной природой. «Темный» Раскольников не был еще «загадкой», подобно Ставрогину или Ивану. Это еще стадия в судьбе человека, в путях человеческого своеволия, предшествующая Ставрогину и Ивану Карамазову, менее сложная. Загадочен не сам Раскольников, загадочно его преступление. Человек переходит свои границы. Но своеволие не изменило еще коренным образом человеческой природы. Герой «Записок из подполья», Раскольников ставят проблемы и загадки. Версилов, Иван Карамазов, Ставрогин сами проблемы и загадки.

**

Достоевский прежде всего великий антрополог, экспериментатор человеческой природы. Он открывает новую науку о человеке и применяет к ней новый, небывалый до сих пор метод. Художественная наука или научное художество Достоевского исследует человеческую природу в ее бездонности и безграничности, вскрывает последние, подпочвенные ее слои. Достоевский подвергает человека духовному эксперименту, ставит его в исключительные условия, срывает все внешние напластования, отрывая человека от всех бытовых устоев. Он производит свои антропологические исследования методом дионисического художества, вовлекая в таинственную глубину человеческой природы, в глубину эту вовлекает экстатический, исступленный вихрь. Все творчество Достоевского есть вихревая антропология. В ней все открывается в экстатически-огненной атмосфере, доступ к знанию Достоевского имеют лишь те, которые вовлечены в этот вихрь. В антропологии Достоевского нет ничего статического, ничего застывшего, окаменевшего, все в ней динамично, все в движении, все поток раскаленной лавы. Достоевский завлекает в темную бездну, разверзающуюся внутри человека. Он ведет через тьму кромешную. Но и в этой тьме должен воссиять свет. Он хочет добыть свет во тьме. Достоевский берет человека отпущенным на свободу, вышедшим из-под закона, выпавшим из космического порядка и исследует судьбу его на свободе, открывает неотвратимые результаты путей свободы. Достоевского прежде всего интересует судьба человека в свободе, переходящей в своеволие. Вот где обнаруживается человеческая природа. Подзаконное существование человека на твердой земной почве не раскрывает тайн человеческой природы. Достоевский особенно заинтересовывается судьбой человека в момент, когда он восстал против объективного миропорядка, оторвался от природы, от органических корней и объявил своеволие. Отщепенец от природной, органической жизни ввергается Достоевским в чистилище и ад города и там проходит он свой путь страдания, искупает вину свою.

Очень поучительно сопоставить отношение к человеку у Данте, Шекспира и Достоевского. У Данте человек органическая часть объективного миропорядка, божественного космоса. Он член иерархической системы. Над ним небо, под ним ад. Бог и дьявол реальности миропорядка, данного человеку извне. Круги ада с ужасными своими мучениями лишь подтверждают существование такого объективного божественного миропорядка. Бог и дьявол, небо и ад раскрываются не в глубинах человеческого духа, не в бездонности духовного опыта, а даны человеку, обладают реальностью, подобной реальностям предметного материального мира. Таково средневековое миросозерцание, связанное еще тесно с миросозерцанием античного человека. Человек ощущал над собой небо с небесной иерархией, а под собой преисподнюю. Данте был гениальным выразителем мироощущения средневекового человека. Космос как иерархический организм не был еще поколеблен, человек твердо в нем пребывал. С эпохи Возрождения, с начала новых времен радикально меняется созерцание мира. Начинается гуманистическое самоутверждение человека. Человек замыкается в своем природном мире. Небо и преисподняя закрываются для нового человека. Открывается бесконечность миров, но нет уже единого, иерархически организованного космоса. Бесконечное и пустое астрономическое небо не походит уже на небо Данте, небо средневековья. И понятен ужас, который внушала Паскалю бесконечность пространств. Человек потерян в этих бесконечных пространствах, не имеющих строения космоса. Но он уходит в свой обширный человеческий душевный мир, он еще крепче приникает к земле, боится оторваться от нее, боится чуждой ему бесконечности. Начинается гуманистическая эпоха новой истории, в которой изживаются творческие силы человека. Человек почувствовал себя свободным, не прикованным ни к какому объективному, извне данному космическому порядку. Шекспир был одним из величайших гениев Возрождения. Творчество его раскрывает впервые бесконечно сложный и многообразный человеческий душевный мир, мир человеческих страстей, шипучей игры человеческих сил, полный энергии и мощи. Дантовского неба, дантовского ада уже нет в творчестве Шекспира. Положение человека у Шекспира определяется гуманистическим миросозерцанием. Это гуманистическое миросозерцание обращено к душевному миру человека, а не к миру духовному, не к последней духовной глубине. Человек переходит на периферию душевной жизни, отрывается от духовных центров. Шекспир был величайшим психологом гуманистического искусства.

В иную мировую эпоху, в ином возрасте человека является Достоевский. И у него человек не принадлежит уже тому объективному космическому порядку, которому принадлежал человек Данте. Человек в новой истории попробовал было окончательно водвориться на поверхности земли, он замкнулся в свой чисто человеческий мир. Бог и дьявол, небо и ад окончательно были оттеснены в сферу непознаваемого, с которой нет никаких путей сообщения, и наконец лишены были всякой реальности. Человек стал двухмерным, плоскостным существом, он лишен был измерения глубины. У него осталась только душа, но дух отлетел от него. Творческие силы ренессансной эпохи оказались исчерпанными. Исчезла радость Ренессанса, игра избыточных творческих сил. И почувствовал человек, что почва под ним не так тверда и незыблема, как ему казалось. Из закрытого измерения глубины начали слышаться подземные удары, начала обнаруживаться вулканичность подпочвы. Бездна разверзлась в глубине самого человека и там снова открылся Бог и дьявол, небо и ад. Но первые движения в глубину должны были быть движением во тьме, дневной свет душевного человеческого мира и мира материального, к которому он был обращен, начал гаснуть, а новый свет сразу еще не возгорелся. Вся новая история была испытанием свободы человеческой, в ней были отпущены на свободу человеческие силы. Но в конце этой исторической эпохи испытание человеческой свободы переносится на большую глубину, в иное измерение, и там испытывается человеческая судьба. Пути человеческой свободы из мира душевного, освещенного дневным светом новой истории, переносятся в мир духовный. И этот мир духовный должен был вначале произвести впечатление спуска в преисподнюю. Там вновь откроются человеку и Бог и небо, а не только дьявол и ад, но не как объективный порядок, данный человеку извне, а как встреча с последней глубиной человеческого духа, как изнутри открывающиеся реальности. Это и есть творчество Достоевского. В нем человек занимает существенно иное положение, чем у Данте и Шекспира. Он не принадлежит объективному порядку, но он не остается на поверхности земли и на поверхности своей души. Духовная жизнь возвращается человеку, но из глубины, изнутри, через тьму, через чистилище и ад. Поэтому путь Достоевского есть путь духовной имманентности, а не трансцендентности. Это не значит, конечно, что он отрицал реальность трансцендентного.

***

Путь человека на свободе начинается с крайнего индивидуализма, с уединения, с бунта против внешнего миропорядка. Развивается непомерное самолюбие, открывается подполье. Человек с поверхности земли переходит в подземелье. Появляется подпольный человек, неблагообразный, безобразный человек и раскрывает свою диалектику. Тут впервые в гениальной диалектике идей «Записок из подполья» Достоевский делает целый ряд открытий о человеческой природе. Человеческая природа полярна, антиномична и иррациональна. У человека есть неискоренимая потребность в иррациональном, в безумной свободе, в страдании. Человек не стремится непременно к выгоде. В своеволии своем человек сплошь и рядом предпочитает страдания. Он не мирится с рациональным устроением жизни. Свобода выше благополучия. Но свобода не есть господство разума над душевной стихией, свобода сама иррациональна и безумна, она влечет к переходу за грани, поставленные человеку. Эта безмерная свобода мучит человека, влечет его к гибели. Но человек дорожит этой мукой и этой гибелью. Открытия о человеке, сделанные Достоевским в «подполье», определяют судьбу Раскольникова, Ставрогина, Ивана Карамазова и др. Начинается страдальческое странствование человека на путях своевольной свободы. И оно доводит человека до последних пределов раздвоения. Идейная диалектика о человеке и его судьбе начинается в «Записках из подполья», будет дальше раскрываться через все романы Достоевского и найдет свое завершение в «Легенде о Великом Инквизиторе». Иван Карамазов будет последним этапом пути свободы, перешедшей в своеволие и бунт против Бога. За этим явится уже образ Зосимы и Алеши. Мы увидим, что разрешается вся трагическая диалектика о человеке образом Христа в Легенде. С чего же она начинается?

Подпольный человек отвергает всякую рациональную организацию всеобщей гармонии и благополучия. «Я нисколько не удивлюсь, говорит герой «Записок из подполья», если вдруг ни с того ни с сего, среди всеобщего будущего благоразумия возникнет какой-нибудь джентльмен с неблагородной или, лучше сказать, с ретроградной и насмешливой физиономией, упрет руки в бока и скажет нам всем: а что, господа, не столкнуть ли нам все это благоразумие с одного раза, ногой, прахом, единственно с той целью, чтобы все эти логарифмы отправились к черту и чтобы нам опять по своей глупой воле пожить. Это бы еще ничего, но обидно то, что ведь непременно последователей найдет; так человек устроен. И все то от самой пустейшей причины, которой бы, кажется, и упоминать не стоит; именно от того, что человек, всегда и везде, кто бы он ни был, любил действовать так, как хотел, а вовсе не так, как повелевали ему разум и выгода; хотеть же можно и против собственной выгоды, а иногда и положительно должно. Свое собственное вольное и свободное хотение, свой собственный, хотя бы и самый дикий каприз, своя фантазия, раздраженная иногда хотя бы даже до сумасшествия, это-то и есть та самая, пропущенная, самая выгодная выгода, которая ни под какую классификацию не подходит и от которой все системы и теории постоянно разлетаются к черту. И отчего это взяли все эти мудрецы, что человеку надо какого-то нормального, какого-то добровольного хотения. С чего это непременно вообразили они, что человеку надо непременно благоразумно-выгодного хотения. Человеку надо только одного самостоятельного хотения, чего бы это ни стоило и к чему бы ни привело». «Есть один только случай, только один, когда человек может нарочно, сознательно пожелать себе даже вредного, глупого, даже глупейшего, а именно: чтобы иметь право пожелать себе даже и глупейшего и не быть связанным обязанностью желать себе одного только умного. Ведь это глупейшее, ведь этот свой каприз и в самом деле, господа, может быть всего выгоднее для нашего брата, из всего, что есть на земле, особенно в иных случаях. А в частности, может быть выгоднее всех выгод, даже и в том случае, если приносит нам явный вред и противоречит самым здравым заключениям нашего рассудка о выгодах, потому что, во всяком случае, сохраняет нам самое главное и самое дорогое, то есть нашу личность и нашу индивидуальность». Человек не арифметика, человек существо проблематическое и загадочное. Природа человека антиномична и полярна до самой глубины. «Чего же можно ожидать от человека, как от существа, одаренного такими странными качествами? Человек пожелает самого пагубного вздора, самой неэкономической бессмыслицы, единственно для того, чтобы ко всему этому положительному благоразумию примешать свой пагубный фантастический элемент. Именно свои фантастические мечты, свою пошлейшую глупость пожелает удержать за собой единственно для того, чтобы самому себе подтвердить, что люди все еще люди, а не фортепианные клавиши». «Если вы скажете, что и это все можно рассчитать по табличке, и хаос, и мрак, и проклятие, так что уж одна возможность предварительного расчета все остановит и рассудок возьмет свое, так человек нарочно сумасшедшим на этот случай сделается, чтобы не иметь рассудка и настоять на своем. Я верю в это, я отвечаю за это, потому что ведь все дело то человеческое, кажется, и действительно в том только и состоит, чтобы человек поминутно доказывал себе, что он человек, а не штифтик». «Какая уж тут своя воля будет, когда дело доходит до таблички и до арифметики, когда будет одно только дважды два четыре. Дважды два и без моей воли будет четыре. Такая ли своя воля бывает». «Не потому ли, может быть, человек так любит разрушение и хаос, что сам инстинктивно боится достигнуть цели и довершить созидаемое здание, И кто знает, может быть, что и вся-то цель на земле, к которой человечество стремится, только и заключается в одной этой беспрерывности процесса достижения, иначе сказать в самой жизни, а не собственно в цели, которая, разумеется, должна быть ре иное что, как дважды два четыре, т. е. формула, а ведь дважды два четыре есть уже не жизнь, господа, а начало смерти». «И почему вы так твердо, так торжественно уверены, что только одно нормальное и положительное, одним словом, только одно благоденствие человеку выгодно? Не ошибается ли разум-то в выгодах? Ведь, может быть, человек любит не одно благоденствие, может быть, он равно настолько же любит страдание, до страсти... Я уверен, что человек от настоящего страдания, т.е. от разрушения и хаоса, никогда не откажется. Страдание да ведь это единственная причина сознания».

В этих потрясающих по гениальности, по остроте ума мыслях нужно искать первоисточник всех открытий, которые Достоевский делает о человеке на протяжении всего своего творческого пути. К человеку должна быть применена не арифметика, а высшая математика. Судьба человеческая никогда не основывается на той истине, что дважды два четыре. Человеческая природа никогда не может быть рационализирована. Всегда остается иррациональный остаток и в нем источник жизни. Невозможно рационализировать и человеческое общество. И в обществе всегда остается и действует иррациональное начало. Человеческое общество не муравейник, и не допустит человеческая свобода, которая влечет к тому, чтобы «по своей глупой воле пожить», превращения общества в муравейник. Джентльмен с ретроградной и насмешливой физиономией и есть восстание личности, индивидуального начала, восстания свободы, не допускающей никакой принудительной рационализации, никакого навязанного благополучия. Тут уже определяется глубокая вражда Достоевского к социализму, к Хрустальному Дворцу, к утопии земного рая. Это потом до глубины раскроется в «Бесах» и в «Братьях Карамазовых». Человек не может допустить, чтоб его превратили в «фортепианную клавишу» и в «штифтик». У Достоевского было исступленное чувство личности. Все его миросозерцание проникнуто персонализмом. С этим была связана и центральная для него проблема бессмертия. Достоевский гениальный критик современного эвдемонизма[①], он раскрывает

---

① Достоевский гениальный критик современного эвдемонизма, Эвдемонизм направление этики, считающее наслаждение высшей целью человеческой жизни.

несовместимость его со свободой и достоинством личности.

Был ли сам Достоевский человеком из подполья, сочувствовал ли он идейно диалектике человека из подполья? Этого вопроса нельзя ставить и решать статически. Он должен быть решен динамически. Миросозерцание подпольного человека не есть положительное миросозерцание Достоевского. В своем положительном религиозном миросозерцании Достоевский изобличает пагубность путей своеволия и бунта подпольного человека. Это своеволие и бунт приведут к истреблению свободы человека и к разложению личности. Но подпольный человек со своей изумительной идейной диалектикой об иррациональной человеческой свободе есть момент трагического пути человека, пути изживания свободы и испытания свободы. Свобода же есть высшее благо, от нее не может отказаться человек, не перестав быть человеком. То, что отрицает подпольный человек в своей диалектике, отрицает и сам Достоевский в своем положительном миросозерцании. Он будет до конца отрицать рационализацию человеческого общества, будет до конца отрицать всякую попытку поставить благополучие, благоразумие и благоденствие выше свободы, будет отрицать грядущий Хрустальный Дворец, грядущую гармонию, основанную на уничтожении человеческой личности. Но он поведет человека дальнейшими путями своеволия и бунта, чтобы открыть, что в своеволии истребляется свобода, в бунте отрицается человек. Путь свободы ведет или к человекобожеству, и на этом пути человек находит свой конец и свою гибель, или к Богочеловечеству, и на этом пути находит свое спасение и окончательное утверждение своего образа. Человек только и есть, если он образ и подобие Божие, если есть Бог. Если нет Бога, если он сам бог, то нет и человека, то погибает и его образ. Лишь во Христе разрешается проблема человека. Идейная диалектика подпольного человека есть лишь начальный момент идейной диалектики самого Достоевского; она там начинается, а не завершается. Завершается же положительно в «Братьях Карамазовых». Но одно остается несомненным: нет возврата к тому подневольному, принудительно рационализированному сознанию, против которого восстает подпольный человек. Человек должен пройти через свободу. И Достоевский показывает, как человек, когда его насильственно втискивают в рассудочные рамки и жизнь его распределяют по таблицам, «нарочно сумасшедшим на этот случай сделается, чтобы не иметь рассудка и настоять на своем». Он признает «фантастический элемент» в человеке существенным для человеческой природы. Ставрогин, Версилов, Иван Карамазов будут «загадкой», потому что вообще человеческая природа загадочна в своей антиномичности, в своей иррациональности, в своей потребности в страдании.

<···>

О предисловии[①]

В «Предисловии» Бердяев точно указывает дату ее завершения — 23 сентября 1921 г, и отмечает, что побудительным мотивом ее создания явился семинар о Достоевском, который он вел в Вольной Академии Духовной Культуры зимой 1920 / 21 г. Здесь же Бердяев достаточно точно определил и свой подход к исследованию Достоевского: «..я написал книгу, в которой не только пытался раскрыть миросозерцание Достоевского, но и вложил очень многое от моего собственного миросозерцания».

Для понимания этой книги важно учесть три ряда факторов. Первый ряд социально-исторический. Это время 3-х революций и 3-х войн, первых послеоктябрьских лет — событий важных, непохожих друг на друга, но подтверждающих мысль о катастрофичности эпохи начала XX в. Второй ряд идеологический или духовно-философский. Он связан с поворотом части русской интеллигенции от материализма и марксизма к идеализму, критика ею позитивизма, материализма и марксизма, «антропоцентристского» человекобожеского гуманизма, той «антропологической гордыни», которая, по мнению представителей религиозно-философской мысли, способна погубить и человека и человечество. Фигура Достоевского в этом резком изменении всей философской проблематики, ее метода и принципов оказалась ключевой — у него искали ответы на все вопросы современности. Примечателен такой факт: ни один представитель русской религиозно-философской мысли не обошел имени Достоевского, почти все они написали о нем книги, статьи или оставили иные высказывания. Третий ряд факторов — автобиографический. Бердяев в процессе эволюции своего мировоззрения делает Достоевского опорой всех своих философско-исторических и этико-эстетических построений. От принятия христианства и Христа по «Легенде о Великом Инквизиторе» через преодоление Ставрогина и «ставрогинщины» в себе он пришел к утверждению Достоевского как гениального русского мыслителя, антрополога, пневматолога, метафизика и пророка, выразителя нового эсхатологического, апокалиптического христианства, персоналиста и экзистенциалиста. При этом в традициях философской критики Бердяев трактует Достоевского так, чтобы сделать его родственным себе. И это ему удается.

Читатель должен обратить внимание на названия глав этой книги: «Достоевский», «Человек», «Свобода», «Зло», «Любовь», «Революция, Социализм», «Россия», «Великий Инквизитор», «Богочеловек», «Человекобог». Эти слова являются своеобразными «универсалиями» всего бердяевского творчества, главными его проблемами. Каждая из этих «универсалий» развертывалась Бердяевым многократно, в различных статьях и

---

① 关于"陀斯妥耶夫斯基的世界观"的前言部分在原著中有较长篇幅的注释，包含很多重要信息，因此我们将其作为"原典选读 2"内容的重要组成部分完整地附在后面（编者注）。

книгах.

Цельность «Миросозерцанию» придают и названные «универсалии», и антиномический способ мышления, и афористический стиль.

В связи с тем, что рецензии Б. Шлецера и Вл. Ильина были опубликованы в эмигрантских журналах и остаются труднодоступными для многих читателей приведем здесь их основные положения. Рецензия Б. Шлецера была посвящена трем книгам о Достоевском, вышедшим в 1923 г. и написанным русскими эмигрантами. Это — Лапшин И. Эстетика Достоевского. Берлин, изд-во «Обелиск», 1923; Вышеславцев Б. Русская стихия у Достоевского, Берлин, изд-во «Обелиск», 1923 и Бердяев Н. Миросозерцание Достоевского. Рецензия Б. Шлецера во многом несправедлива по отношению ко всем трем книгам. Лишь с отдельными ее моментами можно согласиться. Во всех трех книгах рецензент отмечает один общий недостаток — «они пренебрегают тем именно, что составляет своеобразие Достоевского, единственную неповторимую черту его творческой деятельности»[1]. Этой «неповторимой чертой», определяющей все творчество Достоевского, рецензент считает «эстетический момент», особенности художественного мышления писателя[2]. Автор считает, что Бердяев по своему мировоззрению, несмотря на многочисленные заверения в «созвучности» Достоевскому, на самом деле «не созвучен Достоевскому». «Поэтому книгу его следовало озаглавить по справедливости отнюдь не — «Миросозерцание Достоевского», но «Миросозерцание Бердяева». И это не лишает книгу ее значения... Ведь большую ценность представляет и мышление самого Бердяева!»[3]. И далее рецензент, заявив, что он никогда «не переживал с такой остротой динамичности Достоевского, как при чтении книги Бердяева», вдруг утверждает, что «мышление самого Бердяева... не динамично... не диалектично», несмотря на то, что «слово «диалектика» — одно из любимых выражений Бердяева»[4]. Критикуется Бердяев и за «мистическое благодушие», неподвижность языка и мысли, за стремление обязательно находить у Достоевского выход из трагических тупиков[5].

Приведем и другой — противоположный отзыв о книге. Он принадлежит Вл. Ильину, человеку, отношения Бердяева с которым резко изменились в эмиграции[6]. В статье «Достоевский и Бердяев» он дает такую оценку: «В своей блестящей и несомненно

---

[1] *Шлецер Б.* Новейшая литература о Достоевском // Современные записки. 1923. No 17. С. 454.

[2] Там же. С. 454 — 455.

[3] Там же. С. 460.

[4] Там же. С. 460 — 461.

[5] Там же. С. 461— 465.

[6] *Бердяев Н.* Самопознание. С. 268.

гениальной книге о Достоевском Н. А. Бердяев как бы ПЕРЕРОС СЕБЯ... (Выделено Вл. Ильиным. — Г.)... книга Н. А. Бердяева о Достоевском так сильна, глубока и гениальна, что после нее нечего бояться за судьбу ее автора ни в этом, ни в том мире»[1]. Эта общая высокая оценка подтверждается затем в статье Ильина подробным анализом книги Бердяева.

💡 课后思考题

1. Чем отличается Бердяев от представителей экзистенциального направления?

2. В чем заключается задача Бердяева в своей работе «Миросозерцание Достоевского»?

3. Каков портрет Достоевского, нарисованного Бердяевым в своей работе «Миросозерцание Достоевского»?

4. Что характерно для бердяевского мышления по мнению Ф. А. Степуна и по мнению самого Бердяева?

▶ 推荐阅读材料 ◄

1. *Бердяев Н*. Русская идея. Миросозерцание Достоевского. М.: Издательство «Э», 2016.

2. *Бердяев Н*. Новое религиозное сознание и общественность / Составление и комментарии В. В. Сапова. М.: Канон+, 1999.

3. *Бердяев Н., Струве П. Б.* Сборник статей о русской интеллигенции. М., 1909.

4. *Бердяев Н. А.* Pro et Contra. Антология Книга 1. СПб.: Издательство Русского Христианского гуманитарного института, 1994.

第三讲拓展资源

---

[1] *Ильин Вл.* Достоевский и Бердяев //Новый журнал, 1971. Кн, 105. С. 260. (Нью-Йорк).

第四讲
Поэтика сюжета и жанра О. М. Фрейденберг

Литературоведение изучало литературу не во всем объеме ее истории, а только в периоде уже сложившихся ее форм, со второй, так сказать, половины пути; при этом вину сваливали как раз на античную литературу, где якобы сходились все начала и все «первостихии». Но пора реабилитировать слепого Гомера и показать, что и он знаменует чрезвычайно позднюю стадию в истории литературы.

— О. М. Фрейденберг

预习
思考题

1. Что вы знаете об Ольге Михайловне Фрейденберг?

2. Чем известна Ольга Михайловна Фрейденберг как теоретик культуры?

▶▶ **原典选读 1**

I. Проблема работы и ее литература①

1. Идеалистическая поэтика

Поэтика, теоретическая история литературы, есть наука о закономерностях литературного процесса. Но до А. Н. Веселовского и после него из поэтики была сделана голая теория литературы, и не столько литературы, сколько ее отдельных составных частей, вне их исторических связей (поэзия, проза, поэтические фигуры, сюжет и т. д.). Как теория поэтических родов поэтика оказалась частью эстетики, а потому и философской наукой, одним из отделов в общей идеалистической философии. Здесь она претерпела все те судьбы, что и идеализм. От Канта она получила общее статическое учение о присущих искусству формах: человеку свойственны от природы чувства трагического (возвышенного, ужаса) и комического (смешного, низменного). Гегель, с его саморазвитием духа, является творцом той динамической эстетики, которая ошибочно получает название исторической; такая историчность имманентна и лишена всяких связей с материальным миром. Старое учение о красоте обращается в учение о гармонии формы и содержания; под уродливым понимается все реальное и повседневное. Внутренне-историческая преемственность форм поэзии (причем форм самостоятельных) определяется в виде трех стадий: это эпос, лирика и драма. В эпосе отлагаются впечатления объективного мира, лирика — выражение личности, в драме — оценка объективных явлений. Греческая литература с ее гармонией формы и содержания является идеальной нормой всеобщего литературного развития; литературный процесс — это саморазвитие самосознания личности как части мирового духа; наиболее совершенный вид поэтического творчества — это греческая трагедия.

Несмотря на весь дальнейший ход эстетики и, в частности, на большую роль позитивизма, для научной практики наиболее решающую роль сыграло егельянство. Я имею в виду закурсировавшие с того времени общеупотребительные учения о форме и содержании, о внутренней преемственности поэтических родов, о трагическом и комическом, о реализме, понятие истории литературы и литературного процесса как саморазвития духовной деятельности человека и нормативная роль Греции в отношении европейской культуры, искусства и, особенно, литературы — это наследие Гегеля, живущее по сей день и в поэтике и в истории литературы, — наследие непреодоленное и застойное. Обращение к античности, любовный возврат к ее культуре и попытки ее возрождать не раз выполняли в истории прогрессивную роль, освежавшую и заставлявшую звучать новыми смыслами и самое античность, но в руках буржуазии XIX века (западной и

---

① *Фрейденберг О. М.* Поэтика сюжета и жанра / Подгот., общ. ред., предисл. и послесл. Н. В. Брагинской, послесл. И. В. Пешкова. М.: Лабиринт, 1997. С. 9 — 37. （编者注）

русской) сусальный ореол, взгромозденный над античностью, приобрел реакционную функцию и стал античность искажать, науку об античности рутинизировать. Мысли Гегеля получили уродливое заострение, за ореолом и за античной красотой и гармонией оказалась реакционнейшая окаменелость мысли о первенстве духа, об отрицании реального мира, о жизни форм, о догматической нормативности одного явления, выхваченного из контекста истории. И потому-то исторически необходимо, чтобы пересмотр этих теорий и попытка систематически их расшатать была сделана именно на материале античной литературы, и преимущественно как раз греческой.

2. Фомализм

Это тем более необходимо, что сейчас нужно бороться не со старыми видами идеалистической поэтики[①], а с ее последней разновидностью — с формализмом. Сам формализм переживал себя как «новое слово» и реакцию на психологические теории типа Гумбольдта. Однако формалистическая поэтика — только доведенная до абсурда одна из сторон старой метафизической поэтики, и та именно, которая создана философией абсолютной формы как выражение абсолютного духа. Общая всем поэтикам черта — это базирование на традиционном наследии Аристотеля, делая из Греции норму для всех видов культуры, идеалисты не посчитались с историческим значением самого Аристотеля и с его ролью в истории античной идеологии. Прогрессивный для своего времени как мыслитель и замечательный ученый Греции, Аристотель строил свою поэтику в меру положенных ему историей сил, его поэтика — чрезвычайно интересный труд, завершавший работу по поэтике многих поколений, — работу, до нас не дошедшую. У Аристотеля много ума, тонкости, эрудиции, но не его вина, что в рабовладельческом обществе ученый мог пользоваться только статическим методом и дальше углубленной классификации не шел. Но одно дело достижения Аристотеля, поражающие нас в IV веке до нашей эры прогрессивностью, и то, как буржуазная наука использует эти достижения.

Когда, вслед за Аристотелем, буржуазная поэтика строится на отвлеченном рассуждении о формальных частях литературы, понимая ее как сокровищницу феноменов, а не как идеологический процесс, когда у нее вслед за Аристотелем, поэзия отделяется от прозы, и поэтика делается теорией поэзии, риторика — теорией прозы, когда, вслед за Аристотелем, традиция приписывает поэтике свойство быть наукой о поэтических приемах и о средствах художественного воздействия, — тогда ясно, что Аристотеля, великого ученого античности, перед нами уже нет, а есть зашедшая в тупик формализма наука буржуазии. Так складывается та знаменитая теория и практика творческой рецептуры, которая существует и поныне под видом теории словесности и поэтики формализма, желая

---

① См. о поэтике романтиков — Берковский, 1934. С. 74 сл., 80 слл. (поэтика метафоры, образа, жанров).

быть новаторством, занялся теорией прозы и, вместо того, чтобы по старому указывать приемы художественности, стал их теоретизировать. В результате всех этих научных путей создалась из поэтики какая-то подозрительная дисциплина, мало естественная, состоящая из схоластизированной античности, из поправок современных формалистов-агностиков к метафизике немецких идеалистов, из позитивных переложений Дарвина на литературу, из сенсуализма (теория приятного, трагизм как разряжение аффектов и т. д.) и просто из школьной пошлятины.

Между тем параллельно этой поэтике, с ее «категориями» и «приемами», с середины XIX века стала строиться другая наука, направленная не на изучение литературы и ее отложившихся форм, а на историю представлений, образности, мышления, в связи с порождаемыми ими формами обычая, сказаний, религии, языка, мифа. Общего имени эта наука не имеет, отчасти она совершенно эмпирична, отчасти исходит из определенных теорий. На Западе она направлена против марксистской философии и методологии, но, непроизвольно для себя, прямо и косвенно ее подтверждает во всех своих прогрессивных достижениях.

3. Современные задачи поэтики

Из сказанного ясно, до какой степени сейчас актуально и просто необходимо перестроить мертвую «поэтику» и сделать ее живой для литературоведения. Важно, в первую очередь, показать, что поэтика есть наука о закономерности литературных явлений как явлений общественного сознания, что общественное сознание исторично и меняется в зависимости от этапа развития общественных отношений и, следовательно, от этапа развития материальной базы, важно показать, что поэтика есть и теория и конкретная история литературы. Для именно такого понимания генетический анализ совершенно необходим; ясно, что отказ от генезиса в вопросах поэтики был и будет отказом от исторического анализа явлений. В данной работе я отнюдь не берусь поднимать все или наиболее основные проблемы поэтики; я ограничиваюсь только областью сюжета и жанра, в которой успела до сих пор поработать, да и то за вычетом проблемы стиля, к которой еще не подходила. Кроме того, не сюжетом и не жанром во всем их историческом целом занимается эта работа, а только первичным этапом их истории, решающим для вопросов об их происхождении, их мировоззренческой сущности, их взаимосвязи, этот первичный этап — становление сюжетов и жанров в античной и, преимущественно, в древнегреческой литературе, где они еще стоят на стыке фольклора и литературы. Но для того нужно пересмотреть и критически использовать эмпирические данные западной и русской (что не всегда делалось) буржуазной науки. Мы сейчас находимся не в том положении, в каком был ученый XVIII столетия. Занимаясь литературой не формально, а по содержанию, мы обязаны учитывать все новое, что стало известным в тех областях знания, которые вскрывают факты, прямо или косвенно определяющие это содержание. То, что наше литературоведение игнорирует науку о мышлении и фольклоре, то, что наша фольклористика игнорирует все отделы знания, ведущие к пониманию смыслового содержания фольклора, — это убийственная ошибка, от которой страдает наша советская наука.

Центральная проблема, которая меня интересует в данной работе, заключается в том, чтоб уловить единство между семантикой литературы и ее морфологией. Я пытаюсь показать, что для объяснения различий не нужно прибегать к изначальной комплексности или синкретизму, из которых дифференцируются различия, — различие не есть отщепление от тождества или результат его развития (что, по существу, одно и то же), а составляет его самое существенное свойство, это есть проблема семантики, взятая в ее формообразующей стороне. Дальше, я хочу показать, что жанр — не автономная, раз навсегда заклассифицированная величина, но теснейшим образом увязан с сюжетом, и потому его классификация вполне условна. И сюжет и жанр имеют общий генезис и нераздельно функционируют в системе определенного общественного мировоззрения; каждый из них, в зависимости от этого мировоззрения, мог становиться другим; в процессе единого развития литературы все сюжеты и все жанры приобрели общность черт, позволяющие говорить о полном их тождестве, несмотря на резкие морфологические отличия. Мысль об условности жанровых рубрик и отграничений — центральная для данной работы. Я хотела бы показать, как один и тот же мировоззренческий смысл получал различные аспекты содержаний и структур в творческой переработке новых общественных идеологий, как этот смысл не был сперва сюжетом или эмбрионом литературы, но просто жизненным смыслом, смыслом простого обихода, при помощи которого люди жили, работали, ели, взращивали детей; как этот исторический смысловой шифр к природе и жизни, выработанный первым человеческим обществом, в измененных социальных условиях потерял то свое значение, для которого был непроизвольно создан, и тогда не исчез совсем, но оказался культурной ценностью, результатом «производства идей», духовным инвентарем, пошедшим в пользование новой идеологии и новой культуры. И тогда его лицо меняется. Былой конкретный смысл абстрагируется от своей значимости, оставаясь голой структурой и схемой; ее берут для новой идеологической надобности, и берут в определенных дозах, приноравливая к новым конкретным целям. Но точность и строгая предельность этих целей уже не застрахована от тождественной смысловой пронизанности внутри самой схемы. Классовое сознание, покончив со старым смыслом, которым руководствовалось сознание первобытного общества, создает религию, литературу, философию, искусство, науку, но всюду, где эти идеологии формально построены на переработке старого смыслового наследия, жанровые разграничения условны, и анализ обнаруживает, что все эти жанровые формы представляют собой различно и по различным поводам трансформированный старый мировоззренческий материал, взятый то в одном аспекте, то в другом. Итак, в процессе истории одно и то же различно оформляется, подвергаясь различным интерпретациям и различию языка форм; перед нами двуединое явление, внутреннее тождество и внешнее многообразие.

Чтобы это показать, нужно, во-первых, взять семантическую систему в том историческом периоде, когда она еще не является литературой: это делает первая глава работы. Дальше предстоит рассмотреть эту же систему смыслов в виде структуры литературных жанров, в виде сюжета, действующих лиц и аксессуаров: вторая глава. И затем, взяв материалом античную литературу, показать, что ее жанры — гибкие, условные, переосмысленные сочетания тех или иных сюжетных систем, что ее сюжеты — такие же подвижные сочетания былых систем смысла, взятых с новых позиций. Это делает последняя глава, которая продолжает говорить о формальной стороне сюжетов и жанров с точки зрения их семантики: я ставлю своей задачей не историю сложения и путь развития античной литературы в ее жанрах и сюжетах, но теорию и историю сюжетно-жанрового формообразования. Не во все исторические эпохи (как думали и думают) это формообразование одинаково. Поэтика может обобщать факты, когда они даны в конкретной исторической специфике, и в этом отношении между нею и историей литературы не должно быть существовавшего до сих пор водораздела. Сюжеты и жанры имеют свою историю. В античной литературе они на глазах получают становление и специфику как жанры и сюжеты схематически-готовые, структурно сложенные доклассовым сознанием, но содержание которых классово переосмыслено; это жанры и сюжеты фольклорные, пришедшие из культа, неподвижные и обязательные по форме. В следующий период, который тянется до эпохи промышленного капитализма, сюжеты и жанры носят характер традициональной формы и структурно остаются старым фольклорным наследием, общеобязательным, малоподвижным; близость к религии и культу, которая так свежа в античности, здесь заменяется традиционализмом. Основоположники марксизма показали, что сознание феодального общества еще религиозно, что идеология раннего буржуазного общества развивается в противоречащих ей формах: нужен был переворот в мышлении вслед за переворотом в производстве и в общественных отношениях, чтобы классовый писатель стряхнул традицию и, перестав брать литературные сюжеты из литературы же (в первую очередь из фольклора), начал обращаться к газете, бытовому происшествию, вымыслу и т. д. Этот второй период, период традиционализма, так же связан с античностью, как античность с доклассовым обществом, и не потому, что здесь цепь непрерывности (напротив, европейская литература берет материал также из своего собственного фольклора, как и литература античная, лишь исторически различны сами методы этого использования и поводы к нему), но потому, что без становления жанров в греческой литературе трудно понять их историю в Европе, и что, как бы ни отличались античные сюжеты и жанры от последующих европейских, но до XIX века все они, с точки зрения последующего периода, представляют собой одно общее целое.

Эта общая им черта — фольклорность. И так как она в комплексе поднимаемых мною вопросов получает особое значение, то я должна оговориться, что под фольклором понимаю доклассовое «производство идей», функционирующее в системе классового мировоззрения.

В задачу данной работы входит определение фольклорного сюжета (который существует рядом с фольклорными действами) и фольклорных жанров как носителей таких сюжетов, а также показ их специфики, когда они становятся литературными сюжетами и жанрами. Поскольку центр тяжести всей конкретной стороны работы именно в этом, для меня первостепенное значение имеет история науки о фольклоре, о религии, о первобытном мышлении и о семантике.

4. Мифологисты

Начинать нужно и здесь с мифологистов как с основателей изучения литературы не с формальной стороны, а со стороны представлений, рождающих ее содержание. Они возводили сюжеты к прасюжету, как сравнительное языкознание возводило языковые элементы к праязыку; под сюжетами они понимали мифы, под мифом — поэтический вымысел, реагирование поэтической фантазии на природу. Единый прасюжет со временем разветвляется на множество родственных сюжетов, как единый праязык — на множество языковых семей; первоначальная чистота затемняется привходящими элементами, которые представляют наносный слой; по их удалении можно снова добыть древний чистый прасюжет. Язык поэтических образов аллегоричен, он имеет объектом явления природы, преимущественно солнце и светила, облака, ветер, погоду, но облекает впечатления от них в художественные образы иносказательного характера, придает им картинную выразительность, поэтизирует их, — ибо раннее человечество обладало огромным поэтическим даром, вчувствованием в природу, которое впоследствии было потеряно под влиянием цивилизации и сохранилось только в поэзии народа, в так называемой народной словесности и народном творчестве. Таково, в схематическом виде, ученье братьев Гриммов, Буслаева и др. По существу реакционная, мифологическая теория имела несколько школ, которые различись между собой в деталях. Наиболее теоретически отдален от нее, хотя на практике и доведший эту теорию до абсурда, классик Леопольд Воеводский. В теории он первый восстал против аллегорического толкования мифа, против методики отыскания «символов» в поэзии и против поэтизационного объяснения генезиса мифов. Его огромной заслугой является то, что он выставил тезис о «первоначальной адекватности мифического выражения с действительностью, какой она представлялась сознанию лица или народа, образовавшего миф». С этой точки зрения, символом он называет «выражение, переставшее быть адекватным действительному пониманию», а аллегорией — «выражение, никогда не бывшее адекватным»[①].

Воеводский не мог еще знать в то время, что понятийное мышление — продукт классового общества, все же его прогрессивность в том, что он в сущности уже говорит о мифическом мышлении, отвергая «поэтическую фантазию» и прочие фикции мифологистов. Но, рассматривая с точки зрения научного наследия всю школу в целом, нужно сказать, что, при всей примитивности ее построений, она исторически ценна постановкой генетической проблемы о смысловом содержании мифа, о смысловом содержании поэтического и мифического образа, о смысловом содержании сюжета. Точно так же ценны у нее во многих случаях выводы по материалу, блестящие ученые с большой эрудицией, с интуитивным чутьем, утраченным их учениками, основатели мифологической школы оставили увлекательные работы, наивные по методологии, но зачастую верные по непосредственному вскрытию мифа. Теоретическую ценность имеет сейчас и тот пресловутый, навязчивый прием, по которому мифологисты во всех явлениях и ситуациях мифа и поэзии видели символ одного и того же атмосферически-светового феномена. Ведь это означает, что одна и та же семантика (солнце, звезды) может морфологически отливаться в различные формы (Одиссей, дом Одиссея, слуги Одиссея и т. д.), — мысль, с которой сами мифологисты ничего не сумели сделать. Все же основная разница между современным учением о мифе и «мифологическим» навсегда останется в том, что миф рассматривался как продукт народного творчества (отсюда преимущественное изучение народной поэзии), а не как всеобщая и единственно возможная форма восприятия мира на известной стадии развития общества, поэтические формы — осколки этого мифа. Сама теория мифологической школы, опиравшаяся на выводы языкознания о едином праязыке и единой прародине, в исторической перспективе может быть охарактеризована как попытка из одного прафакта вывести и объяснить все многоразличие позднейших осложненных форм, отсюда отличия рассматривались ею как отход от первоначального единства, хотя между отдельными единствами и лежала пропасть. В этом смысле мифологическая теория идет в ногу со своей эпохой, достигающей наибольшей выразительности в идеях дивергенции и прямолинейной эволюции Дарвина. Как всякая теория единой локализации и единого источника (те родства), мифологическая теория неизбежно должна была прийти к идеям транслокации и передачи, с исторической точки зрения, пришедшая ей на смену

---

① *Воеводский Л. Ф.* Этическое значение мифов// ЖМНП. 1875. №6. С. 401 сл.

и отрицавшая ее школа заимствования логически продолжила ее и не внесла в теорию ничего нового. Напротив, ново и ценно оказалось расширение самой орбиты научного наблюдения, введенной приверженцами теории заимствования, чтобы доказать свою мысль о странствовании сюжетов и переходе поверий, круга идей и сказания от народа к народу и от лица к лицу, эта школа должна была ввести широкий сравнительный метод, с обогащением материала формами обряда и быта. Самый крупный представитель такого направления на Западе — Бенфей, а у нас — Александр Николаевич Веселовский.

5. А. Н. Веселовский

Несомненно, что центральной проблемой, над которой работал Веселовский, было взаимодействие форм и содержаний. Понятие формы следует брать у Веселовского широко — в виде неизменных элементов, которые живут вечно, переходят по наследству из поколения в поколение, странствуют по народам и представляют собой, в конце концов, общеупотребительный и неизвестно кем сложенный язык (κοινή). Содержание, наоборот, подвижно и вечно меняется, вливаясь в старые формы, оно обновляет их и приближает к культурно-историческим запросам соответствующей эпохи, со своей стороны, эти исторические условия призывают к жизни то одну, то другую из забытых форм. Итак, новых форм нет, своеобразие — это сочетание новых содержаний с видоизмененными традиционными формами. Поэтический словарь, стилистические приемы, символика, сюжетные схемы, образы и т. д. — постоянные величины, созданные первобытной коллективной психикой, главенствующей над творческой личностью и подсказывающей ей будущий характер произведения. Генезис этих форм принадлежит доистории и ее первобытной культуре: человечество, в поисках осмысления действительности, объясняло явления внешнего мира путем сопоставления своей жизни с жизнью природы; отсюда — одухотворение ее и анимизм. Помимо анимистических воззрений, имеются и чисто конкретные условия быта, обычаев, всякого рода норм внутри общества и т. д. Из того и другого слагаются известные схемы впечатлений, схемы психики, которые, в свою очередь, порождают схемы сюжетов и мотивные формулы. Отсюда — интерес Веселовского как теоретика литературы к вопросам этнологии и фольклора, интерес, обогнавший наше литературоведение с его упорным игнорированием генетических вопросов и ведущих к ним отделов знания. Это внимание Веселовского к генетике литературных форм и то, что он без генезиса не решается ставить проблему теоретической поэтики, необходимо занести в протокол истории. Весь последний период жизни Веселовский интересуется идеологическим содержанием литературных форм; он изучает первобытное мышление, быт и религию низших культур, общенародные поверья, сказания и обряды; он читает

Фрезера, знает уже Дюркгейма, и мы вот-вот найдем у него имена Леви-Брюля и Прейса[①]. На первом плане, в качестве устойчивой «данности», стоят и здесь «роль и границы предания» как естественное когда-то выражение «собирательной психики» и создатель «стиля и ритмики, образности и схематизма простейших поэтических форм»[②]. «Под мотивом, — говорит Веселовский, — я разумею формулу, отвечавшую на первых порах общественности на вопросы, которые природа всюду ставила человеку, либо закреплявшие особенно яркие, казавшиеся важными или повторявшиеся впечатления действительности», и дальше: «сюжеты — это сложные схемы, в образности которых обобщились известные акты человеческой жизни и психики в чередующихся формах бытовой действительности»[③]. В этих определениях мы имеем мотив и сюжет в виде сложных образных единиц, причем сама образность есть продукт общественной психики, космологического или бытового характера. Основное значение в построении Веселовского имеет его учение о синкретизме, т. е. о том смешанном состоянии, в котором первоначально находились зародыши будущих литературных жанров; обрядовое действо, неотделимое от пляски и пения, — вот откуда вышли все жанры. Итак, поэтические роды имеют свою праисторию, в которой еще отсутствует между ними различие. Сперва поэзия поется и пляшется; это период, когда эпос неотделим от лирики, лирика от драмы. Хорическое начало обряда, состоящее из хора и запевалы, порождает попеременность, чередование (амебейность) стихов и запевов, ведущее к рефренам и повторениям отдельных строф. Сперва из синкретического обряда выделяются лиро-эпические элементы, распадающиеся далее на эпос, а там и на лирику. Генезис эпоса — «в племенном самосознании», «на меже двух племен»; он складывается из маршевых и военных песен, из заплачек, из песен о вождях. Первый певец — это дружинник, хранитель предания; далее это скоморох, воспевающий того, кто ему платит. Вырастающие со временем школы сдерживают певца, но и закрепляют художественность стиля, придавая ему традиционность и шаблон; из жонглера и прапоэта создается впоследствии поэт. Выделение из синкретического действа элементов эмоциональной взволнованности приводит к созданию лирики; лирическое начало — это проекция коллективного «я» на поэта, это «коллективный субъективизм». Наследие хорового возгласа, рефрен начинает отделяться от песен хора; это короткие формулы, содержащие в себе описание простейших аффектов. Дальнейший выход к субъективности уже

[①] Достаточно взглянуть на названия глав его посмертных работ, где видны интересующие его темы: Доисторический быт и отражение его. Анимизм и тотемизм. Териолатрия, экономическая подкладка. Тотемизм, эксогамия и матриархат. Происхождение семьи. Партеногенез, кувада и т. д. (см.: Веселовский, 1913).

[②] Там же. С. 1.

[③] Там же. С. 3 — 4.

определяется «групповыми выделениями культурного характера», личный поэт, лирик или эпик, всегда групповой, разница в степени и содержании бытовой эволюции, выделившей его группу. Наконец, драма — это не самая молодая, а напротив, наиболее древняя часть, выделившаяся из синкретического прадейства на почве культа. Выросши из народных игр при годовых праздниках, драма получает художественный генезис в момент этого выхода из культа. Корифей обрядового хора расчленяется тогда на актеров, хор обособляется, диалог между актерами выступает на первое место[①].

Веселовский имеет дело с фактами жизни и приписывает им непосредственную роль в формации литературных элементов, минуя сознание; сами эти факты он понимает в культурно-историческом духе; в них — генезис форм, в частности — сюжета, в причинном соотношении с ними находится вся литература. Итак, литературные формы — это продукт доисторической общественности, а их содержание — содержание культурно-историческое. Сама доистория мыслится Веселовским конкретно как известная прародина — и временная и пространственная, ибо прослеживаются приемы и пути распространения порожденных ею форм. В связи с такими взглядами Веселовского и с его объяснением словесных форм как продукта быта и психики, как известных отложений чисто внешних условий, стоит и его взгляд на письменность и ее преувеличенную роль в задачах преемственности форм и их распространения.

Значение Веселовского, конечно, огромно. Мы уже знаем, что он «механистичен», что его теория — типологическое детище «культурно-исторической школы», что в теории заимствования он шел за Бенфеем, в теории синкретизма совпадал со Спенсером и Шерером, такими же, как и он, позитивистами и «постепеновцами». Многое можно раскопать у Веселовского и во многом его обвинить: его историзм еще пропитан плоским эволюционным позитивизмом, его «формы» и «содержания», два антагонизирующих начала, монолитно-противоположны Друг другу, его сравнительный метод безнадежно статичен, несмотря на то, что сюжеты и образы у него «бродят». Проблемы семантики Веселовский совсем не ставит, и в этом он особенно нам чужд; его интересует общая механика литературного процесса в целом, но не движущие причины этой механики; у него нет ни социальной обусловленности, ни изучения мышления, ни интереса к раскрытию смыслового содержания литературного факта. Наконец, его синкретическое праобрядовое действо в вопросах генетики литературы — то же, что праязык с его нерасчлененностью в индоевропейской постановке вопроса о происхождении языка. Элементы этого обряда —

---

① Веселовский, 1898 (2) (и в изд. Академии наук); Веселовский, 1894 (2). К теоретическим работам относятся там же печатавшиеся статьи об эпических повторениях (Веселовский, 1897), о психологическом параллелизме (Веселовский, 1898 (1)) и из истории эпитета (Веселовский, 1895).

пляска, пение, действо, — в том виде, в каком Веселовский принимает их за эмбрион литературы, — на самом деле имеют за собой долгие раздельные пути собственного развития, где они не были еще ни пляской, ни песней, ни культовым действом; данными такого псевдосинкретизма можно пользоваться при изучении позднейших стадий родового строя, но нельзя в них видеть генезиса литературы ни фактически, ни по методу.

С именем Веселовского связана первая систематическая блокада старой эстетики. Использовав данные английской школы антропологии и все вспомогательные средства к построению исторической поэтики, Веселовский сделал то, что поднимает его теорию на исключительную высоту, несмотря на отдельные промахи и недостатки: он показал, что поэтические категории суть исторические категории, и в этом его основная заслуга. Все поэтические роды (жанры), сюжет, стиль, образность подвергнуты им генетическому анализу и показаны как часть единого литературного процесса. После Веселовского нельзя спрашивать, зачем литературоведению генезис? Это значит спрашивать, зачем литературоведению исторический метод? Такой взгляд — наследие старой эстетики. И однако же генетическое изучение литературы, несмотря на преклонение перед Веселовским, встречает и посейчас наибольшее сопротивление, считаясь чем-то ненужным и навязанным литературе со стороны.

6. Теория Самозарождения

Веселовский работал в эпоху, когда новые горизонты стала только что открывать молодая наука о первобытной культуре, обогащенная фольклористикой и этнографией. Под их влиянием создается теория самозарождения, третья по коренному значению; она объясняет одинаковые формы верований, мифа и обряда одинаковым генезисом из психики, которая появляется равно у различных народов, на известной стадии их развития. При таком взгляде в науку вводится понятие параллельных явлений (не вызванных ни общим происхождением из одного источника, ни заимствованием), с отводом каждого из них в свое особое русло, с общей подпочвой равных условий возникновения. Чисто теоретически, на смену единичной причине идет множественность причин, и в этом ценность теории, и хотя ей не хватает материалистического обоснования этих «причин», в ней есть прогрессивные возможности, которые окажутся впоследствии богатым материалом для критической переработки.

Теория самозарождения в своих философских выводах означала отход от дарвиновского понятия прямолинейной эволюции. Но сами ее творцы интересовались не теорией, а работой, главным образом, над непосредственным материалом. В эту эпоху, в виде реакции на миф и сказание, выдвигается значение обряда, и обряд считается приматом, из которого вырастает сказание[1]. Английская школа антропологии оказывает доминирующее влияние на исследователей словесных форм; целый научный период проходит под знаком работ фрезера, который впервые позволяет себе богатейшие сопоставления обрядов и мифов всех доступных ему народов и эпох и реконструирует под ними единую стадию магической, дорелигиозной обрядности; после него начинает широко привлекаться фольклор и трактоваться в духе того же анимистически-магического обряда[2]. Эти мифологисты нового толка, взамен солярных мифов, выдвигают обряды плодородия; таковы все последователи Фрезера и, в частности, Сентив. Хотя Фрезер бросал «в одну общую кучу» самые разнородные факты, пренебрегая их историей, значение его не может быть умалено. Он отбросил перегородки во времени и месте, сопоставил фольклор культурных народов с некультурными и снял поэтическую вуаль с античности, сблизив ее обрядность и мифологию с культурой нецивилизованных; в его время нахождение общих черт было прогрессивно, так как оно уничтожало великодержавную, искусственную пропасть между высшими и низшими культурами. Кроме того, работы фрезера помогли всем ученым ставить генетические вопросы; они открыли, вслед за Тейлором, новый мир представлений, предшествующий возникновению религии. Рядом с антропологией работает в это время и археология, которая, на основании памятников, выдвигает теорию этнических субстратов ранних, доисторических культур; но особенно расцветает наука о религии и о первичном мышлении. В первой с блеском работают классики, и знаменитую школу создает Герман Узенер. И он тоже сторонник светового происхождения большинства образов, но его метод кладет грань между старым пониманием мифологистов и этой новой, казалось бы, солярностью. Разница в том, что Узенер видит в самом мифе продукт известных представлений, перенося тем самым центр тяжести с обряда и мифа на проблему истории сознания. Образ должен изучаться с точки зрения генезиса, породивших его представлений. Религиозные представления важны не своим содержанием, но общим принципом своего возникновения; вот это-то возникновение, отрицающее формальную логику, говорит, что мышление понятиями вырабатывалось в течение долгих веков, и что ему предшествовало мышление образами[3]. Все представления создались

---

[1]   Одним из основателей этого учения является Robertson-Smith, который считал, что обряд предшествовал верованию. П. Леонтьев очень основательно писал еще в 1852 г.: «Приняв, что миф произошел из обряда, мы пришли бы к вопросу, откуда же обряд» (Леонтьев, 1852. С. 58).

[2]   Эпоху составила его двенадцатитомная работа «The Golden Bough», которая начала выходить с 1890 г.

[3]   Работа Узенера «Götternamen» (1896) дала повод обвинять его в том, что он не делает различия между образным и понятийным мышлением. См. Трубецкой, 1908. С. 553.

мифотворческим сознанием, которое противоположно позднейшему, понятийному[①]. Мифологические образы возникли в доистории. Язык, религия, нравственность — общественные проявления, которые проходят стадию развития уже до того, как вступают в историю. В поздних формах упорно продолжают жить ранние, свидетельствующие об этой предварительной стадии пройденного развития, и нужно «распознавать в цветистом слове и разговорной оболочке выражений основной вкус их первоначального значения»[②]. Таким образом Узенер закладывает новое учение об образном представлении как об одной из начальных стадий сознания. Как результат, появляются систематические исследования по религии, в частности — по христианству, возводимому к языческим представлениям, и рядом идет работа в области легенды, мифа, обряда, имени, образа. Особенно важно, что создается наука об имени и эпитете, и под ними показывается мир первичных представлений, тождественных тем же представлениям, что параллельно создают миф и обряд. Еще дальше Узенер подходит с этой же точки зрения и к вещи, показывая с большим мастерством, что вещественный предмет есть носитель того же образного смысла, что и миф. Два больших теоретических вывода остаются после работ Узенера. Первый говорит о необходимости метода, освобожденного от современного «здравого смысла»: «если мы хотим понимать более древние ступени развития, то мы должны совершенно освободиться от представлений нашего времени»[③]··· Второй показывает основное тождество «многоразличных» и «многозначных» образов[④], т. е. между тождеством и различием образа впервые улавливается какая-то связь. В этих двух принципах, по существу единых, Узенер с исторической точки зрения закладывает фундамент полисемантики образа. Поэтому уже после Узенера всякое научное исследование, имеющее темой образность, спокойно может относиться к кажущейся разношерстности своего материала как к «многоразличным» выразителям единого представления. Глубокое научное значение имеет этот принцип еще и оттого, что отпадают обычные требования, достойные одной регистрации, «сравнивать только сходное» и «отделять несходное». Для изучения мифа, обряда, языка, религии и пр. Узенер требует изучения антропологии, этнологии и культуры низших классов: он — приверженец исторического метода и говорит, что «мы не способны понять ничто

---

①　*Узенер Г.* Что такое мифология? // Известия Общества археологии, истории и этнографии при Казанском университете. 1908. Т. 24. №3. С. 23. В дальнейшем: Узенер. 1908. Страница.

②　Там же. С. 26.

③　Узенер, С. 13. Ср. Usener, 1904 (2). S. 22.

④　*Usener H. K.* Vielfältigkeit und Mehrdeutigkeit mythisher Bilder // Die Sintflutsagen. Bonn: F. Cohen. 1899. S. 299.

существующее и законченное в том случае, если мы не знаем, как оно создавалось»[①]. Узенер мечтает о новой науке, которая исследовала бы религиозные представления, и о новом методе в изучении литературы, о методе историческом[②].

Далеко отстоя от философских или теоретических задач, Узенер, тем не менее, обогащает именно теорию и именно философию науки. Поучительно, с каким доверием к науке и к жизни относится незадолго до смерти этот престарелый ученый: «история образов заключает в себе полное надежд успокоение на счет познаваемости внешнего мира»[②]. Итак, над ученым не тяготеют предрассудки ни философские, ни религиозные, ни академические. Он не боится высказывать материалистические взгляды, когда его приводит к ним научный анализ.

7. А. А. Потебня

Другое дело — Потебня. 80-е годы, одновременно с Веселовским и Узенером, приносят теорию А. А. Потебни, творца лингвистической поэтики. Потебня как лингвист и философ примыкает к Гумбольдту и его психологической языковой теории. В противоположность Узенеру, Потебня, чистейший кантианец, считает, что образ никогда не отражает предмета, и что мир — это «сплетение наших душевных процессов»[④]. Мы объединяем все богатство восприятии от окружающих нас предметов в одно целое, которое является символом или образом; но подлинной сущности предмета в нем нет. Поэзия создается этим образным, конкретным, символическим мышлением; понятийное мышление рождает прозу. Образы многозначимы, потому что представляют собой синтез восприятии; они амбивалентны и антизначны, потому что состоят из противоположных качеств — бесконечности и определенности очертаний. Слово есть первый символ и первая поэтическая единица; вся будущая поэзия со всеми ее формами дана, как в прототипе, в языке, где образность сохраняется живой до сих пор; дальше эта образность появляется в эпитетах, а затем вырождается в риторические фигуры, и большие литературные жанры отличаются от отдельного поэтического слова только своим размером; подобно языку, наиболее образным является фольклор, народная песня, сказка и т. д.[⑤] Хотя Потебня изучает язык, фольклор и литературу в неразрывной увязке с мышлением, однако его

---

① *Узенер Г.* Что такое мифология? // Известия Общества археологии, истории и этнографии при Казанском университете. 1908. Т. 24. №3. С. 4.

② Там же. С. 24.

② Там же. С. 23.

④ *Потебня А.* Полное собрание сочинений. Т. 1. Мысль и язык / Под ред. Ком. по изд. соч. А.А. Потебни при Всеукр. акад. Наук. Одесса: Б. и. 1922. С. 65. ; *Потебня А.* Из лекций по теории словесности. Басня. Пословица. Поговорка. Харьков: Тип. К. Счасни. 1894. С. 65.

⑤ Там же, pass.

психологизм и его обычная идеалистическая подпочва делают его как теоретика для нас неприемлемым. Напротив, глубоко интересны и ценны ею практические работы, во многом предвосхищающие конкретные выводы Марра. Если пренебречь его символикой и отнестись к ней как к дешифровке конкретных значений образа, то в работах Потебни окажется богатейший материал семантических данных, причем у нею, как и у Узенера, мы снова сталкиваемся с огромным количеством «многоразличных» и «многозначных» образов.

Для нас очень важно, что Потебня не ставил перегородок между фольклором и литературой, рассматривая их как одинаковый поэтический и образный материал. Не менее интересны исследования Потебни о смысловом значении рифмы, метафоры, параллелизма, уподоблений и сравнений[①]. Слово с исчезнувшим представлением или с расширенным значением перерождается в новое, смена осмыслений идет без конца — и назад и вперед; в готовые формы влагается новое содержание, и тем изменяются самые формы[②].

8. Этнологи

Параллельно учению об образе нарождается новая мощная наука с уклоном в этнологию, социологию и психологию первобытного мышления. Одна из линий протягивается, как я уже сказала, от английской школы антропологии с ее учением о первобытном анимизме; из исследователей мифа и обряда, принявших эту теорию, Маннгард имел наибольшее влияние, и его щедрый научный материал оплодотворил не одно поколение ученых[③]. Демоны или духи плодородия обошли весь мир, особенно сказавшись на мысли классиков, в частности в вопросах о происхождении греческой драмы. Другую линию представляет Прейс, тоже начавший с анимизма и духов плодородия в генезисе драмы, но затем перешедший к изучению первобытной психики современных

---

① *Потебня А. А.* О связи некоторых представлений в языке. Воронеж : тип. В. Гольдштейна. 1864. С.17; Потебня А. А. О мифическом значении некоторых обрядов и поверий // ЧОИДР. 1865. Кн. 2-4 (Кн. 2. 1. Рождественские обряды; Кн. 3. 2. Баба Яга; Кн.4. 3. Змей, волки, ведьмы). Кн. 2. М.: Унив. тип. 1865(1) С. 6. Там же Потебня устанавливает, что «всякое отрицательное сравнение основано на положительном» (Потебня, 1864. С. 17). Далее ссылки: Потебня , год с указанием страницы.

② Потебня, 1865 (1). Кн. 3. С. 124, 148 (ср. Веселовский, 1913. С. 11 и С. 1). «Мифологичносгь сохраняется не в силу своей собственной устойчивости, — говорит Потебня, — а потому, что применяется к житейским обстоятельствам, становится образом постоянно обновляющегося значения» (Потебня, 1883. С. 77).

③ *Mannhardt W.* Die Komdämonen; Beitrag zur germanischen Sittenkunde. B., 1868. ; *Mannhardt W.* Der Baumkultus der Germanen und ihrer Nachbarstämme. Mythologische Untersuchungen. B., 1875.; *Mannhardt W.* Antike Wald- und Feldkulte, aus nordeuropalischer Überlieferung erläutert. B., 1877.; *Mannhardt W.* Mythologische Forschungen aus dem Nachlasse. B., 1884.

нецивилизованных[1]. Ею же занялись этнологи и социологи, из них особенно оказала влияние французская школа Дюркгейма, из которой вышел и Леви-Брюль. Одно положение обозначилось и утвердилось очень прочно: что существует, помимо истории, еще и «доистория», условно охватывающая тот мир, который предшествует периоду европейской цивилизации; сюда входят субстраты исторических народов и современные «дикари». Теория субстрата вообще оказалась господствующей во всех течениях науки конца XIX и начала XX века; ею стали объяснять все различия внутри исторических, «расовых», социальных и психических явлений, причем самый прием кажущейся конкретности, внесенный сюда, своей грубостью причинил много вреда теоретической мысли; несмотря на это или именно в силу этого учение о субстрате чрезвычайно излюбленно и посейчас[2]. С ним, однако, не нужно смешивать понятий о доистории, дорелигии, дологики и т. д., вводимых в научный обиход не с мыслью о конкретно существовавшей, — в отличие от истории, религии, логики и т. д. — безысторичности, безрелигиозности или нелогическом мышлении. Этими рабочими понятиями только хотели сказать о качественно различных процессах истории и доистории, религии и дорелигии, логики и дологики. С ними в XX веке усердно оперируют новые этнологические разыскания, переживающие теперь особый рост и напряжение в связи с переходом в их руки основных проблем буржуазной науки. Многочисленные школы и направления американистов, африканистов и, позднее, австралистов[3] занимаются теперь тем вопросом, который некогда был характерен для изучения народного творчества. Чем объясняются аналогии форм у народов, далеко отстоящих друг от друга по времени и по месту? Заимствование или самостоятельность зарождении? Но ответ, в согласии с новой эпохой, уже звучит иначе. Прежде всего, любопытно со всех сторон идущее антиэволюционное направление[4]. Оно еще не смеет ни назвать себя, ни порвать с понятием, которое мертво с того дня, как у него отнята прямолинейность и последовательная поступательность хода.

Между тем отовсюду начинают приходить мысли о локальности процессов, не связанных общей идеей, о переключениях культуры, о разнородности и разновременности

---

[1] *Preuss K. Th.* Der Dämon. Ursprung des griechischen Dramas//NJ. 1906. Bd 17. S. 161 sqq.; *Preuss K. Th.* Phallische Fruchtbarkeits-damonen als Träger des altmexikanischen Dramas // AAn. N. F. 1903. Bd 1. S. 158. В 1921 — 1923 гг. появляется его двухтомная Mythologie der Uitoto, в 1904 г. Religion der 301 Naturvölker и др.

[2] Иллюстрацией такого несложного понимания истории является книга Nilsson, 1927.

[3] Особенное влияние оказали по материалу, давшему толчок новым теориям: Strehlow, 1907 — 1920; Spenser, Gillen, 1899; Meinhof, 1912; Joyce, 1914 (культура Майя) и др. Между тем уже в 1877 г. появляется основная работа Моргана, буржуазной наукой не использованная.

[4] *Штернберг Л. Я.* Современная этнология, новейшие успехи, научные течения и методы // Этнография. 1926. № 1-2. С. 24.

даже того, что, казалось бы, одинаково. Прямая линия эволюции заменяется волнообразной, с оглядкой на мир физических явлений; самый прием «линейности» уступает место «периодичности», и наступает небывалое царство всякого рода циклизационных идей, идущих еще от Вико и гораздо древнее, из античности. В области истории это дало морфологическую схему Шпенглера, в антропологии — теорию Боаса. Эта теория местных, замкнутых процессов, периодически повторяющихся, в силу известной мистической мировой ритмичности, полнее всего вбирает в себя основной идейный тонус империалистической эпохи. Перебой между прежними «формой» и «содержанием» является следствием этой теории, реакцией на их гармоническую слитность в эволюционной теории. Вырастает новая проблема расчлененности двух начал, причем научной мысли предстоит объяснить морфологическую одинаковость форм при внутреннем смысловом отличии.

Эта проблема различий, замаскированно содержащая в себе проблему множественности и первого раздвоения единства, этих первых Адама и Евы факта, соединяет чисто философский момент знания (и у него своя история) с теоретико-научным.

9. Теория конвергенции

В области научной практики проблема аналогий и различий, единства и множественности принимает характер вопроса о заимствовании или спонтанности, гено- или полигенеза. Создаются два направления в этнологии и фольклоре. Одно, под влиянием палеонтологии, сравнительной анатомии и доисторической археологии, приходит к доисторическому началу основных форм культуры, которые передались из этого одного начала путем передачи или просачивания. Вариации составляют только способы такою распространения, либо начало, которым объясняется наличие формы[1]. Второе направление говорит о многих и различных причинах, приводящих к тождественным результатам; одинаковые формы оно объясняет особой тенденцией природы приходить, несмотря на различие конкретных условий, к внешним аналогиям[2]. Это течение мысли находит параллельный отклик в биологии, в палеозоологии и палеоботанике[3]; взамен понятия дивергенции, об едином происхождении и позднейших отклонениях от основного единства, — мнение эволюционной школы Дарвина, индоевропейского языкознания и сравнительной мифологии, — выдвигается понятие конвергенции, — об изначально различных происхождениях и приходе, путем ассимиляций и уравнений, к

---

① Идеи Ratzel'я (в его Antropogeographie, 1882) и школа Graebner'а и патера Шмидта.

② Главным образом — школы американского ученого Boas'а и венского Luschan'а.

③ Так, у Zeiller'а, Lotsy, Bateson'а и многих других. У нас ярким представителем был Л. С. Берг (Берг, 1922). Об идеях конвергенции в области истории религий см. статью Weinreich (1918. S. 168 sqq.).

сходным формам. Как Шпенглер (отчасти и Боас) привел к отрицанию самую устойчивую категорию научной мысли — причинность, показав в ней «поверхностную связь между явлениями»[1], так теория конвергенции уничтожает непоколебимую в науке идею общего происхождения и заменяет ее идеей единообразия форм природы. Еще Бастиан приходил к нескольким типам мысли, фатально обобщающим всю психику человека из века в век; это монотонное постоянство форм мысли порождает одинаковые формы культуры (типичная идеалистическая концепция!); откуда бы ни шли источники, человеческий ум или открывает или принимает одни и те же формы. К подобным же немногим основным типам приходит и теория конвергенции, которая из биологии перекидывается в этнологию и фольклористику[2]; она говорит, что различия изначальны, а сходства вторичны, и что поэтому сходные явления нисколько не объясняются общим происхождением, — напротив, под сходными явлениями лежат совершенно различные возникновения. В культуре и в организме мы имеем и дело с совокупностью признаков, которые эволюционируют независимо друг от друга. Этим мы опять возвращаемся к идеям локальности и переменности, к идеям функциональности отдельных составных единиц внутри одного целого. Эта теория может быть лучше всего понята в ее отрицательной роли: она прорывает односоставность физического или психического явления, вводит метод анализа отдельных составных частей и в отношении каждой из них применяет отдельный же критерий, уничтожая в то же время понятие хронологизма; разновременность отдельных признаков внутри и вне явления вызывает равноценность ранних и поздних форм. Теория конвергенции сказалась также в понятии о скрытых формах явления, получающих обнаружение внезапно при встрече с внешними или внутренними поводами. В этой ультраидеалистической теории только то существенно, что она показала бесплодность аналогий, которые восходят к различному происхождению; ценны работы американского ученого Боаса, который уничтожил понятие расы.

Фрейдизм

Говоря обо всех этих антиисторических течениях буржуазной мысли, необходимо остановиться еще на одной теории, очень, казалось бы, далекой от проблемы данной работы, но требующей внимания из-за исключительной ее популярности у многих теоретиков литературы, фольклора, этнографии и т. д. Я имею в виду школу венского ученого Зигмунда Фрейда, распространившую свое влияние на многие участки

---

① *Шпенглер О.* Причинность и судьба. Петербург : Academia. 1923. С. 116.

② *Luschan F.* Zusammenhänge und Konvergenz // MAGW. 1918. Bd 48. H 1.

буржуазной науки[①]. Оставляя в стороне «эротическое учение» Фрейда по содержанию, я хочу остановиться лишь на том, что он пытается дать для анализа мифа и образа. Еще задолго до выводов мифологии и этнопсихологии Фрейд устанавливает принцип амбивалентности основных человеческих ощущений, а вместе с тем действующих лиц мифа и их эмоций. Зайдя в тыл мифа и оказавшись в области чистой психики, Фрейд показывает в мифе исконную форму ощущений (эротических), а в мифотворческих образах — такую же исконную их символику. Архаический человек, по Фрейду, переключал свои ощущения в сознание путем образов; последующий ход культуры частью изменил форму образности, а частью загнал или вытеснил психические пережитки вглубь засознания. Эти рудименты психики всплывают во всех бессознательных или слабо контролируемых актах сознания; пример первого — сон, пример второго — невроз. И за тем и за другим, рядом с мифом, лежит один и тот же мир палеопсихики; чтобы добраться до нею, есть два пути — вскрыть в сознании заглушенную область бессознательного (метод психоанализа) или расшифровать смысл образности, рудиментарно воспроизводимой нами до сих пор (метод снотолкования). Отсюда изучение «символики» невротических и сновидческих образов. Занимаясь этой символикой, Фрейд не имеет возможности установить подлинную терминологию символов, а потому обращается к данным самой мифологии; миф же он трактует так, как ему подсказывают устарелые учебники и пособия по античной мифологии, — что сводит на нет все его построение. Кажущуюся ценность имеют его выводы в области психологии мифов. Здесь им установлены тождество женской и мужской сущностей, совмещение в одном лице двух или нескольких ипостасей, антизначность образов и их полисемантика, — словом, все то, что отнюдь не может быть объяснено «психикой». Кроме того, то, что показано наукой для узких специй мифа, раскрыто им в виде психических приматов и возведено в основы общечеловеческого сознания, в то время как все эти мифотворческие особенности представляют собой не больше как продукт мышления, появляющийся только на известной стадии его развития, в строго закономерной экономической и социальной обусловленности. Гораздо интересней попытка Фрейда показать механизм иконообразования: исходя из наличия латентных форм, он уже не устанавливает только, но дает и рабочее соотношение между образом скрытым и явным, между ощущением, представлением и моментом облачения в образ. Это соотношение он определяет как внутреннюю зависимость иконообразования от ощущения и как «перевод» (подобно Потебне) из многообразия на сжатость, из расплывчатости на конкретность, с попутными процессами замещения одного образа другим, или их слияниями, или

---

① *Freud S.* Die Traumdeutung; Vorlesungen zur Einführung in die Psychoanalyse; Totem und Tabu. Им увлекаются и некоторые из наших классиков. Неправильна статья Адриановой-Перетц (1935. С. 497).

вытеснением. При этом все образы (одного сна или невроза) внутренне идентичны и различаются между собой способом символизации единого основного ощущения; весь вопрос технически сводится к большему или меньшему развертыванию этой основы, к замене одной символизации другой либо к их контаминации. Итак, Фрейд — типичный сенсуалист и психологист; любопытные наблюдения, несомненно важные при изучении форм сознания, он теоретизирует по-дилетантски, особенно в применении к мифу; его учение об «Эдиповом узле» и примате эротических ощущений наивно и совершенно антиисторично, поскольку человечество только в определенный период истории, и довольно поздний, остановило внимание на эротических образах, особенность которых в том-то и была, что они еще не осознавались как эротические. Наука об образе получает в учении Фрейда психическую эмоциональную трактовку, обращенную к изучению не сознания, но очень узко понятых ощущений. По отношению к вопросу о происхождении мифа Фрейд, вопреки иллюзиям его приверженцев, не вносит ничего нового: он с теми, кто признает архаический генезис мифа, он, в ногу с эпохой, открывает изучение палеопсихики, он, наконец, в своем нахождении этой исконной архаичности у ребенка, примыкает к тем циклистам, которые ищут периодичной всеобщности в каждый раз начинающемся заново местном фазисе.

<...>

13. Советские работы по поэтике за последние годы

За 1928 — 1935 гг. западная наука не дала ничего теоретически нового. Чем глубже кризис буржуазной культуры, тем безыдейней и мельче ее научные работы, фашистская Германия научно выродилась, вернувшись к устарелым и реакционным расовым теориям, давно отвергнутым самим буржуазным знанием. Напротив, наша советская наука за эти годы методологически и фактически возросла и окрепла, именно в эти годы Марр сформулировал учение о стадиальности и дал такую классическую работу, как «Язык и мышление». В 1932 г. вышел сборник «Тристан и Исольда» с коллективной работой над сюжетом этой средневековой поэмы.

Ряд ценных теоретических работ дает за это время и И. Г. Франк-Каменецкий. К началу 30-х гг. изучение генезиса поэтического творчества приводит его к мысли о том, что процесс развития поэзии генетически связан с процессом развития мышления и мировоззрения, — отсюда необходимость изучения поэзии в увязке с историей сознания, отсюда интерес к истории развития образного мышления, без которого нельзя вскрыть параллелизма «между данными лингвистической семантики и теми сочетаниями представлений, которые лежат в основе мифологии и поэтического творчества»[①]. В сборнике «Тристан и Исольда» И. Г. Франк-Каменецкому принадлежит, кроме руководства всей работой и статьи по материалу, большая заключи тельная статья высокого принципиального значения, в которой впервые намечается стадиальный путь истории сюжета, параллельно истории языка, от генезиса в нерасчлененном миросозерцании доклассового общества и вплоть до литературного формирования в обществе феодальном. К этому времени внимание И. Г. Франк-Каменецкого направляется на то, чтобы наметить путь развития идеологий и, в частности, переход от мифологии к литературе, что уже требует выявления специфических черт одной в отличие от другой. В двух работах 1935 г. И. Г. Франк-Каменецкий ставит именно в такой плоскости проблему сюжета и проблему метафоры[②], причем в последней намечает «тот поворот, который ведет от мифа к реалистической поэзии вместо использования человеческого образа для олицетворения явлений природы, последние, в их мифологическом восприятии, становятся средством поэтического воспроизведения людских характеров и отношений»[③].

▶▶ 原典选读 2

II. Долитературный период сюжета и жанра[④]

11. Причины изучения первобытного мировозрения

Я перехожу к показу той смысловой системы, которая принимает в античности характер литературной формы. Эта система взялась из предшествующего, уже потерявшего актуальность, мировоззрения, цельного, еще не дифференцированного на отдельные идеологии, из мировоззрения, которое было создано образным первобытным мышлением.

Сперва я покажу, как это первобытное мышление складывалось по содержанию и в какую структуру отливалось, затем, как оно создало такие отливки, которые могут рассматриваться в виде долитературного, потенциального состояния сюжетов и жанров, и наконец, как это мышление потеряло функцию смыслового содержания и перешло на роль

---

① *Франк-Каменецкий И. Г.* К вопросу о развитии поэтической метафоры // Советское языкознание. Т. 1. Л.: Ленингр. науч.-иссл. ин-т языкознания. 1935(1). С. 98. Далее ссылки: Франк-Каменецкий. 1935(1), с указанием страницы.

② Там же. С. 93; *Франк-Каменецкий И. Г.* Разлука как метафора смерти в мифе и в поэзии // ИАН СССР. 7 сер. ООН. Л.: АН СССР.1935. №2. С.153.
Далее ссылки: Франк-Каменецкий. 1935(2), с указанием страницы.

③ Франк-Каменецкий, 1935 (1). С. 144.

④ *Фрейденберг О. М.* Поэтика сюжета и жанра / Подгот., общ. ред., предисл. и послесл. Н. В. Брагинской, послесл. И. В. Пешкова. М.: Лабиринт, 1997. С. 38 — 73. （编者注）

литературной формы.

Эта смысловая система, это мировоззренческое содержание получилось из отражения в сознании реальной действительности; и так как объектом такого образного осмысления действительности служили для первобытного сознания внешние явления, неразрывно связанные с производством, то именно с них я и начинаю.

Первобытное мировоззрение

а) Метафоры еды

1. Содержание и структура первобытного мышления

Первобытно-коммунистические условия производства (натуральное хозяйство, общный, чрезвычайно примитивный труд) и вытекающие из него производственные отношения (социальное равенство, качественно низкое, обезличенное и одноцветное, без выделения индивидуального начала) являются той базой, которая создает совершенно специфические формы мышления. Его основная черта — восприятие мира в категориях того же слитного, обезличенного равенства, которое лежит в основе производства и производственных отношений; отсюда уже как следствие, специфические концепции времени и пространства, части и целого, субъекта и объекта и т. д. Но это равенство восприятий, которое порождает в сознании систему тождества и повторений, характеризует первобытное мышление только по содержанию; формально такая система тождеств и равенств никогда реально не существовала. Объективная действительность, подлинная реальность, которая подвергалась интерпретации первобытного сознания, была многообразно-множественной и подвижной; объективно проявляясь в общественном мышлении, переходя из категории внешнего явления во внутреннее, она, с одной стороны, сглаживалась и искажалась в системе тождеств, с другой — изнутри расцвечивала каждое тождество реальным многообразием различий. Система изначальных тождеств могла бы существовать в сознании только в том случае, если бы сознание было автономным; но, поскольку оно всегда вырастало на материальной базе, более того, — выражало собой, антизначно проявляло собой материальную базу, постольку не могла многообразная реальность быть сама по себе, а система тождеств и слитности в сознании — сама по себе. Итак, одинаково не следует говорить порознь ни о тождестве, ни о различии в системе первобытного сознания; не следует думать, что вначале существовало какое-то слитное безличие, а затем в процессе развития, оно стало получать различия; то и другое существовало одновременно и противоречиво. Образ выполнял функцию тождества; система первобытной образности — это система восприятия мира в форме равенств и повторений. Тем самым не могло быть архетипов образа: один из них не отличался мировоззренчески от другого. Однако в реальности мы не находим одинаковых образов; мы имеем дело с огромным количеством образов, отличающихся друг от друга морфологически, при внутреннем тождестве их семантик. Функцию конкретизации образа несут метафоры. Пусть кажется, что сознание создавало перенос одного явления на другое и тем его метафоризировало, — на самом деле сознание этого не делало, и никаких метафор первоначально не существовало, — это наш собственный термин для обозначения реальных исторических черт первобытного мышления, которое интерпретировало объективную действительность. Итак, метафора — уточненный образ; она переводит безличие нерасчлененных представлений на язык отличительности реальных — и снова внешних — явлений; в каждой метафоре мы имеем противоречивую одновременность (которая не может быть расщеплена и обозначена хронологически) родовой общности образа и его частной конкретной особенности. Образ оформляется при помощи отдельных, совершенно различных, конкретно примененных метафор; они, таким образом, семантически тождественны, но всегда морфологически различны. Вопросы стадиального развития образа стоят в зависимости от развития общественного сознания; самый темп такого развития не во всех формациях одинаков, так, все сознание доклассового общества, несмотря на прогрессивную динамику его изменений, в основном остается малоподвижным. Стадиальные изменения сказываются здесь на морфологии метафор, хотя и очень незначительно, касаясь, если можно так сказать, ее поверхности, но существенны не эти внешние замены одной метафоры другой, а то, что остается все та же внутренняя пропорция между образом и его оформлением, остается процесс метафоризации как та же минимальная, только объективно проявляющаяся «ореаленность». Тождество субъекта и объекта, мира одушевленного и неодушевленного, слова и действия приводят к тому, что сознание первобытного общества орудует одними повторениями. Тождество и повторения ставят знак равенства между тем, что происходит во внешнем мире и в жизни самого общества, переосмысляя реальность, это общество начинает компоновать новую реальность, иллюзорную, в виде репродукции того же самого, что оно интерпретирует: это и есть то, что мы называем обрядом и что в мертвом виде становится обычаем, праздником, игрой и т. п. Мышление, орудующее повторениями, является предпосылкой к тотемистическому миросозерцанию, в котором человек и окружающая действительность, коллектив и индивидуальность слиты, а в силу этой слитности общество, считающее себя природой, повторяет в своей повседневности жизнь этой самой природы, т. е., говоря на нашем языке, разыгрывает свечение солнца, рождение растительности, наступление темноты и т. д. Рядом с объективным ходом вещей появляется действенный, вещный и персонифицированный мир «искаженной действительности», мировоззренческий, одновременно обязанный своим существованием первому, и не связанный с ним формально-логической последовательностью. Именно потому, что человек и природа одно и то же и что человек и есть природа, — его жизнь есть жизнь природы, жизнь неба, солнца, воды, земли. Общественный человек в своем повседневном быту делает то же, что делает ежедневно небо, солнце или земля, его жизнь поэтому есть сплошное повторение космических действ, пусть и своеобразно понятых, то действенное повторение, которое и создало такую удивительную, странную вещь, как обряд Нельзя представлять себе, что первобытно-охотничий коллектив ведет какой-то образ жизни, в котором известную роль играют и обряды Нет, это еще не обряды, но зато вне этих действ нет решительно никакого «образа жизни», вся сплошь повседневность состоит здесь из действенного воспроизведения космической жизни. Производство, акты труда, биологические моменты — это все интерпретируется космогонически и соответственно воспроизводится в действии (хотя самого понятия космогонии еще нет). Еда, половой акт, смерть — три таких биологических момента, но ни один из них не осознается реально, поскольку нет предпосылок для реалистического миропонимания. Первобытно-охотничий коллектив объективно находится в состоянии постоянной и ожесточенной борьбы с природой, само его производство связано с суровой борьбой, и в схватке, в рукопашной, с помощью главного своего трудового орудия — руки да камня — он завладевает зверем и его мясом, его кровью. Борьба — единственная категория восприятия мира в первобытно-охотничьем сознании, единственное семантическое содержание его космогонии и всех действ, ее воспроизводящих.

2. Семантика еды: литургия

Архаическое осмысление еды, восходящее еще к тотемизму, лучше всего сохранилось в религиозном обряде, называемом литургией. Ее действенный остов, в общих чертах, заключается в следующем Священник приготовляет сперва сосуды — бокал, блюдо, нож и т. д., а затем хлеб и вино для будущего «причащения», евхаристии. Хлеб, который он приготовляет, считается «агнцем» и «телом Христа», священник режет его ножом на части и это аллегоризирует «страсти», причем часть хлеба служит ребром Христа, нож — копьем и т. д. Соответственно и вино с водой выдается за кровь Христа. Перед центральным моментом причащения священник с помощником совершает шествие по церкви — один раз с блюдом и бокалом в сопровождении лампад, а затем с блюдом хлеба на голове и бокалом вина. Евхаристия состоит в том, что священник разделяет на части хлебец, часть его съедает с ладони сам и дает помощнику, а остальные части раздает для еды присутствующим, то же он делает и с вином. По окончании всей этой церемонии сосуды вычищаются и ставятся на место, а самый обряд кончается. Конечно, процедура сопровождается от начала до конца пением, молитвами и разными символическими действиями①. Но из одной ее беглой схемы уже достаточно видно, что литургия воспроизводит древний обряд еды и питья — от приготовления до уборки. И тогда становится понятной роль в церкви стола: это величайшая «святыня», «святая святых», «престол», который представляет собой просто-напросто обеденный стол Но также и главное таинство — это драма еды, а хлеб и вино — тело и кровь божества. Та же священная роль хлеба и вина в некоторых других богослужениях②, а раздача хлебной еды объясняется впоследствии как бытовой акт «для подкрепления сил»③. Однако, не нужно забывать, что не только хлеб и вино представлены во всех этих обрядах как воплощение божества, но и шествие священников по церкви знаменовало смерть и ее преодоление. Эта семантика хлеба как «живота вечного, сшедшего с небес», как символа спасения от смерти и воскресения, особенно ясна в обряде особого пасхального хлеба, связанного с образом воскресения④; его как божество воскресения держат в особом церковном месте вместе с иконой воскресшего бога и в праздник воскресения обносят вокруг церкви⑤. Шествие к еде монахов при звоне колоколов, при пении «Христос воскресе» в предшествии иконы воскресения, этого пасхального хлеба и нескольких лампад⑥ воспроизводит ту же литургию, но освобожденную от церковного таинства и развернутую в быт, с тем же шествием, но реальным, и с тою же едою, но житейской. Рядом с хлебом, олицетворяющим мужское воскрешающее божество (артос), существует такой же хлеб, олицетворяющий женское божество (панагия)⑦. Лишь в культе этого «хлеба воскресения» легче уловить образ спасения от смерти, связанный с образом еды и хлеба.

3. Еда религиозная и бытовая

Обычно во всех этих явлениях видят пережиток агап (вечерей любви). Они состояли из преломления хлеба и совместной еды и происходили в церквах, их изгоняет оттуда в

---

① Это современная литургия византийского канона (Иоанна Златоуста) (*Brightman F. E.* Liturgies Eastern and Western, being the texts, original or translated, of the principal liturgies of the church / Ed. with intro, and append, by F. E. Brightman... on the basis of the former work by C. E. Hammond. Oxford, 1896. P. 309. ; *Никольский К. Т.* Пособие к изучению Устава Богослужения Православной церкви. СПб., Государственная Типография.1894. С. 383. Далее ссылки: Никольский. 1894, с указанием страницы.). О том что евхаристия и трапеза — основные древнейшие элементы всех решительно литургий — Lietzmann, 1925/26. S. 49, 51.

② *Никольский К. Т.* Пособие к изучению Устава Богослужения Православной церкви. СПб., Государственная Типография.1894. С. 231.

③ Там же. С. 233.

④ Там же. С. 619 сл.

⑤ Там же.

⑥ Там же.

⑦ Там же. С. 620 — 621; *Иеромонах Авель.* Гефсиманский скит. М.: тип. В. Готье, 1867. С. 35.

IV веке Лаодикийский собор[1]. Однако дело не в одних этих религиозных трапезах и не в одних пережитках: то, что условно принято называть агапами, засвидетельствовано этнографией для всех народов, прошедших известную стадию развития. Уже неоднократно указывалось и на греко-римские параллели, на общественные их столы и на обычаи религиозные. Но если говорить о религиозной еде, то прежде всего нужно вспомнить греческие теоксении и римские пульвинарии и лекцистернии, потому что тут-то мы и видим храмовую еду. Еще ближе и, быть может, проще обратиться к агапам еврейским; ведь здесь перед нами повседневный быт, и мы до сих пор застаем на западе у патриархальных евреев освящение и благословение хлеба, а главное — преломление его хозяином дома и вкушение его всей семьей[2]. Тем самым отпадает исключительность литургического агнца, хлеба или пасхального артоса. Мы видим и у евреев, в канун Пасхи, ритуальную трапезу, с установленным веками неподвижным каноном ролей и форм, и в центре ее — обряд хлеба (мацы) и вина, сопровождаемый диалогами, чтением священных текстов, символическими действиями и, по-видимому, закрыванием и открыванием мацы, как [закрыванием и открыванием] завесы или покровов над дарами[3]. Это та же литургия еды, та же драма хлеба и вина, лишь характера богослужебного, хотя и домашнего. Если ее можно сравнить с храмовой едой, то субботние преломления хлебов наиболее подходят к агапам. В обрядах раздробления хлеба и раздачи вина, будь это в семье или в церкви, виден акт первобытной трапезы, и отрицать этого никто не в состоянии. С другой стороны, нельзя отрицать ни тождества этого момента в разнообразных ее формах, ни консервативности быта. Преломление хлеба у евреев или в агапе дает, собственно, типично пасхальную картину разрезания пасхального агапа и съедания его: и здесь хозяин, или священник, или патриарх совершает разделение, а община или семья съедает[4]. Эта еженедельная или ежевечерняя пасха ставит вопрос тот же самый, что ставил пасхальный хлеб: вопрос об увязке еды с воскресением и о преломлении и вкушении хлеба как спасении.

<...>

5. Семантика жертвоприношения

Но не нужно упрощать того, что само по себе сложно. Нельзя затушевывать того

---

[1] Трулльский собор повторяет запрещение (Lucius, 1904. S. 320; ср. Nowack, 1894. S. 208).

[2] Евр. энц. под сл. Суббота, С. 597. Еще ближе к литургии происходящее здесь чтение молитв над вином и его питье. У греков бытовая еда носила сакральный характер (Usener, 1913 (1). S. 216 — 217).

[3] *Jew. Enc.* The Jewish Encyclopedia. V.9. N.-Y.-L., 1904. C. 548.

[4] О преломлении хлеба как литургическом акте — Gavin, 1928. P. 67; Krauss, 1912. S. 51. О субботней вечере как евхаристии — Gavin, 1928. P. 64 sqq.; эту же точку зрения на литургию и евхаристию высказали Oesterley (1925), Lietzmann (1925/26) и Völker (1927), Gavin, 1928. Ll cc.

явления, что евхаристия, если и является параллелью агапы и представляет собою действо еды, но есть в то же время и некое, как оно и называется, жертвоприношение. Кого же приносят здесь символически в жертву? Агнца, лишь понимаемого иносказательно как божество, но, по Библии, подлинного агнца. Итак, вот еще один образ, иногда и еще два Следовательно действо еды есть одновременно и жертвоприношение и нечто, связанное с образами рождения, соединения полов, смертью и воскресением, а жертва есть мучное изделие, хлеб, которое одновременно мыслится молодым животным, а то и вочеловеченным божеством. Как жертва человек или животное для нас понятны, но непонятен хлеб; как трапеза понятны хлеб и животное, но непонятен человек и бог. Ясно, что наше представление об еде и о жертве не совпадает с архаическим, и хотя форма того и другого во власти до сих пор и нашей, но ее осмысление, семантика ее совершенно различна[①]. Под едой и под жертвой доклассовое общество понимало нечто метафорическое, нечто, связанное с узлом образов о жизни и смерти.

В античности жертвоприношение состоит из моментов убиения животного и вкушения жертвы, обряд совершается под музыку. Здесь то же омовение рук, приготовление алтарей и сосудов, изгнание профанов, привод и осмотр жертвенных животных. Посыпав головы жертв толченой ячменной крупой, прислужники убивают их. Когда они падают, сдирают с них шкуру, берут «начатки» от внутренностей и бедер и, посыпав их ячменной крупой несут в корзинах жертвующим, которые кладут их на алтарь, разводят под ним огонь и возливают вино[②]. Здесь перед нами, так сказать, священная кухня, с актом сакрального варева, налицо. Этот момент, сведенный в литургии до минимума, в сцене осмотра и приготовления еды оживает только у персидских несториан. У них начало литургии открывается приготовлением хлеба. Священник приносит муку, масло и теплую воду, мешает все вместе и вливает туда закваску. Сюда же примешивает он соль и делает из всего тесто. Затем наступает приготовление хлеба, составляющее часть богослужения.

<···>

б) Метафоры «рождения»

1. Семантика брака

Я уже говорила, что еда в представлении первобытною общества сливается с актами рождения и смерти, и что нет возможности, без чисто научной условности, эти образы друг от друга отделить. В свою очередь, акты еды — смерти — производительности неразрывным узлом связаны с окружающей природой; смерти как чего-то конечного,

---

① *Levy-Bruhl L.* Les fonctions mentales dans les societes inferieures. 5 ed. Paris: Alcan, 1922. P. 37, 40, 38.; *Марр.* 1926 (6). С. 7.

② В виде бытовой трапезы такое жертвоприношение уже в эпосе, например, Od. XIV, 425 sqq.

завершенного нет, а есть исчезновение, одновременное появлению (как одновременны «до» и «после» в первобытном сознании). Неверно говорить о загробных представлениях, об умирании и воскресении, о жизни-смерти. Подземность есть всегда рождающее начало, а рождающее — подземное; перевеса одного над другим нет, так как в мышлении нет предпосылок к расчленению событий во времени. Еда, говоря нашим языком, есть смерть и воскресение, а также производительный акт. Но сам производительный акт тоже является смертью и воскресением. Что же такое смерть-воскресение? Это еда и производительный акт. Но каждое из этих явлений представляет собой совсем не то, что мы под ним понимаем. Первобытное сознание осмысляет их как наличие-отсутствие космоса (тотема) в форме борьбы. Отсюда — равенство образов «еды», «производительного акта» и «смерти-воскресения», сливающихся друг с другом и переходящих друг в друга; отсюда их генетическое равноправие, их невозводимость одного к другому; но отсюда и сложность научной терминологии, которая ошибается всякий раз, как хочет уточнить и назвать их значимость. Что такое первоначальный брак, и подлинно ли жених и невеста — только брачащаяся пара, т. е. соединяющаяся для совместной жизни? Сразу же, однако, встает материал, который требует какого-то иного толкования, и ни обычаем бытовым, ни религиозным, ни идеей одного воспроизведения его не объяснить. Почему, например, невеста не всегда реальная, а подставная? Почему ее роль иногда исполняет дерево, а жениха — чучело, или наоборот? Или чем объясняется уподобление брачащихся царю и царице? Мы, следовательно, и здесь, как при анализе семантики еды, сталкиваемся с комком соседящих образов и не можем извлечь одного из них, не захватив частично и других. Поэтому следует взять весь этот комок в его целом Такой именно брачный комплекс существовал у всех изначальных народов в виде обрядов «майского дерева» Их стабильные формы можно классифицировать так. 1) обходы с деревом, 2) обрядовая трапеза, 3) выбор «майской пары», которая одновременно означает жениха и невесту, царя и царицу, 4) зооморфический маскарад, 5) обрядовая симмиксия, 6) женитьба дерева, 7) поединок (бег большей частью). Отдельно на всех этих моментах я останавливаться не буду, да и нет нужды, потому что они уже вполне освещены наукой. Дитерих давно показал, что процессии и обходы с деревом упираются далеко вглубь времен, и что в них лежит инкарнация плодородия, дерево, посох, ветвь, с которыми ходят из дома в дом или из улицы в улицу, есть вегетативное божество[1]. Весь комплекс представлений, группирующихся вокруг всесветного культа дерева и персонификации майской пары, давно и классически осветили Беттихер и Мангардт[2].

---

[1] *Dieterich*, 1911. S. 324.

[2] *Bötticher*, 1856; Mannhardt, 1877 и 1875.

2. Семантика победы

Я не буду здесь говорить о магии как явлении позднем и сильно преувеличенном наукой. Не буду специально останавливаться и на характере заметной ре-конструктивности всего того, что я только что изложила. Меня интересует семантика таких образов, как «жених» и «невеста», в связи с венчанием, со свадьбой, браком, воспроизведением, и так как эти образы неразлучны с образом «царя» и «победителя», то семантика и этого образа. Образ «победы» для нас не нов, потому что я еще очень недавно говорила о метафоре борьбы как спасении и преодолении смерти. Поэтому после знакомства с ее семантикой мы найдем теперь в идее агонистической победы и ее дословного значения чересчур много нашего собственного рационализма. Очевидно, «победителем» можно было быть и без одержания верха в состязании, человек, евший хлеб, был уже «победителем от смерти». Конечно, здесь мы наталкиваемся на необходимость расшифровки таких значений, как «победа», и «агон» все время, едва мы подходим к какому-нибудь семантическому факту, мы оказываемся в целом ряде неизвестных величин, прикрытых обозначением нашего сегодняшнего дня, и нам дается на выбор или ошибочно исходить из нашего собственного, XX века, осмысления и топтаться на месте, или иероглиф за иероглифом расшифровывать архаические значимости. Прежде всего нам придется разграничить образы солнечные от вегетативных. И те и другие упираются в единое представление о небе-земле, о дереве-солнце. В основе, — наука уже со всех сторон кричит об этом, — лежит целостное восприятие мира, в котором огонь, вода и дерево тождественны Однако метафоры чисто солнечные имеют совершенно раздельную и внятную линию своих собственных судеб, в параллель к стадиально более поздним образам вегетативным. Таков именно образ солнца-победителя. Но как или что побеждает этот «победитель»? Узенер и Карл Фриз давно уже ответили на это. Солнце побеждает мрак, и эпитеты его «непобедимый» и «победитель»[①]. Эти представления вполне сохранились в этрусской, позже в римской обрядности триумфа, когда герой-победитель с блистательным войском продвигался в пышной процессии по юроду, а побежденные предавались смерти. В лице этого победителя, в светлых одеждах на солнечной колеснице с белыми лошадьми, продвигалось само солнце; победив своего врага, тьму, оно двигалось из обители смерти преисподней, через горизонт, — царские ворота триумфальной арки, — на небо, в храм. Эти ворота отделяют мир потусторонний, мрачный, от небесного, светлого; через двери арки, зарю, показывается в ослепительном блеске солнце. В храме Юпитера Капитолийского, куда победитель въезжает по городу, приносится жертва божеству; параллельно с образом победы в шествии и въезде дается образ победы в принесении и принятии жертвы, в трапезе божества; но этот образ

---

① *Usener H*. Sintflutsagen. Bonn: F. Cohen. 1899. S.120; Fries C .Studien zur Odyssee // MVAG. 1910. S. 26 sq.

повторяется и подчеркивается в ряде «придаточных предложений» обряда, в параллелизме цирковых игр и пиршественном угощении для народа. Вот, следовательно, агон и без рационалистической передачи: он присутствует уже в самом образе въезда и шествия, как и параллельно в еде. «Шествие» как метафора солнечного хода означает то же самое, что и «победа»; двигаться по небу солнце может только после схватки с ночным мраком. Победа — это смерть, ставшая жизнью, это акт жизни вослед акту смерти. Победитель тот, кто остается жить. Самая жизнь означает солнце, небо, а смерть — преисподнюю, мрак. «Когда ты восходишь, — говорится в одном египетском гимне, — они живут (люди), когда заходишь, они умирают»[1]. Таким образом восход и заход солнца — это жизнь и смерть всех людей, всей природы, и ежедневно одни и те же люди умирают и оживают. Солнце — «зачинатель жизни»: «ты производишь человеческий зародыш в женщине, ты создаешь семя в мужчине», «ты сотворил жизнь людей»; солнце — «ужас всякой дальней страны»[2]. В системе тотемистического миросозерцания таким солнцем-вселенной является вожак общественного коллектива, тотем; он ежедневно и ежегодно вступает в борьбу со смертью и побеждает ее. Мы знаем из трудов Фрезера, что стадиальный преемник такого вожака, царь, ежегодно убивался, и в его лице ежегодно умирал старый отрезок времени, год, старый бог. Тотемистическое мировосприятие не знает «новизны» в нашем смысле; личное начало не существует; лиц нет, есть единая маска слитного целого, и потому сознание не замечает, что умирает один человек из коллектива, побеждает совсем другой. Нет, и умирающий и живущий — единый образ, единая маска космического тотема; это он, все тот же самый, появляется в исчезновении, оживает в смерти[3]. Понятия двойственности, жизни и смерти — наши. В сознании первобытных охотников множественно-единичное начало (тотем) борется и перебирает исчезновение появлением (позднейшее — «смертью смерть попрал»). Остающийся в наличии вожак — новый тотем, новый, при племенном строе, царь. Поэтому семантика «царя» содержит в себе метафорические представления о небе и солнце, но и о смерти; царь равнозначен богу, который может быть и умершим и воскресшим. Особенно выразительна эта семантика у египтян, где каждый фараон является божеством, на время ставший богочеловеком, божеством-солнцем.

<...>

---

[1] *Пиотровский Б. Б.* Амулеты в форме глаза в древнем Египте // ИГАИМК. Т. 9. Вып. 3. Л.: Б.м., 1931. С.13.

[2] Там же.

[3] *Лившиц И. Г.* Время-пространство в египетской иероглифике // Академия наук СССР академику Н. Л. Марру. XLV. М.-Л: Изд-во Академии наук СССР, 1935. С. 238. эпитет солнца-покойника «ушедший вчера, вернувшийся сегодня».

💡 **课后思考题**

1. Почему Н. В. Брагинская написала, что честь «второго открытия» крупного отечественного исследователя культуры О. М. Фрейденберг принадлежит Ю. М. Лотману?

2. В чем заслуга О. М. Фрейденберг как исследователя литературы?

3. Какова концепция метафоры по О. М. Фрейденберг в античности и современности?

▶ **推荐阅读材料** ◀

1. *Лотман Ю. М. О.* М. Фрейденберг как исследователь литературы // Труды по знаковым системам. Тарту, 1973. Вып. 6.

2. Ольга Михайловна Фрейденберг в науке, литературе, истории: Материалы XXIII Лотмановских чтений // Вестник РГГУ. Серия «История. Филология. Культурология. Востоковедение». М., 2017. № 4 (25), С. 11-141.

3. Ольга Михайловна Фрейденберг в науке, литературе, истории: Материалы XXIII Лотмановских чтений // Вестник РГГУ. Серия «История. Филология. Культурология. Востоковедение». М., 2018. № 3 (36), С. 7-152.

4. *Фрейденберг О. М.* Поэтика сюжета и жанра / Подгот., общ. ред., предисл. и послесл. Н. В. Брагинской, послесл. И. В. Пешкова. М.: Лабиринт, 1997.

5. *Фрейденберг О. М.* Миф и театр. Лекции. М.: ГИТИС, 1988.

6. *Фрейденберг О. М.* Миф и литература древности. 2-е изд., испр. и доп. М.: Издательская фирма «Восточная литература» РАН, 1998.

第四讲拓展资源

第五讲

«Формалистическая концепция» В. Б. Шкловского: прием остранения

«Стой, солнце, и не двигайся, луна»,
- сказал когда-то Иисус Навин в
Библии во время неоконченного
сражения. Тогда это удалось.
Но если бы удалось на самом деле,
то произошла бы катастрофа
в галактике. Но в литературе
иногда надо изменять время,
замедлить или ускорить его.

— В. Б. Шкловский

预习
思考题

1. Что Вам известно о В. Б. Шкловском? Расскажите о его биографии, участии в деятельности ОПОЯЗа, теоретических достижениях В. Б. Шкловского, его художественном наследии, а также его влиянии на литературное творчество современников и развитие литературоведения.

2. Как Шкловский обосновывал искусство как прием на материале художественных произведений?

▶▶ **原典选读 1**

Воскрешение слова[①]

Слово-образ и его окаменение. Эпитет как средство обновления слова. История эпитета - история поэтического стиля. Судьба произведений старых художников слова такова же, как и судьба самого слова: они совершают путь от поэзии к прозе. Смерть вещей. Задача футуризма - воскрешение вещей - возвращение человеку переживания мира. Связь приемов поэзии футуризма с приемами общего языка мышления. Полупонятный язык древней поэзии. Язык футуристов.

Древнейшим поэтическим творчеством человека было творчество слов. Сейчас слова мертвы, и язык подобен кладбищу, но только что рожденное слово было живо, образно. Всякое слово в основе — троп. Например, месяц: первоначальное значение этого слова—«меритель»; горе и печаль —это то, что жжет и палит; слово «enfant» (так же, как и древнерусское —«отрок») в подстрочном переводе значит «неговорящий». Таких примеров можно привести столько же, сколько слов в языке. И часто, когда добираешься до теперь уже потерянного, стертого образа, положенного некогда в основу слова, то поражаешься красотой его - красотой, которая была и которой уже нет.

Слова, употребляясь нашим мышлением вместо общих понятий, когда они служат, так сказать, алгебраическими знаками и должны быть безобразными, употребляясь в обыденной речи, когда они не договариваются и не дослушиваются, — стали привычными, и их внутренняя (образная) и внешняя (звуковая) формы перестали переживаться. Мы не переживаем привычное, не видим его, а узнаем. Мы не видим стен наших комнат, нам так

---

① *Шкловский В. Б.* Гамбургский счет: Статьи — воспоминания — эссе (1914 —1933). М.: Советский писатель. 1990. C.36 — 42. （编者注）

трудно увидать опечатку в корректуре, особенно если она написана на хорошо знакомом языке, потому что мы не можем заставить себя увидать, прочесть, а не «узнать» привычное слово.

Если мы захотим создать определение «поэтического» и вообще «художественного» восприятия, то, несомненно, натолкнемся на определение: «художественное» восприятие — это 36 такое восприятие, при котором переживается форма (может быть, и не только форма, но форма непременно). Справедливость этого «рабочего» определения легко доказать на тех случаях, когда какое-нибудь выражение из поэтического становится прозаическим. Например, ясно, что выражения «подошва» горы или «глава» книги при переходе из поэзии в прозу не изменили свой смысл, но только утратили свою форму (в данном случае — внутреннюю). Эксперимент, предложенный А. Горнфельдом в статье «Муки слова»: переставить слова в стихотворении —

> Стих, как монету, чекань
>
> Строго, отчетливо, честно,
>
> Правилу следуй упорно:
>
> Чтобы словам было тесно,
>
> Мыслям — просторно, —

чтобы убедиться в том, что с потерей формы (в данном случае— внешней) это стихотворение обращается в «заурядный дидактический афоризм»[1], — подтверждает правильность предложенного определения.

Итак: слово, теряя «форму», совершает непреложный путь от поэзии к прозе (*Потебня, «Из записок по теории словесности»*).

Эта потеря формы слова является большим облегчением для мышления и может быть необходимым условием существования науки, но искусство не могло удовольствоваться этим выветрившимся словом. Вряд ли можно сказать, что поэзия наверстала ущерб, понесенный ею при потере образности слов, тем, что заменила ее более высоким творчеством —например, творчеством типов, — потому что в таком случае она не держалась бы так жадно за образное слово даже на таких высоких ступенях своего развития, как в эпоху эпических сводов. В искусстве материал должен быть жив, драгоценен. И вот появился эпитет, который не вносит в слово ничего нового, но только подновляет его умершую образность; например: солнце ясное, удалой боец, белый свет, грязи топучие, дрибен дождь... В самом слове «дождь» заключается понятие дробности, но образ умер, и жажда конкретности, составляющая душу искусства (Карлейль), потребовала его подновления. Слово, оживленное эпитетом, становилось снова поэтическим.

---

[1] *Горнфельд А.* Муки слова. СПб.: Типо-Литография А. Э. Винеке, 1906. С. 41.

Проходило время — и эпитет переставал переживаться — в силу опять-таки своей привычности. И эпитетом начали орудовать по привычке, в силу школьных преданий, а не живого поэтического чутья. При этом эпитет до того уже мало переживается, что довольно часто его применение идет вразрез с общим положением и колоритом картины; например:

> Ты не жги свечу сальную,
>
> Свечу сальную, воску ярого,
>
> (*Народная песня*), —

или «белые руки» у арапа (сербский эпос), «моя верная любовь» староанглийских баллад, которая применяется там без различия, —идет ли дело о верной или о неверной любви, или Нестор, подымающий среди белого дня руки к звездному небу, и т. д.

Постоянные эпитеты сгладились, не вызывают более образного впечатления и не удовлетворяют его требованиям. В их границах творятся новые, эпитеты накопляются, определения разнообразятся описаниями, заимствованными из материала саги или легенды (*Александр Веселовский, «Из истории эпитета»*). К позднейшему же времени относятся и сложные эпитеты.

«История эпитета есть история поэтического стиля в сокращенном издании»[1]. Она показывает нам, как уходят из жизни все вообще формы искусства, которые так же, как и эпитет, живут, окаменевают и наконец умирают.

Слишком мало обращают внимания на смерть форм искусства, слишком легкомысленно противопоставляют новому старое, не думая о том, живо оно или уже исчезло, как исчезает шум моря для тех, кто живет у берегов, как исчез для нас тысячеголосый рев города, как исчезает из нашего сознания все привычное, слишком знакомое.

Не только слова и эпитеты окаменевают, окаменевать могут целые положения. Так, например, в багдадском издании арабских сказок путешественник, которого грабители раздели донага, взошел на гору и в отчаянии «разорвал на себе одежды». В этом отрывке застыла до бессознательности целая картина.

Судьба произведений старых художников слова такова же, как и судьба самого слова. Они совершают путь от поэзии к прозе. Их перестают видеть и начинают узнавать. Стеклянной броней привычности покрылись для нас произведения классиков,— мы слишком хорошо помним их, мы слышали их с детства, читали их в книгах, бросали отрывки из них в беглом разговоре, и теперь у нас мозоли на душе — мы их уже не переживаем. Я говорю о массах. Многим кажется, что они переживают старое искусство. Но как легки здесь ошибки! Гончаров недаром скептически сравнивал переживания

---

[1] *Веселовский А.* Собр. соч: В 5т. Т. 1. СПб.: Издание Императорской Академии Наук, 1913. С. 58.

классика при чтении греческой драмы с переживаниями гоголевского Петрушки[①]. Вжиться в старое искусство часто прямо невозможно. Поглядите на книги прославленных знатоков классицизма, - какие пошлые виньетки, снимки с каких упадочных скульптур помещают они на обложках. Роден, копируя годами греческие скульптуры, должен был прибегнуть к измерению, чтобы передать наконец их формы; оказалось, что он все время лепил их слишком тонкими. Так гений не мог просто повторить формы чужого века. И только легкомысленностью и нетребовательностью к своим вживаниям в старину объясняются музейные восторги профанов.

Иллюзия, что старое искусство переживается, поддерживается тем, что в нем часто присутствуют элементы искусству чуждые. Таких элементов больше всего именно в литературе; поэтому сейчас литературе принадлежит гегемония в искусстве и наибольшее количество ценителей. Для художественного восприятия типична наша материальная незаинтересованность в нем. Восхищение речью своего защитника на суде — не художественное переживание, и, если мы переживаем благородные, человечные мысли наших гуманнейших в мире поэтов, то эти переживания с искусством ничего общего не имеют. Они никогда не были поэзией, а потому и не совершили пути от поэзии к прозе. Существование людей, ставящих Надсона выше Тютчева, тоже показывает, что писатели часто ценятся с точки зрения количества благородных мыслей, в их произведениях заключенных, — мерка, очень распространенная, между прочим, среди русской молодежи. Апофеоз переживания «искусства» с точки зрения «благородства» — это два студента в «Старом профессоре» Чехова[②], которые в театре спрашивают один другого: «Что он там говорит? Благородно?» — «Благородно» — «Браво!»

Здесь дана схема отношения критики к новым течениям в искусстве.

Выйдите на улицу, посмотрите на дома: как применены в них формы старого искусства? Вы увидите прямо кошмарные вещи. Например (дом на Невском против Конюшенной, постройки арх. Лялевича), на столбах лежат полуциркульные арки, а между пятами их введены перемычки, рустованные как плоские арки. Вся эта система имеет распор на стороны, с боков же никаких опор нет; таким образом, получается полное впечатление, что дом рассыпается и падает.

Эта архитектурная нелепость (не замечаемая широкой публикой и критикой) не может быть в данном случае (таких случаев очень много) объяснена невежеством или бесталанностью архитектора.

Очевидно, дело в том, что форма и смысл арки (как и форма колонны, что тоже

---

① Отсылка к «Воспоминаниям» И. Гончарова не совсем точна.

② Имеется в виду «Скучная история» А. Чехова.

можно доказать) не переживается, и она применяется поэтому так же нелепо, как нелепо применение эпитета «сальная» к восковой свече.

Посмотрите теперь, как цитируют старых авторов.

К сожалению, никто еще не собирал неправильно и некстати примененные цитаты; а материал любопытный. На постановках драмы футуристов публика кричала «одиннадцатая верста», «сумасшедшие», «Палата№6», и газеты перепечатывали эти вопли с удовольствием, —а между тем ведь в «Палате № 6» как раз и не было сумасшедших, а сидел по невежеству посаженный идиотами доктор и еще какой-то философ-страдалец! Таким образом, это произведение Чехова было притянуто (с точки зрения кричавших) совершенно некстати. Мы здесь наблюдаем, так сказать, окаменелую цитату, которая значит то же, что и окаменелый эпитет, — отсутствие переживания (в приведенном примере окаменело целое произведение).

Широкие массы довольствуются рыночным искусством, но рыночное искусство показывает смерть искусства. Когда-то говорили друг другу при встрече: «здравствуй» — теперь умерло слово —и мы говорим друг другу «асте». Ножки наших стульев, рисунок материй, орнамент домов, картины «Петербургского общества художников»①, скульптуры Гинцбурга — все это говорит нам — «асте». Там орнамент не сделан, он «рассказан», рассчитан на то, что его не увидят, а узнают и скажут — «это то самое». Века расцвета искусства не знали, что значит «базарная мебель». В Ассирии — шест солдатской палатки, в Греции —статуя Гекубы, охранительницы помойной ямы, в средние века — орнаменты, посаженные так высоко, что их и не видно хорошенько, — все это было сделано, все было рассчитано на любовное рассматривание. В эпохи, когда формы искусства были живы, никто бы не внес базарной мерзости в дом. Когда в XVII веке в России развелась ремесленная иконопись и «на иконах появились такие неистовства и нелепости, на которые не подобало даже смотреть христианину», —это означало, что старые формы уже изжиты. Сейчас старое искусство уже умерло, новое еще не родилось; и вещи умерли, — мы потеряли ощущение мира; мы подобны скрипачу, который перестал осязать смычок и струны, мы перестали быть художниками в обыденной жизни, мы не любим наших домов и наших платьев и легко расстаемся с жизнью, которую не ощущаем. Только создание новых форм искусства может возвратить человеку переживание мира, воскресить вещи и убить пессимизм.

Когда в припадке нежности или злобы мы хотим приласкать или оскорбить человека, то нам мало для этого изношенных, обглоданных слов, и мы тогда комкаем и ломаем слова,

---

① Очевидно, «Община художников», возникшая в 1910 г. в Петербурге на базе «Нового союза передвижных выставок».

чтобы они задели ухо, чтобы их увидали, а не узнали. Мы говорим, например, мужчине-«дура», чтобы слово оцарапало; или в народе («Контора» Тургенева) употребляют женский род вместо мужского для выражения нежности. Сюда же относятся все бесчисленные просто изуродованные слова, которые мы все так много говорим в минуту аффекта и которые так трудно вспомнить.

И вот теперь, сегодня, когда художнику захотелось иметь дело с живой формой и с живым, а не мертвым словом, он, желая дать ему лицо, разломал и исковеркал его. Родились «произвольные» и «производные» слова футуристов. Они или творят новое слово из старого корня (Хлебников, Гуро, Каменский, Гнедов), или раскалывают его рифмой, как Маяковский, или придают ему ритмом стиха неправильное ударение (Крученых). Созидаются, новые, живые слова. Древним бриллиантам слов возвращается их былое сверкание. Этот новый язык непонятен, труден, его нельзя читать, как «Биржевку». Он не похож даже на русский, но мы слишком привыкли ставить понятность непременным требованием поэтическому языку. История искусства показывает нам, что (по крайней мере, часто) язык поэзии— это не язык понятный, а язык полупонятный. Так, дикари часто поют или на архаическом языке или на чужом, иногда настолько непонятном, что певцу (точнее — запевале) приходится переводить и объяснять хору и слушателям значение им тут же сложенной песни[1].

Религиозная поэзия почти всех народов написана на таком полупонятном языке. Церковнославянский, латинский, сумерийский, умерший в XX веке до Рождества Христова и употреблявшийся как религиозный до третьего века, немецкий язык у русских штундистов (русские штундисты долгое время предпочитали не переводить немецкие религиозные гимны на русский язык, а учить немецкий. — Достоевский, «Дневник писателя»).

Я. Гримм, Гофман, Гебель отмечают, что народ часто поет не на диалекте, а на повышенном языке, близком к литературному; «песенный якутский язык отличается от обиходного приблизительно так же, как наш славянский от нынешнего разговорного» (Короленко, «Ат-Даван»). Арно Даниель с его темным стилем, затрудненными формами искусства (SchwereKunstmanier), жесткими (harten) формами, полагающими трудности при произнесении[2], dolcestilnuovo (XII век) у итальянцев —все это языки полупонятные, а Аристотель в «Поэтике» (гл. 23) советует придавать языку характер иноземного.

[1] *Веселовский А.* Три главы из исторической поэтики // А. Н. Веселовский. Историческая поэтика. М.: Высшая школа, 1989;Гроссе Э. Происхождение искусства // Эрнст Гроссе; Пер. с нем. А.Е. Грузинский. М.: М. и С. Сабашниковы, 1899. VIII.

[2] *Diez F.* Leben und Werk der Troubadours. Amsterdam, S. 285.

Объяснение этих фактов в том, что такой полупонятный язык кажется читателю, в силу своей непривычности, более образным (отмечено, между прочим, Д. Н. Овсянико-Куликовским).

Слишком гладко, слишком сладко писали писатели вчерашнего дня. Их вещи напоминали ту полированную поверхность, про которую говорил Короленко: «По ней рубанок мысли бежит, не задевая ничего». Необходимо создание нового, «тугого» (слово Крученых)①, на видение, а не на узнавание рассчитанного языка. И эта необходимость бессознательно чувствуется многими.

Пути нового искусства только намечены. Не теоретики - художники пойдут по ним впереди всех. Будут ли те, которые создадут новые формы, футуристами, или другим суждено достижение, — но у поэтов-будетлян верный путь: они правильно оценили старые формы. Их поэтические приемы —приемы общего языкового мышления, только вводимые ими в поэзию, как введена была в поэзию в первые века христианства рифма, которая, вероятно, существовала всегда в языке.

Осознание новых творческих приемов, которые встречались и у поэтов прошлого — например, у символистов, — но только случайно, — уже большое дело. И оно сделано будетлянами②.

▶▶ **原典选读 2**

Искусство как прием③

«Искусство – это мышление образами». Эту фразу можно услышать и от гимназиста, она же является исходной точкой для ученого-филолога, начинающего создавать в области теории литературы какое-нибудь построение. Эта мысль вросла в сознание многих; одним из создателей ее необходимо считать Потебню. «Без образа нет искусства, в частности, поэзии»④, говорит он. Поэзия, как и проза, есть «прежде всего и главным образом <…> известный способ мышления и познания»⑤, — говорит он в другом месте.

Поэзия есть особый способ мышления, а именно способ мышления образами; этот

---

① *Крученых А., Хлебников В.* Слово как таковое. СПб.: ЕУЫ, 1913. С. 3.

② В рукописи ст. заканчивалась: «Их путь правилен, и если они погибнут, не дойдя до цели, то погибнут в великом предприятии» (64).

③ *Шкловский В.* О теории прозы. М. : Советский писатель, 1983. С. 9 — 26. （编者注）

④ *Потебня А. А.* Из записок по теории словесности. Харьков.: изд. М. В. Потебни, 1905. В дальнейшем: Потебня А. А. Из записок по теории словесности, с указанием страницы.

⑤ Там же. С. 97.

способ дает известную экономию умственных сил, «ощущенье относительной легкости процесса», и рефлексом этой экономии является эстетическое чувство. Так понял и так резюмировал, по всей вероятности верно, ак. Овсянико-Куликовский, который, несомненно, внимательно читал книги своего учителя[①]. Потебня и его многочисленная школа считают поэзию особым видом мышления — мышления при помощи образов, а задачу образов видят в том, что при помощи их сводятся в группы разнородные предметы и действия и объясняется неизвестное через известное. Или, говоря словами Потебни: «Отношение образа к объясняемому: а) образ есть постоянное сказуемое к переменчивым подлежащим — постоянное средство аттракции изменчивых апперципируемых... б) образ есть нечто гораздо более простое и ясное, чем объясняемое»[②], то есть «так как цель образности есть приближение значения образа к нашему пониманию и так как без этого образность лишена смысла, то образ должен быть нам более известен, чем объясняемое им»[③].

Интересно применить этот закон к сравнению Тютчевым зарниц с глухонемыми демонами или к гоголевскому сравнению неба с ризами господа.

«Без образа нет искусства». «Искусство — мышление образами». Во имя этих определений делались чудовищные натяжки; музыку, архитектуру, лирику тоже стремились понять как мышление образами. После четвертьвекового усилия ак. Овсянико-Куликовскому наконец пришлось выделить лирику, архитектуру и музыку в особый вид безо́бразного искусства — определить их как искусства лирические, обращающиеся непосредственно к эмоциям[④]. И так оказалось, что существует громадная область искусства, которое не есть способ мышления; одно из искусств, входящих в эту область, лирика (в тесном смысле этого слова) тем не менее вполне подобна «образному» искусству: так же обращается со словами, и, что всего важнее,- искусство образное переходит в искусство безобразное совершенно незаметно, и восприятия их нами подобны.

Но определение: «искусство — мышление образами», а значит (пропускаю промежуточные звенья всем известных уравнений), искусство есть создатель символов прежде всего, — это определение устояло, и оно пережило крушение теории, на которой было основано. Прежде всего, оно живо в течении символизма. Особенно у теоретиков его.

Итак, многие все еще думают, что мышление образами, «пути и тени», «борозды

---

① См.: *Овсянико-Куликовский Д.* Язык и искусство. СПб.: И. Юровский, 1895. С. 35.

② *Потебня А. А.* Из записок по теории словесности. С. 314.

③ *Потебня А. А.* Из записок по теории словесности. С. 291.

④ См.: *Овсянико-Куликовский Д.* Лирика как особый вид творчества / Собр. соч. Т. 6. Изд. 3-е. СПб.: Издание И. Л. Овсянико-куликовской. 1914.

и межи»[1], есть главная черта поэзии. Поэтому эти люди должны были бы ожидать, что история этого, по их словам, «образного» искусства будет состоять из истории изменения образа. Но оказывается, что образы почти неподвижны; от столетия к столетию, из края в край, от поэта к поэту текут они, не изменяясь. Образы - «ничьи», «божьи». Чем больше уясняете вы эпоху, тем больше убеждаетесь в том, что образы, которые вы считали созданными данным поэтом, употребляются им взятыми от других и почти неизмененными. Вся работа поэтических школ сводится к накоплению и выявлению новых приемов расположения и обработки словесных материалов и, в частности, гораздо больше к расположению образов, чем к созданию их. Образы даны, и в поэзии гораздо больше воспоминания образов, чем мышления ими.

Образное мышление не есть, во всяком случае, то, что объединяет все виды искусства или даже только все виды словесного искусства, образы не есть то, изменение чего составляет сущность движения поэзии.

———————————————

Мы знаем, что часты случаи восприятия как чего-то поэтического, созданного для художественного любования, таких выражении, которые были созданы без расчета на такое восприятие; таково, например, мнение Анненского об особой поэтичности славянского языка, таково, например, и восхищение Андрея Белого приемом русских поэтов XVIII века помещать прилагательные после существительных[2]. Белый восхищается этим как чем-то художестве иным или, точнее, — считая это художеством — намеренным, на самом деле это общая особенность данного языка (влияние церковнославянского). Таким образом, вещь может быть: 1) создана как прозаическая и воспринята как поэтическая, 2) создана как поэтическая и воспринята как прозаическая. Это указывает, что художественность, относимость к поэзии данной вещи, есть результат способа нашего восприятия; вещами художественными же, в тесном смысле, мы будем называть вещи, которые были созданы особыми приемами, цель которых состояла в том, чтобы эти вещи по возможности наверняка воспринимались как художественные.

Вывод Потебни, который можно формулировать: поэзия = образности, создал всю теорию о том, что образность = символичности, способности образа становиться постоянным сказуемым при различных подлежащих (вывод, влюбивший в себя, в силу родственности идей, символистов — Андрея Белого, Мережковского с его «Вечными

———————————————

[1] По-видимому, ироническая контаминация назв. сб. В. Брюсова «Пути и перепутья» (тт. 1 — 3. М.: Скорпион, 1908 — 1909) и «Зеркало теней» (М.: Скорпион, 1912) — и намек на кн. ст. Вяч. Иванова «Борозды и межи» (М.: Мусагет, 1916).

[2] Не совсем точные отсылки к ст. И. Анненского «Бальмонт-лирик» (в его «Книге отражений». М., 1906) и к кн. А. Белого «Луг зеленый». М., 1910. С. 117.

спутниками» и лежащий в основе теории символизма). Этот вывод отчасти вытекает из того, что Потебня не различал язык поэзии от языка прозы. Благодаря этому он не обратил внимания на то, что существует два вида образа: образ как практическое средство мышления, средство объединять в группы вещи, и образ поэтический — средство усиления впечатления. Поясняю примером. Я иду по улице и вижу, что идущий впереди меня человек в шляпе выронил пакет. Я окликаю его: «Эй, шляпа, пакет потерял». Это пример образа — тропа чисто прозаического. Другой пример. В строю стоят несколько человек. Взводный, видя, что один из них стоит плохо, не по-людски, говорит ему: «Эй, шляпа, как стоишь». Это образ —троп поэтический. (В одном случае слово «шляпа» было метонимией, в другом — метафорой. Но обращаю внимание не на это.) Образ поэтический — это один из способов создания наибольшего впечатления. Как способ он равен по задаче другим приемам поэтического языка, равен параллелизму простому и отрицательному, равен сравнению, повторению, симметрии, гиперболе, равен вообще тому, что принято называть фигурой, равен всем этим способам увеличения ощущения вещи (вещами могут быть и слова или даже звуки самого произведения), но поэтический образ только внешне схож с образом-басней, образом-мыслью, например, к тому случаю, когда девочка называет круглый шар арбузиком[①]. Поэтический образ есть одно из средств поэтического языка. Прозаический образ есть средство отвлечения: арбузик вместо круглого абажура или арбузик вместо головы есть только отвлечение от предмета одного из их качеств и ничем не отличается от определения голова = шару, арбуз = шару. Это — мышление, но это не имеет ничего общего с поэзией.

———————————

Закон экономии творческих сил также принадлежит к группе всеми признанных законов. Спенсер писал: «В основе всех правил, определяющих выбор и употребление слов, мы находим то же главное требование: сбережение внимания. <...> Довести ум легчайшим путем до желаемого понятия есть во многих случаях единственная и во всех случаях главная цель» («Философия слога»). «Если бы душа обладала неистощимыми силами, то для нее, конечно, было бы безразлично, как много истрачено из этого неистощимого источника; важно было бы, пожалуй, только время, необходимо затраченное. Но так как силы эти ограничены, то следует ожидать, что душа стремится выполнять апперцептивные процессы по возможности целесообразно, то есть с сравнительно наименьшей тратой

———————————

① *Овсянико-Куликовский Д.* Язык и искусство. СПб.: Типо-Литографія А. Рабиновича и Ц. Крайза, С. 16 — 17.

сил, или, что-то же, с сравнительно наибольшим результатом» (Р. Авенариус)[1]. Одной ссылкой на общий закон экономии душевных сил отбрасывает Петражицкий попавшую поперек дороги его мысли теорию Джемса о телесной основе аффекта[2]. Принцип экономии творческих сил, который так соблазнителен, особенно при рассмотрении ритма, признал и Александр Веселовский, который договорил мысль Спенсера: «Достоинство стиля состоит именно в том, чтобы доставить возможно большее количество мыслей в возможно меньшем количестве слов». Андрей Белый, который в лучших страницах своих дал столько примеров затрудненного, так сказать, спотыкающегося ритма и показавший (в частном случае, на примерах Баратынского[3]) затрудненность поэтических эпитетов, тоже считает необходимым говорить о законе экономии в своей книге, представляющей собой героическую попытку создать теорию искусства на основе непроверенных фактов из устаревших книг, большого знания приемов поэтического творчества и на учебнике физики Краевича по программе гимназий.

Мысли об экономии сил как о законе и цели творчества, может быть, верные в частном случае языка, то есть верные в применении к языку «практическому», — эти мысли, под влиянием отсутствия знания об отличии законов практического языка от законов языка поэтического, были распространены и на последний. Указание на то, что в поэтическом японском языке есть звуки, не имеющиеся в японском практическом, было чуть ли не первое фактическое указание на несовпадение этих двух языков. Статья Л. П. Якубинского об отсутствии в поэтическом языке закона расподобления плавных звуков и указанная им допустимость в языке поэтическом труднопроизносимого стечения подобных звуков является одним из первых, научную критику выдерживающих[4], фактических указаний па противоположность (хотя бы, скажем пока, только в этом случае) законов поэтического языка законам языка практического[5].

Поэтому приходится говорить о законах траты и экономии в поэтическом языке не на основании аналогии с прозаическим, а на основании его собственных законов.

Если мы станем разбираться в общих законах восприятия, то увидим, что, становясь привычными, действия делаются автоматическими. Так уходят, например, в среду бессознательно-автоматического все наши навыки; если кто вспомнит ощущение, которое

---

[1] См.: *Авенариус Р.* Философия как мышление о мире сообразно принципу наименьшей меры сил. СПб., 1899. С. 8.

[2] См.: *Петражицкий Л.* Введение в изучение права и нравственности. 3-е изд. СПб., 1908. С. 136 и др.

[3] См.: *Белый А.* Символизм. М.: Мусагет, 1910. С. 594 — 595.

[4] См.: Сб. по теории поэтического языка. Выпуск первый. С. 38.

[5] См.: Сб. по теории поэтического языка. Выпуск второй. С. 15 — 23.

он имел, держа в первый раз перо в руках или говоря в первый раз на чужом языке, и сравнит это ощущение с тем, которое он испытывает, проделывая это в десятитысячный раз, то согласится с нами. Процессом автоматизации объясняются законы нашей прозаической речи с ее недостроенной фразой и с ее полувыговоренным словом. Это процесс, идеальным выражением которого является алгебра, где вещи заменены символами. В быстрой практической речи слова не выговариваются, в сознании едва появляются первые звуки имени. Погодин[1] приводит пример, когда мальчик мыслил фразу: «Les montagnes de la Suisse sont belles» в виде ряда букв: l, m, d, S, b.

Это свойство мышления не только подсказало путь алгебры, по даже подсказало выбор символов (буквы и именно начальные). При таком алгебраическом методе мышления вещи берутся счетом и пространством, они не видятся нами, а узнаются по первым чертам. Вещь проходит мимо нас как бы запакованной, мы знаем, что она есть, по месту, которое она занимает, но видим только ее поверхность. Под влиянием такого восприятия вещь сохнет, сперва как восприятие, а потом это сказывается и на ее делании; именно таким восприятием прозаического слова объясняется его недослушанность (см. статью Л. П. Якубинского), а отсюда недоговоренность (отсюда все обмолвки). При процессе алгебраизации, об автоматизации вещи получается наибольшая экономия воспринимающих сил: вещи или даются одной только чертой своей, например, номером, или выполняются как бы по формуле, даже не появляясь в сознании.

«Я обтирал пыль в комнате, и, обойдя кругом, подошел к дивану и не мог вспомнить, обтирал ли я его или нет. Так как движения эти привычны и бессознательны, я не мог и чувствовал, что это уже невозможно вспомнить. Так что, если я обтирал и забыл это, т. е. действовал бессознательно, то это все равно, как не было. Если бы кто сознательный видел, то можно бы восстановить. Если же никто не видел или видел, но бессознательно; если целая сложная жизнь многих людей проходит бессознательно, то эта жизнь как бы не была» (запись из дневника Льва Толстого 1 марта 1897 года. Никольское).

Так пропадает, в ничто вменяясь, жизнь. Автоматизация съедает вещи, платье, мебель, жену и страх войны.

«Если целая сложная жизнь многих людей проходит бессознательно, то эта жизнь как бы не была».

И вот для того, чтобы вернуть ощущение жизни, почувствовать вещи, для того, чтобы делать камень каменным, существует то, что называется искусством. Целью искусства является дать ощущение вещи как ви́дение, а не как узнавание; приемом искусства является прием «остранения» вещей и прием затрудненной формы, увеличивающий трудность и

---

[1] *Погодин А. Л.* Язык как творчество. Харьков, 1913. С. 42.

долготу восприятия, так как воспринимательный процесс в искусстве самоцелен и должен быть продлен; искусство есть способ пережить деланье вещи, а сделанное в искусстве не важно.

Жизнь поэтического (художественного) произведения — от видения к узнаванию, от поэзии к прозе, от конкретного к общему, от Дон Кихота — схоласта и бедного дворянина, полусознательно переносящего унижение при дворе герцога, — к Дон Кихоту Тургенева, широкому, но пустому, от Карла Великого к имени «король»; по мере умирания произведения и искусства оно ширеет, басня символистичнее поэмы, а пословица — басни. Поэтому и теория Потебни меньше всего противоречила сама себе при разборе басни, которая и была исследована Потебней с его точки зрения до конца. К художественным «вещным» произведениям теория не подошла, а потому и книга Потебни не могла быть дописана. Как известно, «Записки по теории словесности» изданы в 1905 году, через 13 лет после смерти автора.

Потебня сам из этой книги вполне обработал только отдел о басне[①].

Вещи, воспринятые несколько раз, начинают восприниматься узнаванием: вещь находится перед нами, мы знаем об этом, по ее не видим[②]. Поэтому мы пе можем ничего сказать о ней.

Вывод вещи из автоматизма восприятия совершается в искусстве разными способами; в этой статье я хочу указать один из тех способов, которыми пользовался почти постоянно Л. Толстой — тот писатель, который, хотя бы для Мережковского, кажется дающим вещи так, как он их сам видит, видит до конца, но не изменяет.

Прием остранения у Л. Н. Толстого состоит в том, что он не называет вещь ее именем, а описывает ее, как в первый раз виденную, а случай — как в первый раз произошедший, причем он употребляет в описании вещи не те названия ее частей, которые приняты, а называет их так, как называются соответственные части в других вещах. Привожу пример. В статье «Стыдно» Л. Толстой так остраняет понятие сечения: «<...> людей, нарушивших законы, оголять, валить на пол и бить прутьями по заднице»; через несколько строк: «стегать по оголенным ягодицам». К этому месту есть примечание: «И почему именно этот глупый, дикий способ причинения боли, а не какой-нибудь другой: колоть иголками плечо или другое какое-либо место тела, сжимать в тиски руки или ноги, или еще что-нибудь подобное». Я извиняюсь за тяжелый пример, но он типичен как способ Толстого добираться до совести. Привычное сечение остранено и описанием, и предложением изменить его форму, не изменяя сущности. Методом остранения пользовался Толстой

---

① Из лекций по теории словесности. Басня. Пословица. Поговорка. Харьков, 1894.

② См.: *Шкловский В.* Воскрешение слова. СПб.: тип. З. Соколинского, 1914.

постоянно: в одном из случаев («Холстомер») рассказ ведется от лица лошади, и вещи остранены не нашим, а лошадиным их восприятием.

Вот как она восприняла институт собственности:

«То, что они говорили о сечении и о христианстве, я хорошо понял, но для меня совершенно было темно тогда, что такое значили слова: своего, его жеребенка, из которых я видел, что люди предполагали какую-то связь между мною и конюшим. В чем состояла эта связь, я никак не мог понять тогда. Только гораздо уже после, когда меня отделили от других лошадей, я понял, что это значило. Тогда же я никак не мог понять, что такое значило то, что меня называли собственностью человека. Слова: моя лошадь, относимые ко мне, живой лошади, и казались мне так же странны, как слова: моя земля, мой воздух, моя вода.

Но слова эти имели на меня огромное влияние. Я не переставая думал об этом, и только долго после самых разнообразных отношений с людьми понял, наконец, значение, которое приписывается людьми этим странным словам. Значение их такое: люди руководятся в жизни не делами, а словами. Они любят не столько возможность делать или не делать чего-нибудь, сколько возможность говорить о разных предметах условленные между ними слова. Таковые слова, считающиеся очень важными между ними, суть слова: мой, моя, мое, которые они говорят про различные вещи, существа и предметы, даже про землю, про людей и про лошадей. Про одну и ту же вещь они условливаются, чтобы только один говорил — *мое*. И тот, что про наибольшее число вещей по этой условленной между ними игре говорит мое, тот считается у них счастливейшим. Для чего это так, я не знаю; но это так. Я долго прежде старался объяснить себе это какою-нибудь прямою выгодою; но это оказалось несправедливым.

Многие из тех людей, которые меня, например, называли своей лошадью, не ездили па мне, но ездили на мне совершенно другие. Кормили меня тоже не они, а совершенно другие. Делали мне добро опять-таки не они — те, которые называли меня своей лошадью, а кучера, коновалы и вообще сторонние люди. Впоследствии, расширив круг своих наблюдений, я убедился, что не только относительно нас, лошадей, понятие мое не имеет никакого другого основания, как низкий и животный людской инстинкт, называемый ими чувством или правом собственности. Человек говорит: «дом мой», и никогда не живет в нем, а только заботится о постройке и поддержании дома. Купец говорит: «моя лавка». «Моя лавка сукон», например, — и не имеет одежды из лучшего сукна, которое есть у него в лавке. Есть люди, которые землю называют своею, а никогда не видали этой земли и никогда по ней не проходили. Есть люди, которые других людей называют своими, а никогда не видали этих людей; и все отношение их к этим людям состоит в том, что они делают им зло. Есть люди, которые женщин называют своими женщинами, или женами,

а женщины эти живут с другими мужчинами. И люди стремятся в жизни не к тому, чтобы делать то, что они считают хорошим, а к тому, чтобы называть как можно больше вещей своими. Я убежден теперь, что в этом и состоит существенное различие людей от нас. И потому, не говоря уж о других наших преимуществах перед людьми, мы уже по одному этому смело можем сказать, что стоим в лестнице живых существ выше, чем люди: деятельность людей — по крайней мере, тех, с которыми я был в сношениях, руководима словами, наша же делом».

В конце рассказа лошадь уже убита, но способ рассказа, прием его не изменен: «Ходившее по свету, евшее и пившее тело Серпуховского убрали в землю гораздо после. Ни кожа, ни мясо, ни кости его никуда не пригодились. А как уже 20 лет всем в великую тягость было его ходившее по свету мертвое тело, так и уборка этого тела в землю была только лишним затруднением для людей. Никому уж он давно был не нужен, всем уж давно он был в тягость, но все-таки мертвые, хоронящие мертвых, нашли нужным одеть это, тотчас же загнившее, пухлое тело в хороший мундир, в хорошие сапоги, уложить в новый, хороший гроб с новыми кисточками на четырех углах, потом положить этот новый гроб в другой, свинцовый, и свезти его в Москву, и там раскопать давнишние людские кости, и именно туда спрятать это, гниющее, кишащее червями тело в новом мундире и вычищенных сапогах и засыпать все землею».

Таким образом, мы видим, что в конце рассказа прием применен и вне его случайной мотивировки.

Таким приемом описывал Толстой все сражения в «Войне и мире». Все они даны как, прежде всего, странные. Но привожу этих описаний, как очень длинных, — пришлось бы выписать очень значительную часть 4—томного романа. Так же описывал он салоны и театр:

«На сцене были ровные доски посередине, с боков стояли крашеные картины, изображавшие деревья, позади было протянуто полотно на досках. В середине сцены сидели девицы в красных корсажах и белых юбках. Одна очень толстая, в шелковом белом платье, сидела особо, на низкой скамеечке, к которой был приклеен сзади зеленый картон. Все они пели что-то. Когда они кончили свою песнь, девица в белом подошла к будочке суфлера, и к ней подошел мужчина в шелковых, в обтяжку, панталонах на толстых ногах, с пером и кинжалом, и стал петь и разводить руками.

Мужчина в обтянутых панталонах пропел один, потом пропела она. Потом оба замолкли, заиграла музыка, и мужчина стал перебирать пальцами руку девицы в белом платье, очевидно выжидая опять такта, чтобы начать свою партию вместе с нею. Они пропели вдвоем, и все в театре стали хлопать и кричать, а мужчина и женщина на сцене, которые изображали влюбленных, стали, улыбаясь и разводя руками, кланяться. <...>

Во втором акте были картины, изображающие монументы, и была дыра в полотне, изображающая луну, и абажуры на рампе подняли, и стали играть в басу трубы и контрабасы, и справа и слева вышло много людей в черных мантиях. Люди стали махать руками, и в руках у них было что-то вроде кинжалов; потом прибежали еще какие-то люди и стали тащить прочь ту девицу, которая была прежде в белом, а теперь в голубом платье. Они не утащили ее сразу, а долго с ней пели, а потом уже ее утащили, и за кулисами ударили три раза во что-то металлическое, и все стали на колени и запели молитву. Несколько раз все эти действия прерывались восторженными криками зрителей».

Так же описан третий акт:

«...Но вдруг сделалась буря, в оркестре послышались хроматические гаммы и аккорды уменьшенной септимы, и все побежали и потащили опять одного из присутствующих за кулисы, и занавесь опустилась».

В четвертом акте:

«<…> был какой-то черт, который пел, махая рукою до тех пор, пока не выдвинули под ним доски и он не опустился туда».

Так же описал Толстой город и суд в «Воскресении». Так описывает он в «Крейцеровой сонате» брак: «Почему, если у людей сродство душ, они должны спать вместе». Но прием остранения применялся им не только с целью дать видеть вещь, к которой он относился отрицательно.

«Пьер встал от своих новых товарищей и пошел между костров на другую сторону дороги, где, ему сказали, стояли пленные солдаты. Ему хотелось поговорить с ними. На дороге французский часовой остановил его и велел воротиться.

Пьер вернулся, но не к костру, к товарищам, а к отпряженной повозке, у которой никого не было. Он, поджав ноги и опустив голову, сел на холодную землю у колеса повозки и долго неподвижно сидел, думая. Прошло более часа. Никто не тревожил Пьера. Вдруг он захохотал своим толстым, добродушным смехом так громко, что с разных сторон с удивлением оглянулись люди на этот странный, очевидно-одинокий смех.

— Ха, ха, ха! — смеялся Пьер. И он поговорил вслух сам с собою: — Не пустил меня солдат. Поймали меня, заперли меня. В плену держат меня. Кого меня? Меня? Меня — мою бессмертную душу! Ха, ха, ха!.. Ха, ха, ха!.. — смеялся он с выступившими на глазах слезами. <...>

Во втором акте были картины, изображающие монументы, и была дыра в полотне, изображающая луну, и абажуры на рампе подняли, и стали играть в басу трубы и контрабасы, и справа и слева вышло много людей в черных мантиях. Люди стали махать руками, и в руках у них было что-то вроде кинжалов; потом прибежали еще какие-то люди и стали тащить прочь ту девицу, которая была прежде в белом, а теперь в голубом платье.

Они не утащили ее сразу, а долго с ней пели, а потом уже ее утащили, и за кулисами ударили три раза во что-то металлическое, и все стали на колени и запели молитву. Несколько раз все эти действия прерывались восторженными криками зрителей».

Так же описан третий акт:

«...Но вдруг сделалась буря, в оркестре послышались хроматические гаммы и аккорды уменьшенной септимы, и все побежали и потащили опять одного из присутствующих за кулисы, и занавесь опустилась».

В четвертом акте:

«<...> был какой-то черт, который пел, махая рукою до тех пор, пока не выдвинули под ним доски и он не опустился туда».

Так же описал Толстой город и суд в «Воскресении». Так описывает он в «Крейцеровой сонате» брак: «Почему, если у людей сродство душ, они должны спать вместе». Но прием остранения применялся им не только с целью дать видеть вещь, к которой он относился отрицательно.

«Пьер встал от своих новых товарищей и пошел между костров на другую сторону дороги, где, ему сказали, стояли пленные солдаты. Ему хотелось поговорить с ними. На дороге французский часовой остановил его и велел воротиться.

Пьер вернулся, но не к костру, к товарищам, а к отпряженной повозке, у которой никого не было. Он, поджав ноги и опустив голову, сел на холодную землю у колеса повозки и долго неподвижно сидел, думая. Прошло более часа. Никто не тревожил Пьера. Вдруг он захохотал своим толстым, добродушным смехом так громко, что с разных сторон с удивлением оглянулись люди на этот странный, очевидно-одинокий смех.

— Ха, ха, ха! — смеялся Пьер. И он поговорил вслух сам с собою: — Не пустил меня солдат. Поймали меня, заперли меня. В плену держат меня. Кого меня? Меня? Меня — мою бессмертную душу! Ха, ха, ха!.. Ха, ха, ха!.. — смеялся он с выступившими на глазах слезами. <...>

Пьер взглянул в небо, в глубь уходящих, играющих звезд. «И все это мое, и все это во мне, и все это я! — думал Пьер. — И все это они поймали и посадили в балаган, загороженный досками!». Он улыбнулся и пошел укладываться спать к своим товарищам».

Всякий, кто хорошо знает Толстого, может найти в нем несколько сот примеров по указанному типу. Этот способ видеть вещи выведенными из их контекста привел к тому, что в последних своих произведениях Толстой, разбирая догматы и обряды, также применил к их описанию метод остранения, подставляя вместо привычных слов религиозного обихода их обычное значение; получилось что-то странное, чудовищное, искренно принятое многими как богохульство, больно ранившее многих. Но это был все тот же прием, при помощи которого Толстой воспринимал и рассказывал окружающее.

Толстовские восприятия расшатали веру Толстого, дотронувшись до вещей, которых он долго не хотел касаться.

_____

Прием остранения не специально толстовский. Я вел его описание на толстовском материале из соображений чисто практических, просто потому, что материал этот всем известен.

Теперь, выяснив характер этого приема, постараемся приблизительно определить границы его применения. Я лично считаю, что остранение есть почти везде, где есть образ.

То есть отличие нашей точки зрения от точки зрения Потебни можно формулировать так: образ не есть постоянное подлежащее при изменяющихся сказуемых. Целью образа является не приближение значения его к нашему пониманию, а создание особого восприятия предмета, создание «виденья» его, а не «узнаванья».

Но наиболее ясно может быть прослежена цель образности в эротическом искусстве.

Здесь обычно представление эротического объекта как чего-то, в первый раз виденного. У Гоголя в «Ночи перед Рождеством»:

«Тут он подошел к ней ближе, кашлянул, усмехнулся, дотронулся своими длинными пальцами ее обнаженной, полной руки и произнес с таким видом, в котором выказывалось и лукавство, и самодовольствие:

— А что это у вас, великолепная Солоха? — И, сказавши это, отскочил он несколько назад.

— Как что? Рука, Осип Никифорович! — отвечала Солоха.

— Гм! рука! Хе! Хе! хе! — произнес сердечно довольный своим началом дьяк и прошелся по комнате.

— А это что у вас, дражайшая Солоха? — произнес он с таким же видом, приступив к ней снова и схватив ее слегка рукою за шею и таким же порядком отскочив назад.

— Будто не видите, Осип Никифорович! — отвечала Солоха. — шея, а на шее монисто.

— Гм! на шее монисто! Хе! Хе! хе! — И дьяк снова прошелся по комнате, потирая руки.

— А это что у вас, несравненная Солоха?.. — Неизвестно, к чему бы теперь притронулся дьяк своими длинными пальцами <...>»

У Гамсуна в «Голоде»:

«Два белых чуда виднелись у нее из-за рубашки».

Или эротические объекты изображаются иносказательно, причем здесь цель явно не «приблизить к пониманию».

Сюда относится изображение половых частей в виде замка и ключа (например, в

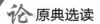

«Загадках русского народа» Д. Садовникова, № 102—107), в виде приборов для тканья (там же, № 588—591), лука и стрелы, кольца и свайки, как в былине о Ставре («*Песни, собранные П. П. Рыбниковым», № 30*).

Муж не узнает жены, переодетой богатырем. Она загадывает:

«Помнишь, Ставер, помятуешь ли,

Как мы маленьки на улицу похаживали.

Мы с тобой сваечкой поигрывали:

Твоя-та была сваечка серебряная,

А мое было колечко позолоченное?

Я-то попадывал тогды-сёгды,

А ты-то попадывал всегды-всегды?»

Говорит Ставер, сын Годинович:

- Что я с тобой сваечкой не игрывал! -

Говорит Василис Микулич, де:

«Ты помнишь ли, Ставер, да помятуешь ли,

Мы ведь вместе с тобой в грамоты училися:

Моя была чернильница серебряная,

А твое было перо позолочено?

А я-то помакивал тогды-сёгды,

А ты-то помакивал всегды-всегды?»

В другом варианте былины дана и разгадка:

Тут грозен посол Василыюшко

Вздымал свои платья по самый пуп:

И вот молодой Ставер, сын Годинович,

Признавал кольцо позолоченное.

(*Рыбников, № 171*)

Но остранение не только прием эротической загадки — эвфемизма, оно — основа и единственный смысл всех загадок. Каждая загадка представляет собой или рассказывание о предмете словами, его определяющими и рисующими, но обычно при рассказывании о нем не применяющимися (тип «два конца, два кольца, посередине гвоздик»), или своеобразное звуковое остранение, как бы передразнивание: «То да тотонок?» (пол и потолок) (*Д. Садовников, № 51*) или — «Слон да кондрик?» (заслон и конник) (*Там же, № 177*).

Остранением являются и эротические образы — не-загадки; например, все шансонетные «крокетные молотки», «аэропланы», «куколки», «братишки» и т. п.

В них есть общее с народным образом топтания травы и ломания калины.

Совершенно ясен прием остранения в широко распространенном образе — мотиве эротической прозы, в которой медведь и другие животные (или черт — другая мотивировка неузнавания) не узнают человека («Бесстрашный барин» — *Велико-русские сказки Вятской губернии*», № 52; «Справедливый солдат» — *Белорусский сборник* Е. Романова, № 84).

Очень типично неузнавание в сказке № 70 (вариант) из «Великорусских сказок Пермской губернии» Д. С. Зеленина:

«Мужик пахал поле на пеганой кобыле. Приходит к нему медведь и спрашивает: «Дядя, хто тебе эту кобылу пеганой делал?» — «Сам пежил». — «Да как?» — «Давай и тебя сделаю?!» Медведь согласился. Мужик связал ему ноги веревкой, снял с сабана сошник, нагрел его на огне и давай прикладывать к бокам: горячим сошником опалил ему шерсть до мяса, сделал пеганым. Развязал, — медведь ушел; немного отошел, лег под дерево, лежит. — Прилетела сорока к мужику клевать на стане мясо. Мужик поймал ее и сломал ей одну ногу. Сорока полетела и села на то самое дерево, под которым лежит медведь. — Потом прилетел после сороки, на стан к мужику паук (муха большая) и сел на кобылу, начал кусать. Мужик поймал паука, взял — воткнул ему в задницу палку и отпустил. Паук полетел и сел на то же дерево, где сорока и медведь. Сидят все трое. — Приходит к мужику жена, приносит в поле обед. Пообедал мужик с женой на чистом воздухе, начал валить ее на пол, заваривать ей подол. Увидал это медведь и говорит сороке с пауком: «батюшки! Мужик опять ково-то хочет пежить». — Сорока говорит: «нет, кому-то ноги хочет ломать». Паук: «нет, палку в задницу кому-то хочет засунуть».

Одинаковость приема данной вещи с приемом «Холстомера», я думаю, видна каждому.

Остранение самого акта встречается в литературе очень часто; например, «Декамерон»: «выскребывание бочки», «ловля соловья», «веселая шерстобитная работа» (последний образ не развернут в сюжет). Так же часто остранение применяется при изображении половых органов.

Целый ряд сюжетов основан на таком «неузнавании», например: А. Афанасьев, «Заветные сказки» — «Стыдливая барыня»; вся сказка основана на неузнавании предмета своим именем, на игре в неузнавание. То же у Н. Ончукова, «Северные сказки», № 252 — «Бабье пятно». То же в «Заветных сказках» — «Медведь и заяц»: медведь и заяц чинят «рану».

к примеру остранения принадлежат и построения типа «пест и ступка» или «дьявол и преисподняя» («Декамерон»).

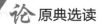

Об остранении в психологическом параллелизме я пишу в своей статье о сюжетосложении.

Здесь же повторяю, что в параллелизме важно ощущение несовпадения при сходстве.

Целью параллелизма, как и вообще целью образности, является перенесение предмета из его обычного восприятия в сферу нового восприятия, то есть своеобразное семантическое изменение.

Исследуя поэтическую речь как в фонетическом и словарном составе, так и в характере расположения слов, и в характере смысловых построений, составленных из ее слов, мы везде встретимся с тем же признаком художественного: с тем, что оно нарочито создано для выведенного из автоматизма восприятия, и с тем, что в нем ви́дение его представляет цель творца и оно «искусственно» создано так, что восприятие на нем задерживается и достигает возможно высокой своей силы и длительности, причем вещь воспринимается не в своей пространственности, а, так сказать, в своей непрерывности. Этим условиям и удовлетворяет «поэтический язык». Поэтический язык, по Аристотелю, должен иметь характер чужеземного, удивительного; практически он и является часто чужим: сумерийский у ассирийцев, латынь у средневековой Европы, арабизмы у персов, древнеболгарский как основа русского литературного или же языком повышенным, как язык народных песен, близкий к литературному. Сюда же относятся столь широко распространенные архаизмы поэтического языка, затруднения языка «dolce stil nuovo» (XII в.), язык Арно Даниеля с его темным стилем и затрудненными (harten) формами, полагающими трудности при произношении[①]. Л. Якубинский в своей статье показал закон затруднения для фонетики поэтического языка в частном случае повторения одинаковых звуков. Таким образом, язык поэзии — язык трудный, затрудненный, заторможенный. В некоторых частных случаях язык поэзии приближается к языку прозы, но это не нарушает закона трудности.

> Ее сестра звалась Татьяна...
> Впервые именем таким
> Страницы нежные романа
> Мы своевольно освятим, —

писал Пушкин. Для современников Пушкина привычным поэтическим языком был приподнятый стиль Державина, а стиль Пушкина, по своей (тогдашней) тривиальности,

---

① *Diez F.* Leben und Werk der Troubadours. Amsterdam.: Rodopi, S. 285.

являлся для них неожиданно трудным. Вспомним ужас современников Пушкина по поводу того, что выражения его так площадны. Пушкин употреблял просторечие как особый прием остановки внимания, именно так, как употребляли вообще русские слова в своей обычно французской речи его современники (см. примеры у Толстого, «Война и мир»).

Сейчас происходит еще более характерное явление. Русский литературный язык, по происхождению своему для России чужеродный, настолько проник в толщу пapoдa, что уравнял с собой многое в народных говорах, зато литература начала проявлять любовь к диалектам (Ремизов, Клюев, Есенин и другие, столь же неравные по талантам и столь же близкие по языку, умышленно провинциальному) и варваризмам (возможность появления школы Северянина). От литературного языка к литературному же «лесковскому» говору переходит сейчас и Максим Горький. Таким образом, просторечие и литературный язык обменялись своими местами (Вячеслав Иванов и многие другие). Наконец, появилась сильная тенденция к созданию нового, специально поэтического языка; во главе этой школы, как известно, стал Велимир[1] Хлебников. Таким образом, мы приходим к определению поэзии, как речи заторможенной, кривой. Поэтическая речь — речь-построение. Проза же — речь обычная: экономичная, легкая, правильная (prosa sc. dea — богиня правильных, нетрудных родов, «прямого» положения ребенка). Подробнее о торможении, задержке как об общем законе искусства я буду говорить уже в статье о сюжетосложении.

Но позиция людей, выдвигающих понятие экономии сил как чего-то существующего в поэтическом языке и даже его определяющего, кажется на первый взгляд сильной в вопросе о ритме. Кажется совершенно неоспоримым то толкование роли ритма, которое дал Спенсер: «Неравномерно наносимые нам удары заставляют нас держать мускулы в излишнем, порой ненужном, напряжении, потому что повторения удара мы не предвидим; при равномерности ударов мы экономизируем силу»[2]. Это, казалось бы, убедительное замечание страдает обычным грехом — смешением законов языка поэтического и прозаического. Спенсер в своей «Философии слога» совершенно не различал их, а между тем возможно, что существует два вида ритма. Ритм прозаический, ритм рабочей песни, «дубинушки», с одной стороны, заменяет команду при необходимости «ухнуть разом»; с другой стороны, облегчает работу, автоматизируя ее. И действительно, идти под музыку легче, чем без нее, но идти легче и под оживленный разговор, когда акт ходьбы уходит из нашего сознания. Таким образом, ритм прозаический важен как фактор автоматизирующий.

---

[1] У Шкл. ошибочно: Владимир.

[2] Цит. изложение работы Г. Спенсера «Философия слога» А. Веселовским — Веселовский А. Собр. соч. Т. I. СПб.: Типография Императорской Академии наук, 1893. С. 445.

Но не таков ритм поэзии. В искусстве есть «ордер», но ни одна колонна греческого храма не выполняет точно ордера, и художественный ритм состоит в ритме прозаическом — нарушенном; попытки систематизировать эти нарушения уже предпринимались[①]. Они представляют собою сегодняшнюю задачу теории ритма. Можно думать, что систематизация эта не удастся; в самом деле, ведь вопрос идет не об осложненном ритме, а о нарушении ритма, и притом таком, которое не может быть предугадано; если это нарушение войдет в канон, то оно потеряет свою силу затрудняющего приема. Но я не касаюсь более подробно вопросов ритма; им будет посвящена особая книга.

 **课后思考题**

1. В литературоведении важную роль играют форма и материал произведения. Как они связаны между собой, согласно концепции Шкловского?

2. Как понимать эти слова Шкловского: «язык поэзии — это не язык понятный, а язык полупонятный»?

3. Попробуйте объяснить какое-то произведение по форме, используя учение «остранение» Шкловского.

||||||||||||||||||||||||||||||||| ▶ **推荐阅读材料** ◀ |||||||||||||||||||||||||||||||||

1. *Калинин И.* Виктор Шкловский, или Превращение поэтического приема в литературный факт // Звезда. № 7. 2014. С. 198 — 221.

2. *Поварцов С.* Сюжет о Шкловском // Вопросы литературы. № 5. 2001. С. 44—70.

3. *Шкловский В.* Гамбургский счет: Статьи — воспоминания — эссе (1914 — 1933). М.: Советский писатель, 1990.

4. *Шкловский В.* О теории прозы. М.: Федерация, 1929.

第五讲拓展资源

---

① Далее в первопубликации: «Андреем Белым, бар. Гинсбургом, Чудовским, Бобровым и другими».

第六讲
Теория литературы Б. В. Томашевского

История текста (в широком смысле этого слова) дает историку литературы материал движения, который не лежит на поверхности литературы, а скрыт в лаборатории автора.

— Б. В. Томашевский

预习思考题

1. Расскажите, пожалуйста, о Б. В. Томашевском. Каковы были основные этапы его жизни и деятельности? В чем заключается его вклад в теорию литературы?

2. Сколько раз была издана книга Б. В. Томашевского «Теория литературы»? И что в ее разных редакциях изменялось?

▶▶ **原典选读 1**

Определение поэтики[①]

Задачей поэтики (иначе — теории словесности или литературы) является изучение способов построения литературных произведений[②].Объектом изучения в поэтике является художественная литература. Способом изучения является описание и классификация явлений и их истолкование.

Литература, или словесность, — как показывает это последнее название - входит в состав словесной, или языковой, деятельности человека. Отсюда следует, что в ряду научных дисциплин теория литературы близко примыкает к науке, изучающей язык,

---

① Томашевский Б. В. Теория литературы. Поэтика: Учеб. пособие / Вступ. статья Н. Д. Тамарченко. М.: Аспект Пресс, 1996. С. 22 — 27. （编者注）

② Такое понимание задач поэтики типично для представителей формальной (морфологической) школы и близких к ней ученых. Ср.: «Исчерпывающее определение особенностей эстетического объекта и эстетического переживания, по самому существу вопроса, лежит за пределами поэтики как частной науки и является задачей философской эстетики<...> Наша задача при построении поэтики — исходить из материала вполне бесспорного и независимо от вопроса о сущности художественного переживания изучать структуру эстетического объекта, в данном случае — произведения художественного слова» (Жирмунский В. М. Задачи поэтики, 1919; см.: Жирмунский В. М. Теория литературы. Поэтика. Стилистика. Л.: Наука, 1977. С. 23). Ср.: более позднее определение В. В. Виноградова: «Одна из важнейших задач поэтики — изучение принципов, приемов и законов построения словесно-художественных произведений разных жанров в разные эпохи, разграничение общих закономерностей или принципов такого построения и частных, специфических, типичных для той или иной национальной литературы, исследование взаимодействий и соотношений между разными видами и жанрами литературного творчества, открытие путей исторического движения различных литературных форм» (Виноградов В. В. Стилистика. Теория художественной речи. Поэтика. М.: Изд-во АН СССР, 1963. С. 170).

Иное понимание поэтики, не противопоставляющее ее философской эстетике, отстаивал М. М. Бахтин. В рецензии на «Теорию литературы» Б. Томашевского он писал: «Такое определение задач поэтики по меньшей мере спорно и, во всяком случае, очень односторонне. По нашему мнению, поэтика должна быть эстетикой словесного творчества, и потому изучение приемов построения литературных произведений является только одной из ее задач, правда, немаловажной» (Медведев П. (Бахтин М.) Б. Томашевский. Теория литературы. Поэтика. Л.: Госиздат, 1925 // Звезда. 1925. № 3 (9). С. 298). См. ту же формулировку и более подробную аргументацию в: Бахтин М. М. Проблемы содержания, материала и формы в словесном художественном творчестве, 1924 // Бахтин М.М. Вопросы литературы и эстетики. М.: Художественная литература, 1975, С. 10 и др. Ср. развернутую критическую оценку «материальной эстетики» в кн.: Медведев П. Н. (Бахтин М. М.) Формальный метод в литературоведении. Л.: Прибой, 1928. В частности, М. Бахтин считал, что «материальная эстетика не может обосновать существенного различия между эстетическим объектом (то есть «содержанием эстетической деятельности» — С. Б.) и внешним произведением (которым она преимущественно занимается — С. Б.), между членением и связями внутри этого объекта и материальными членениями и связями внутри произведения и всюду проявляет тенденцию к смешению этих моментов» (Проблемы содержания, материала и формы... С. 16). Ср. также понимание задач поэтики в работах: Смирнов А. А. Пути и задачи науки о литературе // Литературная мысль. II. 1923; Сакулин П. Н. К вопросу о построении поэтики // Искусство. 1923. № 1. (Это примечания С. Н. Бройтмана при участии Н. Д. Тамарченко.)

т.е. к лингвистике[①]. Имеется целый ряд пограничных научных проблем, которые можно одинаково отнести как к проблемам лингвистики, так и к проблемам теории литературы. Однако имеются специальные вопросы, принадлежащие именно поэтике. Языком, словом мы пользуемся постоянно в общежитии в целях человеческого общения. Практическая сфера применения языка — это обыденные «разговоры». В разговоре язык является средством сообщения, и наше внимание и интересы обращены исключительно на сообщаемое, «мысль»; словесной же формулировке мы обычно уделяем внимание лишь постольку, поскольку стремимся точно передать собеседнику наши мысли и наши чувства, и для этого подыскиваем выражения, наиболее соответствующие нашей мысли и эмоциям. Выражения творятся в процессе произнесения и забываются, исчезают после того, как достигают цели — внушения слушателю требуемого. В этом отношении практическая речь неповторима, ибо она живет в условиях ее создания; ее характер и форма определяются обстоятельствами данного разговора, взаимоотношением говорящих, степенью их взаимного понимания, возникающими в процессе разговора интересами и т.п. Поскольку неповторимы в целом условия, вызывающие разговор, постольку неповторим и самый разговор. Но в словесном творчестве имеются и такие словесные конструкции, значение которых не зависит от обстоятельств их произнесения; формулы, которые, раз возникнув,

---

[①]   По этому вопросу в науке 20-х гг. высказывались разные точки зрения. Крайнюю позицию занимали представители Московского лингвистического кружка, которые считали, что «принципиального различия между поэтикой и лингвистикой не существует» (Винокур Г. О. Новейшая литература по поэтике, 1923 // Винокур Г.О. Филологические исследования. М.: Наука, 1990. С. 59), а история литературы является не чем иным, как «поэтическим языкознанием» (Чем должна быть научная поэтика // Винокур Г. О. Филологические исследования. С. 260). Опоязовцы, хотя в этом вопросе не были столь категоричны, тоже считали лингвистику фундаментом поэтики. Даже В. М. Жирмунский, которого Б. Эйхенбаум назвал «примирителем крайностей» (Эйхенбаум Б. Вокруг споров о «формалистах» // Печать и революция. 1924. № 5. С. 8), писал: «Поскольку материалом поэтики является слово, в основу систематического построения поэтики должна быть положена классификация фактов языка (подчеркнуто нами — С.Б.), которую нам дает лингвистика» (Задачи поэтики, С. 28). Такой подход был осознан как крайность уже в среде исследователей, близких к формальной школе: «В результате такого приравнивания возникли значительные ограничения в понимании сущности целого ряда категорий поэтики и — вместе с тем — неоправданные изменения смысла, границ и функций многих лингвистических понятий» (Виноградов В. В. Указ. соч. С. 177).
М. М. Бахтин, признавая значимость лингвистики для поэтики, считал смешение их границ одним из исходных методологических просчетов формальной школы (Медведев П. Н. (Бахтин М. М.). Формальный метод в литературоведении. С. 95 — 96 и др.). О приведенном выше положении В. М. Жирмунского ученый писал: «В основе этой попытки лежит совершенно не доказанное положение, что лингвистический элемент языка и конструктивный элемент произведения должны непременно совпадать. Мы полагаем, что они не совпадают и совпадать не могут как явления разных планов» (Формальный метод в литературоведении, С. 96). Ср.: Проблемы содержания, материала и формы, С. 17, 49 и др. См. ряд специальных статей В. Н. Волошинова (М. М. Бахтина): О границах поэтики и лингвистики // В борьбе за марксизм в литературной науке. Л., 1930; Что такое язык? // Лит. учеба. 1930. № 2; Слово и его функция // Лит. учеба. 1930. № 5; Слово в жизни и слово в поэзии // Звезда. 1926. № 6. (Это примечания. С. Н. Бройтмана при участии Н. Д. Тамарченко.)

не отмирают, повторяются и сохраняются с тем, что могут быть снова воспроизведены и при новом воспроизведении не теряют своего первоначального значения. Такие фиксированные, сохраняемые словесные конструкции мы называем литературными произведениями. В элементарной форме всякое удачное выражение, запомнившееся и повторяемое, является литературным произведением. Таковы изречения, пословицы, поговорки и т.п. Но обычно под литературными произведениями подразумеваются конструкции несколько бо́льшего объема.

Закреплять систему выражений произведения — иначе говоря, его текст — можно различно. Можно закреплять речь в письменной форме или печатной — тогда мы получаем письменную литературу; возможно запоминание текста наизусть и изустная передача его — тогда мы получаем устную литературу, получающую свое развитие главным образом в среде, не знающей письменности. Так называемый фольклор — народная изустная литература — сохраняется и возникает преимущественно в слоях, чуждых грамотности.

Таким образом, литературное произведение обладает двумя свойствами: 1) независимостью от случайных бытовых условий произнесения[①] и 2) закрепленной неизменностью текста. Литература есть самоценная фиксированная речь[②].

Самый характер этих признаков показывает, что твердой границы между речью практической и литературой нет. Часто мы фиксируем свою практическую речь, имеющую случайный и временный характер, по условиям ее передачи собеседнику. Мы пишем письмо тому, к кому не можем непосредственно обратиться с живой речью. Письмо может быть литературным произведением, но может им и не быть. С другой стороны, литературное произведение может остаться незафиксированным; создаваясь в момент его воспроизведения» (импровизация), оно может исчезнуть. Таковы импровизированные пьесы, стихи (экспромты), ораторские речи и т.п. Играя в человеческой жизни ту же роль, что и чисто литературные произведения, исполняя их функцию и принимая на себя их значение, эти импровизации входят в состав литературы, несмотря на свой

---

① Взаимоотношение между литературой и произнесением будет выяснено в дальнейшем. (Это примечания Б. В. Томашевского.)

② Понимание эстетического феномена как самоценного — одно из основных положений классической эстетики, наиболее полно обоснованное И. Кантом (Критика способности суждения) и разделяемое (хотя часто вульгаризируемое) формальной школой. См. у Якубинского: «Творческое глоссемосочетание <...> имеет <...> самостоятельную ценность, независимо от практической цели, которую это глоссемосочетание могло бы осуществить» (О поэтическом глоссемосочетании // Поэтика. Пг., 1919. С. 12). Здесь начало характерного для школы противопоставления поэтического (самоценного) слова — слову практического языка, которое является лишь средством общения. Несколько позже, исходя из его самоценности, поэтическое слово будет определено как слово с «установкой на выражение» (см. комм. 2 к разделу «Элементы стилистики»). (Это примечания комментаторов)

случайный, преходящий характер. С другой стороны, и независимость литературы от условий ее возникновения следует понимать ограничительно: не надо забывать, что всякая литература неизменна лишь в более или менее широких пределах исторической эпохи и понятна для слоев населения определенного культурного и социального уровня. Не буду умножать примеров пограничных языковых явлений; я хочу этими примерами лишь указать на то, что в науках, подобных поэтике, нет нужды стремиться строго юридически разграничить изучаемые области, нет необходимости подыскивать математические или естественнонаучные определения. Достаточно, если имеется ряд явлений, несомненно принадлежащих к изучаемой области, — наличие же явлений, только более или менее обладающих отмеченным признаком, так сказать, стоящих на границах изучаемой области, не лишает нас права изучать эту область явлений и не может порочить избираемого определения.

Область литературы не едина. В литературе мы можем наметить два обширных класса произведений. Первый класс, к которому принадлежат научные трактаты, публицистические произведения и т.д., обладает всегда явной, безусловной, объективной целью высказывания, лежащей вне чисто литературной деятельности человека. Научный или учебный трактат имеет целью сообщить объективное знание о чем-либо действительно существующем, политическая статья имеет целью побудить читающего к какому-нибудь действию. Эта область литературы именуется *прозой* в широком смысле этого слова. Но существует литература, не обладающая этой объективной, на поверхности лежащей, явной целью. Типичной чертой этой литературы является трактовка предметов вымышленных и условных. Если даже автор и имеет целью сообщение читателю научной истины (популярно-научные романы) или воздействовать на его поведение (агитационная литература), то делается это *посредством* возбуждения иных интересов, замкнутых в самом литературном произведении. В то время как в прозаической литературе объект непосредственного интереса всегда лежит вне произведения, — в этой второй области интерес направлен на самое произведение. Эта область литературы именуется поэзией (в широком смысле).

Интерес, пробуждаемый в нас поэзией, и чувства, возникающие при восприятии поэтических произведений, психологически родственны интересу и чувствам, возбуждаемым восприятием произведений искусства, музыки, живописи, танца, орнамента, — иначе говоря, этот интерес является эстетическим или художественным. Поэтому поэзия именуется также *художественной литературой* в противоположность прозе — *нехудожественной литературе*[①]. Этими терминами мы и будем пользоваться преимущественно, ввиду того что слова «поэзия» и «проза» имеют еще другое значение, которым часто придется пользоваться в дальнейшем изложении.

Дисциплина, изучающая конструкцию нехудожественных произведений, называется риторикой; дисциплина, изучающая конструкцию художественных произведений, — поэтика. Риторика и поэтика слагаются в общую теорию литературы.

Не одна поэтика изучает художественную литературу. Существует ряд иных дисциплин, изучающих тот же самый объект. Дисциплины эти отличаются друг от друга подходом к изучаемым явлениям.

Исторический подход к художественным произведениям дает история литературы. Историк литературы изучает всякое произведение как неразложимое, целостное единство, как индивидуальное и самоценное явление в ряду других индивидуальных явлений. Анализируя отдельные части и стороны произведения, он стремится лишь к пониманию и интерпретации целого. Это изучение восполняется и объединяется историческим освещением изучаемого, т.е. установлением связей между литературными явлениями и их значения в эволюции литературы. Таким образом, историк изучает группировку литературных школ и стилей, их смену, значение традиции в литературе и степень оригинальности отдельных писателей и их произведений. Описывая общий ход развития литературы, историк интерпретирует это различие, обнаруживая причины данной эволюции, заключающиеся как внутри самой литературы, так и в отношении литературы к иным явлениям человеческой культуры, в среде которых литература развивается и с которыми находится в постоянных взаимоотношениях. История литературы является отраслью общей истории культуры.

Иной подход — теоретический. При теоретическом подходе литературные явления подвергаются *обобщению*, а потому рассматриваются не в своей индивидуальности, а как результаты применения общих законов построения литературных произведений. Каждое произведение сознательно разлагается на его составные части, в построении произведения различаются *приемы* подобного построения, т.е. способы комбинирования словесного

[①] Употребление слов «поэзия» и «проза» в значениях соответственно «художественная» и «нехудожественная» речь не совпадает с современным значением этих слов и восходит к А. А. Потебне (Мысль и язык, 1862). Ср. у В. Шкловского: «Поэзия — речь заторможенная, кривая <...> Это речь построенная. Проза же — речь обычная: экономная, правильная» (Искусство как прием // Поэтика. Пг., 1919. С. 113). (Это примечания комментаторов)

материала в художественные единства[1]. Эти приемы являются прямым объектом поэтики. Если внимание обращено на исторический генезис, на происхождение этих приемов, то мы имеем историческую поэтику, которая прослеживает исторические судьбы таких изолируемых в изучении приемов[2].

Но в общей поэтике[3] изучается не происхождение поэтических приемов, а их *художественная функция*[4]. Каждый прием изучается с точки зрения его художественной целесообразности, т.е. анализируется: зачем применяется данный прием и какой художественный эффект им достигается. В общей поэтике функциональное изучение литературного приема и является руководящим принципом в описании и классификации изучаемых явлений.

Тем не менее, хотя методы и задачи теоретического изучения существенно отличаются от методов и задач исторических дисциплин, — в поэтике всегда должна присутствовать

---

[1]   Термин прием в данном его понимании восходит к работе В. Б. Шкловского «Искусство как прием», где утверждалось, что «вся работа поэтических школ сводится к накоплению и выявлению новых приемов расположения и обработки словесных материалов» (Поэтика, с. 102). Ср.: «Если наука о литературе хочет стать наукой, она принуждается признать «прием» своим единственным «героем» (Якобсон Р. Новейшая русская поэзия. Прага, 1921. С. 11). Критически откликаясь на подобные утверждения, И. Оксенов писал в рецензии на сб. «Поэтика»: «В искусстве «прием» почти все, но именно почти, и за его пределами остается икс, легко ускользающий и весьма варьируемый по величине» («Форма» и «содержание» / Книга и революция. 1922. № 3 (15). С. 46). (Это примечания комментаторов)

[2]   Если генезис приемов и произведений рассматривается в пределах индивидуального творчества, мы имеем «психологию творчества», решающую вопросы, как и почему данный писатель творил. (Это примечания Б. В. Томашевского.)

[3]   Дифференция «общей» (теоретической) и «исторической поэтики» стала возможной после работ А.Н. Веселовского. См.: Веселовский А.Н. Историческая поэтика. Л.: Гослитиздат, 1940. (2-е изд.; сокр. — М.: Высшая школа, 1989). Из современных работ: Историческая поэтика. Итоги и перспективы изучения. М.: Наука, 1986; Целостность литературного произведения как проблема исторической поэтики. Кемерово, 1986; Историческая поэтика Литературные эпохи и типы художественного сознания. М.: Наследие, 1994. И др. (Это примечания комментаторов)

[4]   Термин «функция» очень важен для формальной школы, он особенно активно разрабатывается Ю. Тыняновым. См. его формулировку: «Соотнесенность каждого элемента литературного произведения как системы с другими и, стало быть, со всей системой я называю конструктивной функцией данного элемента» (О литературной эволюции, С. 272). По Ю. Тынянову, «вырывать из системы отдельные функции и соотносить их вне системы, то есть без их конструктивной функции, с подобным рядом других систем неправильно» (Там же, С. 273). (Это примечания комментаторов)

эволюционная точка зрения[①]. Если в поэтике не является существенным вопрос об историческом значении литературного произведения в целом, рассматриваемого как некоторая органическая система, то изучение и интерпретация непосредственного художественного эффекта всегда должна производиться на фоне привычного, исторически сложившегося применения данного приема. Один и тот же прием меняет свою художественную функцию в зависимости, например, оттого, является ли он признаком литературного модернизма и ощущается как непривычный, нарушающий традицию, или же он является элементом этой традиции, признаком «старой школы».

Имеется еще один подход к литературным произведениям, представленный в *нормативной поэтике*. Задачей нормативной поэтики является не объективное описание существующих приемов, а оценочное суждение о них и предписание тех или иных приемов как единственно закономерных. Нормативная поэтика имеет целью научить, как следует писать литературные произведения. Каждая литературная школа имеет свои взгляды на литературу, свои правила и, следовательно, — свою нормативную поэтику. Литературные кодексы, выражающиеся в литературных манифестах и декларациях, в направленческой критике, в исповедываемых различными литературными кружками системах убеждений, и представляют собою различные формы нормативной поэтики. История литературы является отчасти вскрытием реального содержания нормативной поэтики, определяющей бытие отдельных произведений и эволюцию этого содержания в сменах литературных школ.

То, что называлось «поэтикой» к началу XIX в., представляло собою смешение проблем общей и нормативной поэтики. «Правила» не только описывались, но и предписывались. Эта поэтика в сущности была нормативной поэтикой французского классицизма, установившейся в XVII в. и господствовавшей в литературе на протяжении двух веков. При относительной медленности литературной эволюции эта поэтика могла казаться незыблемой для современников, и ее требования могли казаться присущими самой

[①] Значимость эволюционной и «динамической» точки зрения для построения поэтики была акцентирована в рамках формальной школы работами Ю.Н. Тынянова «Литературный факт» (1924 г.) и «О литературной эволюции» (1927 г.), которые принято считать переломными в истории русского формализма. См. комм. Е. А. Тоддес, М. А. Чудаковой, А. П. Чудакова к кн.: Тынянов Ю. Н. Поэтика. История литературы. Кино. М.: Наука, 1977. С. 509, а также комм. Л. Флейшмана к публикации: Б. В. Томашевский в полемике вокруг «формального метода» // Slavica Hierosolymitana, 1978. Vol. III. P. 384 — 388.
О литературной эволюции и разграничении ее с «генезисом» см.: Эйхенбаум Б. Теория формального метода // Эйхенбаум Б. Литература. Теория. Критика. Полемика. Л.: Прибой, 1927. См. критику сложившегося в рамках школы понимания эволюции в книге М. Бахтина «Формальный метод в литературоведении» (1993 г.), С. 175 — 190. (Это примечания комментаторов)

природе словесного искусства. Но в начале XIX в. произошел литературный раскол между классиками и романтиками, возглавлявшими новую поэтику; за романтизмом пришел натурализм; затем в конце века символизм, футуризм и т.д. Быстрая смена литературных школ, особенно заметная в настоящее время, являющееся революционным во всех областях человеческой культуры, доказывает иллюзорность стремления найти всеобщую нормативную поэтику. Всякая литературная норма, выдвигаемая одним течением, обычно встречает отрицание в противоположной литературной школе. Несмотря на то, что каждая литературная школа обычно претендует на то, что именно ее эстетические принципы являются общеобязательными, — с падением литературного влияния школы падают и ее принципы, заменяемые новыми в новом течении, приходящем на смену старого. Строить сейчас какую бы то ни было нормативную поэтику, претендующую на устойчивость, — нельзя, так как кризис искусства, выражающийся в быстрой смене литературных течений и в изменяемости их, еще не миновал.

Здесь мы не будем ставить себе нормативных задач, довольствуясь объективным описанием и интерпретацией литературного материала, т.е. ограничимся вопросами общей поэтики.

В выборе материала мы будем обращаться главным образом к литературе XIX в. как наиболее близкой нам. Мы будем по возможности избегать обращения к литературному материалу до XVII в., ибо именно с XVII в. в Европе начинается история новой литературы, начинается непрерывная передача литературной традиции из поколения в поколение, и лишь немногие произведения, созданные раньше, оказывают свое воздействие на творчество позднейших эпох, да и эти произведения (как, например, античная литература, литература восточных народов) настолько видоизменяются, преломляясь сквозь условную интерпретацию новейшего времени, что трудно говорить о непосредственном и целостном их воздействии на литературную традицию.

▶▶ 原典选读 2

Классификация проблем стилистики[1]

Всякая речь состоит из слов, организованных во фразовые единства. Изучая выражение, мы должны обратить внимание на выбор самых слов и на способ их объединения. Вопрос о выборе отдельных слов, входящих в состав художественной речи, рассматривает поэтическая лексика. Она изучает словарь произведения и пользование

---

[1] *Томашевский Б. В.* Элементы стилистики /Теория литературы. Поэтика. М.: Аспект Пресс, 1996. С. 30 — 67.（编者注）

этим словарем — оттенки значений, влагаемых автором в употребляемые им слова, и комбинирование этих значений.

Поэтический синтаксис рассматривает способ сочетания отдельных слов в предложения, т.е. так называемые обороты речи; при этом учитывается выразительное значение этих оборотов. Следует принять во внимание, что иногда выразительность речи достигается путем *звукового подбора* словесного материала. Из равновозможных выражений избирается то, самое звучание которого, независимо от значения слов, является ощутимым и значащим свойством речи. Часть стилистики, изучающей принципы звуковой организации речи, именуется эвфонией.

Поэтическая лексика, поэтический синтаксис и эвфония и являются тремя отделами, исчерпывающими проблемы поэтической стилистики.

Поэтическая лексика

Наша речь представляет собой расчлененный звуковой поток. Звуки объединяются в некоторые единства, сочетающиеся, в свою очередь, между собою. Наименьшие звуковые единства, ощущаемые нами как отдельные члены речи, есть слова. В произношении мы выделяем слова из фраз, делая на каждом слове более или менее сильное ударение. В письме мы слово от слова отделяем пробелом. Таким образом, уже механизм нашей устной и письменной речи дает нам представление о словах как некоторых самостоятельных единствах. Но в основе нашего механического членения речи лежат представления, связываемые нами с речевым процессом. Каждое слово является центром особого представления, отдельного элемента мысли, заключенной в речи. Только слово в целом вызывает самостоятельное представление, — части слова такого представления не вызывают[①]. Возьмем предложение: «Сегодня хорошая погода». Первое слово вызывает в нас временные представления. Сопоставляя это с фразой: «Сегодня я иду в театр», мы видим, что это представление о времени обще обеим фразам, и носитель этого общего представления есть слово «сегодня». Слово «хорошая» вызывает в нас представление о чувстве удовлетворения (ср. «хорошая книга») и т.д. Но сами по себе части этих слов никаких представлений не вызывают: например, звуки «хоро...» или «...года» бессмысленны, и подобозвучащие слова «хорошая», «хороним», «хоромы», «погода», «два года» по своим значениям несравнимы. Слово во фразе всегда соединено с определенным значением, имеет свой смысл. Отсюда не следует, что этим смыслом слово обладает само по себе. Слов вне фразы не существует, — отдельные слова мы встречаем только в словарях. Но учимся языку и свыкаемся с языком мы не по словарям, а в живой речи, т.е. воспринимая фразы. Точное значение, полный смысл слово имеет только во фразе. Достаточно переместить слово из одного словосочетания в другое, чтобы значение его несколько изменилось. «Хорошая погода», «хорошая трепка» — здесь слово «хорошая» значит весьма разное. «Сегодня хорошая погода», «сегодня воскресенье», «сегодня я иду в театр», — слово «сегодня» здесь имеет три оттенка значения: в первом случае оно обозначает неопределенный промежуток времени, ныне длящийся и, по всей вероятности, выходящий за временные пределы дня («сейчас хорошая погода и, вероятно, весь день будет хорошая погода!»), во втором случае мы имеем точный промежуток времени, продолжающийся ровно 24 часа, в третям случае — только небольшой промежуток

---

① Следует отметить, что слово, выделяемое путем осмысления фразы, не всегда своими границами совпадает с членением произносительным или графическим. Например, «в лесу» произносится в одно слово, — пишется в два. Слово «не знаю» звучит как одно, пишется как два слова. В смысловом отношений «не знаю» Так же относится к «знаю», как «незнание» к «знание», меж тем в первом случае мы имеем два графических слова против одного, во втором — одно против одного. Там, где необходимо различить, про какой способ членения идет речь, различают слово фонетическое (раздельно произносимое), слово графическое (которое отдельно пишется) и слово семантическое (имеющее отдельное значение).

Возможны случаи, когда семантическое слово слагается из нескольких фонетических и графических слов. Таковы сложные имена и термины: Нижний Новгород, Большая Медведица, железная дорога. В этих сочетаниях не два центра образования представления, а по одному на каждую словесную группу. Понятие, вызываемое сочетанием «железная дорога», не совпадает с сочетанием понятий, вызываемых словами «железная» и «дорога» (т.е. «железная дорога» не есть «дорога, сделанная из железа»). Так в одной газете мамонт был назван «полезным ископаемым». Комизм такого именования заключается в том, что автор заметки понял сочетание «полезное ископаемое» как два семантических слова «полезное» (мамонт, конечно, никому вреда не причиняет и полезен для науки) и «ископаемое» («ископаемое животное», т.е, вымершее и находимое при раскопках), в то время как сочетание «полезное ископаемое» есть одно семантическое слово, обозначающее добываемые в промышленных целях в рудниках минералы, уголь и т.д. (Это примечания Б. В. Томашевского.)

времени, входящий в сегодняшний день (например: «в театр я иду вечером, в 8 часов»). В каждой фразе слово имеет свои смысловые ассоциации. Если мы искусственно выделяем слово и сосредоточиваем на нем свое внимание, то вместо точного значения мы получаем множество возможных, потенциальных смысловых ассоциаций. Эти смысловые ассоциации напоминают сродство химического атома. Атом водорода — не есть какая — то химическая реальность. Отдельно он в природе не существует. Но, соединившись с другим атомом водорода, он даст газ-водород, в других соединениях он даст воду, в иных — нашатырь и т.д. В некоторые же соединения он войти неспособен. Точно так же и слово — в одни соединения оно входит и дает смысл, в другие — оно не способно войти. Анализируя эти ассоциации — то, что мы чувствуем, думая об отдельном слове, мы иногда находим общее в его смысловых возможностях. Это общее мы называем основным «значением». Иногда этих значений может быть несколько. Например, слово «земля» может обозначать и планету, на которой мы живем, и почву, по которой мы ходим (в этом смысле в фантастических романах, рисующих жизнь на иных планетах, можно прочесть, что на Марсе ходят по земле), и то, из чего эта земля состоит («жирная, тощая земля», «химический состав земли»), и, наконец, некоторую территорию («и земли отдавал в залог» «открывать новые земли»). Видоизменение этих первичных значений, признаки, возникающие при осмыслении слова во фразе, — являются *вторичными признаками значения*. Кроме того, со словом ассоциируется и представление о *лексической среде*, в которой оно употребляется; иные слова являются принадлежностью отдельных социальных групп (слова городские, «интеллигентские», крестьянские), или этнических (диалекты, областные слова и т.п.), или возникают в определенной бытовой обстановке (слова «официальные», вульгарные, фамильярные, технические, митинговые), или употребляются в определенных родах литературы (газетный лексикон, «поэтические слова», «прозаические» и т.п.); это представление о лексической среде дает *лексическую окраску слова*.

Из всех потенциальных смысловых ассоциаций слова некоторыми мы пользуемся преимущественно, к другим прибегаем сравнительно редко. Если мы соединяем слова по этим излюбленным, привычным ассоциациям, мы получаем *шаблонные фразы* — типичная форма обыденной речи, вызываемой обыкновенными, привычными, повторяющимися бытовыми обстоятельствами.

Обычный способ создания художественной речи это употребление слова в необычной ассоциации. Художественная речь производит впечатление некоторой новизны в обращении со словами, является своеобразным новообразованием. Слово как бы получает новое значение (вступает в новые ассоциации). При повторении аналогичных конструкций эта новизна может исчезнуть, мы можем привыкнуть к такому употреблению слова, и оно может войти в обиход с новым значением. Законы образования новых значений имеют много аналогичного с законами образования поэтической речи, и обычно на каждый прием художественного словоупотребления можно привести аналогичные примеры из истории языка, которые показывают, как слово приобретало в языке новые значения под действием тех же законов.

В основе поэтической лексики лежит подновление словесных ассоциаций.

Это подновление может достигаться путем перемещения слова в необычную лексическую среду или путем предания слову необычного значения. Эти два способа подновления лексики мы и рассмотрим.

1. Отбор слов различной языковой среды

Можно выражение сделать ощутимым, внедряя в речь слова, заимствуемые из чуждой лексической среды. На фоне чужой среды такие слова будут обращать на себя внимание. При изучении этого явления следует учитывать *функцию* такого внедрения, которая зависит: 1) от бытовой роли той среды, из которой делается заимствование, 2) от отношения этой среды к языковому фону произведения, т.е. к той речи, в которую эти слова внедряются, 3) от литературной традиции в пользовании данным приемом, 4) от мотивировки этого внедрения даваемой автором, и 5) от связанной с этим сюжетной роли приема (т.е. встречается ли это внедрение чужеродных слов в речи героев, в речи рассказчика, в определенные моменты повествования и т. д.).

Варваризмы

Варваризмом именуется внедрение в связную речь слов чужого языка. Наиболее простым случаем является внедрение иностранного слова в неизмененной форме. Вот несколько примеров из «Евгения Онегина».

> Вот мой Онегин на свободе;
>
> Острижен по последней моде;
>
> Как Dandy лондонский одет;
>
> И наконец увидел свет.

Или:

> Никто бы в ней найти не мог
>
> Того, что модой самовластной
>
> В высоком лондонском кругу
>
> Зовется vulgar. Не могу...
>
> Люблю я очень это слово,
>
> Но не могу перевести...

Или:

> Она казалась верный снимок
> Du comine il faut (Шишков, прости:
> Не знаю, как перевести)...

Или:

> Приходит муж.
> Он прерывает
> Сей негфиятный tete—a—tete.

Эти варваризмы мотивированы Пушкиным невозможностью перевести, т.е. отсутствием соответствующего слова в русском языке. Но это объяснение недостаточно. Если французские термины, привычные в образованном кругу русского общества 20-х годов, пользовавшемся в обиходе французским языком, и замещали свободно слова, отсутствующие в русском языке: tete-a-tete, comme il faut[①], то слова английские немедленно вызывали представления о том языке, из которого они заимствованы («как dandy лондонский», «в высоком лондонском кругу»), и их значение дополняется представлением о быте и нравах того народа, у которого они заимствованы. Кроме того, употребление этих слов наперекор существовавшей тогда русско-славянской традиции стихотворного языка резко разбивало «торжественность» обычной стихотворной речи и вызывало впечатление непринужденного разговора.

Сравни:

> Как быстрота, он не остыл —
> Ты верен здесь, Джон Рид,
> Сказав про то, что видел ты:
> — Very good speed!

(Н. Тихонов)

Если речь густо насыщена варваризмами, то произведение называется «макароническим». В макароническом стиле написано Мятлевым большое произведение

---

① Сравни в «Горе от ума»:
Ну как перевести Мадам, Мадмуазель,
Ужли сударыня!!...
(Это примечания Б. В. Томашевского.)

«Сенсации и замечания г-жи Курдюковой за границею, дан л'этранже» (1841)

Утро ясно *иль фе бо*;

Дня светило, *лё фламбо*,

Солнце по небу гуляет,

И роскошно освещает

Эн швейцарский пейзаж, —

То есть: фермы, *дэ вилаж,*

Горы вечно снеговые

И озера голубые,

На которых, *ж'имажин,*

Пироскаф, и не один, —

И пастушечки, *бержеры*;

Кель туалет! Что за манеры!

Что за складки а *ля шаль!*

Маленький *шапо дэ пайль*,

По колено только юбки —

Театральные голубки;

Одним словом, с'э *шарман*;

Но не знаю я, *коман*

Путь умнее бы направить,

Чтобы *дэ ла Свис* составить

Юн идэ почти *комплет…*

Здесь Мятлев, имитируя типичный для эпохи говор, перемешивающий русские слова с французскими, достигает особого комического эффекта неожиданностью словесных сочетаний.

Обычно варваризмы вводятся не в чистом, неизмененном виде, а в усвоенном русской фонетикой и морфологией, т. е. звуки иностранного языка заменяются соответствующими русскими, иностранные суффиксы также заменяются русскими.

Французское слово resignation превращается в русское «резиньяция» (у Тургенева), английское Fashionable в «фешенебельный» и т. д.

Чаще всего варваризмы встречаются именно в такой усвоенной языком форме. Например:

«Когда бы ты взглянул на нее, одетую в легкое платье, окруженную благовонной розовой атмосферой, веющей с кассолета, ты бы назвал ее воздушною полубогиней Пери...»

(Марлинский.)

«Все ото придало всей квартире вид ложемента богатой дамы demi monde'a, получающей вещи зря и без толку».

(Лесков.)

Функции варваризмов различны. Иногда варваризмы употребляются в поисках точного термина, отсутствующего в русском языке. Иной раз русское слово заменяется иностранным, чтобы освободить понятие от посторонних ассоциаций, связанных с русским словом (иностранные слова, не бытующие в русском языке, этих ассоциаций не имеют и звучат как более точное обозначение понятия), или привлечь внимание новизной выражения. Часто варваризмы употребляются для придания *местного колорита* речи. Таковы, например, кавказские термины в описаниях Кавказа:

«Турецкая *шаль* обвивала под исподом надетый архалук из букетовой *термаламы*. Красные *шальвары* скрывались в верховые желтые сапоги с высокими каблуками» (Марлинский. Сравни кавказские термины в поэме Пушкина «Кавказский пленник» и у Лермонтова).

Этот «экзотизм» создается как варваризмами, так и собственными именами, накопление которых создает впечатление чего-то чуждого русскому быту:

От *Рущука* до старой Смирны,
От *Трапезунда* до Тульчи,
Скликая рать на праздник жирный,
Толпой ходили палачи.

(Пушкин)

Барон *д'Ольбах, Морле, Гальяни, Дидерот*
Энциклопедии скептический причёт.

(Пушкин.)

Но там, среди уединенья
Долин, таящихся в горах,
Гнездятся и балкар, и бах,
И абазех, и камуцинец,
И корбулак, и албазинец,

И чичереец, и шапсук,

Пищаль, кольчуга, сабля, лук,

И конь, соратник быстроногий –

Их и сокровища и боги.

(Жуковский.)

Диалектизмы

Диалектизмами именуются заимствования слов из говоров того же языка. Являясь по природе теми же варваризмами (поскольку границы между диалектами и языками не могут быть установлены точно), они отличаются лишь тем, что берут слова из говоров более знакомых и преимущественно нелитературных, т.е. не обладающих своей письменной литературой. При этом следует различать два случая: использование говоров этнических групп, или областных («провинциализмы») и использование говоров отдельных социальных групп.

Этнические диалектизмы заимствуемые из разных наречий, употребляются обычно для придания «местного колорита» выражению. Кроме того, учитывая тот факт, что они берутся из говоров лиц, далеких от литературной культуры, здесь мы везде замечаем некоторое «снижение языка», т. е. пользование формами речи, пренебрегаемыми в говоре среднего «литературно образованного» человека.[1]

Эти диалектизмы широкой струей влились в русскую литературу в 30-х годах в произведениях Даля, Погорельского и особенно Гоголя.

---

[1] Русский язык делится на три главные группы: великорусское наречие, белорусское (БССР и часть Смоленской губ.) и малорусское (украинское, УССР). Последние два наречия ныне развились в самостоятельные языки со своей литературой. Великорусское наречие делится на северно-великорусское (север и Восток-Поволжье) и южно-великорусское (губ. Тульская, Орлова ская, Курская, Рязанская, Воронежская, Тамбовская, Донская область). Между ними узкой полосой тянется область переходного средневеликорусского наречия (через губ. Новогородскую, Тверскую, Московскую, Пензенскую). Наречия отличаются друг от друга в первую очередь произношением, затем запасом слов и синтаксисом. Главнейшие — преимущественно фонетические — особенности говоров следующие: в северных говорах «окают», т. е. в словах, где пишется «о», оно слышится и не под ударением (напр. «вода»); между гласными нет йота, т. е. говорят «бываэт» вместо московского «бывает» (бывает); после существительных обычно прибавляют «от», «та», «ту», «ти» (дом-от, изба-та, избу-ту, в избе-ти). В южно-великорусских говорах «акают», т.е. говорят «вада»; вместо «г» краткого (взрывного) произносят «г» длительное (фрикативное), которое слышится во всех говорах в старом произношении в словах «благо, господь»; в третьем лице глаголов произносят мягко «ть» — «идеть, знають». Русская литературная речь явилась в результате смешения церковно-славянского языка с живым московским говором (принадлежащим к средневеликорусскому наречию), с наслоением новых слов, вызванных потребностью новой культуры и образуемых или по образцу уже ранее существовавших слов (напр., «промышленность», «трогательный», «влияние») или, чаще, заимствуемых у других языков («газета», «граммофон», «почта», «активный» и т. п.). (Это примечания Б. В. Томашевского.)

«И так всю беду эту свалили мы с плеч долой, спокутковали, как говорят на Украине».

(Даль)

«Итак, казак мой откинулся от дивчины, с которой было женихался...»

(Даль)

Этими украинизмами или малоруссизмами Даль в цитируемых примерах не только старается передать местный колорит происходящего, но также имитирует *сказовую манеру* вымышленного рассказчика-украинца:

«Я сказал уже, что дело было на Украине, пусть же не пеняют на меня, что сказка моя пестра украинскими речами. Сказку эту прислал мне тож казак: Грицько Основьяненко, коли знавали его».

(Даль. «Ведьма»)

Точно так же Гоголь мотивирует украинизмы говором рассказчика Рудого Панька.

Близко к диалектизмам (т.е. к словам, не употребляющимся нормально в говоре лиц, говорящих на общерусском литературном языке) стоят провинциализмы, т.е. слова и речения, проникшие в говор литературно говорящих горожан, но не получившие распространения по всей территории и употребляемые только в какой-нибудь одной местности. Много примеров можно найти, напр., в местных названиях животных, птиц, рыб и растений. Островский в пьесе «Бешеные деньги» так характеризует своего героя-провинциала Василькова:

«Говорит слегка на «о», употребляет поговорки, принадлежащие жителям городов среднего течения Волги: *когда же нет* — вместо да; *ни боже мой!* вместо отрицания, шабёр вместо сосед».

Несколько иную функцию имеют заимствования из говоров различных социальных групп. Таково, например, характерное использование так называемого мещанского «говора», т.е. говора городских слоев, занимающих промежуточное положение между слоями, пользующимися литературным языком, и слоями, говорящими на чистом диалекте.

Купеческие персонажи в комедиях Островского обычно пользуются мещанским говором.

Обращаясь к мещанскому говору, писатели обычно отмечают следующую особенность лексики; мещанские слои тяготеют к усвоению чисто литературных слов («образованных»), но, усваивая их, коверкают и переосмысляют. Такое изменение слова с его переосмыслением именуется *народной этимологией*. Произведения, пользующиеся лексикой мещанских говоров, обычно широко употребляют лексику народных этимологий. Например:

Бальзаминова. Вот что, Миша, есть такие французские слова, очень похожие на русские; я Их много знаю., ты бы хоть их заучил когда на досуге. Послушаешь иногда на именинах, или где на свадьбе, как молодые кавалеры с барышнями разговаривают, — просто прелесть слушать.

Бальзаминов. Какие же это слова, маменька? Ведь как знать, может быть они мне и на пользу пойдут.

Бальзаминова. Разумеется, на пользу. Вот послушай! Ты все говоришь: «Я гулять пойду!» Это, Миша, нехорошо. Лучше скажи: «Я хочу проминаж сделать!».

Бальзаминов. Да-с, Маменька, это лучше. Это вы правду говорите! Проминаж лучше.
Бальзаминова. Про кого дурно говорят, это — мораль.

Бальзаминов. Это я знаю.

Бальзаминова. Коль человек или вещь какая-нибудь не стоит внимания, ничтожная какая-нибудь, — как про нее сказать? Дрянь? Это как-то неловко. Лучше по-французски: «Гольтепа».

Бальзаминов. Годьтепа. Да, это хорошо.

Бальзаминова. А вот, если кто заважничает, очень возмечтает о себе, и вдруг ему форс-то собьют, — это «асаже» называется.

Бальзаминов. Я этого, маменька, не знал, а это слово хорошее. Асаже, асаже...»
(Островский. «Свои собаки грызутся — чужая не приставай»)

<...>

Архаизмы.

Архаизмами называются слова устаревшие, вышедшие из употребления.

Примером накопления архаизмов, заимствованных из лексики XVIII века, может служить следующее стилизованное под XVIII век письмо Горбунова:

«Присылаемая при сем персона сукцессора в надлежащей конфиденции находиться у вас имеет и никому генерально оную не объявлять и от подлых всячески скрывать надлежит, дабы какой бездельный И мизерабельный человек, малодушием своим сатисфакции не учинил и в тайную канцелярию о сем не донес».

Так как литературным языком в России до XVIII века был церковно-славянский, лексика которого была усвоена русским литературным языком и лишь постепенно отступала в уподоблении перед русскими формами, — то типичными архаизмами являются славянизмы. Они являются признаками возвышенного стиля и в стихотворной речи XIX в. почти неощутимы — в силу традиционности и привычности. Так, когда Пушкин писал:

Стояли *стогны* озерами,

то он не ощущал на фоне стихотворной речи особого архаизма слова «стогны». Но в пушкинской прозе это было бы уже архаизмом. Архаистический оттенок носят славянизмы в поэзии нашего времени, например:

Когда двух воль возносят окрыленья

Единый стон,

И снится двум, в юдоли разделенья.

Единый сон,

Двум алчущим — над звездами разлуки

Единый лик, —

Коль из двух душ *исторгся* смертной муки

Единый крик

Се, он воскрес! — в их жертвенные слезы

Глядит заря...

Се, в мирт одет в утренние розы

Гроб алтаря.

(Вячеслав Иванов)

Или:

Молоть устали жернова;

Бегут испуганные *стражи*,

И всех *объемлет* призрак вражий

И *долу* гнутся Дерева.

(А. Блок)

«Славянизмы» этого рода дают нам представление о традиции высокого поэтического стиля.

Славянский язык применяется в книгах религиозных — в библии, в богослужении и т. д, Часто к славянизмам прибегают для того, чтобы создать впечатление библейского стиля. В таком случае они становятся *библеизмами*. Так, в пушкинском стихотворении «Пророк» обильные славянизмы вызывают представление об языке библии:

Восстань, пророк, и *виждь* и *внемли*,
Исполнись Волею моей,
И обходя моря и земли
Глаголом жги сердца людей.

Совершенно особо следует рассматривать те славянизмы, которые являются достоянием «приказного» стиля и до сих пор продолжают бытовать в канцелярском языке, для которого характерны слова и обороты вроде: «препровождая при сём», «в ответ на каковое отношение», «согласно вашего распоряжения» и т.п.

Подобные славянизмы не повышают, а понижают стиль.

От стилистических архаизмов следует отличать архаизмы в языке. В лингвистике архаизмом называют слово, принадлежащее к вымершей в языке группе и пережившее аналогичные ему слова. Так в русском языке сохранилось большое количество славянизмов, существующих иногда параллельно с их русскими эквивалентами. Например: гражданин — горожанин, надежда — надёжа (эта русская форма считается принадлежностью нелитературного диалекта), глава — голова, нрав — норов. Эти архаизмы обычно имеют иное значение, в сравнении с русским словом, относясь к области отвлеченных и «высоких» слов (ср. значения слов: глава; главный — голова, головной; преграда — перегородка).

Как и всякий лексический слой, славянизмы, будучи употреблены не в соответствующей обстановке, являются источником комического, пародического эффекта. На этом основывались, особенно в XVIII веке, авторы комических поэм, высоким слогом излагавшие вульгарно-комические происшествия.

Неологизмы

Неологизмами называются вновь образованные слова, ранее в языке не существовавшие. Пользуясь законами русского словообразования, мы можем по аналогии с существующими словами создавать новые слова так, что они будут понятны для восприятия. Употребление неологизмов, так называемое «словотворчество», имеет широкое распространение в поэзии, причем функция новообразований многоразлична, в зависимости от способа, каким создано это новое слово. Если слово создается по аналогии с архаистическими словами, то неологизм может сыграть роль архаизма. Например, если в стилизованное письмо вроде цитированного горбуновского ввести новообразование с французским корнем, то по аналогии с окружающими его словами оно приобретает характер архаизма. Так, в следующих словах царя Берендея из «Снегурочки» Островского:

> Небесными кругами украшают
>
> *Подписчики* в палатах потолки
>
> Высокие...

слово «подписчик» в значении «художник» является, вероятно, новообразованием Островского, но в ряду архаизированной лексики речей Берендея этот неологизм: играет функцию архаизма.

Народные этимологии у Островского и Лескова, употребляемые как лексика мещанского говора, являются в большинстве случаев новообразованиями. Такими же новообразованиями с установкой на особенности говоров (псевдоварваризмы, мотивированные бытовым словоупотреблением) являются следующие примеры из Лескова:

«А—а! да у вас тут есть и школка, Ну, эта комнатка за то и *плохандрос*: ну, да для школы ничего».

— Ну, вот и прекрасно: есть, господа, у нас пиво и мед, я вам состряпаю из этого такое *лампопо*, что... — Термосесов поцеловал свои пальцы и договорил: — язык свой, и тот, допивая, проглотите.

— Что это за ланпопо? — спросил Ахилла.

— Не ланпопо, а лампопо, — напиток такой из пива и меду делается[①]

(«Соборяне»).

Во всех этих случаях неологизмы вводятся как признак чужеродной лексики. Но часто неологизмы вводятся как лексика, свойственная языку самого произведения. Таковы, например, неологизмы Бенедиктова:

> Кто ж идет на вал гремучий
>
> Через молнию небес?
>
> Это он — корабль могучий,
>
> Белопарусный, плавучий
>
> *Волноборец - водорез*!
>
> «Прости!» я промолвил моей ненаглядной,
>
> У ног ее брякнул *предбитвенный* меч...

У Бенедиктова встречаются новообразования вроде: «волнотечность»,

---

① Слово «лампопо» образовано путем перестановки из слова «пополам», начало и конец слова Переставлены: прием, практикующийся в «тайных» языках — жаргонах. (Это примечания Б. В. Томашевского.)

«возмужествовать», «головосек», «запанцыриться», «зуболомный», «нетоптатель», «сорвиголовный», «чужеречить», «яичность» и т. п.

В новейшее время культивировал стиховые неологизмы Игорь Северянин:

> Я, гений, Игорь Северянин,
> Своей победой упоен,
> Я повсеградно оэкранен,
> Я повсесердно утвержден...

Неологизмы несут различную функцию. В периоды установления литературного языка неологизмы создаются в поисках новых слов для новых понятий. Так, много слов в литературный язык введено Карамзиным (например, слово «промышленность»).

Неологизмы Бенедиктова и Северянина, понятно, иное: это новообразования для именования старых понятий. Образуются они для обновления словесного выражения банальной формулы, во избежание речевого шаблона.

Впрочем, в неологизме вообще важна не столько его словесная функция как способ его образования. Для того чтобы неологизм был понятен, необходимо, чтобы он был образован при помощи так называемых «живых морфем», т.е. морфем, значение которых в образовании слова доныне живо воспринимается, и которые, поэтому, в настоящее время образовывают новые слова. В слове ощущается то, как оно сделано, из каких частей и морфем оно составлено и по какому принципу. Осмысляется самый образ создания слова — *поэтическая морфология*. И обычно каждая эпоха имеет свою поэтическую морфологию. Так, для начала XIX века (и даже раньше — для конца XVIII) характерны были составные прилагательные вроде постоянных гомеровских эпитетов (см. ниже) «розо-желтый», «сребро-лазурный», «быстро-бегущий», «зеленокудрый», «злато-бирюзовый» и т. п.

В неологизмах Бенедиктова особенно часто образование существительного от прилагательного, при помощи составного суффикса «ность»: «яичность», «сладкопевность», «разгульность», «недолготечность», ср. «неумягчаемость». С другой стороны, обычны глаголы от существительных на «ствовать» – «селадонствовать», «рифмоплетствовать», «возмужествовать». Наряду с этими неологизмами, приобретают характер поэтических слов и уже ранее существовавшие в языке слова на «ность» и «ствовать» – «вечность», безумствовать».

В поэтическом стиле иногда мы имеем отбор прилагательных — эпитетов с определенными суффиксами, — на «ивый»: «молчаливый», «ревнивый», «гульливый» и т.д., на «истый» — «лучистый», «серебристый», «волнистый» и т.п. Весьма характерны

совершенно своеобразные неологизмы Хлебникова, сыгравшие большую роль в выработке языка современного футуризма.

Прозаизмы

Прозаизмом именуется слово, относящееся к прозаической лексике, употребленное в поэтическом контексте.

В поэзии весьма силен закон лексической традиции. В стихах живут слова, давно уже вышедшие из употребления в прозе, и, с другой стороны, в стихи с трудом проникают слова нового происхождения, имеющие полное право гражданства в прозаическом языке. Поэтому в каждую эпоху есть ряд слов, не употребляемых в стихах. Введение этих слов в стихи именуется прозаизмом:

> Я снова жизни полн: таков мой организм
> (Извольте мне простить ненужный прозаизм).

(Пушкин)

Такими прозаизмами в начале XIX века были слова, имевшие поэтические синонимы. Например, слово «Корова» в стихах заменялось словом «телица», «лошадь» — «конь», «глаза» — «очи», «щеки» — «ланиты», «рот» — «уста»[1]. Поэтическая синонимика была канонизована стиховой традицией. Введение разговорного синонима почиталось за «прозаизм». Таким же прозаизмом звучит в стихе употребление научного или технического термина.

Учение о подборе слов различной лексической окраски было развито еще Ломоносовым, делившим стиль на высокий, средний и низкий в зависимости от употребления слов в литературе и в быту. Конечно, разнообразие лексических стилей этими тремя классами не ограничивается.

Перечисленные здесь категорий отбора слов по их лексической окраске далеко не исчерпывают всех случаев подобного отбора. Но принцип приема ясен: он состоит в отборе слов, ассоциируемых с определенной лексической средой.

В применении этого приема следует различать два случая. В первом художественная речь настолько насыщается словами одной лексической окраски, что эта окраска распространяется на всю речь в целом. Лексический стиль речи приобретает характер выдержанности и единства.

---

[1] А. П. Сумароков писал: «в славенских наших книгах конь лошадью нигде не называется, и слово «лошадь» хотя и неисходимо нашему языку присвоено, однако всегда пребудет словом низким, как «кафтан» и все новые, некстати введенные в наш язык, дикие слова». Рассуждение это характерно для стилистики XVIII в. (Это примечания Б. В. Томашевского.)

Такая речь — с однообразной лексикой — называется *стилизованной*, если избранный лексический стиль необычен в том литературном жанре, в котором применена речь. Так, рассказ Лескова или письмо Горбунова являются стилизациями. Стилизация требует не только лексического отбора, но и синтаксиса, свойственного избранному лексическому стилю. В основе стилизации лежит подражание чужому языку.

Если стилизация сопровождается комическим осмыслением лексического стиля, мы имеем *пародию стиля*. Пародичность достигается несоответствием стиля и тематического материала речи (например, языком XVII века описывать современные нам события) или другими какими-нибудь средствами комического контраста. В рассказе Лескова имеются элементы пародии, что гармонирует с сатирическим сюжетом.

В настоящее время весьма распространена стилизация под разговорный язык различных социальных слоев. Образцом такой стилизации являются рассказы Зощенки.

⟨…⟩

Иной характер имеют случаи, где чужеродная лексика случайна, слова с явно выраженной лексической окраской внедряются в речь, этой окраски не имеющей: слово контрастирует с лексическим фоном. Таковы случаи варваризмов (за исключением макаронического стиля, являющегося пародической стилизацией), изолированных прозаизмов в стихах и т. п. При стилизации отдельные слова лишь поддерживают общее впечатление; при контрастном внедрении чужеродной лексики эти слова привлекают на себя внимание и приобретают большой смысловой вес.

2. Изменение значения слова (Поэтическая семантика. Тропы)

Слово получает точный смысл во фразе. В значительной части фраз слова так крепко спаяны и так взаимно определяются, что есть возможность вынуть из фразы отдельные слова без того, чтобы фраза потеряла смысл. В таком случае можно вместо вынутого слова вставить любое другое, и значение этого нового слова определится из контекста. Тот факт, что значение определяется часто именно контекстом, а не самим словом, доказывается наличием в разговорном языке слов без значения, или вернее — со всеобщим значением. Таково, например, слово «штука», заменяющее любое существительное, или «такой», заменяющее любое прилагательное. Во французском языке слову «штука» соответствует слово «un chose» (мужского рода, в отличие от осмысленного «une chose» «вещь»; «chose» употребляется и как прилагательное), от которого производится такой же универсальный глагол «choser», весьма употребительный в разговоре. Слова эти употребляются, когда говорящий затрудняется в выборе подходящего слова, смысл же определяется контекстом. Смысловая функция этих слов напоминает функцию местоимений, с тою разницей, что местоимение употребляется вместо слова уже сказанного и значение его определяется этим сказанным словом, а эти нейтральные слова получают свое значение только из контекста. Без этих слов фраза разрушалась бы, как как для синтаксической законченности и спаянности не хватало бы составных частей фразы. Эти нейтральные слова заполняют пустое место и тем придают фразе закругленный — законченный вид. Контекст придает им значение. Таким же образом можно вообще заставить всякое слово обозначать то, чего оно в своем потенциальном значений не заключает, иначе говоря изменять основное значение слова. Приемы изменения основного значения слова именуются тропами. Когда мы имеем дело с тропом, то мы должны различать в нем *прямое* значение слова (ею обычное употребительное значение) и *переносное*, определяемое общим смыслом всего данного контекста. Так, глаза мы можем назвать звездами. В таком случае в нашем контексте переносным значением слова «звезды» будет понятие «глаза».

В тропах разрушается основное значение слова; обыкновенно за счет этого разрушения прямого значения в восприятие вступают его вторичные признаки. Так, называя глаза звездами, мы в слове звезды ощущаем признак блеска, яркости (признак, который может и не появиться при употреблении слова в прямом значении, например, «тусклые звезды», «угасшие звезды» или в астрономическом контексте «звезды из созвездия Лиры»). Кроме того, возникает эмоциональная окраска слова: так как понятие «звезды» относится к кругу условно «высоких» понятий, то мы влагаем в название глаз звездами некоторую эмоцию восторга и любования. Тропы имеют свойство пробуждать эмоциональное отношение к теме, внушать те или иные чувства, имеют чувственно-оценочный смысл.

В тропах различают два основных случая: метафора и метонимия.

Метафора

В этом случае предмет или явление, означаемое прямым, основным значением, не имеет никакого отношения к переносному, но вторичные признаки в некоторой их части могут быть перенесены на выражаемое тропом. Иначе говоря, предмет, означаемый прямым значением слова, имеет какое-нибудь косвенное *сходство* с предметом переносного значения. Так как мы невольно задаем себе вопрос, почему именно этим словом обозначили данное понятие, то мы быстро доискиваемся до этих вторичных признаков, играющих связующую роль между прямым и переносным значением. Чем больше этих признаков и чем естественнее они возникают в представлении, тем ярче и действеннее троп, тем сильнее его эмоциональная насыщенность, тем сильнее он «поражает воображение».

Этот случай тропа именуется *метафорой*. Примеры метафор:

Пчела из *кельи* восковой
Летит за *данью* полевой.

«Келья» обозначает улей, «дань» — цветочный сок. Психология сближения этих понятий ясна и не требует пояснения. Важен отрицательный момент: отсутствие каких бы то ни было прямых связей между понятием кельи и понятием улья, с одной стороны, дани и цветочного сока — с другой стороны. Но в представлении кельи возникают вторичные признаки (теснота, затворническая жизнь), аналогичные признакам, сопутствующим представлению об улье; также «дань» вызывает признаки собирания и т.п., присутствующие в процессе собирания пчелой сока с цветов.

Метафора может быть выражена в глаголе:

Горит восток зарею новой...

Война *паслась* на всех лугах...

Вкушать сон.,, и т. п.

Особенно часты метафоры прилагательные: «*жемчужные* глаза», «*седой* пень», «золотой луч», «свинцовая мысль».

Для метафор характерны следующие частные случаи сближения прямого и переносного значения:

1) предметы и явления мертвой природы называются словами, выражающими живые явления, например:

Сойдут глухие вечера...

Змей расклубится над домами....

(А. Блок)

Земля *кричала* при обвале...

(И. Тихонов)

Глядится тусклый день в *окно*...

Ср. описание зимы:

О, *старость* могучая круглого года,

Тебя я приветствую вновь...

(И. Коневской)

Ср. обратную метафору:

«Златые дни моей *весны*»

(Милонов)

Такое сближение явлений природы с живыми поступками человека называется антропоморфизмом.

2) Отвлеченное заменяется конкретным; явления порядка нравственного и психического — явлением порядка физического:

> И веков струевый водопад,
> Вечно грустной спадая волной,
> Не замоет к былому возврат,
> Навсегда засквозив стариной.
>
> (А. Белый)

> Есть человек: ему свежо –
> Он перестроен снизу вверх!
>
> (Н. Тихонов)

Эффект, производимый метафорой, часто обозначают словом «образность»: метафорическое выражение *образно*. Однако слово «образ» в данном применении является метафорой. В самом деле, метафора может не вызывать никакого чувственного представления. Слова «келья» и «дань» никакого образа в точном смысле этого слова не вызывают. Если некоторые метафоры — особенно прилагательные (седой пень, золотой луч) — и могут вызвать образное представление (ибо луч иногда выглядит как золотая нить и т. п.), то это вовсе не обязательно, и, например, «свинцовые мысли» никакого образа вызвать не могут. Ясно, что для возможности «образного» представления необходимо, чтобы слова вызывали сами по себе чувственные представления, что встречается в метафоре далеко не всегда.

Затем следует отметить, что метафорическое слово всегда стоит в контексте, значение которого препятствует возникновению отчетливого представления в ряду первичного значения слова. Вместо подобного представления возникает ощущение некоторой возможности значения; при этом подобная возможность переживается эмоционально, так как не может быть до конца осмыслена. «Образ» мог бы возникнуть только при изоляции слова из контекста, при нарочитом обращении внимания на данное слово и при игнорировании данного контекста. Но при таком обдумывании слова могут возникнуть любые психологические ассоциации, совершенно субъективные и произвольные, не оправдываемые и не подсказываемые контекстом. Между тем метафора имеет вполне объективное, общеобязательное значение. Эти субъективные ассоциации, возникающие при сосредоточении внимания на потенциальном значении метафорического слова, приводят к тому, что называется «реализацией метафоры», т.е. к попытке осмыслить и примирить слова в их первичном и переносном значении. Такая реализация метафоры приводит обычно к осознанию абсурдной противоречивости слова и производит комический эффект. Комизм реализации метафоры использован в одной кинематографической картине, в которой вслед за словами героя, описывающего метафорически красоту героини (глаза — звезды, зубы — жемчуг, шея лебедя), демонстрируется на экране реализованный портрет героини, с длинной лебединой шеей, блестками вместо глаз и жемчужной брошкой вместо рта.

Если говорить о психологическом значении метафоры, то следует отметить, что метафорическое употребление слова, разрушая его логическое содержание, пробуждает эмоциональные ассоциации, определенным образом направленные (как бы смутны и неотчетливы в некоторых случаях они ни были). Не переживая слово мыслью, мы зато переживаем его чувством. Характерно в этом отношении то, что эмоциональные слова практического языка имеют обычно метафорическое происхождение, например: «молодец», «голубчик», «скотина», «подлец» (первоначально — человек низшего сословия) и т.п.

Выразительность метафоры вызывается не только характером того «зачаточного образа», который заключается в метафоре, но в значительной степени лексической окраской метафорического слова, т.е. ощущением той лексической среды, откуда слово заимствовано.

Метафора отнюдь не является специфической особенностью только поэтического языка и употребляется также в языке практическом, разговорном. При повторении — за словом закрепляется его вторичное (переносное) значение, и, таким образом, слово получает новое основное значение. Таких слов со значением метафорического происхождения (и иногда с утратой первоначального значения) в языке очень много, например, «тронуть душу» (отсюда, «трогательный»), «живое слово» и т. п.

Особый класс таких метафорических слов, вошедших в язык, это слова, вторичное значение которых вызвано необходимостью назвать новое бытовое явление. Обычно в таких случаях значение старых слов *распространяется* на новые понятия. Так, когда появилась бумага, то слово «лист», обозначавшее только древесные, растительные листья, распространено было также и на бумажные листы. С изобретением огнестрельного оружия слово «стрелять» стало обозначать не одно только метание стрел из луков. Когда появилась мебель, то части ее стали называться такими словами, как «ножка» (стола, стула); «спинка» (ср. ручка, носик чайника и т. п.).

Это явление распространения значения называется катахрезой[①] и по природе ближе к метонимии.

Языковые метафоры (т.е. слова с метафорическим происхождением значения) не являются Метафорами в стилистическом значении, так как в них вторичное значение осознается как постоянное значение. Стилистическая метафора должна быть нова и неожиданна.

Но метафоры часто повторяются. В поэзии имеются традиционные метафоры, например, метафоры, заучиваемые с детства в произведениях классиков и воспроизводимые уже с ясным осознанием раннего употребления их в соответствующем Переносном значении. Таковы приведенные уже метафоры: глаза — звезды, зубы — жемчуга. Эти традиционные метафоры находятся на полдороге к тому, чтобы стать языковыми метафорами, и при более Частом употреблении действительно приобретают второе значение. Так, «пламя» начинает значить «любовь» Но это второе значение подобные традиционные метафоры имеют лишь в лексике поэзии. Если употребить их в разговоре, то сразу создается впечатление вычурной, «поэтической» речи (часто с ироническим оттенком пародически).

Подобные «*стершиеся*» метафоры могут быть *подновлены*. При подновлении метафоры прибегают к следующим приемам: стершееся слово заменяют однозначным синонимом. Так, если вместо слова «пламя» (в значении «любовь») сказать «костер», то затасканная метафора несколько подновляется (ср. подновление пословицы у Достоевского: «это только цветочки, а *настоящие фрукты* впереди!»). Другое средство подновить метафору, это — развить ее, т.е. дополнить эпитетом или другими словами, связанными с ней по *прямому* значению. Так, дополняют стершееся слово «голубчик» эпитетом «сизокрылый» При анализе метафор всегда необходимо учитывать их относительную новизну или традиционность.

Среди различных случаев употребления метафоры следует выделить метафорические определения (в общем случае прилагательные).

Эпитеты

При строгом осмыслении слова в его каком-нибудь одном основном значении мы видим, что оно обозначает какое-нибудь явление из целой группы ему однородных.

[①] Катахреза значит «распространение», а также «злоупотребление». Иногда этот термин употребляется в смысле преувеличенной, уродливой формы тропа, напр., логически противоречивой или громоздкой Метафоры, напр.: «Правое крыло фракции разбилось на несколько ручейков». Достоевский, характеризуя патетический стиль подвыпившего человека, приписывает ему слова: «Это видит один только перст всевышнего». (Это примечания Б. В. Томашевского.)

Освобождая слово от всех ассоциаций, связанных с его лексической, языковой природой, т.е. от лексической и эмоциональной, окраски, от случайных признаков, мы можем пользоваться им как строгим условным обозначением объективного, определенного явления, и наше отношение к слову будет определяться нашим отношением к обозначаемому им объективному явлению. При таком осмыслении слова оно становится *термином*. Так, слово «треугольник» в своем математическом значении обозначает известную математическую фигуру, составленную из пересечения трех прямых линий (то же слово в другом своем осмыслении — как музыкальный термин уже обозначает инструмент из группы ударных). Совокупность всех явлений, обозначаемых термином в одном определенном его значении, называется *объемом* термина; совокупность признаков, *общих всем явлениям*, входящим в состав объёма, называется *содержанием* термина (или соответственного понятия, выражаемого термином). Так, объем термина (или понятия) «дом» представляет совокупность всех зданий, к которым применимо слово «дом». Содержанием понятия будут признаки, отличающие эти здания от других предметов (в эти признаки входит и признак происхождения: дом построен, пещера не есть дом; и признак назначения: дом служит для вмещения людей и т.п.). Но если мы сосредоточим внимание не на всех домах, а на какой-нибудь особой группе домов, выделяющихся из числа прочих особым признаком или рядом признаков, отсутствующих у других домов, то мы составим новое понятие «*меньшего объема*» (не все дома, а только некоторые) и *большего содержания* (все признаки «дома» и еще признак, свойственный только выделяемой группе). Иногда это новое понятие может быть выражено одним словом-термином, например, вилла, изба, дача, дворец, особняк, вокзал и проч. Но может случиться, что новому понятию не будет соответствовать единого термина. В Таком случае мы прибегаем к составным терминам, присоединяя к общему термину грамматическое определение, заключающее в себе признак, выделяющий данную группу явлений из общего объема явлений, обозначаемых термином. Так, создаем термины «деревянный дом», «трехэтажный дом», «казенный дом» и т.п. Грамматическое определение, сужающее объем термина и заключающее в себе новый признак, присоединяемый к содержанию термина, называется *логическим определением*. Функции логического определения состоят в том, чтобы выделить обозначаемое явление из группы ему подобных, чтобы указать на признаки, которыми оно отличается.

От логического определения существенно отличается поэтическое, которое не имеет функций выделения явления из группы ему подобных и не вводит нового признака, не заключающегося в слове определяемом. Поэтическое определение повторяет признак, заключающийся в самом определяемом слове, и имеет целью обращение внимания на данный признак или выражает эмоциональное отношение говорящего к предмету. Так, когда мы говорим «широкая степь», «синее море», то этим самым не отделяем «широкой степи» от какой-нибудь другой (т.е. не мыслим узкой степи) и не противопоставляем «синего моря» — морю другого цвета, а лишь выделяем эти признаки ввиду их важности для данного словосочетания. В большинстве случаев, когда мы говорим об индивидуальных явлениях, определения даются не в логическом, а в поэтическом порядке. Поэтическое определение называется *эпитетом*.

Подобно грамматическому определению эпитет при существительном выражается преимущественно прилагательным (пустынные леса, прохладный мрак), при глаголе и прилагательном — наречием (горячо любить — горячая любовь), но может быть выражен и иначе, например, «звуки рая», «дышать прохладой». В узком смысле под эпитетом понимают только определение при существительном.

Следует отметить, что одно и то же грамматическое определение может быть эпитетом, но может им и не быть. Например, в сочетании «красная роза», если мы словом «красная» определяем особый сорт роз, отделяя ее от чайной розы, белой розы и т.д., то определение является логическим. Но если мы имеем в виду только красные розы, наиболее обычные, то в сочетании «красная роза» определение их обращает внимание на свойство, указанное словом «роза», и определение явится эпитетом.

Логическое определение вместе с определяемым составляет один сложный термин, и потому оно гораздо сильнее примыкает к определяемому, чем эпитет, который имеет самостоятельное значение и произносится с большей самостоятельностью, принимая на себя хотя бы ослабленное логическое ударение. Выделение эпитета в произношении тем сильнее, чем неожиданнее самый эпитет. Эпитеты постоянные, т.е. привычные и традиционные (синее небо, дальняя дорога, широкое поле, красное солнце), выделяются весьма слабо.

В некоторых поэтических стилях эпитет усиленно культивировался, и каждое почти существительное сопровождалось эпитетом. Например:

> Уж утра *свежее* дыханье
> В окно прохладой веет мне.
> На озаренное созданье
> Смотрю в *волшебной* тишине;
> На главах *смоляного* бора,
> Вдали лежащего венцом,
> Восток *пурпуровым* ковром
> Зажгла *стыдливая* Аврора,
> И с блеском *алым* на водах,

> Между рядами *черных* елей
> Залив почиет в *берегах*.

(А. Майков. 1838 г.)

Такие обязательные эпитеты именуются «украшающими». В стиле, культивирующем украшающий эпитет, обычно эти определения традиционны и недейственны в своем значении. Поэтому часто украшающие эпитеты образуются из безразличных, ко всему прилагаемых слов. Так, в поэзии 20-х годов XIX века всякая «дева» бывала непременно «юная», «нежная» или «милая», всякий «сумрак» — «таинственный». В описательной поэзии XVIII века во Франции всякая деталь пейзажа была «смеющейся» (в русских переводах «веселой»): «riant bocage» («веселая рощица») и т.п. Потребность в безразличном эпитете для придания фразе полноты и округленности, для выделения определяемого, мы часто испытываем и в разговорной речи, пользуясь в качестве эпитета словами «такой», «какой-то» и т. п. Ср.: «В этот раз я была в каком-то смущении» (Достоевский. «Неточка Незванова», первая редакция 1849 года. Во второй редакции данное место читается «я была в страшном смущении». Из этой поправки видно, что слово «какой—то» вовсе не значило «неопределенный», «неясный», как можно было бы предполагать, а замещало собой неподысканный эпитет, необходимый для полноты фразы. Это ясно, если оставить фразу без эпитета).

В античной поэзии (например, в Гомеровском эпосе) часто наблюдаются «постоянные» эпитеты, т. е. эпитеты, раз навсегда закрепленные за некоторыми словами или именами, например: «Аполлон сребролукий», «быстроногий Ахиллес», «светлоокая богиня», «златотронная Гера» и т.п.

В поэтическом словоупотреблении эпитет бывает весьма часто метафорическим. Таково словосочетание «свинцовые мысли».

 Метафорический эпитет отличается от обыкновенной метафоры тем, что в нем есть элемент *сопоставления*. Можно, например, в контексте заменить слово «зубы» словом «жемчужины». Мы получим чистую метафору, весь эффект которой заключается в том, что слово «зубы» не употреблено. Но можно сказать «жемчужные зубы» Здесь эпитет «жемчужные» играет ту же роль, что и слово «жемчужины» в первом случае, но отличие то, что слово «зубы» всё же сказано, и поэтому облегчено понимание предложения. «Жемчужные зубы» или «зубы-жемчужины», дает сопоставление слова, называющего предмет в прямом значении, со словом, называющим его метафорически.

В этом отношении сила метафоры, с одной стороны, ослаблена, с другой стороны, получается особый эффект в сопоставлении двух слов в различном смысловом применении (одно в прямом, другое в переносном значении). Чтобы усилить этот эффект сопоставления, подбирают иногда эпитет, противоположный или противоречащий определяемому, таковы — «сладкая горечь», «звучная тишина», «мрачный свет» и т.п. Подобные противоречивые (в прямом значении) эпитеты носят название *оксюморон*.

Метафорический эпитет есть первый шаг к метафорическому сравнению. Вместо «жемчужные зубы» можно сказать «зубы как жемчуг». Здесь еще нет момента психологического сравнения, но словесная форма уже подходит к нему. Если же мы скажем, что «зубы своим цветом и блеском похожи на жемчуг», то мы имеем уже законченное сравнение.

Метафора существенно отличается от сравнения тем, что в ней слово фигурирует только в своем переносном значении, — и потому его прямое значение осознается весьма неотчетливо. В сравнении слова употребляются в их прямом значении, и внимание обращается на сопоставление двух совершенно отчетливых понятий. Сравнение может быть осмыслено до конца, и поэтому выражается законченным предложением, отмечающим отдельный этап мысли, — метафора же есть элемент выражения и в самостоятельную мысль не развивается.

Несмотря на это различие метафоры и сравнения, возможны промежуточные формы выражений, где присутствуют и элементы сравнения, и элементы метафоры, возможна градация выражений от метафоры к сравнению, и поэтому в каждом отдельном случае следует анализировать — присутствует ли в данном выражении преимущественно метафора или сравнение. Вопрос этот возникает всегда, когда мы имеем словесное сопоставление метафорического и прямого слова[①].

Аллегория

Метафора должна быть нова и неожиданна. По мере ее употребления она «стирается», т.е, в слове развивается новое, основное значение, соответствующее первоначальному «переносному» значению. Слово «очаровательный» является простым обозначением высоких качеств чего-либо, без всякой мысли о «чарах» и колдовстве.

От таких «стершихся» метафор следует отличать метафоры, происходящие от условного связывания явлений, выражающегося не только в словесном употреблении. Так, сердце выражает любовь в ряде условных изображений (вера — крест, надежда — якорь), которые могут быть представлены в живописи, скульптуре и т. д. Известны

---

① Для таких сопоставлений характерна форма, когда метафора получает в качестве определения слово, в своем первоначальном значении обозначающее то же самое, что значит (в Переносном значении) определяемое, например; «змея сердечных угрызений». Здесь словами «сердечные угрызения» уточняется метафорическое значение слова «змей». Ср. «жемчуг зубов», «янтарь и яхонт винограда» (Пушкин). (Это примечания Б. В. Томашевского.)

аллегории мифологического происхождения (Амур любовь, Фемида — справедливость и т.п.). Аллегориями и будем называть условные предметы или явления, употребляемые для выражения иных понятий.

Аллегория обычно конвенциональна (условна), т.е. предполагает какое-то заранее известное соотношение между двумя сопоставляемыми явлениями, в то время как метафора может быть совершенно нова и неожиданна.

В аллегории (иносказание) слова имеют свое первоначальное значение, и лишь явление, ими означаемое, в свою очередь означает то, к чему в конечном итоге направлена мысль говорящего. Таковы аллегорические апологи (басни), где под видом условной темы «подразумевается» нечто иное.

К аллегорической системе высказывания, почти всегда развитой и пространной, приближается и продленная или *развернутая метафора*. В развернутой метафоре слова сочетаются по их прямому значению, благодаря чему создается контекст, осмысленный и в своем прямом значении, и лишь отдельные слова, вводимые в контекст, равно как и общее значение связной речи показывают, что мы имеем дело с речью переносного значения. Так как контекст поддерживает понимание слов в их основном, прямом значении, то в сознании проходят параллельно два ряда понятий и представлений — по прямому и по переносному значению слов, между которыми устанавливается некоторая связь. Вот пример развернутой метафоры:

МОГИЛА ЛЮБВИ

В груди у юноши есть гибельный вулкан.

Он пышет. Мир любви под пламенем построен.

Потом — прошли года: Везувий успокоен

И в пепле погребен сердечный Геркулан;

Под грудой лавы спят мечты, любовь и ревность;

Кипевший жизнью мир теперь — седая древность.

И память, наконец, как хладный рудокоп,

Врываясь в глубину, средь тех развалин бродит,

Могилу шевелит, откапывает гроб

И мумию любви нетленную находит;

У мертвой на челе оттенки грез лежат,

Есть прелести еще в чертах оцепенелых,

В очах угаснувших блестят

Остатки слез окаменелых.

Из двух венков, ей брошенных в удел,

183

Один давно исчез, другой всё свеж как новый:

Венок из роз давно истлел,

И лишь один венок терновый

На вечных язвах уцелел.

(В. Бенедиктов)

Стихотворение это построено на метафорах. Слова «в груди», «мир любви», «мечты, любовь и ревность» разъясняют нам действительное (вторичное) значение метафорических слов. Но сочетаются слова по их первичному значению, и в результате получается «картина» остывшей лавы, в которой рудокоп производит раскопки. Во второй части стихотворения — уже явная аллегория «тернового венда», заимствованная из евангельских тем. Таким образом, здесь мы имеем не простую метафору (называние вещей необычным словом), а аллегорическое изображение любви в виде вулкана.

Ср. аллегория (развернутая метафора) у Маяковского:

Небывалей не было у историй в аннале

факта:

вчера,

сквозь иней,

звеня в интернационале,

Смольный

ринулся

к рабочим в Берлине.

И вдруг

увидели

деятели сыска —

все эти завсегдатаи баров и опер —

триэтажный

призрак

со стороны Российской:

Поднялся.

Шагает по Европе.

<···>

Здесь аллегория (революция — призрак) заимствована из первых строк Коммунистического Манифеста: «Призрак бродит по Европе, призрак коммунизма».

Метонимия

Второй обширный класс тропов составляет *метонимия*. Она отличается от метафоры тем, что между прямым и переносным значением тропа существует какая-нибудь вещественная зависимость, т.е. *самые предметы или явления*, обозначаемые прямым и переносным значениями, находятся в причинной или иной объективной связи. Так, например, в словосочетании «выпить чашу до дна» слово «чаша» обозначает напиток, содержащийся в чаше, и в данной метонимии содержащее взято вместо содержимого. Таково же метонимическое выражение «я три тарелки съел» (впрочем — здесь тарелка фигурирует в качестве меры «три тарелки супу», как «три бутылки молока». Если контекстом определено, о чем идет речь, то вместо «я купил три бутылки молока» говорят: «я купил три бутылки»). В выражении «жить своим пером» слово «перо» употреблено метонимически, как орудие профессии, доставляющей средства к жизни («жить» здесь также метонимически значит иметь главный источник доходов).

В стихах:

> Всё мое, сказало злато,
> Всё мое, сказал булат

«злато» и «булат» суть метонимии, основанные на том; что материал взят вместо предмета (злато — деньги — богатство, булат — меч — военная сила).

Также географические названия употребляются вместо явлений, связанных с данным местом; например, «Ватикан» вместо «папская власть», «кашмир» вместо шерстяной материи, выделываемой в Кашмире.

Связей между явлениями, при помощи которых образуются метонимические выражения, чрезвычайно много, и было бы бесполезно их классифицировать. Присоединим к приведенным примерам еще несколько, иллюстрирующих различные метонимические выражения: «предложить *руку и сердце*», «вползет окровавленное *злодейство*» (вместо «злодей» — отвлеченное вместо конкретного; употребительны и обратные метонимии); «читаю *Пушкина*» (автор вместо произведений). «Сестра моя скорее в негры пойдет к Плантатору или в *латыши* к остзейскому немцу, чем оподлит дух свой» (Достоевский) («негры» и «латыши» вместо «рабы», т.е. частные случаи вместо общего).

Особенный класс метонимии составляет *синекдоха*, где использованы отношения количественного характера: берется часть вместо целого или обратно, единственное число вместо множественного и т. д. Например:

...беспокойная *Литва*

С толпою дерзких Воевод

На землю русскую идет.

Когда для смертного умолкнет шумный день...

Сравни:

Бесчисленный, как рыба,

Как рыба всех бассейнов,

Батрак занумерованный

И названный солдатом,

Он шел, как вал девятый,

Бряцая вдоль Басейной.

(Н. Тихонов)

Различие между синекдохой и метонимией условно, и точной границы между ними нет. Поэтому удобнее рассматривать синекдоху как частный случай метонимии и все приведенные примеры относить к классу метонимий.

К числу явлений, родственных метонимии, следует отнести и *ироническое* употребление слов в значении, противоположном их значению, например, «умный» вместо «глупый»:

Откуда умная бредешь ты голова?

Это употребление слов именуется ироническим лишь в случаях *снижения* значения (вместо слова, выражающего порицание, употребляют слово, выражающее похвалу, в целях того же порицания).

О, много, много чести!

И дело честное!..

(Пушкин. «Анджело». Речь идет о бесчестном поступке)

Но наблюдается часто и обратное — употребление слов, выражающих порицание, в ласкательном значений: «Ах, ты, негодяй» и т.п.

В метонимической форме обычно образуются и *эвфемизмы*, «смягчение» выражения, функция которых заключается в приличной и скромной форме выражать понятия резкие и грубые. Так, на многих заброшенных заборах и на стенах глухих закоулков можно прочесть надпись: «*останавливаться* строго воспрещается». Слово «останавливаться», употребляемое здесь не в первичном значении, является эвфемизмом.

Метонимические выражения типичны для разговорной речи. По мере их повторения они могут дать начало новым значениям слова. Многие слова в их обычном значении имеют метонимическое происхождение, таковы «немец» (первоначально «немой», т.е. не умеющий говорить по-русски, иностранец, затем только германец), «город» (первоначально — огороженное место) и т. д.

Метафора и метонимия являются двумя основными классами тропов. Различные авторы различно пользуются ими. В зависимости от преобладания метафоры или метонимии можно характеризовать стиль писателя как метафорический или метонимический.

При анализе какого-либо литературного текста для отличия метафоры от метонимии можно руководствоваться следующим практическим правилом: обычно из метафоры можно построить сравнение, т.е. дополнить метафору словами «как бы», «вроде» и т.п., или прямо поставить слово, в прямом значении выражающее подсказываемое контекстом значение, и с ним сравнить метафорическое слово. Метонимия этого не допускает. Пример: «тусклый день как бы глядится в окно» «пчела летит из улья, похожего на келью», но невозможно: «читаю книгу, похожую на Пушкина».

Перифраз

В метафоре и метонимий присутствует общин момент — избегание назвать понятие свойственным ему словом. Однако того же можно достичь без изменения значения употребленных слов. Типичным способом избегнуть называния обычным словом — это употребление вместо слова описательного словосочетания. Так, вместо «Лев Толстой» можно сказать «автор "Войны и Мира"», вместо «Наполеон» — «победитель при Аустерлице», вместо «Маркс» — «основатель научного социализма». Такие описательные формулы, заменяющие обычное слово (или имя), называются *перифразами*. В этих перифразах могут быть как слова прямого значения, так и слова переносного значения, и для поэтического языка обычны перифразы метафорического или метонимического типа, например, вместо «луна» — «небесная лампада», вместо «юность» — «весна нашей жизни», вместо «бабочка» — «порхающий цветок» и т. п.

Перифрастический стиль характерен, для некоторых эпох в поэзии, например, для позднего классицизма (вторая половина XVIII века). Затрудненными перифразами (представляющими иногда сложные загадки) пользовался ранний французский символизм

(80-е и 90-е годы XIX века)①

 **课后思考题**

1. В чем заключается задача поэтики у Б. В. Томашевского?

2. Каким образом представлялась поэтика к началу XIX века?

3. В чем заключается различие между термином «мотив» в исторической и в сравнительной поэтика по взгляду Томашевского?

4. Какие взаимосвязи могут быть между темой, эмоциональным восприятием и литературным мастерством?

|||||||||||||||||||||||||||||||| ▶ **推荐阅读材料** ◀ ||||||||||||||||||||||||||||||||

1. *Левкович Я.* Борис Викторович Томашевский // Вопросы литературы. №.11. 1979. С. 201— 219.

2. *Томашевский Б. В.* Теория литературы. Поэтика: Учеб. Пособие / Вступ. статья Н.Д. Тамарченко; Комм. С.Н. Бройтмана при участии Н.Д. Тамарченко. М.: Аспект Пресс, 1996.

3. *Томашевский Б. В.* Писатель и книга. Очерк текстологии (издание второе). М.: Искусство. 1959.

4. *Томашевская З. Б.* Несколько слов о Борисе Викторовиче Томашевском // Звезда. №. 8. 2007. С. 149 — 153.

第六讲拓展资源

---

① Как особой вид тропа следует отметить тот случай, когда одно и то же слово фигурирует в предложении в двух значениях, сочетаясь с частью предложения в одном значении, а с частью — в другом, например, «половой этот носил под мышкой салфетку н множество угрей на щеках...» (Тургенев. «Странная История»). «Носить салфетку» и «носить угри» — здесь слово «носить» фигурирует в двух различных значениях. Ср. «шел дождь и два студента», «пить чай с сахаром и с удовольствием» и т. п. К этому же роду тропов относятся каламбуры, т.е. предложения, имеющие два различных значения, одинаково осмысленных в данном контексте. (Это примечания Б. В. Томашевского.)

第七讲

Концепция «литературного факта» Ю. Н. Тынянова

Как бы цель жизни нашей ни была пуста и незначительна, мы не мож презирать этой цели, если не хотим сами быть презренными.

— *Ю. Н. Тынянов*

预习
思考题

1. Расскажите, пожалуйста, о жизни и творчестве Юрия Тынянова, а также о его вкладе в теорию литературы.

2. В работе «Литературный факт» Ю. Н. Тынянов рассматривает литературу с определенной точки зрения. В чем заключается его подход к пониманию литературы и чем он отличается от взглядов В. Б. Шкловского?

▶▶ 原典选读 1

Литературный факт[①]

Виктору Шкловскому

Что такое литература?

Что такое жанр?

Каждый уважающий себя учебник теории словесности обязательно начинает с этих определений. Теория словесности упорно состязается с математикой в чрезвычайно плотных и уверенных статических определениях, забывая, что математика строится на определениях, а в теории литературы определения не только не основа, но все время видоизменяемое эволюционирующим литературным фактом следствие. А определения делаются все труднее. В речи бытуют термины «словесность», «литература», «поэзия», и возникает потребность прикрепить их и тоже обратить на потребу так уважающей определения науке.

Получается три этажа: нижний — словесность, верхний — поэзия, средний — литература; разобрать, чем они все друг от друга отличаются, довольно трудно.

И хорошо еще, если по старинке пишут, что словесность — это решительно все написанное, а поэзия — это мышление образами. Хорошо, потому что ясно, что поэзия — это не есть мышление, с одной стороны, и что мышление образами, с другой стороны, не есть поэзия.

Собственно говоря, можно бы и не утруждать себя точным определением всех бытующих терминов, возведением их в ранг научных определений. Тем более что с самими определениями дело обстоит неблагополучно. Попробуем, например, дать определение понятия поэма, т.е. понятия жанра. Все попытки единого статического определения не удаются. Стоит только взглянуть на русскую литературу, чтобы в этом убедиться. Вся революционная суть пушкинской «поэмы» «Руслан и Людмила» была в том, что это была «не—поэма» (то же и с «Кавказским пленником»); претендентом на место героической «поэмы» оказывалась легкая «сказка» XVIII века, однако за эту свою легкость не извиняющаяся; критика почувствовала, что это какой—то выпад из системы. На самом деле это было смещение системы. То же было по отношению к отдельным элементам поэмы: «герой» — «характер» в «Кавказском пленнике» был намеренно создан Пушкиным «для критиков», сюжет был — «tour de force»[②].

И опять критика воспринимала это как выпад из системы, как ошибку, и опять

---

① *Тынянов Ю.* Литературная эволюция: Избранные труды / Ю. Н. Тынянов; составление, вступительная статья, комментарий В. Новикова. М.: Аграф, 2002. С.167 — 188. （编者注）

② Диковина (*фр.*).

это было смещением системы. Пушкин изменял значение героя, а его воспринимали на фоне высокого героя и говорили о «снижении». «О «Цыганах» одна дама заметила, что во всей поэме один только честный человек, и то медведь. Покойный Рылеев негодовал, зачем Алеко водит медведя и еще собирает деньги с глазеющей публики. Вяземский повторил то же замечание. (Рылеев просил меня сделать из Алеко хоть кузнеца, что было бы не в пример благороднее.) Всего бы лучше сделать из него чиновника 8-го класса или помещика, а не цыгана. В таком случае, правда, не было бы и всей поэмы: та tanto meglio».

Не планомерная эволюция, а скачок, не развитие, а смещение. Жанр неузнаваем, и все же в нем сохранил ось нечто достаточное для того, чтобы и эта «не-поэма» была поэмой. И это достаточное — не в «основных», не в «крупных» отличительных чертах жанра, а во второстепенных, в тех, которые как бы сами собою подразумеваются и как будто жанра вовсе не характеризуют. Отличительной чертой, которая нужна для сохранения жанра, будет в данном случае *величина.*

Понятие «величины» есть вначале понятие энергетическое: мы склонны называть «большою формою» ту, на конструирование которой затрачиваем больше энергии. «Большая форма», поэма может быть дана на малом количестве стихов (ср. «Кавказский пленник» Пушкина). Пространственно «большая форма» бывает результатом энергетической. Но и она в некоторые исторические периоды определяет законы конструкции. Роман отличен от новеллы тем, что он — *большая форма.* «Поэма» от просто «*стихотворения*» — тем же. Расчет на большую форму не тот, что на малую, каждая деталь, каждый стилистический прием в зависимости от величины конструкции имеет разную функцию, обладает разной силой, на него ложится разная нагрузка.

Раз сохранен этот принцип конструкции, сохраняется в данном случае ощущение жанра; но при сохранении этого принципа конструкция может смещаться с безграничной широтой; высокая поэма может подмениться легкой сказкой, высокий герой (у Пушкина пародическое «сенатор», «литератор») — прозаическим героем, фабула отодвинута и т.д.

Но тогда становится ясным, что давать *статическое* определение жанра, которое покрывало бы все явления жанра, невозможно: жанр *смещается*; перед нами ломаная линия, а не прямая линия его эволюции — и совершается эта эволюция как раз за счет «основных» черт жанра: эпоса как повествования, лирики как эмоционального искусства и т.д. Достаточным и необходимым условием для единства жанра от эпохи к эпохе являются черты «второстепенные», подобно величине конструкции.

Но и самый *жанр* — не постоянная, не неподвижная система; интересно, как колеблется понятие жанра в таких случаях, когда перед нами отрывок, фрагмент. Отрывок поэмы может ощущаться как отрывок *поэмы*, стало быть, как поэма; но он может ощущаться и как *отрывок*, т.е. фрагмент может быть осознан как жанр. Это ощущение

жанра не зависит от произвола воспринимающего, а от преобладания или вообще наличия того или иного жанра: в XVIII веке отрывок будет *фрагментом*, во время Пушкина — поэмой. Интересно, что в зависимости от определения жанра находятся функции всех стилистических средств и приемов: в поэме они будут иными, нежели в отрывке.

Жанр как система может, таким образом, колебаться. Он возникает (из выпадов и зачатков в других системах) и спадает, обращаясь в рудименты других систем. Жанровая функция того или другого приема не есть нечто неподвижное.

Представить себе жанр статической системой невозможно уже потому, что самое— то сознание жанра возникает в результате столкновения с традиционным жанром (т.е. ощущения смены — хотя бы частичной — традиционного жанра «новым», заступающим его место). Все дело здесь в том, что новое явление сменяет старое, занимает его место и, не являясь «развитием» старого, является в то же время его заместителем. Когда этого «замещения» нет, жанр как таковой исчезает, распадается.

То же и по отношению к «литературе». Все твердые статические определения ее сметаются фактом эволюции.

Определения литературы, оперирующие с ее «основными» чертами, наталкиваются на живой *литературный* факт. Тогда как твердое *определение литературы* делается все труднее, любой современник укажет вам пальцем, что такое *литературный* факт. Он скажет, что то-то к литературе не относится, является фактом быта или личной жизни поэта, а то-то, напротив, является именно литературным фактом. Стареющий современник, переживший одну-две, а то и больше литературные революции, заметит, что в его время такое-то явление не было литературным фактом, а теперь стало, и наоборот. Журналы, альманахи существовали и до нашего времени, но только в наше время они сознаются своеобразным «литературным произведением», «литературным фактом». Заумь была всегда — была в языке детей, сектантов и т.д., но только в наше время она стала литературным фактом и т.д. И наоборот, то, что сегодня литературный факт, то назавтра становится простым фактом быта, исчезает из литературы. Шарады, логогрифы — для нас детская игра, а в эпоху Карамзина, с ее выдвиганием словесных мелочей и игры приемов, она была литературным жанром. И текучими здесь оказываются не только *границы* литературы, ее «периферия», ее пограничные области — нет, дело идет о самом «центре»: не то что в центре литературы движется и эволюционирует одна исконная, преемственная струя, а только по бокам наплывают новые явления, — нет, эти самые новые явления занимают именно самый центр, а центр съезжает в периферию.

В эпоху разложения какого-нибудь жанра он из центра перемещается в периферию, а на его место из мелочей литературы, из ее задворков и низин вплывает в центр новое явление (это и есть явление «канонизации младших жанров», о котором говорит Виктор

Шкловский). Так стал бульварным авантюрный роман, так становится сейчас бульварною психологическая повесть.

То же и со сменою литературных течений: в 30 — 40-х годах «пушкинский стих» (т.е. не стих Пушкина, а его ходовые элементы) идет к эпигонам, на страницах литературных журналов доходит до необычайной скудости, вульгаризируется (бар. Розен, В. Щастный, А.А. Крылов и др.), становится в буквальном смысле слова бульварным стихом эпохи, а в центр попадают явления иных исторических традиций и пластов.

Строя «твердое» «онтологическое» определение литературы как «сущности», историки литературы должны были и явления исторической смены рассматривать как явления мирной преемственности, мирного и планомерного развертывания этой «сущности». Получалась стройная картина: Ломоносов роди Державина, Державин роди Жуковского, Жуковский роди Пушкина, Пушкин роди Лермонтова.

Недвусмысленные отзывы Пушкина о своих мнимых предках (Державин — «чудак, который не знал русской грамоты», Ломоносов — «имел вредное влияние на словесность») ускользали. Ускользало то, что Державин наследовал Ломоносову, только *сместив его оду*; что Пушкин наследовал большой форме XVIII века, *сделав большой формой мелочь карамзинистов*; что все они и могли-то наследовать своим предшественникам только потому, что *смещали их* стиль, смещали их жанры. Ускользало то, что каждое новое явление *сменяло* старое и что каждое такое явление смены необычайно сложно по составу; что *говорить о преемственности приходится только при явлениях школы, эпигонства, но не при явлениях литературной эволюции, принцип которой — борьба и смена*. От них ускользали, далее, целиком такие явления, которые обладают исключительной динамичностью, значение которых в эволюции литературы громадно, но которые ведутся не на обычном, не на привычном литературном материале и потому не оставляют по себе достаточно внушительных статических «следов», конструкция которых выделяется настолько среди явлений предшествующей литературы, что в «учебник» не умещается. (Такова, например, заумь, такова огромная область эпистолярной литературы XIX века; все эти явления были на необычном материале; они имеют огромное значение в литературной эволюции, но выпадают из статического определения литературного факта.) И здесь обнаруживается неправильность статического подхода.

Нельзя судить пулю по цвету, вкусу, запаху. Она судима с точки зрения ее динамики. (Кстати, «эстетические достоинства вообще», «красота вообще» все чаще повторяются с самых неожиданных сторон.)

Обособляя литературное произведение, исследователь вовсе не ставит его вне исторических проекций, он только подходит к нему с дурным, несовершенным историческим аппаратом современника чужой эпохи.

Литературная эпоха, литературная современность вовсе не есть неподвижная система, в противоположность подвижному, эволюционирующему историческому ряду.

В современности идет та же историческая борьба разных пластов и образований, что и в разновременном историческом ряду. Мы, как и всякие современники, проводим знак равенства между «новым» и «хорошим». И бывают эпохи, когда все поэты «хорошо» пишут, тогда гениальным будет «плохой» поэт. «Невозможная», неприемлемая форма Некрасова, его «дурные» стихи были хороши потому, что сдвигали автоматизованный стих, были новы. Вне этого эволюционного момента произведение выпадает из литературы, а приемы хотя и могут изучаться, но мы рискуем изучать их вне их функций, ибо *вся суть новой конструкции может быть в новом использовании старых приемов, в их новом конструктивном значении*, а оно-то и выпадает из поля зрения при «статическом» рассмотрении.

(Это не значит, что произведения не могут «жить в веках». Автоматизованные вещи могут быть использованы. Каждая эпоха выдвигает те или иные прошлые явления, ей родственные, и забывает другие. Но это, конечно, вторичные явления, новая работа на готовом материале. Пушкин исторический отличается от Пушкина символистов, но Пушкин символистов несравним с эволюционным значением Пушкина в русской литературе; эпоха всегда подбирает нужные ей материалы, но использование этих материалов характеризует только ее самое.)

Обособляя литературное произведение или автора, мы не пробьемся и к авторской индивидуальности. Авторская индивидуальность не есть статическая система, литературная личность динамична, как литературная эпоха, с которой и в которой она движется. Она — не нечто подобное замкнутому пространству, в котором налицо то—то, она скорее ломаная линия, которую изламывает и направляет литературная эпоха.

(Кстати, в большом ходу сейчас подмена вопроса о «литературной индивидуальности» вопросом об «индивидуальности литератора». Вопрос об эволюции и смене литературных явлений подменяется вопросом о психологическом генезисе каждого явления, и вместо литературы предлагается изучать «личность творца». Ясно, что генезис каждого явления — вопрос особый, а эволюционное значение его, его место в эволюционном ряду — опять-таки особый. Говорить о личной психологии творца и в ней видеть своеобразие явления и его эволюционное литературное значение — это то же, что при выяснении происхождения и значения русской революции говорить о том, что она произошла вследствие личных особенностей вождей боровшихся сторон.)

Приведу, кстати, любопытное свидетельство о том, что с **«психологией творчества»** нужно обращаться крайне осторожно, даже в вопросах о «теме» или «тематизме», которые охотно связывают с авторской психологией. Вяземский пишет А. Тургеневу, который усмотрел в его стихах личные переживания:

«Будь я влюблен, как ты думаешь, верь я бессмертию души, быть может, не сказал бы тебе на радость:

Душа, не умирая,

Вне жизни будет жить бессмертием любви.

Например, я часто замечал, что тут, где сердце мое злится, — язык мой всегда осечется; на постороннего — откуда ни возьмется, так и выпалит. Дидерот говорит: «Зачем искать автора в его лицах? Что общего между Расином и Аталиею, Мольером и Тартюфом?» Что он сказал о драматическом писателе, можно сказать и о всяком. Главная примета не в выборе предметов, а в приеме: как, с какой стороны смотришь на вещь, чего в ней не видишь и чего в ней не доищешься, другим неприметного. О характере певца судить неможно по словам, которые он поет <…> Неужели Батюшков на деле то, что в стихах. Сладострастие совсем не в нем»[1].

Статическое обособление вовсе не открывает пути к литературной личности автора и только неправомерно подсовывает вместо понятия литературной эволюции и литературного генезиса понятие психологического генезиса.

Перед нами результат такого статического обособления — в изучении Пушкина. Пушкин выдвинут за эпоху и за эволюционную линию, изучается вне ее (обычно вся литературная эпоха изучается под его знаком). И многие историки литературы продолжают поэтому (и только поэтому) утверждать, что последний этап лирики Пушкина — высший пункт ее развития, не замечая именно спада лирической продукции у Пушкина в этот период и наметившегося выхода его в смежные с художественной литературой ряды: журнал, историю.

Подменить эволюционную точку зрения статической и осуждены многие значительные и ценные явления литературы. Тот бесплодный литературный критик, который теперь осмеивает явления раннего футуризма, одерживает дешевую победу: оценивать динамический факт с точки зрения статической — то же, что оценивать качества ядра вне вопроса о полете. «Ядро» может быть очень хорошим на вид и не лететь, т.е. не быть ядром, и может быть «неуклюжим» и «безобразным», но лететь хорошо, т.е. быть ядром.

И в эволюции мы единственно и сумеем анализировать «определение» литературы. При этом обнаруживается, что свойства *литературы*, кажущиеся *основными*, первичными, бесконечно меняются и литературы как таковой не характеризуют. Таковы понятия «эстетического» в смысле «прекрасного».

---

[1] Остафьевский архив. В 5 т. Т. 1. СПб.: Шереметев, 1899. С. 382: письмо от 1819 г.

Устойчивым оказывается то, что кажется само собою разумеющимся, — литература есть речевая конструкция, ощущаемая именно как конструкция, т.е. литература есть *динамическая речевая конструкция*.

Требование непрерывной динамики и вызывает эволюцию, ибо каждая динамическая система автоматизуется обязательно, и диалектически обрисовывается противоположный конструктивный принцип[①].

Своеобразие литературного произведения — в приложении конструктивного фактора к материалу, в «оформлении» (т.е. по существу — деформации) материала. Каждое произведение — это эксцентрик, где конструктивный фактор не растворяется в материале, не «соответствует» ему, а эксцентрически с ним связан, на нем выступает.

При этом, само собою, «материал» вовсе не противоположен «форме», он тоже «формален», ибо внеконструктивного материала не существует. Попытки выхода за конструкцию приводят к результатам, подобным результатам потебнианской теории: в точке Х (идея), к которой стремится образ, могут сойтись, очевидно, многие образы, и это смешивает в одно самые различные, специфические конструкции. Материал — подчиненный элемент формы за счет выдвинутых конструктивных.

Таким стержневым, конструктивным фактором будет в стихе *ритм*, в широком смысле материалом — *семантические группы*; в прозе им будет *семантическая группировка* (сюжет), материалом — ритмические, в широком смысле, элементы слова.

Каждый принцип конструкции устанавливает те или иные конкретные связи внутри этих конструктивных рядов, то или иное отношение конструктивного фактора к подчиненным. (При этом в принцип конструкции может входить и известная *установка* на то или иное назначение или употребление конструкции; простейший пример: в конструктивный принцип ораторской речи или даже ораторской лирики входит установка на *произнесенное* слово и т.д.).

Таким образом, тогда как «конструктивный фактор» и «материал» — понятия постоянные для определенных конструкций, «конструктивный принцип» — понятие все время меняющееся, сложное, эволюционирующее. Вся суть «новой формы» в новом

---

① О функциях литературного ряда. См. в статье «О литературной эволюции» в этой же книге. Определение литературы как динамической речевой конструкции не выдвигает само по себе требования обнажения приема. Бывают эпохи, когда обнаженный прием, так же как и всякий другой, автоматизуется, тогда он естественно вызывает требование диалектически ему противоположного сглаженного приема. Этот сглаженный прием будет в таких обстоятельствах динамичнее, чем обнаженный, ибо он сменит ставшее обычным соотношение конструктивного принципа с материалом, а стало быть, его подчеркнет. «Отрицательный признак» сглаженной формы может быть силен при автоматизации «положительного признака» обнаженной.

принципе конструкции, в новом использовании отношения конструктивного фактора и факторов подчиненных — материала.

Взаимодействие конструктивного фактора и материала должно все время разнообразиться, колебаться, видоизменяться, чтобы быть динамичным.

К произведению другой эпохи, автоматизованному, легко подойти с собственным апперцептивным багажом и увидеть не оригинальный конструктивный принцип, а только омертвевшие безразличные связи, окрашенные нашими апперцептивными стеклами. Между тем *современник* всегда чует эти отношения, взаимодействия, в их динамике; он не отделяет «метр» от «словаря», но всегда знает новизну их отношения. А эта новизна — сознание эволюции.

Один из законов динамизма формы — это наиболее широкое колебание, наибольшая переменность в соотношении конструктивного принципа и материала.

Пушкин прибегает, например, в стихах с определенной строфой к *белым местам*. (Не «пропускам», ибо стихи пропускаются в данном случае по конструктивным причинам, а в некоторых случаях белые места сделаны совсем без текста — так, например, в «Евгении Онегине».)

То же и у Анненского, у Маяковского («Про это»). Здесь не пауза, а именно стих вне речевого материала; семантика — любая, «какая—то»; в результате обнажен конструктивный фактор — метр и подчеркнута его роль.

Здесь конструкция дана на нулевом речевом материале. Так широки границы материала в словесном искусстве; допустимы самые глубокие разрывы и расселины — их спаивает конструктивный фактор. Перелеты через материал, нулевой материал только подчеркивают крепость конструктивного фактора.

И вот при анализе литературной эволюции мы наталкиваемся на следующие этапы: 1) по отношению к автоматизованному принципу конструкции диалектически намечается противоположный конструктивный принцип; 2) идет его приложение — конструктивный принцип ищет легчайшего приложения; 3) он распространяется на наибольшую массу явлений; 4) он автоматизуется и вызывает противоположные принципы конструкции.

В эпоху разложения центральных, главенствующих течений вырисовывается диалектически новый конструктивный принцип. Большие формы, автоматизуясь, подчеркивают значение малых форм (и наоборот), образ, дающий словесную арабеску, семантический излом, автоматизуясь, проясняет значение мотивированного вещью образа (и наоборот).

Но было бы странно думать, что новое течение, новая смена выходят сразу на свет, как Минерва из головы Юпитера.

Нет, этому важному факту эволюционной смены предшествует сложный процесс.

Прежде всего вырисовывается противоположный конструктивный принцип. Он вырисовывается на основе «*случайных*» *результатов* и «*случайных*» *выпадов, ошибок*. Так, например, при господстве малой формы (в лирике сонет, катрены и т.д.) таким «случайным» результатом будет любое объединение сонетов, катренов и пр. — *в сборник*.

Но когда малая форма автоматизуется, этот случайный результат закрепляется — сборник как таковой осознается как конструкция, т.е. возникает большая форма.

Так, Авг. Шлегель называл сонеты Петрарки фрагментарным лирическим романом; так, Гейне — поэт малой формы — в «Buch der Lieder» и других циклах «мелких стихотворений» одним из главных конструктивных моментов полагает момент *объединения* в сборнике, момент связи, и создает сборники — лирические романы, где каждое малое стихотворение играет роль главы.

И наоборот, одним из «случайных» результатов большой формы будет осознание недоконченности, отрывочности как приема, как метода конструкции, что прямо ведет к малой форме. Но эта «недоконченность», «отрывочность», ясное дело, будет восприниматься как ошибка, как выпад из системы, и только когда сама система автоматизуется, на ее фоне вырисуется эта ошибка как новый конструктивный принцип.

Собственно говоря, каждое уродство, каждая «ошибка», каждая «неправильность» нормативной поэтики есть — в потенции — новый конструктивный принцип (таково, в частности, использование языковых небрежностей и «ошибок» как средства семантического сдвига у футуристов)[①].

Развиваясь, конструктивный принцип ищет приложения. Нужны особые условия, в которых какой—либо конструктивный принцип мог быть приложен на деле, нужны легчайшие условия.

Так, например, в наши дни дело обстоит с русским авантюрным романом. Принцип сюжетного романа всплыл по диалектическому противоречию к принципу бессюжетного рассказа и повести; но конструктивный принцип еще не нашел нужного приложения, он еще проводится на иностранном материале, а для того чтобы слиться с русским материалом, ему нужны какие-то особые условия; это соединение совершается вовсе не так просто; взаимодействие сюжета и стиля налаживается при условиях, в которых весь

---

① Поэтому всякий «пуризм» есть пуризм специфический, пуризм, основанный на данной системе, а не «пуризм вообще». То же и о языковом пуризме. Длинные списки пушкинских «ошибок» и «неправильностей» приводятся в архаистической «Галатее» (1829 и 1830 гг.) целыми страницами. Современная русская проза «прюдствует» на две стороны: боятся простой фразы и избегают вполне мотивированной языком небрежности. Писемский, не боясь, писал: «Чувствуемый оттуда запах махорки и какими-то прокислыми щами делал почти невыносимой жизнь в этом месте» (Писемский А. Ф. Полн. собр. соч. в 8 т. Т. 4. СПб.: изд. А. Ф. Маркса, 1910. С. 46 — 47).

секрет. И если их нет, явление остается попыткой.

Чем «тоньше», чем необычнее явление, тем яснее вырисовывается новый конструктивный принцип.

Такие явления искусство находит в области *быта*. Быт кишит рудиментами разных интеллектуальных деятельностей. По составу быт — это рудиментарная наука, рудиментарное искусство и техника; он отличается от развитых науки, искусства и техники методом обращения с ними. «Художественный быт» поэтому, по функциональной роли в нем искусства, нечто отличное от искусства, но по форме явлений они соприкасаются. Разный метод обращения с одними и теми же явлениями способствует разному отбору этих явлений, а поэтому и самые формы художественного быта отличны от искусства. Но в тот момент, когда основной, центральный принцип конструкции в искусстве развивается, новый конструктивный принцип ищет «новых», свежих и «не своих» явлений. Такими не могут быть старые, обычные явления, связанные с разложившимся конструктивным принципом.

И новый конструктивный принцип падает на свежие, близкие ему явления быта.

Приведу пример.

В XVIII веке (первая половина) переписка было приблизительно тем, чем еще недавно была для нас, — исключительно явлением быта. Письма не вмешивались в литературу. Они многое заимствовали из литературного прозаического стиля, но были далеки от литературы, это были записки, расписки, прошения, дружеские уведомления и т.д.

Главенствующей в области литературы была поэзия; в ней в свою очередь главенствовали высокие жанры. Не было того выхода, той щели, через которую письмо могло стать литературным фактом. Но вот это течение исчерпывается; интерес к прозе и младшим жанрам вытесняет высокую оду.

Ода — главенствующий жанр — начинает спадать в область «шинельных стихов», т.е. стихов, подносимых «шинельными» просителями, — в быт. Конструктивный принцип нового течения нащупывается диалектически.

Главным принципом «грандиозари» XVIII века была ораторская, эмоционально ослепляющая функция поэтического слова. Образ Ломоносова строился по принципу перенесения вещи на «неприличное», не подобающее ей место; принцип «сопряжения далековатых идеи» узаконил соединение далеких по значению слов; образ получался как семантический «слом», а не как «картина» (при этом выдвигался на передний план принцип звукового сопряжения слов).

Эмоция («грандиозная») то нарастала, то упадала (предусматривались «отдыха», «слабости», более бледные места).

В связи с этим — аллегоризм и антипсихологизм высокой литературы XVIII века.

Ораторская ода эволюционирует в державинскую, где грандиозность — в соединении слов «высоких» и «низких», оды — с комическими элементами сатирического стиха.

Разрушение грандиозной лирики происходит в карамзинскую эпоху. По противоположности ораторскому слову особое значение приобретает романс, песня. Образ — семантический слом, автоматизуясь, вызывает тягу к образу, ориентирующемуся на ближайшие ассоциации.

Выступает малая форма, малая эмоция, на смену аллегориям идет психологизм. Так конструктивные принципы диалектически отталкиваются от старых.

Но для их приложения нужны самые прозрачные, самые податливые явления, и они найдены — в быте.

Салоны, разговоры «милых женщин», альбомы культивируют малую форму «безделки»: «песни», катрены, рондо, акростихи, шарады, буриме и игры превращаются в важное литературное явление.

И наконец — *письмо*.

Здесь, в письмах, были найдены самые податливые, самые легкие и нужные явления, выдвигавшие новые принципы конструкции с необычайной силой: недоговоренность, фрагментарность, намеки, «Домашняя» малая форма письма мотивировали ввод мелочей и стилистических приемов, противоположных «грандиозным» приемам XVIII века. Этот нужный материал стоял вне литературы, в быте. И из бытового документа письмо поднимается в самый центр литературы. Письма Карамзина к Петрову обгоняют его же опыты в старой ораторской канонической прозе и приводят к «Письмам русского путешественника», где путевое письмо стало *жанром*. Оно стало жанровым оправданием, жанровой скрепой новых приемов. Ср. предисловие Карамзина:

«Пестрота, неровность в слоге есть следствие различных предметов, которые действовали на душу <…> путешественника: он <…> описывал свои впечатления не на досуге, не в тишине кабинета, а где и как случалось, дорогою, на лоскутках, карандашом. Много неважного, мелочи — соглашаюсь <…> для чего же и путешественнику не простить некоторых бездельных подробностей? Человек в дорожном платье, с посохом в руке, с котомкой за плечами не обязан говорить с осторожною разборчивостью какого—нибудь придворного, окруженного такими же придворными, или профессора, в шпанском парике, сидящего на больших ученых креслах».

Но рядом продолжается и бытовое письмо; в центре литературы не только и не всецело жанры, указанные печатью, но и бытовое письмо, пересыпанное стиховыми вставками, с шуткой, рассказом, оно уже не «уведомление» и не «расписка».

Письмо, бывшее документом, становится литературным фактом.

У младших карамзинистов — А. Тургенева, П. Вяземского идет непрестанная эволюция бытового письма. Письма читаются не только адресатами; письма оцениваются и разбираются как литературные произведения в ответных же письмах. Тип карамзинского письма — мозаика с внедренными стихами, с неожиданными переходами и с закругленной сентенцией — сохраняется долго. (Ср. первые письма Пушкина Вяземскому и В. Пушкину.) Но стиль письма эволюционирует. С самого начала играла некоторую роль в письме интимная дружеская шутка, шутливая перифраза, пародия и передразнивание, данная намеком эротика; это подчеркивало интимность, нелитературность жанра. По этой линии идет развитие, эволюция письма у А. Тургенева, Вяземского и особенно Пушкина, но уже по другой линии.

Исчезала и изгонялась манерность, изгонялась перифраза, шла эволюция к грубой простоте (у Пушкина не без влияния архаистов, ратовавших за «первобытную простоту» против эстетизма карамзинистов). Это была не безразличная простота документа, извещения, расписки — это была вновь найденная литературная простота. В жанре по-прежнему подчеркивалась его внелитературность, интимность, но она подчеркивалась нарочитой грубостью, интимным сквернословием, грубой эротикой.

Вместе с тем писатели сознают этот жанр глубоко литературным жанром; письма читались, распространялись. Вяземский собирался писать русский manuel du style epis-tolaire[①]. Пушкин пишет черновики для невзыскательных частных писем. Он ревниво следит за своим эпистолярным стилем, оберегая его простоту от возвратов к манерности карамзинистов. («<…> Adieu, князь Вертопрах и княгиня Вертопрахина. Ты видишь, что у меня недостает уж и собственной простоты для переписки». Вяземскому, [1 декабря] 1826 г.)

Разговорным языком был по преимуществу французский, но Пушкин выговаривает брату за то, что тот мешает в письмах французское с русским, как московская кузина.

Так письмо, оставаясь частным, не литературным, было в то же время и именно литературным фактом огромного значения. Этот литературный факт выделил канонизованный жанр «литературной переписки», но и в своей чистой форме он оставался литературным фактом.

И не трудно проследить такие эпохи, когда письмо, сыграв свою литературную роль, падает опять в быт, литературы более не задевает, становится фактом быта, документом, распиской. Но в нужных условиях этот бытовой факт опять становится фактом литературным.

Любопытно убедиться в том, как историки и теоретики литературы, строящие твердое определение литературы, просмотрели огромного значения литературный факт, то всплывающий из быта, то опять в него ныряющий. Пушкинские письма покамест

---

① Руководство по эпистолярному стилю (*фр.*) — 本书编者加注。

используются только для справок, да разве еще для альковных разысканий. Письма Вяземского, А. Тургенева, Батюшкова никем не исследованы как литературный факт[①].

В рассматривавшемся случае (Карамзин) письмо было оправданием особых приемов конструкции — вещь быта, свежая, «не готовая», лучше соответствовала новому конструктивному принципу, чем любые «готовые» литературные вещи.

Но может быть и иное олитературение вещи быта, иное превращение факта быта в литературный факт.

Конструктивный принцип, проводимый на одной какой—либо области, стремится расшириться, распространиться на возможно более широкие области.

Это можно назвать «империализмом» конструктивного принципа. Этот империализм, это стремление к захвату наиболее широкой области можно проследить на любом участке; таково, например, обобщение эпитета, указанное Веселовским: если сегодня есть у поэтов «золотое солнце», «золотые волосы», то завтра будет и «золотое небо», и «золотая земля», и «золотая кровь». Таков же факт ориентации на победивший строй или жанр — совпадение периодов ритмической прозы с преобладанием поэзии над прозой. Развитие верлибра доказывает, что конструктивное значение ритма осознано достаточно глубоко для того, чтобы оно распространялось на возможно более широкий ряд явлений.

Конструктивный принцип стремится выйти за пределы, обычные для него, ибо, оставаясь в пределах обычных явлений, он быстро автоматизуется. Этим объясняется и смена тем у поэтов.

Приведу пример. Гейне строит свое искусство на сломе, диссонансе. В последней строке он ломает прямую линию всего стихотворения (pointe); он строит образ по принципу контраста. Тема любви разработана им как раз под этим углом. Готшаль пишет: «Гейне довел эти контрасты «святой» и «вульгарной» любви до крайности; они грозили выпасть из поэзии. Вариации этой темы перестали под конец «звучать», вечные самоосмеяния напоминали паяца в цирке. Юмор должен был искать новых для себя областей, выйти из узкого круга «любви» и взять как тему государство, литературу, искусство, объективный мир»[②].

Конструктивный принцип, распространяясь на все более широкие области, стремится наконец прорваться сквозь грань специфически литературного, «подержанного» и наконец падает на быт. Например, конструктивный фактор прозы — *сюжетная* динамика —

---

① Писано к 1924 г. Теперь имеются статьи Н. Степанова и нек. др.

② *Gotschall K.* Die deutsche National—Literatur des 19. Jahrhunderts. Bd. II. Breslau, 1872. S. 92. Говорить о том, что эти смены тем обусловлены внелитературными причинами (напр., личными переживаниями), значит смешивать в одно понятия генезиса и эволюции. Психологический генезис явления вовсе не соответствует эволюционному значению явления.

становится главным принципом конструкции, стремится к максимальному развитию. Как сюжетные осознаются вещи с *минимальной фабулой*, с развитием сюжета вне фабулы. (Ср. *В. Шкловский.* «Тристрам Шенди»; это можно сравнить с явлением верлибра, удаленным от обычной стиховой системы и поэтому подчеркивающим стих.)

И этот конструктивный принцип падает в наши дни на быт. Газеты и журналы существуют много лет, но они существуют как факт быта. В наши же дни обострен интерес к газете, журналу, альманаху как к своеобразному литературному произведению, как конструкции.

Факт быта оживает своей конструктивной стороной. Мы не безразлично относимся к монтировке газеты или журнала. Журнал может быть по материалу хорош, и все же мы можем его оценить как бездарный по конструкции, по монтировке, и потому осудить как журнал. Если проследить эволюцию журнала, его смену альманахом и т.д., станет ясно, что эволюция эта идет не по прямой линии: журнал то является безразличным фактом быта, момент самой монтировки в нем не играет роли, то вырастает в литературный факт. Во время напряжения и роста в ширину таких фактов, как «кусковая композиция» в повести и романе, строящая сюжет на намеренно несвязанных отрезках, этот принцип конструкции естественно переходит на соседние, а потом и далекие явления.

И еще одно характерное явление, в котором тоже можно различить, как конструктивный принцип, которому тесно на чисто литературном материале, переходит на бытовые явления. Я говорю о «литературной личности».

Существуют явления стиля, которые приводят к *лицу* автора; в зачатке это можно наблюсти в обычном рассказе: особенности лексики, синтаксиса, а главное, интонационный фразовой рисунок — все это более или менее подсказывает какие—то неуловимые и вместе конкретные черты рассказчика; если рассказ этот ведется с установкой на рассказчика, от лица его, то эти неуловимые черты становятся конкретными до осязательности, складываются в облик (разумеется, конкретность здесь особая, далекая от живописной наглядности; и если бы нас стали спрашивать, например, как выглядит этот рассказчик, то наш ответ был бы поневоле субъективен). Последний предел литературной конкретности этого стилистического лица — это *название*.

Обозначение того или иного лица дает сразу массу мелких черт, вовсе не исчерпывающихся даваемыми понятиями. Когда писатель XIX века подписывал под статьей вместо имени «Житель Новой Деревни», он, конечно, вовсе не желал дать понять читателю, что автор живет в Новой Деревне, потому что читателю вовсе незачем было знать это.

Но именно вследствие этой «бесцельности» название приобретало другие черты — читатель отбирал из понятий только *характерное*, только так или иначе подсказывавшее черты автора, и применял эти черты к тем чертам, которые вырастали для него из стиля, или особенностей сказа, или из ассортимента уже готовых, подобных имен. Так, Новая Деревня была для него «окраина», а автор статьи — «пустынник».

Еще выразительнее имя, фамилия. Имя в быту, фамилия в быту для нас то же, что их носитель. Когда нам называют незнакомую фамилию, мы говорим: «Это имя мне ничего не говорит». В художественном произведении нет неговорящих имен. В художественном произведении нет незнакомых имен. Все имена говорят. Каждое имя, названное в произведении, есть уже обозначение, играющее всеми красками, на которые только оно способно. Оно с максимальной силой развивает оттенки, мимо которых мы проходим в жизни. «Иван Петрович Иванов» вовсе не бесцветная фамилия для героя, потому что бесцветность — отрицательный признак только для быта, а в конструкции она сразу становится положительным признаком.

Поэтому авторские подписи «Житель *Тентелевой* деревни», «*Лужницкий* старец», являющиеся, по—видимому, простыми обозначениями места (или возраста), уже очень характерные, очень конкретные названия не только в силу черт, даваемых словами «старец» и «житель деревни», но и в силу большой выразительности имен «Тентелевой», «Лужницкий».

Между тем в художественном быту есть и будет институт *псевдонима*. Взятый с его бытовой стороны, псевдоним — явление одного ряда с явлением анонима. Бытовые, исторические условия и причины его сложны и нас здесь не интересуют. Но в периоды литературы, когда выдвигается «личность автора», бытовое явление используется в литературе.

В 20-х годах псевдонимы, примеры которых я приводил, «сгущались», конкретизировались по мере роста стилистических явлений сказа. Это явление привело в 30-х годах к созданию литературной личности барона Брамбеуса.

Так позже создалась «личность» Козьмы Пруткова. Факт юридический, больше всего связанный с вопросом об авторском праве и об ответственности, этикетка, заявленная в писательском союзе, становится при особых условиях литературной эволюции *литературным фактом*.

В литературе существуют явления разных пластов; в этом смысле нет полной смены одного литературного течения другим. Но эта смена есть в другом смысле — сменяются *главенствующие* течения, главенствующие жанры.

Как бы ни были широки и многочисленны ветви литературы, какое бы множество индивидуальных черт ни было присуще отдельным ветвям литературы, история ведет их по определенным руслам: неизбежны моменты, когда казалось бы бесконечно разнообразное течение мелеет и когда ему на смену приходят явления, вначале мелкие, малозаметные.

Бесконечно разнообразно «слияние конструктивного принципа с материалом», о котором я говорил, и совершается в массе разнообразных форм, но неминуем для каждого литературного течения час исторической генерализации, приведения к простому и несложному.

Таковы явления эпигонства, которые торопят смену главного течения. И здесь, в этой смене, бывают революции разных размахов, разных глубин. Есть революции домашние, «политические», есть революции «социальные» sui generis. И такие революции обычно прорывают область собственно «литературы», захватывают область быта.

Этот разный состав литературного факта должен быть учтен каждый раз, когда говорят о «литературе».

Литературный факт — разносоставен, и в этом смысле литература есть [не]прерывно эволюционирующий ряд.

Каждый термин теории литературы должен быть конкретным следствием конкретных фактов. Нельзя, исходя из вне— и надлитературных высот метафизической эстетики, насильно «подбирать» к термину «подходящие» явления. Термин конкретен, определение эволюционирует, как эволюционирует сам литературный факт.

Первые: Леф. 1924. № 2. С. 101—116, под названием «О литературном факте», без посвящения. Последующие публикации: АиН; ПИ ЛК. С. 225 — 270. Печатается по: ПИЛК.

▶▶ 原典选读 2

Достоевский и Гоголь[①]

(к теории пародии)

1

Когда говорят о «литературной традиции» или «преемственности», обычно

---

① *Тынянов Ю.* Литературная эволюция: Избранные труды / Сост., вступ. ст., коммент. В.И. Новикова. М.: Аграф, 2002. С. 300 — 339. （编者注）Достоевский и Гоголь (к теории пародии). Пг., Опояз, 1921 (серия «Сборники по теории поэтического языка»). Последующие публикации: АиН; ПИЛК. С. 198-226. Печатается по: ПИЛК, где цитаты-примеры сопровождены сокращенными ссылками на позднейшие издания с обозначением в прямых скобках тома и страниц: Гоголь Н. В. Полное собрание сочинений: В XIV т. М., 1937—1959; *Достоевский Ф. М.* Полное собрание сочинений: В 30 т. ТТ. 1— 8. Л., 1972—1973. (см.: Тынянов Ю. Литературная эволюция: Избранные труды. С. 491.)

представляют некоторую прямую линию, соединяющую младшего представителя известной литературной ветви со старшим. Между тем дело много сложнее. Нет продолжения прямой линии, есть скорее отправление, отталкивание от известной точки — борьба. А по отношению к представителям другой ветви, другой традиции такой борьбы нет: их просто обходят, отрицая или преклоняясь, с ними борются одним фактом своего существования. Такова была именно молчаливая борьба почти всей русской литературы XIX века с Пушкиным, обход его, при явном преклонении перед ним. Идя от «старшей», державинской «линии», Тютчев ничем не вспомнил о своем предке, охотно и официально прославляя Пушкина. Так преклонялся перед Пушкиным и Достоевский. Он даже не прочь назвать Пушкина своим родоначальником; явно не считаясь с фактами, уже указанными к тому времени критикой, он утверждает, что «плеяда» 60-х годов вышла именно из Пушкина[①].

Между тем современники охотно усмотрели в нем прямого преемника Гоголя. Некрасов говорит Белинскому о «новом Гоголе», Белинский называет Гоголя «отцом Достоевского», даже до сидящего в Калуге Ив. Аксакова донеслась весть о «новом Гоголе». Требовалась смена, а смену мыслили как прямую, «линейную» преемственность.

Лишь отдельные голоса говорили о борьбе (Плетнев: «гоняется за Гоголем»; «хотел уничтожить Гоголевы "Записки сумасшедшего" — "Двойником"»).

И только в 80-х годах Страхов решился заговорить о том, что Достоевский с самого начала его деятельности давал «поправку Гоголя». Открыто о борьбе Достоевского с Гоголем заговорил уже Розанов; но всякая литературная преемственность есть прежде всего борьба, разрушение старого целого и новая стройка старых элементов.

2

Достоевский явно отправляется от Гоголя, он это подчеркивает. В «Бедных людях» названа «Шинель», в «Господине Прохарчине» говорят о сюжете «Носа» («Ты, ты, ты глуп! — бормотал Семен Иванович. — Нос отъедят, сам с хлебом съешь, не заметишь...» [I, 255]). Гоголевская традиция отражается неравномерно в его первых произведениях. «Двойник» несравненно ближе к Гоголю, чем «Бедные люди», «Хозяйка» — чем «Двойник». В особенности эта неравномерность видна на «Хозяйке», произведении, написанном уже после «Бедных людей», «Двойника», «Господина Прохарчина», «Романа в девяти письмах»; действующие лица «Хозяйки» близки к лицам «Страшной мести»; стиль с его гиперболами, параллелизмами (причем вторая часть параллели развита подробно и приобретает как бы самостоятельное значение — черта, присущая Гоголю и несвойственная Достоевскому;

---

① Дневник писателя за 1877 г. С. 187.

ср. параллель: черные фраки на губернаторском балу и мухи на рафинаде, с непомерно развитой второй частью параллели («Мертвые души»), и параллель: припадок Ордынова и гроза («Хозяйка», гл. 1), с такой же самостоятельной второю частью); сложный синтаксис с церковнославянизмами (инверсированные местоимения); подчеркнутый ритм периодов, замыкающихся дактилическими клаузулами, — все обличает внезапно пробившееся ученичество.

Еще не определилось, что в Гоголе существенно для Достоевского; Достоевский как бы пробует различные приемы Гоголя, комбинируя их. Отсюда общее сходство его первых вещей с произведениями Гоголя; «Двойник» близок не только к «Носу», «Неточка Незванова» не только к «Портрету», но одни эпизоды «Неточки Незвановой» восходят к «Портрету»[1], другие — к «Страшной мести»[2]; моторные образы «Двойника» близки к образам «Мертвых душ»[3].

Стиль Достоевского так явно повторяет, варьирует, комбинирует стиль Гоголя, что это сразу бросилось в глаза современникам (Белинский о гоголевском «обороте фразы», Григорович: «влияние Гоголя в постройке фраз». Достоевский отражает сначала оба плана гоголевского стиля: высокий и комический. Ср. хотя бы повторение имени в «Двойнике»: «Господин Голядкин ясно видел, что настало время удара смелого. Господин Голядкин был в волнении. Господин Голядкин почувствовал какое-то вдохновение» и т. д. с началом «Повести о том, как поссорился Иван Иванович с Иваном Никифоровичем» и др.[4] Другая сторона гоголевского стиля — в «Хозяйке», в «Неточке Незвановой» («Моя душа не узнавала твоей, хотя и светло ей было возле своей прекрасной сестры» [2, 241] и далее). Позднее Достоевский отметает высокий стиль Гоголя и пользуется почти везде низким, иногда лишая его комической мотивировки.

Но есть и еще свидетельство — письма Достоевского; к письмам своим Достоевский

---

[1] Ср. гл. VII: «Мне вдруг показалось, что глаза портрета со смущением отворачиваются от моего пронзительно-испытующего взгляда, что они силятся избегнуть его, что ложь и обман в этих глазах; мне показалось, что я угадала <...>» и т. д. [2, 246 — 247].

[2] Гл. VII (Петр Александрович у зеркала): «Мне показалось, что он как будто переделывает свое лицо. <...> Лицо его совсем изменилось. Улыбка исчезла как по приказу <...> взгляд мрачно спрятался под очки <...>» и т. д. [2, 251]. Ср. с превращением колдуна в «Страшной мести».

[3] Ср. жесты Голядкина-младшего с жестами Чичикова («Мертвые души», Т. II, гл. 1): Голядкин «лягнул своей коротенькой ножкой и шмыгнул <...>» и т. д [1, 289 — 290]; Чичиков, «поклонившись с ловкостью <...> и отпрыгнувши назад, с легкостью резинового мячика» и др.

С «Носом» ср.: «Вот бы штука была <...> вот бы штука была, если б <...> вышло, например, что-нибудь не так, — прыщик там какой-нибудь вскочил посторонний, или произошла бы *другая какая-нибудь неприятность* <...>» (Голядкин у зеркала) [1, 110].

[4] См.: *Мандельштам И*. О характере гоголевского стиля. Гельсингфорс, 1902. С. 161.

относился как к литературным произведениям. («Я ему такое письмо написал! Одним словом, образец полемики. Как я его отделал. Мои письма chef d'oeuvre летристики», письмо 1844 г.) [1].

Эти письма переполнены гоголевскими словцами, именами, фразами: «Лентяй ты такой, Фетюк, просто Фетюк!» [2]; «Письмо вздор, письма пишут аптекари» [3]; Достоевский как бы играет в письмах гоголевским стилем: «Подал я в отставку оттого, что подал <...> « (1844) [4]; «Лень провинциальная губит тебя в цвете лет, любезнейший, а больше ничего. <...> Всюду почтение неимоверное, любопытство насчет меня страшное. Я познакомился с бездной народу самого порядочного» (1845); «Шинель имеет свои достоинства и свои неудобства. Достоинство то, что необыкновенно полна, точно двойная, и цвет хорош, самый форменный, серый <...>» (1846) [5].

Здесь стилизация; здесь нет следования за стилем, а скорее игра им. И если вспомнить, как охотно подчеркивает Достоевский Гоголя («Бедные люди», «Господин Прохарчин»), как слишком явно идет от него, не скрываясь, станет ясно, что следует говорить скорее о стилизации, нежели о «подражании», «влиянии» и т. д.

Еще одна черта: постоянно употребляя в письмах и статьях имена Хлестакова, Чичикова, Поприщина, Достоевский сохраняет и в своих произведениях гоголевские имена: героиня «Хозяйки», как и «Страшной мести», — Катерина, лакей Голядкина, как и лакей Чичикова, — Петрушка. «Пселдонимов», «Млекопитаев» («Скверный анекдот»), «Видоплясов» («Село Степанчиково») — обычный гоголевский прием, введенный для игры с ним. Достоевский навсегда сохраняет гоголевские фамилии (ср. хотя бы «Фердыщенко», напоминающее гоголевское «Крутотрыщенко»). Даже имя матери Раскольникова *Пульхерия* Александровна воспринимается на фоне *Пульхерии* Ивановны Гоголя как имя стилизованное.

Стилизация близка к пародии. И та и другая живут двойною жизнью: за планом произведения стоит другой план, стилизуемый или пародируемый. Но в пародии обязательна невязка обоих планов, смещение их; пародией трагедии будет комедия (все равно, через подчеркивание ли трагичности или через соответствующую подстановку комического), пародией комедии может быть трагедия. При стилизации этой невязки нет,

---

[1] *Достоевский Ф.М.* Полн. собр. соч. В 14 т. Т. 1. Биография, письма и заметки из записной книжки. СПб.: тип. А. С. Суворина, 1883. С. 31.

[2] Там же. С. 40.

[3] Там же. С. 45.

[4] Там же. С. 30.

[5] Там же. С. 41, 50.

есть, напротив, соответствие друг другу обоих планов: стилизующего и сквозящего в нем стилизуемого. Но все же от стилизации к пародии — один шаг; стилизация, комически мотивированная или подчеркнутая, становится пародией.

А между тем была с самого начала черта у Гоголя, которая вызывала на борьбу Достоевского, тем более что черта эта была для него крайне важна; это — «характеры, «типы» Гоголя. Страхов вспоминает (воспоминание относится к концу 50-х годов): "Помню, как Федор Михайлович делал очень тонкие замечания о выдержанности различных характеров у Гоголя, о жизненности всех его фигур: Хлестакова, Подколесина, Кочкарева и пр.»[1]. Сам Достоевский в 1858 г. так осуждает «Тысячу душ» Писемского: «Есть ли хоть один *новый характер*, созданный, никогда не являвшийся. Все это уже было и явилось давно у наших писателей-новаторов, особенно у Гоголя»[2].

В 1871 г. он радуется типам в романе Лескова: «Нигилисты искажены до бездельничества, — но зато — отдельные типы! Какова Ванскок! Ничего и никогда у Гоголя не было типичнее и вернее»[3]. В этом же году о Белинском: «<...> он до безобразия поверхностно и с пренебрежением относился к *типам Гоголя* и только рад был до восторга, что Гоголь обличил»[4]. Вот эти «типы» Гоголя и являются одним из важных пунктов борьбы Достоевского с Гоголем.

3

Гоголь необычайно видел вещи; отдельных примеров много: описание Миргорода, Рима, жилье Плюшкина с знаменитой кучей, поющие двери «Старосветских помещиков», шарманка Ноздрева. Последний пример указывает и на другую особенность в живописании вещей: Гоголь улавливает комизм вещи. «Старосветские помещики», начинаясь с параллели: ветхие домики — ветхие обитатели, — представляют во все течение рассказа дальнейшее развитие параллели. «Невский проспект» основан на эффекте полного отождествления костюмов и их частей с частями тела гуляющих: «Один показывает щегольский сюртук с лучшим бобром, другой — греческий прекрасный нос <...> четвертая (несет. — Ю. Т.) пару хорошеньких глазок и удивительную шляпку <...>» и т. д. Здесь комизм достигнут перечислением подряд, с одинаковой интонацией, предметов, не вяжущихся друг с другом. Тот же прием в сравнении шинели «с приятной подругой

---

[1] *Достоевский Ф.М.* Полн. собр. соч. В 14 т. Т. 1. Биография, письма и заметки из записной книжки. СПб.: тип. А. С. Суворина, 1883. С. 176.

[2] Там же. С. 114.

[3] Там же. С. 244.

[4] Там же. С. 313.

жизни»: «и подруга эта была не кто другая, как та же шинель, на толстой вате, на крепкой подкладке, без износу». И здесь комизм в невязке двух образов, живого и вещного. Прием вещной метафоры каноничен для комического описания, ср. Гейне: «вселенную выкрасили заново <...> старые господа советники надели новые лица» и проч.; ср. также Марлинского, «Фрегат Надежда», где морской офицер пишет о любви, применяя к ней морские термины; — разновидность приема. Здесь подчеркнуто именно несовершенство связи, невязка двух образов.

Отсюда важность вещи для комического описания.

Поэтому мертвую природу Гоголь возводит в своеобразный принцип литературной теории: «Он говорил, что для успеха повести и вообще рассказа достаточно, если автор опишет знакомую ему комнату и знакомую улицу. «У кого есть способность передать живописно свою квартиру, тот может быть и весьма замечательным автором впоследствии», — говорил он» (Анненков). Здесь вещь приобретает значение темы.

Основной прием Гоголя в живописании людей — прием маски.

Маской может служить, прежде всего, одежда, костюм (важное значение одежды у Гоголя при описании наружности), маской может служить и подчеркнутая наружность.

Пример геометрической маски:

«Лицо, в котором нельзя было заметить ни одного угла, но вместе с сим оно не означалось легкими, округленными чертами. Лоб не опускался прямо к носу, но был совершенно покат, как ледяная гора для катанья. Нос был продолжение его — велик и туп. Губы, только верхняя выдвинулась далее. Подбородка совсем не было. От носа шла диагональная линия до самой шеи. Это был треугольник, вершина которого находилась в носе <...>» («Фонарь умирал») [III, 331].

Чаще, однако, дается маска, «заплывшая плотью»; такие интимные прозвища, как «мордаш, каплунчик» (Чичиков к себе), ее подчеркивают. Далее, реализуются и превращаются в словесную маску простые языковые метафоры; градация приема: 1) курящий винокур — труба с винокурни, пароход, пушка («Майская ночь»)[①]; 2) руки в «Страшной мести», чудовища в первой редакции «Вия» (маски — части); 3) «Нос», где метафора реализовалась в маску (здесь эффект сломанной маски); 4) «Коробочка», где вещная метафора стала словесной маской[②]; 5) «Акакий Акакиевич», где словесная маска потеряла уже связь с семантикой, закрепилась на звуке, стала звуковой, фонетической.

---

① Ср. далее: «<...> Низенькое строение винокура расшаталось снова от громкого смеха» [III, 166].

② «Земляника», «Яичница» — более сложное развитие приема: закрепление несовпадающей по роду словесной маски, что дает гораздо более комический эффект. В фамилиях этих важна их формальная сторона.

Вещная маска может сломаться — это общий контур сюжета («Нос»). Словесная маска может раздвоиться: Бобчинский и Добчинский, Фома Большой и Фома Меньшой, дядя Митяй и дядя Миняй; сюда же парные имена и имена с инверсиями: 1) *Иван* Иванович и *Иван* Никифорович; Афанасий *Иванович* и Пульхерия *Ивановна* (парные), 2) Кифа Мокиевич и Мокий Кифович (с инверсией). В этом смысле решающую роль играют звуковые повторы, сначала чисто артикуляционную (о чем см.: *Б. М. Эйхенбаум. Как сделана «Шинель». — Поэтика. 1919. С. 156*), а потом и композиционную: 1) *пульпультик, моньмуня* («Коляска»), 2) *Люлюков, Бубуницын, Тентетников, Чичиков*, 3) *Иван Иванович, Пифагор Пифагорович* (Чертокуцкой), 4) *Петр Петрович Петух*, 5) *Иван Иванович — Иван Никифорович, дядя Митяй — дядя Миняй, Кифа Мокиевич — Мокий Кифович*.

Маска одинаково вещна и призрачна; Акакий Акакиевич легко и естественно сменяется привидением; маска козака в красном жупане сменяется маской колдуна. Призрачно, прежде всего, движение масок, но оно-то и создает впечатление действия.

Гиперболизм, свойственный образам Гоголя вообще, свойствен и его моторным образам. Подобно тому как на улице он не мог видеть быстрого движения, потому что тотчас воображал раздавленных пешеходов, — он создал рассказ об отрезанном носе. Движущаяся вещь демонична: поднимающийся мертвец, галушки, сами летящие в рот Пацюку, обратный бег коня в «Страшной мести», Тройка — Русь. Гоголю достаточно знать словесную маску, чтобы тотчас же определить ее движения. Кн. Д. А. Оболенский рассказывает, как Гоголь создал маску и ее движения по словесному знаку: «На станции я нашел штрафную книгу и прочел в ней довольно смешную жалобу какого-то господина. Выслушав ее, Гоголь спросил меня: «А как вы думаете, кто этот господин? Каких свойств и характера человек?» — «Право не знаю», — отвечал я. — «А вот я вам расскажу». — И тут же начал самым смешным и оригинальным образом описывать мне *сперва наружность* этого господина, *потом рассказал мне всю его служебную карьеру*, представляя даже в лицах некоторые эпизоды его жизни. Помню, что я хохотал, как сумасшедший, а он все это *выделывал* совершенно серьезно». Жалоба была, конечно, подписана; фамилию, как словесную маску, Гоголь преобразил сначала в маску вещную (наружность), а затем последовательно создал ее движения («выделывал») и сюжетную схему («служебную карьеру» и «эпизоды»). Таким образом, и жесты и сюжет предопределяются самими масками[①].

«Повесть о том, как поссорился Иван Иванович с Иваном Никифоровичем» целиком вытекла из сходства и несходства имен. Имя Ивана Ивановича в начале I главы упоминается 14 раз; имя Ивана Никифоровича почти столько же; вместе, рядом, при сопоставлениях они упоминаются до 16 раз. Проекция несходства словесных масок в вещные дает полную противоположность обеих: «Иван Иванович худощав и высокого роста; Иван Никифорович немного ниже, но зато распространяется в толщину. Голова у Ивана Ивановича похожа на редьку хвостом вниз; голова Ивана Никифоровича на редьку хвостом вверх» и т. д. Проекция *сходства* имен в *сходство* масок: «Как Иван Иванович, так и Иван Никифорович очень не любят блох <...> Впрочем, несмотря на некоторые несходства, как Иван Иванович, так и Иван Никифорович прекрасные люди» [II, 226, 228]. Проекция *несходства* словесных масок в сюжет дает ссору Ивана Ивановича с Иваном Никифоровичем; проекция сходства их — равенство их на фоне «скучной жизни».

Подобным же образом несходство имен дяди Митяя и дяди Миняя, проецируясь в вещную маску, дает высокий и низкий рост, худобу и толщину. «Характеры», «типы» Гоголя — и суть маски, резко определенные, не испытывающие никаких «переломов» или «развитий». Один и тот же мотив проходит через все движения и действия героя — творчество Гоголя лейтмотивно. Маски могут быть и недвижными, «заплывшими» — Плюшкин, Манилов, Собакевич; могут обнаруживаться и в жестах — Чичиков.

Маски могут быть либо комическими, либо трагическими — у Гоголя два плана: высокий, трагический, и низкий, комический. Они обычно идут рядом, последовательно сменяя друг друга. В одной из ранних статей Гоголя («Борис Годунов». Поэма Пушкина), где он говорит о «двух враждующих природах человека», уже даны особенности

---

① Это как нельзя более согласуется с тем, что сюжеты Гоголя традиционны или анекдотичны (Б. Эйхенбаум). Даже поражающий в первый момент сюжет «Носа» не был таким во время его появления, когда «носология» была распространенным сюжетным явлением: ср. Стерн, «Тристрам Шенди»; Марлинский, «Мулла-Нур»; забавные статьи о ринопластике (об органически восстановленном носе — в «Сыне отечества» за 1820 г., часть 64, № 35. С. 95—96, и за 1822 г., часть 75, № 3. С. 133 — 137). Ощутим и нов был в «Носе», по-видимому, не самый сюжет, а немотивированное смещение двух масок: 1) «отрезанный и запеченный нос» — ср. сказанное о гиперболизме моторных образов у Гоголя, см. его же «Невский проспект», где Гофман хочет отрезать нос Шиллеру, 2) «отделившийся, самостоятельный Нос» — реализованная метафора; эта метафора попадается у Гоголя (в письмах) в разных степенях реализации: «Нос мой слышит даже хвостик широкка» [IX, 294]. «Верите, что часто приходит неистовое желание превратиться в один нос, чтобы не было ничего больше — ни глаз, ни рук, ни ног, кроме одного только большущего носа, у которого бы ноздри были величиною в добрые ведра, чтобы можно было втянуть в себя как можно побольше благовония и весны» [XI, 294]. На этом немотивированном смещении масок Гоголь играет, к концу повести обнажая прием: «<...> нет, этого я никак не понимаю, решительно не понимаю!» В этом смещении, а не в сюжете самом по себе, и была главным образом комическая ощутимость произведения.

обоих планов — в речи Поллиора (высокий план) и в разговорах «веселого кубика» с «кофейной шинелью» (низкий). Различию масок соответствует различие стилей (высокий — амплификция, тавтология, исоколон, неологизмы, архаизмы и т. д.; низкий — иррациональность, варваризмы, диалектические черты и т. д.). Оба плана прежде всего различны по лексике, восходят к разным языковым стихиям: высокий — к церковнославянской, низкий — к диалектической[1]. Литературные роды, к которым преимущественно прикреплены оба плана, восходят к разным традициям: традиция гоголевских комедий и традиция его писем, восходящих к проповедям XVIII века.

Но главный прием Гоголя — система вещных метафор, маски — имеет одинаковое применение в обоих его планах. Обращаясь к морально-религиозным темам, Гоголь вносит в них целиком систему своих образов, расширяя иногда метафоры до пределов аллегорий. Это доказывает его книга «Избранные места из переписки с друзьями» (1847). Ср. повторение таких выражений, как: «загромоздили их <души> всяким хламом», «захламостить его <ум> чужеземным навозом», «душевное имущество» (полученное от «Небесного хозяина» и на которое надлежит дать проценты или раздать) или: Карамзин имел «благоустроенную душу»; Европа через десять лет придет к нам «не за покупкой пеньки и сала, а за покупкой мудрости <...>», «Устроить дороги, мосты и всякие сообщения <...> есть дело истинно нужное; но угладить многие внутренние дороги <...> есть дело еще нужнейшее»; бог — «небесный государь» [VIII, 267, 345, 352].

Таким образом, в область морали Гоголь внес все те же, только варьированные лексически, образы.

Но задачи применения приема были различны: тогда как суть вещных метафор в комическом плане заключается в ощутимости невязки между двумя образами, здесь

---

[1] Диалектические черты в языке Гоголя вовсе не ограничиваются одними малорусскими и южнорусскими особенностями; в его записной книжке попадаются слова Симбирской губернии, которые он записывал от Языковых, «Слова по Владимирской губернии», «Слова Волжеходца»; наряду с этим много технических слов (рыбная ловля, охота, хлебопашество и т. д.); виден интерес к семейному арго: записано слово «Пикоть», семейное прозвище Прасковьи Михайловны Языковой; попадаются иностранные слова с пародической, смещенной семантикой, ложные народные этимологии (мошинальный человек — мошенник, «пролетарий» от «пролетать»), предвосхищающие язык Лескова. В «Мертвых душах» попадаются северно-великорусские слова («шанишки», «размычет» и др.). Заметим, что Гоголь записывает слова (в записную книжку) очень точно, но в семантике нередко ошибается (так, он смешивает «подвалка» и «подволока» — слова с разными значениями и т. д.); по-видимому, семантикой он интересуется меньше, нежели фонетикой.
Внесение диалектических черт (в «Мертвых душах» слабо мотивированное) было сознательным художественным приемом Гоголя, развитым последующею литературой. Подбор диалектизмов и технических терминов (ср. в особенности названия собак: муругие, чистопсовые, густопсовые и т. д.) обнаруживает артикуляционный принцип.

их назначение именно давать ощущение связи образов. Это, по-видимому, имел в виду Гоголь, когда писал: «Как низвести все мира безделья, во всех родах, до сходства с городским бездельем? и как городское безделье возвести до преобразования безделья мира? Для (этого) *включить все сходства* и внести постепенный ход» [VI, 693]. Между тем сила вещных метафор как раз в невязке, в несходстве соединяемого, поэтому то, что было законным приемом в области художественной, ощутилось как незаконное в морально-религиозной и политической области.

Быть может, этим отчасти и объясняется впечатление, произведенное «Перепиской с друзьями», даже на друзей, согласных с Гоголем; Гоголь же сам считал главною причиною неуспеха книги «способ выражения». Но современники склонны были объяснять неуспех именно тем, что Гоголь изменил свои приемы.

Действительно, совпадение между приемами полное.

Поставив на этот раз целью «узнать душу», Гоголь действует по законам своего творчества. Вот его просьба присылать отзывы на его «Переписку»: «Что вам стоит понемногу, в виде журнала, записывать всякий день, хотя, положим, в таких словах: «Сегодня я услышал вот какое мнение; говорил его вот какой человек <...> жизни его я не знаю, но думаю, что он вот что; с вида же он казист и приличен (или неприличен); держит руку вот как; сморкается вот как <...>»». Словом, не пропуская ничего того, что видит глаз, от вещей крупных до мелочей» (письмо к Россету) [XIII, 279—280]. Т. е. здесь то же, что и в сцене на станции, но ход несколько иной; по движениям и наружности Гоголь хочет заключить характер.

Подобным же образом преображение жизни должно было также совершиться по законам его творчества (смена масок). Все преобразит поэзия Языкова, «Одиссея» в переводе Жуковского; но можно даже проще изменить русского человека: назвать бабой, хомяком, сказать, что вот-де, говорит немец, что русский человек не годен, — как из него вмиг сделается другой человек. Есть и обрывки сюжетных построений. Можно самым простым, хозяйственным образом произвести моральную революцию — надо просто проездиться по России: «Вы можете во время вашей поездки их (людей. — *Ю. Т.*) познакомить между собою и произвести взаимный благодетельный размен сведений, как расторопный купец, забравши сведения в одном городе, продать их с барышом в другом, всех обогатить и в то же время разбогатеть самому больше всех» [VIII, 308]. «Купля сведений» слегка напоминает «покупку мертвых душ». Чичиков должен возродиться, а реформа производится чичиковским способом.

Подобно тому как маска козака в красном жупане превращается в маску колдуна («Страшная месть»), должен был преобразиться даже Плюшкин, чудесно и просто.

4

В вопросе о характерах и сталкивается с Гоголем Достоевский.

Достоевский начинает с эпистолярной и мемуарной формы; обе, особенно первая, мало приспособлены к развертыванию сложного сюжета; но сначала преобладающею задачею его (как я отчасти указал уже) было создание и развертывание характеров, и только постепенно эта задача усложнилась (соединение сложного сюжета со сложными характерами). Уже в «Бедных людях» устами Макара сделан выпад именно против этой стороны «Шинели»: «Это просто неправдоподобно, потому что и случиться не может, чтобы был такой чиновник»; здесь говорит Макар («Я своей рожи не показывал» — Достоевский), и введение литературы в обиход действующих лиц — счастливый и испытанный прием Достоевского. Но, сбрасывая маску действующего лица, очень определенно говорит о том же сам Достоевский, в начале 4-й части «Идиота». Дав анализ *типов* Подколесина и Жоржа Дандена, Достоевский высказывается против типов в искусстве: «Наполнять романы *одними типами* или даже просто, для интереса, людьми странными и небывалыми было бы неправдоподобно, да, пожалуй, и *неинтересно*. По-нашему, писателю надо стараться отыскивать интересные и поучительные *оттенки* даже и между ординарностями»; здесь же указывается на оттенки «некоторых ординарных лиц»: «ординарность, которая ни за что не хочет остаться тем, что она есть, и во что бы то ни стало хочет стать оригинальною и самостоятельною» [8, 384]. Оттенки эти создаются контрастами; характеры Достоевского контрастны прежде всего. Контрасты обнаруживаются в речах действующих лиц; в этих речах конец обязательно контрастен своему началу, контрастен не только по неожиданному переходу к другой теме (своеобразное применение в разговорах у Достоевского «разрушения иллюзии»), но и в интонационном отношении: речи героев, начинаясь спокойно, кончаются исступленно, и наоборот. Достоевский сам любил контрасты в разговорах, он кончал серьезный разговор анекдотом (А. Н. Майков), мало того, он строил свое чтение на контрасте интонаций:

«Пока не требует поэта

К священной жертве Аполлон...

с тихим *пафосом*, медленно начал он глухим низким голосом; но когда дошел до стиха:

Но лишь божественный глагол

До слуха чуткого коснется, —

голос его полился уже *напряженно*-грудными *высокими* звуками, и он все время *плавно поводил рукою* по воздуху, точно рисуя и мне, и себе эти волны поэзии»[1]. То же говорит о

---

[1] *Тимофеева В. В. (Починковская О.)* Год работы с знаменитым писателем // Исторический вестник. 1904.

его чтении и Страхов: «Правая рука, судорожно вытянутая вниз, очевидно удерживалась от напрашивающегося *жеста*; голос был *усиливаем до крика*»[1]. Эта особенная роль контрастных интонаций и позволяла, должно быть, Достоевскому *диктовать* свои романы.

Показательна поэтому эпистолярная форма, избранная Достоевским сначала: не только каждое письмо *должно* вызываться предыдущим *по контрасту*, но по самой своей природе оно естественно заключает в себе контрастную смену вопросительной, восклицательной, побудительной интонаций. Эти свойства эпистолярной формы Достоевский впоследствии перенес в контрастный распорядок глав и диалогов своих романов. И эпистолярная и мемуарная формы были традиционны для слабосюжетных построений; чистый вид эпистолярной формы у Достоевского дан в «Бедных людях», чистый вид мемуарной — в «Записках из мертвого дома»; попытку соединить эпистолярную форму с более развитым сюжетом представляет «Роман в девяти письмах»; такую же попытку по отношению к мемуарной — «Униженные и оскорбленные».

В «Преступлении и наказании» контраст между сюжетом и характерами уже художественно организован: в рамки уголовного сюжета подставлены контрастирующие с ним характеры — убийца, проститутка, следователь в сюжетной схеме подменены революционером, святой, мудрецом. В «Идиоте» сюжет развертывается контрастно, совпадая с контрастным обнаружением характеров; высшая точка сюжетного напряжения есть вместе и высшее обнаружение характеров.

Но любопытно, что, явно отмежевываясь от «типов» Гоголя, Достоевский пользуется его словесными и вещными масками; отдельные примеры я приводил; вот еще некоторые: имена с инверсией — Петр Иваныч и Иван Петрович («Роман в девяти письмах»); даже в «Идиоте» прием звуковых повторов: Александра, Аделаида, Аглая.

Наружности Свидригайлова, Ставрогина, Ламберта — подчеркнутые маски. Быть может, здесь еще один контраст: словесная *маска*, покрывающая контрастный характер[2]. Таким образом, органический у Гоголя прием, введенный Достоевским, приобретает новую

---

[1] *Достоевский Ф.М.* Полн. собр. соч. В 14 т. Т. 1. Биография, письма и заметки из записной книжки. СПб.: тип. А. С. Суворина, 1883. С. 312.

[2] Самое знакомство читателя с сестрами Епанчиными, например, совершается тоже как бы по контрасту; кроме комического повтора (А) в именах, начальное упоминание о них вообще подготовляет комическое впечатление, впоследствии совершенно разрушаемое: «Все три девицы Епанчины были барышни здоровые, цветущие, рослые, с удивительными плечами, с мощною грудью, с сильными, почти как у мужчин, руками, и, конечно, вследствие своей силы и здоровья, любили иногда хорошо покушать <...>. Кроме чаю, кофею, сыру, меду, масла, особых оладий, излюбленных самою генеральшей, котлет и прочего, подавался даже крепкий горячий бульон» и т. д. [8, 32]. Здесь полное совпадение словесных масок и выражения «все три девицы»; таким образом, у словесной маски есть свое окружение, нужное для дальнейшего контраста.

значимость — по контрасту. Точно так же дальнейшее исследование должно выяснить, как пользуется Достоевский синтаксически-интонационными фигурами Гоголя; быть может, обнаружится, что равные «обороты фраз» расположены у Достоевского в порядке большей контрастности, нежели у Гоголя. Достоевский пользуется приемами Гоголя, но сами по себе они для него не обязательны. Это объясняет нам пародирование Гоголя у Достоевского: стилизация, проведенная с определенными заданиями, обращается в пародию, когда этих заданий нет.

5

Достоевский настойчиво вводит литературу в свои произведения; редко действующие лица не говорят о литературе. Здесь, конечно, очень удобный пародический прием: достаточно определенному действующему лицу высказать литературное мнение, чтобы оно приняло окраску *его* мнения; если лицо комическое, то и мнение будет комическим.

В «Неточке Незвановой» пародирована пьеса Тимофеева «Джакобо Санназар»; ее читает неудачник-немец, Карл Федорович, который после чтения пьесы пляшет (он неудачный танцовщик) [2, 168]:

«В этой драме толковалось о несчастиях одного великого художника, какого-то Дженаро или Джакобо, который на одной странице кричал: «Я не признан!», а на другой: «Я признан!», или: «Я бесталантен!», и потом, через несколько строк: «Я с талантом!» Все оканчивалось очень плачевно». В «Униженных и оскорбленных» старик Ихменев критикует «Бедных людей» (пародируя отзыв «Северной пчелы»), много говорит о Белинском; в «Бесах» пародированы: стихи Огарева, «Довольно» Тургенева, письма Грановского, в полемике — стиль Сенковского, в воспоминаниях генерала Иволгина — военные мемуары. Но уже в «Бедных людях» пародирован Гоголь; в числе нескольких пародий, играющих роль эпизодов, здесь есть и пародия на «Повесть о том, как поссорился Иван Иванович с Иваном Никифоровичем»: «Знаете ли вы Ивана Прокофьевича Желтопуза? Ну, вот тот самый, что укусил за ногу Прокофия Ивановича. Иван Прокофьевич человек крутого характера, но зато редких добродетелей; напротив того, Прокофий Иванович чрезвычайно любит редьку с медом. Вот когда еще была с ним знакома Пелагея Антоновна... А вы знаете Пелагею Антоновну? Ну, вот та самая, которая всегда юбку надевает наизнанку» [1, 53].

Ср. «Повесть о том, как поссорился Иван Иванович с Иваном Никифоровичем»: 1) Антон Прокофьевич Голопуз, 2) «Вы знаете Агафию Федосеевну? та самая, что откусила ухо у заседателя», 3) «Иван Иванович несколько боязливого характера. У Ивана Никифоровича, напротив того, шаровары в таких широких складках <...>», 4) «Он сшил ее тогда еще, когда Агафия Федосеевна не ездила в Киев. Вы знаете Агафию Федосеевну?» [II, 223, 227].

Пародия настолько явна, что достаточно простого сопоставления для ее установки; соблюдены все мелкие детали: парные имена Ивана Ивановича и Ивана Никифоровича заменены именами с инверсией, применен прием логического синтаксиса при бессмыслице; пародированы фамилии.

Суть пародии — в механизации определенного приема; эта механизация ощутима, конечно, только в том случае, если известен прием, который механизуется; таким образом, пародия осуществляет двойную задачу: 1) механизацию определенного приема, 2) организацию нового материала, причем этим новым материалом и будет механизованный старый прием.

Механизация словесного приема может быть проведена через повторение его, не совпадающее с композиционным планом, через перестановку частей (обычная пародия — чтение стихотворения снизу вверх), через каламбурное смещение значения (школьные пародии классических стихотворений), через прибавку двусмысленных рефренов (пародический рефрен в «Лягушках» Аристофана к стихам Еврипида: «Кувшинчик потерял», — прием, особенно излюбленный анекдотом); наконец, через оторванность от подобных и соединение с противоречащими приемами.

В пародии Достоевского, приведенной выше, прием вовсе не подчеркнут; она ощущается как пародия только на фоне совершенно не совпадающего с ней стилистически текста.

Пародия не мотивирована эпистолярной формой, так как она является эпизодической вставкой; но этой формой мотивируется отзыв о стиле: «оно хоть и немного затейливо, и уж слишком игриво, но зато невинно, без малейшего вольнодумства и либеральных мыслей»; мотивирована принадлежностью Макару и пародия на современную критику: «А хорошая вещь литература, Варинька, очень хорошая; это я от них третьего дня узнал. Глубокая вещь! Сердце людей укрепляющая, поучающая, и разное там еще обо всем об этом в книжке у них написано. Очень хорошо написано! Литература — это картина, то есть в некотором роде картина и зеркало; страсти, выраженье, критика такая тонкая, поучение к назидательности и документ» [1, 51].

Но уже в «Дядюшкином сне» пародия ничем не мотивирована: «Марья Александровна Москалева, конечно, первая дама в Мордасове, и в этом не может быть никакого сомнения. Она держит себя так, как будто ни в ком не нуждается, а, напротив, все в ней нуждаются. Такая потребность есть уже признак высокой политики <...> Она знает, например, про кой-кого из мордасовцев такие капитальные и скандалезные вещи, что, расскажи она их при удобном случае и докажи их так, как она их умеет доказывать, то в Мордасове будет лиссабонское землетрясение. <...> Она, например, умеет убить, растерзать, уничтожить <...> А известно, что такая черта есть уже принадлежность самого высшего общества.

<...> Марью Александровну сравнивали даже, в некотором отношении, с Наполеоном. Разумеется, это делали в шутку ее враги, более для карикатуры, чем для истины. <...> Помните ли, какая гнусная история заварилась у нас, года полтора назад <...>? (...) Каково замято, затушено неловкое, скандалезное дело!» [2, 296—298].

Так начинается «Дядюшкин сон» (я привел отрывки). Здесь все приемы гоголевские: одно и то же слово замыкает рядом стоящие предложения («нуждается» — «нуждаются»), гипербола, синонимы, расположенные в климаксе («убить, растерзать, уничтожить»; «замято, затушено», ср. у Гоголя: «ободрил, освежил», «туманно и неясно» и др.), иностранные слова как комический прием («капитальные и скандалезные вещи», ср. у Гоголя: «поведение его чересчур становилось скандалезно») и т. д.

Таким образом, ничто не мешает нам принять этот отрывок за стилизацию. Но под конец главы сам Достоевский обнажает пародийность, наполовину срывая пародийную маску (но только наполовину, потому что самое обнажение производится все тем же пародийным стилем): «Все, что прочел теперь благосклонный читатель, было написано мною месяцев пять тому назад, единственно из умиления <...> Мне хотелось написать что-нибудь вроде похвального слова этой великолепной даме и изобразить все это в форме игривого письма к приятелю, по примеру писем, печатавшихся когда-то в старое, золотое, но, слава богу, невозвратное время в «Северной пчеле» и в прочих повременных изданиях» [2, 299].

Адрес дан ложный: хотя в «Северной пчеле» и бывали «письма к приятелю» но они писались не гоголевским стилем. Эпитет «игривый» по отношению к стилю Гоголя употреблен здесь, как и в пародии на «Ивана Ивановича и Ивана Никифоровича».

Так легко и незаметно стилизация переходит в пародию; и кто поручится, что у Достоевского мало таких необнаруженных (потому что не открытых им самим) пародий? Не пародично ли и приведенное выше место о трех девицах Епанчиных?[①] Быть может, эта тонкая ткань стилизации-пародии над трагическим, развитым сюжетом и составляет гротескное своеобразие Достоевского.

Пародия существует постольку, поскольку сквозь произведение просвечивает второй план, пародируемый; чем уже, определеннее, ограниченнее этот второй план, чем более все детали произведения носят двойной оттенок, воспринимаются под двойным углом, тем сильнее пародийность.

Если второй план расплывается до общего понятия «стиль», пародия делается

---

① Ср. также начало «Записок из Мертвого дома»: «Они (города. — *Ю. Т.*) обыкновенно весьма достаточно снабжены исправниками, заседателями и всем остальным субалтерным чином. Вообще в Сибири, несмотря на холод, служить чрезвычайно тепло» и т. д. [4, 5].

одним из элементов диалектической смены школ, соприкасается со стилизацией, как это происходит в «Дядюшкином сне». А если второй план, пускай даже определенный, существует, но не вошел в литературное сознание, не подмечен, забыт? Тогда, естественно, пародия воспринимается в одном плане, исключительно со стороны ее организации, т. е. как всякое художественное произведение.

Целью этой статьи и является, между прочим, указание не подмеченного до сих пор второго плана для одного из романов Достоевского, указание на пародийность в его «Селе Степанчикове». Пародия в этом случае определенная, второй план ограничен одним произведением; она примыкает к простому типу пародий на «Ивана Ивановича с Иваном Никифоровичем», и остальное может служить иллюстрационным материалом именно для этого типа.

6

«Село Степанчиково» появилось в 1859 г. Достоевский долго работал над ним и высоко его ценил; в публике же роман прошел мало замеченным. В 1859 г. Достоевский писал о нем брату: «Этот роман, конечно, имеет величайшие недостатки и главное, может быть, растянутость; но в чем я уверен, как в аксиоме, это то, что он имеет в то же время и великие достоинства, и что это *лучшее мое произведение*. Я писал его два года (с *перерывом в средине* «Дядюшкина сна»)[1]. Начало и средина обделаны, конец писан наскоро. Но тут положил я мою душу, мою плоть и кровь. <...> В нем есть два огромных *типических характера*, создаваемых и записываемых пять лет, обделанных безукоризненно (по моему мнению), — характеров вполне русских и плохо до сих пор указанных русской литературой»[2].

Полное название романа (сам Достоевский в письмах называет его то «комическим романом», то повестью) — «Село Степанчиково и его обитатели. Из записок неизвестного». Роман, как это видно и из заглавия, написан в форме мемуаров, главною задачею его (что видно из писем) было изображение двух новых характеров. Эти два характера — Фома Опискин и «дядя» Ростанев. Один из них, Опискин, — характер пародийный, материалом для пародии послужила личность Гоголя; речи Фомы пародируют гоголевскую «Переписку

---

[1] Ср. сказанное выше о пародийности «Дядюшкина сна».

[2] *Достоевский Ф.М.* Полн. собр. соч. В 14 т. Т. 1. Биография, письма и заметки из записной книжки. СПб.: тип. А. С. Суворина, 1883. С. 120 — 121.

с друзьями»[1].

Здесь необходимо сделать одно замечание по поводу моего же примечания: враждебность Достоевского к «Переписке с друзьями» нимало не объясняет его же пародии на нее, так же как и отношение к Гоголю не разъяснит нам пародию на его характер. Случайно эти оба момента совпали, но они могли и не совпасть; материал для пародии может быть любой, здесь необязательны психологические предпосылки. В ортодоксальной среде еврейства популярны пародии библии; Пушкин, чтя «Историю» Карамзина, пародирует ее, однако, в «Летописи села Горюхина»; он же пародирует и стиль «Илиады» и свое собственное знаменитое двустишие: «Слышу умолкнувший звук божественной эллинской речи» — «Крив был Гнедич поэт, преложитель слепого Гомера»; многочисленные пародии «Энеиды» идут бок о бок с высокой оценкой ее. Дело в том,

---

[1] Отношение Достоевского к Гоголю сложное; прежде всего к личности Гоголя. Когда в 1846 г. разнесся слух о смерти Гоголя, Достоевский сделал к длинному письму характерную приписку: «Желаю вам всем счастья, друзья мои. Гоголь умер во Флоренции, два месяца назад» (там же, С. 57). В литературе — Гоголь для него, по-видимому, нечто такое, что нужно преодолеть, дальше чего необходимо пойти. Ср. о «Двойнике»: Тебе он понравится даже лучше «Мертвых душ» (письмо брату; там же, с. 44); о «Романе в девяти письмах»: «Он будет лучше гоголевской «Тяжбы»» (ему же). Позднейшие известные суждения Достоевского о Гоголе значительно отличаются от традиционного взгляда критики (ср. «смеющаяся маска Гоголя», «демон смеха», полемика в «Бесах» против самоопределения Гоголя: «зримый смех сквозь незримые слезы» и т. д.) и заставляют в нем видеть предтечу в этом отношении новейших критиков: Розанова, Брюсова и др. Отношение Достоевского к «Переписке с друзьями» известно; уже при первых слухах о ней он пишет брату: «Я тебе ничего не говорю о Гоголе, но вот тебе факт. В «Современнике» в следующем месяце будет напечатана статья Гоголя — его духовное завещание, в которой он отрекается от всех своих сочинений и признает их бесполезными и даже более» и т. д. (там же С. 49). Чтение и отдача для списывания письма Белинского к Гоголю, как известно, главным образом ставилось в вину Достоевскому на процессе петрашевцев. Позднее, порвав с кружком Белинского, Достоевский, по-видимому, руководится живою памятью о нем по отношению к «Переписке». Почти все места из Гоголя, приводимые нами ниже для сличения, приводятся у Белинского, в его рецензии на «Переписку». Это отношение к «Переписке», по-видимому, у Достоевского не меняется. В 1876 г. он пишет: «Гоголь в своей «Переписке» слаб, хотя и характерен» («Дневник писателя»); в конце 1880 г.: «Заволакиваться в облака величия (тон Гоголя, например, в «Переписке с друзьями») есть неискренность, а неискренность даже самый неопытный читатель узнает чутьем. Это первое, что выдает» (письмо Ив. Аксакову (ПСС. Т. 1. С. 346). Выйдя на свободу, Достоевский перечитывал Гоголя, как раз во время работы над «Селом Степанчиковым» и «Дядюшкиным сном» (Барон А. Е. Врангель. Воспоминания о Ф. М. Достоевском в Сибири. 1854-56 гг. СПб.: тип. А. С. Суворина, 1912. С. 30 — 32). В 1857 г. вышло Кулишевское издание с двумя томами писем Гоголя, вызвавшее, между прочим, пересмотр вопроса о «Переписке» (статья Чернышевского). Достоевский перед самою отдачею в печать романа много работал над ним, переделывал его и т. д. (см. его письмо к брату из Твери от 29 октября 1859 г. — ПСС, Т. 1. С. 132). Поэтому как материалом, известным Достоевскому, я буду изредка пользоваться и письмами Гоголя в издании Кулиша. Впрочем, здесь не так важно текстуальное сличение, как сопоставление самых приемов, тогда как материал фраз может быть взят в пародии и другой (В. Шкловский). Это, конечно, не относится к тем случаям, когда пародируется самая лексика.

что самая сущность пародии, ее двойной план, — определенный, ценный прием[①]. Вот почему мы не удивимся, если узнаем, что рядом с враждебным к «Переписке с друзьями» отношением Достоевского, рядом с пародированием ее (что, впрочем, еще предстоит доказать) в «Маленьком герое» (произведении, написанном в крепости) Достоевский пользуется все той же «Перепиской», но не как материалом пародии, а как материалом стилизации.

Ср.: «Есть женщины, которые точно *сестры милосердия в жизни*. Перед ними можно ничего не скрывать, по крайней мере ничего, *что есть больного и уязвленного в душе*. Кто страждет, *тот* смело и с надеждой *иди к ним* и не бойся быть в тягость, *затем, что* редкий из нас знает, насколько может быть бесконечно терпеливой любви, сострадания и всепрощения в ином женском сердце. Целые сокровища симпатии, утешения, надежды хранятся в этих чистых сердцах, так часто тоже уязвленных, потому что сердце, которое много любит, много грустит, но где *рана бережливо закрыта* от любопытного взгляда, затем что глубокое горе всего чаще молчит и таится. Их же не испугает ни глубина раны, ни *гной ее, ни смрад ее*: кто к ним подходит, тот уж их достоин; да они, впрочем, как будто и родятся на подвиг <...>» («Маленький герой») [2, 273].

И по теме (ср. у Гоголя «Женщина в свете»), и по отдельным выражениям («сестры милосердия в жизни», «гной и смрад»), и по синтаксическому строю («тот иди», «что есть больного и уязвленного»), по заметному налету церковнославянизмов — это место могло бы встретиться и в «Переписке с друзьями». Что касается личности Гоголя, то Достоевский вообще охотно работал над историческим и современным материалом. В «Бесах» материалом для пародийных характеров послужили Грановский и Тургенев; в «Житии великого грешника» к сидящему в монастыре Чаадаеву должны были приезжать Белинский, Грановский, Пушкин. Тут же Достоевский оговаривается. «Ведь у меня же

---

① Есть люди, которые в наше время утверждают, что пародирование есть «высмеиванье», «нелюбовь» и даже «ненависть» к пародируемому. Если бы дело обстояло так, была бы совершенно непонятна веселость пародируемых, вызываемая пародиями на них. Так, например, А. П. Керн рассказывает об А. С. Пушкине: «Однажды <...> в мрачном расположении духа он стоял в гостиной у камина, заложив назад руки... Подошел к нему Илличевский и сказал:

> У печки, погружен в молчанье,
> Поднявши фрак, он спину грел
> И никого во всей компанье
> Благословить он не хотел.

Это развеселило Пушкина, и он сделался очень любезен» (*Д. Н. Майков*. Пушкин. СПб.: Л. Ф. Пантелеев, 1899. С. 265).

не Чаадаев, я только в роман беру этот *тип*»[1]. И мы не можем поручиться, не было[ли] бы пародийной окраски и в рисовке Пушкина. Ведь Достоевского очень занимает эмоциональная перетасовка его характеров; недаром об Ипполите (в «Идиоте») один из героев отзывается как о «Ноздреве в трагедии», а сам Достоевский с восторгом принимает характеристику героев «Бесов», сделанную Страховым: «Это тургеневские герои в старости». В романе нам встретятся анекдотические черты из жизни Гоголя; Достоевский вообще любил вводить такие черты (названия улиц, фамилии врачей: Ипполит советуется с Б-ным — Боткиным). Приведем два примера. В 1844 г. Достоевский писал брату: «В последнем письме К. ни с того ни с сего советовал мне не увлекаться Шекспиром! Говорит, что Шекспир и мыльный пузырь все равно. Мне хотелось, чтобы ты понял эту комическую черту, озлобление на Шекспира. Ну, к чему тут Шекспир?»[2] Позднее в «Дядюшкином сне» это озлобление на Шекспира введено как комическая черта в разговоры Марьи Александровны.

Но Достоевский переносил и трагические черты действительной жизни в произведения, иногда резко меняя их эмоциональную окраску на комическую. Я извиняюсь за тяжелый пример, но он слишком убедителен.

Андрей Михайлович Достоевский вспоминает о памятнике над могилою матери: «Избрание надписи на памятнике отец предоставил братьям. Они оба решили, чтобы было только обозначено имя, фамилия, день рождения и смерти. На заднюю же сторону памятника выбрали надпись из Карамзина: «Покойся, милый прах, до радостного утра...». И эта прекрасная надпись была исполнена».

В «Идиоте» генерал Иволгин рассказывает о Лебедеве, который уверяет, будто потерял левую ногу, и «ногу эту поднял и отнес домой, потом похоронил ее на Ваганьковском кладбище и говорит, что поставил над нею памятник, с надписью, с одной стороны: «Здесь погребена нога коллежского секретаря Лебедева», а с другой: "Покойся, милый прах, до радостного утра <...>» [8, 411].

Характер Гоголя пародирован тем, что взят Гоголь времен «Переписки» и вдвинут в характер неудачника-литератора, «приживальщика»[3].

Фома прежде всего литератор, проповедник, нравственный учитель — на этом основано его влияние. Дядя «в ученость же и в гениальность Фомы <...> верил беззаветно.

---

[1] *Достоевский Ф. М.* Полн. собр. соч. В 14 т. Т. 1. Биография, письма и заметки из записной книжки. СПб.: тип. А. С. Суворина, 1883. С. 233.

[2] Там же. С. 31.

[3] Интересно, что и другой пародийный характер — Степан Трофимович — тоже приживальщик; то же «странничество», та же «котомка». В «Бесах» этому пародийному сдвигу характеров соответствует сдвиг общий: Россия — Петербург — губернский город (действие совершается в губернском городе).

<...> Перед словом «наука» или «литература» дядя благоговел самым наивным и бескорыстнейшим образом <...>»; Фома пострадал за правду [3, 15, 7]. Это было новым явлением, уже подмеченным Гоголем и им испытанным; ср.: «У нас даже и тот, кто просто кропатель, а не писатель, и не только не красавец душой, но даже временами и вовсе подленек, во глубине России отнюдь не почитается таким. Напротив, у всех вообще, даже и у тех, которые едва слышат о писателях, живет уже какое-то убеждение, что писатель есть что-то высшее, что он непременно должен быть благороден <...>» («О лиризме наших поэтов») [VIII, 261].

Имя Фомы Опискина стало нарицательным («тип удался») настолько, что его избрал псевдонимом комический писатель из «Сатирикона». Но Фому не совсем разглядели. Он не только плут, не только тартюф, ханжа, притворщик, но «это человек непрактический; это тоже в своем роде какой-то поэт» [3, 93—94], по выражению Мизинчикова.

Достоевский остался верен себе в контрастном изображении Фомы. Этот плут подчиняет своему влиянию своих врагов (Бахчеева); под его влиянием «Настенька любит читать жития святых и с сокрушением говорит, что обыкновенных добрых дел еще мало, а что надо бы раздать все нищим и быть счастливыми в бедности» [3, 166].

Самолюбие Фомы тоже литературное: «Кто знает, может быть, это безобразно вырастающее самолюбие есть только ложное, первоначально извращенное чувство собственного достоинства, оскорбленного в первый раз еще, может, в детстве гнетом, бедностью, грязью <...>?[①] Но <...> Фома Фомич есть к тому же и исключение из общего правила. <...> Он был когда-то литератором и был огорчен и не признан; а *литература способна загубить и не одного Фому Фомича* — разумеется, непризнанная» [3, 12]. Во всех мелких подробностях выдержан быт Гоголя. Мемуаров о нем к тому времени было мало, но черты Гоголя, позднее выступившие в мемуарах, были, конечно, известны и тогда. Берг вспоминает: «Трудно представить себе более избалованного литератора и с большими претензиями, чем был в то время Гоголь. <...> Московские друзья Гоголя, точнее сказать, приближенные (действительного друга у Гоголя, кажется, не было во всю жизнь), окружали его неслыханным, благоговейным вниманием. Он находил у кого-нибудь из них во всякий свой приезд в Москву все, что нужно для самого спокойного и комфортабельного житья: стол с блюдами, которые он наиболее любил; тихое, уединенное помещение и прислугу, готовую исполнять все его малейшие прихоти. <...> Даже близкие знакомые хозяина, у кого жил Гоголь, должны были знать, как вести себя, если неравно с

---

① Ср. Гоголь: «<...> в обхождении моем с людьми всегда было много неприятно отталкивающего. <...> Отчасти же это происходило я от мелочного самолюбия, свойственного только таким из нас, которые из грязи пробрались в люди и считают себя вправе глядеть спесиво на других» [VIII, 217].

ним встретятся и заговорят». Все это выдержано в романе: Фому потчевают: «— Чаю, чаю, сестрица! Послаще только, сестрица; Фома Фомич после сна любит чай послаще» [3, 65]; тишину и уединение Фомы оберегают: «— Сочинение пишет! — говорит он, бывало, ходя на цыпочках еще за две комнаты до кабинета Фомы Фомича» [3, 15]; для прихотей Фомы приставлен специально Гаврила; дядя дает наставления племяннику, как вести себя «при встрече».

Ср. также описание комнат Фомы: «Полный комфорт окружал великого человека» и т. д. [3, 130]. Фома в семействе Ростаневых ведет себя как Гоголь в семье Аксаковых.

Наружность Фомы тоже как будто списана с Гоголя. «Гаврила справедливо назвал ого *плюгавеньким* человечком. Фома был *мал ростом, белобрысый*[①] и с проседью, *с горбатым носом* и с маленькими морщинками по всему лицу. <...>. К удивлению моему, он явился в *шлафроке*, правда, иностранного покроя <...>» [3, 65]. «Фома Фомич сидел в покойном кресле, в каком-то *длинном, до пят, сюртуке*[②], но все-таки без галстуха» [3, 130]. Здесь и там рассыпаны намеки, дающие некоторый гоголевский фон: Егор Ильич встречал в Петербурге одного литератора: «еще какой-то нос у него особенный»; Фома в одной своей проповеди упоминает и самое имя Гоголя; Фома пострадал за правду «в сорок не в нашем году». С 10-й страницы романа начинаются явные намеки: «Я сам слышал слова Фомы в доме дяди, в Степанчикове, когда уже он стал там полным владыкою и прорицателем. «Не жилец я между вами, — говаривал он иногда с какою-то таинственною важностью, — не жилец я здесь! Посмотрю, устрою вас всех, покажу, научу и тогда прощайте: в Москву, издавать журнал! *Тридцать тысяч человек будут сбираться на мои лекции ежемесячно.* Грянет наконец мое имя, и тогда — горе врагам моим!» [3, 12—13]. Тридцать тысяч человек на лекциях — это, конечно, тридцать пять тысяч курьеров Хлестакова, но, может быть, здесь речь и о неудачном профессорстве Гоголя.

«Но гений, покамест еще собирался прославиться, требовал награды немедленной. Вообще приятно получать плату вперед, а в этом случае особенно. Я знаю, он серьезно уверил дядю, что ему, Фоме, предстоит величайший подвиг, подвиг, для которого он и на свет призван и к совершению которого понуждает его какой-то человек с крыльями, являющийся ему по ночам, или что-то вроде того. Именно: написать *одно глубокомысленнейшее сочинение в душеспасительном роде, от которого произойдет всеобщее землетрясение* и затрещит вся Россия. И когда уже затрещит вся Россия, то он,

---

① Сам Гоголь о себе: «приземист и невзрачен». Письмо к А. С. Данилевскому от 11 апреля 1838 г. (*Н. В. Гоголь.* Сочинения и письма. В 10 т. Т. 5. СПб.: П. А. Кулиша, 1857. С. 306) [XI, 132]; «Гоголь был белокур» — С. Аксаков и др.

② Ср. С. Аксаков о костюме Гоголя: «сюртук вроде пальто»).

Фома, пренебрегая славой, *пойдет в монастырь и будет молиться день и ночь в киевских пещерах о счастии отечества*» [3, 13].

Известно, какое значение придавал Гоголь своей «Переписке» и каких последствий ожидал от нее. «Приходит уже то время, — писал он, — в которое все объяснится» [XIII, 85]; отпечатание книги «нужно, нужно и для меня, и для других; словом, нужно для общего добра. Мне говорит это мое сердце и необыкновенная милость божия» [XIII, 112] и т. д. «Пойдет в монастырь» и т. д. — намек на иерусалимское путешествие Гоголя; ср.: «Я <...> у гроба господнего буду молиться о всех моих соотечественниках, не исключая из них ни единого <...>» [VIII, 218]. Об этом завещании Достоевский писал брату еще в 1846 г.: «Говорит, что не возьмется во всю жизнь за перо, ибо дело его молиться»[①] и т. д. *«Землетрясение»*, может быть, пародирует и статью Гоголя о стихотворении «Землетрясение» Языкова: «Найдешь слова, найдутся выраженья, *огни*, а не слова, излетят от тебя, как от древних пророков <...> Истинно русского человека поведешь на брань даже и против уныния, *поднимешь его превыше* страха и *колебаний земли*, как поднял поэта в своем «Землетрясении»»[②] [VIII, 280—281].

Фома Фомич сильно занят крестьянским вопросом. Среди его посмертных произведений недаром нашли «бессмысленное рассуждение о *значении и свойстве русского мужика и о том, как надо с ним обращаться*» [3, 130]; он пишет также «о производительных силах»: «<...> поговорив с мужичками о *хозяйстве*, хотя сам не умел отличить овса от пшеницы, сладко потолковав о *священных обязанностях крестьянина к господину,* коснувшись слегка электричества и *разделения труда*, в чем, разумеется, не понимал ни строчки, растолковав своим слушателям, каким образом земля ходит около солнца, и, наконец, совершенно умилившись душой от собственного красноречия, он заговорил о министрах. Я это понял. <...> Крестьяне же всегда слушали Фому Фомича с подобострастием» [3, 15—16].

Но это программа двух статей «Переписки»: «Русский помещик» и «Занимающему важное место»; ср. в особенности о министрах: «Генерал-губернатор есть министр внутренних дел, остановившийся на дороге». <...> Генерал-губернатор посылается затем, чтобы <...> дать толчок всему, своим полномочием облегчить затруднительность многих мест в их сношеньях с отдаленными министерствами <...>» и т. д. И вслед за тем

---

① *Достоевский Ф.М.* Полн. собр. соч. В 14 т. Т. 1. Биография, письма и заметки из записной книжки. СПб.: тип. А. С. Суворина, 1883. С. 49.

② Ср., кроме того, начало отрывка с отрывком из ст. «Исторический живописец Иванов»: «Я произведу одно такое дело, которое вас потом изумит, но которого вам не могу теперь рассказать, потому что многое, докуда, и мне самому еще не совсем понятно, а вы, во все то время, как я буду сидеть над работой, ждите терпеливо и давайте мне деньги на содержанье» — речь, вложенная в уста живописцу [VIII 332].

о «разделении труда»: «Во-первых, ввести всякую должность в ее законные границы и всякого чиновника губернии в полное познанье его должности. <...> Возвратить всякую должность в ее законный круг тем более стало трудно теперь <...>» и т. д. [VIII, 351—354]. Прощальная проповедь Фомы развивает более подробно положение статьи «Русский помещик»:

«Вы помещик; вы должны бы сиять, как бриллиант, в своих поместьях <...>».

«— Итак, вспомните, что вы помещик, — продолжал Фома <...> — Не думайте, чтоб отдых и сладострастие были предназначением помещичьего звания. Пагубная мысль! *Не отдых, а забота, и забота перед богом, царем и отечеством! Трудиться, трудиться обязан помещик, и трудиться, как последний из крестьян его!*

— Что ж, я *пахать за мужика*, что ли, стану? — проворчал Бахчеев <...>

— К вам теперь обращаюсь, домашние, — продолжал Фома <...> — любите господ ваших и исполняйте волю их подобострастно и с кротостью. За это возлюбят вас и господа ваши. А вы, полковник, будьте к ним справедливы и сострадательны. Тот же человек — образ божий, так сказать, малолетный, *врученный вам, как дитя, царем и отечеством*. Велик долг, но велика и заслуга ваша!» [3, 137—138].

Ср. у Гоголя: «Возьмись за дело помещика, как следует за него взяться в настоящем и законном смысле. <...> *Взыщет с тебя бог*, если б ты променял это званье на другое, потому что всякий должен *служить богу* на своем месте <...>» [VIII, 322].

«И ты, не служа доселе ревностно ни на каком поприще, сослужишь такую *службу государю* в званьи помещика, какой не сослужит иной великочиновный человек» [VIII, 328]. «<...> Будь патриархом, сам начинателем всего и передовым во всех делах. <...> И обедал бы ты сам вместе с ними (с мужиками. — *Ю. Т.*), и *вместе с ними вышел бы на работу, и в работе был бы передовым*, подстрекая всех работать молодцами <...>» [VIII, 324].

«Поддай и от себя силы словами: «Прихватим-ка разом, ребята, все вместе!» *Возьми сам в руки топор* или косу; это будет тебе в добро <...>» («Русский помещик») [VIII, 325]. Те же мысли развивает Тентетников: «Я <...> помещик; звание это также не бездельно. Если я позабочусь о сохраненьи, *сбереженьи и улучшеньи участи вверенных мне людей* <...> чем моя служба будет хуже службы какого-нибудь начальника отделения <...>?» [VII, 17].

Рассуждения Фомы о литературе, примыкающие непосредственно к рассуждениям его же о «плясках русского народа», пародируют статью «Предметы для лирического поэта», а частью статью «О театре, об одностороннем взгляде на театр <...>».

«— Удивляюсь я, Павел Семеныч, — продолжал он, — что же делают после этого все эти современные литераторы, поэты, ученые, мыслители? Как не обратят они внимания на то, какие песни поет русский народ и под какие песни пляшет русский народ? Что же делали до сих пор все эти *Пушкины, Лермонтовы, Бороздны!* Удивляюсь. Народ пляшет комаринского, эту апофеозу пьянства, а они *воспевают какие-то незабудочки!* Зачем же не напишут они более благонравных песен для народного употребления и не бросят свои незабудочки? Это социальный вопрос! Пусть изобразят они мне мужика, но *мужика облагороженного,* так сказать, селянина, а не мужика. Пусть изобразят этого *сельского мудреца в простоте своей,* пожалуй, хоть даже в лаптях — я и на это согласен, — но преисполненного добродетелями, которым — я это смело говорю — может позавидовать даже какой-нибудь слишком прославленный Александр Македонский. Я знаю Русь и Русь меня знает: потому и говорю это. Пусть изобразят этого мужика, пожалуй, обремененного семейством и сединою, в душной избе, пожалуй, еще голодного, но довольного, не ропщущего, но *благословляющего свою бедность* и равнодушного к золоту богача. Пусть сам богач, в умилении души, принесет ему, наконец, свое золото; пусть даже при этом случае произойдет соединение добродетели мужика с добродетелями его барина и, пожалуй, еще вельможи. Селянин и вельможа, столь разъединенные на ступенях общества, соединяются наконец в добродетелях — это высокая мысль!» [3, 68—69]

Ср. у Гоголя: «Отделите только собственно называемый высший театр от всяких скаканий <...> угождающих разврату вкуса или разврату сердца <...>» [VIII, 268].

С «незабудочкой» ср. гоголевское выражение «стихотворные игрушки» [VIII, 275]. С эпизодом о вельможе и бедняке ср. у Гоголя: «Возвеличь в торжественном гимне незаметного труженика, какие, к чести высокой породы русской, находятся посреди отважнейших взяточников <...> Возвеличь его, и семью его, и благородную жену его, которая лучше захотела носить старомодный чепец и стать предметом насмешек других, чем допустить своего мужа сделать несправедливость и подлость. Выставь их *прекрасную бедность* так, чтобы, как святыня, она засияла у всех в глазах, и *каждому из нас захотелось бы самому быть бедным* («Предметы для лирического поэта в нынешнее время») [VIII, 280].

О страданиях как пути к добродетели Фома проповедует, уже прямо ссылаясь на Гоголя: «Про себя же скажу, что несчастье есть, может быть, мать добродетели. Это сказал, кажется, Гоголь, писатель легкомысленный, но у которого бывают иногда зернистые мысли. Изгнание есть несчастье! Скитальцем пойду я теперь по земле с моим посохом, и кто знает? может быть, через несчастья мои я стану еще добродетельнее! Эта мысль — единственное оставшееся мне утешение!» [3, 153].

Ср. у Гоголя: «<...> несчастие умягчает человека; природа его становится тогда более чуткой и доступной к пониманью предметов, превосходящих понятие человека, находящегося в обыкновенном и вседневном положении <...>» («О помощи бедным»); там же: «святой и глубокий смысл несчастья» [VIII, 236].

7

Приведенные речи Фомы выделяются по стилю, и сам Фома комментирует свой стиль. Так, со слов Фомы дядя говорит, что у него «даже что-то *мелодическое* в слоге» [3, 70]; одною из особенностей этого торжественного слога, однако, являются такие выражения, как: пехтерь, моська, халдей, хамлет, голландская рожа и т. д.

Здесь система, намерение. «С намерением назвал я его голландской рожей, Павел Семеныч, — заметил он <...> да и вообще, знаете, не нахожу нужным смягчать свои выражения ни в каком случае. *Правда должна быть правдой*. А чем ни прикрывайте грязь, она все-таки останется грязью. Что ж и трудиться смягчать? себя и людей обманывать» [3, 66]. «Вы в изящном смыслите столько — извините меня, полковник, — сколько смыслит, например, хоть бык в говядине! Это резко, грубо — сознаюсь, по крайней мере, *прямодушно и справедливо*. Этого не услышите вы от ваших льстецов, полковник» [3, 74]. «Зачем в самом начале не свернули вы мне головы, как какому-нибудь петуху, за то... ну хоть, например, только за то, что он не несет яиц? Да, именно так! Я стою за это сравнение, полковник, хотя оно и взято *из провинциального быта* и напоминает собою *тривиальный тон современной литературы* <...>»» [3, 85].

«Переписка с друзьями» — смешение высокого стиля с выражениями, как: «неумытая рожа», «подлец», «писал писачка, а имя ему собачка». Смешение было намеренным. Сам Гоголь объяснял его так: «<...> я оставил почти нарочно много тех мест, которые заносчивостью способны задрать за живое» (письмо к Россету)[1][XIII, 278].

Строго выдержан и высокий стиль.

В прощальной проповеди Фомы (как и в проповедях Гоголя) хозяйственные наставления совпадают, по стилю, с моральными: «В Харинской пустоши у вас до сих пор сено не скошено. Не опоздайте: скосите, и скосите скорей. Такой совет мой... <...> Вы хотели, — я знаю это, рубить заряновский участок лесу; — не рубите — другой совет мой. Сохраните леса: ибо леса сохраняют влажность на поверхности земли... Жаль, что вы слишком поздно посеяли яровое; удивительно, как поздно сеяли вы яровое!..» [3, 138]; ср. известное письмо Гоголя к Данилевскому: «Но слушай, теперь ты должен слушать моего слова, ибо вдвойне властно над тобою мое слово, и горе кому бы то ни было, не слушающему моего слова. <...> Покорись и займись год, один только год, своею деревней. Не заводи, не усовершенствуй, даже не поддерживай, а войди во все, следуй за мужиками, за приказчиком <...> Итак, безропотно и беспрекословно исполни сию мою просьбу!»[2] и т. д.

---

[1] На этот стиль обратил внимание главным образом Белинский. См. рецензию на «Переписку», где перечислены выражения: «глупые умники», «понесла дичь», «невымытое рыло» и др.

[2] *Гоголь Н. В.* Сочинения и письма: В 6 т. СПб.: издание П. А. Кулиша, 1857. Т. 5. С. 447 [XI, 342 — 343].

Пародируются и отдельные приемы гоголевского стиля.

«На кого похожи вы были до меня? А теперь я заронил в вас искру того небесного огня, который горит теперь в душе вашей. Заронил ли я в вас искру небесного огня или нет? Отвечайте: заронил я в вас искру иль нет? <...> Отвечайте же: горит в вас искра или нет?» и т. д. [3, 16—17].

«Ну, не чувствуете ли вы теперь, — проговорил истязатель, — что у вас вдруг стало легче на сердце, как будто в душу к вам слетел какой-то ангел?.. Чувствуете ли вы присутствие этого ангела? отвечайте мне!» и т. д. [3, 88].

«Почему же прежде он не прибежал ко мне, счастливый и прекрасный — ибо любовь украшает лицо, — почему не бросился он тогда в мои объятия, не заплакал на груди моей слезами беспредельного счастья и не поведал мне всего, всего? Или я крокодил, который бы только сожрал вас, а не дал бы вам полезного совета? Или я какой-нибудь отвратительный жук <...>» [3, 148].

Ср. у Гоголя: «Да разве уж я совсем выжил из ума? <...> И откуда вывел ты заключенье, что второй том именно теперь нужен? Залез ты разве в мою голову? почувствовал существо второго тома? <...> Кто ж из нас прав? Тот ли, у которого второй том уже сидит в голове, или тот, кто даже и не знает, в чем состоит второй том?» («3-е письмо по поводу «Мертвых душ»») [VIII, 296].

«Кто вам сказал, что болезни эти неизлечимы? (...) Что ж, разве вы всезнающий доктор? А зачем вы не обратились с просьбой о помощи к другим? Разве я даром просил вас сообщить все, что ни есть в вашем городе <...>? Зачем же вы этого не сделали, тем более, что сами <...> же приписываете мне некоторое, не всем общее познание людей <...>? Неужели вы думаете, что я не сумел бы также помочь и вашим неизлечимым больным?» («Что такое губернаторша») [VIII, 310].

Пародия Достоевского в этом случае основана на различном комбинировании *образов*: образы, как «искра небесного огня», «слетевший ангел», близки к образам гоголевской «Переписки» (ср. хотя бы «электрическая искра <...> поэтического огня» — «В чем же, наконец, существо русской поэзии <...>») (VIII, 381], но у Гоголя они не сочетаются с синтаксической формой нагнетающих вопросов; здесь комизм — в невязке синтаксиса и семантики.

Пародирует Достоевский и нагнетание, путем повторения какого-либо слова:

«Вы самолюбивы, необъятно самолюбивы! <...> Вы эгоист и даже мрачный эгоист... <...> Вы грубы. Вы так грубо толкаетесь в человеческое сердце, так самолюбиво напрашиваетесь на внимание <...>» и т. д. [3, 89].

Ср. у Гоголя: «А ты горд; ты и теперь уже ничего не хочешь видеть; ты самоуверен: ты думаешь, что уже все знаешь; ты думаешь, что все обстоятельства России тебе открыты; ты думаешь, что уже никто и поучить тебя не может <...>» и т. д. («Близорукому приятелю») [VIII, 348].

Так пародированы два крайне важные места из Гоголя:

1) «Я распространю эту тайну, — визжал Фома, — и сделаю наиблагороднейший из поступков! *Я на то послан самим богом, чтоб изобличить весь мир в его пакостях!* Я готов взобраться на мужичью соломенную крышу и кричать оттуда о вашем гнусном поступке всем окрестным помещикам и всем проезжающим!..» [3, 139].

Ср. у Гоголя: «Не смущайтесь мерзостями и подавайте мне всякую мерзость! Для меня мерзости не в диковинку: я сам довольно мерзок. Пока я еще мало входил в мерзости, меня всякая мерзость смущала <...> с тех же пор, как стал я побольше всматриваться в мерзости, я просветлел духом <...> И теперь больше всего благодарю бога за то, что сподобил он меня, хотя отчасти, узнать мерзости <...>» («Что такое губернаторша») [VIII, 320—321].

Ср. также: «<...> еще ни у одного писателя не было этого дара выставлять так ярко пошлость жизни, уметь очертить в такой силе пошлость пошлого человека, чтобы вся та *мелочь*, которая ускользает от глаз, мелькнула бы крупно в глаза всем» («3-е письмо по поводу «Мертвых душ») [VIII, 292].

2) «...Я хочу любить, любить человека, — кричал Фома, — а мне не дают человека, запрещают любить, отнимают у меня человека! Дайте, дайте мне человека, чтоб я мог любить его! Где этот человек? куда спрятался этот человек? Как Диоген с фонарем, ищу я его всю жизнь и не могу найти, и не могу никого любить, доколе не найду этого человека. Горе тому, кто сделал меня человеконенавистником! Я кричу: дайте мне человека, чтоб я мог любить его, а мне суют Фалалея! Фалалея ли я полюблю? Захочу ли я полюбить Фалалея? Могу ли я, наконец, любить Фалалея, если б даже хотел? Нет; почему нет? Потому что он Фалалей. Почему я не люблю человечества? Потому что все, что ни есть на свете, — Фалалей или похоже на Фалалея! Я не хочу Фалалея я ненавижу Фалалея, я плюю на Фалалея, я раздавлю Фалалея, и если б надо было выбирать, то я полюблю скорее Асмодея, чем Фалалея!» [3, 154].

Ср. у Гоголя: «Я не могу обнять этого человека: он мерзок, он подл душою, он запятнал себя бесчестнейшим поступком; я не пущу этого человека даже в переднюю свою; я даже не хочу дышать одним воздухом с ним; я сделаю круг для того, чтобы объехать его и не встречаться с ним. Я не могу жить с подлыми и презренными людьми — неужели мне обнять такого человека, как брата?» («Светлое Воскресение») [VIII, 412].

Ср. также: «Я люблю добро, я ищу его и сгораю им; но я не люблю моих мерзостей и не держу их руку, как мои герои; я не люблю тех низостей моих, которые отдаляют меня от добра. Я воюю с ними и буду воевать, и изгоню их, и мне в этом поможет бог» («3-е письмо по поводу «Мертвых душ») [VIII, 296].

«Но как полюбить братьев, как полюбить людей? Душа хочет любить одно прекрасное, а бедные люди так несовершенны, и так у них мало прекрасного! Как же сделать это?» («Нужно любить Россию») [VIII, 300].

Самое повторение имени тоже прием, часто употребляемый Гоголем; ср., например: «<...> нужно, как Иванов, умереть для всех приманок жизни; как Иванов, учиться <...> как Иванов, надеть простую плисовую куртку <...> как Иванов, вытерпеть все <...>» («Исторический живописец Иванов») [VIII, 335—336].

В обоих приведенных отрывках пародия достигает предельной точности в подчеркивании гоголевской тавтологии; самое имя Фалалей — типичная, семантически значащая (Фалалей — ротозей) словесная маска; здесь же затронут и вопрос о «прекрасном человеке» — идеальной маске у Гоголя и дан обычный ответ Достоевского: прекрасен несовершенный человек.

8

Достоевский использовал в «Селе Степанчикове» все средства словесной пародии. Пародируется самый словарь «Переписки».

«— О, не ставьте мне монумента! — кричал Фома, — не ставьте мне его! Не надо мне монументов! В сердцах своих воздвигните мне монумент, а более ничего не надо, не надо, не надо!» [3, 146].

Ср. у Гоголя: «Завещаю не ставить надо мною никакого памятника и не помышлять о таком пустяке, христианина недостойном. Кому же из близких моих я был действительно дорог, тот воздвигнет мне памятник иначе: воздвигнет он его в самом себе своею непоколебимою твердостью в жизненном деле, бодреньем и освеженьем всех вокруг себя. Кто после моей смерти вырастет выше духом, нежели как был при жизни моей, тот покажет, что он, точно, любил меня и был мне другом, и сим только воздвигнет мне памятник» («Завещание») [VIII, 219—220]. Словесная пародия сделана здесь необычайно просто: вместо русского «памятник» — иностранное «монумент». На комическом эффекте иностранных слов, внедренных в текст, основан, как известно, макаронический стих; этим стихом широко пользовался Гейне. В русской прозе этот прием как комический употребляет Гоголь: «Дамы города N. были то, что называют презентабельны», «небольшое инкомодите в виде горошинки на правой ноге» и т. д. Достоевский чрезвычайно разнообразит этот прием; он встречается у него и без комической окраски, быть может, как рудимент языкового влияния Карамзина: «мефитический воздух» («Записки из Мертвого дома»), «инфернальный» и т. д. «Зимние заметки о летних впечатлениях» написаны почти сплошь пародическим жаргоном, причем либо русские слова передаются во французской транскрипции и произношении: un outchitel, la baboulinka, либо французские в русском:

эпузы.

Особенно охотно Достоевский пользуется этим приемом маскировки слов в пародиях; так, в «Бесах» тургеневское «Довольно» — «Merci» Кармазинова.

Следует еще отметить усиление комического эффекта употреблением множественного числа: «*Не надо мне монументов!*»

Следующий прием словесной пародии — отрыв эпитета от определяемого и приклейка его к другому слову.

Фома: «<...> Гоголь, писатель легкомысленный, но у которого бывают иногда зернистые мысли» [3, 153].

Ср. у Гоголя: «Дивишься драгоценности нашего языка: что ни звук, то и подарок: все *зернисто*, крупно, как сам *жемчуг*, и, право, иное название еще драгоценней самой вещи» («Предметы для лирического поэта <...>») [VIII, 279].

«Зернистый жемчуг языка» — «зернистый язык» — «зернистая мысль» — таков ход разрыва: эпитет, относящийся только к одному образу из связи образов («жемчуг языка»), отнесен непосредственно ко второму, а этот второй заменен другим, близким к нему; такой отрыв — один из механизирующих приемов.

Прием механизации через повторение мы уже видели на примере «искры небесного огня». Еще сильнее прием, если повторение ведется другим действующим лицом.

«— Говорю это, испуская сердечный вопль, а не торжествуя, не возносясь над вами, как вы, может быть, думаете.

— Но я и сам испускаю сердечный вопль, Фома, уверяю тебя...» (речь дяди) [3, 86].

Ср. у Гоголя: «Почему знать, может быть, эти горя и страдания, которые ниспосылаются тебе, ниспосылаются именно для того, чтобы произвести в тебе тот душевный вопль, который бы никак не исторгнулся без этих страданий. Может быть, именно этот душевный вопль должен быть горнилом твоей поэзии. <...> Все тут сердечный вопль и непритворное восторгновение к богу» (письмо к Н. М. Языкову)[1] [XII, 261].

Герои Достоевского часто пародируют друг друга, подобно тому как пародирует Дон-Кихота Санхо-Панса в своих разговорах с ним (В. Шкловский). Но у Достоевского выражения героев замыкаются в авторские кавычки и становятся переносными пародийными штампами. Так, фраза Фомы: «Я знаю Русь и Русь меня знает» употреблена уже вне контекста в «Зимних заметках о летних впечатлениях»; так, фраза инвалида в

---

[1]   Словарь «Переписки» вообще врезался в память Достоевскому. Уже в «Бесах» он пародирует слово «выпелась»: капитан Лебядкин, декламируя Ставрогину свои стихи, говорит, что они «выпелись» у него, как «Прощальная повесть» у Гоголя.

«Зимних заметках» о Руссо: «L'homme de la nature et de la verite»[①] перенесена вне связи с Руссо в «Записки из подполья».

Но иногда Достоевский просто переносит целые выражения из «Переписки»; так, слова Фомы по поводу «приличий в выражениях»: *«Только в глупой светской башке могла зародиться потребность таких бессмысленных приличий»* [3, 66] — дословно повторяют фразу из «3-го письма по поводу «Мертвых душ»» [VIII, 296]: «<...> *только в глупой светской башке* могла образоваться такая глупая мысль». Выражение, подчеркнутое [курсивом], точно так же подчеркнуто, кстати, в рецензии Белинского на «Переписку».

9

Тот факт, что пародийность «Села Степанчикова» не вошла в литературное сознание, любопытен, но не единичен. Так, глубоко спрятаны пародии сюжетных схем: вряд ли догадался бы кто-нибудь о пародийности «Графа Нулина», не оставь сам Пушкин об этом свидетельства. А сколько таких необнаруженных пародий? Раз пародия не обнаружена, произведение меняется; так, собственно, меняется всякое литературное произведение, оторванное от плана, на котором оно выделилось. Но и пародия, главный элемент которой в стилистических частностях, будучи оторвана от своего второго плана (который может быть просто забыт), естественно утрачивает пародийность. Это в значительной мере решает вопрос о пародиях как комическом жанре. Комизм — обычно сопровождающая пародию окраска, но отнюдь не окраска самой пародийности. Пародийность произведения стирается, а окраска остается. Пародия вся — в диалектической игре приемом. Если пародией трагедии будет комедия, то пародией комедии может быть трагедия.

🔆 课后思考题

1. Что такое «литературный факт» и «литературный быт», и чем они отличаются друг от друга?

2. Почему Тынянов определяет литературу как «динамическую речевую конструкцию»?

3. Прочитайте статью «Достоевский и Гоголь. (К теории пародии)» (1921) (первая книга) и расскажите, как автор раскрывает особенности литературной полемики Ф. М. Достоевского с Н. В. Гоголем по вопросам комического?

---

① Человек природы и истины (*фр.*).

||||||||||||||||||||||||||||||||||||||||| ▶ **推荐阅读材料** ◀ |||||||||||||||||||||||||||||||||||||||||

1. *Гинзбург Л.* Записные книжки. Воспоминания. Эссе / вступит. ст. А.С. Кушнера. СПб.: Искусство-СПб., 2011.

2. *Тынянов Ю.* Автобиография // Юрий Тынянов. Писатель и ученый. Воспоминания. Размышления. Встречи. М.: Молодая гвардия, 1966. С. 9 — 20.

3. *Чудакова М. О.,* Тоддес Е. А. Тынянов в воспоминаниях современника // Тыняновский сборник. Первые Тыняновские чтения. Рига: Зинатне, 1984. С. 78 — 105.

4. *Эйхенбаум Б. М.* Творчество Тынянова // Эйхенбаум Б.М. О прозе: сб. ст. Л.: Худ. лит., 1969. С. 380 — 423.

第七讲拓展资源

第八讲
Морфология комического В. Я. Проппа

Мне следовало стать биологом. Я люблю все классифицировать и систематизировать.

— В. Я. Пропп

预习
思考题

1. Какую роль играет В. Я. Пропп в истории русского литературоведения?

2. Каково значение морфологии сказки В. Я. Проппа для теории литературы XX века?

▶▶ **原典选读 1**

Проблемы комизма и смеха[①]

Глава 1. Немного методологии

Беглый обзор существующих теорий комического дает не очень утешительную картину. Поневоле напрашивается здесь вопрос: нужна ли нам вообще теория? Их было очень много. Стоит ли к многочисленным существующим теориям прибавлять еще одну? Может быть, такая теория не более как игра ума, мертвая схоластика, бесполезная в жизни философема? На первый взгляд такой скептицизм не лишен некоторого основания. Действительно, величайшие юмористы и сатирики великолепно обходились без всякой теории. Обходятся без нее и современные юмористы-профессионалы, писатели, работники театра, кино, эстрады, цирка. Однако это еще не значит, что теория нам не нужна. Теория нужна в любой области человеческих знаний. Ни одна наука без теории в наши дни обходиться не может. Теория прежде всего имеет познавательное значение, и знание ее — один из элементов научного мировоззрения вообще.

Первый и основной недостаток всех существующих теорий (особенно немецких) — это ужасающий абстракционизм, сплошная отвлеченность. Теории создаются безотносительно к какой бы то ни было реальной действительности. В большинстве случаев такие теории действительно представляют собой мертвые философемы, притом изложенные так тяжеловесно, что их иногда просто невозможно понять. Труды эти состоят из сплошных рассуждений, где иногда на целые страницы или десятки страниц не приводится никаких фактов. Факты привлекаются изредка только как иллюстрации к выдвигаемым абстрактным положениям, причем избираются такие факты, которые как будто подтверждают выдвигаемые тезисы; о тех же фактах, которые их не подтверждают, хранится молчание, их авторы просто не замечают.

Вопрос об отношении теории к фактам мы должны будем решить иначе, чем он решался до сих пор. Основу должно составлять строгое и беспристрастное изучение фактов, а не абстрактные размышления, как бы они ни были интересны и привлекательны сами по себе.

В любом исследовании метод может иметь решающее значение. В истории нашего вопроса метод в преобладающем большинстве случаев состоял в том, что сущность комического определялась заранее в рамках тех философских систем, которых придерживались их авторы. Авторы исходили из некоторых гипотез, к которым подбирались примеры. Эти примеры должны были иллюстрировать и доказать гипотезу.

---

① *Пропп В. Я.* Проблемы комизма и смеха. М.: Искусство, 1976. С. 5 — 26. （编者注）

Такой метод принято называть дедуктивным. Он возможен и оправдан в тех случаях, когда фактов недостаточно, когда их мало в природе, когда их невозможно непосредственно наблюдать и когда иным путем они необъяснимы.

Но есть и другой метод, идущий не от гипотез, а от скрупулезного сопоставительного изучения и анализа фактов к обоснованным через факты выводам. Такой метод принято называть индуктивным. Большинство современных наук уже не может строиться только на создании гипотез. Там, где это позволяют факты, надо идти индуктивным методом. Только этот метод дает надежное установление истин.

Прежде всего необходимо было, не отбрасывая ничего, не производя никакого отбора, собрать и систематизировать материал. Все, что вызывает смех или улыбку, все, что хотя бы отдаленно связано с областью комического, надо было взять на учет.

В основном предлагаемая работа есть работа литературоведческая. Поэтому в первую очередь изучалось творчество писателей. Начинаем мы изучение с наиболее ярких и талантливых проявлений юмора и комизма, но приходилось присматриваться и к более слабым и неудачным проявлениям его. В первую голову были изучены русские классики. Величайшей сокровищницей оказались произведения Гоголя. Гоголь предстал перед нами как величайший из всех когда-либо творивших юмористов и сатириков, оставляя далеко позади себя всех других как русских, так и нерусских мастеров. Поэтому читатель не должен удивляться, что так много примеров взято из произведений Гоголя. Но Гоголем все же нельзя было ограничиться. Необходимо было просмотреть творчество и ряда других писателей как прошлого, так и настоящего. Привлекалось и народное творчество, фольклор. В отдельных случаях юмор фольклора обладает некоторыми специфическими особенностями, отличающими его от юмора писателей-профессионалов. Часто, однако, именно народное творчество дает яркий и показательный материал, который игнорировать никак нельзя.

Для решения проблемы комизма нельзя ограничиваться творчеством классиков и лучших образцов фольклора. Необходимо было ознакомиться с повседневной, текущей продукцией юмористических и сатирических журналов, с газетными фельетонами. Журналы и пресса отражают текущую жизнь, и сама эта жизнь подлежит такому же пристальному изучению, как и искусство. Необходимо было учесть не только узколитературное творчество, но и цирк, эстраду, кинокомедию, прислушаться к разговорам в разнообразной среде…

Опытный теоретик сразу заметит, что мы не делим факты на относящиеся к области эстетики и не относящиеся к ней. Мы берем весь фактический материал, какой есть; каково же отношение явлений эстетики к явлениям жизни, мы увидим после того, как материал будет изучен.

Метод индуктивного изучения, основанного на проработке фактов, дает возможность избежать абстрактности и ее последствий, столь характерных для большинства эстетик XIX — начала XX вв. Ниже вопрос о видах смеха и о том, как их реально можно классифицировать, будет поставлен особо (см. гл. 2 настоящей книги).

Совершенно очевидно, что показать в работе весь рассмотренный материал невозможно, да и не нужно. Полученные ряды можно только иллюстрировать избранными примерами. По способу изложения это похоже на то, что делалось и раньше. Однако по существу исследования метод совершенно иной. Примеры показывают, из каких фактов, из каких рядов вывод получается.

Абстрактность — не единственный недостаток существующих теорий. Есть и другие недостатки, которые необходимо себе уяснить, чтобы их избежать. Один из них состоит в том, что основные принципы заимствуются у предшественников, принимаются на веру, не подвергаются предварительной проверке. Один из таких принципов состоит в том, что комическое противопоставляется трагическому и возвышенному, и выводы, полученные из изучения возвышенного или трагического, с обратным знаком применяются к комическому.

Для Аристотеля было естественно при определении сущности комедии исходить из трагедии как ее противоположности, ибо в практике и в сознании древнего грека именно трагедия имела первенствующее значение. Но когда такое противопоставление продолжается в эстетиках XIX—XX вв., оно приобретает мертвый и отвлеченный характер. Для эстетики романтического идеализма было естественно полагать в основу любой эстетической теории учение о возвышенном и прекрасном и противопоставлять ему комическое как нечто низменное и противоположное возвышенному. Против такого толкования возражал уже Белинский, который, как мы видели, на примере Гоголя показал, какое великое значение в искусстве и в общественной жизни может иметь именно комическое. Но этот почин Белинского подхвачен не был. Что комическое противоположно возвышенному и трагическому — это одно из тех положений, которые принимаются на веру без всяких доказательств. Сомнение в правильности такого противопоставления высказывалось уже в позитивистской немецкой эстетике XIX в. Так, Фолькельт писал: «Комическое выделяется в области эстетического под совершенно другой точкой зрения, чем трагическое»; «Комическое никак не является противоположным звеном трагического, и вообще его нельзя ставить в один ряд с трагическим... Если что и противостоит комическому, то это некомическое, или серьезное»[1]. То же он говорит о возвышенном. Эта мысль, которую выражали и другие, несомненно правильна и плодотворна. Комическое, прежде всего, должно изучаться *само по себе как таковое*. Действительно, в чем

---

[1] Volkelt J. System der Ästhetik. Bd I — IV. München, 1905 — 1914. Bd I. S. 341 — 343.

веселые новеллы Боккач-чо или «Коляска» Гоголя, или «Лошадиная фамилия» Чехова противоположны трагическому? Они просто ие имеют к этому никакого отношения, находятся вне его сферы. Мало того, возможны также случаи, когда произведения, комические по своей трактовке и своему стилю, трагичны по содержанию. Таковы «Записки сумасшедшего» или «Шинель» Гоголя.

Противопоставление комического трагическому и возвышенному не вскрывает сущности комизма и его специфики, а в этом-то состоит наша главная задача. Мы будем определять сущность комизма без всякой оглядки на трагическое или на возвышенное, пытаясь понять и определить комическое как таковое. В тех случаях, когда комическое так или иначе соприкасается с трагическим, это должно учитываться, но не отсюда надо исходить.

Непонимание специфики комического составляет следующий, можно сказать, почти сквозной недостаток большинства трактатов. Говорят, например, что комичны недостатки людей. Совершенно очевидно, однако, что недостатки могут и не быть комичными. Нужно еще установить, какие именно недостатки и в каких условиях или в каких случаях могут быть смешными и в каких нет. Это требование можно обобщить и сказать: беря любой факт, случай, вызывающий смех, исследователь всякий раз должен ставить вопрос о специфическом или неспецифическом характере изучаемого явления и о причинах его. В отдельных случаях этот вопрос ставился и раньше, но в большинстве он обходился. Выше уже приводился пример того, как определения комического оказывались слишком широкими: под них подходили явления и некомические. Такую ошибку делали величайшие философы. Так, например, Шопенгауэр утверждал, что смех возникает тогда, когда мы внезапно обнаруживаем, что реальные объекты окружающего нас мира не соответствуют нашим понятиям и представлениям о них[1]. Перед его воображением носились, очевидно, случаи, когда такое несоответствие вызывало смех. Но он не говорит о том, что такое несоответствие может быть нисколько не смешным: когда, например, ученый делает открытие, которое полностью меняет его представление об изучаемом объекте, когда он видит, что до сих пор заблуждался, то открытие этого заблуждения («несоответствия окружающего нас мира нашим понятиям») лежит вне области комизма. Мы не будем приводить других примеров. Для нас отсюда вытекает методологический постулат: в каждом отдельном случае надо определять специфику комического, надо проверять, в какой степени и при каких условиях, всегда или не всегда одно и то же явление обладает комизмом.

---

① *Schopenhauer A.* Die Welt als Wille und Vorstellung // Samtliche Werke. Bd I — II. Leipzig, 1908. Bd 1. S. 194.

Есть и другие недостатки, которых надо остерегаться, чтобы их не повторять. Сличая труды по эстетике, можно видеть, как из одного в другой перекочевывает мысль о том, что комическое основано на противоречии между формой и содержанием. Вопрос о форме и содержании действительно должен быть поставлен, но он может быть решен только после изучения фактического материала, а не до него. Когда будет рассмотрен материал, к этому вопросу необходимо будет вернуться и разобраться в той путанице, которая так характерна для эстетик вплоть до последних лет. Только в свете фактических материалов, а не путем предвзятых конструкций можно будет решить, действительно ли в основе комического лежит какое-то противоречие. И если обнаружится, что это так, то надо установить, действительно ли оно состоит в противоречии формы и содержания или в чем-то другом.

Мы до сих пор больше всего говорили об одной проблеме, а именно — о проблеме определения сущности комизма. Эта проблема основная, но она далеко не единственная. Имеется много и других проблем, связанных с вопросом о смехе и комизме. Сейчас хотелось бы выделить одну из них и рассмотреть ее, так как необходимо проверить свою методологию до того, как мы начнем вхождение в материал.

Это еще не затронутая нами, но очень важная теория двух разных, противоположных видов комизма.

Во многих буржуазных эстетиках утверждается, что есть два вида комизма: комизм высшего порядка и комизм низменный.

В определении комического фигурируют исключительно отрицательные понятия: комическое — это нечто низменное, ничтожное, бесконечно малое, материальное, это тело, буква, форма, безыдейность, видимость в их несоответствии, противоположности, контрасте, противоборстве, противоречии с возвышенным, великим, идейным, душевным и т. д. Набор отрицательных эпитетов, прилагаемых к понятию комического, противопоставление комического возвышенному, высокому, прекрасному, идейному и т. д. говорит о некотором отрицательном отношении к смеху, и комическому вообще, о некотором даже презрении к нему. Эта презрительность очень ярко сказывается у таких философов-идеалистов, как Шопенгауэр, Гегель, Фишер и другие.

Здесь еще нет теории двух видов комического, здесь сквозит отрицательное отношение к комизму вообще как таковому. Теория двух видов комического. — низменного и высокого — появляется в XIX в. В поэтиках XIX в. нередко утверждается, что не вся область комического представляет собой нечто низменное, а что есть как бы два вида его: один вид комизма относится к области эстетики, понимаемой как наука о прекрасном, и такой комизм включается в понятие прекрасного; но есть и другой вид комического, лежащий вне области эстетики и прекрасного и представляющий собой нечто весьма низменное.

Теоретических определений того, что, собственно, понимается под «низменно-комическим», обычно нет, а если они все же даются, то оказываются беспомощными. Одним из убежденных сторонников такой теории был Кирхманн. Всю область комического он делит на «тонко-комическое» и «грубо-комическое». Комизм, по его теории, всегда имеет причиной какое-нибудь неразумное, нелепое действие. «Если эта нелепость имеется в высокой степени…, то комическое грубо, если же нелепость более скрыта…, то комическое тонко»[1].

Нелогичность и несостоятельность такого определения совершенно очевидны. Вместо очерченных границ — неопределенная градация.

Чаще всего природа «грубого» комизма не определяется вообще. Вместо этого даются только примеры. Так, Фоль-кельт относит сюда все, что связано с человеческим телом и его отправлениями. Это «обжорство, пьянство, потение, плевки, отрыжка… все, что относится к испусканию мочи и испражнению» и т. д. Он совершенно не задумывается <над тем, в каких случаях все это комично и в каких — нет. Такой комизм, думает Фолькельт, удел преимущественно народной литературы, но он имеется и у многих писателей. Шекспир, например, достаточно богат таким видом комизма: «Вообще Шекспир, как ни один другой поэт, соединяет скотское беспутство с полной юмора распущенностью»[2]. С другой стороны, есть комедии тонкие, изящные, изысканные. Образцом тонкого вида комедии он считает комедию Скриба «Стакан воды». Он восхищается остроумным и. тонким диалогом между герцогом Болинброком и герцогиней Мальборо. Такой вид комизма вызывает не грубый смех, а тонкую улыбку.

Другие теоретики определяют «низменно-комическое» по формам и относят к области низшего комизма все виды фарсов, балаганов, клоунад и т. д. Ликок в своей книге юмористических рассказов пишет: «Речь идет не о пароксизмах смеха, вызываемых кривляньем обсыпанного мукой или измазанного сажей клоуна, подвизающегося на подмостках убогого варьете, а о подлинно великом юморе, освещающем и возвышающем нашу литературу в лучшем случае раз или, много, два в столетие»[3]. К «низшим», или «внешним», видам комизма в большинстве случаев относят такие фарсовые элементы, как красные носы, толстые животы, словесные выверты, драки и потасовки, надувательства и т. д.

Можем ли мы придерживаться такой теории или нет, можем ли мы исходить из нее при расположении — и изучении нашего материала? Исходить из этой теории мы не

---

① *Kirchmann J.H.* Ästhetik auf realistischer Grundlage. Bd I — II, Berlin,1868. Bd II. S. 46 — 47.

② *Volkelt J.* System der Ästhetik. Bd I — IV. München, 1905 — 1914. Bd I. S. 409 — 410.

③ *Ликок Ст.* Юмористические рассказы. М.— Л.: Художественная литература, 1967. С. 196.

будем, иначе нам пришлось бы отбросить как «низменно-комическое» значительную часть наследия наших классиков. Если всмотреться в признанно «высокие», классические комедии, то легко заметить, что элементами фарса пронизано творчество всех классиков комедии. Комедии Аристофана острополитичны, но их придется, по-видимому, отнести к области «грубого», «низшего», или, как иногда говорят, «внешнего» комизма. Но сюда при ближайшем рассмотрении придется отнести и Мольера, и Гоголя, и вообще всех классиков. Если, целуя ручку Марьи Антоновны, Бобчинский и Добчинский сталкиваются лбами, это высший или низший род комизма? При ближайшем изучении окажется, что творчество Гоголя сплошь заражено «низшим», или «грубым», комизмом. В пошлости Гоголя обвиняли современники, не понимавшие всей значительности его юмора. Но такие обвинения можно встретить и позже. Были профессора, историки литературы, которых шокировали грубости у Гоголя. Один из них — И. Мандельштам, написавший большое исследование о стиле Гоголя. Он находит, например, что художественность «Женитьбы» выиграла бы, если бы Гоголь убрал следующие слова, которые он приводит текстуально: «Ну есть ли в тебе капля ума? Ну, не олух ли ты… ну скажи, пожалуйста, не свинья ли ты после этого?»

«Эти слова, — пишет Мандельштам, — рассчитаны на балаган». Гоголь, по его мнению, должен был, бы очистить свои произведения от таких «излишеств»[1]. Благовоспитанного профессора коробит также от множества разнообразных имеющихся у Гоголя ругательств.

К этому прибавляется другое. В теорию двух видов комизма, изящного и грубого, вносится социальная дифференциация. Тонкий вид комизма существует для образованных умов, аристократов по духу и происхождению. Второй вид — удел плебса, черни, толпы. Е. Бейер пишет: «Низкокомическое уместно в народных пьесах (Volksstucke, где понятия приличия, такта и цивилизованного поведения имеют более широкие границы»[2]. Говоря о чрезвычайно широком распространении «грубокомического», он пишет, что «об этом знает каждый знаток народной литературы»[3], и ссылается на немецкие народные книги, на народный кукольный театр, на некоторые сказки и т. д.

Такие утверждения в немецких эстетиках встречаются неоднократно, и это симптоматично. Презрение к шутам, балаганам, клоунам, паяцам, ко всем видам безудержного веселья есть презрение к народным истокам и формам смеха. Совершенно

---

① *Мандельштам И. Е.* О характере гоголевского стиля. Гельсингфорс: Новая типография Гувудстадсбладет, 1902. C. 53.

② *Beyer E.* Deutsche Poetik. Theoretisch-praktisches Handbuch der deutscher Dichtkunst. Bd I — II, Bd I. Stuttgart: Göschen, 1882. S. 106.

③ Там же. S. 409.

иначе относился к этому вопросу, например, Пушкин. «Драма родилась на площади и составляла увеселение народное»[1], — говорил он без всякого презрения к этому площадному увеселению. Особый характер народного юмора отмечал и Чернышевский, притом тоже без какого бы то ни было презрения к этому виду юмора. «Настоящее царство фарса, — говорит он, — простонародная игра, например, — наши балаганные представления. Но фарсом не пренебрегают великие писатели: у Рабле он решительно господствует; чрезвычайно часто попадается он и у Сервантеса»[2].

Никто не будет отрицать наличие плоских и грубых шуток, пошлых фарсов, сомнительных анекдотов, пустых водевилей, глупого зубоскальства. Но низменное есть во всех областях словесного творчества. Как только мы проникаем в гущу материала, так сразу же обнаруживается полная невозможность делить комическое на грубое и тонкое. В процессе изучения мы учитывать этой теории не будем, но после изучения фактов необходимо будет поставить вопрос о художественной и моральной ценности, или, наоборот, вредности некоторых форм комизма. Вопрос этот весьма актуален и требует подробного и обоснованного решения. Методологически для нас вытекает необходимость и этот вопрос, как и другие большие вопросы, решать после изучения фактов.

Один из трудных и спорных вопросов эстетики — это вопрос об эстетическом или внеэстетическом характере комизма. Вопрос этот часто связывается с вопросом о «низших», «элементарных», или «внешних», формах комизма и формах более высокого порядка. Так называемые «внешние», или «низшие», формы комизма обычно не относятся к области эстетики. Это, так сказать, категория внеэстетическая. Ошибочность этой теории становится сразу ясной, если вспомнить Аристофана или фарсовые места у классиков. Внеэстетической категорией признается и всякий смех вне художественных произведений. Формально это, может быть, и верно. Но, как мы уже говорили, эстетика, которая отрывает себя от жизни, будет неизбежно носить абстрактный характер, непригодный для целей реального познания.

Во многих случаях для различия между эстетической («высшей») категорией комического и внеэстетической («низшей») создается разная терминология. В одних случаях говорят о «комическом», в других — о «смешном». Мы этого отличия делать не будем; вернее, факты должны нам показать, правомерно такое деление или нет. «Комическое» и «смешное» мы объединяем под одним термином и понятием «комизм». Оба эти слова для нас пока обозначают одно и то же. Это не значит, что «комизм» есть

---

[1] *Пушкин А. С.* О народной драме и драме «Марфа Посадница» // Полное собрание сочинений: В 10 т. 1830. Т. 7. С. 147.

[2] *Чернышевский Н. Г.* Полное собрание сочинений: В 15 т. М.: Гослитиздат, 1939 — 1953. Т. 2. С. 187.

нечто совершенно единообразное. Разные виды комизма ведут к разным видам смеха, и на это и будет обращено наше главное внимание.

Глава 2. Виды смеха и выделение насмешливого смеха

Выше указывалось на то, что классификации, предложенные в большинстве эстетик и поэтик, для нас неприемлемы и что следует искать новых и более надежных путей систематизации. Мы исходим из того, что комизм и смех не есть нечто абстрактное. Смеется человек. Проблему комизма невозможно изучать вне психологии смеха и восприятия комического. Поэтому мы начинаем с того, что ставим вопрос о видах смеха. Можно спросить себя: не связаны ли определенные формы комизма с определенными видами смеха? Поэтому надо посмотреть и решить, сколько видов смеха вообще можно установить, какие из них для наших целей более существенны, и какие — менее.

Вопрос этот в нашей литературе уже ставился. Самая полная и наиболее интересная попытка перечисления видов смеха сделана не философами и не психологами, а теоретиком и историком советской кинокомедии Р. Юреневым, который пишет так: «Смех может быть радостный и грустный, добрый и гневный, умный и глупый, гордый и задушевный, снисходительный и заискивающий, презрительный и испуганный, оскорбительный и ободряющий, наглый и робкий, дружественный и враждебный, иронический и простосердечный, саркастический и наивный, ласковый и грубый, многозначительный и беспричинный, торжествующий и оправдательный, бесстыдный и смущенный. Можно еще и увеличить этот перечень: веселый, печальный, нервный, истерический, издевательский, физиологический, животный. Может быть даже унылый смех!»[1].

Этот перечень интересен своим богатством, своей яркостью и жизненностью. Он получен не путем отвлеченных размышлений, но жизненных наблюдений. Автор в дальнейшем развивает свои наблюдения и показывает, что разные виды смеха связаны с различием человеческих отношений, а они составляют один из главных предметов комедии. Хочется особенно подчеркнуть, что свое исследование, посвященное советской кинокомедии, автор открывает именно вопросом о видах смеха. Этот вопрос оказался для него весьма важным. Таким же важным он представляется и для наших целей. Для Юренева вопрос о видах смеха важен потому, что разные виды смеха присущи разным видам комедийных интриг. Для нас важно другое. Нам нужно решить вопрос, связаны определенные виды смеха с определенными видами комизма или нет.

Перечень Юренева очень подробен, но вместе с тем он все же не совсем полон. В номенклатуре Юренева нет того вида смеха, который, по нашим данным, оказался важнейшим для понимания литературно-художественных произведений, а именно — смеха

---

① *Юренев Р.* Советская кинокомедия. М.: Наука, 1964. С. 8.

насмешливого. Правда, фактически этот вид смеха в дальнейшем учтен, его только нет в списке. Развивая свою мысль о том, что виды смеха соответствуют видам человеческих отношений, автор пишет так: «Человеческие взаимоотношения, возникающие во время смеха, в связи со смехом, различны: люди осмеивают, насмехаются, издеваются…» Таким образом, насмешка поставлена на первое место, и это наблюдение для нас очень ценно.

Еще Лессинг в «Гамбургской драматургии» сказал: «Смеяться и осмеивать — далеко не одно и то же». Мы начнем с того, что изучим осмеивание. Мы не будем дополнять и классифицировать список Юренева. Из всех возможных видов смеха мы для начала избираем только один, а именно — смех насмешливый. Именно этот и, как мы увидим, только этот вид смеха стабильно связан со сферой комического. Достаточно, например, указать, что вся огромнейшая область сатиры основана на смехе насмешливом. Этот же вид смеха чаще всего встречается в жизни. Если всмотреться в картину Репина, изображающую запорожцев, которые сочиняют письмо турецкому султану, можно видеть, как велико разнообразие оттенков смеха, изображенного Репиным, — от громкого раскатистого хохота до злорадного хихиканья и едва заметной тонкой улыбки. Однако легко убедиться, что все изображенные Репиным казаки смеются одним видом смеха, а именно — смехом насмешливым.

Выделение первого и главнейшего для нас вида смеха приводит к необходимости дальнейшего, более дробного изучения этого вида. По какому признаку располагать подрубрики? Материал показывает, что наиболее целесообразный прием - расположение по причинам, вызывающим смех. Проще говоря, необходимо установить, над чем люди, собственно, смеются, что именно представляется им смешным. Короче, материал можно систематизировать по объектам насмешки.

Тут окажется, что смеяться можно над человеком почти по всех его проявлениях. Исключение составляет область страданий, что замечено было еще Аристотелем. Смешными могут оказаться наружность человека, его лицо, фигура, движения; комическими могут представляться его суждения, в которых он проявляет недостаток ума; особую область насмешки представляет характер человека, область его нравственной жизни, его стремления, его желания и цели. Смешной может оказаться речь человека как манифестация таких его качеств, которые были незаметны, пока он молчал. Короче говоря, физическая, умственная и моральная жизнь человека может стать объектом смеха в жизни.

В искусстве мы имеем совершенно то же самое: в юмористических произведениях любых жанров показан человек с тех его сторон, которые подвергаются насмешке и в жизни. Иногда бывает достаточно просто показать человека таким, каков он есть, представить или изобразить его; но иногда этого недостаточно. Смешное надо вскрыть, и для этого существуют определенные приемы, которые надо изучить. Приемы эти в жизни и в искусстве одинаковы. Иногда человек сам невольно обнаруживает смешные стороны своей натуры, своих дел, иногда это нарочито делает насмешник. Насмешник в жизни и в искусстве действует совершенно одинаково. Существуют особые приемы, чтобы показать смешное в облике, в мыслях или в поступках человека. Классификация по объектам насмешки есть вместе с тем классификация по художественным средствам, какими вызывается смех. Фигура человека или его мысли, или его устремления высмеиваются по-разному. Кроме того, есть средства, общие для разных объектов насмешки, как, например, пародирование. Таким образом, средства насмешки распадаются на более частные и более общие. Необходимость и возможность такой классификации в советской науке уже определялась, хотя фактически она еще не производилась. «Вполне очевидна, — пишет Ю. Борев, — правомерность и необходимость классификации художественных средств комедийной обработки жизненного материала»[1].

Глава 3. О тех, кто смеется и кто не смеётся

Смех осуществляется при наличии двух величин: смешного объекта и смеющегося субъекта — человека. Мыслители XIX—XX вв., как правило, изучали или одну сторону проблемы, или другую. Комический объект изучался в трудах по эстетике, смеющийся субъект — в трудах по психологии. Между тем комизм определяется не тем и не другим в отдельности, а воздействием объективных данных на человека. О важности психологического фактора не раз писалось в эстетиках. «Нельзя понять сущности комического, не исследуя психологию чувства комического, чувства юмора»[2], — говорит М. Каган. Сходно говорит Ник. Гартман: «Комизм в строго эстетическом смысле не может существовать без юмора субъекта»[3].

Возникновение смеха есть некоторый процесс, в котором должны быть изучены все вызывающие его условия и причины. По Бергсону, смех наступает как бы с точностью закона природы: он возникает всегда, когда для этого есть причина. Ошибочность такой установки довольно очевидна: причина для смеха может быть дана, но при этом могут оказаться люди, которые смеяться не будут и которых рассмешить окажется невозможным. Трудность состоит в том, что связь между комическим объектом и смеющимся человеком не обязательна и не закономерна. Там, где один смеется, другой смеяться не будет.

Причина этого может крыться в условиях исторического, социального, национального и личного порядка. Каждая эпоха и каждый народ обладает особым, специфическим для них чувством юмора и комического, которые иногда непонятны и недоступны для других

---

[1] *Борев Ю.* О комическом. М.: Искусство, 1957. С. 317.

[2] *Каган М.* Лекции по марксистско-ленинской эстетике. Ч. I — III. Л.: Изд-во ЛГУ, 1966. С. 4.

[3] *Гартман Н.* Эстетика. М.: Изд-во иностр. лит, 1958. С. 607.

эпох. «Написать историю смеха было бы чрезвычайно интересно», — писал А. И. Герцен. Такой задачи мы себе не ставим. Мы ограничиваем себя, как уже указано, материалами XVIII—XX вв.

Внося в вопрос историческую дифференциацию и посвящая себя только XVIII—XX вв., мы не можем умолчать о наличии некой исторически сложившейся национальной дифференциации. Можно сказать, что французский смех отличается изяществом и остроумием (Анатоль Франс), немецкий — некоторой тяжеловесностью (комедии Гауптмана), английский — иногда добродушной, иногда едкой насмешкой (Диккенс, Бернард Шоу), русский — горечью и сарказмом (Грибоедов, Гоголь, Салтыков-Щедрин). Впрочем, научного значения эти наблюдения не имеют, хотя подобные штудии и не лишены интереса.

Совершенно очевидно, что в пределах каждой из национальных культур разные социальные слои будут обладать различным чувством юмора и разными средствами его выражения.

В пределах приведенных границ необходимо особо учитывать дифференциацию индивидуальную.

Все, вероятно, могли наблюдать, что есть люди или группы людей, склонные к смеху, и люди, к смеху не расположенные. Мы ограничим себя несколькими выборочными примерами.

К смеху склонны люди молодые и менее склонны втарые, хотя надо сказать, что мрачные юноши и веселые старички и старушки все же отнюдь не редкость. Девушки-подростки, когда они собираются, много смеются и веселятся по самым, казалось бы, ничтожным поводам.

Прирожденные юмористы, люди, одаренные остроумием и способностью смеяться, есть во всех классах общества. Они не только сами умеют смеяться, но умеют и веселить других. Вот как описывают братья Соколовы церковного старосту Василия Васильевича Богданова одной из деревень Белозерского края:

«Маленький рыжеватый мужчина лет за тридцать, на вид несколько дурковатый, но под этой личиной скрывающий большую находчивость и хитрость. Он вечно подмигивает, подтрунивает». Он хорошо знал подноготную жизнь сельского духовенства и отразил это в своих сказках, рассказывал их так, что слушатели сами понимали скрытые в его сказках намеки. «При этом Вас. Вас. не упускал случая затронуть даже здесь присутствовавших лиц, чем вызывал особую веселость у слушателей»[1]. Это определенный, очень распространенный тип сказочника — балагура и остряка.

---

[1] *Соколов Б., Соколов Ю.* Сказки и песни Белозерского края. М.: Печ. А. И. Снегиревой, 1915. С. 78.

В Москве 50-х годов прошлого века знаменитостью был артист, писатель и рассказчик Иван Федорович Горбунов, который в любой момент мог импровизировать сценки из московской жизни так, что окружающие дружно и громко хохотали, наслаждаясь меткостью его наблюдений и верностью его имитации.

Особым даром комизма обладают некоторые артисты. Стоило К. Варламову раскрыть двери и выйти на сцену, как публика уже радостно смеялась, хотя он не произнес еще ни одного слова. То же бывало с народным артистом СССР Игорем Ильинским.

Наличие юмористической жилки — один из признаков талантливости натуры. Из воспоминаний Горького о Толстом мы знаем, как много смеялись втроем Толстой, Горький и Чехов. Когда к Чехову в Ниццу приехал профессор Максим Ковалевский, они, сидя за столом в ресторане, смеялись так, что обращали на себя внимание всех присутствующих.

Что показывают приведенные примеры? Они иллюстрируют наблюдение, что есть люди, в которых имеющийся в жизни комизм непременно вызывает реакцию смеха. Способность к такой реакции есть в целом явление положительного порядка; оно есть проявление любви к жизни и жизнерадостности. Но есть люди, к смеху отнюдь не расположенные. Причины этого могут быть различные. Если смех есть один из признаков общечеловеческой даровитости, если к смеху способны одаренные и вообще нормальные живые люди, то неспособность к смеху иногда может быть объяснена как следствие тупости и черствости. Неспособные к смеху люди в каком-нибудь отношении бывают неполноценными. Может ли смеяться чеховский Пришибеев, или человек в футляре Беликов, или полковник Скалозуб? Они смешны, мы над ними смеемся, но если вообразить их в жизни, то очевидно, что к смеху такие люди неспособны. По-видимому, есть некоторые профессии, лишающие ограниченных людей способности смеяться. Это в особенности те профессии, которые облекают человека некоторой долей власти. Сюда относятся чиновники и педагоги старого закала. «В городском архиве до сих пор сохранился портрет угрюм-Бурчеева. Это мужчина среднего роста, с каким-то деревянным лицом, очевидно, никогда не освещавшимся улыбкой», — так Салтыков-Щедрин изображает одного из градоначальников в своей «Истории одного города». Но уг-рюм-Бурчеев не единичный характер, а тип. «Это просто со всех сторон наглухо закупоренные существа», — так говорит о подобных людях Салтыков-Щедрин. К сожалению, такие «агеласты» (т. е. люди, неспособные к смеху) часто встречаются в педагогическом мире. Это вполне можно объяснить трудностью профессии, постоянством нервного напряжения и пр., но причина не только в этом, а в особенностях психической организации, которая в работе педагога сказывается особенно ясно. Недаром Чехов своего человека в футляре изобразил педагогом. Белинский в очерке «Педант» пишет: «Да, я непременно хочу сделать моего педанта учителем словесности».[①] Преподавателям, не способным понять и разделить хороший смех детей, не понимающим шуток, не умеющим никогда улыбнуться и посмеяться, следовало бы рекомендовать переменить профессию.

Неспособность к смеху может быть признаком не только тупости, но и порочности. Здесь вспоминается «Моцарт и Сальери» Пушкина.

Моцарт

Из Моцарта нам что-нибудь!

Старик играет арию из Дон Жуана. Моцарт хохочет.

Сальери

И ты смеяться можешь?

Моцарт

Ах, Сальери!

Ужель и сам ты не смеешься?

Сальери

Нет.

Мне не смешно, когда маляр негодный

Мне пачкает мадонну Рафаэля,

Мне не смешно, когда фигляр презренный

Пародией бесчестит Алигьери.

Пошел, старик!

Моцарт

Постой же: вот тебе.

Пей за мое здоровье.

Старик уходит.

Гениальный и жизнерадостный Моцарт Пушкина способен к веселью и смеху; он может даже отнестись шутливо к пародии на свое творчество. Наоборот, завистливый, насквозь холодный, себялюбивый убийца Сальери неспособен к смеху именно вследствие глубокой порочности своего существа, как он по той же причине неспособен и к творчеству, о чем говорит ему Моцарт: «Гений и злодейство — две вещи несовместные».

Но неспособность к смеху может быть вызвана и совершенно другими, прямо противоположными причинами.

Есть гатегррия людей глубоких и серьезных, которые не смеются не вследствие внутренней черствости, а как раз наоборот — вследствие высокого строя своей души или своих мыслей. Тургенев в своих воспоминаниях о художнике А. И. Иванове рассказывает

① *Белинский В. Г.* Собрание сочинений: В 9 т. М.: Художественная литература, 1982. Т. 4. С. 384.

следующее: «Литература и политика его не занимали: он интересовался вопросами, касавшимися до искусства, до морали, до философии. Однажды кто-то принес к нему тетрадку удачных карикатур; Иванов долго их разглядывал — и вдруг, подняв голову, промолвил: «Христос никогда не смеялся». Иванов в это время заканчивал свою картину Явление Христа народу"»[①]. Тургенев не говорит, чему были посвящены карикатуры. Но так или иначе, они противоречили всему тому миру высокой морали, высокой душевной настроенности, которой был охвачен Иванов. Область религии и область смеха взаимоисключаются. В древнерусской письменной литературе стихия смеха и комического полностью отсутствует. Смех в церкви во время богослужения был бы воспринят как кощунство. Следует, однако, оговорить, что смех и веселье несовместимы не со всякой религией; такая несовместимость характерна для аскетической христианской религии, но не для античности с ее сатурналиями и дионисиями. Независимо от церкви народ справлял свои старые, веселые, по происхождению языческие праздники — святки, масленицу, Ивана Купалу и другие. По стране бродили ватаги веселых скоморохов, народ рассказывал озорные сказки и пел кощунственные песни. Если нельзя представить себе смеющимся Христа, то дьявола, наоборот, представить себе смеющимся очень легко. Таким Гете изобразил Мефистофеля. Его смех циничен, но имеет глубокий философский характер, и образ Мефистофеля доставляет читателю огромное удовольствие и эстетическое наслаждение.

Продолжая наблюдения над людьми, которые не смеются или не склонны смеяться, легко заметить, что не будут смеяться люди, всецело охваченные какой-либо страстью или увлечением или полностью погруженные в какие-либо сложные или глубокие размышления. Почему это так, мы должны будем объяснить, и объяснить это можно. Совершенно очевидно также, что смех несовместим ни с каким большим и настоящим горем. Смех невозможен также, когда мы видим истинное страдание другого человека. Если же при этом кто-либо все же засмеется, мы испытаем возмущение, такой смех свидетельствовал бы о нравственном уродстве смеющегося.

Эти предварительные наблюдения не решают проблемы психологии смеха, они только ставят ее. Решение ее может быть дано тогда, когда будет изучена причина возбуждения смеха и в связи с этим будут рассмотрены те психологические процессы, которые составляют его сущность.

Глава 4. Смешное в природе

Наше исследование мы начнем с рассмотрения всего того, что никогда не может быть

---

① *Тургенев И. С.* Полное собрание сочинений и писем: В 28 т. Сочинения: В 15 т. М.: Наука, 1967. Т. 14. С. 88.

смешным. Это сразу поможет нам в установлении того, что же может обладать признаком комизма. Легко заметить, что, вообще говоря, никогда не может быть смешной окружающая нас природа. Не бывает смешных лесов, полей, гор, морей или цветов, трав, злаков и т. д. Это замечено давно и вряд ли может вызвать сомнение. Бергсон пишет: «Пейзаж может быть красив, привлекателен, великолепен, невзрачен или отвратителен; но он никогда не будет смешным». Это открытие он приписывает себе: «Я удивляюсь, каким образом столь важный факт, при всей своей простоте, не остановил на себе внимания мыслителей»[1]. Между тем эта мысль высказывалась неоднократно. Почти за пятьдесят лет до Бергсона ее высказал, например, Чернышевский: «В природе неорганической и растительной не может быть места комическому»[2].

Обратим внимание на то, что Чернышевский говорит не о природе вообще, а только о природе неорганической и растительной; он не говорит о царстве животных. В отличие от предметов и явлений неорганической и растительной природы животное может быть смешным. Чернышевский объясняет это тем, что животные могут быть похожими на людей. «Мы смеемся над животными потому, — говорит он, — что они напоминают нам человека и его движения» (там же). Это, несомненно, верно. Самое смешное из всех животных — обезьяна: она больше всех напоминает нам людей. Удивительно смешны своей осанкой и походкой бывают, например, пингвины. Недаром Анатоль Франс один из своих сатирических романов назвал «Остров пингвинов». Другие животные смешны тем, что напоминают нам если не форму, то выражение человеческих лиц. Выпученные глаза лягушки, стянутый в морщины лоб щенка, оттопыренные уши и оскаленные зубы летучей мыши вызывают у нас улыбку. Для некоторых животных сходство с человеком может быть усилено путем дрессировки. Танцующие собачки неизменно вызывают восторг детей. Комизм животных усиливается, если надеть на них человеческую одежду: штаны, или юбочки, или шляпки. Медведь в лесу, ищущий себе пропитание, сам по себе не смешон. Но медведь, которого водят по деревням и который показывает, как мальчишки воруют горох или как девки белятся и румянятся, вызывает смех. Юмор таких произведений, как роман Э.Т.А. Гофмана «Житейская философия кота Мурра», основан на том, что художник—писатель сквозь повадки животного увидел человека. Во всех приведенных случаях сходство между человеком и животным самое непосредственное, прямое. Но мысль, высказанная Чернышевским, сохраняет свою силу и в тех случаях, когда сходство это отдаленное, косвенное. Почему смешны жирафы? На первый взгляд они на людей не похожи. Но долговязость, длинная и узкая шея возможны и у человека. Эти свойства

---

[1] *Бергсон Г.* Смех в жизни и на сцене. Пер. под ред. А. Е. Яновского. СПб.: XX век, 1900. С. 7.

[2] *Чернышевский Н. Г.* Полное собрание сочинений: В 15 т. М.: Гослитиздат, 1939 — 1953. Т. 2. С. 186.

отдаленно напоминают нам человека, и этого уже достаточно, чтобы пробудить в нас чувство смешного. Труднее сказать, чем смешон, например, котенок, который медленно идет к своей цели, подняв хвост совершенно вертикально кверху. Но и здесь кроется нечто человеческое, которое мы только не умеем сразу определить.

Некоторой поправки требует утверждение Чернышевского, что растительное царство не может вызвать смеха. Это верно в целом. Но вот мы вытащили редьку, и она вдруг своими очертаниями напомнила нам лицо человека — и возможность смешного уже дана. Такие исключения подтверждают правильность теории, а не опровергают ее.

Пока из всего сказанного можно вывести предварительное заключение, что комическое всегда прямо или косвенно связано с человеком. Неорганическая природа потому не может быть смешной, что она не имеет с человеком ничего общего.

Здесь надо поставить вопрос: в чем состоит специфическое отличие неорганической природы от человека? Ответ можно дать совершенно точный; человек отличается от неорганической природы наличием у него духовного начала, понимая под этим интеллект, волю и эмоции. Так пока чисто логическим путем мы приходим к предположению, что смешное всегда как-то связано именно со сферой духовной жизни человека. На первый взгляд это может показаться сомнительным. Ведь человек часто бывает смешон своим внешним видом (лысина и пр.) Однако факты все же показывают, что это все же так.

Приведенные наблюдения позволяют внести некоторую поправку в наблюдения о комизме животных. Комизм в области умственной жизни возможен только для человека, но комизм в проявлении эмоциональной и волевой жизни возможен и в мире животных. Так, если огромный и сильный пес вдруг обращается в бегство от маленькой и храброй кошки, которая оборачивается к преследующему ее псу, то это вызывает смех, потому что напоминает такое, что возможно и между людьми.

Отсюда, между прочим, видно, что утверждение некоторых философов, будто животные смешны своим автоматизмом, определенно ошибочно. Такое утверждение — перенесение теории Бергсона на мир животных.

Что комизм связан непременно с духовной жизнью человека, высказывается пока предварительно и гипотетически.

В этой связи возникает вопрос: могут ли быть смешными вещи? На первый взгляд может казаться, что вещи никак смешными быть не могут. Это отмечали и некоторые мыслители. Так, например, Кирхманн считает, что в основе комического всегда лежат какие-нибудь нелепые поступки. Но так как вещи поступков совершать не могут, они не могут быть и комическими. Он пишет: «Так как комическое может развиться только из нелепых действий, то из этого с очевидностью вытекает, что безжизненные вещи никогда не могут быть смешными». Чтобы вещь стала смешной, человек, как думает Кирхманн, при помощи своей фантазии должен превратить ее в живое существо. «Безжизненные вещи только тогда могут стать смешными, когда фантазия возвысит их до жизни и личности»[①]. Легко убедиться, что это совершенно неверно. Вещь может оказаться смешной в том случае, если она сделана человеком и если человек, сделавший эту вещь, невольно отразил в ней какие-то недостатки своей натуры: нелепая мебель, какие-нибудь необыкновенные шляпы или наряды могут вызвать смех. Это происходит потому, что на них отпечатался вкус их создателей, который не совпадает с нашим вкусом. Таким образом, смешное в вещах тоже связано непременно с некоторым проявлением духовной деятельности человека.

То, что относится к вещам, относится и к произведениям архитектуры. Есть теоретики, которые начисто отрицают возможность комизма в архитектуре[②]. Простые люди так не думают. Вот какой разговор был подслушан на даче:

— Мальчик, где вы живете?

— Вот там за лесом такой смешной домик стоит, в нем мы и живем.

Дом оказался низеньким, на редкость нелепым по своим пропорциям. В нем выразил себя неумелый строитель-кустарь. Тут можно вспомнить дом Собакевича:

«Было заметно, что при постройке его зодчий беспрестанно боролся со вкусом хозяина. Зодчий был педант и хотел симметрии, хозяин — удобства и, как видно, вследствие того заколотил на одной стороне все освещающие окна и провертел на место их одно маленькое, вероятно, понадобившееся для темного чулана, фронтон тоже никак не пришелся посреди дома, как ни бился архитектор, потому что хозяин приказал одну колонну сбоку выкинуть, и оттого очутилось не четыре колонны, как было назначено, а только три».

К наблюдению, что смешным может быть только человек или то, что его напоминает, следует добавить еще другое: только человек может смеяться. Это заметил еще Аристотель. «Из всех живых существ только человеку свойствен смех», — говорит он в своем трактате о душе[③]. Эта мысль неоднократно повторялась. Очень ясно и категорично ее выразил, например, Брандес: «Только человек смеется и только из-за чего-нибудь человеческого»[④].

Почему только человек может смеяться, мы сейчас подробно объяснять не будем. Животное может веселиться, радоваться, может даже проявлять свое веселье довольно бурно, но оно не может смеяться. Чтобы засмеяться, смешное нужно суметь увидеть; в

---

① *Kirchmann J. H.* Asthetik auf realistischer Grundlage. Bd I — II. Berlin: J. Springer, 1868. Bd II.

② *Zimmermann R. A.* Asthetik. Bd I — II. 1858 — 1865. S. 28.

③ *Аристотель. О душе.* Кн. III, Гл. 10.

④ *Brandes G.* Asthetische Studien. H. Barsdorf, 1900. S. 278.

других случаях нужно дать поступкам некоторую моральную оценку (комизм скупости, трусости и т. д.) Наконец, чтобы оценить каламбур или анекдот, нужно совершить некоторую умственную операцию. Ко всему этому животные неспособны, и всякие попытки (например, любителей собак) доказать обратное заранее обречены на неудачу.

▶▶ 原典选读 2

Глава 12. Пародирование[①]

В сущности говоря, изложенные нами до сих пор случаи могут быть рассмотрены как скрытое пародирование.

Все знают, что такое пародия, но определить сущность пародии научно точно совсем не просто. Вот как определяет ее в своей специальной книге о комическом Борев: «Пародирование — комедийное преувеличение в подражании, такое утрированно-ироническое воспроизведение характерных индивидуальных особенностей формы того или иного явления, которое вскрывает комизм его и низводит его содержание»[②].

Если вдуматься в это определение, мы увидим, что оно основано на тавтологии. «Пародирование — комедийное преувеличение… которое вскрывает комизм». Но в чем, собственно, состоит комизм, чем вызывается смех, не сказано. Пародия рассматривается как преувеличение индивидуальных особенностей. Между тем пародия далеко не всегда содержит преувеличение. Преувеличение — свойство карикатуры, но не пародии. Говорится, что пародия охватывает индивидуальные особенности. Наши наблюдения этого не подтверждают. Пародироваться могут и отрицательные явления общественного порядка. Чтобы решить этот вопрос, мы всмотримся в некоторые материалы и тогда сделаем выводы.

Пародирование состоит в имитации внешних признаков любого жизненного явления (манер человека, приемов искусства и пр.), чем совершенно затмевается или отрицается внутренний смысл того, что подвергается пародированию. Пародировать можно решительно все: движения и действия человека, его жесты, походку, мимику, речь, профессиональные привычки и профессиональный жаргон; можно пародировать не только человека, но и то, что им создано в области материального мира. Пародирование стремится показать, что за внешними формами проявления духовного начала ничего нет, что за ними — пустота. Подражание изящным движениям цирковой наездницы клоуном всегда вызывает смех: есть вся видимость изящества и грации, но самого изящества нет, а есть

① *Пропп В. Я.* Проблемы комизма и смеха. М.: Искусство, 1976. С. 67— 71. （编者注）

② *Борев Ю.* О комическом. М.: Искусство, 1957. С. 208.

противоположная ей неуклюжесть. Таким образом, пародия представляет собой средство раскрытия внутренней несостоятельноститого, что пародируется. Пародия клоуна вскрывает, однако, не пустоту того, что подвергается пародированию, а отсутствие у него тех положительных качеств, которые он имитирует.

Вот как Чехов в рассказе «Ночь перед судом» передает рецепт, который вполне может быть рассмотрен как пародия. Рецепт пишет человек, который ночует на почтовой станции в соседстве с больной хорошенькой женщиной, выдает себя за врача и под видом врача ее осматривает. Рецепт выглядит так:

> Rp.
>
> Sic transit 0,05
>
> Gloria mundi 1,0
>
> Aquae destillatae 0,1
>
> Через два часа по столовой ложке.
>
> Г-же Съеловой
>
> д-р Зайцев.

Здесь дана вся видимость рецепта, все внешние его данные. Есть сакраментальное слово гр. (т. е. recipe — возьми), есть латинские обозначения и дробные числа, обозначающие количество и пропорции, есть дозировка, сказано, что лекарство надо разводить в дистиллированной воде и сколько ее брать, указано также, кому рецепт прописан и кто его прописал; нет только самого главного, того, что составляет содержание рецепта, нет обозначения лекарств. Латинские слова означают не лекарство, а представляют собой латинскую поговорку:

> Sic transit — так проходит
>
> Gloria mundi — слава мира.

Если здесь действительно пародия, то пародия состоит в том, что повторяются или приводятся внешниечерты явления при отсутствии внутреннегосодержания. Как мы уже знаем, в этом вообще суть того вида комизма, который здесь изучается. В данном случае комизм усиливается продолжением рассказа; автор рецепта едет на суд по обвинению в двоеженстве, а женщина, которую он осматривал под видом врача, оказывается женой прокурора, который будет вести дело, а это разъясняется. Поговорка «sic transit...» оказывается весьма подходящей для автора рецепта, фамилия которого Зайцев, избрана Чеховым неспроста, так же, как и фамилия больной - г-жа Сьелова.

Но, может быть, этот случай не характерен? Возьмем другой: преподаватель объясняет урок, причем оживленно жестикулирует. Один из учеников наказан и стоит у доски за спиной учителя лицом к классу. За спиной преподавателя он повторяет все его жесты: он так же, как учитель, размахивает руками и повторяет его мимику, превосходно ее угадывая, так как очень хорошо знает учителя и все выражения его лица. Ученики перестанут слушать учителя, будут только смотреть на шалуна у доски, который пародирует своего учителя. Ученик, повторяя все внешние движения учителя, тем «обессмысливает содержание его речи. В данном случае пародия состоит в повторении внешних черт явления, которые в глазах воспринимающих заслоняют его смысл. Этот случай отличается от предыдущего тем, что здесь средством пародирования служит движение, но сущность его одна и та же. В английской кинокомедии «Приключения мистера Питкина в больнице» артист, переодевшись в платье медсестры, проникает в больницу. Чтобы скрыть, что он мужчина, он очень похоже и очень искусно подражает женской походке. Он ходит на высоких каблуках и несколько преувеличенно раскачивает бедрами. Зрители видят его фигуру сзади, и хохот раздается всеобщий.

В различных курсах поэтики чаще всего говорится о литературных пародиях и даются соответствующие определения. Появление пародии в литературе показывает, что пародируемое литературное направление начинает себя изживать. Но литературная пародия — частный случай пародирования. Литературные пародии имелись уже в античности: «Война мышей и лягушек» — пародия на «Илиаду». О том, какое распространение литературная пародия имела в средние века, очень обстоятельно пишет М. Бахтин[1]. Козьма Прутков высмеивает увлечение испанским колоритом, имевшее место в русской поэзии в 40-х годах.

Непревзойденным мастером пародии был Чехов. Убежденный реалист, Чехов пародирует романтически взвинченный стиль Виктора Гюго, фантастику Жюля Верна, пародирует детективные романы и т. д. В этих случаях действительно пародируется индивидуальный стиль писателя, но этот индивидуальный стиль есть вместе с тем признак известного направления, к которому принадлежит писатель, и это-то направление высмеивается с точки зрения эстетики нового направления. Высмеиваются также недостатки и текущей литературы.

Пародия — одно из сильнейших средств общественной сатиры. Чрезвычайно яркие примеры этого дает фольклор. В мировом и русском фольклоре имеется множество пародий на церковную службу, на катехизис, на молитвы.

Пародия смешна только тогда, когда она вскрывает внутреннюю слабость того, что пародируется.

От пародий следует отличать использование форм общеизвестных произведений в сатирических целях, направленных не против авторов таких произведений, а против явлений общественно-политического характера. Так, например, «Памятник» Пушкина или «Колыбельная песня» Лермонтова не могут быть подняты на смех. В 1905 году в ходу было

---

[1] *Бахтин М. М.* Творчество Франсуа Рабле. М.: ИХЛ, 1965. С. 34.

много различных сатир, по форме подражавших Пушкину и Лермонтову. Но это не сатиры на них, и в этом их отличие от литературных пародий. В журнале «Сигнал» за 1905 год был помещен сонет, который начинался так:

Палач, не дорожи любовию народной!

Сонету предпослано посвящение: «Посвящается Трепову» (Трепов — петербургский генерал-губернатор с чрезвычайными полномочиями). Против него, а не против Пушкина направлена сатира. Стихотворение Н. Шебуева «Журналисту» (на мотив «Горные вершины») говорит о лживом обещании свободы слова в царском манифесте и предупреждает журналистов, чтобы они не верили ему:

Подожди немного,

Посидишь и ты!...①

Такие случаи не представляют собой пародий. Скорее их можно назвать травестиями, подразумевая под травестией использование готовой литературной формы в иных целях, чем те, которые имел в виду автор. Травестия всегда преследует цели комизма и очень часто используется в целях сатиры.

Глава 13. Комическое преувеличение

С пародированием тесно связаны различные приемы преувеличения. Некоторые теоретики придают им исключительное, решающее значение. «Вопрос комического преувеличения, — говорит Подскальский, — ключевой вопрос конкретной обрисовки и воплощения комического образа и комической ситуации»②. Сходную мысль высказывает Ю. Борев: «Преувеличение и заострение в сатире есть проявление более общей закономерности: тенденциозной деформации жизненного материала, способствующей выявлению наиболее существенного порока явлений, достойных сатирического осмеяния»③. Очень решительно выражается Ник. Гартман: «Комизм всегда имеет дело с преувеличениями»④. Эти определения правильны, но они недостаточны. Преувеличение комично только тогда, когда оно вскрывает недостаток. Если этого нет, преувеличение уже не будет относиться к области комизма. Это можно показать рассмотрением трех основных форм преувеличения: карикатура, гипербола и гротеск. Сущность карикатуры определялась неоднократно и определялась убедительно и правильно. Берется одна частность, одна деталь; эта деталь преувеличивается и тем обращает на себя исключительное внимание,

---

① «Народно-поэтическая сатира». Л.: Советский писатель, 1960. С. 403.

② *Подскальский 3.* О комедийных и выразительных средствах и комическом преувеличении // Искусство кино. 1954. № 8. С. 19.

③ *Борев Ю. Б.* Комическое. М.: Искусство, 1957. С. 363.

④ *Гартман Н.* Эстетика. М.: Изд-во иностранной литературы, 1958. С. 646.

тогда как все другие свойства того, кто или что подвергается окарикатуриванию, в данный момент вычеркнуты и не существуют. Карикатура на явления физического порядка (большой нос, толстый живот, лысина) ничем не отличается от карикатуры на явления духовного порядка, карикатуры на характеры. Комическое, карикатурное изображение характера состоит в том, что берется одно какое-нибудь свойство человека и изображается как единственное, т. е. преувеличивается.

Лучшее определение сущности карикатуры дал Пушкин. Гоголь о нем сообщает: «Он мне говорил всегда, что еще ни у одного писателя не было этого дара выставлять так ярко пошлость жизни, уметь очертить в такой силе пошлость пошлого человека, чтобы вся та мелочь, которая ускользает от глаз, мелькнула бы крупно в глаза всем». Пушкин здесь гениально предвосхитил то, что позже говорили профессиональные философы. Формулировка Бергсона гласит: «Искусство карикатуриста в том и состоит, чтобы схватить эту, порой неуловимую особенность и сделать ее видимой для всех увеличением ее размеров»[1].

То определение, которое здесь дается, есть определение в узком смысле слова. В более широком смысле слова такой прием, как изображение человека через животное или через вещь, о Чем говорилось выше, а также все виды пародирования могут быть отнесены к области карикатуры.

Примеров карикатуры мы приводить не будем. Достаточно открыть любой сатирический журнал, чтобы убедиться в правильности пушкинского определения сущности карикатуры. Карикатура всегда несколько (а иногда и существенно) искажает изображаемое. Поэтому Белинский считал, что гоголевские образы в «Ревизоре» и «Мертвых душах» отнюдь не карикатуры. Это правдивые образы, непосредственно списанные с жизни. К карикатуре как таковой Белинский относился отрицательно. В своем отрицательном отношении к карикатуре Белинский/однако, прав только в тех случаях, когда перед нами карикатура грубая, жизненно неоправданная и поэтому нехудожественная.

Отрицательно относился к карикатуре и Пушкин, но уже по другим причинам, чем Белинский. Вспомним появление Онегина на балу у Лариных: «Чудак, попав на пир огромный, уж был сердит». Все ему здесь не нравится. «Надулся он» и клянется отомстить Ленскому за то, что тот его зазвал.

Теперь, заране торжествуя,

Он стал чертить в душе своей

Карикатуры всех гостей…

Окарикатуривание того, что не заслуживает этого, есть акт аморальный. Пушкин

---

[1] *Бергсон Г.* Смех в жизни и на сцене. Пер. под ред. А. Е. Яновского. СПб.: XX век, 1900. С. 28.

описывает бал у Лариных, добродушно подсмеиваясь, но не искажая истины до степени карикатуры.

Другой вид преувеличения представляет собой гипербола. Гипербола есть, собственно, разновидность карикатуры. В карикатуре преувеличивается частность, в гиперболе — целое. Гипербола смешна только тогда, когда подчеркивает отрицательные качества, а не положительные. Это особенно хорошо видно в народном эпосе.

В раннем эпосе многих народов преувеличение есть один из способов героизации. Вот как описывается герой в якутском эпосе: «Стан его в перехвате был пяти сажéней. Шести сажéней дороден в плечах был. В три сажени были округлые бедра».

В русском эпосе гиперболизируется не внешний облик, а сила героя, проявляющаяся во время боя. Илья Муромец один, размахивая палицей или взяв за ноги татарина, которым он размахивает как оружием, побивает целое вражеское войско. Преувеличение здесь имеет оттенок юмора, но оно не преследует цели комизма. Еще сильнее юмор сказывается в описании того, как Василий Буслаевич набирает себе дружину. Чтобы отобрать достойнейших, он ставит на дворе огромный чан вина в сорок бочек и чару в полтора ведра. В дрркину принимаются только те, кто сумеет выпить такую чару одним духом. Кроме того, рядом с чаном стоит сам Василий Буслаевич с огромным вязом. Тот, кто хочет вступить в его дрркину, должен выдержать удар по голове этим вязом. И такие молодцы находятся.

Сверхчеловеческая сила положительного героя может вызвать улыбку одобрения, но этот образ не вызывает смеха.

Иначе преувеличение применяется в описании отрицательных персонажей. Огромный, неуклюжий антагонист героя, который храпит так громко, что трясется земля, или обжирается, кладя в рот сразу по целому лебедю или по целой ковриге хлеба, представляет собой образец гиперболизации сатирической. В русском эпосе гиперболизация применяется для описания врагов и слркит средством уничтожения. Так, например, в былине об Алеше и Тугарине гиперболически описывается Тугарин, чудище, которое сидит на пиру у Владимира:

В вышину ли он, Тугарин, трех сажен,

Промеж плечами косая сажень,

Промеж глаз калена стрела.

Он так толст, что едва ходит. Голова у него с пивной котел. На пиру он хватает сразу по целому лебедю или по целой ковриге хлеба и засовывает их за щеку. Гипербола здесь служит сатирическим целям.

Из литературы XIX в. гипербола постепенно исчезает. Она иногда употребляется в шутку. В непосредственно сатирических целях Гоголь, например, ею не пользуется. Для

этого его стиль слишком реалистичен, но он изредка применяет ее для усиления комизма: «У Ивана Никифоровича шаровары в таких широких складках, что если бы раздуть их, то в них можно было бы поместить весь двор с амбарами и строением»; «Приказный в один раз съедал девять пирогов, и десятый клал в карман».

Изредка гипербола у Гоголя встречается в орнаментальной прозе, как, например, при описании Днепра: «Редкая птица долетит до его середины», — но здесь этот прием не представляет художественной удачи Гоголя.

Вновь гипербола — как героизирующая, так и уничтожительная — оживает в поэтике Маяковского, примеры чрезвычайно многочисленны.

Крайнюю, высшую степень преувеличения представляет собой гротеск. О гротеске имеется довольно значительная литература, и есть попытки очень сложных определений его сущности («перемещение плоскостей»). Сложность эта ничем не оправдана. В гротеске преувеличение достигает таких размеров, что увеличенное превращается уже в чудовищное. Оно полностью выходит за грани реальности и переходит в область фантастики. Этим гротеск соприкасается уже со страшным. Правильное и простое определение гротеска дает Борев: «Гротеск есть высшая форма комедийного преувеличения и заострения. Это — преувеличение, придающее фантастический характер данному образу или произведению»[1]. А. С. Бушмин считает, что преувеличение необязательно. Его определение гласит: «Гротеск — искусственное фантастическое построение сочетаний, не встречающееся в природе и обществе»[2]. Граница между простой гиперболой и гротеском условна.

Так, описание героя в якутском эпосе, приведенное выше, в такой же степени гиперболично, как и гротескно. Обжорство Тугарина также может быть определено как гротеск. В европейской литературе типичный сплошной гротеск — роман Рабле «Гаргантюа и Пантагрюэль» с описанием всяческих гиперболизированных излишеств.

Гротеск — излюбленная форма народного искусства комизма, начиная с древности. Маски древнегреческой комедии гротескны. Буйная несдержанность в комедии противостояла сдержанности и величавости трагедии.

Но преувеличение — не единственное свойство гротеска. Гротеск выводит нас за рамки реально возможного мира. Так, повесть Гоголя «Нос» по сюжету представляет собой гротеск: нос свободно разгуливает по Невскому проспекту, С того момента, как в повести «Шинель» Акакий Акакиевич превращается в привидение, повесть приобретает характер

---

[1] *Борев Ю. Б.* Комическое. М.: Искусство, 1957. С. 22.

[2] *Бушмин А. С.* К вопросу о гиперболе и гротеске в сатире Щедрина // Вопросы советской литературы. 1957. №5. С. 50.

гротеска.

Гротеск комичен тогда, когда он, как и все комическое, заслоняет духовное начало и обнажает недостатки. Он делается страшен, когда это духовное начало в человеке уничтожается. От этого по-страшному комичны могут быть изображения сумасшедших. Есть картина, приписываемая Шевченко, изображающая кадриль в сумасшедшем доме. Несколько мужчин в белье и с ночными колпаками на головах в проходе между койками «с самым веселым видом и широко жестикулируя, танцуют кадриль. Картина эта отличается высокой степенью художественности и выразительности и производит жуткое впечатление.

Наконец, и нарочито страшное может иметь характер гротеска вне области комизма. Сюда относится, например, «Страшная месть» и последние страницы повести Гоголя «Вий», где гроб в церкви снимается с места и летает по воздуху.

Воб ласти живописи в качестве примера страшного гротеска можно указать на гравюры Гойи, где он изображает иногда в фантастических, иногда в совершенно натуралистических рисунках ужасы наполеоновского террора в мятежной Испании.

Гротеск возможен только в искусстве и невозможен в жизни. Непременное его условие — некоторое эстетическоеотношение к изображаемым ужасам. Ужасы войны, снятые фотоаппаратом с целью документального изображения их, не имеют и не могут иметь характера гротеска.

💡 **课后思考题**

1. Как вы понимаете комическое как предмет литературоведческого исследования?

2. Как Пропп рассматривал проблему комического в отличие от своих предшественников?

3. Попробуйте перечислить теоретиков комического и обобщите особенности их теории.

4. Каково свойство гротеска, по мнению Проппа?

||||||||||||||||||||||||||||||||| ► **推荐阅读材料** ◄ |||||||||||||||||||||||||||||||||

1. *Борев Ю. Б.* Комическое. М.: Искусство, 1970.

2. *Неизвестный В. Я.* Пропп. Древо жизни. Дневник старости. СПб.: Алетейя, 2002.

3. *Неклюдов С. Ю.* Владимир Пропп: от «морфологии» к «истории» (к 75-летию опубликования «Исторических корней волшебной сказки») // Новый филологический вестник. 2021. №. 2 (57). С. 100 —132.

4. *Пропп В. Я.* Морфология сказки. Изд. 2-е. М.: Наука, 1969.

5. *Пропп В. Я.* Проблемы комизма и смеха. М.: Искусство, 1976.

6. *Сафонова Е. В.* Формы, средства и приёмы создания комического в литературе [Электронный ресурс]/ / Молодой ученый. 2013. №5.

7. *Смыкова Е. А.* Особенности комического в истории российской культуры советского периода [Электронный ресурс]: Культура и цивилизация // Электрон. дан. 2012. № 4. С. 33 — 48. Режим доступа: http://elibrary.ru/aspekty-komicheskogo (Дата обращения 30.10.2015).

8. *Чернышевский Н. Г.* Возвышенное и комическое / Собрание сочинений: В 5 т. М.: Правда, Т. 4. 1929 — 1953.

第八讲拓展资源

第九讲

Лингвистика и поэтика Р. О. Якобсона

Основное различие между языками состоит не в том, что может или не может быть выражено, а в том, что должно или не должно сообщаться говорящими.

— Р. О. Якобсон

пред습
思考题

1. Что вам известно о Р. О. Якобсоне? Вы можете рассказать о его биографии, творчестве и о том, какой вклад он внёс в поэтику литературы?

2. Какие отношения были между Р. О. Якобсоном и футуристами?

▶▶ **原典选读 1**

Лингвистика и поэтика[①]

Между научными и политическими конференциями нет, к счастью, ничего общего. Успех политического собрания зависит от согласия между всеми его участниками или, по крайней мере, между большинством из них. Что же касается научной дискуссии, то здесь не используются ни вето, ни голосование, а разногласия, по-видимому, оказываются здесь более продуктивными, чем всеобщее согласие. Разногласия вскрывают антиномии и точки наибольшего напряжения в пределах рассматриваемой области и тем самым ведут к новым исследованиям. Подобного рода научные встречи можно сравнить не с политическими конференциями, а с исследовательскими работами в Антарктике, когда специалисты по различным наукам, собравшиеся из разных стран, пытаются нанести на карты неизвестный район и выяснить, где же лежат самые серьезные препятствия для исследователя — непреодолимые пики и пропасти. Аналогичная цель была, по-видимому, главной задачей нашей конференции, и в этом отношении ее работу следует признать вполне удачной. Разве мы не осознали, какие проблемы являются наиболее важными и вместе с тем наиболее спорными? Разве мы не научились переходить от одного кода к другому, уточнять одни термины и отказываться от употребления других, чтобы избежать недоразумений при общении с людьми, пользующимися другими научными жаргонами? Мне кажется, что эти вопросы приобрели для всех нас большую ясность, чем это было три дня назад.

Мне предложили выступить и подытожить все сказанное здесь об отношениях между поэтикой и лингвистикой. Основной вопрос поэтики таков: «*Благодаря чему речевое сообщение становится произведением искусства?*». Поскольку содержанием поэтики являются differentia specifica словесного искусства по отношению к прочим искусствам и по отношению к прочим типам речевого поведения, поэтика должна занимать ведущее место в литературоведческих исследованиях.

Поэтика занимается проблемами речевых структур точно так же, как искусствоведение занимается структурами живописи. Так как общей наукой о речевых структурах является лингвистика, поэтику можно рассматривать как составную часть лингвистики.

Следует подробно рассмотреть аргументы, выдвигаемые против такой точки зрения.

Очевидно, многие явления, изучаемые поэтикой, не ограничиваются рамками

---

① *Якобсон Р. О.* Структурализм: «за» и «против». Сб. Статьей / Под ред. Е. Я. Басина и М. Я. Полякова. М.: Прогресс, 1975. С. 193 — 230. (Roman Jakobson. Linguistics and Poetics, опубликовано в сб. «Style in Language», ed. by Th. A. Sebeol., Cambridge, Massachusetts Institute of Technology, 1960.) 20 世纪 70 年代，雅各布森作为结构主义文论的先锋人物与欧洲各国文论家的论文一起被收入论文集《结构主义：赞成与反对》。我们这一讲首先节选的是他的《语言学与诗学》一文，该文最早是用英语撰写的，此处是译文（编者注）。

словесного искусства. Так, известно, что «Wuthering Heights» («Гремящие высоты») можно превратить в кинофильм, средневековые легенды — в фрески и миниатюры, а «L'apres-midi d'un faune» («Послеполуденный отдых фавна») — в балет или графику. Сколь нелепой ни кажется мысль изложить «Илиаду» и «Одиссею» в виде комиксов, некоторые структурные особенности их сюжета сохраняются и в комиксах, несмотря на полное исчезновение словесной формы. Сам вопрос о том, являются ли иллюстрации Блейка к «Божественной комедии» адекватными или нет, доказывает, что различные искусства сравнимы. Проблемы барокко или любого другого исторического стиля выходят за рамки отдельных видов искусства. Анализируя сюрреалистическую метафору, мы не сможем оставить в стороне картины Макса Эрнста или фильмы Луиса Бунюеля «Андалузский пес» и «Золотой век». Короче говоря, многие поэтические особенности должны изучаться не только лингвистикой, но и теорией знаков в целом, то есть общей семиотикой. Это утверждение справедливо не только по отношению к словесному искусству, но и по отношению ко всем разновидностям языка, поскольку язык имеет много общих свойств с некоторыми другими знаковыми системами или даже со всеми (пансемиотические свойства).

Аналогично этому второе возражение также не содержит ничего такого, что относилось бы исключительно к литературе: вопрос о связях между словом и миром касается не только словесного искусства, но и вообще всех видов речевой деятельности. Ведению лингвистики подлежат все возможные проблемы отношения между речью и «универсумом (миром) речи»; лингвистика должна отвечать на вопрос, какие элементы этого универсума словесно оформляются в данном речевом акте и как именно это оформление происходит. Однако значения истинности для тех или иных высказываний, поскольку они, как говорят логики, являются «внеязыковыми сущностями», явно лежат за пределами поэтики и лингвистики вообще.

Иногда говорят, что поэтика в отличие от лингвистики занимается оценками. Такое противопоставление указанных областей основывается на распространенном, но ошибочном толковании контраста между структурой поэзии и других типов речевых структур: утверждают, что эти последние противопоставляются своим «случайным», непреднамеренным характером «неслучайному», целенаправленному поэтическому языку. Однако любое речевое поведение является целенаправленным, хотя цели могут быть весьма различными; соответствие между используемыми средствами и желаемым эффектом, то есть поставленной целью, — это проблема, которая все больше и больше занимает ученых, исследующих различные типы речевой коммуникации. Между распространением языковых явлений в пространстве и времени, с одной стороны, и пространственно-временным распространением литературных моделей — с другой, имеется точное соответствие, гораздо более точное, чем полагает критика. Даже такие дискретные скачки, как возрождение малоизвестных или вовсе забытых поэтов, например, посмертное открытие и последующая канонизация творчества Джерарда Мэнли Гопкинса, поздняя слава Лотреамона среди сюрреалистов и значительное влияние до недавнего времени не признанного Циприана Норвида на современную польскую поэзию, находят параллель в истории литературных языков, в которых иногда оживают архаичные, давно забытые модели, как, например, в литературном чешском языке, где в начале XIX века стали распространяться модели XVI века.

К сожалению, терминологическое смешение «литературоведения» и «критики» нередко ведет к тому, что исследователь литературы заменяет описание внутренних значимостей (intrinsic values) литературного произведения субъективным, оценочным приговором. Название «литературный критик» столь же мало подходит исследователю литературы, как название «грамматический (или «лексический») критик» — лингвисту. Синтаксические и морфологические исследования нельзя заменить нормативной грамматикой; точно так же никакой манифест, навязывающий литературе вкусы и мнения того или иного критика, не заменит объективного научного анализа словесного искусства. Не следует, однако, полагать, будто это утверждение означает проповедь пассивного принципа laissez faire; в любых сферах речевой культуры необходима организация, планирующая, нормативная деятельность. Однако почему же мы проводим четкое различие между теоретической и прикладной лингвистикой или между фонетикой и орфоэпией, но не проводим его между литературоведением и критикой?

Литературоведение, центральной частью которого является поэтика, рассматривает, как и лингвистика, два ряда проблем: синхронические и диахронические. Синхроническое описание касается не только литературной продукции данной эпохи, но и той части литературной традиции, которая в данную эпоху сохраняет жизненность. Так, например, Шекспир, с одной стороны, и Донн, Марвелл, Ките и Эмили Диккинсон — с другой, являются для поэтического мира Англии наших дней живой поэзией; в то же время творчество Джеймса Томпсона или Лонгфелло сегодня не принадлежит к живым художественным ценностям. Отбор классиков и их реинтерпретация современными течениями — это важнейшая проблема синхронического литературоведения. Синхроническую поэтику, как и синхроническую лингвистику, нельзя смешивать со статикой; в любом состоянии следует различать более архаичные формы и инновации (неологизмы). Любое современное состояние переживается в его временной динамике; с другой стороны, как в поэтике, так и в лингвистике при историческом подходе нужно рассматривать не только изменения, но и постоянные, статические элементы. Полная, всеобъемлющая историческая поэтика или история языка — это надстройка, возводимая на базе ряда последовательных синхронических описаний.

Отрыв поэтики от лингвистики представляется оправданным лишь в том случае, если сфера лингвистики незаконно ограничивается — например, если считать, как это делают некоторые лингвисты, что предложение есть максимальная подлежащая анализу конструкция, или если сводить лингвистику либо к одной грамматике, либо исключительно к вопросам внешней формы без связи с семантикой, либо к инвентарю значащих средств без учета их свободного варьирования. Вегелин четко сформулировал две важнейшие связанные между собой проблемы, стоящие перед структурной лингвистикой: пересмотр гипотезы о языке как о монолитном целом и исследование взаимозависимости различных структур внутри одного языка. Несомненно, что для любого языкового коллектива, для любого говорящего, единство языка существует; однако этот всеобщий код (over-all code) представляет собой систему взаимосвязанных субкодов, В каждом языке сосуществуют конкурирующие модели, наделенные разными функциями.

Мы, безусловно, должны согласиться с Сепиром в том, что, вообще говоря, «выражение мыслей полностью господствует в языке...»[①], но это не означает, что лингвистика должна пренебрегать «вторичными факторами». Эмоциональные элементы речи, которые, как склонен полагать Джоос, не могут быть описаны «конечным числом абсолютных категорий», рассматриваются им как «внеязыковые элементы реального мира». Поэтому «они оказываются для нас слишком смутными, неуловимыми, переменчивыми явлениями, —заключает Джоос, — и мы отказываемся терпеть их в нашей науке»[②]. Джоос — большой мастер редукции, исключения избыточных элементов; однако его настойчивое требование «изгнать» эмоциональные элементы из лингвистики ведет к радикальной редукции — к reductio ad absurdum.

Язык следует изучать во всем разнообразии его функции. Прежде чем перейти к рассмотрению поэтической функции языка, мы должны определить ее место среди других его функций. Чтобы описать эти функции, следует указать, из каких основных компонентов состоит любое речевое событие, любой акт речевого общения.

Адресант (addresser) посылает *сообщение адресату* (addressee). Чтобы сообщение могло выполнять свои функции, необходимы: контекст (context), о котором идет речь (в другой, не вполне однозначной терминологии, «референт»=referent); контекст должен восприниматься адресатом, и либо быть вербальным, либо допускать вербализацию; код (code), полностью или хотя бы частично общий для адресанта и адресата (или, другими словами, для кодирующего и декодирующего); и наконец, контакт (contact) — физический

① *Sapir E.* Language. New York: harcourt, brace, 1921. P. 13.

② *Joos M.* Description of language design //Journal of the acoustic society of America. 1950. No. 22. P. 701 — 708.

канал и психологическая связь между адресантом и адресатом, обусловливающие возможность установить и поддерживать коммуникацию. Все эти факторы, которые являются необходимыми элементами речевой коммуникации, могут быть представлены в виде следующей схемы:

Контекст

Адресант   Сообщение   Адресат

Контакт

Код

Каждому из этих шести факторов соответствует особая функция языка. Однако вряд ли можно найти речевые сообщения, выполняющие только одну из этих функций. Различия между сообщениями заключаются не в монопольном проявлении какой-либо одной функции, а в их различной иерархии. Словесная структура сообщения зависит прежде всего от преобладающей функции. Тем не менее, хотя установка на *референт*, ориентация на контекст — короче, так называемая *референтивная* (денотативная, или когнитивная) функция — является центральной задачей многих сообщений, лингвист-исследователь должен учитывать и побочные проявления прочих функций.

Так называемая *эмотивная*, или экспрессивная, функция, сосредоточенная на *адресанте*, имеет своей целью прямое выражение отношения говорящего к тому, о чем он говорит. Она связана со стремлением произвести впечатление наличия определенных эмоций, подлинных или притворных; поэтому термин «эмотивная» (функция), который ввел и отстаивал А. Марти[①], представляется более удачным, чем «эмоциональная». Чисто эмотивный слой языка представлен междометиями. Они отличаются от средств референтивного языка как своим звуковым обликом (особые звукосочетания или даже звуки, не встречающиеся в других словах), так и синтаксической ролью (они являются не членами, а эквивалентами предложений). «Тц-тц-тц! — сказал Мак-Гинти»; полное высказывание конандойлевского героя состоит из повторений щелкающего звука. Эмотивная функция, проявляющаяся в междометиях в чистом виде, окрашивает в известной степени все наши высказывания — на звуковом, грамматическом и лексическом уровнях. Анализируя язык с точки зрения передаваемой им информации, мы не должны ограничивать понятие информации когнитивным (познавательно-логическим) аспектом языка. Когда человек пользуется экспрессивными элементами, чтобы выразить гнев или иронию, он, безусловно, передает информацию. Очевидно, что подобное речевое поведение нельзя сопоставлять с такой несемиотической деятельностью, как, например, процесс

---

① *Marty A*. Untersuchungen zur Grundlegung der allgemeinen Grammatik und Sprachphilosophie. Halle: Niemeyer, 1908. Bd. I. S. 261— 265.

поглощения пищи — «съедание грейпфрута» (вопреки смелому сравнению Чатмена). Различие между [big] (англ. «большой») и [bi:g] с эмфатически растянутым гласным является условным кодовым языковым признаком, точно так же как различие между кратким и долгим гласными в чешском языке: [vi] «вы» и [vi:] «знает»; однако различие между [vi] и [vi:] является фонемным, а между [big] и [bi:g] — эмотивным. Если нас интересуют фонемные инварианты, то английские [i] и [i:] оказываются просто вариантами одной и той же фонемы, однако, если мы переходим к эмотивным единицам, инвариант и варианты меняются местами: долгота и краткость становятся инвариантами и реализуются переменными фонемами. Тезис С. Сапорты о том, что эмотивные различия являются внеязыковыми и «характеризуют способ передачи сообщения, а не само сообщение», произвольно уменьшает информационную емкость сообщения.

Один актер Московского Художественного театра рассказывал мне, как на прослушивании Станиславский предложил ему сделать из слов «сегодня вечером», меняя их экспрессивную окраску, сорок разных сообщений. Этот артист перечислил около сорока эмоциональных ситуаций, а затем произнес указанные слова в соответствии с каждой из этих ситуаций, причем аудитория должна была узнать, о какой ситуации идет речь, только по звуковому облику этих двух слов. Для нашей работы по описанию и анализу современного русского литературного языка мы попросили актера повторить опыт Станиславского. Он составил список приблизительно пятидесяти ситуаций, соотносящихся с указанным эллиптическим предложением, и прочитал для записи на магнитофонную пленку пятьдесят соответствующих сообщений. Большинство из них было правильно и достаточно полно понято носителями московского говора.

Таким образом, ясно, что все эмотивные признаки, безусловно, подлежат лингвистическому анализу.

Ориентация на адресата — конативная функция — находит свое чисто грамматическое выражение в звательной форме и повелительном наклонении, которые синтаксически, морфологически, а часто и фонологически отклоняются от прочих именных и глагольных категорий. Повелительные предложения коренным образом отличаются от повествовательных: эти последние могут быть истинными или ложными, а первые — нет. Когда в пьесе О'Нила «Фонтан» Нано (резким, повелительным тоном) говорит «Пей!», мы не можем задать вопрос: «Это истинно или нет?», хотя такой вопрос вполне возможен по поводу предложений «Он пил», «Он будет пить», «Он пил бы». В отличие от повелительных предложений повествовательные предложения можно превращать в вопросительные: «Пил ли он?», «Будет ли он пить?», «Пил ли бы он?».

В традиционной модели языка, особенно четко описанной К. Бюлером[1], различались только эти три функции — эмотивная, конативная и референтивная. Соответственно в модели выделялись три «вершины»: первое лицо — говорящий, второе лицо — слушающий и «третье лицо» — собственно некто или нечто, о чем идет речь. Из этой триады функций можно легко вывести некоторые добавочные функции. Так, магическая, заклинательная функция — это, по сути дела, как бы превращение отсутствующего или неодушевленного «третьего лица» в адресата конативного сообщения. «Пусть скорее сойдет этот ячмень, тьфу, тьфу, тьфу, тьфу!» (литовское заклинание)[2]. «Вода-водица, река-царица, заря-зорица! Унесите тоску-кручину за сине море в морскую пучину... Как в морской пучине сер камень не вставает, так бы у раба божия имярека тоска-кручина к ретивому сердцу не приступала и не приваливалась, отшатилась бы и отвалилась» (севернорусские заговоры)[3]. «Стой, солнце, над Гаваоном, и луна, над долиною Аиалонскою! И остановилось солнце, и луна стояла...»[4]. Мы, однако, выделяем в акте речевой коммуникации еще три конститутивных элемента и различаем еще три соответствующие функции языка.

Существуют сообщения, основное назначение которых — установить, продолжить или прервать коммуникацию, проверить, работает ли канал связи («Алло, вы меня слышите?»), привлечь внимание собеседника или убедиться, что он слушает внимательно («Ты слушаешь?» или, говоря словами Шекспира, «Предоставь мне свои уши!», а на другом конце провода: «Да-да!»). Эта направленность на контакт, или, в терминах Малиновского[5], фатическая функция, осуществляется посредством обмена ритуальными формулами или даже целыми диалогами, единственная цель которых-поддержание коммуникации. У Дороти Паркер можно найти замечательные примеры:

«— Ладно! — сказал юноша.

— Ладно! — сказала она.

— Ладно, стало быть, так, — сказал он.

— Стало быть, так, — сказала она, — почему же нет?

— Я думаю, стало быть, так, — сказал он, — то-то! Так, стало быть.

— Ладно, — сказала она.

— Ладно, — сказал он, — ладно».

---

① *Buhler K*. Die Axiomatik der Sprachwissenschaft //Kant-Studien. 1933. Bd 38. S.19 — 90

② *Mansikka V. T*. Litauische Zauberspruche // Folklore Fellows communications. 1929. № 87. S. 69.

③ *Рыбников П. Н*. Песни. В 3 т. М.: Изд. фирмы «Сотрудник школ». 1910. Т. 3. С. 217 — 218.

④ Книга Иисуса Навина. В 24 т. Т.10. С. 12 — 13.

⑤ *Malinowski B*. The problem of meaning in primitive languages в C. K. Ogden and J. A. Richards // The meaning of meaning. New York — London, 9-th edition, 1953. P. 296 — 336.

Стремление начать и поддерживать коммуникацию характерно для говорящих птиц; именно фатическая функция языка является единственной функцией, общей для них и для людей. Эту функцию первой усваивают дети; стремление вступать в коммуникацию появляется у них гораздо раньше способности передавать или принимать информативные сообщения.

В современной логике проводится различие между двумя уровнями языка: «объектным языком», на котором говорят о внешнем мире, и «метаязыком», на котором говорят о языке. Однако метаязык — это не только необходимый инструмент исследования, применяемый логиками и лингвистами; он играет важную роль и в нашем повседневном языке. Наподобие мольеровского Журдена, который говорил прозой, не зная этого, мы пользуемся метаязыком, не осознавая метаязыкового характера наших операций. Если говорящему или слушающему необходимо проверить, пользуются ли они одним и тем же кодом, то предметом речи становится сам код: речь выполняет здесь метаязыковую функцию (то есть функцию, толкования). «Я вас не совсем понимаю, что вы имеете в виду?» — спрашивает слушающий, или, словами Шекспира: «What is't thou say'st?» («Что ты такое говоришь?»). А говорящий, предвосхищая подобные вопросы, спрашивает сам: «Вы понимаете, что я имею в виду?» Вообразим такой восхитительный диалог:

«— Софомора завалили.

— А что такое завалили?

— Завалили — это то же самое, что засыпали.

—А засыпали?

— Засыпаться — это значит не сдать экзамен».

— And what is sophomore? («А что такое софомор?» — настаивает собеседник, не знакомый со студенческим жаргоном.

— A sophomore is (or means) a second — year student («Софомор — значит второкурсник»).

Все эти предложения, устанавливающие тождество высказываний, несут информацию лишь о лексическом коде английского языка; их функция является строго метаязыковой. В процессе изучения языка, в особенности при усвоении родного языка ребенком, широко используются подобные метаязыковые операции; афазия часто заключается в утрате способности к метаязыковым операциям.

Мы рассмотрели все шесть факторов, участвующих в речевой коммуникации, за исключением самого сообщения. Направленность (Einstellung) на сообщение, как таковое, сосредоточение внимания на сообщении ради него самого — это поэтическая функция языка. Эту функцию нельзя успешно изучать в отрыве от общих проблем языка, и, с другой стороны, анализ языка требует тщательного рассмотрения его поэтической функции. Любая попытка ограничить сферу поэтической функции только поэзией или свести поэзию только к поэтической функции представляет собой опасное упрощенчество. Поэтическая функция является не единственной функцией словесного искусства, а лишь его центральной определяющей функцией, тогда как во всех прочих видах речевой деятельности она выступает как вторичный, дополнительный компонент. Эта функция, усиливая осязаемость знаков, углубляет фундаментальную дихотомию между знаками и предметами. Поэтому, занимаясь поэтической функцией, лингвисты не могут ограничиться областью поэзии.

— Почему ты всегда говоришь *Джоан и Марджори, а не Марджори и Джоан?* Ты что, больше любишь Джоан?

— Вовсе нет, просто так звучит лучше.

Если два собственных имени связаны сочинительной связью, то адресант, хотя и бессознательно, ставит более короткое имя первым (разумеется, если не вмешиваются соображения иерархии): это обеспечивает сообщению лучшую форму.

<...> Как мы говорили выше, с одной стороны, лингвистическое изучение поэтической функции должно выходить за пределы поэзии, а с другой стороны, лингвистический анализ поэзии не может ограничиваться только поэтической функцией. Наряду с поэтической функцией, которая является доминирующей, в поэзии используются и другие речевые функции, причем особенности различных жанров поэзии обусловливают различную степень использования этих других функций. Эпическая поэзия, сосредоточенная на третьем лице, в большой степени опирается на коммуникативную функцию языка; лирическая поэзия, направленная на первое лицо, тесно связана с экспрессивной функцией; «поэзия второго лица» пропитана апеллятивной функцией: она либо умоляет, либо поучает, — в зависимости от того, кто кому подчинен — первое лицо второму или наоборот.

После того как беглое описание шести основных функций речевой коммуникации более или менее закончено, мы можем дополнить нашу схему основных компонентов акта коммуникации соответствующей схемой этих функций:

Коммуникативная (референтивная)

Апеллятивная

Поэтическая

 Экспрессивная

Фатическая

Метаязыковая

Каков же эмпирический лингвистический критерий поэтической функции? Точнее, каков необходимый признак, внутренне присущий любому поэтическому произведению?

Чтобы ответить на этот вопрос, мы напомним о двух основных операциях, используемых в речевом поведении: это *селекция* и *комбинация*. Если тема (topic) сообщения — «ребенок», то говорящий выбирает одно из имеющихся в его распоряжении более или менее сходных существительных, таких, как ребенок, дитя, подросток, *малыш* и т. д., которые все в определенном отношении эквивалентны друг другу. Затем, чтобы высказаться об этой теме, говорящий может выбрать один из семантически родственных глаголов, например *спать, дремать, клевать носом* и т. д. Оба выбранных слова комбинируются в речевой цепи. Селекция (выбор) производится на основе эквивалентности, подобия и различия, синонимии и антонимии; комбинация — построение предложения — основывается на смежности. *Поэтическая функция проецирует принцип эквивалентности с оси селекции на ось комбинации.* Эквивалентность становится конституирующим моментом в последовательности. В поэзии один слог приравнивается к любому слогу той же самой последовательности; словесное ударение приравнивается к словесному ударению, а отсутствие ударения — к отсутствию ударения; просодическая долгота сопоставляется с долготой, а краткость — с краткостью; словесные границы приравниваются к словесным границам, а отсутствие границ — к отсутствию границ; синтаксическая пауза приравнивается к синтаксической паузе, а отсутствие паузы — к отсутствию паузы. Слоги превращаются в единицы меры, точно так же как моры и ударения.

Могут возразить, что метаязык также использует эквивалентные единицы при образовании последовательностей, когда синонимичные выражения комбинируются в предложения, утверждающие равенство: А = А («Кобыла — это самка лошади»). Однако поэзия и метаязык диаметрально противоположны друг другу: в метаязыке последовательность используется для построения равенств, тогда как в поэзии равенство используется для построения последовательностей.

В поэзии, а также до известной степени и в скрытых проявлениях поэтической функции различные последовательности, ограниченные границами слов, становятся соизмеримыми, когда они воспринимаются как изохронные или иерархически упорядоченные. Словосочетание Джоан и Марджори иллюстрирует поэтический принцип слоговой градации, ставший обязательным в клаузулах сербского народного эпоса[①]. Если бы в. сочетании *innocent bystander* («простодушный зритель») оба слова не были дактилическими, оно вряд ли стало бы шаблоном. Симметрия трех двусложных глаголов с одинаковым начальным согласным и одинаковым конечным гласным придала блеск лаконичному сообщению Цезаря о победе: «Veni, vidi, vici».

---

① См.: *Maretic T.* Metrika narodnih nasih pjesama // Rad Jugoslavenske Akademije. Zagreb, 1907. P. 168 — 170.

Измерение последовательностей — это прием, который, кроме как в поэтической функции, в языке не используется. Только в поэзии, где регулярно повторяются эквивалентные единицы, время потока речи ощущается (is experienced) — аналогично тому, как обстоит дело с музыкальным временем, если обратиться к другой семиотической модели. Джерард Мэнли Гопкинс, выдающийся исследователь поэтического языка, определял стих как «речь, в которой полностью или частично повторяется одна и та же звуковая фигура»1. На вопрос Гопкинса, «является ли любой стих поэзией», можно дать вполне определенный ответ, как только мы перестанем произвольно ограничивать поэтическую функцию областью поэзии. Мнемонические строчки, цитируемые Гопкинсом (такие, как Thirty days hath September «В сентябре тридцать дней»); современные рекламные стишки; версифицированные средневековые законы, упоминаемые Лотцем; санскритские научные трактаты в стихах, которые в индийской традиции строго отличались от настоящей поэзии (kavya), — все эти метрические тексты используют поэтическую функцию, хотя она и не получает здесь той господствующей, определяющей роли, какой она обладает в поэзии. Таким образом, стих выходит в действительности за рамки поэзии, но в то же самое время он обязательно предполагает поэтическую функцию. Несомненно, что ни одна человеческая культура не обходится без стихосложения, тогда как многим культурам «прикладной» стих неизвестен; и даже в тех культурах, где существует как чистый, так и прикладной стих, последний оказывается вторичным, несомненно производным явлением. Использование поэтических средств для какой-либо инородной цели не отнимает у них их первичной сущности — точно так же, как элементы экспрессивного языка, используемые в поэзии, сохраняют свою эмоциональную окраску. Обструкционист в парламенте может декламировать «Песнь о Гайавате», потому что эта поэма достаточно длинна; тем не менее поэтичность все-таки остается первичной сущностью текста, первичным замыслом автора. Очевидно, что существование рекламных радио — и телепередач в стихах, с музыкой и с художественным оформлением не заставляет нас рассматривать вопросы стиха или музыкальной и живописной формы в отрыве от изучения поэзии, музыки и живописи.

Подведем итог. Анализ стиха находится полностью в компетенции поэтики, и эту последнюю можно определить как ту часть лингвистики, которая рассматривает поэтическую функцию в ее соотношении с другими функциями языка. Поэтика в более широком смысле слова занимается поэтической функцией не только в поэзии, где поэтическая функция выдвигается на первый план по сравнению с другими языковыми функциями, но и вне поэзии, где на первый план могут выдвигаться какие-либо другие

---

① *Hopkins G. M.* The journals and papers. London & New York: Oxford University Press, 1959.

функции.

Понятие повторяющейся «звуковой фигуры», использование которой, как отметил Гопкинс, является конституирующим признаком стиха, может быть уточнено. Подобные фигуры всегда используют, по крайней мере, один (или более) бинарный контраст между более и менее «выдвинутыми» сегментами речи, реализуемый различными отрезками последовательности фонем.

В слоге более выдвинутая, ядерная, слоговая часть, образующая вершину слога, противопоставлена менее выдвинутым, периферийным, неслоговым фонемам. Любой слог содержит слоговую фонему, и интервал между двумя последовательными слоговыми фонемами заполняется — в одних языках всегда, а в других в большинстве случаев — периферийными, неслоговыми фонемами. В так называемом силлабическом (слоговом) стихосложении число слогов в метрически ограниченной цепи (временном отрезке) является постоянным, тогда как наличие неслоговой фонемы или группы таких фонем между каждыми двумя слоговыми в метрической цепи необходимо только в тех языках, где между слоговыми фонемами всегда имеют место неслоговые, и, кроме того, в тех системах стихосложения, где не допускается зияния. Другим проявлением тенденции к единообразной слоговой модели является отсутствие закрытых слогов в конце строки, наблюдаемое, например, в сербских эпических песнях. В итальянском силлабическом стихосложении проявляется тенденция трактовать последовательность гласных, не разделенных согласными, как один метрический слог1.

В некоторых типах стихосложения слог представляет собой постоянную единицу меры стиха и грамматическая граница является единственной демаркационной линией между метрическими последовательностями, тогда как в других типах стихосложения слоги в свою очередь делятся на более или менее выделяющиеся и различаются с точки зрения их метрической функции два уровня грамматических границ — границы слов и синтаксические паузы.

За исключением тех разновидностей так называемого свободного стиха (vers libre), которые основаны лишь на интонациях и сопряженных с ними паузах, в любом метре слог используется как единица измерения, по крайней мере, в определенных отрезках стиха. Так, в чисто тоническом стихе (sprung rhythm в терминологии Гопкинса) число слогов в слабом времени (slack, букв. «долина», как его называет Гопкинс) может варьироваться, но сильное время (иктус) обязательно содержит один-единственный слог.

В любом тоническом стихе контраст между большей и меньшей выдвинутостью

---

① Ср. разд. VIII — IX. *Levi. A*. Della versificazione italiana // Archivum Romanicum.1930. No. 14. P. 449 — 526.

реализуется путем противопоставления ударных и безударных слогов. Большинство тонических систем основано на контрасте между слогами, несущими словесное ударение, и слогами, не несущими такового; однако некоторые разновидности тонического стиха оперируют синтаксическими, фразовыми ударениями, которые Уимзетт и Бэрдсли называют «главными ударениями главных слов», причем слоги с такими ударениями противопоставляются слогам без главного, синтаксического ударения.

В количественном («хронемном») стихе долгие и краткие слоги взаимно противопоставляются как более выдвинутые и менее выдвинутые. Этот контраст обычно реализуется в слоговых ядрах, которые бывают фонологически долгими и краткими. Однако в таких метрических системах, как древнегреческая или арабская, где долгота «по положению» приравнивается долготе «по природе», минимальные слоги, состоящие из согласной фонемы и одномерной гласной, противопоставляются слогам с добавочным элементом (со второй морой или согласной, закрывающей слог) как более простые и менее выдвинутые слоги, противопоставленные слогам более сложным и более выдвинутым <...>.

В классической китайской поэзии[①] слоги с модуляцией тона (кит. tse, цзе «ломаный тон») противопоставляются слогам без тоновой модуляции (ping, пин «ровный тон»); однако несомненно, что в основе этого противопоставления лежит количественный принцип, о чем догадывался Поливанов[②] и что более точно истолковал Ван Ли[③]. В китайской метрической традиции ровные тоны оказались противопоставленными ломаным тонам как долгие тоновые пики — вершины слогов — кратким, так что по существу китайский стих основывается на противопоставлении долготы и краткости.

Джозеф Гринберг привлек мое внимание к другой разновидности тонового стихосложения — стиху загадок народа эфик, основанному на уровне тона. В примерах, приводимых Симмонсом[④], вопрос и ответ образуют два восьмисложника с одинаковым распределением слогов с высоким [в] и низким [н] тоном; более того, в каждом полустишии последние три из четырех слогов имеют одинаковое распределение тонов: нввн/вввн/нввн. Тогда как китайское стихосложение является особой разновидностью количественного стиха, стих загадок эфик связан с обычным тоническим стихом противопоставлением двух степеней выделения — силой и высотой голосового тона. Таким образом, метрическая

---

① *Bishop J. L.* Prosodic elements in T'ang poetry («Indiana University conference on Oriental-Western literary relations», Chapel Hill, 1955).

② *Поливанов Е. Д.* О метрическом характере китайского стихосложения//Доклады Российской Академии наук. 1924. Серия V. C. 156 — 158.

③ *Wang Li.* Han-yu shih-lu-hsueh («Китайское стихосложение») // Шанхай: Шанхайское педагогическое издательство, 1958. (这里指王力的《汉语诗律学》——编者注)

④ *Simmons D. C.* Specimens of Epic Folklore // Folk-Lore. 1955. Vol. 66. No. 4. P. 417 — 424.

система стихосложения может основываться только на противопоставлении слоговых вершин и склонов (силлабический стих), на сравнительном уровне слоговых вершин (тонический стих) и на относительной длительности слоговых вершин или целых слогов (количественный стих).

В учебниках по литературоведению мы иногда встречаемся с традиционным предрассудком — противопоставлением силлабизма как просто механического отсчета слогов живой пульсации тонического стиха. Однако, если мы одновременно рассмотрим бинарные размеры строго силлабического и строго тонического стихосложения, мы увидим две однородные волнообразные последовательности вершин и долин. Из этих двух волнообразных кривых силлабическая имеет ядерные фонемы на гребнях и обычно периферийные во впадинах. Как правило, и в тонической кривой, накладываемой на силлабическую, чередуются ударные и безударные слоги на гребнях и во впадинах соответственно.

Для сравнения с размерами английского стиха я обращу ваше внимание на аналогичные русские бинарные размеры (за последние 50 лет эти размеры были изучены самым тщательным образом; в особенности см. работу К. Тарановского[1]). Структуру стиха можно полностью описать и интерпретировать в терминах условных вероятностей. Обязательным правилом для всех русских размеров является совпадение конца строки с границей слова; наряду с этим законом в классических образцах русского силлабо-тонического стиха наблюдаются еще следующие закономерности: 1) число слогов в строке (от начала до последнего иктуса) является постоянным; 2) этот последний иктус в строке совпадает со словесным ударением; 3) ударный слог не может занимать слабую позицию (upbeat), если на иктус приходится безударный слог того же самого слова (таким образом, словесное ударение может совпадать со слабой позицией только в случае односложного слова).

Помимо всех этих характеристик, которые обязательны для любой строки, написанной в данном размере, можно выделить еще ряд свойств, проявляющихся довольно часто, хотя и не всегда. Эти свойства, появление которых вероятно («вероятность меньше единицы»), наряду со свойствами, появление которых обязательно («вероятность — единица»), также входят в понятие размера. Используя термины, в которых Черри описывает коммуникацию между людьми[2], мы могли бы сказать, что читатель стихов, безусловно, «может быть неспособен приписать числовые значения частоты» отдельным компонентам размера, однако, поскольку он воспринимает форму стиха, он подсознательно ощущает «частотную

---

① *Тарановский К*. Руски дводелни ритмови. Београд, 1955.

② *Cherry C*. On human communication. Cambridge, Mass: MIT Press, 1957.

иерархию» этих элементов.

В русских двусложных размерах все нечетные слоговые позиции, считая назад от последнего иктуса, короче говоря, все слабые позиции, обычно заполняются безударными слогами; исключение составляет очень небольшой процент ударных односложных. Все четные слоговые позиции (считая назад от последнего иктуса) явно тяготеют к слогам, несущим словесное ударение, однако вероятности появления таких слогов распределены неравномерно среди последовательных иктусов строки. Чем выше относительная частота словесных ударений в данном иктусе, тем ниже эта частота в предшествующем иктусе. Поскольку последний иктус в строке всегда ударный, предпоследний характеризуется самым низким процентом словесных ударений; во втором иктусе от конца их количество снова увеличивается, хотя и не достигает максимума, который мы видим в последнем иктусе; в следующем иктусе (ближе к началу строки) число ударений еще раз понижается, но не до минимума предпоследнего иктуса и так далее. Таким образом, распределение словесных ударений среди иктусов в строке (разделение иктусов на сильные и слабые) создает регрессивную волнообразную кривую, которая накладывается на волнообразное чередование иктусов и слабых позиций. Попутно здесь возникает интересная проблема: отношение между сильными иктусами и фразовыми ударениями.

В русских двусложных размерах обнаруживаются три волнообразных кривых, накладывающихся друг на друга: (I) чередование слоговых ядер и периферийных частей слога; (II) разделение слоговых ядер на чередующиеся иктусы и слабые позиции; (III) чередование сильных и слабых иктусов [...].

В ямбической строке Шелли «Laugh with an inextin-guishable laughter» три из пяти иктусов лишены словесного ударения. Безударны семь из шестнадцати иктусов в следующем четверостишии (Б. Пастернак, «Земля», четырехстопный ямб):

И улица запанибрата
С оконницей подслеповатой,
И белой ночи и закату
Не разминуться у реки.

Поскольку подавляющее большинство иктусов совпадает со словесными ударениями, слушатель или читатель русских стихов ожидает — с высокой степенью вероятности — словесное ударение на каждом четном слоге ямбической строки. Однако уже в самом начале пастернаковского четверостишия четвертый и шестой слоги и в первой, и во второй строках обманывают его ожидания. Степень такой «обманутости» повышается, когда пропущено ударение в сильном иктусе, и становится особенно ощутимой, если безударные слоги оказываются в двух соседних иктусах. Безударность соседних иктусов менее вероятна и поэтому еще более заметна, если она характерна для целого полустишия, как в одной из последующих строк того же самого стихотворения: «Чтобы за городскою гранью» [Štəbyzəg ərackoju gran'ju]. Ожидание зависит от того, как трактуется данный иктус в рассматриваемом стихотворении и вообще в существующей метрической традиции. Однако в предпоследнем иктусе безударность может «перевешивать» ударение. Так, в стихотворении «Земля» из 41 строки только 17 имеют словесное ударение на шестом слоге. Тем не менее инерция ударных четных слогов, чередующихся с безударными нечетными слогами, заставляет ожидать ударение и на шестом слоге четырехстопного ямба.

Вполне естественно, что именно Эдгар Аллен По, поэт и теоретик «обманутых ожиданий», правильно оценил — и в плане метрики, и в плане психологии — ощущение вознаграждения за неожиданное, возникающее у читателя на базе «ожиданности»; неожиданное и ожиданное немыслимы друг без друга, «как зло не существует без добра»[1]. Здесь вполне применима формула Р. Фроста из «The Figure A Poem Makes»: «Прием здесь тот же самый, что и в любви»[2].

Так называемые сдвиги словесного ударения в многосложных словах с иктуса на слабую позицию (reversed feet, букв. «опрокинутые стопы»), которые не встречаются в стандартных формах русского стиха, вполне обычны в английской поэзии — после метрической и/или синтаксической паузы. Ярким примером является ритмическое варьирование одного и того же прилагательного в мильтоновской строке «Infinite wrath and infi-nite despair». В другой строке — «Nearer, my God, to Thee, nearer to Thee» — ударный слог одного и того же слова дважды оказывается в слабой позиции: первый раз — в начале строки, а второй раз — в начале словосочетания. Эта вольность, рассматриваемая О. Есперсеном[3] и допустимая во многих языках, легко объясняется особой важностью отношения между слабой позицией и непосредственно предшествующим ей иктусом. Там, где это непосредственное предшествование нарушается паузой, слабая позиция становится своего рода безразличным слогом (syllaba anceps).

Помимо правил, задающих обязательные свойства стиха, к размеру относятся также и правила, управляющие его факультативными особенностями. Мы склонны называть такие явления, как отсутствие ударения в иктусе и наличие ударения в слабой позиции, отклонениями, однако следует помнить, что все это — допустимые колебания, отклонения

---

[1] *Poe E. A.* Marginalia // The works. New York, 1857. Vol. 3.

[2] *Frost R.* Collected poems. New York: Henry Holt and Company, Inc, 1939.

[3] *Jespersen O.* Cause psychologique de quelques phenomenes de metrique germanique // Psychologie du langage. Paris, 1933.

в пределах закона. В британской парламентской терминологии это не оппозиция его величеству размеру, а оппозиция его величества [...]. Если нарушения размера укореняются, они сами становятся метрическими правилами.

Размер отнюдь не является абстрактной, теоретической схемой. Размер — или, в более эксплицитных терминах, схема стиха (verse design) — лежит в основе структуры каждой отдельной строки или, пользуясь логической терминологией, каждого отдельного образца стиха (verse instance). Схема и образец — соотносительные понятия. Схема стиха определяет инвариантные признаки образцов стиха и ставит пределы варьированию. Сербский крестьянин-сказитель помнит, декламирует и в значительной степени импровизирует тысячи, а иногда десятки тысяч строк эпической поэзии, и их размер живет в его мышлении. Он неспособен сформулировать правила этого размера, однако заметит и отвергнет самое незначительное их нарушение.

В сербской эпике любая строка насчитывает точно десять слогов, и за ней следует синтаксическая пауза. Далее, перед пятым слогом обязательно проходит граница слова, а перед четвертым и перед десятым слогами граница слова недопустима. Кроме того, стих имеет важные количественные и акцентуационные характеристики; ср.[①]

Сечение в сербском эпическом стихе наряду со многими аналогичными примерами, которые можно найти в сравнительной метрике, еще раз предостерегает нас от ошибочного отождествления границы слова с синтаксической паузой. Обязательный словораздел вовсе не должен сочетаться с паузой и даже не обязан ощущаться ухом. Анализ сербских эпических песен, записанных на фонограф, показывает, что слышимые признаки словоразделов вполне могут отсутствовать; однако любая попытка устранить словораздел перед пятым слогом с помощью самого незначительного изменения в порядке слов немедленно отвергается сказителем. Для стиха необходим чисто грамматический факт: четвертый и пятый слоги должны принадлежать к разным лексическим единицам. Таким образом, схема стиха касается отнюдь не только его звуковой формы; она оказывается гораздо более широким языковым явлением и не поддается изолированной фонетической характеристике. Я говорю о «языковом явлении», хотя Чатмен указывает, что «ритм как система существует и вне языка». Да, ритм встречается и в других видах искусства, где играет важную роль временная последовательность. Имеется много других лингвистических проблем — например, синтаксис, — которые точно так же выходят за рамки языка и относятся к различным семиотическим системам. Мы можем даже говорить

① Ср. *Jakobson R. O.* Studies in comparative Slavic metrics // Oxford Slavonic papers. 1952. No. 3. P. 21 — 66; Jakovson R. O. Uber den Versbau der serbokroatischen Volksepen // Archives neerlandaises de phonetique experimentale. 1933. No. 7— 9. P. 44 — 53.

о грамматике сигналов уличного движения. Существуют такие системы сигналов, где желтый свет в сочетании с зеленым означает, что свободный проход (проезд) сейчас будет перекрыт, а желтый в сочетании с красным означает приближающееся возобновление свободного прохода (проезда); в таких системах желтый свет аналогичен глагольному совершенному виду. Тем не менее поэтический ритм имеет так много внутриязыковых особенностей, что его наиболее выгодно рассматривать с чисто лингвистической точки зрения.

Прибавим, что в ходе исследования нельзя пренебрегать никакими языковыми свойствами схемы стиха. Так, например, было бы непростительной ошибкой отрицать конституирующую роль интонации в английских размерах. Не говоря уже о ее фундаментальном значении в размерах такого мастера английского свободного стиха, как Уитмен, невозможно игнорировать метрическую функцию паузной интонации («final juncture» — концевой стык) в «кадансе» или в «антикадансе»[1], например в таких стихах, как «The Rape of The Lock», где намеренно избегаются enjambements. И даже нагромождение enjambements ничего не изменяет в их статусе: они остаются отклонениями, они всегда лишь подчеркивают нормальное совпадение синтаксической паузы и паузной интонации с метрической границей. При любом способе декламации интонационные ограничения стихотворения остаются в силе. Интонационный рисунок, присущий стихотворению, поэту или поэтической школе, — это одна из наиболее важных тем, привлеченных к обсуждению русскими формалистами[2].

Схема стиха воплощается в образцах стиха. Обычно свободное варьирование этих образцов обозначается несколько двусмысленным термином «ритм». Варьирование образцов стиха в рамках одного стихотворения следует строго отличать от варьирования образцов исполнения. Стремление «описывать стихотворную строку так, как она действительно исполняется», менее полезно для синхронного и исторического анализа поэзии, чем для изучения декламации в настоящем и в прошлом. Между тем истина проста и очевидна: «Для одного стихотворения имеется много разных способов исполнения, различающихся между собой во многих отношениях. Исполнение — это событие, тогда как само стихотворение, если вообще мы имеем перед собой стихотворение, должно быть неким постоянным объектом». Это мудрое напоминание Уимзетта и Бердсли является одним из существенных принципов современной метрики.

В стихах Шекспира второй ударный слог слова absurd обычно попадает в иктус, но

[1] *Karcevskij S.* Sur la phonologic de la phrase // Travaux du Cercle Linguistique de Prague. 1931. No. 4. P. 188 — 223.

[2] *Эйхенбаум Б.* Мелодика стиха. Л., 1923; Жирмунский В. Вопросы теории литературы. Л., 1928.

один раз — в третьем акте «Гамлета» — он приходится на слабую позицию: «No, let the candied tongue lick absurd pomp».

Декламатор может произнести слово absurd в первой строке с ударением на первом слоге или — в соответствии с нормальной акцентуацией — с ударением на втором слоге. Он может также ослабить словесное ударение на прилагательном, подчинив его сильному синтаксическому ударению на следующем, определяемом слове, как это предлагает Хилл: «No, let the candied tongue lick abusrd pomp»[1] и в соответствии с тем, как Гопкинс трактует английские антиспасты — regret never[2]. Остается, наконец, возможность эмфатического варьирования либо за счет «колеблющейся акцентуации» (schwebende Betonung), охватывающей оба слога, либо за счет экспрессивного выделения (exclamational reinforcement) первого слога [ab-surd]. Однако какое бы решение ни принял декламатор, сдвиг словесного ударения от иктуса к слабой позиции при отсутствии предшествующей паузы привлекает внимание и фактор обманутого ожидания остается в силе. Где бы декламатор ни поставил ударение, расхождение между нормальным для английского языка словесным ударением на втором слоге слова absurd и иктусом, привязанным к первому слогу, сохраняется как существенный признак данного стиха. Противоречие между иктусом и обычным словесным ударением внутренне присуще этому стиху независимо от того, как его исполняют различные актеры или чтецы. Как пишет Джерард Мэнли Гопкинс в предисловии к книге своих стихов, «два ритма разворачиваются как бы одновременно»[3].

Теперь мы можем по-новому интерпретировать данную им характеристику подобного контрапункта. Распространение принципа эквивалентностительность слов, или иначе говоря, наложение метрической формы на обычную речевую форму, обязательно создает ощущение двойственности, многоплановости у любого, кто знает данный язык и знаком с поэзией. Это ощущение обусловлено совпадениями и расхождениями указанных двух форм, сбывшимися и обманутыми ожиданиями.

Как именно данный образец стиха воплощается в данный образец исполнения, зависит от схемы исполнения, которой следует чтец; он может придерживаться декламационного стиля, или, наоборот, склоняться к «прозообразной» манере чтения, или же свободно колебаться между этими двумя полюсами. Следует остерегаться упрощенческого бинаризма, то есть сведения двух указанных противопоставлений к одному-единственному либо за счет отказа от кардинального различия между схемой стиха и образцом стиха (равно как и между схемой исполнения и образцом исполнения), либо за счет ошибочного

---

① *Hill A. A.* Review // Language. 1953. No. 29. P. 549 — 561.

② *Hopkins G. M.* The journals and papers. London & New York: Oxford University Press, 1959.

③ *Hopkins G. M.* Poems. New York — London, 3-rd edition. 1948.

отождествления схемы исполнения и образца исполнения со схемой и образцом стиха.

> But tell me, child, your choice; what shall I buy
> You? — Father, what you buy me I like best.
>
> Скажи, дитя, чего бы мне купить
> Тебе? — Отец, что купишь, буду рад.

В этих двух строчках из «The Handsome Heart» Гопкинса мы находим тяжелый enjambement («анжамбеман»): граница стиха проходит перед односложным you, завершающим словосочетание, предложение, высказывание. Можно декламировать эти пятистопники, строго соблюдая метрику, то есть с отчетливой паузой между buy и you, но без паузы после местоимения. Или, наоборот, их можно читать наподобие прозы, не разделяя слова buy и you и делая паузу в конце вопроса. Однако при любом способе декламации останется явным намеренное противоречие между метрическим и синтаксическим членением. Стихотворная форма того или иного стихотворения совершенно независима от переменных способов его исполнения; этим, однако, я отнюдь не пытаюсь преуменьшить значение увлекательного вопроса относительно Autorenleser и Selbstleser, поставленного Сиверсом[①].

Несомненно, что стих — это прежде всего повторяющаяся «звуковая фигура». Звуковая в первую очередь, но отнюдь не единственно звуковая. Любые попытки свести такие поэтические уклады, как метр, аллитерация или рифма, исключительно к звуку оказываются спекулятивными построениями, лишенными эмпирического обоснования. Проецирование принципа эквивалентности на последовательность имеет более глубокое и широкое значение. Валери говорил о поэзии как о «колебании между звуком и смыслом»[②]; этот взгляд более реалистичен и научен, чем любой уклон в фонетический изоляционизм.

Хотя рифма определяется как регулярное повторение эквивалентных фонем или групп фонем, было бы опасным упрощенчеством рассматривать рифму только с точки зрения звука. Рифма обязательно влечет за собой семантическое сближение рифмующихся единиц («сотоварищей по рифме», как их называет Гопкинс). Рассматривая рифму, мы сталкиваемся с целым рядом вопросов, например, участвуют ли в рифме сходные словообразовательные и/или словоизменительные суффиксы (congratulations — decorations «поздравления — украшения»), принадлежат ли рифмующиеся слова к одному и тому же или к разным грамматическим классам? Так, например, у Гопкинса есть четырехкратная

---

① *Sievers E.* Ziele und Wege der Schallanalyse. Heidelberg: Carl Winter's Universitätsbuchhandlung, 1924.

② *Valery P.* The art of poetry // Bollingen series. New York, 1958.

рифма, основанная на созвучии двух существительных — kind «род, вид» и mind «разум», контрастирующих с прилагательным blind «слепой» и глаголом find «найти». Есть ли семантическая близость, сопоставление по смыслу между такими рифмующимися словами, как dove — love «голубь — любовь», light — bright «свет — яркий», place — space «место — пространство, name — fame «имя — слава»? Выполняют ли рифмующиеся элементы одну и ту же синтаксическую функцию? В рифме может отчетливо проявиться различие между морфологическим классом и его синтаксическим использованием. Так, в следующих стихах Э. По:

> While I nodded, nearly napping,
> Suddenly there came a tapping,
> As of someone gently rapping.

«Я очнулся вдруг от звука, будто кто-то вдруг застукал, будто глухо так застукал» (перевод М. Зенкевича) — все три рифмующиеся слова имеют одинаковое морфологическое строение, но выступают в разных синтаксических ролях. Каково отношение к полностью или частично омонимичным рифмам? Запрещены ли они, допустимы или даже особо ценятся? Как обстоит дело с такими полными омонимами, как son — sun «сын — солнце», I — eye «я — глаз», eve — eave «канун — карниз», и с «эхо-рифмами» вроде December — ember «декабрь — (тлеющие) угли», infinite — night «бесконечный — ночь», swarm — warm «кишеть — теплый», smiles — miles «улыбки — мили»? А что можно сказать о сложных (compound) рифмах (как у Гопкинса; enjoyment — toy meant «наслаждение — подразумеваемая игрушка», began some — ransom «начал что-то — выкуп»), когда слово рифмуется со словосочетанием?

Поэт или даже целая поэтическая школа могут тяготеть к грамматической рифме или, напротив, избегать ее; рифмы должны быть либо грамматическими, либо антиграмматическими; просто аграмматическая рифма, индифферентная по отношению к связи между звуком и грамматической структурой, оказалась бы как и любой аграмматизм, в сфере речевой патологии. Если поэт стремится избегать грамматических рифм, то для него, как указывает Гопкинс, «красота рифмы заключена в двух элементах — сходстве или тождестве звучания и несходстве или различии значения»[1]. Каковы бы ни были отношения между звуком и смыслом при различных подходах к рифме, оба плана обязательно участвуют в игре. После ярких замечаний Уимзетта о семантической значимости рифмы[2]

---

[1] *Hopkins G. M.* The journals and papers. London & New York: Oxford University Press, 1959.

[2] *Wimsatt W. K. Jr.* The verbal icon. Lexington: University of Kentucky press, 1954.

и тщательного исследования рифмы в славянских языках, проводившегося в последнее время, ученый, который занимается поэтикой, вряд ли может утверждать, будто рифмы связаны со значением лишь очень смутным и неопределенным образом.

Рифма — это всего лишь частное, хотя и наиболее концентрированное проявление гораздо более общей, мы бы сказали даже фундаментальной, особенности поэзии, а именно параллелизма. И здесь Гопкинс в своей студенческой работе 1865 года демонстрирует удивительное проникновение в сущность поэзии:

«Что касается искусственных приемов в поэзии (возможно, мы не ошибемся, если скажем — всех приемов), то они сводятся к принципу параллелизма. Структура поэзии основана на непрерывном параллелизме, начиная от так называемых «параллелизмов» еврейской поэзии и антифонов церковной музыки и до сложных построений греческого, итальянского или английского стиха. При этом параллелизм обязательно бывает двух типов: такой, где противопоставление отчетливо выражено, и такой, где оно оказывается скорее переходным, так сказать хроматическим. Со структурой стиха связан лишь первый тип, то есть отчетливо выраженный параллелизм, проявляющийся в ритме (повторяемость определенных последовательностей слогов), размере (повторяемость определенных последовательностей ритма), аллитерациях, ассонансах и рифмах. В силу этой повторяемости порождается соответствующая повторяемость, пли параллелизм, в словах или мыслях. Грубо говоря, можно утверждать (имея в виду скорее тенденцию, нежели результат), что чем отчетливее выражен параллелизм в формальной структуре или в выразительных средствах, тем отчетливее будет проявляться параллелизм в словах и в смысле... К параллелизмам отчетливого, или «резкого», типа принадлежат метафоры, сравнения, иносказания и т. д., где эффект достигается за счет сходства вещей, а также антитеза, контраст и т. д., где параллелизм достигается за счет их несходства»[1].

Короче говоря, эквивалентность в области звучания, спроецированная на последовательность в качестве конституирующего принципа, неизбежно влечет за собой семантическую эквивалентность, а на любом уровне языка любой компонент такой последовательности обязательно приводит к одному из двух коррелятивных сопоставлений, которые Гопкинс удачно определил как «сравнение на базе сходства» и «сравнение на базе несходства».

В фольклоре можно найти наиболее четкие и стереотипные формы поэзии, особенно пригодные для структурного анализа (как показал Сибеок на марийском материале).

---

[1] *Hopkins G. M.* The journals and papers. London & New York: Oxford University Press, 1959.

Образцы устной традиции, использующей грамматический параллелизм для связывания последовательных строк, как, например, в финно-угорской[①], а также в значительной степени и в русской народной поэзии, можно успешно исследовать на всех языковых уровнях: фонологическом, морфологическом, синтаксическом и лексическом. При этом мы узнаем, какие элементы трактуются как эквивалентные и как именно сходство на одних уровнях оттеняется нарочитым различием на других. Такие формы заставляют нас согласиться с тонким замечанием Рэнсома о том, что «соотнесение размера и значения (meter-and-meaning process) — это органический поэтический акт, в котором проявляются все существенные свойства поэзии»[②]. Подобные отчетливые традиционные структуры позволяют отвергнуть сомнения Уимзетта в возможности написать грамматику взаимодействия размера и смысла, а также грамматику размещения метафор. Как только параллелизм становится каноном, так взаимодействие размера со значением и размещение тропов перестают быть «свободными, индивидуальными, непредсказуемыми компонентами поэзии».

Приведем типичный пример — несколько строк из русской свадебной песни, где описывается появление жениха:

> Доброй молодец к сепичкам приворачивал.
> Василий к терему прихаживал.

Обе строчки полностью соответствуют друг другу как синтаксически, так и морфологически. Оба глагола-сказуемых имеют одинаковые префиксы и суффиксы и одинаковое чередование гласных в основе; они совпадают по виду, времени, числу и роду; более того, они синонимичны. Оба подлежащих — имя нарицательное и имя собственное — обозначают одно и то же лицо, и одно служит другому приложением. Оба обстоятельства места выражены одинаковыми предложными конструкциями, и первая является синекдохой по отношению ко второй.

Этим стихам может предшествовать еще одна строка, имеющая сходное грамматическое (синтаксическое и морфологическое) строение: «Не ясен сокол за горы залетывал» или «Не ретив конь ко двору прискакивал». «Ясен сокол» и «ретив конь» в этих вариантах являются метафорами по отношению к «доброму молодцу».

Это традиционный отрицательный параллелизм славянской народной поэзии —

---

① *Austerlitz R.* Ob-Ugric metrics // Folklore Fellows communications. 1958. P.174; Steinitz W. Der Parallelismus in der finnisch-karelischen Volksdichtung // Folklore Fellows communications. 1934. P.115.

② *Ransom J. C.* The new criticism. Norfolk, Conn, 1941.

отрицание метафорического образа в пользу фактического положения вещей. Однако отрицание «не» может быть опущено: «Ясен сокол за горы залетывал» или «Ретив конь ко двору прискакивал». В первом случае метафорическое отношение сохранится: добрый молодец появляется («к сеничкам приворачивает»), как ясен сокол из-за гор. Однако во втором случае семантическое соотношение теряет неоднозначность. Сравнение появившегося жениха с мчащимся конем напрашивается само собой, однако в то же самое время конь, «прискакивающий ко двору», как бы предвосхищает приближение героя к терему. Таким образом, еще до упоминания всадника и терема его невесты в песне вводятся смежные, то есть *метонимические*, образы коня и двора: обладаемое вместо обладателя, двор вместо дома. Появление жениха может быть разбито на два последовательных момента даже и без субституции коня на место всадника: «Доброй молодец ко двору прискакивал, // Василий к сеничкам приворачивал». Таким образом, «ретив конь», появляющийся в предыдущей строке в той же самой метрической и синтаксической позиции, что и «добрый молодец», выступает одновременно как нечто сходное с молодцем и как представляющая его принадлежность; точнее говоря, конь — это *часть вместо целого* для обозначения всадника. Образ коня занимает промежуточное положение между метонимией и синекдохой. Из коннотаций словосочетания «ретив конь» естественно вытекает метафорическая синекдоха: в свадебных песнях и в других разновидностях русского фольклора «ретив конь» становится скрытым или даже явным фаллическим символом.

Еще в 80-х годах прошлого века замечательный исследователь славянской поэтики Потебня указывал, что в народной поэзии символ может быть овеществлен, превращаясь в аксессуары окружающей действительности. «Символ, однако, ставится в связь с действием. Так, сравнение представляется в форме временной последовательности»[①]. В приводимых Потебней примерах из славянского фольклора ива, рядом с которой проходит девушка, служит в то же время ее образом; дерево и девушка как бы соприсутствуют в одном и том же словесном представлении ивы. Совершенно аналогично конь в любовных песнях остается символом мужественности не только тогда, когда молодец просит девицу покормить его скакуна, но и тогда, когда коня седлают, отводят в конюшню или привязывают к дереву.

В поэзии существует тенденция к приравниванию компонентов не только фонологических последовательностей, но точно так же и любых последовательностей семантических единиц. Сходство, наложенное на смежность, придает поэзии ее насквозь

---

① *Потебня А.* Объяснения малорусских и сродных народных песен. Варшава: тип. М. Земкевича и В. Ноаковского, Т. I. 1883; Т. II. 1887.

символичный характер, ее многообразие, ее полисемантичность, что так глубоко выразил Гёте: «Все преходящее — это лишь сходство». Или, в более технических терминах, любое А, следующее за В, — это сравнение с В. В поэзии, где сходство накладывается на смежность, всякая метонимия отчасти метафорична, а всякая метафора носит метонимическую окраску.

Неоднозначность (ambiguity) — это внутренне присущее, неотчуждаемое свойство любого направленного на самого себя сообщения, короче — естественная и существенная особенность поэзии. Мы готовы повторить вслед за Эмпсоном: «Игра на неоднозначности коренится в самом существе поэзии»[1]. Не только сообщение, но и его адресант и адресат становятся неоднозначными. Наряду с автором и читателем в поэзии выступает «я» лирического героя или фиктивного рассказчика, а также «вы» или «ты» предполагаемого адресата драматических монологов, мольбы или посланий. Так, например, поэма «Wrestling Jacob» («Борющийся Иаков») обращена от лица ее героя к Спасителю; однако в то же время она выступает как субъективное послание поэта Чарлза Уэсли (Wesley) к читателям. В потенции любое поэтическое сообщение — это как бы квазикосвенная речь, и ему присущи все те специфические и сложные проблемы, которые ставит перед лингвистом «речь в речи».

Главенствование поэтической функции над референтивной не уничтожает саму референцию, но делает ее неоднозначной. Двойному смыслу сообщения соответствует расщепленность адресанта и адресата и, кроме того, расщепленность референции, что отчетливо выражается в преамбулах к сказкам различных народов, например в обычных зачинах сказок острова Майорка: Aixo era y no era («Это было и не было») [2]. Повторяемость, обусловленная применением принципа эквивалентности к последовательности, настолько характерна для поэзии, что могут повторяться не только компоненты поэтического сообщения, но и целое сообщение. Эта возможность немедленного или отсроченного повторения, это «возобновление» поэтического сообщения и его компонентов, это превращение сообщения в нечто длящееся, возобновляющееся — все это является неотемлемым и существенным свойством поэзии.

В последовательности, где сходство накладывается на смежность, две сходные последовательности фонем, стоящие рядом друг с другом, имеют тенденцию к приобретению парономастической функции. Слова, сходные по звучанию, сближаются и по значению. Верно, что в первой строке заключительной строфы «Ворона» Эдгара

---

[1] *Empson W.* Seven types of ambiguity. New York, 3-rd edition, 1955.

[2] *Giese W.* Sind Marchen Lugen? // Cahiers S. Puscariu. 1952. No. 1. P. 137—138.

По широко используются повторяющиеся аллитерации, что отметил Валери[1], однако «преобладающий эффект» этой строки и вообще всей строфы объясняется прежде всего силой поэтических этимологии.

> And the Raven, never ilitting, still is sitting, still is sitting
> On the pallid bust of Pallas just above my chamber door;
> And his eyes have all the seeming of a demon's that is dreaming,
> And the lamp-light o'er his streaming throws his shadow on the floor;
>
> And my soul from out that shadow that lies floating on the floor
> Shall be lifted — nevermore.
>
> И сидит, сидит над дверью Ворон, оправляя перья,
> С бюста бледного Паллады не слетает с этих пор;
> Он глядит в недвижном взлете, словно демон тьмы в дремоте,
> И под люстрой в позолоте на полу он тень простер,
> И душой из этой тени не взлечу я с этих пор.
> Никогда, о nevermore!

(Перевод М. Зенкевича.)

«Бледный бюст Паллады» — The pallid bust of Pallas — в силу «звуковой» парономасии /pǽ ləd/ /pǽ ləs/ превращается в одно органическое целое (аналогично чеканной строке Шелли — Sculptured on alabaster obelisk /sk.lp/ /l.b.st./ /b.l.sk/ «Изваянный на алебастровом обелиске»). Оба сопоставляемых слова были уже как бы сплавлены раньше — в другом эпитете того же самого бюста — placid /plǽ sɪd/ «спокойный, безмятежный», который выступает как своеобразная поэтическая контаминация. Связь между сидящим Вороном и местом, на котором он сидит, также закрепляется посредством парономасии bird or beast upon the... bust «птица или зверь на... бюсте». Птица «с бюста бледного Паллады не слетает с этих пор»: несмотря на заклинания влюбленного — take thy form from off my door! «Прочь лети в ночной простор!» — Ворон прикован к месту словами just above /ʒʌ st əbʌ v/, которые сливаются в bust /bʌ st/.

Зловещий гость поселился навечно, и это выражено цепью остроумных парономасии, частично инверсивных чего и следует ожидать от такого сознательного экспериментатора в

---

① Valery P. The art of poetry // Bollingen series. New York: Pantheon Books, 1958. Vol. 45.

области регрессивного, предвосхищающего modus operandi, такого мастера «писать назад» как Эдгар Аллеи По. В первой строке рассматриваемой строфы слово raven «ворон», смежное с мрачным словом-рефреном never «никогда», выступает как зеркальный образ этого последнего: /n.v.r/ — /r.v.n/. Яркие парономасии связывают оба символа бесконечного отчаяния: с одной стороны, the Raven, never flitting в начале последней строфы, с другой — shadow that lies floating on the floor и shall be lifted — nevermore в последних строках этой строфы: /nέ vər flítíŋ/ — /flótíŋ/ ... /flór/ .../líftəd nέ vərmór/ Аллитерации, которые поразили Валери, образуют парономастическую цепочку: /sti.../ — /sit.../ — /sti.../ — /sit.../. Инвариантность этой группы особенно подчеркивается варьированием ее порядка. Оба световых эффекта chiaroscuro — «горящие глаза» черной птицы и свет лампы, отбрасывающий «тени на полу», усиливающие мрачный характер всей картины, также связаны яркими парономасиями: ólðə símíŋ/... /dímənz/... /ɪsdrímíŋ/— /orɪm strímɪŋ/ «Тень, лежащая [на полу»] /layz/ и «глаза Ворона» /ayz/ образуют впечатляющую эхо-рифму (хотя и оказавшуюся на неожиданном месте).

В поэзии любое явное сходство звучания рассматривается с точки зрения сходства и/или несходства значения. Однако обращенный к поэтам призыв Попа: «Звук должен казаться эхом смысла» — имеет более широкое применение. В референтивном (коммуникативном) языке связь между означающим и означаемым основывается главным образом на их кодифицированной смежности, что часто обозначают сбивающим с толку выражением «произвольность словесного знака». Важность связи «звучание — значение» вытекает из наложения сходства на смежность. Звуковой символизм — это, несомненно, объективное отношение, опирающееся на реальную связь между различными внешними чувствами, в частности между зрением и слухом. Если результаты, полученные в этой области, бывали иногда путаными или спорными, то это объясняется прежде всего недостаточным вниманием к методам психологического и/или лингвистического исследования. Что касается лингвистической стороны дела, то картина нередко искажалась тем, что игнорировался фонологический аспект звуков речи, или же тем, что исследователь — всегда впустую! — оперировал сложными фонологическими единицами, а не их минимальными компонентами. Однако если, рассматривая, например, такие фонологические оппозиции, как «низкая тональность/высокая тональность» (grave/acute) мы спросим, что темнее — /i/ или /u/, некоторые из опрошенных могут ответить, что этот вопрос кажется им лишенным смысла, но вряд ли кто-нибудь скажет, что /i/ темнее, чем /u/.

Поэзия не единственная область, где ощутим звуковой символизм, но это та область, где внутренняя связь между звучанием и значением из скрытой становится явной, проявляясь наиболее ощутимо и интенсивно, как это отметил Хаймз (Hymes) в своей интересной работе. Скопление фонем определенного класса (с частотой, превышающей их среднюю частоту) или контрастирующее столкновение фонем антитетичных классов в звуковой ткани строки, строфы, целого стихотворения выступает, если воспользоваться образным выражением По, как «подводное течение, параллельное значению». У двух противоположных по смыслу слов фонемные отношения могут соответствовать семантическим, например русск. /d,en,/ «день» и /noc/ «ночь», где в первом — высокотональный гласный и диезные согласные, а во втором — наоборот. Этот контраст можно усилить, окружив первое слово высокотональными гласными и диезными согласными, а второе — низкотональными гласными; тогда звучание превращается в полное эхо смысла. Однако во французском jour «день» и nuit «ночь» высокотональный и низкотональный гласные распределены обратным образом, так что Малларме в своих «Divagations» («Разглагольствования») обвиняет французский язык «в обманчивости и извращенности» за то, что со смыслом 'день' связывается темный (низкий) тембр, а со смыслом 'ночь' — светлый тембр[1]. Уорф указывает, что, когда звуковая оболочка «слова имеет акустическое сходство с его значением, мы сразу видим это... Но когда происходит обратное, этого никто не замечает». Однако в поэтическом языке, и в частности во французской поэзии, при возникновении коллизии между звучанием и значением (вроде той, которую обнаружил Малларме) либо стремятся фонологически уравновесить подобное противоречие и как бы приглушают «обратное» распределение вокалических признаков, окружая слово nuit низкотональными гласными, а слово jour — высокотональными, либо сознательно используют семантический сдвиг: в образном представлении дня и ночи свет и темнота заменяются другими синестетическими коррелятами фонологической оппозиции «низкая тональность/высокая тональность», например душный, жаркий день противопоставляется свежей, прохладной ночи; это допустимо, поскольку «люди, по-видимому, ассоциируют друг с другом ощущения яркого, острого, твердого, высокого, легкого, быстрого, высокотонального, узкого и т. д. (этот ряд можно значительно продолжить); аналогично ассоциируются друг с другом, также выстраиваясь в длинный ряд, противоположные ощущения — темного, теплого, податливого, мягкого, тупого, низкого, тяжелого, медленного, низкотонального, широкого и т. д.»[2].

Хотя ведущая роль повторяемости в поэзии подчеркивается вполне справедливо, сущность звуковой ткани стиха отнюдь не сводится просто к числовым соотношениям: фонема, появляющаяся в строке только один раз, в ключевом слове в важной позиции на контрастирующем фоне может получить решающее значение. Как говаривали живописцы,

---

[1] *Mallarme S.* Divagations. Paris: Charpentier,1899.

[2] *Whorf B. L.* Language, thought and reality. New York: The Technology Press of Massachusetts Institute of Technology and John Wiley & Sons. Inc., 1956. P. 267.

«килограмм зеленой краски вовсе не зеленее, чем полкилограмма».

При любом анализе поэтической звуковой ткани необходимо последовательно учитывать фонологическую структуру данного языка, причем наряду с общим фонологическим кодом следует принимать во внимание также и иерархию фонологических различий в рамках данной поэтической традиции. Так, приблизительные рифмы, использовавшиеся у славян в устной традиции, а также в некоторые эпохи и в письменной традиции, допускают несходные согласные в рифмующихся элементах (например, чешск. boty, boky, stopy, kosy, sochy); однако, как заметил Нич, эти согласные не могут быть соотносительными глухими и звонкими фонемами[1], так что приведенные чешские слова нельзя рифмовать с body, doby, kozy, rohy. В некоторых индейских народных песнях, например, у пипа-папаго и тепекано (в соответствии с наблюдениями Герцога, опубликованными лишь частично[2]), фонологическое различие между звонкими и глухими взрывными и между взрывными и носовыми заменяется свободным варьированием, тогда как различие между губными, зубными, велярными и палатальными строго соблюдается. Таким образом, в поэзии согласные этих языков теряют два из четырех различных признаков: «глухой/звонкий» и «носовой/ротовой», сохраняя два других: «низкая тональность/высокая тональность» и «компактный/диффузный». Отбор и иерархическая стратификация релевантных категорий является для поэтики фактором первостепенной важности как на фонологическом, так и на грамматическом уровне.

Древнеиндийские и средневековые латинские теории литературы строго различали два полярно противоположных типа словесного искусства, обозначаемые санскритскими терминами Pancali с Vaidarbhi и латинскими терминами ornatus difficilis и ornatus facilis[3]. Несомненно, последний стиль гораздо труднее поддается лингвистическому анализу, поскольку в таких литературных формах словесные приемы менее на виду и язык представляется почти прозрачным одеянием. Однако мы должны признать вместе с Чарлзом Сэндерсом Пирсом, что «эта одежда никогда не может быть сорвана полностью — ее можно лишь заменить чем-то более прозрачным»[4]. «Бесстиховая композиция», как Гопкинс называет прозаическую разновидность словесного искусства, где параллелизмы не так четко выделены и не так регулярны, как «непрерывный параллелизм», и где нет доминирующей звуковой фигуры, ставит перед поэтикой более сложные проблемы, как это

---

[1] *Nitsch K.* Z historii polskich rymow(«Wybor pism polonistycznych»). Wroclaw: Zakład narodowy imienia Ossolińskich, 1954. Vol. 1. S. 33 —77.

[2] *Herzog G.* Some linguistic aspects of American Indian poetry // Word. 1946. No. 2. P. 82.

[3] См. *Arbusow L.* Colores rhetorici. Göttingen,1948. S. 41.

[4] *Peirce C. S.* Collected papers. Cambridge. MA: Harvard University Press,1931—1935. Vol. I. P. 171.

бывает в любой переходной зоне языка. В этом случае речь идет о переходной зоне между строго поэтическим и строго референционным языком. Однако глубокое исследование Проппа о структуре волшебной сказки[①] показывает нам, насколько полезным может оказаться последовательно синтаксический подход даже при классификации традиционных фольклорных сюжетов и при формулировании любопытных законов, лежащих в основе их отбора и комбинирования между собой. В новых исследованиях Леви-Стросса[②] развивается более глубокий, но, по сути дела, аналогичный подход к той же самой проблеме.

Отнюдь не случайно, что метонимия изучена меньше, чем метафора. Хотелось бы повторить здесь мое старое наблюдение: исследование поэтических тропов было сосредоточено главным образом на метафоре и так называемая реалистическая литература, тесно связанная с принципом метонимии, все еще нуждается в интерпретации, хотя те же самые лингвистические методы, которые используются в поэтике при анализе метафорического стиля романтической поэзии, полностью применимы к метонимической ткани реалистической прозы[③].

[...] В поэзии внутренняя форма имени собственного, то есть семантическая нагрузка его компонентов, может вновь обрести свою релевантность. Так, «коктейли» (cocktail, букв. «петушиный хвост») могут вспомнить о своем забытом родстве с оперением. Их цвета оживают в стихах Мак Хэммонда «The ghost of a Bronx pink lady // With orange blossoms afloat in her hair» («Дух Розовой леди Бронкса [название коктейля] с цветами апельсина, плавающими в ее волосах»), а затем реализуется этимологическая метафора: «O, Bloody Mary, // The cocktails have crowed not the cocks» «О, Кровавая Мэри [название коктейля], это кричали коктейли [или «петушиные хвосты»], а не петухи!» («At an Old Fashion Bar in Manhattan»). В стихах Уоллеса Стивенса «An ordinary evening in New Haven» («Обычный вечер в Нью-Хей-вене») существительное Haven / heivn / «гавань» в названии города как бы оживает благодаря легкому намеку на heaven /hevn/ «небо», вслед за которым идет прямое каламбурное сопоставление наподобие heaven-haven у Гопкинса:

[...] В поэзии внутренняя форма имени собственного, то есть семантическая нагрузка его компонентов, может вновь обрести свою релевантность. Так, «коктейли» (cocktail, букв. «петушиный хвост») могут вспомнить о своем забытом родстве с оперением. Их цвета

---

① *Propp V.* Morphology of the folktale. Bloomington: Indiana University, 1958.

② *Levi-Strauss C.* Analyse morphologique des contes russes // International Journal of Slavic linguistics and poetics. 1960 No. 3; *Levi-Strauss C.* La geste d'Asdival (Ecole pratique des Hautes Etudes. Paris. 1958); *Levi-Strauss C.* The structural study of myth // Myth: a symposium. Philadelphia,1955. P. 50 — 66.

③ *Jakobson R.* The metaphoric and metonymic poles // Fundamentals of language. Mouton & co - 's-graven-hage, 1956. P. 76 — 82.

оживают в стихах Мак Хэммонда «The ghost of a Bronx pink lady // With orange blossoms afloat in her hair» («Дух Розовой леди Бронкса [название коктейля] с цветами апельсина, плавающими в ее волосах»), а затем реализуется этимологическая метафора: «O, Bloody Mary, // The cocktails have crowed not the cocks» «O, Кровавая Мэри [название коктейля], это кричали коктейли [или «петушиные хвосты»], а не петухи!» («At an Old Fashion Bar in Manhattan»). В стихах Уоллеса Стивенса «An ordinary evening in New Haven» («Обычный вечер в Нью-Хей-вене») существительное Haven / heivn / «гавань» в названии города как бы оживает благодаря легкому намеку на heaven / hevn / «небо», вслед за которым идет прямое каламбурное сопоставление наподобие heaven-haven у Гопкинса:

> The dry eucalyptus seeks god in the rainy cloud.
> Professor Eucalyptus of New Haven seeks him in New Haven...
> The instinct for heaven had its counterpart:
> The instinct for earth, for New Haven, for his room...

> Сухой эвкалипт ищет бога в дождливом облаке.
> Профессор Эвкалипт из Нью-Хейвена ищет его в Нью-Хейвене...
> Инстинктивному стремлению к небесам соответствует
> Инстинктивное стремление к земле, к Нью-Хейвену, к своей комнате...

Прилагательное new «новый» в названии Нью-Хейвена обнажается посредством сцепления антонимов:

> The oldest-newest day is the newest alone.
> The oldest-newest night does not creak by...

> Лишь старейший-новейший день — новейший.
> Старейшая-новейшая ночь не скрипит мимо...

Когда в 1919 году Московский лингвистический кружок обсуждал проблему ограничения и определения сферы epitheta ornantia, Владимир Маяковский выступил с возражением, заявив, что для него любое прилагательное, употребленное в поэзии, тем самым уже является поэтическим эпитетом — даже «большой» в названии «Большая Медведица» или «большой» и «малый» в таких названиях московских улиц, как Большая Пресня и Малая Пресня. Другими словами, поэтичность — это не просто дополнение речи риторическими украшениями, а общая переоценка речи и всех ее компонентов.

Один миссионер укорял свою паству — африканцев — за то, что они ходят голые. «А как же ты сам? — отвечали те, указывая на его лицо. — Разве ты сам кое-где не голый?» — «Да, но это же лицо». — «А у нас повсюду лицо», — ответили туземцы. Так и в поэзии любой речевой элемент превращается в фигуру поэтической речи.

Мой доклад, в котором я пытался отстоять права и обязанности лингвистики направлять исследование словесного искусства в его полном объеме и во всех его разветвлениях, можно закончить тем же выводом, которым я подытожил свой доклад на конференции 1953 года в Индианском университете: «Linguista sum; linguistici nihil a me alienum puto»[1]. Если поэт Рэн-сом прав (а он прав!), утверждая, что «поэзия — это своеобразный язык»[2], то лингвист, которого интересуют любые языки, может и должен включить поэзию в сферу своих исследований. Данная конференция отчетливо показала, что то время, когда лингвисты и литературоведы игнорировали вопросы поэтики, ушло бесповоротно. В самом деле, как пишет Холлэндер, «по-видимому, нет оснований для отрыва вопросов литературного характера от вопросов общелингвистических». Правда, все еще встречаются литературоведы, которые ставят под сомнение право лингвистики на охват всей сферы поэтики; однако лично я объясняю это тем, что некомпетентность некоторых фанатичных лингвистов в области поэтики ошибочно принимается за некомпетентность самой лингвистики. Однако теперь мы все четко понимаем, что как лингвист, игнорирующий поэтическую функцию языка, так и литературовед, равнодушный к лингвистическим проблемам и незнакомый с лингвистическими методами, представляют собой вопиющий анахронизм.

1960

▶▶ 原典选读 2
Статуя в поэтической мифологии Пушкина[3]

Владимир Маяковский однажды заметил, что стихотворная форма каждого по-настоящему нового и, следовательно, оригинального поэта может быть воспринята только в том случае, если его основная интонация проникнет в сознание читателя и овладеет им. Эта интонация затем не раз развертывается и повторяется, и чем глубже укореняется поэт

---

[1] *Levi-Strauss C., Jakobson R.* Voegelin C. F. and Sebeok T. A. Results of the Conference of Anthropologists and Linguists. Baltimore: Waverly Press, 1953.

[2] *Ransom J. C.* The world's body. New York: Scribner, 1938.

[3] *Якобсон Р. О.* Работы по поэтике. М.: Прогресс, 1987. С.145 — 393. （编者注）

в сознании читателя, тем в большей степени поклонники и противники поэта привыкают к звучанию его стиха и тем труднее им бывает отделить эти своеобразные элементы от произведений поэта. Они составляют существенную, неотъемлемую часть его поэзии, как интонация составляет основу нашей речи; интересно то, что именно такого рода элементы наиболее трудны для анализа. Если мы перейдем от одного аспекта поэзии к другому — от звука к смыслу, — мы столкнемся с аналогичным явлением. В многообразной символике поэтического произведения мы обнаруживаем постоянные, организующие, цементирующие элементы, являющиеся носителями единства в многочисленных произведениях поэта, элементы, накладывающие на эти произведения печать поэтической личности. В пеструю вязь поэтических мотивов, зачастую несходных и не соотносящихся друг с другом, эти элементы вносят целостность индивидуальной мифологии поэта. Именно они делают стихи Пушкина пушкинскими, стихи Махи — подлинно стихами Махи, а стихи Бодлера — бодлеровскими.

Каждому читателю поэтического произведения представляется очевидным тот факт, что существуют определенные элементы, составляющие неотъемлемый, неотделимый компонент динамики произведения, и интуиция читателя заслуживает доверия. Задача ученого состоит в том, чтобы, следуя этой интуиции, извлечь эти постоянные компоненты, или константы, непосредственно из текста поэтического произведения путем его внутреннего, имманентного анализа, а если речь идет о варьирующих компонентах, установить, что является закономерным и устойчивым в этом диалектическом движении, найти основу (субстрат) вариаций. Идет ли речь о ритме, мелодике или семантике поэтического произведения, во всех случаях переменные, случайные, необязательные элементы существенно отличаются от «инвариантов» произведения. Есть компоненты стихотворения, которые варьируют от стиха к стиху, придавая каждому из них особые, индивидуальные черты; существуют и другие компоненты, которыми отмечены не отдельные строки, а в целом стих данного стихотворного произведения или вообще данного поэта. Они создают рисунок стиха, идеальную метрическую схему, без которой стих не мог бы быть воспринят, а само поэтическое произведение распалось бы. Аналогичным образом разрозненные символы сами по себе немы и полностью понятны только в их отношении к общей символической системе. Наряду с варьируемыми элементами, которые свойственны отдельному стихотворению, особое значение имеет некая постоянная мифология, лежащая в основе стихотворного цикла, а нередко и всего творчества поэта.

Театроведы различают амплуа и роли\ амплуа постоянны (разумеется, в границах определенных сценических жанров и стилей) : например, амплуа первого любовника, интриганки, резонера не зависит от того, является в данной пьесе первым любовником офицер или поэт, или от того, кончает он с собой в конце пьесы или благополучно женится.

В лингвистике мы отличаем общее значение грамматической формы от отдельных частных значений, обусловливаемых определенным контекстом или ситуацией. В словосочетании домогаться чего-либо родительный падеж обозначает объект, на который направлено действие, а в словосочетании сторониться чего-либо тот же падеж обозначает объект, от которого направлено действие. Это значит, что именно глагол, управляющий формой родительного падежа, наделяет эту форму тем или иным значением направления; сам по себе родительный падеж лишен этого значения, и общее значение родительного падежа, таким образом, не содержит значения направления. Если две противоречивые формулировки оказываются законными и если часто обнаруживается, что они законны в одно и то же время, это означает лишь то, что ни одна из них в действительности не верна или, точнее говоря, что обе они недостаточны. Из этого вытекает, например, что ни признание существования бога или революции, ни их отрицание не характерны для произведений Пушкина. Невозможно правильно понять частные значения грамматической формы и их взаимоотношения, если мы не поставим вопрос об их общем значении. Аналогичным образом, если мы хотим овладеть символикой поэта, мы должны прежде всего обнаружить те постоянные символы, из которых складывается мифология этого поэта.

Нельзя, разумеется, искусственно изолировать поэтический символ; наоборот, мы должны исходить из его тесного взаимодействия с другими символами и со всей единой системой произведений поэта. Нельзя, естественно, впадать ни в вульгарный биографизм, рассматривающий литературное произведение как воспроизведение ситуации, из которой оно возникло, и выводящий из текста произведения то или иное неизвестное событие, ни в вульгарный антибиографизм, догматически отрицающий любую связь между литературным произведением и жизненной ситуацией. Для анализа поэтического языка могут оказаться весьма полезными сведения современной лингвистики о многообразной взаимосвязи слова и ситуации и об их тесном взаимодействии. Мы не хотим однозначно выводить произведение из той или иной ситуации, но в то же время, анализируя поэтическое произведение, мы не должны упускать из виду существенные повторяющиеся соответствия между жизненной ситуацией и произведением, в особенности регулярную связь между определенными общими чертами в ряде произведений поэта и общим местом или временем создания этих произведений, равно как нельзя игнорировать и соответствующие биографические условия. Ситуация есть компонент речи; поэтическая функция преобразует ее, как и любой другой компонент речи, иногда выдвигая ее на передний план как эффективное выразительное средство, иногда, наоборот, заглушая ее, но в каком бы смысле она ни трактовалась в произведении — в положительном или отрицательном, произведение никогда не бывает к ней безразлично.

Разумеется, не следует думать, что мифология Пушкина, которую мы стремимся раскрыть в нашем исследовании, есть целиком и полностью исключительно собственное достояние поэта. Насколько сообразуется творчество Пушкина с современной ему русской поэзией, не говоря уже о современной ему поэзии вообще и обо всей русской поэзии в целом, — это уже другой вопрос. Сравнительное языкознание убеждает нас в том, что для плодотворного сравнения необходимо прежде всего систематическое описание. В этой работе я могу предложить лишь ограниченную иллюстрацию изложенных выше положений, лишь небольшой фрагмент описания символической системы Пушкина. Этот фрагмент относится к одному из наиболее впечатляющих образов его поэзии — образу статуи — и его значению в творчестве поэта[①]. Как правило, в заглавиях оригинальных произведений Пушкина — эпических или драматических — указывается либо главное действующее лицо, либо место действия, если оно особенно существенно для сюжета или общей темы произведения. Сравним, с одной стороны, такие названия, как «Руслан и Людмила», «Кавказский пленник», «Братья разбойники», «Жених», «Граф Нулин», «Анджело», «Евгений Онегин», «Борис Годунов», «Скупой рыцарь», «Моцарт и Сальери», и, с другой стороны, такие названия, как «Полтава», «Домик в Коломне», «Бахчисарайский фонтан». «Первое лицо», как называет его сам Пушкин, может быть также собирательной группой людей; вовсе не случайно то обстоятельство, что поэма о кавказском племени, о чужестранце и об их драматичном конфликте названа — по обозначению чужестранца — «Кавказский пленник» и что более поздняя поэма о цыганах, чужестранце и об их конфликте названа «Цыганы»; в каждой из этих поэм центр тяжести располагается в разных местах. Обозначение главного лица может быть объединено с указанием поэтического жанра, к которому принадлежит данное произведение: «Песнь о вещем Олеге»; «Сказка о царе Салтане, о сыне его славном и могучем богатыре князе Гвидоне Салтановиче и о прекрасной царевне Лебеди»; «Сказка о мертвой царевне и о семи богатырях»; «Сказка о рыбаке и рыбке»; «Сказка о попе и о работнике его Балде», «Комедия о царе Борисе и Гришке Отрепьеве» (первоначальное название драмы «Борис Годунов»).

Однако среди выдающихся поэтических созданий Пушкина выделяются три произведения, названия которых указывают не на живое действующее лицо, но на статую, скульптурное изображение, и в каждом случае эпитет обозначает материал, из которого сделана статуя: трагедия «Каменный гость», поэма «Медный Всадник» и «Сказка о золотом петушке» .Герой трагедии, как указывает современный историк литературы, это Дон Гуан

---

① В данной работе цитаты из произведений Пушкина даются (кроме специально оговоренных случаев) по изданию: Пушкин А. С. Полное собрание сочинений в 10 т., 3-е изд. М.-Л., 1962 — 1966 (далее ПСС).

— «тот гуляка праздный, каким был Альбер и Моцарт»[1]. Однако это не так: ведь название драмы объявляет главным героем статую командора. Другой историк литературы говорит о «главном действующем лице поэмы, Евгении»[2]; однако название поэмы выделяет как главное действующее лицо памятник Петру Великому работы Фальконе. Можно выдвинуть аналогичное возражение и автору самой значительной работы о последней сказке Пушкина[3]: «славный царь Дадон», хотя и появляется в начальных стихах сказки, вовсе не центральный персонаж; носителем действия сказки является золотая птица.

Однако сходство этих трех произведений не сводится только к особому типу главного героя. Одинакова роль статуи в действии этих произведений, и их сюжетное ядро, в сущности, одно и то же.

1. Усталый, смирившийся человек мечтает о покое, и этот мотив переплетается со стремлением к женщине. Дон Гуан говорит Доне Анне и о «совести усталой», и о собственном перерождении: Вас полюбя, люблю я добродетель И в первый раз смиренно перед ней Дрожащие колена преклоняю. Евгений «не Дон Гуан», как ясно подчеркивает поэт в черновых вариантах «Медного Всадника»: его смирению не предшествует ни бунт, ни протест. Однако мечта Евгения перед драматической развязкой, хотя и лишенная пылкого романтизма желаний Дон Гуана, по существу сродни этим желаниям: уставший от невзгод, он мечтает о соблазнительной спокойной жизни «праздных счастливцев» и о встрече с Парашей. Царь Дадон смолоду был грозен... Но под старость захотел Отдохнуть... И покой себе устроить. И как раз в этой ситуации он «очарован, восхищен» шамаханской царицей.

2. Статуя, вернее существо, неразрывно связанное с этой статуей, обладает сверхъестественной, непостижимой властью над желанной женщиной. Связь с неким существом превращает статую в идол — или, если воспользоваться терминологией современной русской этнологии, в лекан; иными словами, статуя, понимаемая как чисто «внешнее изображение», становится онгоном, воплощением некоего духа или демона[4]. Связь статуи с таким существом может быть разного рода. Титаническая мощь каменного гостя является исключительной особенностью статуи (см. илл. 1): Каким он здесь представлен исполином! Какие плечи! что за Геркулес!.. А сам покойник мал был и

---

[1] *Дарений Д.* Маленькие трагедии Пушкина. М.: Моск. худож. Печ, 1915. С. 53.

[2] *Томашевский Б.* «Цыганы» и «Медный Всадник» А. С. Пушкина. Вступительная заметка к изданию обеих поэм (Пушкин А. С. «Цыганы. Медный Всадник». Л.: Гослитиздат,1936. С. 6).

[3] *См.: Ахматова А.* Последняя сказка Пушкина // Звезда. 1933. №1. С. 175 и далее. [Перепечатано в кн.: Ахматова А. О Пушкине : Статьи и заметки. Л.: Сов. Писатель, 1977. С. 8 — 38].

[4] См.: *Зеленин Д.* Культ онгонов в Сибири. М.-Л.: Изд-во Акад. наук СССР, 1936. С. 6 и далее.

щедушен, ... Как на булавке стрекоза...

В «Медном Всаднике» это свойство статуи соединяется с титанической мощью изображаемого лица, царя Петра Великого — «чудотворцаисполина» — и его символического партнера, его коня (см. илл. 4 и 6). Однако в сказке, наоборот, статуэтка — «петушок на спице» — почти уподобляется «стрекозе на булавке» (см. илл. 8). Подражательная магия, если воспользоваться терминологией Фрэзера, заменяется заразительной магией, или, другими словами, вместо отношения изображения к изображаемому объекту на передний план выдвигается отношение маленькой золотой птицы к ее владельцу, старому скопцу, хотя намек на такое сходство есть в самой сказке: звездочет сопоставляется с птицей, а именно с лебедем[①]. Но независимо от всех этих вариаций сохраняет силу магия зла. Во всех случаях власть «онгона» над женщиной фатальна; во всех случаях над жизнью берет верх мертвенное бессилие: «Вдова должна и гробу быть верна», — говорит Дона Анна; «Прошло сто лет», — подчеркивается во вступлении «Медного Всадника» — столетие разделяет жизнь царя Петра и жизнь Параши, и если прошлое Доны Анны все же принадлежит командору, то что связывает Петра с Парашей и Парашу с Петром? «И зачем тебе девица?» — резонно спрашивает Дадон скопца, но тот продолжает упорствовать в своем стремлении заполучить шамаханскую царицу.

3. После безуспешного бунта человек гибнет в результате вмешательства статуи, которая чудесным образом приходит в движение; женщина исчезает. Дон Гуан видит, что Дона Анна вся во власти надгробной статуи командора, ее убитого мужа, и он хочет вырвать ее из пут «мертвого счастливца»,

... чей хладный мрамор

  Согрет ее дыханием небесным.

В соответствии с кощунственным предложением Дон Гуана «мраморный супруг» должен стоять на часах во время его любовного свидания с Доной Анной. Она расположена к своему поклоннику, очень скоро она будет принадлежать ему, но внезапно слышится

---

① Вероятно, именно различие между метонимическим отношением золотого петушка к звездочету и метафорическим отношением памятников к Петру и к командору мешало исследователям увидеть родство сказки с «Медным Всадником» и «Каменным гостем», при том что они мимоходом и отмечали отдельные моменты сходства этих двух произведений (см.: *Брюсов В*. Мой Пушкин. М.: Государственное издательство, 1929. С. 87; *Ходасевич В*. Статьи о русской поэзии. Петроград: Эпоха, 1922. С. 94; *Lednicki T*. Jezdziec miedziany. Warszawa, 1933. S. 47). Заметим, что в «Каменном госте» речь идет о надгробном памятнике, так что ассоциация по смежности сопровождает здесь главную ассоциацию по сходству. Пушкин сознательно обращает на нее внимание и говорит о ее иррациональности. Дон Гуан: О пусть умру сейчас у ваших ног, Пусть бедный прах мой здесь же похоронят...Чтоб камня моего могли коснуться Вы легкою ногой или одеждой... Дона Анна: Вы не в своем уме.

тяжелая поступь шагов командора. Ожившая статуя, покинувшая свой пьедестал, «тяжело» сжимает руку Дон Гуана своей «каменной десницей»; Дона Анна исчезает; человек гибнет.

Евгений во время ужасного петербургского наводнения теряет свою невесту Парашу. Мы ничего не знаем о ее кончине, только ставятся и остаются без ответа мучительные вопросы:

... иль вся наша И жизнь ничто, как сон пустой,

Насмешка неба над землей?

И дальше: «Что ж это?..» В своем внезапном помешательстве Евгений прозорливо постигает, что настоящий виновник его несчастий — страж города, знаменитый Медный Всадник, царь Петр (см. илл. 4, 6),

... чьей волей роковой

Под морем город основался...

Он угрожает статуе: «Добро, строитель чудотворный!.. Ужо тебе!..» Ожившая статуя покидает постамент и преследует Евгения. «Тяжелый топот» Медного Всадника (см. илл. 4) соответствует тяжелому пожатью «каменной десницы» командора и тяжелой поступи его шагов. Человек погибает.

Золотой петушок служит царю Дадону как «верный сторож». Его таинственный владелец, звездочет-скопец, не хочет отказаться от своих нелепых притязаний на шамаханскую царицу. В наказанье раздраженный царь убивает его. Золотая птица слетает со спицы и преследует Дадона. «Легкий звон» ее полета напоминает и одновременно смягчает «тяжело звонкое скаканье» Медного Всадника. Дадон погибает.

А царица вдруг пропала,

Будто вовсе не бывало.

«И три раза мне снился тот же сон», - мог бы повторить Пушкин вслед за другим своим героем, Лжедимитрием. Умерший воплощается в статуе: командор в своем памятнике, Петр - В Медном Всаднике, зведочет — в золотом петушке — и наказывает непокорного смельчака. Вопрос Годунова:

... Слыхал ли ты когда,

Чтоб мертвые из гроба выходили ..? —

снова получает положительный ответ; однако в трагедии о царе Борисе тень убиенного Димитрия воплотилась в живом человеке - в Самозванце. Этот факт, с одной стороны, дает более рациональное оправдание поведению мстителя и, с другой стороны, усиливает неопределенность его положения: он не только рассматривается одновременно как царевич и как «бродяга безымянный», но и сам утверждает воплощение мертвого Димитрия в себе («Тень Грозного меня усыновила») и в то же время отрекается от него («Я не хочу делиться с мертвецом / Любовницей, ему принадлежащей»); между тем роль соперника, ревнующего к мертвому, недвусмысленно выпадает на долю Дон Гуана в «Каменном госте».

И в драме, и в эпической поэме, и в сказке образ ожившей статуи вызывает в сознании противоположный образ омертвевших людей, идет ли речь о простом сравнении их со статуей, о случайном эпизоде, об агонии или о смерти. Здесь граница между жизнью и неподвижной мертвой массой намеренно стирается. В начале драмы Дон Гуан с презрением вспоминает северных женщин:

...с ними грех и знаться —

В них жизни нет, всё куклы восковые.

По контрасту он переходит к восхищению не пылкой жизненностью, как можно было бы ожидать, а «странной приятностью» угасающей бедной Инезы. Трагедия кончается стремительным переходом от «холодного поцелуя» («один, холодный, мирный»), который покоренный Дон Гуан выпрашивает у Доны Анны, к «тяжелому пожатью» десницы командора. Более того, в первоначальном пушкинском варианте говорилось непосредственно, как в опере Моцарта, о «холодном пожатье», но впоследствии поэт отказался от этого слишком очевидного приема «наплыва» (выражаясь языком современного кинематографического жаргона)①. Герой, жаждущий покоя, неуклонно стремится к холодности и неподвижности статуи. «Царствуй, лежа на боку!» — звучит, как лейтмотив, предостережение золотого петушка. До того, как оживает статуя Петра, Евгений влачит жалкое существование:

Ни то ни се, ни житель света,

Ни призрак мертвый...

При первой встрече с Медным Всадником он застывает, как статуя, приникнув к мраморному льву, на которого его загнало наводнение, «как будто к мрамору прикован», в то время как лев кажется живым: «С подъятой лапой, как живые...» (см. илл. 2.) Неподвижность мертвых тел особенно резко выступает на фоне страстных любовных сцен: Дон Гуан и Лаура у трупа Карлоса («Постой... при мертвом!..»)②; царь Дадон, забывающий перед шамаханской царицей о смерти обоих сыновей, лежащих поблизости③.

Эти три произведения о губительных статуях сходны между собой и в ряде второстепенных деталей; так, например, в каждом из них разными средствами, но с одинаковой настойчивостью подчеркивается тот факт, что действие происходит в столице.

---

① Ср.: *Пушкин А. С.* Полное собрание сочинений. В 9 т. М.-Л.: Academia, 1935 — 1938. Т. 7. С. 568 и далее.

② Следующая сцена с Доной Анной развивается аналогично: «...и здесь, при этом гробе! / Подите прочь».

③ Ср. также стихотворение «В начале жизни школу помню я...» (см. ниже, С. 158), в котором говорится о парализующем действии статуи на юное существо.

В самом начале пьесы Дон Гуан восклицает:

... Ах, наконец

Достигли мы ворот Мадрита!..

... Только б

Не встретился мне сам король.

«Медный Всадник» начинается с гимна столичному «граду Петрову», а в «Сказке о золотом петушке» несколько раз упоминается тот факт, что действие происходит в столице («в глазах у всей столицы»).

Можно возразить, что здесь мы имеем дело с не совсем оригинальными темами: «Золотой петушок» — это, по существу, развитие «Легенды об арабском звездочете» Ирвинга; «Каменный гость» является вариантом традиционной легенды и заимствует многочисленные детали из мольеровской пьесы «Festin de pierre» [«Дон Жуан, или Каменный гость»] и из либретто моцартовского «Дон Жуана». Однако именно сравнение пушкинских произведений с их иностранными образцами очевидным образом демонстрирует безусловную оригинальность мифа Пушкина. Из иностранных прототипов он отбирает только те элементы, которые согласуются с его собственной концепцией, а все то, что ей противоречит, он преобразует по-своему. Мы уже отмечали значимость названий пушкинских произведений: выбор заглавия «Каменный гость» из нескольких традиционных названий легенд о Дон Жуане, таким образом, вовсе не случаен. Пушкин выдвигает на передний план любовный треугольник: командор, Дона Анна, Дон Гуан; он также вводит роль сторожа, навязываемую Дон Гуаном статуе, показывает смирение Дон Гуана незадолго до развязки, подчеркивает скорее неотвратимость вмешательства статуи и смерти Дон Гуана, чем справедливость наказания, как это сделано в пьесе Мольера или в либретто оперы Моцарта. В «Золотом петушке» Пушкин намеренно видоизменяет сказку Ирвинга и ее название: он вводит образы мертвых сыновей царя, чем ярче подчеркивает страсть Дадона к шамаханской царице; тем, что звездочет — скопец, усиливается нелепость его притязаний на царицу, и Пушкин дает, самое главное, совсем другую развязку — вмешательство статуи и смерть царя. В прототипе Ирвинга звездочет рассказывает повелителю о металлическом петушке, но делает для него «бронзового всадника». Пушкин читал сказку Ирвинга в 1833 году, и в его рукописях первая попытка ее стихотворного переложения примыкает к первым черновым наброскам петербургской повести о Евгении. Фигура медного всадника становится главным действующим лицом поэтической повести, а для сказки, написанной год спустя, остался лишь образ литого петушка. У Мицкевича, стихотворение которого «Памятник Петра Великого» стимулировало пушкинское описание монумента Фальконе, появляется сочетание «медный царь», как у Ирвинга, а не «медный всадник». Иногда чужое произведение, которое служит отправным пунктом для одного из творений Пушкина, одновременно дает стимул к созданию другого, родственного первому, произведения. Так, сцену, в которой Дон Гуан обращается к статуе командора, Пушкин во многом заимствовал у Мольера, а заявление Сганарелля «Ce serait etre fou que d'aller parier ä une statue»①[«Говорить со статуей было бы безумием»], возможно, внушило Пушкину эпизод обращения безумного Евгения к Медному Всаднику.

Осень в деревне, как неоднократно упоминает поэт, была наиболее благотворной порой в его творчестве. Трижды — осенью 1830, 1833 и 1834 гг. — Пушкин уезжал из столиц в свое нижегородское имение Болдино. «Что за прелесть здешняя деревня! — писал он своему другу Плетневу из Болдина, — вообрази: степь да степь, соседей ни души... пиши дома сколько вздумается, никто не помешает»②. «Каменный гость» относится к богатому урожаю первой болдинской осени, «Медный Всадник» был самым выдающимся произведением второй осени, а «Сказка о золотом петушке» составила единственный результат последней, наименее плодотворной болдинской осени. Эти пребывания в Болдине занимают поистине исключительное место в жизни поэта. Они входят в период, начавшийся со сватовства к Наталье Гончаровой весной 1829 г. и составляющий совершенно особый этап в жизни и литературной деятельности Пушкина. Именно к этому периоду относится миф о губительной статуе.

В предшествующий период, начавшийся с казни декабристов и возвращения Пушкина из ссылки, в эпических произведениях поэта источником ужаса служат чудовищные нагромождения уродливых тварей (в сне Татьяны [1826]

> Сидят чудовища кругом:
>
> Один в рогах с собачьей мордой,
>
> Другой с петушьей головой,
>
> Здесь ведьма с козьей бородой,
>
> Тут остов чопорный и гордый,
>
> Там карла с хвостиком, а вот
>
> Полужуравль и полукот.
>
> Еще страшней, еще чуднее:
>
> Вот рак верхом на пауке,
>
> Вот череп на гусиной шее
>
> Вертится в красном колпаке...)

или человеческое лицо, искаженное мукой насильственной смерти (повешенные во

---

① Мы оставляем французские цитаты из Пушкина без исправлений.

② О первой болдинской осени см.: *Благой Д.* Социология творчества Пушкина. М.: Федерация, 1929. С. 156 и далее; *Бем А.* О Пушкине. Ужгород: Пислмена,1937. С. 64 и далее.

фрагменте «Какая ночь!», а также в ряде рисунков поэта; утопленник в балладе поэта того же названия [1828]). В «Полтаве», написанной в конце 1828 г., эти два мотива объединяются в несвязной речи безумной Марии о волчьей голове ее казненного отца[①].

На рубеже перехода от ужаса чудовищ к ужасу статуй находится рассказ «Уединенный домик на Васильевском», рассказанный Пушкиным в обществе в конце 1828 или в начале 1829 года и записанный знакомым поэта В. П. Титовым, а затем опубликованный им под псевдонимом в альманахе «Северные цветы» за 1829 г. Этот рассказ повествует о происках коварного черта, который то входит в дом к герою, по словам повествования, «с таким же мраморным спокойствием, с каким статуя Командора приходит на ужин к Дон-Жуану», то превращается в таинственного извозчика, и, когда седок бьет его палкой по спине — аналогично тому, как Дадон бьет звездочета, — слышится звенящий звук костей; извозчик поворачивает голову — здесь Ходасевич напоминает об аналогичном движении головы Медного Всадника[②] — и «показывает ему лицо мертвого остова». В пушкинской гротескной повести «Гробовщик», законченной в Болдине двумя месяцами раньше «Каменного гостя», осмеиваются старомодные фантастические картины ужасных трупов и комически предваряется сюжетное ядро столкновения Дон Гуана с каменным гостем[③].

Однако не только миф о губительной статуе, но и даже сама тема статуи не встречается в произведениях Пушкина 20-х годов — вплоть до конца 1829 г., за исключением некоторых несущественных упоминаний, побочных и эпизодических, в стихотворении «Чернь» (1828), в лирическом наброске «Кто знает край» (1827) и еще раньше в издевательско-юмористических стихах «Брови царь нахмуря», а также в «Борисе Годунове» (1825).

Сцена в «Борисе Годунове» изображает бал в замке воеводы Мнишка. Слышится светская болтовня, и ее содержание составляет резкий контраст с действительностью. О Самозванце одна из дам говорит: «И царская природа в нем видна»; а о Марине, чья бешеная одержимость страстью восхищала Пушкина, говорится:

... мраморная нимфа:

Глаза, уста без жизни...

Здесь снова обнаруживается обычное противопоставление живого человека его

---

① В этот ряд мрачных чудовищ может быть поставлено также «древо смерти» в стихотворении «Анчар» (1828).

② См.: *Ходасевич В.* Статьи о русской поэзии. Л.: Эпоха, 1922. С. 84.

③ См. статью А. С. Искоз-Долинина о «Повестях Белкина» в кн.: *Пушкин А. С.* Полое собрание сочинений: В 6 т. / Под ред. С. А. Венгеров. СПб.: Брокгауз-Ефрон, 1907 — 1915. Т. 4. С. 184 — 200; о «Гробовщике» см. С. 191 — 193. По этому же изданию даются пушкинские цитаты в ряде последующих работ.

мертвенному изображению, осложненное, с одной стороны, тем обстоятельством, что второй член противопоставления метафорически характеризует его первый член, и, с другой стороны, тем, что подобная характеристика находится в явном противоречии с действительностью.

В сентябре 1829 г. Пушкин приехал в Москву с Кавказа, с театра военных действий, где он был очевидцем турецкой кампании и взятия Эрзерума. Перед отъездом на Кавказ он просил руки Натальи Гончаровой, но от ее матери он получил неопределенный, уклончивый ответ. По возвращении в Москву он вновь был ею принят весьма холодно. Особую неприязнь у будущей тещи Пушкина вызывали его неблагочестие и резкие выпады против царя Александра[①]; именно во время пребывания в Москве (21 сентября 1829 г.) обиженный и отвергнутый Пушкин завершил саркастический цикл своих поэтических инвектив против Александра восемью строками стихотворения «К бюсту завоевателя», в котором он, так сказать, подтверждает свое резко отрицательное отношение к покойному царю, сравнивая его бюст, изваянный Торвальдсеном, и двусмысленное выражение лица бюста с действительной противоречивостью самой личности царя, «в лице и в жизни арлекина» (см. илл. 16). Если не считать написанного несколько ранее в том же году посвященного Дельвигу четверостишия «при посылке бронзового Сфинкса»[②], это — первое стихотворное произведение Пушкина 20-х годов со скульптурной темой, и с самого начала эта тема симптоматично увязывается с темой петербургского царства. Здесь классическая форма надписи на статуе сочетается с эпиграмматическим содержанием. Возвышенный стиль этой формы придет к Пушкину лишь позднее.

Поэт был встречен дома отнюдь не радушно: царь Николай подтвердил запрет на публикацию «Бориса Годунова», на которую поэт столь сильно рассчитывал, и сделал ему выговор через шефа жандармов генерала Бенкендорфа за его самовольные поездки. У поэта была отнята свобода передвижения; его литературной деятельности ставились всевозможные препятствия. Он чувствовал, что кольцо вокруг него сжимается; о своем положении он писал 24 марта 1830 г. Бенкендорфу: «Оно до такой степени неустойчиво, что я ежеминутно чувствую себя накануне несчастья, которого не могу ни предвидеть, ни избежать» [подл, по-франц.]. От него постоянно требовали все больших и больших уступок, окончательной капитуляции.

Я говорю о постепенной капитуляции поэта, но не о его перерождении или переориентации, как нередко называют этот процесс. Пушкин, мечтавший в пламенных

---

① Таково объяснение С. Н. Гончарова, записанное П. Бартеневым в «Русском архиве», 1877. №15. Ч. 2. С. 98 — 99.

② См. *Пушкин. А. С.* Полное собрание сочинений. М.-Л., 1935 — 1938. Т. III. С. 113.

юношеских стихах о том, что мы «кровавой чашей причастимся», чашей революции, мог изменить свое мнение о пути к освобождению; мог утратить веру в его осуществимость и объявить борьбу за освобождение преждевременной и поэтому безнадежной бредовой идеей; мог в отдельные периоды своей жизни воображать свободу, о которой мечтал, в совершенно разных общественно-политических и философских контурах; мог — вследствие усталости и разочарования, вследствие невозможности дальнейшей борьбы, невозможности бегства в «чужие края», но главным образом, видимо, вследствие невозможности творческой деятельности без подчинения тогдашним гнетущим условиям - покориться своим гонителям и даже искусно льстить им — и, действительно, он сам неоднократно признает лицемерную маскировку своего к ним отношения («я стал умен, я лицемерю»), отечественная и литературная традиция предоставляет ему поучительные образцы подобного лицемерия, но он никогда не забывал, да и, собственно, не скрывал того, что «тюрьма есть тюрьма». Есть известный русский анекдот о барабанщике, который на вопрос о том, убил бы он царя, ответил: «Чем? Этим барабаном?» Пушкинская преданность царю была ничуть не более глубокой. Что поразило Пушкина в так называемом преступлении Радищева? Недостаточность средств, превратившая его борьбу в «деяние сумасшедшего»: «Мелкий чиновник, человек безо всякой власти, безо всякой опоры, дерзает вооружиться противу общего порядка, противу самодержавия, противу Екатерины» (ПСС, VII, 353). По сходным же причинам Пушкин осуждает восстание декабристов. В письме Жуковскому от 7 марта 1826 г. он делает следующее равносильное капитуляции заявление: «Каков бы ни был мой образ мыслей, политический и религиозный, я храню его про самого себя и не намерен безумно противоречить общепринятому порядку и необходимости». Возражая «молодым якобинцам», осуждавшим высказывания в истории Карамзина в пользу самодержавия, Пушкин выдвигает лишь один довод: «Карамзин печатал Историю свою в России; ... государь ... налагал на Карамзина обязанность всевозможной скромности и умеренности» (ПСС, VIII, 368). Поэт никогда не был полностью подчинен таким капитулянтским программам: он то ищет способ получить у режима большую независимость, то отважно балансирует на грани легальности и воинственной оппозиции, то пытается обмануть царскую цензуру с помощью мастерского сплетения аллюзий, скрытых смыслов и аллегорий. Однако все эти колебания и отклонения все жене ставят под сомнение сам факт мучительной капитуляции поэта, иобраз «невольного чижика надо мной», который, «забыв и рощу и свободу», находит единственное утешение в пении, Пушкину 30-х годов порой ближе, чем некогда гордая мечта плененного орла о свободе (стихотворение «Узник», 1822 г.). Его роковая женитьба полностью соответствовала этим капитулянтским настроениям, о чем свидетельствуют письма поэта и о чем догадывались его проницательные современники. Писатель Венелин пишет, например, в письме от 28 мая 1830г.: «...приходит пора, созреваешь, тут-то и без всякой физической нужды родится тоска по гнезду, которая сгибает спину самого гордого человека перед этим законом; примером и доказательством этому служит Пушкин...» [из письма Ю. И. Венелина к М. П. Погодину — см. «Литературное наследство», Т. 16 —18, М., 1934, с. 707].

В конце 1829 г. Пушкин в первый раз после ссылки посетил Царское Село, где все напоминало ему о его лицейской юности. Великолепные императорские сады с их знаменитыми памятниками вызывали в памяти образ героического периода петербургской монархии.

И въявь я вижу пред собою

Дней прошлых гордые следы.

Еще исполнены великою женою,

Ее любимые сады

Стоят населены чертогами, вратами,

Столпами, башнями, кумирами богов,

И славой мраморной, и медными хвалами

Екатерининских орлов.

Садятся призраки героев

У посвященных им столпов.

Так после посещения Царского Села Пушкин, используя тот же размер, ту же строфику и то же название, видоизменяет свои юношеские «Воспоминания в Царском Селе», написанные пятнадцатью годами ранее к лицейским экзаменам и также воздающие хвалу «прекрасным царскосельским садам, скипетру великой жены», ее славным сподвижникам и памятникам, поставленным в ознаменование побед русского оружия, — Кагульскому обелиску (см. илл. 11) и Чесменскому памятнику (см. илл. 12), а также Морейской колонне (см. илл. 15), увековечивающей память двоюродного деда Пушкина, генерал-поручика Ивана Абрамовича Ганнибала, героя победы под Наварином. Торжественная официальная ода лицейской музы вскоре уступила место пламенной оде «Вольность» (1817), а «великая жена» также вскоре получила совсем иную оценку у молодого Пушкина: «Но со временем история оценит влияние ее царствования на нравы, откроет жестокую деятельность ее деспотизма под личиной кротости и терпимости, народ, угнетенный наместниками, казну, расхищенную любовниками, покажет важные ошибки ее в политической экономии, ничтожность в законодательстве, отвратительное фиглярство в сношениях с философами ее столетия — и тогда голос обольщенного Вольтера не избавит ее славной памяти от проклятия России» (1822) [ПСС, VIII, 128]. Теперь поэт возвращается к пылкому восхвалению «великой жены», не впадая, однако, в однообразное подобострастное прославление знаменитой эпохи в истории великой державы; в то же время поэт с горечью вспоминает заблуждения своей молодости и духовные ценности, попусту растраченные в угоду «недоступным мечтам». Дата, поставленная на рукописи этого незавершенного стихотворения, — 14 декабря, Санкт-Петербург, годовщина восстания декабристов, — красноречиво говорит о том, какие «недоступные мечты» и какие «блудные сыны» имеются в виду. Весной следующего года (5 апреля 1830 г.) Пушкин, вспоминая в письме к своей будущей теще эти грустные, мучительные настроения, фактически резюмирует содержание фрагмента упомянутого выше стихотворения: «Заблуждения моей ранней молодости представились моему воображению; они были слишком тяжелы и сами по себе, а клевета их еще усилила; молва о них, к несчастью, широко распространилась. Вы могли ей поверить; я не смел жаловаться на это, но приходил в отчаяние» [подл. по-франц.].

Помимо патриотической гордости в связи с победами русского оружия, лицейские воспоминания поэта представляют собой наиболее естественный путь к примирению с царским двором. В самом деле, еще в октябре 1825 г. в стихотворении, посвященном лицейской годовщине, провозглашается «ура царю», заклятому врагу Пушкина, Александру!, в следующей характерной формулировке:

Простим ему неправое гоненье:

Он взял Париж, он основал Лицей.

И когда Пушкин празднует последнюю в своей жизни лицейскую годовщину — 19 октября 1836 г., — он опять вспоминает взятие Парижа, «чертог царицын», открытый царем для Лицея, и императорские сады. Воспоминания о Царском Селе достигают кульминации в прославлении его расцвета — века Екатерины и екатерининских памятников, представляющих как славные военные победы, так и замечательные достижения молодого русского пластического искусства. В заключительной главе «Капитанской дочки», помеченной той же датой — 19 октября 1836 г., — императрица Екатерина, сидя у Катульского памятника, «только что поставленного в честь недавних побед графа Петра Александровича Румянцева» (задунайского великана), решает помиловать молодого человека, клеветнически обвиненного в сообщничестве с Пугачевым.

Характерная ассоциация между статуями и веком Екатерины проявляется в стихотворении «К вельможе» (апрель 1830 г.), навлекшем на Пушкина резкие упреки, как если бы он перешел на сторону императорских сановников.

Я вдруг переношусь во дни Екатерины.

Книгохранилище, кумиры и картины...

По странной случайности тема статуи и Екатерины проникла в то время в личную жизнь поэта. Обстоятельства его женитьбы были связаны со статуей царицы. Мать его невесты не хотела давать согласие на брак до тех пор, пока для дочери не будет собрано богатого приданого. Однако семья была доведена до разорения. Дед Натальи Гончаровой хотел продать в пользу внучки гигантскую медную статую Екатерины, которую приказал отлить еще его дед, намереваясь воздвигнуть памятник царице перед своей бумажной фабрикой. Хлопоты о получении царского разрешения на продажу и о самой продаже пали на Пушкина. Решение вопроса о превращении статуи в деньги, однако, опасно затягивалось, и в пушкинских письмах того времени постоянно полушутливо и полутрагически упоминается «медная бабушка»①. «Кроме государя, — писал он Бенкендорфу 28 мая 1830 г., — разве только его покойная августейшая бабка могла бы вывести нас из затруднения» [подл, no-франц.]. «Что поделывает заводская Бабушка — бронзовая, разумеется?» [подл, no-франц.] — спрашивает он невесту; почти в каждом письме к ней он возвращается к «негодной бабушке». «Серьезно, я опасаюсь, что это задержит нашу свадьбу...» (30июля). «Знаете ли, что [ваш дедушка] мне написал?.. Нечего из-за этого тревожить уединение [Бабушки]... Не смейтесь надо мной, я в бешенстве. Наша свадьба точно бежит от меня...» (сентябрь 1830 г.). «Что дедушка с его медной бабушкой? Оба живы и здоровы, не правда ли?» (11 октября).

Письма, из которых взяты две последние цитаты, были написаны в Болдине, где Пушкин уединился осенью 1830 г. В одном из этих писем он переходит от размышлений о медной царице к мрачному воспоминанию о своем деде. В наследственном имении его деда мысли о Екатерине и настроение покорности могли предстать перед Пушкиным как родовая традиция, и в стихотворении «Моя родословная» (конец 1830 г.) автор подчеркнуто приурочивает «присмирение» своего мятежного рода ко времени заточения в крепость его деда, оказавшегося в оппозиции к Екатерине II во время дворцового переворота — подобно своему предку, Федору Пушкину, выступившему против Петра I и казненному по его приказу.

В первых же болдинских стихотворениях Пушкина на скульптурную тему оживают его царскосельские воспоминания. Это, с одной стороны, четверостишие-надпись «Царскосельская статуя» (1 октября 1830 г.) — см. илл. 19 — и, с другой стороны, незавершенные терцины «В начале жизни школу помню я», вероятно, написанные тоже в октябре. В атмосфере этого стихотворения, безусловно, ощущается дыхание позднего итальянского средневековья, но по существу это уже другая версия «Воспоминаний в Царском Селе» предшествующего года, в которой развиваются все основные мысли оригинала, но в несколько ином плане2 .

---

① *Пушкин. А. С.* Полное собрание сочинений. М.-Л., 1935 — 1938. Т. X. С. 300 и далее. [см. таблицу в конце статьи].

② Ср.: *Анненский И.* Пушкин и Царское Село. Петроград: Парфенон, 1921. С. 18.

Оба стихотворения предстают с самого начала как личное воспоминание. В обоих случаях ядро воспоминания составляет школа с ее резвой семьей юных школьных товарищей. Значительная роль отведена величественной женщине-покровительнице (великая жена - величавая жена), которая в стихотворении 1829 г. предстает как Екатерина, но в болдинском стихотворении она не названа. Другой общий элемент обоих стихотворений составляют мечтательные прогулки героя в сумраке роскошных садов, населенных мраморными статуями и кумирами божеств, и возникающее при этом чувство самозабвения (забываюсь я - сам себя я забывал) . Однако в стихотворении «Воспоминания в Царском Селе» заблуждения героя, «пыл восторгов скоротечных» и бесплодное пристрастие к «недоступным мечтам» контрастируют с библейским образом отчего дома, и этот образ охватывает и школу, и сады, и воспоминание о великой жене, и кумиров божеств в этих садах; между тем в болдинском стихотворении именно сады и кумиры, а не школа и «советы и укоры» величавой жены, связаны с блуждающими мечтами героя и с темным голодом «безвестных наслаждений».

> Другие два чудесные творенья
>
> Влекли меня волшебною красой:
>
> То были двух бесов изображенья.
>
> Один (Дельфийский идол) лик младой —
>
> Был гневен, полон гордости ужасной,
>
> И весь дышал он силой неземной.
>
> Другой женообразный, сладострастный,
>
> Сомнительный и лживый идеал —
>
> Волшебный демон — лживый, но прекрасный.

Мало есть пушкинских образов, которые бы так томили комментаторов, как образы эти двух бесов. Достаточно вспомнить Мережковского, который без каких-либо оснований навязывает Пушкину ницшеанскую антитезу Аполлона и Диониса[1], хотя никакого противопоставления двух бесов здесь нет, а второй бес очевидным образом является изображением Венеры. Что касается Ермакова с его вульгарным фрейдизмом, то он трактует первый образ как мечты об отце, а второй — как мечты о матери[2]. В юношеском творчестве поэта образ титанического протеста, гордого мятежа тесно связан с образом

---

[1] См.: *Мережковский Д. С.* Вечные спутники (3-е изд.). СПб.: Наука, 1906. С. 313.

[2] См.: *Ермаков И. Д.* Этюды по психологии творчества А. С. Пушкина. М.: Гос. изд-во., 1923. С. 169.

сладострастного служения Венере①, и эти два образа аналогично объединяются в мучительных признаниях Пушкина, когда он отрекается от мечтаний своей молодости. Именно в указанной роли предстают два тесно связанных образа бесов в стихотворении «В начале жизни школу помню я», датируемом октябрем 1830 г. Это как раз были дни, когда Пушкин в прощальных элегиях хоронил свое любовное прошлое — и по существу вообще свою любовную лирику.

> Прими же, дальняя подруга,
>
> Прощанье сердца моего,
>
> Как овдовевшая супруга...②

Именно в эти дни Пушкин сжег последнюю песнь «Онегина», свою последнюю поэтическую память о восстании декабристов, и дата сожжения весьма симптоматична — 19 октября, годовщина основания царскосельского Лицея, которую Пушкин всегда благоговейно отмечал. Несомненно, образ старинного кумира посреди садов, появившийся уже в наброске 1818 г., должен был ассоциироваться с любовной темой. В этом риторическом обращении к Приапу мы читаем:

> Могущий бог садов — паду перед тобой...
>
> Твой лик уродливый поставил я с мольбой...
>
> Не с тем, чтоб удалял ты своенравных коз
>
> И птичек от плодов и нежных и незрелых,
>
> Тебя украсил я венком из диких роз
>
> При пляске поселян веселых③.

Здесь стихотворение обрывается; неоконченный фрагмент того же периода (1819), «Элегия» («Кагульскому памятнику» — см. илл. 11), также состоит лишь из антитетического введения, аналогичного по структуре (в квадратных скобках приведены черновые варианты). Победы памятник надменный [могучий], С благоговеньем и тоской

---

① См., например, стихотворение «N.N. (В. В. Энгельгардту)», в котором превозносится ... Счастливый беззаконник, Ленивый Пинда гражданин, Венеры набожный поклонник И наслаждений властелин! и которое метит и в небесного и в земного царя.

② Пушкин впоследствии так и не вернулся к любовной лирике; «таинственный напев» ее стихов отвергается и проклинается в стихотворении «Когда в объятия мои» (1831). [На самом деле это стихотворение, по данным новейшего исследования, написано в конце 1828 г. (см.: В. Б. Сандомирская. О датировке стихотворения «Когда в объятия мои...». В кн.: «Пушкин. Исследования и материалы», Т. 4. М.-Л.: Изд-во АН СССР, 1962). — Прим, перев.] Более того, либо поэт помечал стихи первой болдинской осени, исполненные интимного лирического чувства, фиктивными датами («Прощание» — 1829 годом, «Заклинание» и «Для берегов отчизны дальней» —1828 годом) и не публиковал их, либо он выдавал себя за простого переводчика (стихотворение «Цыганы»).

③ *Пушкин А. С.* Сочинения: Т. 1, 2, 3, 4, 9, 11. СПб.- Ленинград: Академия Наук, 1899 — 1929 (1905). Т. II. С. 139 — 140.

Объемлю грозный мрамор твой, Воспоминаньем оживленный. Не подвиг Россов, не Султан [не слава, дар Екатерине], Не Задунайский великан Меня воспламеняют ныне...[①]

Что должно было последовать далее? Анненков вскользь упоминает, что в последующих строках речь могла идти о некоей любовной истории, относящейся к лицейскому периоду. Если дело обстоит так[②], то этот набросок может считаться свидетельством амбивалентности царскосельских скульптурных памятников в символике поэта. Одна из двух конфликтующих идей представлена позднее в «Воспоминаниях в Царском Селе», а другая — в стихотворении «В начале жизни...». Отрицательное содержание процитированной «Элегии» становится положительным содержанием в «Воспоминаниях в Царском Селе». Есть также лексические соответствия между этими двумя стихотворениями[③]; в обоих появляется образ Кагульского памятника, с которым в обоих случаях соотносится первый намек на миф об ожившей статуе: 1819г. — «мрамор.., воспоминаньем оживленный»; 1829 г. — «Садятся призраки героев у посвященных им столпов». «Кагульский мрамор» снова появляется в черновике «Лирических воспоминаний о лицейских днях» в начале восьмой главы «Евгения Онегина» (конец 1829 —1830). В стихотворении «В начале жизни...» суровости, спокойствию и правдивости надзора «величавой жены» противопоставлены воображаемое существование статуй, их магия и их обольстительный обман. Это стихотворение осталось, однако, неоконченным, а его компоненты поменялись ролями в маленькой трагедии: непреклонный поборник порядка был воплощен в самой статуе, а его противниками стали das Menschliche, das Allzumenschliche [человеческое, слишком человеческое] в мятежном Дон Гуане. Таково происхождение «Каменного гостя», завершенного в Болдине 4 ноября 1830 г. Далее мы попытаемся очертить биографический фон, на котором оформлялась первая версия пушкинского мифа о губительной статуе. Тоска по невесте и усталое смирение пронизывают жизнь Пушкина в Болдине. Мечты поэта омрачаются также разного рода обстоятельствами: с одной стороны,

---

[①] Задунайский великан - граф П. А. Румянцев, главнокомандующий русской армии, одержавшей победу в июле 1770 г. над турками на реке Кагул, притоке Дуная. Окончательный текст отрывка дан в ПСС, I, С. 380 и имеет следующий вид: Воспоминаньем упоенный, С благоговеньем и тоской Объемлю грозный мрамор твой, Кагула памятник надменный. Не смелый подвиг россиян, Не слава, дар Екатерине, Не задунайский великан Меня воспламеняют ныне... Черновые варианты см. Полное собрание сочинений. Т. II, 1. М., 1947, С. 552 — 553.

[②] См.: Сочинения. II (1905). С. 31 и прим., С. 80 — 81.

[③] 1829: «Воспоминаньями смущенный, исполнен сладкою тоской». Ср. начальные строки раннего варианта в «Элегии» 1819 г.: «Победы памятник надменный / ... / Воспоминанием смущенный» — с первой строкой стихотворения 1829 г. «Воспоминаньями смущенный...»; ср. также общий вариант в обоих стихотворениях: «Воспоминаньем упоенный», а также вторую строку в стихотворении 1829 г. «Исполнен сладкою тоской» и вариант в стихотворении 1819 г. «и с наслажденьем и тоской».

похороненное прошлое еще живет в поэте и угнетает его; с другой стороны, непреклонная царская власть, невольно вызывающая у поэта детские воспоминания о царскосельских памятниках и статуях, следит за каждым его шагом («я ежеминутно чувствую себя накануне несчастья, которого не могу ни предвидеть, ни избежать»); наконец, новые, поистине нелепые препятствия вырастают из столь же нелепых обстоятельств: счастье поэта зависит от «медной бабушки». Женитьба поэта находится под угрозой («Я оставил дверь открытой настежь... Ах, что за проклятая штука счастье!» [подл, по-франц.]), и в дополнение ко всему этому «une tres jolie personne» [«очень миленькая особа»], cholera morbus, свирепствующая вокруг, вызывает у поэта навязчивую мысль о смерти, угрожающей невесте или ему самому; карантины задерживают его, запирают в Болдине, как на «une fle entouree de rochers» [«острове, окруженном скалами»]; и именно в те дни, когда Пушкин работает над «Каменным гостем», отец пишет ему, что его невеста для него потеряна. Образ Дон Гуана в пьесе Пушкина уже неоднократно осмыслялся на основе автобиографических мотивов, и, возможно, именно из-за сугубо личного характера драмы автор не решался публиковать ее, подобно тому, как автобиографические элементы в первой из болдинских драм — «Скупом рыцаре» — побудили поэта представить ее как перевод с английского.

Если сопоставить лирические воспоминания Дон Гуана о мертвой Инезе с могильной лирикой Пушкина и если связать тоску поэта по невесте, переплетающуюся со страстными поэтическими обращениями к неназванной возлюбленной (или возлюбленным)[1], с противоположностью Доны Анны и Лауры, тогда все неразумное и противоестественное, что стояло между Пушкиным и его нареченной, — будь то воля ее семьи, или его прошлое, или стихийные препятствия, — находит значимый эквивалент в мощи каменного командора. Но не только женитьба ускользает от поэта, но и сам поэт временами как бы желает избежать женитьбы. С одной стороны, он стремится ускорить свадьбу, и когда невеста пишет ему о том, что она ждет только его, он отвечает: «Верьте, что я счастлив, только будучи с вами вместе» [подл, no-франц.]; однако в тот же день он цитирует в связи с ее письмом пословицу: «А вот то и будет, что ничего не будет» — и пишет другу: «Ты не можешь вообразить, как весело удрать от невесты» (из письма к Плетневу от 9 сентября 1830 г.). Он жалуется на холеру, закрывшую все пути из Болдина, и в то же время признается: «Я не желал ничего лучшего, как заразы» [подл, no-франц.]. Он поверяет

---

① «На холмах Грузии лежит ночная мгла» (май 1829), «Я вас любил: любовь еще, быть может» (1829), «Что в имени тебе моем?» (январь 1830), «Нет, я не дорожу мятежным наслажденьем» (19 января 1830 [?]), «Паж, или Пятнадцатый год» (7 октября 1830). Если верить признанию Пушкина, даже стихотворение «Мадонна», посвященное Гончаровой, не было вдохновлено ею (ср. письмо Н. Гончаровой от 30 июля 1830 г. ПСС. Т. X. С. 299).

сокровенные мысли своим друзьям: «... я хладею, думаю о заботах женатого человека, о прелести холостой жизни» (из письма к Плетневу от 31 августа 1830 г.) ; «... я женюсь без упоения,без ребяческого очарования. Будущность является мне не в розах, но в строгой наготе своей. Горести не удивят меня: они входят в мои домашние расчеты. Всякая радость будет мне неожиданностию» (из письма к Кривцову от 10 февраля 1831 г., за неделю до свадьбы). По справедливому замечанию Гофмана, он расстается со своей холостой жизнью, как если бы расставался с жизнью вообще[1]. Суеверный Пушкин вспоминает, как московская гадалка предсказала ему, что его собственная жена станет причиной его гибели[2]. Ужас появления командора предстает как предостережение.

Успех Дон Гуана у Доны Анны дает поэту еще одну мотивировку его бегства от женитьбы. Достаточно сопоставить его с уже цитированным выше письмом Пушкина к матери невесты, в котором мы встречаем неожиданно следующее высказывание: «Бог мне свидетель, что я готов умереть за нее; но умереть для того, чтобы оставить ее блестящей вдовой, вольной на другой день выбрать себе нового мужа, — эта мысль для меня - ад» [подл, по-франц.]. В течение первой болдинской осени творчество поэта насыщено образами статуй. В болдинских рисунках, как и в поэтических произведениях, то и дело встречаются скульптурные изображения: набросок пирамиды с египетским колоссом (октябрь 1830 г. — см. илл. 10) и с контрастирующими арабесками летающих вокруг него птиц близок примыкающим к нему черновым вариантам стихотворения «Осень», в которых пирамиды, как «дремлющие символы вечности», сопоставляются с «лирическими мечтами» пророка; есть еще классический скульптурный бюст (ноябрь 1830 г.), тщательно и старательно выписанный в наброске, изображающем уголок пушкинского кабинета[3]. Пушкин касается также проблемы искусства скульптуры в теоретической заметке, набросанной в Болдине («О драме»)[4]. Вполне возможно, что перевод начала «Гимна пенатам» Р. Саути, изображающего побег усталой души к искупительным божествам, подателям покоя, относится именно к этому времени, если не к более раннему[5]. После возвращения Пушкина из Болдина скульптурные темы исчезают из его поэтического творчества на три года — до второй болдинской осени, когда он пишет поэму «Медный Всадник». В течение этого периода среди рисунков Пушкина обнаруживается лишь один

---

[1] См.: *Гофман М., Лифарь С*. Письма Пушкина к Н. Н. Гончаровой. Париж: Лифарь, 1936. С. 116.

[2] См. «Русский архив», 1912. № 50. Ч. 3. С. 300.

[3] См.: *Эфрос А*. Рисунки поэта. М.: Academia, 1932. С. 432 — 439.

[4] В ПСС эту заметку можно найти под названием «О народной драме и драме "Марфа Посадница"».

[5] См.: *Благой Д. Д*. Социология творчества Пушкина. Düsseldorf, Vaduz: Brücken-Verlag, Europe, 1969. С. 352; перевод Пушкина см. ПСС. Т. III. С. 157.

набросок со скульптурной темой — беглый набросок статуи Вольтера, датированный 10 марта 1832 г. (см. илл. 7).

Какие обстоятельства сопровождали зарождение этой второй версии пушкинского мифа о губительной статуе? Воспоминание о бурной беспокойной осени, проведенной одиноким женихом в болдинском заточении, через три года вновь ожившее в сознании поэта во время его второго посещения наследственного имения. Растущий страх перед царем, поработившим поэта, ухаживавшим за его женой; неприязнь к царскому окружению, исполненному разврата и клеветы, и вообще к северной столице (неволя невских берегов) [1]. Еще более безнадежны перспективы на будущее. Полные тоски и ревности письма жене с дороги и из Болдина: «Мне тоска без тебя» (19 сентября 1833 г.); «Что с вами? ...сердце замирает, как подумаешь. Подъезжая к Болдину, у меня были самые мрачные предчувствия» (2 октября); «Не кокетничай с Царем» (11 октября); «Вот вся тайна кокетства. Было бы корыто, а свиньи будут» (30 октября). И снова тема тоски связана с темой бегства. Планируя поездку в Болдино, Пушкин жалуется близкому другу: «Моя жизнь в Петербурге ни то ни се» (в «Медном Всаднике» он характеризует несчастную жизнь безумного Евгения теми же словами). «Нет у меня досуга, вольной холостой жизни...» (из письма к П. В. Нащокину от 25 февраля 1833 г.). «Медная бабушка» отягощает жизнь поэта в Петербурге, угнетает его, но не выводит из финансовых затруднений — надежда на ее продажу рушится. В сатирических стихах Мицкевича о Петербурге («Ustęp»), которые поэт незадолго до этого прочел и частично переписал, изображаются резко критические образы императорской столицы[2]. Вторая царица воздвигла памятник «pierwszemu z carow, co te zrobil cuda» («первому из царей, который сотворил эти чудеса»); однако надпись на памятнике Фальконе уже заключала в себе соединение двух имен: «Петру Первому Екатерина Вторая», и пушкинский образ статуи Петра, возвышающейся над скалой и окруженной волнами наводнения, имеет общие черты с образом Чесменской колонны (см. илл. 12), изображаемой в лицейских «Воспоминаниях в Царском Селе»[3]. Исторические воспоминания и ассоциации в первоначальных вариантах «Медного Всадника» выступают гораздо отчетливее, чем в последующей редакции. С одной стороны, напоминание о славном восстании декабристов, которое развернулось около памятника Петру после смерти Александра и которое составило подтекст «Петербургской

---

[1] Эти настроения поэта хорошо понял Андрей Белый (см. его книгу: Ритм как диалектика и «Медный Всадник». М.: Федерация, 1929).

[2] См.: *Tretiak J.* Mickiewicz i Puszkin. Warszawa, 1906; *Lednicki T. Jezdziec miedziany. 1931;* Цявловский М., *Модзалевский Л., Зенгер Т. (ред.). Рукою Пушкина. Л.: Academia,* 1935. С. 535 и далее.

[3] Он видит, окружен волнами, Над твердой, мшистою скалой Вознесся памятник... Кругом подножия, шумя, валы седые В блестящей пене улеглись.

повести»[1], в большей мере подчеркивается в черновых вариантах, так как там наводнение непосредственно изображается как эпилог царствования Александра (Тот самый год / Последним годом был державства /Царя/\ с другой стороны, в черновом варианте есть образ подобного наводнения, случившегося во время царствования Екатерины (Екатерина Была жива) вскоре после пугачевского бунта; над историей этой «ужасной поры» серьезно работал в последние годы жизни Пушкин. И, наконец, в первоначальных вариантах роль Петра, смирителя мятежной знати - как во время жизни, так и после смерти («Тень Петрова / Стояла грозно средь бояр» - ПСС, IV, 534), — подготавливает и мотивирует жестокое вмешательство медного царя в жизнь потомка этого мятежного дворянства. В ходе последней работы над поэмой Пушкин как бы снимает строительные леса подобных побочных мотивировок и тем самым освобождает миф о губительной статуе от случайных стимулов.

Петербургская повесть заметно отличается от первой версии пушкинского мифа; далеко позади период молодой необузданности Дон Гуана. Даже его пылкое устремление к последней возлюбленной уже предано забвению. Ужас перед потерей возлюбленной и перед гибелью героя вытесняет предшествующие эпизоды. Собственное размышление Пушкина о супружестве переходит в «Медный Всадник» из [первоначальной] восьмой главы «Евгения Онегина», написанной в течение первой болдинской осени и впоследствии уничтоженной (произведения второй осени вообще связаны с богатым урожаем первой осени)[2]. Поэт размышлял в этой главе:

> Другие дни, другие сны;
> Смирились вы, моей весны
> Высокомерные мечтанья...
> Теперь...

---

① См.: *Вернадский Г.* «Медный Всадник» в творчестве Пушкина // Slavia. 1923 — 1924. №2. С. 645 — 654; Благой Д. Социология творчества Пушкина. С. 263 и сл.; Белый А. Ритм как диалектика... Сочетание и противопоставление бури и памятника Петру рядом с упоминанием о жестоком палаческом законе встречается среди пушкинских поэтических образов и до восстания декабристов — несколько загадочные иронические куплеты поэта «Брови царь нахмуря», написанные за два или три месяца перед восстанием, приобрели вскоре после этого трагическое осмысление, которое, возможно, дало по меньшей мере один из импульсов к последующему «печальному рассказу» поэта. Не исключено, что подобная связь существует между фрагментом «Придет ужасный час...» и «Заклинанием»: вслед за наброском стихотворения о смерти возлюбленной (1823) наступает реальная смерть возлюбленной (1825), а затем-в Болдине — создается стихотворение о ее смерти (1830); ср. мою статью «Раскованный Пушкин» [наст, сборник, С. 226 — 227].

② См.: *Благой Д. Д.* Социология творчества Пушкина: этюды. 2-е изд., доп. М.: Мир, 1931. С. 283 — 348.

> Мой идеал жена-хозяйка,
>
> Мои желания: покой,
>
> Да щей горшок, да сам большой.
>
> В «Медном Всаднике» Евгений мечтал так:
>
> Жениться, что ж? зачем же нет?
>
> И в самом деле.
>
> Я устрою Себе смиренный уголок
>
> И в нем Парашу успокою.
>
> Кровать, два стула, щей горшок
>
> Да сам большой; чего мне боле?

Однако Пушкин лишил своего героя этой самой скромной мечты: он вычеркнул эти строки из текста в окончательной редакции. В «Каменном госте» Дон Гуану был придан яркий индивидуальный характер, а командор был обезличен и представлен почти анонимно. В «Медном Всаднике» как раз наоборот. Жертва статуи — Евгений — лишен всякой индивидуальности:

> ... гражданин столичный,
>
> Каких встречаете вы тьму,
>
> Ни по лицу, ни по уму
>
> От прочей братьи не отличный.

«Как все он...» — подчеркнуто повторяется в одном из вариантов поэмы. («Счастье существует только на проторенных дорогах» [подл, пофранц.], — писал Пушкин о своей собственной женитьбе. «В тридцать лет люди обыкновенно женятся — я поступаю как люди и, вероятно, не буду в том раскаиваться» [из письма к Н. И. Кривцову от 10 февраля 1831 г.].) С другой стороны, преследователь этого гражданина, Медный Всадник, введен в поэму, изображен и очерчен столь конкретно и ярко — вопреки всяческой свободе возможных интерпретаций, — что царь Николай не допустил публикации поэмы. В первом варианте поэмы Пушкин еще не настолько обеднил образ Евгения; фактически поэт защищал свое право сделать его героем поэмы, пройти в угрюмом молчании мимо земных кумиров (в своей поэме Пушкин называет медного Петра кумиром) и бросить вызов господствующему порядку (для тебя закона нет). В окончательной редакции от воинственной непокорности поэта, первоначально сопровождавшей появление в поэме Евгения, не осталось и следа.

В конце августа 1834 г. Пушкин уехал из Петербурга во избежание необходимости присутствовать при открытии Александровской колонны (илл. 14, 17, 18). Он отмечает это в дневнике 28 ноября, и его отвращение к памятнику Александру I проявляется еще несколькими строками ниже (в той же записи) в раздраженном замечании относительно ненужности и бессмысленности другого подобного памятника, колонны с орлом, сооруженной графом С. П. Румянцевым в Тарутине в честь победы над Наполеоном в войне 1812 г.[1] Пушкин уехал в Болдино; он стремился к работе, но вдохновение не приходило: «Стихи в голову нейдут» (из письма к жене от 20 — 25 сентября 1834 г.). В разоренном имении на него навалились хозяйственные хлопоты, и он писал жене: «Мне... скучно, а когда мне скучно, меня так и тянет к тебе, как ты жмешься ко мне, когда тебе страшно» (17 сентября 1834 г.). Из этих настроений, из болдинских воспоминаний, из сказки Ирвинга и из фольклорных сказочных речений родилась третья версия мифа о губительной статуе. Иронический гротеск вытеснил трагическую петербургскую повесть:, волшебник-скопец заменил Петра Великого, а петушок на спице (см. илл. 8), возможно, послуживший ироническим намеком на орла на Тарутинской колонне (см. илл. 13) или ангела на Александровской колонне (см. илл. 17), занял место исполинского всадника над скалой. Жертва статуи постарела, и невольно приходит на ум шутливая жалоба поэта жене: «Старам стала и умом плохам! Приеду оживиться твоею молодостию, мой Ангел» (из письма от 21 октября 1833 г.). Дон Гуан воспринимался героически; Евгений, как справедливо указывает Д. Мирский, на самом деле жалок, но ни в коей мере не смехотворен: он «вопреки своей внешней жалкости вырастает в трагического героя и гибель его возбуждает не презрительную жалость, а "ужас и сострадание"»[2]. Дадон, наоборот, весьма нелепая фигура, которой Пушкин, по-видимому, придал некоторые черты своих врагов: Ахматова указывает, что в Дадоне воплотились черты Александра и Николая[3].

«Сказка о золотом петушке» исчерпала тему губительной статуи у Пушкина. Примечательно, что вместе с этой темой ушли из пушкинского поэтического творчества три поэтических жанра: «Каменный гость» — последняя из оригинальных законченных стихотворных драм Пушкина, «Медный Всадник» - последняя его поэма, а «Сказка о золотом петушке» - последняя сказка. Правда, после болдинских драм были написаны

---

[1] См. статью Д. Якубовича "Дневник" Пушкина» в кн.: «Пушкин — 1834 год». Л.: Пушкинское издательство, 1934. С. 45.

[2] *Мирский Д.* Проблема Пушкина. Литературное наследство. М.: Журнально-газетное объединение, 1934. Т. 16 — 18. С. 103.

[3] См.: *Ахматова А.* Последняя сказка Пушкина. С. 171 — 172; см. также: *Пушкин А. С.* Полное собрание сочинений / Гл. ред.: М. Горький, В. П. Волгин, Ю. Г. Оксман, Б. В. Томашевский, М. А. Цявловский. Л.: Изд-во АН СССР, 1935. С. 845.

«Сцены из рыцарских времен», а за «Медным Всадником» последовала другая петербургская повесть — «Пиковая дама»; однако это прозаические произведения, а Пушкин справедливо указывал, что между прозаическими и стихотворными разновидностями одного и того же литературного жанра «дьявольская разница» (письмо к Вяземскому от 4 ноября 1823 г.).

С исчезновением мифа о губительной статуе скульптурная тематика постепенно угасает и уходит из творчества Пушкина. Возрождается она только в 1836 г. в стихотворном послании «Художнику», посвященном скульптору Орловскому, и в двух четверостишиях — надписях к статуям юношей, играющих в народные игры (см. илл. 20). Цикл пушкинских поэтических произведений о статуях начался и завершился стихотворными надписями.

<···>

Мы обрисовали образ статуи, и в частности миф о губительной статуе, в контексте творчества и жизни Пушкина. Однако больше всего нас занимает внутренняя структура этого поэтического образа и поэтического мифа. Эта проблема тем более интересна, что она касается транспозиции произведения, принадлежащего к одному виду искусства, в произведение другого вида искусства — в поэзию. Статуя, стихотворение и вообще любое художественное произведение представляют собой особого рода знак. Стихотворение о статуе является, следовательно, знаком знака или образом образа. В стихотворении о статуе знак (signum) становится темой или обозначаемым объектом (signatum). Преобразование знака в тематический компонент принадлежит к числу излюбленных формальных приемов Пушкина[1], и это обычно сопровождается обнаженными и подчеркнутыми внутренними противоречиями (антиномиями), которые составляют необходимую, существенную основу любого семиотического мира. В пушкинской повести «Египетские ночи» профессиональный импровизатор сочиняет стихотворение на заранее заданную тему: «Поэт сам избирает предметы для своих песен; толпа не имеет права управлять его вдохновением». Именно незаданность темы является здесь заданной темой. Таким образом явно подчеркивается коренное различие между двумя необходимыми компонентами языкового выражения — его темой и описываемой ситуацией, различие, которое в рассматриваемом случае становится очевидным противоречием. В «Каменном госте» Дон Гуан говорит, что он «страдает в безмолвии». «И так-то вы молчите?» — с иронией замечает Дона Анна и тем самым вскрывает противоречие между первым лицом как говорящим и первым лицом как предметом речи.

«Покой бежит меня», — говорит Пушкин в стихотворении «Война». Данное

---

① См., в частности: *Тынянов Ю.* Архаисты и новаторы. Л.: Прибой, 1929. С. 241 — 242.

сочетание слов, прямо противоречащих друг другу, становится возможным благодаря употреблению глагола бежать в переносном смысле. Здесь мы наблюдаем объединение двух противоположных семантических областей — покоя и движения, что вообще является одним из основных мотивов в пушкинской символике. Соотношение «движение - покой» подается в произведениях поэта то как философское противоречие между эмпирией и ноуменом (стихотворение «Движение»: «Движенья нет, сказал мудрец брадатый» — ПСС, II, 279), то как противоречие между материалом, из которого сделана статуя, и выражаемым ею содержанием. Статуя — в отличие от произведения живописи — в силу своей трехмерности столь приближается к своей модели, что неживой мир почти полностью исключается из круга скульптурных тем: скульптурный натюрморт не мог бы адекватно передать явственной антиномии между изображением и изображаемым объектом, которая содержится и снимается в любом художественном знаке. Лишь противопоставление безжизненной, неподвижной массы, из которой вылеплена статуя, и подвижного, одушевленного существа, которое статуя изображает, создает достаточную отдаленность изображения и изображаемого. Именно это важнейшее противопоставление отражено в пушкинских заглавиях: «Каменный гость», «Медный Всадник» и «Золотой петушок», — и именно эта основная антиномия скульптуры наиболее плодотворно осваивалась и использовалась в поэзии. ...

‹···›

В «Медном Всаднике» идею чистой длительности передает несовершенный вид глаголов: идет ли речь о реальном, историческом или бронзовом Петре, о неподвижной или ожившей статуе, для его характеристики в поэтическом повествовании не используется ни одного глагола совершенного вида: стоял, глядел, думал, стоит, сидел, возвышался, обращалось, несется, скакал. Выражаемая ими незавершенность действия резко контрастирует с завершенным, ограниченным характером окружающих событий; здесь проявляется один из наиболее выразительных, наиболее ярких и драматичных приемов у Пушкина: использование глагольных морфологических категорий — видов, времен, лиц — как средств актуализации действия. Мы надеемся посвятить этой проблеме отдельное исследование.

Как мы уже подчеркивали выше, снятие внутреннего дуализма знака стирает границу между миром знаков и миром предметов. Уравнивание «вечного сна» покойного Петра и вечного покоя его бронзового двойника и одновременно противоречие между эфемерностью его останков и прочностью его статуи порождают идею жизни изображаемого существа, продолжающейся в его скульптурном образе, в памятнике. «Се Петр, еще живый в меди красноречивой... Он царствует еще над созданным им градом», - говорится в стихотворении

Вяземского. Таким образом, для грозящего статуе Евгения Медный Всадник действительно является «строителем» Петербурга, и эпитет чудотворный приобретает чисто пушкинскую амбивалентность в устах безумца: 'творящий чудеса' — в применении к царю Петру и в то же время 'сотворенный чудесным образом' — в применении к статуе. Чудотворец — так называет Пушкин Петра, чудесные творенья - говорит он о скульптурных кумирах. Слово живой многозначно: оно имеет значения 'живущий'; 'полный жизни'; 'содержащий идею жизни', 'создающий впечатление жизни'; все они связаны между собой разнообразными семантическими отношениями. В поэзии они представляют собой взаимно независимые варианты — самостоятельные, эквиполентные выражения единого общего значения.

Общее значение существенно потому, что обычно в поэзии актуализируется этимологическое родство слов; независимость вариантов существенна потому, что в поэзии любому лексическому значению может быть придан независимый статус. В поэтической символике тот, кто живет в бронзе или «в сердцах людей», обладает не метафорической, но реальной жизнью. Это замечательно выражено Державиным в лаконичной надписи к памятнику Петру: «Жив». В важной сцене «Каменного гостя», подготавливающей почву для активного вмешательства статуи в сюжет, Лепорелло спрашивает Дон Гуана о том, что скажет командор — так он полушутливо называет надгробную статую — о его любовной интриге. Дон Гуан отвечает, что командор «присмирел с тех пор, как умер». Лепорелло' в этом сомневается и обращает внимание Дон Гуана на статую:

> Кажется, на вас она глядит
>
> И сердится.

Здесь (пока в веселом разговоре, чреватом трагическими последствиями в дальнейшем) жизненность командора отделена от его человеческой жизни (возможно, что покойник успокоился, возможно, что нет), а жизнь статуи, точно так же, как человеческая жизнь командора, становится, так сказать, единым отрезком общего существования командора. Каким он здесь представлен исполином!

> ... А сам покойник мал был и щедушен.
>
> Здесь, став на цыпочки, не мог бы руку
>
> До своего он носу дотянуть.

Вряд ли можно более категорично и явно выразить одновременное различие и тождество изображения и изображаемого объекта. Пушкин прекрасно понимал своеобразие и особенность художественного знака, и во время работы над «Каменным гостем» он писал: «Мы все еще повторяем, что прекрасное есть подражание изящной природе... Почему же статуи раскрашенные нравятся нам менее чисто мраморных и медных?» («О драме»). Но коренное различие между каменным гостем и Дон Карлосом, которого Дон Гуан случайно убил, необходимо предполагает их одновременное сходство:

рука сраженного человека является в той же мере рукой командора — точно так же, как нос статуи является его собственным носом (не мог бы руку до своего он носу дотянуть). И именно эта тождественность обусловливает последующее действие, словно командор воплотился в своей статуе.

Отношение знака к обозначаемому объекту, и в особенности отношение изображения к изображаемому объекту, их одновременное тождество и различие — это одна из наиболее драматичных семиотических антиномий. Именно эта антиномия послужила причиной яростных схваток вокруг иконоборства[①]; споры о реалистическом искусстве, постоянно возрождаемые, связаны именно с этой антиномией, и она постоянно используется в поэтической символике.

Шутливые разговоры служат отправным пунктом и в повести «Гробовщик», которая остроумно предвосхищает сюжет «Каменного гостя». Эти разговоры постепенно раскрывают противоречие между языковым знаком и реальным объектом. Гробовщик Адриан говорит: «Если живому не на что купить сапог, ...ходит он и босой, а нищий мертвец и даром берет себе гроб». Мы привыкли отождествлять подлежащее при глаголе с действующим лицом; «живой, который ходит босой», действительно является действующим лицом, но не так обстоит дело с «мертвецом, который берет себе гроб». Синтаксический параллелизм этих двух предложений еще больше подчеркивает эту напряженность между общим грамматическим значением подлежащего и его отношением к реальному субъекту. В аналогичном высказывании сапожника — «живой без сапог обойдется, а мертвый без гроба не живет» — это противоречие обостряется противопоставлением подлежащего мертвый и основного значения сказуемого — глагола жить, который в данном предложении имеет переносное значение: здесь не живет означает 'не остается, не существует'. Клиент является субъектом действия; клиенты Адриана — мертвецы. Если ремесленники пьют за здоровье своих клиентов и если гробовщика призывают тоже выпить «за здоровье его мертвецов», то здесь противопоставление слова и действительности доводится до крайности и превращается в свою противоположность, когда пьяный Адриан приглашает своих мертвецов на пир и они принимают его приглашение. Так и в вопросе Доны Анны к Дон Гуану — «Муж мой и во гробе / вас мучит?» — муж является чисто метафорическим субъектом действия, но впоследствии он превращается в реального субъекта: «Я на зов явился».

---

① См.: *Острогорский О.* Гносеологические основы византийского спора о св. Иконах // Прага: Seminarium Kondakovianum, 1928. Т. 2. С. 48 — 49.

<...>

Статуя может быть либо объектом повествования, либо субъектом действия. Конфронтация статуи и живого существа всегда является у Пушкина отправным пунктом поэтической речи: эти две линии взаимодействуют друг с другом. Живое существо уподобляется статуе (в «Борисе Годунове», в «Уединенном домике на Васильевском») или статуя уподобляется живому существу («Таков и был сей властелин»); она отождествляется с живым существом через отрицание ее безжизненной субстанции (симптоматичен вариант в отрывке «Кто знает край»: «Живой резец Кановы / Паросский мрамор оживлял»[①]; стихотворение «Чернь»: «На вес/Кумир ты ценишь Бельведерский./... Но мрамор сей ведь бог...»); она изображается («остраняется», если воспользоваться термином Шкловского) как живое существо. Если повествование о статуе есть в то же время повествование о прошлом, воспоминание, то стабильное длительное существование статуи противопоставляется эфемерности и недолговечности живого существа, идет ли речь об объективной потере («Воспоминания в Царском Селе», 1814: «Исчезло все, великой нет»; послание «Художнику», 1836: «В толпе молчаливых кумиров / Грустен гуляю... Дельвига нет») или о субъективной потере (стихотворение «В начале жизни...»: «величавая жена» с ее «правдивыми разговорами» как бы исчезает для юноши, тайком убегающего к неподвижным статуям). На передний план выдвигается, следовательно, отнюдь не отношение изображения к изображаемому объекту или сходство (подражательная связь), а смежность (заразительная связь): отношение покойного к статуе, временнйя или пространственная непрерывность, посвящение статуи памяти покойного. Изображение может быть заменено мемориальной колонной, так сказать, статуей с исключительно метонимическим содержанием («Садятся призраки героев у посвященных им столпов»). Статуя как субъект поэтического (эпического или драматического) действия содержит и объективирует все исследованные нами элементы. Само противопоставление неколебимо существующей статуи и исчезающего человека материализуется в действии: статуя убивает человека. Внутренняя антитеза стремления к женщине и стремления к покою («холодный поцелуй» Дон Гуана — это, по существу, оксюморон) определяет роль женщины в этом действии. Симптоматично, что «миф о губительной статуе» является в творчестве Пушкина единственной постоянной формой вмешательства статуи в поэтическое действие.

<...>

«Я не знаю поэта, который бы пользовался образом бегущей воды так часто,

---

① См.: Замечательное исследование Б. Томашевского «Из Пушкинских рукописей». М.: Журнально-газетное объединение, 1934. Т.16 — 18. С. 311.

как Пушкин... Его светила всегда движутся... интересно отметить обилие эпитетов, характеризующих динамические свойства предметов... В его словаре «жизнь», «живой», «оживлять» и т. п. занимают исключительное место... Главная функция жизни — дыхание. У Пушкина все «одушевлено» и все «дышит»... Все предметы рассматриваются sub specie движения — возникновения их или заключенного в них потенциального роста... «Мертвая природа» для него полна жизни... Всего чаще им владеет представление быстрых, стремительных движений... Один из его излюбленных образов-символов — корабль, представитель быстрого и вместе легкого, скользящего движения... Шаблонный символ дороги как «жизненного пути» приобретает у него особенную глубину и содержательность... Вся жизнь — космическая, личная и социальная — воспринимается как сплошной процесс...»[1].

Таким образом, в пушкинской символике покой, неподвижность есть яркий контрастный мотив, который предстает либо в виде вынужденной неподвижности — сюда мы можем включить разнообразно модифицируемые образы узника, «мучимого казнию покоя», закрепощенного народа, живого существа в клетке или теснимого потока (невольных вод), — либо в виде свободного покоя как воображаемого, сверхчеловеческого и даже сверхъестественного состояния[2]. Для поэта время останавливается в момент любовного восторга («Надпись к беседке», 1816 [?]); поток его дней становится спокойным в минутной дремоте и отражает лазурь небес (из лирического наброска 1834 г.); вольный покой — отнюдь не счастье, это мечта поэта («Пора, мой друг, пора», 1834 [?]). Пушкин связывает идею торжественного, безмятежного покоя со святыней чудесной красоты («Красавица», 1832), благословляет также «радостный покой» и «невозмутимый, вечный сон», «торжественный покой» последнего ночлега (эпитафия кн. Н. С. Волконскому, 1828; «Перед гробницею святой», 1831; «Когда за городом, задумчив, я брожу», 1836). Если человеческая жизнь есть мощное проявление космической деятельности, а покой - лишь отрицание этой жизни, лишь отклонение, лишь аномалия, то для статуи, наоборот, покой есть естественное «немаркированное» состояние, а движение статуи — это отклонение от нормы. Для мифотворящего гения Пушкина статуя, которая всегда предполагает активность и движение[3] и в то же время сама по себе неподвижна, являет собой чистое воплощение сверхъестественного, свободного, творческого покоя: действительно, статуя «выше всех желаний...» и спит «сном силы и покоя, / Как боги спят в глубоких небесах»

---

[1] Статья «Поэзия Пушкина». В кн.: *Бицилли П. М.* Этюды о русской поэзии. Прага: Пламя, 1926. С. 65 — 224, особенно С. 129 — 145.

[2] Ср.: *Гершензон М.* Мудрость Пушкина. М.: Книгоиздательство писателей, 1919. С. 141—142.

[3] См.: *Rodin A.* L'Art. Paris: B. Grasset, 1911. P. 72.

(«Скупой рыцарь»).

Это упоминание богов в устах средневекового рыцаря звучит несколько странно, однако это весьма характерно для Пушкина. Для него могущество «неподвижной мысли» имеет несомненные языческие ассоциации. Характерно, что статуи в его произведениях часто обозначаются как кумиры, что так возмутило царя Николая в «Медном Всаднике»[①]. Русские поэты — будь то не верящий в бога Пушкин[②], еретик Блок или антирелигиозно настроенный Маяковский — выросли в мире православных обычаев, и их творчество независимо от их намерений насыщено символикой ортодоксальной церкви. Именно православная традиция, которая сурово осуждала искусство скульптуры, не допускала его в храмы и понимала его как языческий или сатанинский порок (эти два понятия для церкви были равнозначны), внушила Пушкину прочную ассоциацию статуй с идолопоклонством, с сатанинскими силами, с колдовством. Нам достаточно прочесть размышления Гоголя о скульптуре, чтобы понять, как неразрывно искусство ваяния было связано с идеей язычества в русском мировоззрении. «[Скульптура] родилась вместе с языческим, ясно образовавшимся миром, выразила его — и умерла вместе с ним... Она так же отделялась от христианства, как сама языческая вера» («Скульптура, живопись и музыка», 1831). На русской почве скульптура тесно ассоциировалась со всем нехристианским, даже антихристианским, в духе петербургского царства[③]. Весьма характерно описание статуи в стихотворении «В начале жизни...»: «чудесные творенья», «волшебная краса», «бесов изображенья», «сила неземная», «волшебный демон». Языческие, демонические очертания «Медного Всадника» были убедительно выявлены такими разными интерпретаторами поэмы, как Мережковский, Брюсов, Ходасевич и Мирский.

Ученые, связывающие приглашение Дон Гуаном каменного гостя с вызыванием тени мертвой возлюбленной в болдинской лирике поэта[④] и видящие в статуе лишь маску призрака, который без этого прикрытия мог бы создать впечатление безумного бреда5 5, забывают о характерных свойствах статуи в символике Пушкина: ожившая статуя в противоположность призраку является орудием злой магии, она несет разрушение и

---

① Ср.: *Зенгер Т.* Николай I — редактор Пушкина. М.: Журнально-газетное объединение, 1934. Т. 16 —18. С. 522.

② Ср. интересную статью В. Ходасевича «Кощунства Пушкина». «Современные записки», 1924. No.19, С. 405 — 413 и обширный материал в статье Е. Г. Кислициной «К вопросу об отношении Пушкина к религии» в кн.: «Пушкинский сборник памяти профессора Семена Афанасьевича Венгерова». М.-Пг.: Гос. изд., 1923. С. 233 — 269.

③ Наиболее резкую позицию по отношению к статуе как языческому атрибуту занимала русская старообрядческая традиция, и примечательно, что в соответствии с одним из первоначальных набросков к «Медному Всаднику» предок Евгения боролся против Петра на стороне староверов.

④ См.: *Бем А. Л.* О Пушкине. Ужгород: Пислмена, 1937. С. 80.

никогда не является воплощением женщины.

Пушкинская символика статуи продолжает воздействовать на русскую поэзию до наших дней, и при этом постоянно ссылаются на ее создателя. Примеры этого находим в творчестве трех выдающихся поэтов нашего столетия. В стихотворении «Шаги Командора» Александр Блок развивает пушкинскую концепцию влюбленного Дон Гуана, трагически исчезающей Доны Анны и тяжелых шагов «старого рока», а в стихотворениях цикла «Город» поэт вызывает воспоминания о вечной жизни стального Петра, который колеблется между подавляемым в себе сном и грозной активностью («Петр», «Митинг»). В драматической поэме Велимира Хлебникова «Маркиза Дэзес», во многих отношениях восходящей к творчеству Пушкина, люди каменеют и превращаются в статуи, а вещи оживают; в его эпической поэме «Журавль» мальчик убегает — на фоне Невы, столь хорошо знакомом по «Медному Всаднику», — от губительного чудовища, которое возникло из оживших железных труб, машин, мостов и которое преследует его.

<⋯>

А. Эфрос, чуткий исследователь и автор специальной монографии о Пушкине и изобразительном искусстве, утверждает в ней, что поэт по отношению к скульптуре выполнял лишь обязанность светского человека и обращал на нее внимание лишь в той мере, в какой заповеди моды и обычаи «du comme il faut» принуждали Онегина находить им место в его жизни. «Гений формы его покидал. Он воспринимал в произведении пластического искусства главным образом тем у...» [1]. Мы видели, однако, как пушкинская символика проницательно отражает проблемы скульптуры, как глубоко коренится символика статуи в его творчестве, в жизни поэта и в традициях, из которых он вырос, и сколь жизненной оказалась она в последующем развитии русской поэзии. Каким же образом тогда стал возможен упомянутый вывод специалиста, столь явно противоречащий фактам? Здесь мы возвращаемся к отправному пункту нашего исследования: в произведении искусства чрезвычайно трудно выделить те элементы, которые наиболее глубоко в нем скрыты. Мы уже не воспринимаем в «Медном Всаднике» статую Фальконе как таковую; мы переживаем ее как сюрреалистический миф поэта. Можно парафразировать афоризм французского поэта о цветах поэтического творчества, которые

---

[1] *Эфрос А.М.* Рисунки поэта. М.: Федерация, 1930. С. 72.

не растут ни в каком саду[①]. Статуи пушкинских стихов нельзя найти ни в какой глиптотеке.

<...>

До недавнего времени история искусства, в частности история литературы, была не наукой, а causerie[②]. Следовала всем законам causerie. Бойко перебегала от темы к теме, от лирических словоизлияний об изяществе формы к анекдотам из жизни художника, от психологических трюизмов к вопросу о философском содержании в социальной среде. Говорить о жизни, об эпохе на основании литературных произведений – такая благодарная и легкая задача: копировать с гипса проще и легче, нежели зарисовывать живое тело. Causerie не знает точной терминологии. Напротив, разнообразие наименований, эквивокация, дающая повод к каламбурам, – все это чаще придает большую прелесть разговору. Так и история искусства не знала научной терминологии, пользовалась обиходными словами, не подвергая их критическому фильтру, не разграничивая их точно, не учитывая их многозначности. Например, историки литературы безбожно путали идеализм как обозначение определенного философского миропонимания и идеализм в смысле бескорыстия, нежелания руководствоваться узко материальными побуждениями. Еще безнадежней путаница вокруг термина «форма», блестяще вскрытая в трудах Антона Марти по общей грамматике. Но особенно не повезло в этом отношении термину «реализм». Некритическое употребление этого слова, чрезвычайно неопределенного по своему содержанию, привело к роковым последствиям.

Что такое реализм в понимании теоретика искусства? Это художественное течение, идеющее целью возможно ближе передавать действительность, стремящееся к максимуму правдоподобия. Реалистическими мы объявляем те произведения, которые представляются нам близко передающими действительность, правдоподобными. И уже бросается в глаза двузначность:

1. *Речь идет о стремлении, тенденции, т.е. под реалистическим произведением понимается произведение, задуманное данным автором как правдоподобное (значение А).*

2. *Реалистическим произведением называется такое произведение, которое я, имеющей о нем суждение, воспринимаю как правдоподобное (значение В).*

---

① «Je dis: une fleur! et, hors de l'oubli ou ma voix relegue aucun contour, en tant que quelque chose d'autre que les calices sus, musicalemeht se leve, idee meme et suave, l'absente de tous bouquets» [«Я говорю: цветок! И вне забвения, где мой голос принимает всевозможные очертания, остается кое-что иное, чем пресловутые чашечки цветков; мелодично возносится приятная мысль о них при отсутствии каких-либо ароматов»] (Stephane Mallarme. Crise de vers. - Oeuvres completes (Bibliotheque de la Pleiade), Paris, 1956. P. 368).

② Здесь "болтовней" (*фр*.).

В первом случае мы вынуждены оценивать имманентно, во втором мое впечатление оказывается решающим критерием. История искусства безнадежно смешивает оба эти значения термина «реализм». Моей, частной, местной точке зрения приписывается объективное, безусловно достоверное значение. Вопрос о реализме либо ирреализме тех или иных художественных творений сводится негласно к вопросу о моем к ним отношении. Значение A подменяется значением B.

Классики, сентименталисты, отчасти романтики, даже «реалисты» XIX века, в значительной степени модернисты и, наконец, футуристы, экспрессионисты и т.п. не раз настойчиво провозглашали верность действительности, максимум правдоподобия, словом, реализм – основным лозунгом своей художественной программы. В XIX века этот лозунг дает начало названию художественного направления. Нынешняя история искусства, особенно литературы, создана по преимуществу эпигонами этого направления. Поэтому частный случай, отдельное художественное течение осознается как совершенное осуществление рассматриваемой тенденции и в сопоставлении с ним оценивается степень реализма предшествующих и последующих художественных направлений. Таким образом, негласно происходит новое отождествление, подставляется третье значение слова «реализм» (значение *C*), *а именно сумма характерных признаков определенного художественного направления XIX столетия.* Иными словами, реалистические произведения прошлого века представляются историку литературы наиправдоподобнейшими.

Подвергнем анализу понятие художественного правдоподобия. Если в живописи, в изобразительных искусствах можно впасть в иллюзию возможности некой объективной, безотносительной верности действительности, то вопрос о «природном» (по терминологии Платона) правдоподобии словесного выражения, литературного описания совершенно очевидно лишен смысла. Может ли возникнуть вопрос о большом правдоподобии того или иного вида поэтических тропов, можно ли сказать, что такая-то метафора или метонимия объективно реальней? Да и в живописи реальность условна, так сказать, фигуральна. Условны методы проекции трехмерного пространства на плоскость, условна окраска, абстрагирование, упрощение передаваемого предмета, отбор вопроизводимых признаков. Условному живописному языку надо научиться, чтобы увидеть картину, подобно тому, как нельзя понять сказанного, не зная языка. Эта условность, традиционность живописной подачи в значительной степени обусловливает сам акт нашего зрительного восприятия. По мере накопления традиции живописный образ становится идеограммой, формулой, с которой немедленно по смежности связывается предмет. Узнавание становится мгновенным. Мы перестаем видеть картину. Идеограмма должна быть деформирована. Увидеть в вещи то, чего вчера не видели, должен живописец-новатор – навязать восприятию новую форму. Предмет подается в необычном ракурсе. Композиция, канонизированная предшественниками, нарушается. Так, Крамской, один из основоположников так называемой реалистической школы русской живописи, в своих воспоминаниях повествует, как он стремился максимально деформировать академическую композицию, причем этот «беспорядок» мотивирован приближением к реальности. Это – типичная мотивировка Sturm und Drang'а новых художественных направлений, т.е. мотивировка деформации идеограмм.

В практическом языке существует ряд эвфемизмов – формул вежливости, слов, называющих обиняком, намекающих, условно подставленных. Когда мы хотим от речи правдивости, естественности, выразительности, мы отбрасываем привычный салонный реквизит, называем вещи своим именем, и эти названия звучат, они свежи, мы говорим о них: c'est le mot[①]. Но вот в нашем словоупотреблением слово сжилось с обозначаемым предметом, и тогда, обратно, если мы хотим выразительного наименования, мы прибегаем к метафоре, намеку, иносказанию. Оно звучит чувствительней, оно показательней. Иначе говоря, стремясь найти подлинное слово, которое бы нам показало предмет, мы пользуемся словом притянутым, непривычным для нас, по крайней мере в данном приложении, словом изнасилованным. Таким неожиданным словом может оказаться и фигуральное, и собственное название предмета – в зависимости от того, что в ходу. Примеров тому – пропасть, особенно в истории непристойного словаря. Назвать акт своим именем – это звучит забористо, но, если в данной среде крепкое словечко не в диковинку, троп, эвфемизм действует сильней, убедительней. Таково русское гусарское «утилизировать». Потому-то обидней иностранные термины, и они охотно в этих целях перенимаются, оттого-то удесятеряет действенность термина немыслимый эпитет – голландский или моржовый, притянутый русским ругателем к имени предмета, не имеющего ни к моржам, ни к Голландии никакого отношения. Потому-то мужик перед ходовым упоминанием о совокуплении с матерью (в пресловутых бранных формулах) дает предпочтение фантастическому образу совокупления с душой, еще воспользовавшись для усиления формой отрицательного параллелизма («твою душу не мать»).

Таков и революционный реализм в литературе. Слова вчерашнего повествования больше ничего не говорят. И вот предмет характеризуется по признакам, которые вчера признавались наименее характерными, наименее достойными передачи и которых не замечали. «Он любит останавливаться на несущественном», – таково классическое суждение консервативной критики всех времен о современном новаторе. Предоставлю любителю цитат самому подобрать соответствующие материалы из критических отзывов

---

①   Это слово (*фр.*)

современников о Пушкине, Гоголе, Толстой, Андрее Белом и т.д. Такая характеристика по несущественным признакам представляется адептам нового течения более реальной, нежели окаменелая традиция, им предшествующая. Восприятие иных – консервативнейших – продолжает определяться старым каноном, и потому его деформация, осуществленная новым течением, представляется им отказом от правдоподобия, уклоном от реализма; они продолжают пестовать старые каноны как единственно реалистические. Итак, поскольку мы выше говорили о значении А термина «реализм», т.е. о тенденции к художественному правдоподобию, мы видим, что такое определение оставляет место для двусмыслицы.

А1 – тенденция к деформации данных художественных канонов, осмысленная как приближение к действительности.

А2 – консервативная тенденция в пределах данной художественной традиции, осмысленная как верность действительности.

Значение В предусматривает мою субъективную оценку данного художественного явления как верного действительности; итак, подставив полученные результаты, находим:

Значение В1 – т.е.: Я революционер в отношении к данным художественным навыкам, и деформация оных воспринимается мною как приближение к действительности.

Значение В2 – т.е.: Я консерватор, и деформация данных художественных навыков воспринимается мною как извращение действительности.

В последнем случае только художественные факты, не противоречащие, на мой взгляд, данным художественным навыкам, могут быть названы реалистическими, но поскольку наиреалистичнейшими, с моей точки зрения, являются именно мои навыки (традиция, к которой я принадлежу), то, учитывая, что в рамках иных традиций, даже не противоречащих моим навыкам, последние осуществлены не вполне, я усматриваю в этих традициях лишь частичный, зачаточный, недоразвившийся или упадочный реализм, между тем как единственно подлинным реализмом объявляется тот, на котором я воспитан. В случае же *В1* я, обратно, ко всем художественным формам, которые противоречат данным художественным навыкам, для меня неприемлемым, отношусь так же, как в случае *В2* я бы отнесся к формам НЕ противоречащим. В этом случае я легко могу приписать реалистическую тенденцию (в *А1* смысле слова) формам, вовсе не задуманным как таковые. Так примитивы часто интерпретировались под углом зрения *В1*. Бросалось в глаза их противоречие канону, на котором мы воспитаны, тогда как их верность своему канону, традиционность упускалась из виду (*А2* истолковывалось как *А1*). Точно так же писания, вовсе не задуманные как поэтические, могут быть восприняты и истолкованы как таковые. Ср. отзыв Гоголя о поэтичности описи драгоценностей московских царей, замечание Новалиса о поэтичности азбуки, заявление футуриста Крученых о поэтическом звучании счета из прачечной или поэта Хлебникова о том, как порою опечатка художественно

искажает слово.

Конкретное содержание *А1* и *А2*, *В1* и *В2* крайне относительно. Так, современный оценщик усмотрит реализм в Делакруа, но не в Делароше, в Эль Греко или Андрее Рублеве, но не в Гвидо Рени, в скифской бабе, но не в Лаокооне. Как раз обратно судил бы воспитанник академии прошлого века. Улавливающий правдоподобие Расина не улавливает правдоподобия у Шекспира, и наоборот.

Вторая половина XIX века. Группа художников борется в России за реализм (первая фаза *С*, т.е. частный случай *А1*). Один из них - Репин - пишет картину «Иван Грозный и сын его Иван». Соратники Репина приветствуют ее как реалистическую (*С* – частный случай *В1*). Обратно – академический учитель Репина возмущен нереальностью картины, подробно вычитывает извращения правдоподобия у Репина в сопоставлении с единственно для него самого правдоподобным академическим каноном (т.е. с точки зрения *В2*). Но вот академическая традиция изжита, канон «реалистов» – передвижников усваивается, становится социальным фактом. Возникают новые живописные тенденции, начинается новый Sturm und Drang в переводе на язык программных деклараций – ищут новой правды. Современному художнику картина Репина поэтому, разумеется, представится неестественной, неправдоподобной (с точки зрения *В1*), и лишь консерватор чтит «реалистические заветы», силится глядеть глазами Репина (вторая фаза *С*, т.е. частный случай *В1*). Репин в свою очередь не усматривает в Дега и Сезанне ничего, кроме кривляния и извращения (с точки зрения *В2*). На этих примерах очевидна вся относительность понятия «реализм»; между тем историки искусства, по своим эстетическим навыкам принадлежа, как мы уже оговаривали, в большинстве к эпигонам реализма (*С* второй фазы), произвольно ставят знак равенства между *С* и *В2*, хотя в действительности *С* - лишь частный случай *В*. Как мы знаем, *А* негласно подменивается значением *В*, причем не улавливается принципиальное различие между *А1* и *А2*, разрушение идеограмм осознается лишь как средство к созданию новых – самодовлеющего эстетического момента консерватор, разумеется, не воспринимает. Таким образом, имея в виду как будто А (собственно *А2*), историки искусства в действительности апеллируют к *С*. Поэтому когда историк литературы примерно заявляет: «русской литературе свойствен реализм», то это звучит равносильно афоризму «человеку свойственно быть двадцатилетним».

Поскольку утвердилась традиция, что реализм – это *С,* новые художники-реалисты (в смысле *А1* этого термина) вынуждены объявить себя неореалистами, реалистами в высшем смысле слова или же натуралистами, устанавливать различие между реализмом приблизительным, мнимым (*С*) и, на их взгляд, подлинным (т.е. своим). «Я реалист, но только в высшем смысле», – заявил уже Достоевский. И почти ту же фразу повторяли поочередно символисты, итальянские и русские футуристы, немецкие экспрессионисты и проч. и проч. Порою эти неореалисты окончательно отождествляли свою эстетическую платформу с реализмом вообще, и поэтому они вынуждены, оценивая представителей *C*, отлучить их от реализма. Так, посмертной критикой был взят под сомнение реализм Гоголя, Достоевского, Толстого, Тургенева, Островского.

Самое *C* характеризуется историками искусства (в частности, литературы) очень неопределенно и приблизительно – нельзя забывать, что характеристику дают эпигоны. Ближайший анализ, несомненно подставит вместо *C* ряд величин более точного содержания, покажет, что отдельные приемы, которые мы относим огульно к *C*, характерны далеко не для всех представителей так называемой реалистической школы, а с другой стороны, обнаруживаются также вне данной школы.

Мы уже говорили о прогрессивном реализме как о характеристике по несущественным признакам. Один из приемов такой характеристики, культивированный, между прочим, рядом представителей школы *C* (в России – так называемой гоголевской школой) и потому иногда неправильно отождествляемый с *C* вообще, – это уплотнение повествования *образами, привлеченными по смежности, т.е. путь от собственного термина к метонимии* и синекдохе. Это «уплотнение» осуществляется наперекор интриге либо вовсе отменяет интригу. Возьмем грубый пример: два литературных самоубийства – бедной Лизы и Анны Карениной. Рисуя самоубийство Анны, Толстой пишет, главным образом, о ее сумочке. Этот несущественный признак Карамзину показался бы бессмысленным, хотя по сравнению с авантюрным романом XVIII века рассказ Карамзина – тоже цепь несущественных признаков. Если в авантюрном романе XVIII века герой встречал прохожего, то именно того, который нужен ему или по крайней мере интриге. А у Гоголя, или Толстого, или Достоевского герой обязательно встретит сперва прохожего ненужного, лишнего с точки зрения фабулы, и завяжет с ним разговор, из которого для фабулы ничего не последует. Поскольку такой прием нередко объявляется реалистическим, обозначим его через *D*, повторяя, что *D* часто бывает представлено в *C*.

Мальчику задают задачу: из клетки вылетела птица; за какое время долетела она до леса, если ежеминутно пролетала столько-то, а рассстояние между клеткой и лесом такое-то. Мальчик спрашивает: а какого цвета была клетка? Этот мальчик был типичным реалистом в *D* смысле слова.

Или еще анекдот – «армянская загадка»: «Висит в гостиной, зеленая. Что такое? – Оказывается: селедка! – Почему в гостиной? – А разве не могли повесить? – Почему же зеленая? – Выкрасили. – Но зачем? – Чтобы труднее было отгадать». Это стремление, чтобы труднее было отгадать, эта тенденция к замедлению узнавания ведет к акцентированию нового признака, к новопритянутому эпитету. В искусстве неизбежны преувеличения, писал Достоевский; чтобы показать вещь, надо деформировать ее вчерашний облик, окрасить ее, как окрашивают препарат для наблюдения под микроскопом. Вы расцвечиваете предмет по-новому и думаете: он стал ощутительней, реальней (*А1*). Кубист умножил на картине предмет, показал его с нескольких точек зрения, сделал осязательнее. Это – живописный прием. Но есть еще возможность – в самой картине мотивировать, оправдать этот прием; например, предмет повторен, отраженный в зеркале. Точно так же в литературе. Селедка – зеленая, ибо выкрасили – ошеломляющий эпитет реализован – троп обращается в эпический мотив. Зачем выкрасили – ответ у автора найдется, но на деле справедлив один ответ: чтобы труднее было отгадать. Таким образом, несобственный термин может быть навязан предмету, либо он может быть подан как частная концепция этого предмета. Отрицательный параллелизм отвергает метафору во имя собственного термина. «Я не дерево, я женщина», – говорит девушка в стихотворении чешского поэта Шрамека. Это литературное построение может быть оправдано, из черты сказа стало деталью сюжетного развития. – Одни говорили: это следы горностая, другие отвечали: нет, это не следы горностая, это проходил Чурила Пленкович. – Обращенный отрицательный параллелизм отвергает собственный термин для метафоры (в цитированном стихотворении Шрамека – «Я не женщина, я дерево» или в театральной пьесе другого чешского поэта, Карела Чапека: – Что это? – Носовой платок. – *Это не носовой платок. Это прекрасная женщина, стоящая у окна. Она в белой одежде и мечтает о любви...*).

В русских эротических сказках образ совокупления часто подается в терминах обращенного параллелизма, равно как и в свадебных песнях, с той разницей, что в этих песнях метафорическое построение обычно ничем не оправдано, между тем как в сказках эти метафоры мотивируются как способ соблазнить девку, примененный лукавый героем сказки, или же эти метафоры, рисующие совокупление, мотивируются как зверячье истолкование непонятного для зверей человеческого акта. Последовательная мотивировка, оправдание поэтических построений также порой называется реализмом. Так, чешский романист Чапек-Ход полушутя называет «реалистической главой» мотивировку путем тифозного бреда «романтической» фантастики, поданной в первой главе повести «Самый западной славянин».

Обозначим такой реализм, т.е. *требование последовательной мотивировки, реализации поэтических приемов,* через *Е*. Это *Е* часто смешивается с *С, В* и т.д. Поскольку теоретики и историки искусства (в особенности литературы) не различают разнородных понятий, скрывающихся под термином «реализм», постольку они обращаются с ним, как с мешком, беспредельно растяжимым, куда можно упрятать все что угодно.

Возражают: нет, не все что угодно. Фантастику Гофмана никто не назовет реализмом. Значит, какое-то одно значение у слова «реализм» все-таки есть, что-то может быть взято за скобку.

Отвечаю: никто не назовет лопаты косой, но это не значит, что слово «коса» наделено всего одним значением. Нельзя отождествлять безнаказанно различные значения слова «реализм», как нельзя, не рискуя прослыть умалишенным, смешивать женскую косу с железной. Правда, первое смешение легче, ибо различные понятия, скрывающиеся за единым термином «ключ», между собой резко разграничены, между тем как мыслимы факты, о которых можно одновременно сказать: это реализм в С, В, А1 и т.д. смысле слова. Но тем не менее *С, В, А1* и т.д. смешивать недопустима. Вероятно, существуют в Африке арапы, которые и в игре оказываются арапами. Несомненно, существуют альфонсы с крестным именем Альфонс. Это не дает нам права каждого Альфонса считать альфонсом и не дает ни малейшего основания делать выводы о том, как играет в карты арапское племя. Заповедь самоочевидна до глупости, но тем не менее говорящие о художественном реализме против нее беспрестанно погрешают.

💡 课后思考题

1. Как поэтика соотносится с другими областями искусствоведения по Якобсону?

2. Как синхронический и диахронический анализ применяются в литературоведении и лингвистике, по мнению Якобсона?

3. Как понимает метаязык Якобсон?

4. В чем заключаются эстетические ценности статьи Якобсона «Статуя в поэтической мифологии Пушкина»?

||||||||||||||||||||||||||| ▶ **推荐阅读材料** ◀ |||||||||||||||||||||||||||

1. *Иванов Вяч. Вс.* О Романе Якобсоне. (Главы из воспоминаний) // Звезда. 1999. №7. С. 139 — 164.

2. Структурализм: "за" и "против". Сб. статьей. Под ред. Е. Я. Басина и М. Я. Полякова. М.: Издательство «Прогресс», 1975.

3. *Якобсон Р.* Работы по поэтике: Переводы / Сост. и общ. ред. М. Л. Гаспарова. М.: Прогресс, 1987.

4. *Jakobson R.* A Bibliography of his Writings. The Hague, Paris: Mouton, 1971.

第九讲拓展资源

第十讲

Эстетика словесного творчества М. М. Бахтина

Человек со своим самосознанием не одинок. Смотря внутрь себя, он смотрит в глаза другого или глазами другого.

Нет ничего абсолютно мертвого: у каждого смысла будет свой праздник возрождения.

— *М. М. Бахтин*

1. Что вы знаете о М. М. Бахтине (О личной биографии, научных интересах, вкладе в теорию литературы и культуры)?

2. Чем известен М. Бахтин в области литературоведения?

原典选读 1

К методологии гуманитарных наук[①]

Понимание. Расчленение понимания на отдельные акты. В действительном реальном, конкретном понимании они неразрывно слиты в единый процесс понимания, но каждый отдельный акт имеет идеальную смысловую (содержательную) самостоятельность и может быть выделен из конкретного эмпирического акта. 1. Психофизиологическое восприятие физического знака (слова, цвета, пространственной формы). 2. *Узнание* его (как знакомого или незнакомого). Понимание его повторимого (общего) *значения* в языке. 3. Понимание его *значения* в данном контексте (ближайшем и более далеком). 4. Активно-диалогическое понимание (спор — согласие). Включение в диалогический контекст. Оценочный момент в понимании и степень его глубины и универсальности.

Переход образа в символ придает ему смысловую *глубину* и смысловую перспективу. Диалектическое соотношение тождества и нетождества. Образ должен быть понят как то, что он есть, и как то, что он обозначает. Содержание подлинного символа через опосредствованные смысловые сцепления соотнесено с идеей мировой целокупности, с полнотой космического и человеческого универсума. У мира есть смысл. «Образ мира, в слове явленный» (Пастернак)[②]. Каждое частное явление погружено в стихию *первоначал бытия*. В отличие от мифа здесь есть осознание своего несовпадения со своим собственным смыслом.

В символе есть «теплота сплачивающей тайны» (Аверинцев)[③]. Момент противопоставления *своего чужому*. Теплота любви и *холод*, отчуждения. Противопоставление и сопоставление. Всякая интерпретация символа сама остается символом, но несколько рационализованным, то есть несколько приближенным к понятию.

Определение *смысла* во всей глубине и сложности его сущности. Осмысление как открытие наличного путем узрения (созерцания) и прибавления путем творческого созидания. Предвосхищение дальнейшего растущего контекста, отнесение к завершенному целому и отнесение к незавершенному контексту. Такой смысл (в незавершенном контексте) не может быть спокойным и уютным (в нем нельзя успокоиться и умереть).

Значение и смысл. *Восполняемые* воспоминания и *предвосхищенные* возможности

---

① *Бахтин М. М.* Эстетика словесного творчества / Сост. С. Г. Бочаров, примеч. С. С. Аверинцев и С. Г. Бочаров. М.: Искусство, 1979. С. 361 — 373. （编者注） Исходным материалом для этих заметок послужил небольшой текст, набросанный автором в конце 30-х или начале 40-х гг. и названный им «К философским основам гуманитарных наук». Отправляясь от этого текста, автор составил в начале 1974 г. настоящие заметки; это была последняя написанная М. Бахтиным работа.

② Из стихотворения Б. Пастернака «Август».

③ *Аверинцев С. С.* Символ. В кн.: КЛЭ, Т. 7. М., 1972, СТБ. 827.

(понимание в далеких контекстах). При воспоминаниях мы учитываем и последующие события (в пределах прошлого), то есть воспринимаем и понимаем вспомянутое в контексте незавершенного прошлого. В каком виде присутствует в сознании целое? (Платон и Гуссерль.)

В какой мере можно раскрыть и прокомментировать *смысл* (образа или символа)? Только с помощью другого (изоморфного) смысла (символа или образа). Растворить его в понятиях невозможно. Роль комментирования. Может быть либо *относительная* рационализация смысла (обычный научный анализ), либо углубление его с помощью других смыслов (философско-художественная интерпретация). Углубление путем расширения далекого контекста[1].

Истолкование символических структур принуждено уходить в бесконечность символических смыслов, поэтому оно и не может стать научным в смысле научности точных наук.

Интерпретация смыслов не может быть научной, но она глубоко познавательна. Она может непосредственно послужить практике, имеющей дело с вещами.

«··· Надо будет признать символогию не ненаучной, но *инонаучной* формой знания, имеющей свои внутренние законы и критерии точности» (С. С. Аверинцев)[2].

Автор произведения присутствует только в целом произведения, и его нет ни в одном выделенном моменте этого целого, менее же всего в оторванном от целого содержании его. Он находится в том невыделимом моменте его, где содержание и форма неразрывно сливаются, и больше всего мы ощущаем его присутствие в форме. Литературоведение обычно ищет его в выделенном из целого *содержании*, которое легко позволяет отождествить его с автором — человеком определенного времени определенной биографии и определенного мировоззрения. При этом образ автора почти сливается с образом реального человека.

Подлинный автор не может стать образом, ибо он создатель всякого образа, всего образного в произведении. Поэтому так называемый образ автора может быть только одним из образов данного произведения (правда, образом особого рода). Художник часто изображает себя в картине (с краю ее), пишет и свой автопортрет. Но в автопортрете мы *не видим* автора как такового (его нельзя видеть); во всяком случае, не больше, чем в любом другом произведении автора; больше всего он раскрывается в лучших картинах данного автора. Автор—создающий не может быть создан в той сфере, в которой он сам является

---

① Тема «далеких контекстов» была среди замыслов Бахтина в последние годы жизни.

② *Аверинцев С. С.* Символ. В кн.: КЛЭ, Т. 7. М., 1972, СТБ. 827.

создателем. Это natura naturans[①], а не natura naturata[②]. Творца мы видим только в его творении, но никак не вне его.

Точные науки — это монологическая форма знания: интеллект созерцает *вещь* и высказывается о ней. Здесь только один субъект — познающий (созерцающий) и говорящий (высказывающийся). Ему противостоит только *безгласная вещь*. Любой объект знания (в том числе человек) может быть воспринят и познан как вещь. Но субъект как таковой не может восприниматься и изучаться как вещь, ибо как субъект он не может, оставаясь субъектом, стать безгласным, следовательно, познание его может быть только *диалогическим*. Дильтей и проблема понимания. Разные виды *активности* познавательной деятельности. Активность познающего безгласную вещь и активность познающего другого субъекта, то есть *диалогическая* активность познающего. Диалогическая активность познаваемого субъекта и ее степени. Вещь и личность (субъект) как *пределы* познания. Степени вещности и личностности. Событийность диалогического познания. Встреча. Оценка как необходимый момент диалогического познания.

Гуманитарные науки — науки о духе — филологические науки (как часть и в то же время общее для всех них — слово).

Историчность. Имманентность. Замыкание анализа (познания и понимания) в один данный *текст*. Проблема границ текста и контекста. Каждое слово (каждый знак) текста выводит за его пределы. Всякое понимание есть соотнесение данного текста с другими текстами. Комментирование. Диалогичность этого соотнесения.

Место философии. Она начинается там, где кончается точная научность и начинается инонаучность. Ее можно определить как метаязык всех наук (и всех видов познания и сознания).

Понимание как соотнесение с другими текстами и переосмысление в новом контексте (в моем, в современном, в будущем). Предвосхищаемый контекст будущего: ощущение, что я делаю новый шаг (сдвинулся с места). Этапы диалогического движения *понимания*: исходная точка — данный текст, движение назад — прошлые контексты, движение вперед — предвосхищение (и начало) будущего контекста.

Диалектика родилась из диалога, чтобы снова вернуться к диалогу на высшем уровне (диалогу *личностей*).

Монологизм гегелевской «Феноменологии духа».

Не преодоленный до конца монологизм Дильтея.

Мысль о мире и мысль в мире. Мысль, стремящаяся объять мир, и мысль, ощущающая

---

① Природа порождающая (латин.).

② Природа порожденная (латин.).

себя в мире (как часть его). Событие в мире и причастность к нему. Мир как событие (а не как бытие в его готовости).

Текст живет, только соприкасаясь с другим текстом (контекстом). Только в точке этого контакта текстов вспыхивает свет, освещающий и назад и вперед, приобщающий данный текст к диалогу. Подчеркиваем, что этот контакт есть диалогический контакт между текстами (высказываниями), а не механический контакт «оппозиций», возможный только в пределах одного текста (но не текста и контекстов) между абстрактными элементами (*знаками* внутри текста) и необходимый только на первом этапе понимания (понимания значения, а не смысла). За этим контактом контакт личностей, а не вещей (в пределе). Если мы превратим диалог в один сплошной текст, то есть сотрем разделы голосов (смены говорящих субъектов), что в пределе возможно (монологическая диалектика Гегеля), то глубинный (бесконечный) смысл исчезнет (мы стукнемся о дно, поставим мертвую точку).

Полное, предельное овеществление неизбежно привело бы к исчезновению бесконечности и бездонности смысла (всякого смысла).

Мысль, которая, как рыбка в аквариуме, наталкивается на дно и на стенки и не может плыть больше и глубже. Догматические мысли.

Мысль знает только условные точки; мысль смывает все поставленные раньше точки.

Освещение текста не другими текстами (контекстами), а внетекстовой вещной (овеществленной) действительностью. Это обычно имеет место при биографическом, вульгарно-социологическом и причинных объяснениях (в духе естественных наук), а также и при деперсонифицированной историчности («истории без имен»[①]). Подлинное понимание в литературе и литературоведении всегда исторично и персонифицированно. Место и границы так называемых реалий. *Вещи, чреватые словом.*

Единство монолога и особое единство диалога.

Чистый эпос и чистая лирика не знают оговорок. Оговорочная речь появляется только в романе.

Влияние внетекстовой действительности на формирование художественного видения и художественной мысли писателя (и других творцов культуры).

Особенно важное значение имеют внетекстовые влияния на ранних этапах развития человека. Эти влияния облечены в слово (или в другие знаки), и эти слова — слова других людей, и прежде всего материнские слова. Затем эти «чужие слова» перерабатываются диалогически в «свои—чужие слова» с помощью других «чужих слов» (ранее

---

① Об идее «истории искусства без имен» в западноевропейском искусствознании конца XIX — начала XX в. (в том его направлении, которое охарактеризовано Бахтиным в работе об авторе и герое как «импрессивная эстетика») см.: Медведев П. Н. Формальный метод в литературоведении, с. 71 — 73.

услышанных), а затем и [в] свои слова (так сказать, с утратой кавычек), носящие уже творческий характер. Роль встреч, видений, «прозрений», «откровений» и т. п. Отражение этого процесса в романах воспитания или становления, в автобиографиях, в дневниках, в исповедях и т. п. См., между прочим: Алексей Ремизов «Подстриженными глазами. Книга узлов и закрут памяти»[①]. Здесь роль рисунков как знаков для самовыражения. Интересен с этой точки зрения «Клим Самгин» (человек как система фраз) «Несказанное», его особый характер и роль. Ранние стадии словесного осознания. «Подсознательное» может стать творческим фактором лишь на пороге сознания и слова (полусловесное-полузнаковое сознание). Как входят впечатления природы в контекст моего сознания. Они чреваты словом, потенциальным словом. «Несказанное» как *передвигающийся предел*, как «регулятивная идея» (в кантовском смысле) творческого сознания.

Процесс постепенного забвения авторов — носителей чужих слов. Чужие слова становятся анонимными, присваиваются (в переработанном виде, конечно); сознание *монологизуется*. Забываются и первоначальные диалогические отношения к чужим словам: они как бы впитываются, вбираются в освоенные чужие слова (проходя через стадию «своих—чужих слов»). Творческое сознание, монологизуясь, пополняется анонимами. Этот процесс монологизации очень важен. Затем монологизованное сознание как одно и единое целое вступает в новый диалог (уже с новыми внешними чужими голосами). Монологизованное творческое сознание часто объединяет и персонифицирует чужие слова, ставшие анонимными чужие голоса в особые символы: «голос самой жизни», «голос природы», «голос народа», «голос бога» и т. п. Роль в этом процессе *авторитетного слова*, которое обычно не утрачивает своего носителя, не становится анонимным.

Стремление овеществить внесловесные анонимные контексты (окружить себя несловесною жизнью). Один я выступаю как творческая говорящая личность, все остальное вне меня только вещные условия, как *причины*, вызывающие и определяющие мое слово. Я не беседую с ними — я *реагирую* на них механически, как вещь реагирует на внешние раздражения.

Такие речевые явления, как приказания, требования, заповеди, запрещения, обещания (обетования), угрозы, хвалы, порицания, брань, проклятия, благословения и т. п., составляют очень важную часть внеконтекстной действительности. Все они связаны с резко выраженной *интонацией*, способной переходить (переноситься) на любые слова и выражения, не имеющие прямого значения приказания, угрозы и т. п.

---

① *Ремизов А.* Подстриженными глазами. Книга узлов и закрут памяти. Париж, 1951. Главы из этой книги вошли в советское издание: Ремизов А. М. Избранное. М., 1978. О роли рисунков см. в главах «Краски», «Натура», «Слепец» (с. 435 — 445, 451 — 456 последнего издания).

Важен *тон*, отрешенный от звуковых и семантических элементов слова (и других знаков). Они определяют сложную *тональность* нашего сознания, служащую эмоционально-ценностным контекстом при понимании (полном, смысловом понимании) нами читаемого (или слышимого) текста, а также в более осложненной форме и при творческом создании (порождении) текста.

Задача заключается в том, чтобы *вещную* среду, воздействующую механически на личность, заставить заговорить, то есть раскрыть в ней потенциальное слово и тон, превратить ее в смысловой контекст мыслящей, говорящей и поступающей (в том числе и творящей) личности. В сущности, всякий серьезный и глубокий самоотчет-исповедь, автобиография, чистая лирика[①] и т. п. это делает. Из писателей наибольшей глубины в таком превращении вещи в смысл достиг Достоевский, раскрывая поступки и мысли своих главных героев. Вещь, оставаясь вещью, может воздействовать только на вещи же; чтобы воздействовать на личности, она должна раскрыть свой *смысловой потенциал*, стать словом, то есть приобщиться к возможному словесно-смысловому контексту.

При анализе трагедий Шекспира мы также наблюдаем последовательное превращение всей воздействующей на героев действительности в смысловой контекст их поступков, мыслей и переживаний: или это прямо слова (слова ведьм, призрака отца и проч.), или события и обстоятельства, переведенные на язык осмысливающего потенциального слова[②].

Нужно подчеркнуть, что здесь нет прямого и чистого приведения всего к одному знаменателю: вещь остается вещью, а слово — словом, они сохраняют свою сущность и только восполняются смыслом.

Нельзя забывать, что вещь и личность — *пределы*, а не абсолютные субстанции. Смысл не может (и не хочет) менять физические, материальные и другие явления, он не может действовать как материальная сила. Да он и не нуждается в этом: он сам сильнее всякой силы, он меняет тотальный смысл события и действительности, не меняя ни йоты в их действительном (бытийном) составе, все остается как было, но приобретает совершенно иной смысл (смысловое преображение бытия). Каждое слово текста преображается в новом контексте.

Включение слушателя (читателя, созерцателя) в систему (структуру) произведения. Автор (носитель слова) и *понимающий*. Автор, создавая свое произведение,

---

① См. анализ этих форм в ранней работе об авторе и герое (глава «Смысловое целое героя»).

② Ср. мысли о Шекспире, высказанные автором в написанной весной 1970 г. внутренней рецензии на рукопись книги Л. Е. Пинского «Шекспир» (М., 1971): «Л. Е. Пинский прекрасно раскрывает всемирность (в смысле символического охвата действием всего мира) и, так сказать, всевременность (в смысле охвата всего времени человеческого рода) трагедий Шекспира (особенно ярко при анализе «Короля Лира»), Сцена шекспировского театра — весь мир (Theatrum Mundi).

не предназначает его для литературоведа и не предполагает специфического литературоведческого *понимания*, не стремится создать коллектива литературоведов. Он не приглашает к своему пиршественному столу литературоведов.

Современные литературоведы (в большинстве своем структуралисты) обычно определяют имманентного произведению слушателя как всепонимающего, идеального слушателя; именно такой постулируется в произведении. Это, конечно, не *эмпирический* слушатель и не психологическое представление, образ слушателя в душе автора. Это абстрактное идеальное образование. Ему противостоит такой же абстрактный идеальный автор. При таком понимании, в сущности, идеальный слушатель является зеркальным отражением автора, дублирующим его. Он не может внести ничего своего, ничего нового в идеально понятое произведение и в идеально полный замысел автора. Он в том же времени и пространстве, что и сам автор, точнее, он, как и автор, вне времени и пространства (как и всякое абстрактное идеальное образование), поэтому он и не может быть *другим* (или чужим) для автора, не может иметь никакого *избытка*, определяемого другостью. Между автором и таким слушателем не может быть никакого взаимодействия, никаких активных драматических отношений, ведь это не голоса, а равные себе и друг другу абстрактные понятия[①]. Здесь возможны только механистические или математизированные, пустые тавтологические абстракции. Здесь нет ни грана персонификации.

Содержание как *новое*, форма как шаблонизированное, застывшее старое (знакомое) содержание. Форма служит необходимым мостом к новому, еще неведомому содержанию. Форма была знакомым и общепонятным застывшим старым мировоззрением. В докапиталистические эпохи между формой и содержанием был менее резкий, более плавный переход: форма была еще не затвердевшим, не полностью фиксированным, нетривиальным содержанием, была связана с результатами общего коллективного творчества, например с мифологическими системами. Форма была как бы имплицитным содержанием; содержание произведения развертывало уже заложенное в форме содержание, а не создавало его как нечто новое, в порядке индивидуально-творческой инициативы. Содержание, следовательно, в известной мере предшествовало произведению. Автор не выдумывал содержание своего произведения, а только развивал то, что уже было заложено в предании.

Наиболее стабильные и одновременно наиболее эмоциональные элементы — это

---

① Ср. аналогичные мысли в ранней работе автора: «Нет ничего пагубнее для эстетики, как игнорирование самостоятельной роли слушателя. Существует мнение, очень распространенное, что слушателя должно рассматривать как равного автору за вычетом техники, что позиция компетентного слушателя должна быть простым воспроизведением позиции автора.

символы; они относятся к форме, а не к содержанию.

Собственно семантическая сторона произведения, то есть *значение* его элементов (первый этап понимания), принципиально доступна любому индивидуальному сознанию. Но его ценностно-смысловой момент (в том числе и символы) значим лишь для индивидов, связанных какими-то общими условиями жизни (см. значение слова «символ»[1]) — в конечном счете узами братства на высоком уровне. Здесь имеет место *приобщение*, на высших этапах — приобщение к *высшей ценности* (в пределе абсолютной).

Значение эмоционально-ценностных восклицаний в речевой жизни народов. Но выражение эмоционально-ценностных отношений может носить не эксплицитно-словесный характер, а, так сказать, имплицитный характер в *интонации*. Наиболее существенные и устойчивые интонации образуют интонационный фонд определенной социальной группы (нации, класса, профессионального коллектива, кружка и т. п.). В известной мере можно говорить одними интонациями, сделав словесно выраженную часть речи относительной и заменимой, почти безразличной. Как часто мы употребляем не нужные нам по своему значению слова или повторяем одно и то же слово или фразу только для того, чтобы иметь материального носителя для нужной нам интонации.

Внетекстовый интонационно-ценностный контекст может быть лишь частично реализован при чтении (исполнении) данного текста, но в большей своей части, особенно в своих наиболее существенных и глубинных пластах, остается вне данного текста как диалогизующий фон его восприятия. К этому в известной степени сводится проблема *социальной* (внесловесной) обусловленности произведения.

Текст — печатный, написанный или устный = записанный — не равняется всему произведению в его целом (или «эстетическому объекту»). В произведение входит и необходимый внетекстовый контекст его. Произведение как бы окутано музыкой интонационно-ценностного контекста, в котором оно понимается и оценивается (конечно, контекст этот меняется по эпохам восприятия, что создает новое звучание произведения).

Взаимопонимание столетий и тысячелетий, народов, наций и культур обеспечивает сложное единство всего человечества, всех человеческих культур (сложное единство человеческой культуры), сложное единство человеческой литературы. Все это раскрывается только на уровне большого времени. Каждый образ нужно понять и оценить на уровне большого времени. Анализ обычно копошится на узком пространстве малого времени, то есть современности и ближайшего прошлого и представимого — желаемого или пугающего — будущего. Эмоционально-ценностные формы предвосхищения будущего в языке — речи (приказание, пожелание, предупреждение, заклинание и т. п.), мелко

---

[1] *Аверинцев С. С.* Символ. В кн.: КЛЭ, Т. 7. М., 1972, СТБ. 827.

человеческое отношение к будущему (пожелание, надежда, страх); нет понимания ценностных непредрешенности, неожиданности, так сказать, «сюрпризности», абсолютной новизны, чуда и т. п. Особый характер *пророческого* отношения к будущему. Отвлечение от себя в представлениях о будущем (будущее без меня).

Время театрального зрелища и его законы. Восприятие зрелища в эпохи наличия и господства религиозно-культовых и государственно-церемониальных форм. Бытовой этикет в театре.

Противопоставление природы и человека. Софисты, Сократ («Меня интересуют не деревья в лесу, а люди в городах»[1]).

Два предела мысли и практики (поступка) или два типа отношения (вещь и личность). Чем глубже личность, то есть ближе к личностному пределу, тем неприложимее генерализующие методы, генерализация и формализация стирают границы между гением и бездарностью.

Эксперимент и математическая обработка. Ставит вопрос и получает ответ — это уже личностная интерпретация процесса естественнонаучного познания и его субъекта (экспериментатора). История познания в ее результатах и история познающих людей. См. Марк Блок[2].

Процесс овеществления и процесс персонализации. Но персонализация ни в коем случае не есть субъективизация. Предел здесь не *я*, а *я* во взаимоотношении с другими личностями, то есть я и *другой, я и ты*.

Есть ли соответствие «контексту» в естественных науках? Контекст всегда персоналистичен (бесконечный диалог, где нет ни первого, ни последнего слова) — в естественных науках объектная система (бессубъектная).

Наша *мысль* и наша *практика*, не техническая, а *моральная* (то есть наши ответственные поступки), совершаются между двумя пределами: отношениями к *вещи* и отношениями к *личности*. *Овеществление* и *персонификация*. Одни наши акты (познавательные и моральные) стремятся к пределу овеществления, никогда его не достигая, другие акты — к пределу персонификации, до конца его не достигая.

Вопрос и *ответ* не являются логическими отношениями (категориями); их нельзя вместить в одно (единое и замкнутое в себе) сознание; всякий ответ порождает новый вопрос. Вопрос и ответ предполагают взаимную вненаходимость. Если ответ не порождает

---

[1] Платон. Федр. В переводе А. Н. Егунова: «Извини меня, добрый друг, я ведь любознателен, а местности и деревья ничему не хотят меня научить, не то что люди в городе» (Платон. Соч. в 4-х т., Т. 2. М., 1970, С. 163).

[2] *Блок М.* Апология истории или ремесло историка. М.: Наука, 1973.

из себя нового вопроса, он выпадает из диалога и входит в системное познание, по существу безличное.

Разные хронотопы спрашивающего и отвечающего и разные смысловые миры (*я* и *другой*). Вопрос и ответ с точки зрения третьего сознания и его «нейтрального» мира, где все *заменимо*, неизбежно деперсонифицируются.

Различие между *глупостью* (амбивалентной) и тупостью (однозначной).

Чужие освоенные («свои—чужие») и вечно живущие, творчески обновляющиеся в новых контекстах, и чужие инертные, мертвые слова, *«слова-мумии»*.

Основной вопрос Гумбольдта: множественность языков (предпосылка и фон проблематики — единство человеческого рода)[1]. Это в сфере языков и их формальных структур (фонетических и грамматических). В сфере же *речевой* (в пределах одного и любого языка) встает проблема своего и чужого слова.

1. Овеществление и персонификация. Отличие овеществления от «отчуждения». Два предела мышления; применение принципа дополнительности.

2. Свое и чужое слово. Понимание как превращение чужого в «*свое—чужое*». Принцип вненаходимости. Сложные взаимоотношения понимаемого и понимающего субъектов, созданного и понимающего и творчески обновляющего хронотопов. Важность добраться, углубиться до творческого ядра личности (в творческом ядре личность продолжает жить, то есть бессмертна).

3. Точность и глубина в гуманитарных науках. Пределом точности в естественных науках является идентификация (а = а). В гуманитарных науках точность — преодоление чуждости чужого без превращения его в чисто свое (подмены всякого рода, модернизация, неузнание чужого и т. п.).

Древняя стадия персонификации (наивная мифологическая персонификация). Эпоха овеществления природы и человека. Современная стадия персонификации природы (и человека), но без потери овеществления. См. природа у Пришвина по статье В. В. Кожинова[2]. На этой стадии персонификация не носит характера мифов, хотя и не враждебна им и пользуется часто их языком (превращенным в язык символов).

4. Контексты понимания. Проблема *далеких контекстов*. Нескончаемое обновление смыслов во всех новых контекстах. *Малое время* (современность, ближайшее прошлое и предвидимое (желаемое) будущее) и большое время — бесконечный и незавершимый

---

[1] *Гумбольдт В.* О различии строения человеческих языков и его влиянии на духовное развитие человеческого рода / Звегинцев В. А. История языкознания XIX — XX веков в очерках и извлечениях. Ч. 1. М., 1964, С. 85 — 87.

[2] *Кожаное В.* Не соперничество, а сотворчество // Литературная газета. 1973, 31 окт.

диалог, в котором ни один смысл не умирает. Живое в природе (органическое). Все неорганическое в процессе обмена вовлекается в жизнь (только в абстракции их можно противопоставлять, беря их отдельно от жизни).

Мое отношение к формализму: разное понимание спецификаторства; игнорирование содержания приводит к «материальной эстетике» (критика ее в статье 1924 года[①]); не «делание», а творчество (из материала получается только «изделие»); непонимание историчности и смены (механистическое восприятие смены). Положительное значение формализма (новые проблемы и новые стороны искусства); новое всегда на ранних, наиболее творческих этапах своего развития принимает односторонние и крайние формы.

Мое отношение к структурализму. Против замыкания в текст. Механические категории: «оппозиция», «смена кодов» (многостильность «Евгения Онегина» в истолковании Лотмана и в моем истолковании). Последовательная формализация и деперсонализация: все отношения носят логический (в широком смысле слова) характер. Я же во всем слышу *голоса* и диалогические отношения между ними. Принцип дополнительности я также воспринимаю диалогически. Высокие оценки структурализма. Проблема «точности» и «глубины». Глубина проникновения в *объект* (вещный) и глубина проникновения в *субъект* (персонализм).

В структурализме только один субъект — субъект самого исследователя. Вещи превращаются в *понятия* (разной степени абстракции); субъект никогда не может стать понятием (он сам говорит и отвечает). Смысл персоналистичен: в нем всегда есть вопрос, обращение и предвосхищение ответа, в нем всегда двое (как диалогический минимум). Это персонализм не психологический, но смысловой.

Нет ни первого, ни последнего слова и нет границ диалогическому контексту (он уходит в безграничное прошлое и в безграничное будущее). Даже *прошлые*, то есть рожденные в диалоге прошедших веков, смыслы никогда не могут быть стабильными (раз и навсегда завершенными, конченными) — они всегда будут меняться (обновляясь) в процессе последующего, будущего развития диалога. В любой момент развития диалога существуют огромные, неограниченные массы забытых смыслов, но в определенные моменты дальнейшего развития диалога, по ходу его они снова вспомнятся и оживут в обновленном (в новом контексте) виде. Нет ничего абсолютно мертвого: у каждого смысла будет свой праздник возрождения. Проблема *большого времени*.

---

① «Проблема содержания, материала и формы в словесном художественном творчестве» (см.: Бахтин М. Вопросы литературы и эстетики, С. 6 — 71).

▶▶ **原典选读 2**

Смысловое целое героя[①]

Поступок, самоотчет-исповедь, автобиография, лирический герой, биография, характер, тип, положение, персонаж, житие.

Архитектоника мира художественного видения упорядочивает не только пространственные и временные моменты, но и чисто смысловые; форма бывает не только пространственной и временной, но и смысловой. До сих пор нами были рассмотрены условия, при которых пространство и время человека и его жизни становятся эстетически значимыми; но эстетическую значимость приобретает и смысловая установка героя в бытии, то внутреннее место, которое он занимает в едином и единственном событии бытия, его ценностная позиция в нем, — она изолируется из события и художественно завершается; выбор определенных смысловых моментов события определяет собою и выбор соответствующих им трансгредиентных моментов завершения, что и выражается в различии форм смыслового целого героя. Рассмотрением их мы и займемся в настоящей главе. Нужно отметить, что пространственное, временное и смысловое целое в раздельности не существуют: как тело в искусстве всегда оживлено душой (хотя бы и умершей — в изображении усопшего), так и душа не может быть воспринята помимо занятой ею ценностно-смысловой позиции, вне спецификации ее как характера, типа, положения и проч.

<...>

2. Теперь нам предстоит рассмотреть автобиографию, ее героя и автора. Своеобразные, внутренне противоречивые, переходные формы от самоотчета-исповеди к автобиографии появляются на исходе средних веков, которые не знали биографических ценностей, и в раннем Возрождении. Уже «Historia calamitatum mearum» Абеляра[②] представляет собою такую смешанную форму, где на исповедальной основе с несколько человекоборческим оттенком появляются первые биографические ценности — начинается оплотнение души, только не в боге. Биографическая ценностная установка по отношению к своей жизни побеждает исповедальную у Петрарки, хотя не без борьбы. Исповедь или биография, потомки или бог, Августин или Плутарх, герой или монах — эта дилемма, со склонением ко второму члену, проходит через всю жизнь и произведения Петрарки и находит наиболее

---

① *Бахтин М. М.* Эстетика словесного творчества / Сост. С. Г. Бочаров, примеч. С. С. Аверинцев и С. Г. Бочаров. М.: Искусство, 1979. С121—162. （编者注）

② «История моих бедствий» французского философа-схоласта, теолога и поэта Абеляра (XII в.).

ясное выражение (несколько примитивное) в «Secretum»[①]. (Та же дилемма и во второй половине жизни Боккаччо.) Исповедальный тон часто врывается в биографическое самодовление жизни и ее выражение в эпоху раннего Возрождения. Но победа остается за биографическою Ценностью. (Такое же столкновение, борьбу, компромиссы или победу того или иного начала мы наблюдаем в Дневниках нового времени. Дневники бывают то исповедальными, то биографическими: исповедальны все поздние дневники Толстого, поскольку можно судить по имеющимся; совершенно автобиографичен дневник Пушкина, вообще все классические дневники, не замутненные ни одним покаянным тоном.)

Резкой, принципиальной грани между автобиографией и биографией нет, и это существенно важно. Разница, конечно, есть, и она может быть велика, но она лежит не в плане основной ценностной установки сознания. Ни в биографии, ни в автобиографии я-для-себя (отношение к себе самому) не является организующим, конститутивным моментом формы.

Мы понимаем под биографией или автобиографией (жизнеописанием) ту ближайшую трансгредиентную форму, в которой я могу объективировать себя самого и свою жизнь художественно. Мы будем рассматривать форму биографии лишь в тех отношениях, в каких она может служить для самообъективации, то есть быть автобиографией, то есть с точки зрения возможного совпадения в ней героя и автора или, точнее (ведь совпадение героя и автора есть contradictio in adjecto, автор есть момент художественного целого и как таковой не может совпадать в этом целом с героем, другим моментом его. Персональное совпадение «в жизни» лица, о котором говорится, с лицом, которое говорит, не упраздняет различия этих моментов внутри художественного целого. Ведь возможен вопрос: как я изображаю себя, в отличие от вопроса: кто я), с точки зрения особого характера автора в его отношении к герою. Автобиография как сообщение о себе сведений, хотя бы приведенных во внешне связанное целое рассказа, не осуществляющее художественно-биографических ценностей и преследующее какие-либо объективные или практические цели, нас здесь тоже не интересует. Нет художественно-биографического задания и у чисто научной формы биографии культурного деятеля — это чисто научно-историческое задание нас здесь тоже

---

① «Secretum» («Тайное»), другие варианты заглавия: «De contemptu mundi» («О презрении к миру»), «De secreto conflictu curarum mearum» («О тайном споре забот моих») — диалог Франческо Петрарки, возникший в 1342 — 1343 гг. и переработанный в 1353 — 1358 гг. Действующие лица диалога — сам Петрарка (Франциск), олицетворенная Истина и Бл. Августин. Содержание диалога — обсуждение образа жизни Петрарки, который и осуждается (Истиной и Августином, но отчасти и самим Петраркой) как грешный и защищается или, лучше сказать, внекритически описывается как объективная данность, не подлежащая переменам (основная позиция Петрарки как участника диалога). Ср. статью М. Гершензона «Франческо Петрарка» в кн.: Петрарка. Автобиография. Исповедь. Сонеты. СПб., 1914.

интересовать не может. Что касается до так называемых автобиографических моментов в произведении, то они могут быть весьма различны, могут носить исповедальный характер, характер чисто объективного делового отчета о поступке (познавательном поступке мысли, политическом, практическом и проч.) или, наконец, характер лирики; нас они могут интересовать лишь там, где они носят именно биографический характер, то есть осуществляют биографическую ценность.

Биографическая художественная ценность из всех художественных ценностей наименее трансгредиентна самосознанию, поэтому автор в биографии наиболее близок к герою ее, они как бы могут обменяться местами, поэтому-то и возможно персональное совпадение героя и автора за пределами художественного целого. Биографическая ценность может организовать не только рассказ о жизни другого, но и переживание самой жизни и рассказ о своей жизни, может быть формой осознания, видения и высказывания собственной жизни.

Биографическая форма наиболее «реалистична», ибо в ней менее всего изолирующих и завершающих моментов, активность автора здесь наименее преобразующа, он наименее принципиально использует свою ценностную позицию вне героя, почти ограничиваясь одною внешнею, пространственною и временною, вненаходимостью; нет четких границ характера, отчетливой изоляции, законченной и напряженной фабулы. Биографические ценности суть ценности общие у жизни и у искусства, то есть могут определять практические поступки как их цель; это форма и ценности эстетики жизни. Автор биографии — это тот возможный другой, которым мы легче всего бываем одержимы в жизни, который с нами, когда мы смотрим на себя в зеркало, когда мы мечтаем о славе, строим внешние планы жизни; возможный другой, впитавшийся в наше сознание и часто руководящий нашими поступками, оценками и видением себя самого рядом с нашим я-для-себя; другой в сознании, с которым внешняя жизнь может быть еще достаточно подвижна (напряженная внутренняя жизнь при одержимости другим, конечно, невозможна, здесь начинается конфликт и борьба с ним для освобождения своего я-для-себя во всей его чистоте — самоотчет-исповедь), который может, однако, стать двойником-самозванцем, если дать ему волю и потерпеть неудачу, но с которым зато можно непосредственно-наивно, бурно и радостно прожить жизнь (правда, он же и отдает во власть року, одержимая жизнь всегда может стать роковою жизнью). В наших обычных воспоминаниях о своем прошлом часто активным является этот другой, в ценностных тонах которого мы вспоминаем себя (при воспоминании детства это оплотнившаяся в нас мать). Манера спокойного воспоминания о своем далеко отошедшем прошлом эстетизованна и формально близка к рассказу (воспоминания в свете смыслового будущего — покаянные воспоминания). Всякая память прошлого немного эстетизованна, память будущего — всегда нравственна.

Этот одержащий меня другой не вступает в конфликт с моим я-для-себя, поскольку я не отрываю себя ценностно от мира других, воспринимаю себя в коллективе: в семье, в нации, в культурном человечестве; здесь ценностная позиция другого во мне авторитетна и он может вести рассказ о моей жизни при моем полном внутреннем согласии с ним. Пока жизнь течет в неразрывном ценностном единстве с коллективом других, она во всех моментах, общих с этим миром других, осмысливается, строится, организуется в плане возможного чужого сознания этой жизни, жизнь воспринимается и строится как возможный рассказ о ней другого другим (потомкам); сознание возможного рассказчика, ценностный контекст рассказчика организуют поступок, мысль и чувство там, где они приобщены в своей ценности миру других; каждый такой момент жизни может восприниматься в целом рассказа — истории этой жизни, быть на устах; мое созерцание своей жизни — только антиципация воспоминания об этой жизни других, потомков, просто родных, близких (различна бывает амплитуда биографичности жизни); ценности, организующие и жизнь и воспоминание, одни и те же. То, что этот другой не сочинен мною для корыстного использования, а является действительно утвержденной мною и определяющею мою жизнь ценностною силою (как определяющая меня в детстве ценностная сила матери), делает его авторитетным и внутренне понятным автором моей жизни; это не я средствами другого, а это сам ценный другой во мне, человек во мне. Внутренне любовно-авторитетный другой во мне является управляющим, а не я, низводя другого до средства (не мир других во мне, а я в мире других, приобщен к нему); нет паразитизма. Герой и рассказчик здесь легко могут поменяться местами: я ли начинаю рассказывать о другом, мне близком, с которым я живу одною ценностной жизнью в семье, в нации, в человечестве, в мире, другой ли рассказывает обо мне, я все равно вплетаюсь в рассказ в тех же тонах, в том же формальном облике, что и он. Не отделяя себя от жизни, где героями являются другие, а мир — их окружением, я — рассказчик об этой жизни как бы ассимилируюсь с героями ее. Рассказывая о своей жизни, в которой героями являются другие для меня, я шаг за шагом вплетаюсь, в ее формальную структуру (я не герой в своей жизни, но я принимаю в ней участие), становлюсь в положение героя, захватываю себя своим рассказом; формы ценностного восприятия других переносятся на себя там, где я солидарен с ними. Так рассказчик становится героем. Если мир других для меня ценностно авторитетен, он ассимилирует меня себе как другого (конечно, в тех именно моментах, где он авторитетен). Значительная часть моей биографии узнается мною с чужих слов близких людей и в их эмоциональной тональности: рождение, происхождение, события семейной и национальной жизни в раннем детстве (все то, что не могло быть понято ребенком или просто не могло быть воспринято). Все эти моменты необходимы для восстановления сколько-нибудь понятной и связной картины моей жизни и мира этой жизни, и все они узнаются мною — рассказчиком моей жизни из уст других героев ее. Без этих рассказов других жизнь моя не только была бы лишена содержательной полноты и ясности, но осталась бы и внутренне разрозненной, лишенной ценностного биографического единства. Ведь изнутри пережитые мною фрагменты моей жизни (фрагменты с точки зрения биографического целого) могут обрести лишь внутреннее единство я-для-себя (будущее единство задания), единство самоотчета-исповеди, но не биографии, ибо только заданное единство я-для-себя имманентно изнутри переживаемой жизни. Внутренний принцип единства не годен для биографического рассказа, мое я-для-себя ничего не могло бы рассказать; но эта ценностная позиция другого, необходимая для биографии, — ближайшая ко мне, я непосредственно втягиваюсь в нее через героев моей жизни — других и через рассказчиков ее. Так герой жизни может стать рассказчиком ее. Итак, только тесная, органическая ценностная приобщенность миру других делает авторитетной и продуктивной биографическую самообъективацию жизни, укрепляет и делает неслучайной позицию другого во мне, возможного автора моей жизни (твердой точку вне-нахождения себя, опора для нее — любимый мир других, от которых я себя не отделяю и которому я себя не противопоставляю, сила и власть ценностного бытия другости во мне, человеческой природы во мне, но не сырой и индифферентной, но мною же ценностно утвержденной и оформленной; впрочем, некоторой стихийности и она не лишена).

Возможны два основных типа биографического ценностного сознания и оформления жизни в зависимости от амплитуды биографического мира (широты осмысливающего ценностного контекста) и характера авторитетной другости; назовем первый тип авантюрно-героическим (эпоха Возрождения, эпоха «Бури и натиска», ницшеанство), второй — социально-бытовым (сентиментализм, отчасти реализм). Рассмотрим прежде всего особенности первого типа биографической ценности. В ос-авантюрно-героической биографической ценности 136 лежит следующее: воля быть героем, иметь значение в мире других, воля быть любимым и, наконец, воля изживать фабулизм жизни, многообразие внешней и внутренней жизни. Все эти три ценности, организующие жизнь и поступки биографического героя для него самого, в значительной степени эстетичны и могут быть ценностями, организующими и художественное изображение его жизни автором. Все три ценности индивидуалистичны, но это непосредственный, наивный индивидуализм, не оторванный от мира других, приобщенный бытию другости, нуждающийся в нем, питающий свою силу его авторитетностью (здесь нет противопоставления своего я — для — себя одинокого другому как таковому, свойственного человекоборческому типу самоотчета-исповеди). Этот наивный индивидуализм связан с наивным, непосредственным паразитизмом. Остановимся на первой ценности: стремление к героичности жизни, к приобретению значения в мире других, к славе.

Стремление к славе организует жизнь наивного героя, слава организует и рассказ о его жизни — прославление. Стремление к славе — это осознание себя в культурном человечестве истории (пусть нации), в возможном сознании этого человечества утвердить и построить свою жизнь, расти не в себе и для себя, а в других и для других, занять место в ближайшем мире современников и потомков. Конечно, и здесь будущее имеет организующее значение для личности, которая ценностно видит себя в будущем и управляется из этого будущего, но это не абсолютное, смысловое, а временное, историческое будущее (завтра), не отрицающее, но органически продолжающее настоящее; это будущее не я — для — себя, а других — потомков (когда чисто смысловое будущее управляет личностью, все эстетические моменты жизни для самой личности отпадают, теряют свою значимость, следовательно, и биографическая ценность для нее перестает существовать). Героизуя других, создавая пантеон героев, приобщиться ему, помещать себя в него, управляться оттуда своим желанным будущим образом, созданным наподобие других. Вот это органическое ощущение себя в героизованном человечестве истории, своей причастности ему, своего существенного роста в нем, укоренение и осознание, осмысливание в нем своих трудов и дней — таков героический момент биографической ценности. (Паразитизм здесь может быть более или менее силен в зависимости от веса чисто объективных смысловых ценностей для личности; стремление к славе и ощущение своей приобщенности к историко-героическому бытию могут быть только согревающим аккомпанементом, а управляться труды и дни [будут] чисто смысловыми значимостями, то есть временное будущее будет только легкою тенью замутнять смысловое, при этом биография будет разлагаться, заменяясь объективным деловым отчетом или самоотчетом-исповедью.)

Любовь — второй момент биографической ценности первого типа. Жажда быть любимым, осознание, видение и оформление себя в возможном чужом любящем сознании, [стремление] сделать желанную любовь другого движущей и организующей мою жизнь в целом ряде ее моментов силой — это тоже рост в атмосфере любящего сознания другого. В то время как героическая ценность определяет основные моменты и события жизни лично-общественной, лично-культурной и лично-исторической (gesta[①], основную волевую направленность жизни, любовь определяет ее эмоциональную взволнованность и напряженность, ценностно осмысливая и оплотняя все ее внешние и внутренние детали.

Тело, наружность моя, костюм, целый ряд внутренне-наружных подробностей души, детали и подробности жизни, не могущие иметь ценностного значения и отражения в историко-героическом контексте, в человечестве или в нации (все то, что исторически

---

① Деяния (латин.).

не существенно, но наличие в контексте жизни), — все это получает ценностный вес, осмысливается и формируется в любящем сознании другого; все узколичные моменты устрояются и управляются тем, чем я хотел бы быть в любящем сознании другого, моим предвосхищаемым образом, который должен быть ценностно создан в этом сознании (за вычетом, конечно, всего того, что ценностно определено и предопределено в моей внешности, в наружности, в манерах, в образе жизни и проч. бытом, этикетом, то есть тоже ценностным уплотнившимся сознанием других; любовь вносит индивидуальные и более эмоционально напряженные формы в эти внеисторические стороны жизни).

Человек в любви стремится как бы перерасти себя самого в определенном ценностном направлении в напряженной эмоциональной одержимости любящим чужим сознанием (формально организующая внешнюю и внутреннюю жизнь и лирическое выражение жизни роль возлюбленной в dolce stil nuovo[①]: в болонской школе Гвидо Гвиничелли, Данте, Петрарки). Жизнь героя для него самого стремится стать прекрасной и даже ощущает свою красоту в себе при этой напряженной одержимости желанным любящим сознанием другого. Но любовь переплескивается и в историко-героическую сферу жизни героя, имя Лауры сплетается с лавром (Laura — lauro)[②], предвосхищение образа в потомстве — с образом в душе возлюбленной, ценностно формирующая сила потомков сплетается с ценностной силой возлюбленной, [они] взаимно усиливают друг друга в жизни и сливаются в один мотив в биографии (и особенно в лирике) — так в поэтической автобиографии Петрарки.

Переходим к третьему моменту биографической ценности — к положительному приятию героем фабулизма жизни. Это жажда изживать фабулизм жизни, именно фабулизм, а не определенную и четко завершенную фабулу; переживать бытийную определенность жизненных положений, их смену, их разнообразие, но не определяющую и не кончающую героя смену, фабулизм, ничего не завершающий и все оставляющий открытым. Эта фабулическая радость жизни не равняется, конечно, чисто биологической жизненности; простое вожделение, потребность, биологическое влечение могут породить только фактичность поступка, но не его ценностное сознание (и еще менее оформление). Где жизненный процесс ценностно осознается и наполняется содержанием, там мы имеем фабулизм как ценностно утвержденный ряд жизненных свершений, содержательной данности жизненного становления. В этом ценностном плане сознания и жизненная борьба

---

① «Сладостный новый стиль» — сложившаяся в Тоскане промежуточная ступень между средневековым лиризмом трубадуров и любовной лирикой Ренессанса.

② Как известно, важнейшим событием жизни Петрарки было увенчание его на Капитолии лавровым венцом за поэтические заслуги. На его воображение действует созвучие между именем возлюбленной и словом «лавр» как символом восторженного, патетического славолюбия.

(биологическое самосохранение и приспособление организма) в определенных условиях ценностно утвержденного мира — этого мира с этим солнцем и проч. — становится авантюрною ценностью (она почти совершенно чиста от объективных смысловых значимостей — это игра чистой жизнью как фабулической ценностью, освобожденной от всякой ответственности в едином и единственном событии бытия). Индивидуализм авантюриста непосредствен и наивен, авантюрная ценность предполагает утвержденный мир других, в котором укоренен авантюрный герой, ценностным бытием которого он одержим; лишите его этой почвы и ценностной атмосферы другости (этой земли, этого солнца, этих людей) — и авантюрная ценность умрет, ей будет нечем дышать; критическая авантюрность невозможна; смысловая значимость ее разлагает, или она становится отчаянной (вывертом и надрывом). В божьем мире, на божьей земле и под божьим небом, где протекает житие, авантюрная ценность тоже, конечно, невозможна. Ценностный фабулизм жизни неосознанно оксюморен: радость и страдание, истина и ложь, добро и зло неразрывно слиты в единстве потока наивного жизненного фабулизма, ибо поступок определяет не смысловой контекст, нудительно противостоящий я — для — себя, но одержащий меня другой, ценностное бытие другости во мне (конечно, это не совершенно индифферентная к ценности стихийная сила природы, а ценностно утвержденная и оформленная природа в человеке, в этом смысле добро ценностно весомо именно как добро и зло, как зло, радость как радость и страдание как страдание, но их уравновешивает наиболее тяжелый ценностный вес самой содержательной данности жизни, самого человеческого бытия — другости во мне, отсюда их смысловая значимость не становится нудительно-безысходной, единственно решающей и определяющей жизнь силой, ибо в основе не лежит осознание единственности своего места в едином и единственном событии бытия перед лицом смыслового будущего).

Этот ценностный фабулизм, организующий жизнь и поступок — приключение героя, организует и рассказ о его жизни, бесконечную и безмысленную фабулу чисто авантюрной формы: фабулический и авантюрный интерес наивного автора — читателя не трансгредиентен жизненному интересу наивного героя.

Таковы три основных момента авантюрно-героической биографической ценности. Конечно, тот или другой момент может преобладать в определенной конкретной форме, но все три момента наличны в биографии первого типа. Эта форма ближе всего к мечте о жизни. Но только мечтатель (типа героя «Белых ночей») — это биографический герой, утерявший непосредственность, наивность и начавший рефлектировать.

Биографическому герою первого типа присущи и специфические мерила ценностей, биографические добродетели: мужество, честь, великодушие, щедрость и проч. Это наивная, уплотненная до данности нравственность: Добродетели преодоления нейтрального, стихийного природного бытия (биологического самосохранения и проч.) ради бытия же, но ценностно утвержденного (бытия другости), культурного бытия, бытия истории (застывший след смысла в бытии — ценный в мире других; органический рост смысла в бытии).

Биографическая жизнь первого типа — это как бы пляска в медленном темпе (пляска в ускоренном темпе — лирика), здесь все внутреннее и все внешнее стремятся совпасть в ценностном сознании другого, внутреннее — стать внешним, а внешнее — внутренним. Философская концепция, возникшая на основе существенных моментов первого типа биографии, — эстетизованная философия Ницше; отчасти концепция Якоби (но здесь религиозный момент — вера); современная биологически ориентированная философия жизни также живет привнесенными биографическими ценностями первого типа.

Переходим к анализу биографии второго типа — социально-бытовой. Во втором типе нет истории как организующей жизнь силы; человечество других, к которому приобщен и в котором живет герой, дано не в историческом (человечество истории), а в социальном разрезе (социальное человечество); это человечество живых (ныне живущих), а не человечество умерших героев и будущих жить потомков, в котором ныне живущие с их отношениями — лишь преходящий момент. В исторической концепции человечества в ценностном центре находятся исторические культурные ценности, организующие форму героя и героической жизни (не счастье и довольство, чистота и честность, а величие, сила, историческое значение, подвиг, слава и проч.); в социальной концепции ценностный центр занимают социальные и прежде всего семейные ценности (не историческая слава в потомстве, а «добрая слава» у современников, «честный и добрый человек»), организующие частную форму жизни, «житейской жизни», семейной или личной, со всеми ее обыденными, каждодневными деталями (не события, а быт), наиболее значительные события которой своим значением не выходят за пределы ценностного контекста семейной или личной жизни, исчерпывают себя в нем с точки зрения счастья или несчастья своего или ближних (круг которых в пределах социального человечества может быть как угодно широк). Нет в этом типе и авантюрного момента, здесь преобладает описательный момент — любовь к обычным предметам и обычным лицам, они создают содержательное, положительно ценное однообразие жизни (в биографии первого типа — великие современники, исторические деятели и великие события). Любовь к жизни в биографии этого типа — это любовь к длительному пребыванию любимых лиц, предметов, положений и отношений (не быть в мире и иметь в нем значение, а быть с миром, наблюдать и снова и снова переживать его). Любовь в ценностном контексте социальной биографии, конечно, соответствующим образом видоизменяется, вступая в связь уже не с лавром, а иными ценностями, свойственными этому контексту, но функция упорядочения и оформления деталей и внесмысловых подробностей жизни в плане ценностного сознания другого (ибо в плане самосознания они не могут быть осмыслены и упорядочены) остается за ней.

Во втором типе обыкновенно более индивидуализована манера рассказывания, но главный герой — рассказчик только любит и наблюдает, но почти не действует, не фабуличен, он переживает «каждый день», и его активность уходит в наблюдение и рассказ.

В биографии второго типа часто можно различить два плана: 1) сам рассказчик— герой, изображенный изнутри так, как мы переживаем себя самого в герое своей мечты и воспоминаний, слабо ассимилированный с окружающими другими; в отличие от них он сдвинут во внутренний план, хотя разность планов обычно не воспринимается резко; он лежит как бы на границе рассказа, то входя в него как биографический герой, то начиная стремиться к совпадению с автором — носителем формы, то приближаясь к субъекту самоотчета-исповеди (так в трилогии Толстого «Детство», «Отрочество» и «Юность»: в «Детстве» разнопланность почти не чувствуется, в «Отрочестве» и особенно в «Юности» она становится значительно сильнее: саморефлекс и психическая неповоротливость героя; автор и герой сближаются); 2) другие действующие лица; в их изображении много трансгредиентных черт, они могут быть не только характерами, но даже типами (эти трансгредиентные им моменты даны в сознании главного героя — рассказчика, собственно биографического героя, приближая его к автору). Их жизнь часто может иметь законченную фабулу, если только она не слишком тесно сплетена с жизнью биографического героя — рассказчика.

Двупланность в построении биографии говорит о начинающемся разложении биографического мира: автор становится критичным, его позиция вненаходимости всякому другому — существенной, его ценностная приобщенность миру других ослабляется, понижается авторитетность ценностной позиции другого. Биографический герой становится только видящим и любящим, а не живущим, противостоящие ему другие, начавшие ценностно отделяться от него, облекаются в существенно трансгредиентную форму. Таковы два основных типа биографической ценности. (Несколько дополнительных моментов биографической ценности: род, семья, нация, оправдание национальной определенности, внесмысловой национальной типичности, сословие, эпоха и ее внесмысловая типичность, колоритность. Идея отцовства, материнства и сыновства в биографическом мире. Социально-бытовая биография и реализм: исчерпать себя и свою жизнь в контексте современности. Изолировать ценностный контекст современности из прошлого и будущего. «Жизнь» берется из ценностного контекста журналов, газет, протоколов, популяризации наук, современных разговоров и проч. Биографическая ценность социально-бытового типа и кризис авторитетных трансгредиентных форм и их единства — автора, стиля.) Такова биографическая форма в своих основных разновидностях. Формулируем отчетливо отношение героя и автора в биографии.

Автор в своем творчестве героя и его жизни руководится теми самыми ценностями, которыми живет свою жизнь герой; автор принципиально не богаче героя, у него нет лишних, трансгредиентных моментов для творчества, которыми не владел бы герой для жизни; автор в своем творчестве только продолжает то, что уже заложено в самой жизни героев. Здесь нет принципиального противостояния эстетической точки зрения точке зрения жизненной, нет дифференциации: биография синкретична. Только то, что видел и хотел для себя и в себе в своей жизни [герой], только это видит и хочет в нем и для него автор. Герой с авантюрным интересом переживает свои приключения, и автор в своем изображении их руководится тем же интересом к приключениям; герой поступает намеренно героически, и автор героизует его с той же точки зрения. Ценности, руководящие автором в изображении героя, и внутренние возможности его — те же самые, что руководят жизнью героя, ибо жизнь его непосредственно и наивно эстетична (руководящие ценности эстетичны, точнее, синкретичны), в такой же мере непосредственно и наивно синкретично и творчество автора (его ценности не суть чисто эстетические ценности, не противоставляются жизненным, то есть познавательно-этическим ценностям), он не чистый художник, как и герой не чистый этический субъект. Во что верит герой, в то самое верит и автор как художник, что считает добрым герой, то считает добрым и автор, не противоставляя герою свою чисто эстетическую доброту; для автора герой не терпит принципиальной смысловой неудачи и, следовательно, не должен быть спасен на совершенно ином, трансгредиентном всей его жизни ценностном пути. Момент смерти героя учитывается, но не обессмысливает жизни, не являясь принципиальной опорой внесмыслового оправдания; жизнь, несмотря на смерть, не требует новой ценности, ее нужно только запомнить и закрепить так, как она протекала. Таким образом, в биографии автор не только согласен с героем в вере, убеждениях и любви, но и в своем художественном творчестве (синкретичном) руководится теми же ценностями, что и герой в своей эстетичной жизни. Биография — органический продукт органических эпох.

В биографии автор наивен, он связан родством с героем, они могут поменяться местами (отсюда возможность персонального совпадения в жизни, то есть автобиографичность). Конечно, автор как момент художественного произведения никогда не совпадает с героем, их двое, но между ними нет принципиальной противоставленности, их ценностные контексты однородны, носитель единства жизни — герой и носитель единства формы — автор принадлежат одному ценностному миру. Автору — носителю завершающего формального единства не приходится преодолевать чисто жизненное (познавательно-этическое), смысловое сопротивление героя; герой же в жизни своей одержим ценностно возможным автором — другим. Оба они — герой и автор — другие и принадлежат одному и тому же авторитетному ценностному миру других. В биографии мы не выходим за пределы мира других; и творческая активность автора не выводит нас за эти пределы — она вся в бытии другости, солидарна герою в его наивной пассивности. Творчество автора не акт, а бытие, а потому само необеспеченно и в нужде. Акт биографии несколько односторонен: здесь два сознания, но не две ценностные позиции, два человека, но не я и другой, а двое других. Принципиальный характер другости героя не выражен; задача внесмыслового спасения прошлого не встала во всей своей нудительной ясности. И здесь встреча двух сознаний, но они согласны, и ценностные миры их почти совпадают, принципиального избытка нет в мире автора; нет принципиального самоопределения двух сознаний друг против друга (одного в жизненном плане — пассивного, другого в эстетическом плане — активного).

Конечно, в самой глубине своей и автор биографии живет несовпадением с самим собою и со своим героем, он не отдает себя всего биографии, оставляя себе внутреннюю лазейку за границы данности, и жив он, конечно, этим избытком своим над бытием— данностью, но этот избыток не находит себе положительного выражения внутри самой биографии. Но некоторое отрицательное выражение он все же находит; избыток автора переносится в героя и его мир и не позволяет закрыть и завершить их.

Мир биографии не закрыт и не завершен, он не изолирован твердыми и принципиальными границами из единого и единственного события бытия. Правда, эта причастность единому событию косвенная, непосредственно биография приобщена ближайшему миру (роду, нации, государству, культуре), и этот ближайший мир, которому принадлежат и герой и автор, — мир другости несколько уплотнен ценностно, а следовательно, несколько изолирован, но эта изоляция естественно-наивная, относительная, а не принципиальная, эстетическая. Биография — это не произведение, а эстетизованный, органический и наивный поступок в принципиально открытом, но органически себе довлеющем ближайшем ценностно авторитетном мире. Биографическую жизнь и биографическое высказывание о жизни всегда овевает наивная вера, атмосфера ее тепла, биография глубоко доверчива, но наивно доверчива (без кризисов); она предполагает находящуюся вне ее и обымающую ее добрую активность, но это не активность автора, он сам в ней нуждается вместе с героем (ведь они оба пассивны и оба в одном мире бытия), эта активность должна лежать за границами всего произведения (ведь оно не завершено сполна и не изолировано); биография, как и самоотчет-исповедь, указует за свои границы. (Биографическая ценность, как одержимая другостыю, необеспеченна, биографически ценная жизнь висит на волоске, ибо она не может быть до конца внутренне обоснована; когда дух пробудится, она может упорствовать только путем неискренности с самой собою.)

Задание биографии рассчитано на родного читателя, причастного тому же миру другости; этот читатель занимает позицию автора. Критический читатель воспринимает биографию в известной степени как полусырой материал для художественного оформления и завершения. Восприятие обычно восполняет позицию автора до полной ценностной вненаходимости и вносит более существенные и завершающие трансгредиентные моменты.

Ясно, что так понятая и формулированная биография есть некоторая идеальная форма, предел, к которому стремятся конкретные произведения биографического характера или только биографические части конкретных небиографических произведений. Возможна, конечно, стилизация биографической формы критическим автором.

Там, где автор перестает быть наивным и сплошь укорененным в мире другости, где разрыв родства героя и автора, где он скептичен по отношению к жизни героя, там он может стать чистым художником; ценностям жизни героя он будет все время противоставлять трансгредиентные ценности завершения, будет завершать ее с принципиально иной точки зрения, чем она изнутри себя изживалась героем; там каждая строка, каждый шаг рассказчика будут стремиться использовать принципиальный избыток видения, ибо герой нуждается в трансгредиентном оправдании, взгляд и активность автора будут существенно охватывать и обрабатывать именно принципиально смысловые границы героя там, где его жизнь повернута вне себя; таким образом, между героем и автором пройдет принципиальная грань. Ясно, что целого героя биография не дает, герой не завершим в пределах биографической ценности.

Биография дарственна: я получаю ее в дар от других и для других, но наивно и спокойно владею ею (отсюда несколько роковой характер биографически ценной жизни). Конечно, граница между кругозором и окружением в биографии неустойчива и не имеет принципиального значения; момент вчувствования имеет максимальное значение. Такова биография.

<...>

4. Проблема характера как формы взаимоотношения героя и автора. Теперь мы должны перейти к рассмотрению характера исключительно только с точки зрения взаимоотношения в нем героя и автора; от анализа эстетических моментов структуры характера, поскольку они не имеют прямого отношения к нашей проблеме, мы, конечно, отказываемся. Поэтому сколько-нибудь полной эстетики характера мы здесь не дадим.

Характер резко и существенно отличается от всех рассмотренных нами до сих пор форм выражения героя. Ни в самоотчете-исповеди, ни в биографии, ни в лирике целое героя не являлось основным художественным заданием, не являлось ценностным центром художественного видения. (Герой всегда центр видения, но не его целое, не полнота и законченность его определенности.) В самоотчете-исповеди вообще нет художественного задания, нет поэтому и чисто эстетической ценности целого, данного, наличного целого. В биографии основным художественным заданием является жизнь как биографическая ценность, жизнь героя, но не его внутренняя и внешняя определенность, законченный образ его личности как основная цель. Важно не кто он, а что он прожил и что он сделал. Конечно, и биография знает моменты, определяющие образ личности (героизация), но ни один из них не закрывает личности, не завершает ее; герой важен как носитель определенной, богатой и полной, исторически значительной жизни; эта жизнь в ценностном центре видения, а не целое героя, самая жизнь которого в ее определенности является только характеристикой его.

Отсутствует задание целого героя и в лирике: в ценностном центре видения здесь внутреннее состояние или событие, отнюдь не являющееся только характеристикой переживающего героя, он только носитель переживания, но это переживание не закрывает и не завершает его как целое. Поэтому во всех разобранных до сих пор формах взаимоотношения героя и автора и возможна была такая близость между ними (и персональное совпадение за границами произведения), ибо всюду здесь активность автора не была направлена на создание и обработку отчетливых и существенных границ героя, а следовательно, и принципиальных границ между автором и героем. (Важен и героя и автора равно объемлющий мир, его моменты и положения в нем.)

Характером мы называем такую форму взаимоотношения героя и автора, которая осуществляет задание создать целое героя как определенной личности, причем это задание является основным: герой с самого начала дан нам как целое, с самого начала активность автора движется по существенным границам его; все воспринимается как момент характеристики героя, несет характерологическую функцию, все сводится и служит ответу на вопрос: кто он. Ясно, что здесь имеют место два плана ценностного восприятия, два осмысливающих ценностных контекста (из которых один ценностно объемлет и преодолевает другой): 1) кругозор героя и познавательно-этическое жизненное значение каждого момента (поступка, предмета) в нем для самого героя; 2) контекст автора-созерцателя, в котором все эти моменты становятся характеристиками целого героя, приобретают определяющее и ограничивающее героя значение (жизнь оказывается образом жизни). Автор здесь критичен (как автор, конечно): в каждый момент своего творчества он использует все привилегии своей всесторонней вненаходимости герою. В то же время и герой в этой форме взаимоотношения наиболее самостоятелен, наиболее жив, сознателен и упорен в своей чисто жизненной, познавательной и этической ценностной установке; автор сплошь противостоит этой жизненной активности героя и переводит ее на эстетический язык, для каждого момента жизненной активности героя создает трансгредиентное художественное определение. Всюду здесь отношение между автором и героем носит напряженный, существенный и принципиальный характер.

Построение характера может пойти в двух основных направлениях. Первое мы назовем классическим построением характера, второе — романтическим. Для первого типа построения характера основой является художественная ценность судьбы (мы придаем здесь этому слову совершенно определенное ограниченное значение, которое совершенно уяснится из дальнейшего).

Судьба — это всесторонняя определенность бытия личности, с необходимостью предопределяющая все события ее жизни; жизнь, таким образом, является лишь осуществлением (и исполнением) того, что с самого начала заложено в определенности бытия личности. Изнутри себя личность строит свою жизнь (мыслит, чувствует, поступает) по целям, осуществляя предметные и смысловые значимости, на которые направлена ее жизнь: поступает так потому, что так должно, правильно, нужно, желанно, хочется и проч., а на самом деле осуществляет лишь необходимость своей судьбы, то есть определенность своего бытия, своего лика в бытии. Судьба — это художественная транскрипция того следа в бытии, который оставляет изнутри себя целями регулируемая жизнь, художественное выражение отложения в бытии изнутри себя сплошь осмысленной жизни. Это отложение в бытии тоже должно иметь свою логику, но это не целевая логика самой жизни, а чисто художественная логика, управляющая единством и внутренней необходимостью образа. Судьба — это индивидуальность, то есть существенная определенность бытия личности, определяющая собой всю жизнь, все поступки личности: в этом отношении и поступок-мысль определяется не с точки зрения своей теоретически-объективной значимости, а с точки зрения ее индивидуальности — как характерная именно для данной определенной личности, как предопределенная бытием этой личности; так и все возможные поступки предопределены индивидуальностью, осуществляют ее. И самый ход жизни личности, все события ее и, наконец, гибель ее воспринимаются как необходимые и предопределенные ее определенною индивидуальностью — судьбой; и в этом плане судьбы—характера смерть героя является не концом, а завершением и вообще каждый момент жизни получает художественное значение, становится художественно необходимым. Ясно, что наше понимание судьбы отличается от обычного, очень широкого, ее понимания. Так, изнутри переживаемая судьба как некая внешняя иррациональная сила, определяющая нашу жизнь помимо ее целей, смысла, желаний, не является художественной ценностью судьбы в нашем смысле, ведь эта судьба не упорядочивает нашу жизнь для нас самих всю сплошь в необходимое и художественное целое, а, скорее, имеет чисто отрицательную функцию расстраивать нашу жизнь, которая упорядочивается или, вернее, стремится быть упорядоченной целями, смысловыми и предметными значимостями. Конечно, к этой силе возможно глубокое доверие, воспринимающее ее как промысел божий; промысел божий приемлется мною, но стать формой, упорядочивающей мою жизнь для меня самого, он, конечно, не может. (Можно любить свою судьбу заочно, но созерцать ее как необходимое, внутренне единое, законченное художественное целое, так, как мы созерцаем судьбу героя, мы не можем.) Логики промысла мы не понимаем, но только верим в нее, логику судьбы героя мы понимаем прекрасно и отнюдь не принимаем ее на веру (конечно, дело идет о художественном понимании и художественной убедительности судьбы, а не о познавательной). Судьба как художественная ценность трансгредиентна самосознанию. Судьба есть основная ценность, регулирующая, упорядочивающая и сводящая к единству все трансгредиентные герою моменты; мы пользуемся вненаходимостью герою, чтобы понять и увидеть целое его судьбы. Судьба — это не я-для-себя героя, а его бытие, то, что ему дано, то, чем он оказался; это не форма его заданности, а форма его данности. Классический характер и созидается как судьба. (Классический герой занимает определенное место в мире, в самом существенном он уже сплошь определился и, следовательно, погиб. Далее дана вся его жизнь в смысле возможного жизненного достижения. Все, что совершает герой, художественно мотивируется не его нравственной, свободной волей, а его определенным бытием: он поступает так, потому что он таков. В нем не должно быть ничего неопределенного для нас; все, что совершается и происходит, развертывается в заранее данных и предопределенных границах, не выходя за их пределы: совершается то, что должно совершиться и не может не совершаться.) Судьба — форма упорядочения смыслового прошлого; классического героя мы с самого начала созерцаем в прошлом, где никаких открытий и откровений быть не может.

Нужно отметить, что для построения классического характера как судьбы автор не должен слишком превозноситься над героем и не должен пользоваться чисто временными и случайными привилегиями своей вненаходимости. Классический автор использует вечные моменты вненаходимости, отсюда прошлое классического героя — вечное прошлое человека. Позиция вненаходимости не должна быть исключительной позицией, самоуверенной и оригинальной. (Родство еще не разорвано, мир ясен, веры в чудо нет.)

По отношению к мировоззрению классического героя автор догматичен. Его познавательно-этическая позиция должна быть бесспорной или, точнее, просто не привлекается к обсуждению. В противном случае был бы внесен момент вины и ответственности и художественное единство и сплошность судьбы были бы разрушены. Герой оказался бы свободен, его можно было бы привлечь к нравственному суду, в нем не было бы необходимости, он мог бы быть и другим. Там, где в героя внесена нравственная вина и ответственность (и, следовательно, нравственная свобода, свобода от природной и от эстетической необходимости), он перестает совпадать с самим собою, а позиция вненаходимости автора в самом существенном (освобождение другого от вины и ответственности, созерцание его вне смысла) оказывается потерянной, художественное трансгредиентное завершение становится невозможным.

Конечно, вина имеет место в классическом характере (герой трагедии почти всегда виновен), но это не нравственная вина, а вина бытия: вина должна быть наделена силою бытия, а не смысловою силою нравственного самоосуждения (прегрешение против личности божества, а не смысла, против культа и проч.). Конфликты внутри классического характера суть конфликты и борьба сил бытия (конечно, ценностно-природных сил бытия другости, а не физических и не психологических величин), а не смысловых значимостей (и долг и обязанность здесь ценностно-природные силы); эта борьба — внутренне драматический процесс, нигде не выходящий за пределы бытия-данности, а не диалектический, смысловой процесс нравственного сознания. Трагическая вина сплошь лежит в ценностном плане бытия-данности и имманентна судьбе героя; поэтому вина может быть совершенно вынесена за пределы сознания и знания героя (нравственная вина должна быть имманентна самосознанию, я должен осознавать себя в ней как я) в прошлое его рода (род есть ценностно-природная категория бытия другости); он мог совершить ее, не подозревая значения совершаемого; во всяком случае, вина — в бытии, как сила, а не впервые рождается в свободном нравственном сознании героя, он не сплошь свободный инициатор вины, здесь нет выхода за пределы категории ценностного бытия.

На какой ценностной почве вырастает классический характер, в каком ценностном культурном контексте возможна судьба как положительно ценная, завершающая и устрояющая художественно жизнь другого сила? Ценность рода как категории утвержденного бытия другости, затягивающего и меня в свой ценностный круг свершения, — вот почва, на которой возрастает ценность судьбы (для автора). Я не начинаю жизни, я не ценностно ответственный инициатор ее, у меня даже нет ценностного подхода к тому, чтобы быть активно начинающим ценностно-смысловой, ответственный ряд жизни; я могу поступать и оценивать на основе уже данной и оцененной жизни; ряд поступков начинается не из меня, я только продолжаю его (и поступки-мысли, и поступки-чувства, и поступки-дела); я связан неразрывным отношением сыновства к отчеству и материнству рода (рода в узком смысле, рода-народа, человеческого рода). В вопросе: «кто я?» звучит вопрос: «кто мои родители, какого я рода?» Я могу быть только тем, что я уже существенно есмь; свое существенное уже-бытие я отвергнуть не могу, ибо оно не мое, а матери, отца, рода, народа, человечества.

Не потому ценен мой род (или отец, мать), что он мой, то есть не я делаю его ценным (не он становится моментом моего ценного бытия), а потому, что я его, рода матери, отца; ценностно я сам не свой, меня ценностно нет в противоставлении моему роду. (Я могу отвергать и преодолевать в себе ценностно только то, что безусловно мое, в чем только я, в чем я нарушаю переданное мне родовое.) Определенность бытия в ценностной категории рода бесспорна, эта определенность дана во мне, и противостоять ей в себе самом я не могу; я для себя ценностно не существую еще вне его. Нравственное я-для-себя безродно (христианин чувствовал себя безродным, непосредственность небесного отчества разрушает авторитетность земного). На этой почве рождается ценностная сила судьбы для автора. Автор и герой принадлежат еще к одному миру, где ценность рода сильна еще (в той или иной ее форме: нация, традиция и проч.). В этом моменте вненаходимость автора находит себе ограничение, она не простирается до вненаходимости мировоззрению и мироощущению героя, герою и автору не о чем спорить, зато вненаходимость особенно устойчива и сильна (спор ее расшатывает). Ценность рода превращает судьбу в положительно ценную категорию эстетического видения и завершения человека (от него не требуется инициативы нравственной); там, где человек сам из себя начинает ценностно-смысловой ряд поступков, где он нравственно виновен и ответствен за себя, за свою определенность, там ценностная категория судьбы неприменима к нему и не завершает его. (Блок и его поэма «Возмездие».) (На этой ценностной почве покаяние не может быть сплошным и проникающим всего меня, не может вырасти чистый самоотчет-исповедь; всю полноту покаяния как бы знают только безродные люди.) Таков в основе своей классический характер.

Переходим ко второму типу построения характера — романтическому. В отличие от классического романтический характер самочинен и ценностно инициативен. Притом момент, что герой ответственно начинает ценностно-смысловой ряд своей жизни, в высшей степени важен. Именно одинокая и сплошь активная ценностно-смысловая установка героя, его познавательно-этическая позиция в мире, и является тем, что эстетически должен преодолеть и завершить автор. Предполагающая род и традицию ценность судьбы для художественного завершения здесь непригодна. Что же придает художественное единство и целостность, внутреннюю художественную необходимость всем трансгредиентным определениям романтического героя? Здесь лучше всего подойдет термин романтической же эстетики «ценность идеи». Здесь индивидуальность героя раскрывается не как судьба, а как идея или, точнее, как воплощение идеи. Герой, изнутри себя поступающий по целям, осуществляя предметные и смысловые значимости, на самом деле осуществляет некую идею, некую необходимую правду жизни, некий прообраз свой, замысел о нем бога. Отсюда его жизненный путь, события и моменты его, часто и предметное окружение несколько символизованы. Герой — скиталец, странник, искатель (герои Байрона, Шатобриана, Фауст, Вертер, Генрих фон Офтердинген и др.), и все моменты его ценностно-смысловых исканий (он хочет, любит, считает правдой и проч.) находят трансгредиентное определение как некие символические этапы единого художественного пути осуществления идеи. Лирические моменты в романтическом герое неизбежно занимают большое место (любовь женщины, как и в лирике). Та смысловая установка, которая отложилась в романтическом характере, перестала быть авторитетной и только лирически воспереживается.

Вненаходимость автора романтическому герою, несомненно, менее устойчива, чем это имело место в классическом типе. Ослабление этой позиции ведет к разложению характера, границы начинают стираться, ценностный центр переносится из границы в самую жизнь (познавательно-этическую направленность) героя. Романтизм является формою бесконечного героя: рефлекс автора над героем вносится вовнутрь героя и перестраивает его, герой отнимает у автора все его трансгредиентные определения для себя, для своего саморазвития и самопреодоления, которое вследствие этого становится бесконечным. Параллельно этому происходит разрушение граней между культурными областями (идея цельного человека). Здесь зародыши юродства и иронии. Часто единство произведения совпадает с единством героя, трансгредиентные моменты становятся случайными и разрозненными, лишаются своего единства. Или единство автора подчеркнуто условно, стилизованно. Автор начинает ждать от героя откровений. Попытка изнутри самосознания выдавить признание, возможное только через другого, обойтись без бога, без слушателей, без автора.

Продуктами разложения характера классического являются сентиментальный и реалистический характеры. Всюду здесь трансгредиентные моменты начинают ослаблять самостоятельность героя. Это происходит тем путем, что усиливается или нравственный элемент вненаходимости, или элемент познавательный (автор с высоты новых идей и теорий начинает рассматривать своего ошибающегося героя). В сентиментализме позиция вненаходимости используется не только художественно, но и нравственно (в ущерб художественности, конечно). Жалость, умиление, негодование и проч. — все эти этические ценностные реакции, ставящие героя вне рамок произведения, разрушают художественное завершение; мы начинаем реагировать на героя как на живого человека (реакция читателей на первых сентиментальных героев: бедную Лизу, Клариссу, Грандисона и проч., отчасти Вертера — невозможна по отношению к классическому герою), несмотря на то, что художественно он гораздо менее жив, чем герой классический. Несчастия героя уже не судьба, а их просто создают, причиняют ему злые люди, герой пассивен, он только претерпевает жизнь, он даже не погибает, а его губят. Для тенденциозных произведений сентиментальный герой наиболее подходит — для пробуждения внеэстетического социального сочувствия или социальной вражды. Позиция вненаходимости автора почти совершенно утрачивает существенные художественные моменты, приближаясь к позиции вненаходимости этического человека своим ближним (мы здесь совершенно отвлекаемся от юмора — могучей и чисто художественной силы сентиментализма). В реализме познавательный избыток автора низводит характер до простой иллюстрации социальной или какой-либо иной теории автора; на примере героев и их жизненных конфликтов (им — то не до теории) он решает свои познавательные проблемы (в лучшем случае по поводу героев автор только ставит проблему). Здесь проблемная сторона не инкарнирована герою и составляет активный познавательный избыток знания самого автора, трансгредиентный герою. Все эти моменты ослабляют самостоятельность героя.

Особое место занимает форма положения, хотя иногда она и является как продукт разложения характера. Поскольку положение чисто, то есть в центре художественного видения находится только определенность предметно-смыслового обстояния, в отвлечении от определенности его носителя — героя, оно выходит за пределы нашего рассмотрения. Там же, где оно является лишь разложением характера, ничего существенно нового оно не представляет. Таков в основных чертах характер как форма взаимоотношения героя и автора.

课后思考题

1. Как рассматривает Бахтин «понимание» (позицию понимания)?

2. Что характерно для гуманитарных наук по сравнению с точными науками, на взгляд Бахтина?

3. Какие формы смыслового целого героя выделяет Бахтин?

4. Как рассматривает Бахтин характер с точки зрения взаимоотношения героя и автора?

▶ **推荐阅读材料** ◀

1. *Бахтин М. М.* Творчество Франсуа Рабле и народная культура средневековья и Ренессанса. М.: Художественная литература, 1990.

2. *Бахтин М. М.* Проблемы поэтики Достоевского. М.: Сов. Россия, 1963; 1974; 1979 (4-е изд Киев, 1994 (5-е изд)

3. Вопросы литературы и эстетики. Исследования разных лет. М.: Художественная литература, 1975.

4. *Бахтин М. М.* Эстетика словесного творчества. М.: Искусство, 1979.

5. *Бахтин М. М.* Литературно-критические статьи. М.: Художественная литература, 1986.

第十讲拓展资源

第十一讲

Структурно-семиотическая концепция Ю. М. Лотмана

Художественный текст — сложно построенный смысл. Все его элементы суть элементы смысловые.

—Ю. М. Лотман

预习思考题

1. Сделайте краткое сообщение о Ю. М. Лотмане. (О его личной биографии, научных интересах, вкладе в теорию литературы и культуры)

2. Что такое структурализм? И как сформировалась структуральная поэтика у Ю. М. Лотмана?

▶▶ **原典选读 1**

Текст как смыслопорождающее устройство

Три функции текста^①

В системе, разработанной Соссюром и надолго определившей направление семиотической мысли, очевидно предпочтение исследованиям языка, а не речи, структуры кода, а не текста. Речь и ее отграниченная артикулированная ипостась — текст — интересуют лингвиста лишь как сырой материал, манифестация языковой структуры. Все, что релевантно в речи (*resp.* тексте), дано в языке (*resp.* коде). Элементы, присутствующие в тексте, но не имеющие соответствия в коде, носителями смысла не являются. Этому соответствует решительное заявление Соссюра: «Надо с самого начала встать на почву языка и считать его нормой для всех прочих проявлений речевой деятельности»^②. Принять язык за норму — означает сделать его точкой научного отсчета в определении существенного и несущественного для языковой деятельности. Естественно, что все, не имеющее соответствия в языке (коде), при дешифровке сообщения «снимается». После того, как из руды речи выплавлен металл языковой структуры, остается только шлак. Именно в этом смысле наука о языке может обойтись без анализа речи.

Но за этой научной позицией стоит целый комплекс прямо не выраженных, почти бытовых представлений о функции языка. Если ученого-лингвиста интересует структура языка, извлекаемая из текста, то бытового получателя информации занимает содержание сообщения. В обоих случаях текст выступает как нечто, ценное не само по себе, а лишь в качестве своего рода упаковки, из недр которой извлекается объект интереса.

Для получателя сообщения представляется естественной такая логическая последовательность:

---

① *Лотман Ю. М.* Внутри мыслящих миров. Человек — текст — семиосфера — история. М.: Язык русской культуры, 1996. С. 11 — 22. （编者注）

② Русский перевод (Соссюр Ф. Труды по языкознанию. 1977. С. 47) дает: «считать его основанием (norme)». Думается, что это сдвигает смысл французского оригинала (см.: *Saussure F.* de. Cours de linguistique générale / Ed. critique préparée par T. de Mauro. Paris, 1962. P. 25.).

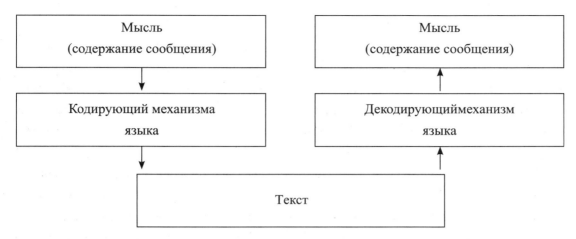

Конечно, следовало бы вспомнить предостережение Э. Бенвениста. Он указывал, что из факта неосознанности производимых нами языковых операций и из того, что «мы можем сказать все, что угодно»,

<...> проистекает то широко распространенное <...> убеждение, будто процесс мышления и речь — это два различных в своей основе рода деятельности, которые соединяются лишь в практических целях коммуникации, но каждый из них имеет свою область и свои самостоятельные возможности; причем язык предоставляет разуму средства для того, что принято называть выражением мысли.

И далее:

Конечно, язык, когда он проявляется в речи, используется для передачи «того, что мы хотим сказать»». Однако явление, которое мы называем „то, что мы хотим сказать”», или „то, что у нас на уме”», или „наша мысль”», или каким-нибудь другим именем, — это явление есть содержание мысли; его весьма трудно определить как некую самостоятельную сущность, не прибегая к терминам „намерение”» или „психическая структура”», и т. п. Это содержание приобретает форму, лишь когда оно высказывается, и только таким образом. Оно оформляется языком и в языке <...>[①].

Однако можно себе представить некоторый смысл, который остается инвариантным при всех трансформациях текста. Этот смысл можно представить как дотекстовое сообщение, реализуемое в тексте. На такой презумпции построена модель «смысл — текст» (см. о ней далее). При этом предполагается, что в идеальном случае информационное содержание не меняется ни качественно, ни в объеме: получатель декодирует текст и получает исходное сообщение. Опять текст выступает лишь как «техническая упаковка»

① См.: *Бенвенист Э.* Общая лингвистика / Пер. с фр. Ред., коммент. и вступ. ст. Ю. С. Степанова. М.: Прогресс, 1974. С. 104 — 105; ср.: Benveniste É. Problèmes de linguistique générale. Paris, 1966. P. 63 — 64.

сообщения, в котором заинтересован получатель.

За таким взглядом на работу семиотического механизма стоит убеждение в том, что целью его является адекватная передача некоторого сообщения. Система работает «хорошо», если сообщение, полученное адресатом, полностью идентично отправленному адресантом, и «плохо», если между этими текстами наличествуют различия. Эти различия квалифицируются как «ошибки», на избежание которых работают специальные механизмы структуры (избыточность, в частности).

Убеждение это не беспочвенно: оно указывает на исключительно существенную функцию семиотических структур. Однако нельзя не признать, что стоит нам принять эту функцию за единственную или даже основную, как мы окажемся перед рядом парадоксов.

Если увидеть в адекватности передачи сообщения основной критерий оценки эффективности семиотических систем, то придется признать, что все естественно возникшие языковые структуры устроены в достаточной мере плохо. Для того, чтобы достаточно сложное сообщение было воспринято с абсолютной идентичностью, нужны условия, в естественной ситуации практически недостижимые: для этого требуется, чтобы адресант и адресат пользовались полностью идентичными кодами, то есть, фактически, чтобы они в семиотическом отношении представляли бы как бы удвоенную одну и ту же личность, поскольку код включает не только определенный двумерный набор правил шифровки — дешифровки сообщения, но обладает многомерной иерархией. Даже утверждение, что оба участника коммуникации пользуются одним и тем же естественным языком (английским, русским, эстонским и т. д.), не обеспечивает тождественности кода, так как требуется еще единство языкового опыта, тождественность объема памяти. А к этому следует присоединить единство представлений о норме, языковой референции и прагматике. Если добавить влияние культурной традиции (семиотической памяти культуры) и неизбежную индивидуальность, с которой эта традиция раскрывается тому или иному члену коллектива, то станет очевидно, что совпадение кодов передающего и принимающего в реальности возможно лишь в некоторой весьма относительной степени. Из этого неизбежно вытекает относительность идентичности исходного и полученного текстов. С этой точки зрения, действительно, может показаться, что естественный язык плохо выполняет порученную ему работу. О языке поэзии и говорить не приходится.

Таким образом, делается очевидно, что для полной гарантии адекватности переданного и полученного сообщения необходим искусственный (упрощенный) язык и искусственно-упрощенные коммуниканты: со строго ограниченным объемом памяти и полным вычеркиванием из семиотической личности ее культурного багажа. Созданный таким образом механизм сможет обслужить лишь ограниченный круг семиотических потребностей; универсализм, присущий естественным языкам, ему будет в принципе чужд.

Можно ли считать, что эта искусственная модель должна считаться образцом языка как такового, его идеалом, от которого он отличается лишь несовершенством — естественным результатом «неразумного» творчества Природы? Искусственные языки моделируют не язык как таковой, а одну из его функций — способность к адекватной передаче сообщения, ибо, достигая совершенства в ее реализации, семиотические структуры утрачивают способность обслуживать другие, присущие им в естественном состоянии.

Каковы же эти функции?

Здесь, прежде всего, следует назвать творческую. Всякая осуществляющая весь набор семиотических возможностей система не только передает готовые сообщения, но и служит генератором новых.

Что же мы будем называть «новыми сообщениями»? Прежде всего договоримся, что мы *не будем* их так называть. Сообщения, полученные из некоторых исходных в результате однозначных преобразований, то есть сообщения, являющиеся плодом симметричных преобразований исходного (запуская преобразование в обратном порядке, получаем исходный текст), мы не будем считать новыми. Если перевод с языка L_1 текста T_1 на язык L_2 приводит к появлению текста T_2 такого рода, что при операции обратного перевода мы получаем исходный текст T_1, то мы не будем считать текст T_2 новым по отношению к T_1. Так, с этой точки зрения, правильное решение математических задач новых текстов не создает. Здесь можно вспомнить положение Л. Витгенштейна, согласно которому в пределах логики нельзя сказать ничего нового.

Полярную противоположность искусственным языкам представляют семиотические системы, в которых креативная функция наиболее сильна: очевидно, что если самое посредственное стихотворение перевести на другой язык (то есть на язык другой стихотворной системы), то операция обратного перевода не даст исходного текста. Самый факт возможности многократного художественного перевода одного и того же стихотворения различными переводчиками свидетельствует о том, что вместо точного соответствия тексту T_1 в этом случае сопоставлено некоторое пространство. Любой из заполняющих его текстов $T_1, T_2, T_3... Tn$ будет возможной интерпретацией исходного текста. Вместо точного соответствия — одна из возможных интерпретаций, вместо симметричного преобразования — асимметричное, вместо тождества элементов, составляющих T_1 и T_2, — условная их эквивалентность. При переводе французской поэзии на русский язык передача французского двенадцатисложного силлабического стиха русским шестистопным силлабо-тоническим ямбом представляет собой условность, дань сложившейся традиции. Однако в принципе возможен и перевод французской силлабики с помощью русской силлабики. Переводчик оказывается перед необходимостью сделать выбор. Еще большая неопределенность возникает, например, при трансформации романа в кинофильм.

Возникающий в этих случаях текст мы будем рассматривать как новый, а создающий его акт перевода — как творческий. Схему адекватной передачи текста при пользовании искусственным языком можно представить в следующем виде:

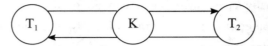

Здесь передающий и принимающий пользуются единым кодом К.

Схема художественного перевода показывает, что передающий и принимающий пользуются различными кодами K_1 и K_2, пересекающимися, но не идентичными. В случае обратного перевода это даст не исходный, а некоторый третий текст T_3. Еще ближе к реальному процессу циркуляции сообщений случай, когда перед передающим оказывается не один код, а некоторое множественное пространство кодов k_1, k_2,..., k_n, каждый из которых — сложное иерархическое устройство и допускает порождение некоторого множества текстов, в равной мере ему соответствующих. Асимметрическая направленность, постоянная потребность выбора делают в этом случае перевод актом порождения новой информации и реализуют творческую функцию как языка, так и текста.

Особенно показательна ситуация, когда между кодами существует не просто различие, а ситуация взаимной непереводимости (например, при переводе словесного текста в иконический). Перевод осуществляется с помощью принятой в данной культуре условной системы эквивалентностей. Так, например, при передаче словесного текста живописным (например, картина на евангельский сюжет) пространство темы будет в кодах пересекаться, а пространства языка и стиля — лишь условно соотноситься в пределах данной традиции. Комбинация переводимости — непереводимости (с разной степенью того и другого) определяет креативную функцию.

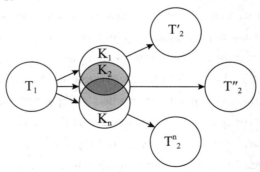

Поскольку смыслом в данном случае оказывается не только тот инвариантный остаток, который сохраняется при разнообразных трансформационных операциях, но и то, что при этом изменяется, мы можем констатировать приращение смысла текста в процессе этих трансформаций.

Следует отметить еще одну особенность. При пользовании искусственными языками (или естественным и поэтическим языками как искусственными, например, передавая роман Толстого краткой аннотацией сюжета) мы отделяем смысл от языка. При сложных операциях смыслопорождения язык неотделим от выражаемого им содержания. В этом последнем случае мы имеем уже не только сообщение на языке, но и сообщение о языке, сообщение, в котором интерес перемещается на его язык. Это и есть та направленность сообщения на код, в которой Р. О. Якобсон видел основной признак художественного текста.

В этом случае многие явления парадоксально перемещаются. Так, например, при ориентации на константность сообщения тот факт, что язык предшествует сообщению на нем и заранее дан обоим участникам коммуникации, представляется настолько естественным, что специально не оговаривается; даже в сложных случаях получатель сначала по каким-либо сигналам опознает, каким из известных ему кодов зашифровано сообщение, а затем уже приступает к «чтению». Когда герои романа Ж. Верна «Дети капитана Гранта» извлекли из бутылки три фрагмента документа, они прежде всего установили, что один из них написан на английском, другой на немецком, третий на французском языках, а потом уже занялись реконструкцией смысла разрушенного документа.

Во втором случае возможен противоположный порядок: сначала дан документ, а затем уже реконструируется его язык. Такой порядок вполне обычен, когда мы получаем в руки обломок далекой от нас культуры. Речь может идти не только о словесных текстах на неизвестных языках, но и о вырванных из контекстов памятниках искусства и материальной культуры, функции и смысл которых археологу предстоит реконструировать. Еще более обычен этот случай в истории искусства, так как всякое новаторское художественное произведение является sui generis произведением на неизвестном аудитории языке, который еще должен быть реконструирован и усвоен адресатами. Возможность такого «самообучения» адресата обуславливается, во-первых, тем, что в любом, даже предельно индивидуализованном, языке, не все индивидуально: неизбежно наличествуют уровни, общие для обоих участников коммуникации, служащие базой для реконструкции. Во-вторых, это «индивидуальное» и новое неизбежно стоит на определенной традиции, память о которой актуализована в тексте. Наконец, в-третьих, язык искусства неизбежно гетерогенен и, предельно удаляясь от полюса мета — и искусственных языков, он — парадоксально — обязательно включает элементы рефлексии над собой, то есть метаязыковые структуры. Опыт европейского авангарда убедительно свидетельствует, что чем индивидуальнее художественный язык, тем более места занимает авторская рефлексия, направленная на язык и включенная в его же структуру. Текст сознательно превращается в урок языка.

Итак, спектр текстов, заполняющих пространство культуры, нам рисуется как расположенный на оси, полюса которой образуют искусственные языки, с одной стороны, и художественные — с другой. Остальные помещаются на разных точках оси, тяготея то к одному, то к другому полюсу. При этом надо иметь в виду, что полюса этой оси — абстракция, не осуществимая в реальных языках: как невозможны искусственные языки без некоторого, хотя бы зачаточного синонимизма и других «поэтических» элементов, так неизбежны метаязыковые тенденции в языках с демонстративной тенденцией к «чистому» поэтизму.

Следует учитывать также, что место текста на названной выше оси подвижно: читающий может оценивать соотношение «поэтического» и «информационного» в тексте иначе, чем автор. Когда Асеев пишет:

> Я запретил бы «Продажу овса и сена»...
> Ведь это пахнет убийством Отца и Сына?—
>
> (Асеев 1963—1964, I: 50)[1],

а зашедший в город крестьянин у Пильняка читает:

> «Коммутаторы, аккумуляторы»

как

> — Ком-му... таторы, а... кко-му... ляторы <...>
>
> (Пильняк 1927, 125)[2],

то очевидно, что такой текст — вывеска — в первом случае читается как поэтический, а во втором — как пословица; в первом случае незакономерно высвечивается звуковая сторона, во втором — синтагматика деформируется по законам построения паремии.

Возможность выбора одной из двух позиций за точку отсчета в подходе к языку влечет существенные последствия. В одном случае информационная (в узком смысле) точка зрения представит язык как машину передачи неизменных сообщений, а поэтический язык предстанет как частный и, в общем, странный уголок этой системы. В нем будут видеть лишь естественный язык с наложенными на него добавочными ограничениями и,

---

① *Асеев Н.* Собр. соч. В 5 т. М.: Издательство художественной литературы, 1963. Т. 1. С. 50.

② *Пильняк Б.* Голый год. М.; Л.: Государственное издательство, 1927. С. 125.

следовательно, со значительно суженной информационной емкостью.

Однако возможен и другой взгляд, также неоднократно демонстрировавшийся в лингвистике: творческая функция будет рассматриваться в качестве универсального свойства языка, а поэтический язык — в качестве наиболее представительной демонстрации языка как такового. Именно противостоящие ему семиотические модели окажутся тогда частной областью языкового пространства.

С этой точки зрения исключительно интересен исторический «спор» между гениальными лингвистами Ф. Соссюром и Р. О. Якобсоном.

Соссюр отчетливо представлял себе именно первую функцию как главный принцип языка. Отсюда четкость его оппозиций, подчеркивание универсального значения принципа условности в связи означаемого и означающего и т. д. А за ним рисуется культура XIX в. с ее верой в позитивную науку, убеждением, что понимание есть благо, а непонимание — абсолютное зло, с всеобщей грамотностью, романами Золя и Гонкуров. Р. О. Якобсон был и оставался человеком авангардистской культуры, его первая книга «Новейшая русская поэзия. Набросок первый» (1921) явилась как бы блистательным прологом всей его научной деятельности. Язык Хлебникова, язык русских футуристов был для Якобсона не аномалией, а наиболее последовательной реализацией структуры языка и одним из важнейших импульсов для его последующих фонологических разысканий. С опытом работы с художественным языком связана чуткость Якобсона к эстетической стороне семиотических систем. Это объясняет тот нажим, с которым он критикует Соссюра, атакуя центральный для последнего принцип условности связи между означающим и означаемым в знаке 1. Действительно, язык художественного текста приобретает вторичные черты иконизма, что отражается на возникновении вопроса «непереводимости» поэтического языка. В названной статье Якобсон исключительно тонко вскрывает черты иконизма, присущие языку каждодневного общения, то есть наличие потенциального художественного начала в языке как таковом. Если академик А. Н. Колмогоров еще в начале 1960-х гг. показал, что на искусственных языках нельзя писать стихов, то Р. О. Якобсон убедительно продемонстрировал потенциальный иконизм и, следовательно, наличие художественного аспекта в естественных языках, подтвердив тем самым мысль А. А. Потебни о том, что вся сфера языка принадлежит искусству.

Третья функция текста — функция памяти. Текст — не только генератор новых смыслов, но и конденсатор культурной памяти. Текст обладает способностью сохранять память о своих предшествующих контекстах. Без этого историческая наука была бы невозможна, так как культура (и шире — картина жизни) предшествующих эпох доходит до нас неизбежно во фрагментах. Если бы текст оставался в сознании воспринимающего только самим собой, то прошлое представлялось бы нам мозаикой несвязанных отрывков.

Но для воспринимающего текст — всегда метонимия реконструируемого целостного значения, дискретный знак недискретной сущности. Сумма контекстов, в которых данный текст приобретает осмысленность и которые определенным образом как бы инкорпорированы в нем, может быть названа памятью текста. Это создаваемое текстом вокруг себя смысловое пространство вступает в определенные соотношения с культурной памятью (традицией), отложившейся в сознании аудитории. В результате текст вновь обретает семиотическую жизнь.

Любая культура постоянно подвергается бомбардировке со стороны падающих на нее, подобно метеоритному дождю, случайных отдельных текстов. Речь идет не о текстах, включенных в определенную связную традицию, оказывающую влияние на ту или иную культуру, а именно об отдельных возмущающих вторжениях. Это могут быть обломки других цивилизаций, случайно выкапываемые из земли, случайно занесенные тексты отдаленных во времени или пространстве культур. Если бы тексты не имели своей памяти и не могли бы создавать вокруг себя определенной семантической ауры, все эти вторжения так и оставались бы музейными раритетами, находящимися вне основного культурного процесса. На самом деле они оказываются важными факторами, провоцирующими динамику культуры. Связано это с тем, что текст, подобно зерну, содержащему в себе программу будущего развития, не является застывшей и неизменно равной самой себе данностью. Внутренняя не-до-конца-определенность его структуры создает под влиянием контактов с новыми контекстами резерв для его динамики.

У этого вопроса есть и другой аспект. Казалось бы, что текст, проходя через века, должен стираться, терять содержащуюся в нем информацию. Однако в тех случаях, когда мы имеем дело с текстами, сохраняющими культурную активность, они обнаруживают способность накапливать информацию, то есть способность памяти. Ныне «Гамлет» — это не только текст Шекспира, но и память обо всех интерпретациях этого произведения и, более того, память о тех вне текста находящихся исторических событиях, с которыми текст Шекспира может вызывать ассоциации. Мы можем забыть то, что знал Шекспир и его зрители, но мы не можем забыть то, что мы узнали после них. А это придает тексту новые смыслы.

▶▶ **原典选读 2**

СЕМИОСФЕРА

Семиотическое пространство[①]

Наши рассуждения до сих пор строились по общепринятой схеме: в основу брался отдельный изолированный коммуникационный акт, и исследовались возникающие при этом отношения между адресантом и адресатом. При таком подходе полагается, что изучение изолированного факта обнаруживает все основные черты семиозиса, которые можно в дальнейшем экстраполировать на более сложные семиотические процессы. Такой подход удовлетворяет известному третьему правилу «Рассуждения о методе» Декарта:

<...> придерживаться определенного порядка мышления, начиная с предметов наиболее простых и наиболее легко познаваемых и восходя постепенно к познанию наиболее сложного <...>[②].

Кроме того, это отвечает научной привычке, ведущей свое начало со времен Просвещения: строить «робинзонаду» — вычленять изолированный объект, придавая ему в дальнейшем значение общей модели.

Однако для того, чтобы такое вычленение было корректным, необходимо, чтобы изолированный факт позволял моделировать все свойства явления, на которое будут экстраполироваться выводы. В данном случае этого сказать нельзя. Устройство, состоящее из адресанта, адресата и связывающего их единственного канала, еще не будет работать. Для этого оно должно быть погружено в семиотическое пространство. Все участники коммуникации должны уже иметь какой-то опыт, иметь навыки семиозиса. Таким образом, семиотический опыт должен парадоксально предшествовать любому семиотическому акту. Если по аналогии с биосферой (В. И. Вернадский) выделить семиосферу, то станет очевидно, что это семиотическое пространство не есть сумма отдельных языков, а представляет собой условие их существования и работы, в определенном отношении, предшествует им и постоянно взаимодействует с ними. В этом отношении язык есть функция, сгусток семиотического пространства, и границы между ними, столь четкие в грамматическом самоописании языка, в семиотической реальности представляются размытыми и полными переходных форм. Вне семиосферы нет ни коммуникации, ни языка. Конечно, и одноканальная структура есть реальность. Самодовлеющая одноканальная система — допустимый механизм для передачи предельно простых сигналов и вообще для

---

① *Лотман Ю. М.* Внутри мыслящих миров. Человек – текст – семиосфера – история. М.: Язык русской культуры, 1996. С. 163 — 174. （编者注）

② *Декарт Р.* Избр. произведения. К трехсотлетию со дня смерти (1650 —1950) / Пер. с фр. и лат.; ред. и вступ. ст. В. В. Соколова. М.: Госполитиздат, 1950. С. 272.

реализации первой функции, но для задачи генерирования информации она решительно непригодна. Не случайно представить такую систему как искусственно созданную конструкцию можно, но в естественных условиях возникают работающие системы совсем другого типа. Уже то, что дуализм условных и изобразительных знаков (вернее, условности и изобразительности, в разных пропорциях присутствующих в тех или иных знаках) является универсалией человеческой культуры, может рассматриваться как наглядный пример того, что семиотический дуализм — минимальная форма организации работающей семиотической системы.

Бинарность и асимметрия являются обязательными законами построения реальной семиотической системы. Бинарность, однако, следует понимать как принцип, который реализуется как множественность, поскольку каждый из вновь образуемых языков в свою очередь подвергается раздроблению на основе бинарности. Во всякую живую культуру «встроен» механизм умножения ее языков (далее мы увидим, что параллельно работает противонаправленный механизм унификации языков). Так, например, мы постоянно являемся свидетелями количественного роста языков искусства. Особенно это заметно в культуре XX в. и типологически сопоставляемых с нею культурах прошлого. В условиях, когда основная творческая активность перемещается в лагерь аудитории, актуальным становится лозунг: искусство есть все, что мы воспринимаем как искусство. В начале XX столетия кино превратилось из ярмарочного увеселения в высокое искусство. Оно явилось не одно, но в сопровождении целого кортежа традиционных и вновь изобретенных зрелищ. Еще в XIX в. никто не стал бы всерьез рассматривать цирк, ярмарочные зрелища, народные игрушки, вывески, выкрики уличных торговцев как виды искусств. Сделавшись искусством, кинематограф сразу же разделился на кино игровое и документальное, фотографическое и мультипликационное со своей поэтикой каждое. А в настоящее время прибавилась еще оппозиция: кино/телевидение. Правда, одновременно с расширением ассортимента языков искусств происходит и его сужение: определенные искусства практически выбывают из активной обоймы. Так что не следует удивляться, если при более тщательном исследовании разнообразие семиотических средств внутри той или иной культуры окажется относительно константной величиной. Но существенно другое: состав языков, входящих в активное культурное поле, постоянно меняется, и еще большим изменениям подлежит аксиологическая оценка и иерархическое место входящих в него элементов.

Одновременно во всем пространстве семиозиса — от социальных, возрастных и прочих жаргонов до моды — также происходит постоянное обновление кодов. Таким образом, любой отдельный язык оказывается погруженным в некоторое семиотическое пространство, и только в силу взаимодействия с этим пространством он способен функционировать. Неразложимым работающим механизмом — единицей семиозиса — следует считать не отдельный язык, а все присущее данной культуре семиотическое пространство. Это пространство мы и определяем как семиосферу. Подобное наименование оправдано, поскольку, подобно биосфере, являющейся, с одной стороны, совокупностью и органическим единством живого вещества, по определению введшего это понятие академика В. И. Вернадского, а с другой стороны — условием продолжения существования жизни, семиосфера — и результат, и условие развития культуры.

В. И. Вернадский писал, что все

<…> сгущения жизни теснейшим образом между собою связаны. Одно не может существовать без другого. Эта связь между разными живыми пленками и сгущениями и неизменный их характер есть извечная черта механизма земной коры, проявлявшаяся в ней в течение всего геологического времени.[①]

С особенной определенностью эта мысль выражена в следующей формуле:

<...> Биосфера — имеет совершенно определенное строение, определяющее все без исключения в ней происходящее <...> Человек, как он наблюдается в природе, как и все живые организмы, как всякое живое вещество, есть определенная функция биосферы, в определенном ее пространстве - времени.[②]

Еще в заметках 1892 г. Вернадский указал на интеллектуальную деятельность человека (человечества) как на продолжение космического конфликта жизни с косной материей:

<...> законообразный характер сознательной работы народной жизни приводил многих к отрицанию влияния личности в истории, хотя, в сущности, мы видим во всей истории постоянную борьбу сознательных (т. е. „не естественных”») укладов жизни против бессознательного строя мертвых законов природы, и в этом напряжении сознания вся красота исторических явлений, их оригинальное положение среди остальных природных процессов. Этим напряжением сознания может оцениваться историческая эпоха.[③]

Семиосфера отличается неоднородностью. Заполняющие семиотическое пространство языки различны по своей природе и относятся друг к другу в спектре от полной взаимной переводимости до столь же полной взаимной непереводимости.

---

① *Вернадский В. И.* Избр. соч.: В 5 т. Т. 5. М.: Изд-во АН СССР, 1960. С. 101.

② *Вернадский В. И.* Размышления натуралиста / Сост. М. С. Бастракова, В. С. Неополетанская, Н. В. Филиппова. М.: Изд-во АН СССР, 1977. Кн. 2. С. 32.

③ *Вернадский В. И.* Заметки философского характера разных лет / Публ. и коммент. В. М. Федорова. М.: Молодая гвардия, 1988. Т. 15. С. 292.

Неоднородность определяется гетерогенностью и гетерофункциональностью языков. Таким образом, если мы, в порядке мысленного эксперимента, представим себе модель семиотического пространства, все языки которого возникли в один и тот же момент и под влиянием одинаковых импульсов, то все равно перед нами будет не одна кодирующая структура, а некоторое множество связанных, но различных систем. Например, мы строим модель семиотической структуры европейского романтизма, условно отграничивая его хронологические рамки. Даже внутри такого — полностью искусственного пространства мы не получим однородности, поскольку различная мера иконизма неизбежно будет создавать ситуацию условного соответствия, а не взаимно-однозначной семантической переводимости. Конечно, поэт-партизан 1812 г. Денис Давыдов мог сопоставлять тактику партизанской войны с романтической поэзией, когда требовал, чтобы начальником партизанского отряда не назначался

<...> *методик* с расчетливым разумом и со студеною душою <...>: Сие исполненное поэзии поприще требует романтического воображения, страсти к приключениям и не довольствуется сухою, прозаическою храбростию. — Это строфа Байрона![①]
Однако стоит просмотреть его снабженное планами и картами историко-тактическое исследование «Опыт теории партизанского действия», чтобы убедиться, что эта красивая метафора говорит лишь о сближении несопоставимого в контрастном сознании романтика. То, что единство различных языков устанавливается с помощью метафор, лучше всего говорит об их принципиальном различии.

Но ведь надо учитывать и то, что разные языки имеют различные периоды обращения: мода в одежде меняется со скоростью, несравнимой с периодом смены этапов литературного языка, а романтизм в танцах не синхронен романтизму в архитектуре. Таким образом, в то время как в одних участках семиосферы будет переживаться поэтика романтизма, другие могут уже далеко продвинуться в постромантическом направлении. Следовательно, даже эта искусственная модель не даст в строго синхронном срезе гомологической картины. Не случайно, когда пытаются дать синтетическую картину романтизма, характеризующую все виды искусств (а порой еще прибавляя другие области культуры), приходится решительно жертвовать хронологией. То же касается и барокко, и классицизма, и многих других «измов».

Однако если говорить не об искусственных моделях, а о моделировании реального литературного (или шире - культурного) процесса, то придется признать, что - продолжая наш пример - романтизм захватывает лишь определенный участок семиосферы, в которой

---

① *Давыдов Д. В.* Опыт теории партизанского действия / Сочинение Дениса Давыдова. 2-е изд. М.: В типографии С. Селивановскаго, 1822. С. 83.

продолжают существовать разнообразные традиционные структуры, порой восходящие к глубокой архаике. Кроме того, ни один из этапов развития не свободен от столкновения с текстами, извне поступающими со стороны культур, прежде вообще находившихся вне горизонта данной семиосферы. Эти вторжения — иногда отдельные тексты, а иногда целые культурные пласты — оказывают разнообразные возмущающие воздействия на внутренний строй «картины мира» данной культуры. Таким образом, на любом синхронном срезе семиосферы сталкиваются разные языки, разные этапы их развития, некоторые тексты оказываются погруженными в не соответствующие им языки, а дешифрующие их коды могут вовсе отсутствовать. Представим себе в качестве некоторого единого мира, взятого в синхронном срезе, зал музея, где в разных витринах выставлены экспонаты разных эпох, надписи на известных и неизвестных языках, инструкции по дешифровке, составленные методистами пояснительные тексты к выставке, схемы маршрутов экскурсий и правила поведения посетителей. Поместим в этот зал еще экскурсоводов и посетителей и представим себе это все как единый механизм (чем, в определенном отношении, все это и является). Мы получим образ семиосферы. При этом не следует упускать из виду, что все элементы семиосферы находятся не в статическом, а в подвижном, динамическом соотношении, постоянно меняя формулы отношения друг к другу. Особенно это заметно на традиционных моментах, доставшихся из прошлых состояний культуры. Эволюция культуры коренным образом отличается от биологической эволюции, и здесь слово «эволюция» часто служит плохую дезориентирующую службу.

Эволюционное развитие в биологии связано с вымиранием видов, отвергнутых естественным отбором. Живет лишь то, что синхронно исследователю. Аналогичное в чем-то положение в истории техники, где инструмент, вытесненный из употребления техническим прогрессом, находит убежище лишь в музее. Он превращается в мертвый экспонат. В истории искусства произведения, относящиеся к ушедшим в далекое прошлое эпохам культуры, продолжают активно участвовать в ее развитии как живые факторы. Произведение искусства может «умирать» и вновь возрождаться, быв устаревшим, сделаться современным или даже профетически указывающим на будущее. Здесь «работает» не последний временной срез, а вся толща текстов культуры. Стереотип истории литературы, построенной по эволюционистскому принципу, создавался под воздействием эволюционных концепций в естественных науках. В результате синхронным состоянием литературы в каком-либо году считается перечень произведений, написанных в этом году. Между тем, если создавать списки того, что читалось в том или ином году, картина, вероятно, была бы иной. И трудно сказать, какой из списков более характеризовал бы синхронное состояние культуры. Так, для Пушкина в 1824 — 1825 гг. наиболее актуальным писателем был Шекспир, Булгаков переживал Гоголя и Сервантеса как современных ему писателей, актуальность Достоевского ощущается в конце XX в. не меньше, чем в конце XIX. По сути дела все, что содержится в актуальной памяти культуры, прямо или опосредованно включается в ее синхронию.

Структура семиосферы асимметрична. Это выражается в системе направленных токов внутренних переводов, которыми пронизана вся толща семиосферы. Перевод есть основной механизм сознания. Выражение некоторой сущности средствами другого языка - основа выявления природы этой сущности. А поскольку в большинстве случаев разные языки семиосферы семиотически асимметричны, то есть не имеют взаимно однозначных смысловых соответствий, то вся семиосфера в целом может рассматриваться как генератор информации.

Асимметрия проявляется в соотношении: центр семиосферы — ее периферия. Центр семиосферы образуют наиболее развитые и структурно организованные языки. В первую очередь, это — естественный язык данной культуры. Можно сказать, что если ни один язык (в том числе и естественный) не может работать, не будучи погружен в семиосферу, то никакая семиосфера, как отмечал еще Эмиль Бенвенист, не может существовать без естественного языка как организующего стержня. Дело в том, что наряду со структурно организованными языками, в пространстве семиосферы теснятся частные языки, языки, способные обслуживать лишь отдельные функции культуры и языкоподобные полуоформленные образования, которые могут быть носителями семиозиса, если их включат в семиотический контекст. Это можно сравнить с тем, что камень или причудливо изогнутый древесный ствол может функционировать как произведение искусства, если его рассматривать как произведение искусства. Объект приобретает функцию, которую ему приписывают.

Для того, чтобы воспринимать всю эту массу конструкций как носителей семиотических значений, надо обладать «презумпцией семиотичности»: возможность значимых структур должна быть дана в сознании и в семиотической интуиции коллектива. Эти качества вырабатываются на основе пользования естественным языком. Так, например, зависимость, в ряде случаев, структуры «семьи богов» и других базисных элементов картины мира от грамматического строя языка представляется очевидной.

Высшей формой структурной организации семиотической системы является стадия самоописания. Сам процесс описания есть доведение структурной организации до конца. Как стадия создания грамматик, так и кодификация обычаев или юридических норм подымают описываемый объект на новую ступень организации. Поэтому самоописание системы есть последний этап в процессе ее самоорганизации. При этом система выигрывает в степени структурной организованности, но теряет те внутренние запасы неопределенности, с которыми связаны ее гибкость, способность к повышению информационной емкости и резерв динамического развития.

Необходимость этапа самоописания связана с угрозой излишнего разнообразия внутри семиосферы: система может потерять единство и определенность и «расползтись». Идет ли речь о лингвистических, политических или культурных аспектах, во всех случаях мы сталкиваемся со сходными механизмами: какой-то один участок семиосферы (как правило, входящий в ее ядерную структуру) в процессе самоописания — реального или идеального, это уже зависит от внутренней ориентации описания на настоящее или будущее — создает свою грамматику. Затем делаются попытки распространить эти нормы на всю семиосферу. Частичная грамматика одного культурного диалекта становится метаязыком описания культуры как таковой. Так, диалект Флоренции делается в эпоху Ренессанса литературным языком Италии, юридические нормы Рима - законами всей империи, а этикет двора эпохи Людовика XIV— этикетом дворов всей Европы. Возникает литература норм и предписаний, в которой последующий историк видит реальную картину действительной жизни той или иной эпохи, ее семиотическую практику. Эта иллюзия поддерживается свидетельствами современников, которые действительно убеждены, что именно так они и поступают. Современник рассуждает приблизительно так: «Я человек культуры (т. е. эллин, римлянин, христианин, рыцарь, espit fort, философ эпохи Просвещения или гений эпохи романтизма). Как человек культуры я реализую поведение, предписываемое такими-то нормами. Только то в моем поведении, что соответствует этим нормам, может считаться поступком. Если же я, по слабости, болезни, непоследовательности и т. д., в чем-то отклоняюсь от данных норм, то это не имеет значения, нерелевантно, просто не существует». Список того, что в данной системе культуры «не существует», хотя практически происходит, всегда является существенной типологической характеристикой принятой системы семиотики. Так, например, известный Андрей Капеллан, автор «De arte amandi» (между 1175 и 1186 г.) — трактата о нормах fin amors, — подвергая благородную любовь тщательной кодификации и требуя от влюбленного верности даме, молчания, тщательного servir, целомудрия, куртуазности и т. д., спокойно допускает насилие по отношению к поселянке, поскольку в этой картине мира она «как бы не существует», действия по отношению к ней находятся вне семиотики, то есть их «как бы нет».

Созданная таким образом картина мира будет восприниматься современниками как реальность. Более того, это и будет их реальностью в той мере, в какой они приняли законы данной семиотики. А последующие поколения (включая исследователей), восстанавливающие жизнь по текстам, усвоят представление о том, что и бытовая реальность была именно такой. Между тем отношение такого метапласта семиосферы к реальной картине ее семиотической «карты», с одной стороны, и бытовой реальности жизни, лежащей по ту сторону семиотики, с другой, будет достаточно сложным. Во-первых, если в той ядерной структуре, где создавалось данное самоописание, оно действительно представляло идеализацию некоторого реального языка, то на периферии семиосферы идеальная норма противоречила находящейся «под ней» семиотической реальности, а не вытекала из нее. Если в центре семиосферы описание текстов порождало нормы, то на периферии нормы, активно вторгаясь в «неправильную» практику, порождали соответствующие им «правильные» тексты. Во-вторых, целые пласты маргинальных, с точки зрения данной метаструктуры, явлений культуры вообще никак не соотносились с идеализованным ее портретом. Они объявлялись «несуществующими». Начиная с работ культурно-исторической школы, любимым жанром многих исследователей являются статьи под заглавиями «Неизвестный поэт XII века» или «Об еще одном забытом литераторе эпохи Просвещения» и пр. Откуда берется этот неисчерпаемый запас «неизвестных» и «забытых»? Это те, кто в свою эпоху попали в разряд «несуществующих» и игнорировались наукой, пока ее точка зрения совпадала с нормативными воззрениями эпохи. Но точка зрения сдвигается — и вдруг обнаруживаются «неизвестные». Вспоминают, что в год смерти Вольтера «неизвестному философу» Луи Клоду Сен-Мартену уже было 35 лет; что Ретиф де Ла Бретонн написал более 200 томов, которым историки литературы так и не найдут места, называя их автора то «маленьким Руссо», то «Бальзаком XVIII века»; что в эпоху романтизма в России жил Василий Нарежный, написавший около двух с половиной десятков томов романов, «не замеченных» современниками, поскольку в них уже обнаруживались черты реализма.

Таким образом, на метауровне создается картина семиотической унификации, а на уровне описываемой им семиотической «реальности» кипит разнообразие тенденций. Если карта верхнего слоя закрашена в одинаковый ровный цвет, то нижняя пестрит красками и множеством пересекающихся границ. Когда Карл Великий в исходе VIII столетия понес меч и крест саксам, а Владимир Святой через сто лет крестил Киевскую Русь, великие варварские империи Запада и Востока сделались христианскими государствами. Однако их христианство отвечало самохарактеристике и располагалось на политическом и религиозном метауровне, под которым кипели языческие традиции и различные бытовые компромиссы. Иначе и не могло быть при условиях массовых, а порой и насильственных, крещений. Страшная резня, учиненная Карлом над пленными саксами-язычниками под Верденом, вряд ли могла способствовать распространению в среде варваров принципов Нагорной проповеди.

И между тем было бы неправильным полагать, что даже простая перемена самоназвания не оказала влияния на «ниже лежащие» уровни, не способствовала превращению христианизации в евангелизацию, не унифицировала культурное пространство этих государств уже на уровне «реальной семиотики». Таким образом, смысловые токи текут не только по горизонтальным пластам семиосферы, но и действуют по вертикали, образуя сложные диалоги между разными ее пластами.

Однако единство семиотического пространства семиосферы достигается не только метаструктурными построениями, но, даже в значительно большей степени, единством отношения к границе, отделяющей внутреннее пространство семиосферы от внешнего, *ее* *в* от *вне*.

<...>

3. Дом в «Мастере и Маргарите»

Среди универсальных тем мирового фольклора большое место занимает противопоставление «дома» (своего, безопасного, культурного, охраняемого покровительственными богами пространства), «антидому», «лесному дому» (чужому, дьявольскому пространству, месту временной смерти, попадание в которое равносильно путешествию в загробный мир)[1]. Связанные с этой оппозицией архаические модели сознания обнаруживают большую устойчивость и продуктивность в последующей истории культуры. В поэзии Пушкина второй половины 1820-х — 1830-х гг. Тема дома становится идейным фокусом, вбирающим в себя мысли о культурной традиции, истории, гуманности и «самостояньи человека». В творчестве Гоголя она получает законченное развитие в виде противопоставления, с одной стороны, «дома» — дьявольскому «антидому» (публичный дом, канцелярия «Петербургских повестей»), а с другой, бездомья, Дороги, как высшей ценности, — замкнутому эгоизму жизни в домах. Мифологический архетип сливается у Достоевского с гоголевской традицией: герой-житель подполья, комнаты-гроба, которые сами по себе — пространства смерти, — должен, «смертию смерть поправ», пройти через мертвый дом, чтобы воскреснуть и возродиться.

Традиция эта исключительно значима для Булгакова, для которого символика Дома — Антидома становится одной из организующих на всем протяжении творчества. Предметом настоящего очерка будут наблюдения над функцией этого мотива в «Мастере и Маргарите».

Первое, что мы узнаем, — это то, что единственный герой, который проходит через весь роман от первой страницы до последней и который в конце будет назван «ученик», — это «поэт Иван Николаевич Понырев, пишущий под псевдонимом Бездомный». Сходным образом вводится в текст и Иешуа:

---

[1] См.: *Лурье Я. С.* Дом в лесу. Язык и литература. Л.: Б. и., 1932. С. 159-193; *Пропп В. Я.* Исторические корни волшебной сказки. Л.: ЛГУ, 1986. С. 42 — 53, 97 — 103; *Bachelard S.* La poétique de l'espace. Paris, 1957; *Иванов Вяч. Вс., Топоров В. Н.* Славянские языковые моделирующие семиотические системы: Древний период. М.: Наука, 1965. С. 168 — 175.

— Где ты живешь постоянно?[①]

— У меня нет постоянного жилища, — застенчиво ответил арестант, — я путешествую из города в город.

— Это можно выразить короче, одним словом — бродяга, — сказал прокуратор»[②].

Отметим, что сразу после этого в тексте следует обвинение Иешуа в том, что он «собирался разрушить здание храма» (Булгаков, V: 24), а адресом Ивана станет: «<...> поэт Бездомный из сумасшедшего дома...» (Булгаков, V: 70).

Наряду с темой бездомья сразу же возникает тема ложного дома. Она реализуется в нескольких вариантах, из которых важнейший — коммунальная квартира. На слова Фоки: «Дома можно поужинать» — следует ответ: «Представляю себе твою жену, пытающуюся соорудить в кастрюльке в общей кухне дома порционные судачки а натюрель!» (там же, 58). Понятия «дом» и «общая кухня» для Булгакова принципиально не соединимы, и соседство их создает образ фантасмагорического мира.

Квартира становится сосредоточением аномального мира. Именно в ее пространстве пересекаются проделки инфернальных сил, мистика бюрократических фикций и бытовая склока. Подобно тому, как все «чертыхания» в романе обладают двойной семантикой, выступая и как эмоциональные междометия, и как предметные обозначения[③], сугубо «квартирные» разговоры, как правило, имеют двойную семантику с абсурдной или инфернальной «подкладкой» типа: «На половине покойника сидеть не разрешается!» (Булгаков, V: 95): за квартирно-жактовским жаргоном (не разрешается сидеть в комнатах, прежде занимаемых покойным Берлиозом) возникает кошмарный образ Коровьева, сидящего на половине покойника (образ этот поддерживается историями с похищением головы Берлиоза и отрыванием головы Бенгальского)[④].

То, что квартира символизирует не место жизни, а нечто прямо противоположное, раскрывается из устойчивой связи тем квартиры и смерти. Впервые слово «квартира» встречается в романе в весьма зловещем контексте: уже предсказав смерть Берлиозу, Воланд на вопрос: «А... где же вы будете жить?» — отвечает: «В вашей квартире». Тема

---

① Вопрос перекликается с непрерывно обсуждаемой героями романа проблемой прописки.

② *Булгаков М. А.* Собр. соч.: В 5 т. М.: Художественная литература, 1989 — 1990. Т. 5. С. 22. Дальнейшие ссылки даются в скобках с указанием автора, томов и страниц.

③ Воланд «капризен», как черт (там же, 96); «— Да он <Лиходеев. — *Ю. Л.*> уже уехал, уехал! — закричал переводчик <...> Уж он черт знает где!» (там же); «„Вывести его вон, черти б меня взяли!" А тот, вообразите, улыбнулся и говорит: „Черти чтоб взяли? А что ж, это можно!"» (там же, 185) и другие.

④ Ср. монолог Коровьева: «Я был свидетелем. Верите — раз! Голова — прочь! Правая нога — хрусть, пополам! Левая — хрусть, пополам!» (там же, 193).

эта получает развитие в словах Коровьева Никанору Ивановичу: «Ведь ему безразлично, покойнику <...> ему теперь, сами согласитесь, Никанор Иванович, квартира эта ни к чему?» (Булгаков, V: 96). С целью «прописаться в трех комнатах покойного племянника» появляется в Москве дядя Берлиоза. Смерть племянника — эпизод в решении квартирной проблемы: «Телеграмма потрясла Максимилиана Андреевича. Это был момент, который упустить было бы грешно. Деловые люди знают, что такие моменты не повторяются» (Булгаков, V: 191, 192). Смерть родственника — благоприятный момент, который не следует упускать.

«Квартирка» № 50 — место инфернальных явлений, но они начались в ней задолго до того, как там поселились Воланд со свитой: ювелиршина квартира всегда была «нехорошей». Происходившие в ней «чудеса с исчезновениями» не делают ее, однако, в романе уникальной: главное свойство антидомов в романе состоит в том, что в них не живут — из них исчезают (убегают, улетают, уходят, чтобы пропасть без следа). Иррациональность квартиры в романе раскрывается параллельным рассказом о том, что

тем, кто хорошо знаком с пятым измерением, ничего не

стоит раздвинуть помещение до желательных пределов,

и о том, как «один горожанин»

<...> без всякого пятого измерения и прочих вещей, от которых ум заходит за разум <...>,

превратил трехкомнатную квартиру в четырехкомнатную, а затем ее

<...> обменял на две отдельные квартиры в разных районах Москвы — одну в три и другую в две комнаты.

Трехкомнатную он обменял на две отдельных по две комнаты <...> а вы изволите толковать про пятое измерение (Булгаков, V: 243).

Иррациональность противоречия между всеобщей погоней за «площадью» (попытка Поплавского обменять «квартиру на Институтской улице в Киеве» на «площадь в Москве» (Булгаков, V: 191) раскрывает и условность квартирно-бюрократического жаргона, и ирреальность самого действия — жить «на площади» то же, что и сидеть на половине мертвеца) и несовместимостью этого понятия с жизнью раскрывается воплем Бенгальского:

— Отдайте мою голову! Голову отдайте! Квартиру возьмите <...> только голову отдайте!» (там же, 124).

Булгаковская квартира имеет заведомо нежилой вид. В доме 13 (!), куда Иван вбежал в погоне за Воландом,

<...> ждать пришлось недолго: открыла Ивану дверь какая-то девочка лет пяти и, ни о чем не справляясь у пришедшего, немедленно ушла куда-то.

В громадной, до крайности запущенной передней, слабо освещенной малюсенькой угольной лампочкой под высоким, черным от грязи потолком, на стене висел велосипед без шин, стоял громадный ларь, обитый железом, а на полке над вешалкой лежала зимняя шапка, и длинные ее уши свешивались вниз. За одной из дверей гулкий мужской голос в радиоаппарате сердито кричал что-то стихами.

Именно здесь Иван наталкивается на «голую гражданку» «в адском освещении» «углей, тлеющих в колонке» (Булгаков, V: 52 — 53).

Однако признаки, отделяющие антидом от дома, нельзя свести только к неухоженности, запущенности и бездомности коммунальных квартир. «Маргарита Николаевна не знала ужасов житья в совместной квартире» (Булгаков, V: 210), но и она чувствует, что в «особняке» жить нельзя — можно лишь умереть. В равной мере Понтий Пилат ненавидит дворец Ирода — он живет, ест и спит под колоннами балкона, не в силах, даже во время урагана, войти внутрь дворца («Я не могу ночевать в нем» (Булгаков, V: 295). Только один раз в романе Пилат вошел внутрь дворца —

<...> прокуратор в затененной от солнца темными шторами комнате имел свидание с каким-то человеком, лицо которого было наполовину прикрыто капюшоном <...>» (Булгаков, V: 39 — 40).

Комнаты используются не для жилья, а для свидания с начальником секретной стражи. «<...> Скрылись внутри домика» Афраний и Низа, чтобы договориться о цене за убийство Иуды

(<...> чтобы зарезать человека при помощи женщины, нужны очень большие деньги <...> [Булгаков, V: 303]).

В историях отравителей, убийц, предателей, появляющихся на балу у сатаны, несколько раз фигурируют стены комнат, играющие самую мрачную роль. Когда «весть о гибели Берлиоза распространилась по всему дому», Никанор Иванович получил «<...> заявлений тридцать две штуки», «<...> в которых содержались претензии на жилплощадь покойного». «В них заключались мольбы, угрозы, кляузы, доносы <...>» (Булгаков, V:

93). Квартира становится синонимом чего-то темного и, прежде всего, доноса. Жажда квартиры была причиной доноса Алоизия Могарыча на мастера:

— Могарыч? — спросил Азазелло у свалившегося с неба.

— Алоизий Могарыч, — ответил тот, дрожа.

— Это вы, прочитав статью Латунского о романе этого человека, написали на него жалобу с сообщением о том, что он хранит у себя нелегальную литературу? — спросил Азазелло. (Булгаков, V: 280).

Новоявившийся гражданин посинел и залился слезами раскаяния.

— Вы хотели переехать в его комнаты? — как можно задушевнее прогнусил Азазелло».

«Квартирный вопрос» приобретает характер емкого символа. «<...> Обыкновенные люди... В общем, напоминают прежних... квартирный вопрос только испортил их <...>», — резюмирует Воланд.

Однако антидом представлен в романе не только квартирой. Судьбы героев проходят через многие «дома» — среди них главные: Дом Грибоедова, сумасшедший дом, лагерь: «<...> бревенчатое зданьице, не то оно — отдельная кухня, не то баня, не то черт его знает что», «<...> адское место для живого человека» (Булгаков, V: 212), где оказывается мастер в сне Маргариты. Особенно важен «Грибоедов», в котором семантика, традиционно вкладываемая в истории культуры в понятие «дом», подвергается полной травестии. Все оказывается ложным, от объявления «Обращаться к М. В. Подложной» до «непонятной надписи: «Перелыгино»" (Булгаков, V: 56).

Показательно, что именно над помещениями, возведенными в степень символов, в романе вершится суд: Маргарита казнит квартиры (но спасает Латунского от свиты Воланда), Коровьев и Бегемот сжигают Дом Грибоедова.

Инфернальная природа псевдодомов переносится и на их скопление — город. В начале и конце романа нам показаны дома вечереющего города. Воланд

<...> остановил взор на верхних этажах, ослепительно отражающих в стеклах изломанное и навсегда уходящее от Михаила Александровича солнце <...> (Булгаков, V: 11).

В главе 29-й второй части:

<...> в окнах, повернутых на запад, в верхних этажах громад зажигалось изломанное ослепительное солнце. Глаз Воланда горел точно так же, как одно из таких окон, хотя

Воланд был спиною к закату (Булгаков, V: 11).

Сопоставление с глазом Воланда раскрывает зловещий смысл этих пылающих окон, сближая их блеск с многократно упоминаемым в романе отсветом от горящих углей. Вообще, светящиеся окна в романе являются признаком антимира.

Противопоставление Дома живых и антидома псевдоживых осуществляется у Булгакова с помощью целого набора устойчивых признаков, в частности освещения и звуковых характеристик. Так, например, из антидома слышатся звуки патефона («<...> в комнатах моих играл патефон», — рассказывает мастер о том, как он январской ночью в пальто с оборванными пуговицами подошел к своему подвальчику, занятому Алоизием Могарычом, [там же, 145]) или одинаковые во всех квартирах звуки радиопередачи. Признак дома — звуки рояля. Двойная природа квартиры № 50, в частности, обнаруживается попеременно звуками то рояля, то патефона.

Используя пространственный язык для выражения непространственных понятий, Булгаков делает дом средоточием духовности, находящей выражение в богатстве внутренней культуры, творчестве и любви. Духовность образует у Булгакова сложную иерархию: на нижней ступени находится мертвенная бездуховность, на высшей — абсолютная духовность. Первой нужна жилая площадь, а не дом, второй не нужен дом: он не нужен Иешуа, земная жизнь которого — вечная дорога. Понтий Пилат в счастливых снах видит себя бесконечно идущим по лунному лучу.

Но между этими полюсами находится широкий и неоднозначный мир жизни. На нижних этажах его мы столкнемся с дьявольской одухотворенностью, жестокими играми, которые тормошат, расшевеливают косный мир бездуховности, вносят в него иронию, издевку, расшатывают его. Эти злые забавы будят того, кого можно разбудить, и в конечном счете способствуют победе духовности более высокой, чем они сами. Таков смысл не лишенного манихейского привкуса эпиграфа из Гёте:

> ... так кто ж ты, наконец?
> — Я — часть той силы, что вечно
> хочет зла и вечно совершает благо.

Выше находится искусство. Оно имеет полностью человеческую природу и не подымается до абсолюта (мастер не заслужил света). Но оно иерархически выше физически более сильных слуг Воланда или также не лишенных творческого начала деятелей типа Афрания. Эта большая, по сравнению с ними, одухотворенность в интересующем нас аспекте проявляется пространственно. Свита Воланда, прибыв в Москву, помещается в квартире, Афраний и Пилат встречаются во дворце, мастеру — нужен дом. Поиски дома — одна из точек зрения, с которой можно описать путь мастера.

Путь мастера — странствие.

История мастера дает четкие переходы из одного пространства в другое. Она начинается выигрышем ста тысяч и превращением музейного работника и переводчика в писателя и мастера.

Выиграв сто тысяч, загадочный гость Ивана поступил так: купил книги[①], бросил свою комнату на Мясницкой...

— Уу, проклятая дыра! — прорычал он.

Мастер

<...> нанял у застройщика <...> две комнаты в подвале маленького домика в садике.

— Ах, это был золотой век! — блестя глазами, шептал рассказчик, — совершенно отдельная квартирка, и еще передняя, и в ней раковина с водой, — почему-то особенно горделиво подчеркнул он <...> И в печке у меня вечно пылал огонь![②] <...> в первой комнате — громадная комната, четырнадцать метров, — книги, книги и печка». (Булгаков, V: 135 — 136).

Новое жилье мастера — «квартирка». В дом его превращает не раковина в прихожей, а интимность культурной духовности. Для Булгакова, как для Пушкина 1830-х гг., культура неотделима от интимной, сокровенной жизни. Работа над романом превращает квартирку в подвале в поэтический дом — ему противостоит Дом Грибоедова, где вне стыдливо интимной атмосферы культуры, «как ананасы в оранжереях», должны поспевать «будущий автор „Дон Кихота" или „Фауста" и тот, кто «<...> для начала преподнесет читающей публике „Ревизора" или, на самый худой конец, „Евгения Онегина"». Стоило мастеру

---

① Книги — обязательный признак дома, они подразумевают не только духовность, но и особую атмосферу интеллектуального уюта. В доме Турбиных «бронзовая лампа под абажуром, лучшие на свете шкапы с книгами, пахнущими таинственным старинным шоколадом, с Наташей Ростовой, Капитанской дочкой». С ними связана «жизнь, о которой пишется в шоколадных книгах». Гибель дома выражается в том, что «Капитанскую дочку сожгут в печи» (там же, I: 181).

② «Много лет до смерти (матери. — Ю. Л.) в доме № 13 по Алексеевскому спуску изразцовая печка в столовой грела и растила Еленку маленькую, Алексея старшего и совсем крошечного Николку. Как часто читался у пышущей жаром изразцовой площади „Саардамский Плотник", часы играли гавот, и всегда в конце декабря пахло хвоей» (там же, I: 181). Печка превращается в символический знак очага. Печь в доме — пенаты, домашнее божество. Ей противостоит адский отблеск углей в квартире, так же как свету свечей в окнах дома — электрический свет антидома.

отказаться от творчества — и Дом превратился в жалкий подвал: «<...> меня сломали, мне скучно, и я хочу в подвал», — и Воланд резюмирует:

Итак, человек, сочинивший историю Понтия Пилата, уходит в подвал, в намерении расположиться там у лампы и нищенствовать? (Булгаков, V: 284)

Но мастер все-таки получает дом.

— Слушай беззвучие, — говорила Маргарита мастеру, и песок шуршал под ее босыми ногами, — слушай и наслаждайся тем, чего тебе не давали в жизни, — тишиной. Смотри, вон впереди твой вечный дом, который тебе дали в награду. Я уже вижу венецианское окно и вьющийся виноград, он подымается к самой крыше. Вот твой дом, вот твой вечный дом» (Булгаков, V: 372).

Пройдя через искусы псевдодомов, «адского места для живого человека», дома скорби, очистясь полетом (полет — неизменный спутник ухода из мира квартир), мастер обретает мир милой домашности, жизни, пропитанной культурой — духовным трудом предшествующих поколений, атмосферой любви, мир, из которого изгнана жестокость.

Я знаю, что вечером к тебе придут те, кого ты любишь, кем ты интересуешься и кто тебя не встревожит. Они будут тебе играть, они будут петь тебе, ты увидишь, какой свет в комнате, когда горят свечи. Ты будешь засыпать, надевши свой засаленный и вечный колпак, ты будешь засыпать с улыбкой на губах (Булгаков, V: 372).

Рассмотренный нами — частный — аспект построения «Мастера и Маргариты» интересен, однако, тем, что позволяет поставить роман в общую перспективу творчества Булгакова. «Белую гвардию» можно представить как роман о разрушении домашнего мира. Недаром он начинается смертью матери, поэтическим описанием «родного гнезда» и одновременно зловещим предсказанием:

Упадут стены, улетит встревоженный сокол с белой рукавицы, потухнет огонь в бронзовой лампе <...>. Мать сказала детям:
— Живите.
А им придется мучиться и умирать» (Булгаков, I: 181).

На противоположном конце творчества Булгакова — «Театральный роман», в котором бездомный писатель (он живет в нищенской комнате, которая совсем не комната в те минуты, когда он пишет роман, а каюта на летящем корабле) воскрешает Дом Турбиных:

> Тут мне начало казаться по вечерам, что из белой страницы выступает что-то цветное. Присматриваясь, щурясь, я убедился в том, что это картинка. И более того, что картинка эта не плоская, а трехмерная. Как бы коробочка, и в ней сквозь строчки видно: горит свет и движутся в ней те самые фигурки, что описаны в романе. <...> С течением времени камера в книжке зазвучала. Я отчетливо слышал звуки рояля. <...> Играют на рояле у меня на столе <...>» (Булгаков, IV: 434)

А затем коробочка разрослась до размеров Учебной сцены, и герои обрели свой утраченный дом[①].

В нижней точке этой творческой кривой находится «Зойкина квартира». Именно здесь «квартира» обретает тот символический смысл, который нам знаком по «Мастеру и Маргарите». А сам этот роман оказывается одновременно и включенным в глубочайшую литературно-мифологическую традицию, и органическим итогом эволюции его автора.

Дом у Булгакова — внутреннее, замкнутое пространство, носитель значений безопасности, гармонии культуры, творчества. За его стенами — разрушение, хаос, смерть. Квартира — хаос, принявший вид дома и вытеснивший его из жизни. То, что дом и квартира (разумеется, особенно коммунальная) предстают как антиподы, приводит к тому, что основной бытовой признак дома — быть жилищем, жилым помещением — снимается как незначимый: остаются лишь семиотические признаки. Дом превращается в знаковый элемент культурного пространства.

Здесь обнажается важный принцип культурного мышления человека: реальное пространство становится иконическим образом семиосферы — языком, на котором выражаются разнообразные внепространственные значения, а семиосфера, в свою очередь, преобразует реальный пространственный мир, окружающий человека, по своему образу и подобию.

---

① Воскрешающая сила театра зеркально-симметрична разрушающему чудесному глобусу Воланда: «Домик, который был размером в горошину, разросся и стал как спичечная коробка. Внезапно и беззвучно крыша этого дома взлетела наверх...» (там же. V: 251). Здесь реальный дом уменьшается до размера коробочки и теряет реальность, там — коробочка вырастает до размеров естественного дома и обретает реальность.

💡 **课后思考题**

1. Каковы функции текста?

2. Чем связан язык с сообщением при переводе словесного текста?

3. Как вы понимаете семиосферу? Что характерно для нее?

4. Что характерно для семиосферы в романе «Мастер и Маргарита» по мнению Ю. Лотмана?

||||||||||||||||||||||||||||||||| ▶ **推荐阅读材料** ◀ |||||||||||||||||||||||||||||||||

1. *Иванов В. В.* Очерки по истории семиотики в СССР. М.: Наука, 1976.

2. *Лотман Ю. М.* Внутри мыслящих миров. Человек – текст – семиосфера – история. М.: Язык русской культуры, 1996.

3. *Лотман Ю. М.* Беседы о русской культуре: Быт и традиции русского дворянства (XVIII — начало XIX века). СПб.: Искусство, 1994.

4. Сборник статей к 70-летию проф. Ю. М. Лотмана. Тарту: Тартуский университет, 1992.

第十一讲拓展资源

第十二讲

Филологическая концепция Д. С. Лихачева

Надо быть патриотом, а не националистом. Нет необходимости ненавидеть каждую чужую семью, потому что любишь свою. Нет необходимости ненавидеть другие народы, потому что ты патриот. Между патриотизмом и национализмом глубокое различие. В первом — любовь к своей стране, во втором — ненависть ко всем другим.

—Д. С. Лихачев

预习
思考题

1. Расскажите, пожалуйста, о Д. С. Лихачеве. Какие факты из его личной биографии и научной деятельности вам известны? В чем заключается его вклад в теорию литературы и культуры?

2. Чем известен Лихачев в области литературы?

▶▶ 原典选读 1

Принцип историзма в изучении литературы①

В начале XX в. значительное влияние на русскую эстетическую мысль оказала феноменология Эдмунда Гуссерля. Часть из его работ была переведена на русский и стала широко популярна②. Феноменологическая методика философского исследования мира требовала, с одной стороны, чистой абстракции, с другой — полного отделения любого явления от его естественного окружения. Мир был подвергнут последовательному логизированию. Косвенно (поскольку идеи Э. Гуссерля «носились в воздухе») феноменологический подход оказал влияние на русских формалистов. Последние в своем стремлении отделиться от традиционного академического литературоведения, в котором существенное место занимал культурно-исторический подход акад. А. Н. Пыпина, обратились именно к феноменологическому исследованию, как отсекавшему литературное произведение от исторической действительности, литературных традиций и всего идейно-тематического окружения. Следует, впрочем, оговориться, что русский формализм никогда не переходил в чистое «беспредпосылочное» феноменологическое манипулирование. Ближе к Э. Гуссерлю стоял западный структурализм. Последователь Э. Гуссерля — Роман Ингарден. У последнего анализ литературного произведения только в его внутренней структуре стал основополагающим методологическим требованием.

Стоит процитировать автора, наиболее выражавшего антиисторические позиции русской гуссерлианской эстетической мысли 20-х годов нашего века — Густава Шпета. Г. Шпет пишет: «Поэтика — наука об фасонах словесных одеяний мысли»③. Эти «фасоны» существуют сами по себе. Это, так сказать, чистая гуссерлианская геометрия. И Г. Шпет возражает против всяких попыток увидеть за произведением что-то большее, чем эту чистую геометрию.

«Объективная структура слова, — пишет Г. Шпет, — как атмосферою земля, окутывается субъективно-персональным, биографическим, авторским дыханием. Это членение словесной структуры находится в исключительном положении и, строго говоря, оно должно быть вынесено в особый отдел научного ведения. При обсуждении вопросов поэтики ему не должно быть места, как и при решении вопросов логики. Но еще больше, чем при рассмотрении движения научной мысли (об этом Г. Шпет говорит выше. — Д. Л.), до сих пор не могут отрешиться при толковании поэтических произведений от

---

① *Лихачев Д. С.* О филологии // Предисл. Л. А. Дмитриева. М.: Высшая школа. 1989. С. 10 — 22. （编者注）

② Особенное значение имела книга: Гуссерль Э. Логические исследования: Ч. 1. Пролегомены к чистой логике / Под ред. и с предисл. С. Л. Франка. СПб., 1909.

③ *Шпет Г.* Эстетические фрагменты. Часть III. Пг.: Колос. 1923. С. 40.

заглядывания в биографию автора. До сих пор историки и теоретики «литературы» шарят под диванами и кроватями поэтов, как будто с помощью там находимых иногда «утензилий» они могут восполнить недостающее понимание сказанного и черным по белому написанного поэтом. На более простоватом языке это нелитературное занятие трогательно и возвышенно называется объяснением поэзии из поэта, из его «души», широкой, глубокой, и вообще обладающей всеми гиперболическипространственными качествами. На более «терминированном» языке это называют неясным по смыслу, но звонким греческим словом «исторического» или «психологического метода»,— что при незнании истинного психологического метода и сходит за добро» [1].

Далее Г. Шпет называет такой, им самим определенный и изображенный, подход к литературе «обывательщиной в науке», сравнивает этот подход с работой тряпичника, который, «вытаскивая из груды мусора тряпки, подымает и переворачивает груды обглоданных костей, жестянок, истлевших углей и прочего сору, который может наводить его на всевозможные воспоминания и волнения» [2]. Ошибка Г. Шпета в критике исторического подхода к литературным произведениям состоит в следующем. Во-первых, неверно вырывать памятник литературы из истории, и истории литературы в частности, предполагая, что историческая интерпретация памятника заключается только в том, что он внешне «окутывается» некоей исторической, биографической и прочей «атмосферой». Памятник сам по себе, в своем существе является фактом истории, истории культуры, истории литературы и биографии автора. Произведение писателя, особенно писателя крупного и особенно писателя, принадлежащего к периоду, когда личностное начало в искусстве полностью вступило в свои права,— это факт, являющийся историческим и биографическим ab initio. Во всякой биографии в той или иной мере присутствует эпоха.

Во-вторых, обращение к биографии и к истории в широком смысле этого слова необходимо не только для объяснения (как предполагает Г. Шпет) памятника, но в первую очередь для его понимания,— понимания эстетического в том числе. Если мы не будем знать, когда произведение составлено, не будем вносить известной доли историчности в его восприятие,— оно пропадет для своего читателя художественно. Эсхил как драматург XX в. был бы не только непонятен, но и эстетически неудовлетворителен. То же можно сказать обо всех авторах древности. Исторический подход не только объясняет нечто для нас данное, а в первую очередь расширяет наше понимание произведения. В-третьих, историческое и биографическое понимание и объяснение памятника далеко не обязательно является исследованием содержимого «утензилий», т. е. снижением высокого и сведением его к

---

[1] *Шпет Г.* Эстетические фрагменты. III. Пг.: Колос. 1923. С. 74 — 75.

[2] Там же. С. 76.

мизерному. Историческое и биографическое (биографическое — как часть исторического) не снижает творчества, но по большей части его возвышает, приобщая произведение к эпохе и жизни, которые всегда больше, чем сам по себе памятник. Знание эпохи и жизни творца позволяет нам понять многое, что в противном случае прошло бы мимо нашего понимания. Больше того, знание эпохи позволяет нам поднять памятник над этой эпохой. Так же точно знание жизни автора поднимает его над ним самим. Ошибки Г. Шпета, к сожалению, имели и имеют свои основания в некоторых работах литературоведов. Я не говорю уже о работах, потакающих дурным вкусам читателей к «утензилиям» и «подкроватным» поискам всякого рода, — бывают и теоретические высказывания, которые косвенно «подтверждают» обвинения Г. Шпета. А. А. Баженова, автор статьи «Принцип историзма в эстетическом исследовании», пишет: «Мы воспринимаем эстетическую культуру прошлого, разумеется, исходя из современных представлений»[①]. Это и правильно, и глубоко неправильно — одновременно. Так, например, современные эстетические представления требуют реалистического искусства. Но реализм в искусстве не может быть руководством при восприятии средневековой эстетической культуры, различных национальных форм дореалистического искусства Востока, Африки и пр. Современное эстетическое сознание так, как оно выражается не в собственном современном нам творчестве писателей, а в понимании «чужого» искусства, гибко и восприимчиво, ибо оно руководствуется в большей мере, чем все прошлые эстетические культуры, историческим отношением, историческим принципом, чувством истории, а главное — наукой, проникнутой историзмом. И в этом как раз одно из проявлений реализма. Историзм эстетического восприятия — обратная сторона реализма в творчестве.

Всякое произведение литературы воспринимается современным читателем в исторической перспективе.

В какие-то периоды древней русской литературы (в XI— XVI вв.) этого исторического подхода к произведениям литературы не существовало, и это существенным образом отразилось как на поэтике самих памятников, так и на замедленности развития русской литературы средневековья. Древнерусский памятник либо описывал исторические события, рассказывал о них, либо был посвящен темам, казавшимся «вечными» или, напротив, злободневными. Однако произведение литературы само по себе никогда не было в XI— XVI вв. памятником истории, прошлого, не воспринималось с «поправками» на прошлое. Произведение литературы всегда было «современным». В противном случае к нему пропадал интерес, и оно переставало переписываться и читаться. Именно этим объясняется, может

---

① *Баженова А. А.* Принцип историзма в эстетическом исследовании // Эстетика, искусство, человек. Сб. статей. М.: Б.м., 1977. C.177.

быть, то, что и «Слово о полку Игореве» перестало само по себе в определенный промежуток времени интересовать читателей и стало «растворяться» по частям, вкрапливаясь отдельными формулами, а не по содержанию, в другие литературные произведения.

Только в XVII веке произведения прошлого стали восприниматься именно как произведения прошлого. Постепенно наступала эра особого отношения к античным авторам (в литературе барокко) или авторам, которые не только по своему положению (монархов, святых, иерархов церкви), но и по своему искусству могли ставиться в образец современникам. Затем историчность в восприятии литературы растет в XVIII в. и достигает почти полной отчетливости в романтизме. Историзм становится органической частью реализма — одной из его ипостасей.

Восприятие произведения в исторической перспективе ни в коем случае не сводится к тому, что какие-то «врёменные», связанные со своей эпохой и со своим автором элементы произведения сохраняют свою эстетическую (и в известной мере идейную) действенность, не утрачиваются художественно. Историзм в понимании произведения искусства прошлого обогащает это понимание. Ценность произведения литературы возрастает от того, что оно выступает в сознании читателя как явление своей эпохи. Произведения античной литературы эстетически и идейно действенны для нас не только сами по себе, но и потому, что они в известной мере, будучи объясненными историками литературы и культуры античности, являются «окнами» в античность, «окнами» в античную эстетическую культуру. И с этой точки зрения они могут оказаться даже более действенными для нас, чем для их современников. Здесь дело вовсе не в «патине времени», не в обаянии времени, — хотя и эту сторону не следует сбрасывать со счетов, — а в познании эстетической культуры прошлого через произведение искусства. И с этой точки зрения художественная ценность произведения искусства может возрастать с течением времени. Литература начинает требовать литературоведения, и особенно истории литературы.

Существует точка зрения, согласно которой произведение искусства обладает двоякой эстетической ценностью — ценностью своих, заложенных в нем «вечных» элементов, и ценностью, понятной только для современников этого произведения. Тем самым эстетическая ценность как бы дробится, расчленяется на две части. Однако всякое произведение искусства изначально целостно в своей эстетической сущности. Разделение в нем на «вечное» и «временное» способно убить эту целостность и убить в первую очередь ту часть произведения искусства, которая относится сторонниками такого разделения к его «вечной» части. Ведь в такого рода точке зрения, естественно, предполагается, что ценность искусства должна со временем падать, снижаться, ибо доля «временного» должна с годами увеличиваться, а доля условно относимого к «вечному» уменьшаться (понятие «вечного», разумеется, условно; «вечное» тоже временно, только временность его длится дольше). На самом деле, всякое произведение искусства постоянно самообновляется, и это самообновление осуществляется с помощью исторического подхода читателей, которым во многом должны помогать историки искусства. В первую очередь такой исторической самообновляемости подвергается наиболее «значащее» из искусств — литература.

В процессе «самовозобновления» произведения искусства (и литературы в первую очередь) оно не только восстанавливает свои ценности, но в известной мере и «изменяет» их, так как новое историческое окружение способствует его новому пониманию.

Значит ли это, что каждое новое историческое восприятие искусства только что-то привносит от себя, что читатели, зрители и слушатели произведения «исторически субъективны»? Если бы это было так, то перед нами было бы явно отрицательное явление. Перед нами была бы налицо не только субъективность оценок, но в известной мере и импрессионистически неустойчивая сущность самих произведений искусства. На самом же деле, произведение «играет» своими внутренне присущими ему, потенциально заложенными в нем свойствами. Каждая из эпох раскрывает в произведении те ценности, которые были ему потенциально и вместе с тем объективно свойственны. Каждое истинное произведение искусства потенциально многолико, способно играть различными гранями в различном освещении эпох.

«Гамлет» Шекспира (этот пример, может быть, особенно понятен) в каждую из эпох воспринимается по-новому. Однако разве каждое из этих новых восприятий является вопреки тому единственному, которое было сознательно и намеренно вложено в негоШекспиром? Тогда какое же количество различных и несомненно заслуживающих внимание интерпретаций «Гамлета» — актерами, режиссерами, театральными критиками, литературоведами и культуроведами — должно быть отброшено как несостоятельные! На самом деле, очень значительная часть интерпретаций раскрывает потенции самого произведения и лишь некоторая оказывается явно ложной, отражая тенденции и заблуждения самого интерпретатора, навязывая произведению то, что по существу противоречит его сущности. Но и с «явной ложью» не все обстоит так просто. Критик-фальсификатор обнаруживает себя в своих фальсификациях, выдает свою эпоху, господствующие ее тенденции, и с этой точки зрения, если фальсификация не совсем бездарна, она может даже представлять интерес.

Самый простой пример: знаменитый подделыватель произведений, созданных на рубеже XVIII и XIX вв., Сулукадзев, которого долгое время воспринимали только как грубого мошенника[①], оказался в настоящее время представителем своего времени,

---

① *Сперанский М. Н.* Русские подделки рукописей в начале XX века (Бардин и Сулукадзев) / / Проблемы источниковедения. М.: Изд-во Академии наук СССР, 1956. Т. 5. С. 44 — 101.

эстетических течений представляемой им эпохи. То же можно сказать о Макферсоне, о «подделках» Мериме и т. д. Мы привели примеры явных литературных фальсификаций, но ведь есть и фальсификации содержаний произведений и даже творчества писателей, которые никак не могут быть приняты наукой. За примерами и тут ходить недалеко. Кто согласится с интерпретацией творчества Пушкина, предложенной Писаревым? И вместе с тем, кто отвергнет ее историческую ценность? Ведь без нее нет Писарева, она типична для Писарева, для его времени, для культурной жизни России 60-х годов.

Означает ли это, что мы обязаны неразборчиво принимать все, предлагаемое нам эпохой? Отнюдь нет! Это означает только, что мы должны стремиться проверить с помощью исторической критики, через историческую интерпретацию любое восприятие произведений прошлого. Не возрастут ли тем самым безмерно обязанности исторической науки? Думаю, что нет: нет смысла работать над бездарным материалом, над бездарными произведениями, и над бездарными интерпретациями.

Заметим прежде всего, что наибольшее количество различных ценных интерпретаций произведения искусства (в первую очередь› литературного) сопутствует произведениям гениальным, талантливым, выдающимся. Именно они, эти выдающиеся произведения, отличаются наибольшими заложенными в них потенциями. Произведения слабые слабее отражают время, эпоху, эстетические представления своего времени. То же самое следует сказать и об их интерпретациях. Характерны для времени гениальные и талантливые интерпретации. Бездарные или посредственные произведения и интерпретации произведений менее всего показательны для эпохи.

Это мое утверждение прямо противоположно тому, которое господствовало в русском литературоведении, начиная с 60-х годов XIX и в первой четверти XX века. А. Н. Веселовский обратился в своей докторской диссертации «Вилла Альберти» к «Гексамерону» — произведению «среднему» — в убеждении, что именно в среднем произведении ярче всего воплощается эпоха. Такого рода подход считался своего рода «демократизмом» в науке. Акад. В. Н. Перетц избирал темами своих работ и рекомендовал своим ученикам заниматься произведениями «средней» литературы: пьесами школьного театра, хождениями, произведениями неяркими и обычными[1].

Произведение литературы — постоянно меняющаяся ценность. Его ценность для времени своего создания раскрывает исторический подход, для каждой новой эпохи — критики, актеры, режиссеры, а также авторы переделок и переложений. Многосторонность потенций — сила произведения.

---

[1] См.: *Перетц В. Н.* Краткий очерк методологии истории русской литературы, культуры. Петроград: Academia, 1922. С. 20 — 21.

Динамичность произведения имеет много сторон. Первая состоит в том, что произведение — результат определенного процесса. Динамичен уже самый замысел автора, который меняется и уточняется в творческом процессе. Замысел не предшествует тексту, а параллелен созданию текста. Произведение не есть нечто неподвижное. Это часть движения — заключительная или близкая к заключению. Это не остановившийся результат, а по большей части оборванный творческий вариант (вспомним «Онегина», «Братьев Карамазовых», «Войну и мир» и почти любое из крупных произведений литературы). Вторая сторона динамичности состоит в том, что с изменением исторической действительности меняется понимание произведения. Восприятие культурных явлений прошлого — результат прежде всего динамической встречи и взаимодействия культуры прошлого и интерпретационной культуры той эпохи, в которой произведение продолжает свою жизнь.

С ростом культуры восприятия читателя интересует не только процесс создания произведения, личность его автора, но и история его интерпретации в различные эпохи. Произведение все интенсивнее и интенсивнее начинает изучаться и пониматься в его динамике.

Именно этим объясняется чрезвычайный рост интереса к личности авторов и в связи с этим рост биографической литературы особенно в последние годы. Именно этим обусловливается рост интереса к литературоведческой и критической литературе и даже просто к комментариям, к тексту черновиков и вариантов.

Существенное значение имеет творимое «совместно» с литературой и литературоведением расширение нашего эстетического опыта. Эстетический опыт, гибкость эстетического сознания — это не «эстетизм». Напротив, эстетизм в значительной мере результат недостаточности эстетической культуры, ибо эстетизм воспринимает эстетику памятника узко и односторонне, в его неподвижной данности. Гибкое и «тренированное» эстетическое сознание связывает памятники культуры прошлого с эстетическими воззрениями, с философией и исторической действительностью их эпохи. Высокая историческая эстетическая методика исследования есть тот инструмент («микроскоп» и «телескоп» одновременно), который ведет нас к пониманию национального характера других народов, культур прошлого, т. е. расширяет наше познание и «пространственно», и во времени. Это тот твердый алмазный наконечник, следуя за которым, мы проникаем в самую суть культуры, создавшей изучаемое произведение.

Литература, а вслед за ней и литературоведение обладают такой колоссальной общественной значимостью, что они способствуют развитию человеческой социальности в широком смысле этого слова. При этом ни одно из направлений в литературе не делало это с такой остротой, как реализм, и ни одно из направлений в литературоведении, —

как последовательный историзм. Причем сила реализма и историзма состоит еще и в том, что они помогают нам понять нереалистические направления и последовательный антиисторизм дореалистических культур. Тот разрыв, который так или иначе существует между реалистическим искусством и нереалистическим, не просто игнорируется (поэтому здесь и не может быть речи об «эстетической всеядности»), а объясняется и понимается.

Одно из замечательнейших свойств человеческого сознания — проникать в чужое сознание, а замечательное свойство современной исторической (в широком смысле) науки — в культуры прошлого или так или иначе «чужие». Не будучи миром, человек с помощью науки и искусства познает этот мир во всем его многообразии. Для того чтобы познавать, не нужно самому становиться этим познаваемым, но нужна известная степень исторической гибкости нашего сознания и нашего научного подхода.

Произведение литературы позволяет познать не только те явления, на которые направлено внимание автора этого произведения, но, следуя за ним, открывает нам и самого автора, а за автором — его эпоху, ибо он — ее часть, а если литературовед последует и дальше за произведением, то и всех тех эпох, которые так или иначе интерпретировали это произведение.

Произведение динамично в процессе своего создания, динамична «воля автора», его создавшего, оно динамично в процессе своей дальнейшей жизни — жизни в интерпретации современников и отдаленных потомков. Формы этой динамичности разнообразны и не могут быть исчерпаны в простом перечислении.

Всякое произведение — это некий многосторонний процесс. Это не неподвижное, неизменяющееся явление. Вот почему попытки, восходящие к феноменологии Э. Гуссерля, воспринимать и изучать произведение искусства «в самом себе», изымая его из окружающей действительности и изолируя его, не только до крайности обедняют произведение искусства, но и создают некую фикцию. Ибо произведение не только процесс (вернее даже — процессы, внешне прикрепленные к неустойчивому и меняющемуся тексту), но и некое, окружающее его поле силовых линий.

Наши представления об атомах как о некоторых чрезвычайно малых твердых частицах коренным образом изменились и усложнились, наши представления о произведении литературы меняются и при этом в том же направлении его «динамизации». Динамизация же есть в своем высшем проявлении — историзация, и она сопутствует движению реализма[1].

Говоря об историческом понимании творчества того или иного писателя, нельзя не сказать несколько хотя бы слов о так называемом «вульгарном социологизме». Течение

---

[1] См. об этом в моей книге «Поэтика древнерусской литературы» (Л., 1971. С. 158 — 174).

это справедливо забыто в современном советском литературоведении, но само по себе социологическое направление в изучении литературы не должно отвергаться вместе с вульгарностью, которая была присуща как некоторая крайность первым социологическим изучениям литературы.

В чем выражалась вульгарность этого течения? Прежде всего в стремлении все особенности творчества писателя, как идеологического порядка, так и формального, подвести под ту или иную рубрику социально-классового деления общества, втиснуть все многообразие истории литературы в известные социологические схемы. Это было ошибочно по двум встречным причинам: вопервых, творчество писателя по большей части гораздо шире, чем та или иная социально-классовая ячейка общества; во-вторых, само общество может быть шире литературы. Стремясь «упаковать» литературу в социологические схемы, литературовед неизбежно приходил к обеднению и литературы, и общества, а кроме того, связывал себя по рукам и ногам этой навязываемой им себе «обязанностью». Литературовед лишал себя свободы исследования заранее приготовленными схемами. Вульгарный социологизм был плох тем, что он не столько объяснял творчество писателей, сколько их «разоблачал» и в результате их обесценивал. Однако подлинный социологический подход может обогащать наше восприятие литературы, может помочь увидеть в писателе то, что не замечалось ранее. В ряде случаев конкретный (но никак не вульгарный) социологизм давал удачные объяснения творчества писателя.

Приведу следующий пример. И. П. Еремину принадлежит честь открытия Иосифа Волоцкого как писателя. Собственно, Иосиф Волоцкий со всеми произведениями был хорошо известен и до исследования Еремина, но исследование И. П. Еремина позволило понять Иосифа Волоцкого как своеобразного художника, объяснило особенности его стиля, которые не замечались раньше, благодаря исключительной конкретности и одновременно широте своего объяснения.

Постараюсь показать это на нескольких выдержках из работы И. П. Еремина «Иосиф Волоцкий как писатель». Еремин писал: «Как писатель Иосиф Волоцкий неотделим от церковно-общественного деятеля, от игумена основанного им Волоколамского монастыря. Писательство для него всегда было прежде всего „делом" наряду с другими делами административными и церковно-общественными. Писал он, видимо, быстро, не затрудняя себя чисто литературными заботами, не боясь повторений одного и того же, щедро черпая материал из ранее написанных им произведений, обычно сразу же приступая к теме. Стройность и четкость построения некоторых его произведений — результат не столько упорного писательского труда, сколько „делового" подхода к поставленной литературной задаче, своеобразное проявление самого склада его ума, уравновешенного и трезворационалистического»[1].

Еще одна выдержка: «В поучениях братии Волоколамского монастыря и другим монашествующим лицам он — авторитетный игумен, сообщающий правила-рецепты поведения. Речь его проста, лишена какой-либо риторики; предписания четки и лаконичны. Некоторые из его наставлений этого рода носят подчеркнуто директивный характер и производят впечатление почти приказа (свое послание братии «о хмельных напитках» он так именно и назвал — «приказом» — и даже, как следует из завершающей текст записи, скрепил его своей игуменской печатью)»[2].

Уже из этих двух цитат можно себе представить, насколько удачен был тот «социологический ключ», который удалось И. П. Еремину найти не столько к идеологической стороне творчества Иосифа, сколько к его стилю — стилю игумена-хозяина своего монастыря.

Однако следует заметить, что ключ оказался таким простым потому, что само творчество Иосифа Волоцкого было в известной мере так же просто. Иосиф Волоцкий — второстепенный и даже третьестепенный писатель XVI в. Значительно сложнее обстоит дело с творчеством его поздних или, наоборот, ранних современников. Труднее или невозможно найти единый ключ к сочинениям Ивана Пересветова или Ивана Грозного. Сведение всего объяснения их творчества к занимаемому ими социальному положению было бы полной вульгаризацией.

Было бы, например, неправильно рассматривать все творчество крупнейшего стихотворца XVII в. Симеона Полоцкого только в свете занимаемой им должности придворного поэта и воспитателя царских детей, хотя это занимаемое им положение и объясняет многое в его поэзии.

И. П. Еремин воспользовался для характеристики Симеона Полоцкого весомой аналогией: многосторонним сравнением сборников стихотворений Симеона с кунсткамерой.

Вот как начинает И. П. Еремин свою характеристику поэтического стиля Симеона Полоцкого: «Оба сборника стихотворений Симеона Полоцкого — «Вертоград многоцветный» и «Рифмологион», если расположить их с точки зрения их поэтического содержания, производят впечатление своеобразного музея, на витринах которого расставлены в определенном порядке («художественно и по благочинию»самые разнообразные вещи, часто редкие и очень древние («вещь», «вещи»— так нередко и сам Симеон называл свои стихотворения; см. его предисловия к «Вертограду»и

---

[1] *Еремин И. П.* Литература Древней Руси. М.; Л. : Наука, 1966. С. 185.

[2] Там же. С. 189.

«Рифмологиону»)» ; именно они лежат на самой поверхности его обширного поэтического наследия и прежде всего обращают на себя внимание. Этот беспримерный в русской поэзии стихотворный музей Симеона Полоцкого так велик, и экспонаты его так многообразны, что нельзя не пожалеть об отсутствии путеводителя по нему, каталога...

Между тем именно тут (в «Вертограде» и «Рифмологионе».— Д. Л.) выставлено для обозрения все основное, что успел Симеон, библиофил и начетчик, любитель разных «раритетов» и «курьезов», собрать в течение своей жизни у себя в памяти: целая коллекция драгоценных камней — «сапфир камень», который имели обычай носить египетские жрецы, «амефист камень», не тонущий в воде „камень фирреос44 и пр.; не менее драгоценная по подбору экземпляров коллекция редких животных и птиц: «слон», «птица финике», «птица неясыть», «лев», «райская птица» с ярким разноцветным оперением, плачущий"крокодил", «пифик», ласкою убивающий своих детенышей, «хамелеон», «птица струфион», имеющая крылья, но не могущая летать, «заяц морский», «василиск», свистанием своим убивающий птиц, «скорпий», рождающий одиннадцать чад, из числа которых он только одного оставляет себе, а остальных съедает и пр... Так называемые"книжицы"Симеона Полоцкого свидетельствуют, что этот его стихотворный парад вещей иногда принимал форму настоящего зрелища — зрелища в буквальном смысле этого слова: стихи можно было не только читать, но и рассматривать, как рассматривают здание или картину... в помощь к слову Симеон — 20— привлекал живопись, графику и даже отдельные архитектурные мотивы...»[1].

И. П. Еремин сравнивает «книжицы» Симеона не просто с музеем, а с музеем определенным — «кунсткамерой». Правомерно ли это сравнение? Ведь Кунсткамера возникла значительно позднее — при Петре. Но дело, конечно, не в том, что Симеон испытал на себе «влияние» Кунсткамеры; он просто руководствовался теми же эстетическими представлениими, которые легли затем в основу экспозиций Кунсткамеры. Он собирал по преимуществу редкости и некоторые из них (коллекция уродов и различных удивительностей) были исключительно близки к принципам, по которым собирали раритеты Кунсткамеры.

Музей в Москве появился раньше Кунсткамеры — это была Оружейная палата. Она уже была при Симеоне (возникла в XVI в.— одновременно с первыми музеями Западной Европы), но дело в том, что Симеон был учителем царских детей и свои стихотворения и „книжицы*1 создавал по педагогическим правилам барокко: с обязательной для педагогики того времени наглядностью.

---

[1] *Еремин И. П.* Литература Древней Руси. С. 211—213. — Цитирую с сокращениями и пропусками; в частности, опускаю ссылки на листы рукописей.

Тем самым сравнение стихотворного хозяйства Симеона с Кунсткамерой, сделанное И. П. Ереминым в работе «Поэтический стиль Симеона Полоцкого», полностью оправдывает себя.

Исторический принцип в подходе к литературному произведению имеет огромное значение в доказательствах литературоведческих объяснений.

Гуссерлианский принцип «отсутствия предпосылок», шпетовское стремление рассматривать произведение искусства вне истории и вне биографических данных — далеко не новы. Напомню, что средневековая западноевропейская мысль давно выработала свой подход к литературному произведению как к некоей «вечной данности». И Священное писание, и произведения Вергилия в одинаковой мере служили объектом обнаружения в них четырех смыслов — буквального, аллегорического, морального и аналогического. У некоторых средневековых богословов внеисторическое истолкование произведений доходило до семи.

Ясно, что эти «смыслы» не столько извлекались из произведений, сколько вкладывались в них. Основания, по которым в средние века извлекались из произведения его различные «смыслы», не были следствием «простоты» и примитивности средневекового богословия. Они имеют свой исторический смысл. Вычитывание вечных смыслов в произведении касалось только произведений «боговдохновенных». Предполагалось, что не автор творит свое произведение, а оно внушается ему свыше[①]. Поэтому четыре или больше смысла могли обнаруживаться далеко не во всяком произведении.

Современные истолкования часто гораздо менее «обоснованы» и произвольны, не исключая и тех, которые предлагаются нам Г. Шпетом.

Внеисторическое истолкование всегда крайне субъективно, так как изъятие из контекста эпохи делает произведение крайне неустойчивым. Только историческое отношение к произведению стабилизирует понимание произведения и делает истолкование его доказательным.

Для того чтобы доказать правильность того или иного понимания произведения, надо найти не менее двух точек, через которые прошло создание произведения. Произведение есть факт создания, факт движения. Направление же движения не может быть определено в пространстве, если известна только одна точка, через которую оно прошло. Минимум две точки определяют направление движения, если оно предполагается прямолинейным. Однако если движение, в результате которого произведение было создано, более или менее сложной формы, — нужно найти как можно более точек, через которые оно прошло и проходит.

---

① Эта точка зрения наличествует уже у Платона (см. его диалог «Ион»).

Точки эти находятся на траектории создания текста произведения и на траектории личного творческого процесса автора, а также на траектории всей истории литературы. Траектории эти в какой-то мере, в какой-то своей части или частях должны совпадать. Они не могут противоречить друг другу.

Создание произведения есть факт биографии его автора, биография же автора — факт истории, и истории литературы в частности.

Если все три траектории при достаточной многочисленности фактов совпадают, значит они доказаны.

При этом подчеркнем: история не «подводится» под заранее построенную определенную гипотезу — исторические факты, факты «движения произведения» в собственном тексте, в творчестве автора и в историко-литературном процессе, понятом как часть истории культуры в целом, создают научное понимание и научное объяснение литературного произведения[1].

▶▶ **原典选读 2**

Смех как мировоззрение[2]

«Смеховой мир» древней руси

Разумеется, сущность смешного остается во все века одинаковой, однако преобладание тех или иных черт в «смеховой культуре» позволяет различать в смехе национальные черты и черты эпохи. /Древнерусский смех относится по своему типу к смеху средневековому.

Для средневекового смеха характерна его «направленность на наиболее чувствительные стороны человеческого бытия. Этот смех чаще всего обращен против самой личности смеющегося и против всего того, что считается святым, благочестивым, почетным.

Направленность средневекового смеха, в частности, и против самого смеющегося отметил и достаточно хорошо показал М. М. Бахтин в своей книге «Творчество Франсуа Рабле и народная культура средневековья и Ренессанса». Он пишет: «Отметим важную особенность народно-праздничного смеха: этот смех направлен и на самих смеющихся»[3]. Среди произведений русской демократической сатиры, в которых авторы пишут о себе или

---

[1] Этому вопросу я посвятил статью «История — мать истины» (См.: Литературная газета. 1977. 11 мая.).

[2] *Лихачев Д. С., Панченко А. М., Понырко Н. В.* Смех как мировоззрение/Смех в Древней Руси. Л.: Наука, 1984. С. 7—71. （编者注）Часть «Смех как мировоззрение» написана Д. С. Лихачевым.

[3] *Бахтин М.* Творчество Франсуа Рабле и народная культура средневековья и Ренессанса. М.: Художественная литература, 1965. С. 15. (Далее ссылки в тексте: Бахтин, с указанием страницы.)

о своей среде, назовем «Азбуку о голом и небогатом человеке», «Послание дворительное недругу», «Службу кабаку», «Калязинскую челобитную», «Стих о жизни патриарших певчих» и др. Во всех этих произведениях совершается осмеивание себя или по крайней мере своей среды.

Авторы средневековых и, в частности, древнерусских произведений чаще всего смешат читателей непосредственно собой. Они представляют себя неудачниками, нагими или плохо одетыми, бедными, голодными, оголяются целиком или заголяют сокровенные места своего тела. Снижение своего образа, саморазоблачение типичны для средневекового и, в частности, древнерусского смеха. Авторы притворяются дураками, валяют дурака, делают нелепости и прикидываются непонимающими. На самом же деле они чувствуют себя умными, дураками же они только изображают себя, чтобы быть свободными в смехе. Это их «авторский образ», необходимый им для их «смеховой работы», которая состоит в том, чтобы «дурить» и «воздурять» все существующее. «В песнях поносных воздуряем тя»,— так пишет автор «Службы кабаку», обращаясь к последнему[1].

Смех, направленный на самих себя, чувствуется и в шуточном послании конца 1680-х гг. стрельцов Никиты Гладкого[2] и Алексея Стрижова к Сильвестру Медведеву.

Ввиду того, что «нелитературный» смех этот крайне редко встречается в документальных источниках, привожу это письмо полностью. Гладкий и Стрижов шутливо обращаются к Сильвестру Медведеву:

«Пречестный отче Селивестре! Желая тебе спасения и здравия, Алешка Стрижов, Никитка Гладков премного челом бьют. Вчерашния нощи Федора Леонтьевича проводили в часу 4-м, а от него пошли в 5-м, да у Андрея сидели, и от Андрея пошли за два часа до света, и стояли утренюю у Екатерины мученицы, близь церкви, и разошлись в домишки за полчаса до света. И в домишках своих мы спали долго, а ели мало. Пожалуй, государь, накорми нас, чем бог тебе по тому положит: меня, Алешку, хотя крупенею, а желаю и от рыбки; а меня, Никитку, рыбкою ж по-черкаски. Христа ради накорми, а не отказывай! Писал Никитка Гладков, челом бью.

Желая против сего писания, Алешка Стрижов челом бьет».

Гладкий и Стрижов валяют дурака: требуют себе изысканных яств под видом обычной

---

[1] *Адрианова-Перетц В. П.* Русская демократическая сатира XVII века. Изд. 2-е, доп. М.: Наука, 1977. С. 153. (Далее ссылки в тексте: Русская сатира, с указанием страницы.)

[2] Никита Гладкий был приговорен вместе с Сильвестром Медведевым к смертной казни за хулы на патриарха. Так, он, идя мимо палат патриарха, грозил: «Как-де я к патриарху войду в палату и закричу, — он-де у меня от страху и места не найдет». В другом случае Гладкий бахвалился, что «доберется» «до пестрой ризы». Впоследствии Гладкий был помилован. Текст письма см.: Розыскные дела о Федоре Шакловитом и его сообщниках. Т. I. СПб., 1884. Стб. 553 — 554.

милостыни.

В древнерусском смехе есть одно загадочное обстоятельство: непонятно, каким образом в Древней Руси могли в таких широких масштабах терпеться пародии на молитвы, псалмы, службы, на монастырские порядки и т. п. Считать всю эту обильную литературу просто антирелигиозной и антицерковной мне кажется не очень правильным. Люди Древней Руси в массе своей были, как известно, в достаточной степени религиозными, а речь идет именно о массовом явлении. К тому же большинство этих пародий создавалось в среде мелких клириков.

Аналогичное положение было и на Западе в средние века. Приведу некоторые цитаты из книги М. Бахтина о Рабле. Вот они: «Не только школяры и мелкие клирики, но и высокопоставленные церковники и ученые богословы разрешали себе веселые рекреации, то есть отдых от благоговейной серьезности, и « монашеские шутки» (« Jocamonacorum »), как называлось одно из популярнейших произведений средневековья. В своих кельях они создавали пародийные и полупародийные ученые трактаты и другие смеховые произведения на латинском языке··· В дальнейшем развитии смеховой латинской литературы создаются пародийные дублеты буквально на все моменты церковного культа и вероучения. Это так называемая «parodia sacra» то есть «священная пародия», одно из своеобразнейших и до сих пор недостаточно понятых явлений средневековой литературы. До нас дошли довольно многочисленные пародийные литургии («Литургия пьяниц», «Литургия игроков» и др.), пародии на евангельские чтения, на церковные гимны, на псалмы, дошли травести различных евангельских изречений и т. п. Создавались также пародийные завещания («Завещание свиньи», «Завещание осла»), пародийные эпитафии, пародийные постановления соборов и др. Литература эта почти необозрима. И вся она была освящена традицией и в какой-то мере терпелась церковью. Часть ее создавалась и бытовала под эгидой«пасхального смеха» или «рождественского смеха», часть же (пародийные литургии и молитвы) была непосредственно связана с «праздником дураков» и, возможно, исполнялась во время этого праздника··· Не менее богатой и еще более разнообразной была смеховая литература средних веков на народных языках. И здесь мы найдем явления, аналогичные «parodia sacra»: пародийные молитвы, пародийные проповеди (так называемые «sermons joieux», то есть «веселые проповеди» во Франции), рождественские песни, пародийные житийные легенды и др. Но преобладают здесь светские пародии и травести, дающие смеховой аспект феодального строя и феодальной героики. Таковы пародийные эпосы средневековья: животные, шутовские, плутовские и дурацкие; элементы пародийного героического эпоса у кантасториев, появление смеховых дублеров эпических героев (комический Роланд) и др. Создаются пародийные рыцарские романы («Мул без узды», «Окассен и Николет»). Развиваются различные жанры смеховой риторики: всевозможные «прения» карнавального типа, диспуты, диалоги, комические «хвалебные слова» (или «прославления») и др. Карнавальный смех звучит в фабльо и в своеобразной смеховой лирике вагантов (бродячих школяров)»(Бахтин, с. 17—19).

Аналогичную картину представляет и русская демократическая сатира XVII в.: «Служба кабаку», «Праздник кабацких ярыжек», «Калязинская челобитная», «Сказание о бражнике»[①]. В них мы можем найти пародии на церковные песнопения и на молитвы, даже на такую священнейшую, как «Отче наш». И нет никаких указаний на то, что эти произведения запрещались. Напротив, некоторые снабжались предисловиями к «благочестивому читателю».

Дело, по-моему, в том, что древнерусские пародии вообще не являются пародиями в современном смысле. Это пародии особые — средневековые.

«Краткая литературная энциклопедия» (т. 5. М., 1968) дает следующее определение пародии: «Жанр литературно-художественной имитации, подражание стилю отдельного произведения, автора, литературного направления, жанра с целью его осмеяния» (с. 604). Между тем такого рода пародирования с целью осмеяния произведения, жанра или автора древнерусская литература, по-видимому, вообще не знает. Автор статьи о пародии в «Краткой литературной энциклопедии» пишет далее: «Литературная пародия «передразнивает» не самое действительность (реальные события, лица и т. п.), а ее изображение в литературных произведениях» (там же). В древнерусских же сатирических произведениях осмеивается не что-то другое, а создается смеховая ситуация внутри самого произведения. Смех направлен не на других, а на себя и на ситуацию, создающуюся внутри самого произведения. Пародируется не индивидуальный авторский стиль или присущее данному автору мировоззрение, не содержание произведений, а только самые жанры деловой, церковной или литературной письменности: челобитные, послания, судопроизводственные документы, росписи о приданом, путники, лечебники, те или иные церковные службы, молитвы и т. д., и т. п. Пародируется сложившаяся, твердо установленная, упорядоченная форма, обладающая собственными, только ей присущими признаками — знаковой системой.

В качестве этих знаков берется то, что в историческом источниковедении называется формуляром документа, то есть формулы, в которых пишется документ, особенно начальные и заключительные, и расположение материала — порядок следования.

Изучая эти древнерусские пародии, можно составить довольно точное представление о том, что считалось обязательным в том или ином документе, что являлось признаком,

---

① О шутовских молитвах в XVIII и XIX вв. см.: *Адрианова-Перетц В. П.* Образцы общественно-политической пародии XVIII — нач. XIX в. // ТОДРЛ. Т. III. 1936. С. 335 — 366.

знаком, по которому мог быть распознан тот или иной деловой жанр.

Впрочем, эти формулы-знаки в древнерусских пародиях служили вовсе не для того только, чтобы «узнавать» жанр, они были нужны для придания произведению еще одного значения, отсутствовавшего в пародируемом объекте, — значения смехового. Поэтому признаки-знаки были обильны. Автор не ограничивал их число, а стремился к тому, чтобы исчерпать признаки жанра: чем больше, тем лучше, то есть тем смешнее. Как признаки жанра они давались избыточно, как сигналы к смеху они должны были по возможности плотнее насыщать текст, чтобы смех не прерывался.

Древнерусские пародии относятся к тому времени, когда индивидуальный стиль за очень редкими исключениями не осознавался как таковой[①]. Стиль осознавался только в его связи с определенным жанром литературы или определенной формой деловой письменности: был стиль агиографический и летописный, стиль торжественной проповеди или стиль хронографический, и т. д.

Приступая к написанию того или иного произведения, автор обязан был примениться к стилю того жанра, которым он хотел воспользоваться. Стиль был в древнерусской литературе признаком жанра, но не автора.

В некоторых случаях пародия могла воспроизводить формулы того или иного произведения (но не автора этого произведения): например, молитвы «Отче наш», того или иного псалма. Но такого рода пародии были редки. Пародируемых конкретных произведений было мало, так как они должны были быть хорошо знакомы читателям, чтобы их можно было легко узнавать в пародии.

Признаки жанра — те или иные повторяющиеся формулы, фразеологические сочетания, в деловой письменности — формуляр. Признаки пародируемого произведения — это не стилистические «ходы», а определенные, запомнившиеся «индивидуальные» формулы.

В целом пародировался не общий характер стиля в нашем смысле слова, а лишь запомнившиеся выражения. Пародируются слова, выражения, обороты, ритмический рисунок и мелодия. Происходит как бы искажение текста. Для того, чтобы понять пародию, нужно хорошо знать или текст пародируемого произведения, или «формуляр» жанра.

Пародируемый текст искажается. Это как бы фальшивое воспроизведение пародируемого памятника — воспроизведение с ошибками, подобное фальшивому пению. Характерно, что пародии на церковное богослужение действительно пелись или произносились нараспев, как пелся и произносился и сам пародируемый текст, но пелись и

---

① См.: *Лихачев Д. С.* Поэтика древнерусской литературы. Л.: Художественная литература, 1971. С. 203 — 209.

произносились нарочито фальшиво. В «Службе кабаку» пародировалась не только служба, но и самое исполнение службы; высмеивался не только текст, но и тот, кто служил, поэтому исполнение такой «службы» чаще всего должно было быть коллективным: священник, дьякон, дьячок, хор и пр.

В «Азбуке о голом и небогатом человеке» тоже был пародируемый персонаж — учащийся. «Азбука» написана как бы от лица заучивающего азбуку, думающего о своих неудачах. Персонажи эти как бы не понимали настоящего текста и, искажая его, «проговаривались» о своих нуждах, заботах и бедах. Персонажи — не объекты, а субъекты пародии. Не они пародируют, а они сами не понимают текст, оглупляют его и сами строят из себя дураков, неспособных учеников, думающих только о своей нужде.

Пародируются по преимуществу организованные формы письменности, деловой и литературной, организованные формы слова. При этом все знаки и признаки организованности становятся бессмысленными. Возникает «бессистемность неблагополучия».

Смысл древнерусских пародий заключается в том, чтобы разрушить значение и упорядоченность знаков, обессмыслить их, дать им неожиданное и неупорядоченное значение, создать неупорядоченный мир, мир без системы, мир нелепый, дурацкий,— и сделать это по всем статьям и с наибольшей полнотой. Полнота разрушения знаковой системы, упорядоченного знаками мира и полнота построения мира неупорядоченного, мира «антикультуры»[1], во всех отношениях нелепого, — одна из целей пародии.

Авторы древнерусских пародий находятся во власти определенной схемы построения своего антимира — определенной его модели.

Что же это за антимир?

Для древнерусских пародий характерна следующая схема построения вселенной. Вселенная делится на мир настоящий, организованный, мир культуры — и мир не настоящий, не организованный, отрицательный, мир антикультуры. В первом мире господствуют благополучие и упорядоченность знаковой системы, во втором — нищета, голод, пьянство и полная спутанность всех значений. Люди во втором — босы, наги либо одеты в берестяные шлемы и лыковую обувь-лапти, рогоженные одежды, увенчаны соломенными венцами, не имеют общественного устойчивого положения и вообще какой-либо устойчивости, «мятутся меж двор», кабак заменяет им церковь, тюремный

---

[1] См.: *Лотман Ю. М.* Статьи по типологии культуры. Тарту, 1970 (см. особенно статью «Проблема знака и знаковой системы и типология русской культуры XI—XIX веков»). Отмечу, что древнерусская противопоставленность мира антимиру, «инишнему царству» — не только результат научного исследования, но и непосредственная данность, живо ощущаемая в Древней Руси и в известной мере осознаваемая.

двор — монастырь, пьянство — аскетические подвиги и т. д. Все знаки означают нечто противоположное тому, что они значат в нормальном мире.

Этот мир кромешный — мир недействительный. Он подчеркнуто выдуманный. Поэтому в начале и конце произведения даются нелепые, запутывающие адреса, нелепое календарное указание. В «Росписи о приданом» так исчисляются предлагаемые богатства: «Да 8 дворов бобыльских, в них полтора человека с четвертью, — 3 человека деловых людей, 4 человека в бегах да 2 человека в бедах, один в тюрьме, а другой в воде» (Русская сатира, с. 97). «И всево приданова почитают от Яузы до Москвы-реки шесть верст, а от места до места один перст» (там же, с. 99). Перед нами небылица, небывальщина, но небылица, жизнь в которой неблагополучна, а люди существуют «в бегах» и «в бедах».

Автор шутовской челобитной говорит о себе: «Ис поля вышел, из лесу выполз, из болота выбрел, а неведомо кто»[①]. Образ адресата, то есть того лица, к которому обращается автор, также нарочито нереален: «Жалоба нам, господам, на такова же человека, каков ты сам, ни ниже, ни выше, в той же образ нос, на рожу сполс. Глаза нависли, во лбу звезда. Борода у нево в три волоса широка и окъла-диста, кавтан ···ной, пуговицы тверския, в три молота збиты»(Очерки, с. 113). Время также нереально: «Дело у нас в месице саврасе, в серую суботу, в соловой четверк, в желтой пяток···» (там же). «Месяца китовраса в нелепый день···» — так начинается «Служба кабаку» (Русская сатира, с. 37). Создается нагромождение чепухи: «руки держал за пазухою, а ногами правил, а головою в седле сидел» (Очерки, с. 113).

«Небылицы» эти «перевертывают», но даже не те произведения и не те жанры, у которых берут их форму (челобитные, судные дела, росписи о приданом, путники и проч.), а самый мир, действительность и создают некую «небыль», чепуху, изнаночный мир, или, как теперь принято говорить, «антимир». В этом антимире нарочито подчеркиваются его нереальность, непредставимость, нелогичность.

Антимир, небылицы, изнаночный мир, который создают так называемые древнерусские «пародии», может иногда «вывертывать» и самые произведения. В демократической сатире «Лечебник, како лечить иноземцев» перевертывается лечебник — создается своего рода «антилечебник». «Перевертыши» эти очень близки к современным пародиям, но с одним существенным отличием. Современные пародии в той или иной степени «дискредитируют» пародируемые произведения: делают их и их авторов смешными. В «Лечебнике» же, «како лечить иноземцев» этой дискредитации лечебников нет. Это просто другой лечебник: перевернутый, опрокинутый, вывороченный наизнанку,

---

① *Адрианова-Перетц В. П.* Очерки по истории русской сатирической литературы XVII века. М.; Л.: АН СССР, 1937. С. 113. (Далее ссылки в тексте: Очерки, с указанием страницы.)

смешной сам по себе, обращающий смех на себя. В нем даются рецепты нереальных лечебных средств — нарочитая чепуха,

В «Лечебнике, како лечить иноземцев» предлагается материализовать, взвешивать на аптекарских весах не поддающиеся взвешиванию и употреблению отвлеченные понятия и давать их в виде лекарств больному: вежливое журавлиное ступанье, сладкослышные песни, денные светлости, самый тонкий блошиный скок, ладонное плескание, филинов смех, сухой крещенский мороз и пр. В реальные снадобья превращен мир звуков: «Взять мостового белаго стуку 16 золотников, мелкаго вешняго топу 13 золотников, светлаго тележнаго скрипу 16 золотников» (Русская сатира, с. 95). Далее в «Лечебнике» значатся: густой медвежий рык, крупное кошачье ворчанье, курочий высокий голос и пр.

Характерны с этой точки зрения самые названия древнерусских пародийных произведений: песни «поносные» (Русская сатира, с. 43), песни «нелепые» (там же, с. 39), кафизмы «пустошные» (там же, с. 38); изображаемое торжество именуется «нелепым» (там же, с. 39) и т. д. Смех в данном случае направлен не на другое произведение, как в пародиях нового времени, а на то самое, которое читает или слушает воспринимающий его. Это типичный для средневековья «смех над самим собой» — в том числе и над тем произведением, которое в данный момент читается. Смех имманентен самому произведению. Читатель смеется не над другим каким-то автором, не над другим произведением, а над тем, что он читает, и над его автором. Автор валяет дурака, обращает смех на себя, а не на других. Поэтому-то «пустошная кафизма» не есть издевательство над какой-то другой кафизмой, а представляет собой антикафизму, замкнутую в себе, над собой смеющуюся, небылицу, чепуху.

Перед нами изнанка мира. Мир перевернутый, реально невозможный, абсурдный, дурацкий.

«Перевернутость» может подчеркиваться тем, что действие переносится в мир рыб («Повесть о Ерше Ершовиче») или мир домашних птиц («Повесть о куре») и пр. Перенос человеческих отношений в «Повести о Ерше» в мир рыб настолько сам по себе действен как прием разрушения реальности, что другой «чепухи» в «Повести о Ерше» уже относительно мало; она не нужна.

В этом изнаночном, перевернутом мире человек изымается из всех стабильных форм его окружения, переносится в подчеркнуто нереальную среду.

Все вещи в небылице получают не свое, а какое-то чужое, нелепое назначение: «На мал ей вечерни поблаговестим в малые чарки, таже позвоним в полведришки» (Русская сатира, с. 37). Действующим лицам, читателям, слушателям предлагается делать то, что они заведомо делать не могут: «Глухие, потешно слушайте, нагие, веселитеся, ремением секитеся, дурость к вам приближается» (там же с. 39).

Дурость, глупость — важный компонент древнерусского смеха. Смешащий, как я уже сказал, валяет дурака, обращает смех на себя, играет в дурака.

Что такое древнерусский дурак? Это часто человек очень умный, но делающий то, что не положено, нарушающий обычай, приличие, принятое поведение, обнажающий себя и мир от всех церемониальных форм, показывающий свою наготу и наготу мира,— разоблачитель и разоблачающийся одновременно, нарушитель знаковой системы, человек, ошибочно ею пользующийся. Вот почему в древнерусском смехе такую большую роль играют нагота и обнажение.

Изобретательность в изображении и констатации наготы в произведениях демократической литературы поразительна. Кабацкие «антимолитвы» воспевают наготу, нагота изображается как освобождение от забот, от грехов, от суеты мира сего. Это своеобразная святость, идеал равенства, «райское житие». Вот некоторые отрывки из «Службы кабаку»: «глас пустошнии подобен вседневному обнажению»; «в три дня очистился еси донага» (Русская сатира, с. 37); «перстни, человече, на руке мешают, ногавицы тяжело носить, портки на пиво меняеш» (там же); «и тои (кабак) избавит тя донага от всего платья» (там же}; «се бо нам свет приносится наготы» (там же); «кто ли, пропився донага, не помянет тебя, кабаче» (там же); «нагие, веселитеся» (там же, с. 38); «наг обявляшеся, не задевает, ни тлеет самородная рубашка, и пуп гол. Когда сором, ты закройся перстом»; «слава тебе, господи, было, да сплыло, не о чем думати, лише спи, не стой, одно лише оборону от клопов держи, а то жити весело, да ести нечего» (там же, с. 40); «стих: пианица яко теля наготою и убожеством процвете»(там же с. 48).

Особую роль в этом обнажении играет нагота гузна, подчеркнутая еще тем, что голое гузно вымазано в саже или в кале, метет собой палати и проч.: «голым гузном сажу с полатей мести вовеки» (там же, с. 37); «с ярыжными спознался и на полатях голым гузном в саже повалялся»(там же, с. 38; ср. с. 43, 47),

Функция смеха — обнажать, обнаруживать правду, раздевать реальность от покровов этикета, церемониальности, искусственного неравенства, от всей сложной знаковой системы данного общества. Обнажение уравнивает всех людей. «Братия голянская» равна между собой.

При этом дурость — это та же нагота по своей функции (там же, с. 41). Дурость — это обнажение ума от всех условностей, от всех форм, привычек. Поэтому-то говорят и видят правду дураки. Они честны, правдивы, смелы. Они веселы, как веселы люди, ничего не имеющие. Они не понимают никаких условностей. Они правдолюбцы, почти святые, но только тоже «наизнанку».

Древнерусский смех — это смех «раздевающий», обнажающий правду, смех голого, ничем не дорожащего. Дурак — прежде всего человек, видящий и говорящий «голую» правду.

В древнерусском смехе большую роль играло выворачивание наизнанку одежды (вывороченные мехом наружу овчины), надетые задом наперед шапки. Особенную роль в смеховых переодеваниях имели рогожа, мочала, солома, береста, лыко. Это были как бы «ложные материалы» — антиматериалы, излюбленные ряжеными и скоморохами. Все это знаменовало собой изнаночный мир, которым жил древнерусский смех.

Характерно, что при разоблачении еретиков публично демонстрировалось, что еретики принадлежат к антимиру, к кромешному (адскому) миру, что они «ненастоящие». Новгородский архиепископ Геннадий в 1490 г. приказал посадить еретиков на лошадей лицом к хвосту в вывороченном платье, в берестяных шлемах с мочальными хвостами, в венцах из сена и соломы, с надписями: «Се есть сатанино воинство». Это было своего рода раздевание еретиков — причисление их к изнаночному, бесовскому миру. Геннадий в этом случае ничего не изобретал[①],— он разоблачал еретиков вполне «древнерусским» способом.

〈...〉

Раздвоение смехового мира

Существо смеха связано с раздвоением. Смех открывает в одном другое, не соответствующее: в высоком — низкое, в духовном — материальное, в торжественном — будничное, в обнадеживающем — разочаровывающее. Смех делит мир надвое, создает бесконечное количество двойников, создает смеховую «тень» действительности, раскалывает эту действительность.

Эта «смеховая работа» имеет и свою инерцию. Смеющийся не склонен останавливаться в своем смехе. Характерна в этом отношении типично русская форма смеха —балагурство, о котором я уже писал выше. Плохо, если тот, кто взялся балагурить, остановился на первой своей шутке. Балагур как бы принимает на себя обязанность балагура, он берется не прерывать своего балагурства в течение всего вечера, всей свадьбы, всей встречи. Он должен выдержать свою роль балагура как можно дольше и «непрерывнее». В конце концов за ним устанавливается репутация балагура, и от него постоянно ждут шуток; ему стремятся подбросить «горючий» материал для его шуток. Реплики слушающих имеют большое значение в «смеховой работе» балагура. Балагур

---

① Я. С. Лурье пишет по этому поводу: «Была ли эта церемония заимствована Геннадием от его западных учителей или она явилась плодом его собственной мстительной изобретательности, во всяком случае новгородский инквизитор сделал все от него зависящее, чтобы не уступить „шпанскому королю"» (Казакова Н. А., Лурье Я. С. Антифеодальные еретические движения на Руси XIV — начала XVI века. М.; Л., 1955. С. 130). Я думаю, что в «церемонии» казни еретиков не было ни заимствования, ни личной изобретательности, а была в значительной мере традиция древнерусского изнаночного мира (ср. вполне русские, а не испанские «материалы» одежд: овчина, мочала, береста).

становится как бы актером в театре, где играют и сами зрители, подыгрывают, во всяком случае.

Стремление к непрерывности характеризует не только «смеховую работу» балагура, но и автора смеховых произведений. Автор строит свое повествование как непрекращающееся опрокидывание в смеховой мир всего сущего, как непрерывное смеховое дублирование происходящего, описываемого, рассказываемого. Создается «эстафета смеха». Это характерно для всякого «антипроизведения»; для антимолитв (смехового «Отче наш», «смешного икоса» безумному попу Саве и пр.), для антилечебников («Лечебника, како лечить иноземцев»), для антисудного списка («Повести о Ерше») и пр. На один стержень, на один сюжет нанизывается сплошное его смеховое опрокидывание, хотя в каждом смеховом произведении смеховая дублировка имеет свои особенности.

В отличие от простого балагурства, смеховое литературное произведение имеет тенденцию к единству смехового образа: либо кабак изображается как церковь, либо монастырь как кабак, либо воровство как церковная служба и т. п. Это — представление одного в мире другого, служащее смеховому снижению. В смеховой антимолитве дублируется молитва, которую читающие или слушающие знают наизусть, и поэтому ее нет смысла вводить в текст; в «Послании дворительном недругу» всякое предложение и всякая просьба получают тут же смеховое объяснение и смеховое разрешение. В «Сказании о крестьянском сыне» «бинарны» возгласы вора, обкрадывающего ночью крестьянина. Первая половина каждого возгласа — цитата из церковной службы или из священного писания, вторая — смеховое опознание первой: «Отверзитеся, хляби небесныя, а нам врата крестьянская»; «Взыде Иисус на гору Фаворскую соученики своими, а я на двор крестьянский с товарищи своими»; «Прикоснулся Фома за ребро Христово, а я у крестьянские клети за угол»; «Взыде Иисус на гору Елеонскую помолитися, а я на клеть крестьянскую».

Когда вор начинает разбирать кровлю на клети, он произносит: «Простирали небо, яко кожу, а я крестьянскую простираю кровлю». Спускаясь на веревке в клеть, он говорит: «Сниде царь Соломон во ад и сниде Иона во чрево китово, а я в клеть крестьянскую». Обходя клеть, вор говорит: «Обыду олтарь твои, господи». Увидев кнут, комментирует: «Господи, страха твоего не убоюся, а грех и злыя дела безпрестанно». Выбрав все в крестьянском ларце, вор произносит священные слова: «Твоя от твоих тебе приносяще о всех и за вся». Найдя у крестьянской жены «убрус» — платок, стал тем платком опоясываться и говорит: «Препоясывался Исус лентием, а я крестьянские жены убрусом». Надевая красные сапоги, вор говорит: «Раб божий Иван в седалия, а я обуваюсь в новые сапоги крестьянские» (Русская сатира, с. 88).

Священными словами вор комментирует все свои действия до конца, пока он не уходит из дома; тем самым воровство противопоставлено священной службе.

В «Росписи о приданом» раздвоение касается только осмеиваемого мира. Сам смеховой мир как бы удвоен. Это сказывается в двойном построении фраз, в разбивке каждого стиха как бы на две половины:

Липовые два котла, да к те згорели дотла.

Сосновой кувшин да везовое блюдо в шесть аршин.

Дюжина тарелок бумажных на две солонки фантажных.

Парусинная кострюлька да табашная люлька.

Дехтярной шандал да помойной жбан.

Щаной деревянной горшок да с табаком свиной рожьок.

Сито с обечайкой да веник с шайкой.

Привычка к смеховому двоению мира приводит к тому, что даже автор смехового произведения указывается двойной — кот и кошка (Русская сатира, с. 99):

А запись писали кот да кошка

в серую суботу, в соловый четверк,

в желтой пяток, канун Серпуховскова заговенья.

Росписи слава, попу коровай сала.

Смеховой мир является результатом смехового раздвоения мира и, в свою очередь, может двоиться во всех своих проявлениях. Чтобы быть смешным, надо двоиться, повторяться.

«Смеховая работа» по раздвоению мира действительности и смеховой тени действительности (смехового мира) не знает пределов.

Обе половины могут быть равны, но могут быть и неравными: вопрос — ответ, загадка — разгадка. В этом раздвоении мира — мира и без того сниженного, смехового — происходит его еще большее снижение, подчеркивание его бессмысленности, глупости. Смех делит мир, создает бесчисленные пары, дублирует явления и объекты и тем самым «механизирует» и оглупляет мир.

***

Смех в Древней Руси был сопряжен с особым самовозрастанием темы, с театрализацией, приводил к созданию грандиозных смеховых действ — не к простому карнавалу, а к тематическому действу, в котором, естественно, постепенно утрачивалось само смеховое начало. Он порождал даже такие апокалиптические явления, как кромешный мир опричнины. Опричнина Грозного была только порождена смеховым началом, в дальнейшем она утратила его полностью. Дело в том, что смеховой мир всегда балансирует на грани своего исчезновения. Он не может оставаться неподвижным. Он весь в движении.

Смеховой мир существует только в «смеховой работе». Шутку нельзя повторять; она не может застыть, она не имеет длительности. Тот или иной смеховой мир, становясь действительностью, неизбежно перестает быть смешным. Поэтому смеховой мир, чтобы сохраниться, имеет тенденцию, в свою очередь, делиться надвое. Это раздвоение смехового мира связано с самой сутью средневековой поэтики.

Как мне уже приходилось писать[1], одно из своеобразнейших явлений средневековой поэтики — стилистическая симметрия. Стилистическая симметрия восходит к поэтике Библии, в частности псалмов.

Вот примеры стилистической симметрии:

«Измий мя от враг моих, — и от вставших на мя отъими мя».

«Избави мя от творящих беззаконье, — и от мужа крови спаси мя».

В обеих частях каждого из этих примеров говорится об одном и том же, но в разных выражениях, в различных образах. В сопоставлении эти различия уничтожают друг друга, и остается только их самая общая и абстрактная идея.

Стилистическую симметрию нельзя смешивать с художественным параллелизмом, распространенными в фольклоре, и в новой поэзии. Параллелизм создает конкретный образ. Он способствует конкретному восприятию излагаемого. Стилистическая симметрия, напротив, имеет целью художественное абстрагирование, столь важное в создании возвышенного мира церковной литературы в средние века. Абстрагирование — непременный участник высокого стиля литературы, мира духовного. Абстрагирование — это возвышение мира, вскрытие в мире его «вечных» основ, его духовной сущности, освобождение мира от материальности, от всего временного, единичного, конкретного. Это «дематериализация» мира.

Абстрагирование также имеет свою инерцию. Оно не может ограничиться одним каким-то явлением, одним предметом или объектом. Художник средневековья, вступив на путь абстрагирования и вскрытия в мире его духовного начала, стремится сделать это возможно полнее, последовательнее, «непрерывнее». За одним симметрическим построением следует второе, за вторым третье и т. д. Правда, такая «эстафета» стилистических симметрии не бывает долгой: подыскание стилистических симметрий — нелегкое дело.

Итак, абстрагирование создает свой возвышенный духовный двойник действительности, мир максимально «серьезный», мир, целиком подчиняющийся «литературному этикету»[2], мир, не допускающий не только смеха, но и улыбки, мир

---

[1] *Лихачев Д. С.* Поэтика древнерусской литературы. Л.: Художественная литература, 1971. С. 185 — 192.

[2] О «литературном этикете» см.: Лихачев Д. С. Поэтика древнерусской литературы. С. 95 — 122.

священный, окруженный благоговением.

Смеховой мир в еще большей мере, чем действительность, противостоит этому духовному миру, строящемуся путями абстрагирования. Смеховой мир — это мир «низовой», мир материальный, мир, обнаруживающий за ширмой действительности ее бедность, наготу, глупость, «механичность», отсутствие смысла и значения, разрушающий всю «знаковую систему», созданную традицией.

Если мир, созданный абстрагированием, — это мир духовной, церковной «сверхкультуры», то смеховой мир — это находящийся на противоположном полюсе мир антикультуры, созданный путем смехового снижения.

Если в абстрагировании огромную роль играет стилистическая симметрия, то в смеховой конкретизации мира — его смеховое раздвоение. Раздвоение смехового мира — это смеховая аналогия стилистической симметрии. И тут и там раздвоение мира: в стилистической симметрии — с целью разрушения материальности и уничтожения конкретности мира, в смеховом раздвоении мира — с целью подчеркивания его материальности, бессмысленности, а также роковой предрешенности, неизбежности (например, невозможности человеку вырваться из оков нищеты, из-под власти горя, избавиться от социальной зависимости и т.д.).

Формы раздвоения смехового мира очень разнообразны. Одна из них — появление смеховых двойников. Два комических персонажа, в сущности, одинаковы. Они похожи друг на друга, делают одно и то же, претерпевают сходные бедствия. Они неразлучны. По существу, это один персонаж в двух лицах. Таковы Фома и Ерема в «Повести Фоме и Ереме» (Русская сатира, с. 34—36). Оба принадлежат к кромешному, низовому миру — миру антикультуры, и тем не менее их неблагополучие не только противостоит настоящему миру, но, в свою очередь, расколото на сходных мира. Кромешный мир сам как бы расщеплен надвое, дублирован, «экранизирован». Этим подчеркиваются безысходность бедности героев повести, роковой характер их несчастья. Поэтому они изъяты из реальности, перенесены в некое сказочное место, они изъяты и из реального времени — они «жили-были», как в сказке, «после отца их было за ними поместье, незнамо в коем уезде», В их лицах подчеркивается «единство» мира несчастья при чисто внешней его раздвоенности и несходстве «примет». «Повесть о Фоме и Ереме» начинается так: «В некоем месте жили-были два брата, Фома да Ерема, за един человек, лицем они единаки, а приметами разны»,

Каждый из этих двойников совершает одно и то же, но действия их описаны в разных словах, они только чуть разнятся именно в «приметах», чуть различаются по внешнему выражению, но не по смыслу, который каждый раз один и тот же и представляет собой «смеховой возврат» к самому себе. Это своеобразное смеховое абстрагирование, но абстрагирование не возвышающее, а снижающее героев:

После отца их было за ними помесье незнамо в коем уезде:

У Еремы деревня, у Фомы сельцо.

Деревня пуста, а сельцо без людей.

Свой у них был покой и просторен —

У Еремы клеть, у Фомы изба.

Клеть пуста, а в ызбе никово.

Этот «смеховой возврат» подчеркнут и внешне действиями обоих «героев». Так, отправившись на базар, чтобы позавтракать, и оставшись без еды, они встают и кланяются друг другу «не ведомо о чем»:

Люди ядят, а они, аки оглядни, глядят,

Зевают да вздыхают, да усы потирают.

И вставши они друг другу челом, а не ведомо о чом.

Эта деталь очень тонкая: Фома и Ерема как бы обращены друг к другу, их действие — зеркальная симметрия, они зависят друг от друга, и оба поэтому находят друг в друге свое раскрытие. Фома начинает действие, а Ерема, повторяя это действие, как бы разъясняет его, указывает на безысходность их нищеты и неудачливости.

При всем сходстве двух братьев между ними есть и различия: второй повторяет действие в усиленном виде, ему достается больше, чем первому, ибо именно второй разъясняет первого, заканчивает эпизод:

Захотелось им, двум братом, к обедне итти:

Ерема вшел в церковь, Фома в олтарь,

Ерема крестится, Фома кланяется,

Ерема стал на крылос, Фома на другой,

Ерема запел, а Фома завопил.

Обоих их выгоняют из церкви:

Ерему в шею, Фому в толчки,

Ерема в двери, Фома в окно,

Ерема ушел, а Фома убежал.

В сущности, тема двойничества и двойников начинается в русской литературе именно с «Повести о Фоме и Ереме». Эта тема всегда связана с темой судьбы, роковой предопределенности жизни, преследования человека роком. Эта тема в той же ситуации звучит и в «Повести о Горе Злочастии», где Горе — роковой двойник молодца. Разумеется, и в данном случае, зародившись в недрах смехового мира, тема рокового двойника уже в «Повести о Горе Злочастии» становится темой трагической. Именно в этом последнем аспекте она выступит впоследствии у Гоголя («Нос»), Достоевского («Двойник» и др.},

Андрея Белого («Петербург») и т.д.

Смеховое раздвоение мира — мира действительности и мира смехового — требует своей маркированности. Оно не всегда сразу заметно, и поэтому его необходимо подчеркнуть, внешне отметить, тем более что всякого рода внешние отметки подчеркивают смеховую, чисто внешнюю сущность сообщаемого. Смех — всегда смех над наружным, кажущимся, механическим.

Поэтому в смеховых произведениях часто играет огромную роль грамматическое или звуковое сходство тех двух частей, на которые распадается изложение. Внешнее сходство обеих частей еще более подчеркивает как бы марионеточный, «петрушечный» характер смехового мира. Обе части строятся синтаксически сходно, хотя синтаксическое повторение редко бывает полным повторением, счет слогов и слов в обеих частях тоже бывает разным. Одинаковым бывает в обеих частях смехового повторения положение подлежащего и сказуемого.

См., например, «Послание дворительное недругу» (Русская сатира, с. 30):

И еще тебе, господине, добро доспею,— ехати к тебе не смею.

Живеш ты, господине, вкупе,— а толчеш в ступе.

И то завернется у тобя в пупе,— потому что ты добре опалчив вкруте.

И яз твоего величества не боюс — и впред тебе прнгожус.

Да велел ты, господине, взяти ржи — и ты, господине, не учини в ней лжи.

То, что первая и вторая части смехового повтора соотносятся друг с другом, подчеркивается сходством окончаний обеих частей: чем-то вроде рифмы, своеобразным «смеховым эхом».

«Смеховым эхом» могут быть, при некотором синтаксическом параллелизме обеих частей и рифма, и аллитерация, смысловая близость окончаний даже при отсутствии близости грамматической и звуковой, шуточная этимология, каламбурное разъяснение в окончании второй части окончания первой, смеховая этимология и смеховое сближение и сопоставление двух совершенно различных слов.

Наконец, может быть даже «подразумеваемая рифма», когда окончание строки рифмуется с хорошо знакомым читателю пародируемым произведением (в пародиях на церковные службы и отдельные молитвы).

Ни в коем случае не следует отождествлять это «смеховое эхо» с современной рифмой. Оно иное по своей функции и даже по применению. «Смеховое эхо» не обладает последовательностью в расстановке. «Смеховое эхо» проводится часто с пропусками, от случая к случаю. Благодаря этому смеховой стих (или раешный стих), которым писались многие смеховые произведения, допускал включение частей, не имеющих ни синтаксически параллельных элементов, ни отмеченных «смеховым эхом» пассажей. В результате смеховой (или раешный) стих оказывался как бы рваным, скачкообразным, неполным, соединенным с обычной прозой.

«Смеховое эхо» так или иначе связано со смыслом обеих частей. Со смыслом оно может быть связано прежде всего отрицанием смысла. Оно нередко несет в себе немалый заряд смехового обессмысливания, иначе говоря — своеобразного «осмысления». Во второй части как бы не понята первая часть.

«Смеховое эхо» воспринимается как искажение, как оглупление. Окончание второй части как бы принадлежит другому человеку, который, поверхностно ухватив грамматическую структуру или звуковую сторону первой, ее не понял, придал ей другой, «дурацкий» смысл, недослышал сказанное. Происходит как бы искаженное, «смеховое» опознание первой части. «Смеховое эхо» — это как бы «недослышки».

В той или иной степени все примеры «смехового эха» могут быть охарактеризованы как «рифма смысла». Рифма смысла, в свою очередь, может быть самого разнообразного характера, например смеховое сопоставление однокоренных слов. В «смешном икосе» попу Саве (Русская сатира, с. 57) есть такие строки:

Радуйся, с добрыми людми и поброняся, а в хлебне сидя веселяся!

Радуйся, пив вотку, а ныне и воды в честь!

Звуковых соответствий, которые нельзя признать рифмами, но скорей смеховыми «недослышками», довольно много в «стихотворном» варианте «Сказания о Ерше» (там же, с. 15—16):

пришол Богдан да ерша бог дал,

пришол Иван, ерша поймал,

ришол Устин да ерша упустил,

пришол Спиря да на Устина стырил,

пришол Иван да опять ерша поймал,

пришол Давид, почел ерша давить,

пришол Андрей, да ерша в гузна огрел,

пришол Потап, почел ерша топтать,

ехал Алешка на колесах да взвалил ерша на колеса;

пришол Акины, ерша в клеть кинул,

пришол сусет да кинул ерша в сусек,

пришол Антроп да повесил ерша под строп···

Если значения концов близки между собой, то эта смысловая близость может полностью заменить необходимость в звуковой близости. Ср. в «Росписи о приданом» (там же, с. 98):

А как хозяин станет есть,

так не за чем сесть,

жена в стол, а муж под стол,

жена не ела, а муж не обедал.

Эту своеобразную рифму смысла видим мы и в «Сказании о попе Саве и о великой его славе» (там же, с. 56):

Да прости ты, попадья, слово твое сбылося, уже и приставы приволоклися, и, яко пса, обыдоша мя ныне, толко не сыскать было им меня вовеки.

Или:

Мне ночесь спалось, да много виделось.

Когда построение раешного стиха ясно, оно может быть частично нарушено дополнением во второй части. Ср. в «Сказании о Ерше» (там же, с. 16):

Пришол Ульян: «Да еще, маладеш, я не пьян, а чом деретесь?»

Пришол Яков да адин ерша смякал, а сам и ушол.

Надо при этом иметь в виду, что смысловой рифмой может служить не одно слово, а целое речение. Например, в «Послании дворянина дворянину»:

А я тебе, государю моему, преступя страх,

из глубины возвах, имя господине призвах···①

«Преступя страх» является смеховым соответствием к «возвах» и «призвах».

В целом следует сказать, что «смеховое эхо» давало дополнительный смеховой материал, служа тому же смеховому двоению мира.

💡 课后思考题

1. В чем состоит важность принципа историзма, по мнению Лихачева?

2. В чем состоит ошибка Г. Шпета в критике исторического подхода к литературным произведениям, по мнению Лихачева?

3. Что характерно для средневекового смеха?

4. Как понимает Лихачев раздвоение смехового мира?

---

① *Адрианова-Перетц В. П.* Демократическая поэзия XVII века. М.:, Л.:Советский писатель, 1962. С. 118.

||||||||||||||||||||||||||||||||||| ▶ **推荐阅读材料** ◀ ||||||||||||||||||||||||||||||||||||

1. *Лихачев Д. С.* Литература — реальность — литература. Л.: Советский писатель, 1984.

2. *Лихачев Д. С.* Поэтика древнерусской литературы. Л.: Художественная литература, 1971.

3. *Лихачев Д. С.* Раздумья о России. СПб.: Logos, 1999.

4. *Лихачев Д. С.* Человек в литературе Древней Руси. М.: Наука, 1970.

第十二讲拓展资源

参考文献

德语文献：

［1］Herbart, J. F. *Lehrbuch zur Einleitung in die Philosophie*. Konigsberg, 1834.

［2］Humboldt, W. von. *Gesammelte Werke*. Berlin, 1841 — 1852. Bd 1-7.

［3］Krauss, S. Talmudische Archaologie. Bd 3. Wien-Lpz., 1912.

［4］Lucius, E. Die Anfange des Heiligenkult in der Christlichen Kirche... Tubingen, 1904.

［5］Mannhardt, W. Antike Wald- und Feldkulte, aus nordeuropalischer Uberlieferung erlautert. B., 1877.

［6］Mannhardt, W. Der Baumkultus der Germanen und ihrer Nachbarstamme. Mythologische Untersuchungen. B., 1875.

［7］Mannhardt, W. *Die Korndamonen; Beitrag zurgermanischen Sittenkunde*. B., 1868.

［8］Mannhardt ,W. Mythologische Forschimgen aus dem Nachlasse. B., 1884.

［9］Meinhof, K. Afrikanische Religionen. B., 1912.

［10］Nowack, W. Lehrbuch der hebraischen Archaologie. Freiburg i B., Lpz., 1894.

［11］Preuss, K. Th. Der Damon. Ursprung des griechischen Dramas // NJ. 1906. Bd 17.

［12］Steinthal, H. Der Ursprung der Sprache im Zusammenhange mit den letzten Fragen alles Wissens. 2. Ausg. Berlin, 1858.

［13］ Steinthal, H. Grammatik, Logik und Psychologie, ihre Principien und ihr Verhaltniss zu einander. Berlin, 1855.

［14］ Strehlow, K. *Die Aranda- und Loritjastamme in Zentral Australien.* 5 Bd. Fr. am Main, 1907 — 1920.

［15］Usener, H. "Der StofI des Griechischen Epos" // *Kleine Schriften.* Lpz.-B., 1913. Bd 4.

［16］ Usener, H. *Sintflutsagen.* Bonn, 1899.

［17］ Volker, K. Mysterium und Agape, die gemeinsamen Mahlzeiten in der alten Kirche. Gotha, 1927.

法语文献:

［18］ Jonckbloet, W. J. A., editor. *Chansons de geste des XIe et XIIe siècles: Guillaume d'Orange.* M. Nijhoff, 1854.

英语文献:

［19］ Bassnett, Susan. Comparative Literature: A Critical Introduction. Oxford: Blackwell, 1993.

［20］ Brightman, F. E. Liturgies Eastern and Western, being the texts, original or translated, of the principal liturgies of the church / Ed. with intro. and append, by F.E. Brightman... on the basis of the former work by C. E. Hammond. Oxford, 1896.

［21］ Cherry, C. On human communication. New York, 1957.

［22］ Frost, R. Collected poems. New York, 1939.

［23］ Gavin, F. *The Jewish Antecedents of the Christian Sacraments.* L., 1928.

［24］ Hopkins, G. M. *Poems.* New York: London, изд. 3-е, 1948.

［25］ Hopkins, G. M. *The journals and papers.* London, 1959.

［26］ Jakobson, R. *A Bibliography of his Writings.* The HagUe—Paris, 1971.

［27］ Jakobson, R. Studies in comparative Slavic metrics, *Oxford Slavonic Papers*, 3, 1952, p. 21 — 66.

［28］ Jakobson, R. The metaphoric and metonymic poles, *Fundamentals of Language*, 's Gravenhage, 1956, p.76 — 82.

［29］ Joyce, T. A. Mexican Archaeology, an Introduction to the Archeology of the Mexican and Maya Civilizations of pre-spanish America. L., 1914.dibHnG

［30］ Levi-Strauss, C. The structural study of myth, в: T. A. Sebeok, ed., *Myth: a symposium*, Philadelphia, 1955, p. 50 — 66.

［31］ Malinowski, B. The problem of meaning in primitivelanguages: в C. K. Ogden and J. A. Richards, *The meaning of meaning*, New York — London, 9th edition, 1953, p. 296 — 336.

［32］Propp, V. *Morphology of the folktale*. Bloomington, 1958.

［33］Ransom, J. C. *The new criticism*. Norfolk, Conn., 1941.

［34］Spenser, B., & Gillen, F. J. *The Native Tribes of Central Australia*. L., 1899.

［35］*The Jewish Encyclopedia*. V.9. N.-Y.-L., 1904.

［36］Valery, P. *The art of poetry*. Bollingen series 45, New York, 1958.

［37］Whorf, B. L. *Language, thought and reality*. New York, 1956.

俄语文献

［1］Авенариус Р. Философия как мышление о мире сообразно принципу наименьшей меры сил. М.: КомКнига, 2007.

［2］Аверинцев С. С. Символ. В кн.: КЛЭ, т. 7. М., 1972.

［3］Адрианова-Перетц В. П. Очерки по истории русской сатирической литературы XVII века. М.; Л.: Издательство Академии наук СССР, 1937.

［4］Адрианова-Перетц В. П. Русская демократическая сатира XVII века. Изд. 2-е, доп. М.: Наука, 1977.

［5］Баженова А. А. Принцип историзма в эстетическом исследовании // Эстетика, искусство, человек: Сб. статей. М., 1977.

［6］Бахтин М. М. Вопросы литературы и эстетики. М.: Художественная литература, 1975.

［7］Бахтин М. М. Литературно-критические статьи. М.: Художественная литература, 1986.

［8］Бахтин М. М. Проблемы поэтики Достоевского. М.: Советский писатель, 1963; 1974; 1979 (4-е изд.); Киев, 1994 (5-е изд.).

［9］Бахтин М. М. Рабле и народная культура средневековья и Ренессанса. М.: Художественная литература, 1990.

［10］Бахтин М. М. Эстетика словесного творчества / Сост. С. Г. Бочаров, примеч. С. С. Аверинцев и С. Г. Бочаров. М.: Искусство, 1979.

［11］Бахтин М. М. Эстетика словесного творчества. М.: Искусство, 1986.

［12］Бахтин М. М. Творчество Франсуа Рабле и народная культура средневековья и Ренессанса. М.: Художественная литература, 1965.

［13］Белый А. Символизм. М.: Мусагет, 1910.

［14］Берг Л. С. Номогенез. П.: Госиздат, 1922.

［15］Бердяев Н. А. Pro et Contra. Антология Книга 1. СПб.: Издательство Русского Христианского гуманитарного института, 1994.

［16］Бердяев Н. Из этюдов о Я. Беме. Этюд 1. Учение об Ungrund'e и свободе // Путь. 1930. № 20. С. 47 — 79.

［17］Бердяев Н. Из этюдов о Я. Беме. Этюд II. Учение о Софии и андрогине. Я.Беме и русские софиологические течения // Путь. 1930. № 21. С. 34 — 62.

［18］Бердяев Н. Новое религиозное сознание и общественность // Составление и комментарии В. В. Сапова. М.: Канон+, 1999.

［19］Бердяев Н. Русская идея. Миросозерцание Достоевского. М.: Издательство «Э», 2016.

［20］Бердяев Н. Самопознание. М.: АСТ, 2007.

［21］Бердяев Н, Струве П. Б. Сборник статей о русской интеллигенции. М.: Новости (АПН), 1909.

［22］Березин В. Виктор Шкловский. М.: Молодая гвардия, 2014.

［23］Берковский Н. Я. Эстетические позиции немецкого романтизма // Литературная теория немецкого романтизма. Документы. Л.: Б. и., 1934.

［24］Борев Ю. Б. Комическое, или о том, как смех казнит несовершенство мира, очищает и обновляет человека и утверждает радость бытия. М.: Искусство, 1970.

［25］Брик О., Поливанов Е., Шкловский В., Эйхенбаум Б. М., Якубинский Л. Поэтика: Сборники по теории поэтического языка. Пг.:18-я Государственная типография. Лештуков. 13. 1919.

［26］Вадимов А. Жизнь Бердяева. Россия. Berkeley.: Berkeley Slavic Specialties, 1993.

［27］Вернадский В. И. Заметки философского характера разных лет / Публ. и коммент. В. М. Федорова. М., 1988. Т. 15.

［28］Вернадский В. И. Избр. соч.: В 5 т. М.: Изд-во АН СССР, 1960. Т. 5.

［29］Вернадский В. И. Размышления натуралиста / Сост. М. С. Бастракова, В. С. Неополетанская, Н. В. Филиппова. М.: Изд-во АН СССР, 1977. Кн. 2.

［30］Веселовский А. Н. Избранное. На пути к исторической поэтике. М.: Автокнига, 2010.

［31］Веселовский А. Н. Историческая Поэтика. М.: Высшая школа, 1989.

［32］Веселовский А. Собр. соч., СПб., 1913, Т. 1.

［33］Веселовский А. Н. Из введения в историческую поэтику: (Вопросы и ответы) // ЖМНП. 1894. № 5.

［34］Веселовский А. Н. Из истории эпитета // ЖМНП. 1895. №11.

［35］Веселовский А. Н. Историческая поэтика. Ред., вступит. ст. и примеч. В.М. Жирмунского. Л.: Худож. лит., 1940.

［36］Веселовский А. Н. Психологический параллелизм и его формы в отражениях поэтического стиля // ЖМНП. 1898. № 3.

［37］Веселовский А. Н. Собрание сочинений / Под ред. В.Ф.Шишмарева. Т. П. Поэтика (1897-1906). Вып.1. Поэтика сюжетов (1897-1906). СПб., 1913.

［38］Веселовский А. Н. Сравнительная мифология и ее метод // Веселовский А.Н. Собр. соч. Т. 6. Статьи о сказке. 1868—1890. М.; Л., 1938.

［39］Веселовский А. Н. Три главы из исторической поэтики // ЖМНП. 1898. № 4, 5.

［40］Веселовский А. Н. Эпические повторения как хронологический момент // ЖМНП. 1897. № 4.

［41］Виноградов В. В. Стилистика. Теория художественной речи. Поэтика. М.: Изд-во АН СССР, 1963.

［42］Винокур Г. О. Филологические исследования. М., 1990.

［43］Воеводский Л. Ф. Этическое значение мифов // ЖМНП. 1875. №6.

［44］Волкогонова О. Д. Бердяев. М.: Молодая гвардия, 2010.

［45］Выготский Л. С. Психология искусства. М., 1965.

［46］Вячеслав Вс. Иванов. О Романе Якобсоне. (Главы из воспоминаний) // Звезда. №. 7. 1999. С. 139 — 164.

［47］Гегель Г. В. Ф. Эстетика: В 4 т. Т. I. М.: Наука, 1968.

［48］Гинзбург Л. Записные книжки. Воспоминания. Эссе / вступит. ст. А.С. Кушнера. СПб.: Искусство-СПб., 2011.

［49］Горнфельд А. Муки слова. СПб., 1906.

［50］Горский И. К. А. Веселовский и современность. М.: Наука, 1975.

［51］Гумбольдт В. О различии строения человеческих языков и его влиянии на духовное развитие человеческого рода // Звегинцев В. А. История языкознания XIX — XX веков в очерках и извлечениях. Ч. 1. М.: Просвещение, 1964.

［52］Гуссерль Э. Логические исследования: Ч. 1. Пролегомены к чистой логике / Под ред. и с предисл. С. Л. Франка. СПб.: Образование, 1909.

［53］Достоевский Ф. М. Полн. собр. соч. Т. 1. Биография, письма и заметки из записной книжки. СПб.: тип. А.С. Суворина, 1883.

［54］Древние российские стихотворения, собранные Киршею Даниловым. 2-е изд. М.: В типографии Семена Селивановскаго, 1818.

［55］Древние русские стихотворения. М.: В типографии С. Селивановскаго, 1804.

［56］Егоров Б. Ф. Жизнь и творчество Ю. М. Лотмана. М.: Новое литературное обозрение, 1999.

［57］Еремин И. П. Литература Древней Руси. М.; Л.: Наука, 1966.

［58］Жирмунский В. М. Сравнительное литературоведение. Восток и запад. Л.: Наука, 1979.

［59］Жирмунский В. М. Теория литературы. Поэтика. Стилистика. Л.: Наука, 1977.

［60］Иванов В. В. Очерки по истории семиотики в СССР. М.: Наука, 1976.

［61］Иеромонах Авель, Гефсиманский скит. М.: тип. В. Готье, 1867.

［62］Ильин Вл. Достоевский и Бердяев // Новый журнал, 1971. Кн, 105. С. 260 — 273.

［63］Калинин И. Виктор Шкловский, или Превращение поэтического приема в литературный факт // Звезда. № 7. 2014. С. 198 — 221.

［64］Коровашко А. В. Михаил Бахтин. М.: Молодая гвардия, 2017.

［65］Крученых А., Хлебников В. Слово как таковое. СПб., 1913.

［66］Левкович Я. Борис Викторович Томашевский // Вопросы литературы. №.11. 1979. С. 201 — 219.

［67］Леонтьев П. Мифическая Греция и Италия // Пропилеи. Сб. статей по классической древности, изд. П. Леонтьевым. Т. 2. М.: Унив. тип., 1852.

［68］Лихачев Д. С. Литература — реальность — литература. Л.: Советский писатель, 1984.

［69］Лихачев Д. С. О филологии / Предисл. Л. А. Дмитриева. М.: Высшая. школа, 1989.

［70］Лихачев Д. С. Поэтика древнерусской литературы. Л.: Художественная литература, 1971.

［71］Лихачев Д. С. Раздумья о России. СПб.: Logos, 1999.

［72］Лихачев Д. С. Человек в литературе Древней Руси. М.: Наука, 1970.

［73］Лихачев Д. С., Панченко А. М. и Н. В. Понырко. Смех как мировоззрение // Смех в Древней Руси. Л.: Наука, 1984.

［74］Лотман Ю. М. Беседы о русской культуре: Быт и традиции русского дворянства (XVIII — начало XIX века). СПб.: Искусство, 1994.

［75］Лотман Ю. М. Внутри мыслящих миров. Человек — текст — семиосфера — история. М.: «Язык русской культуры», 1996.

［76］Лотман Ю. М. О. М. Фрейденберг как исследователь литературы // Труды по знаковым системам. Тарту, 1973. Вып. 6.

［77］Лотман Ю. М. Статьи по типологии культуры. Тарту.: Тартуский государственный университет, 1970.

［78］Майков Д. Н. Пушкин. СПб.: Л.Ф. Пантелеев, 1899.

［79］Мандельштам И. О характере гоголевского стиля. Гельсингфорс.: новая тип. Гувудстадсбладет, 1902.

［80］Минералов Ю. Теория словесности А. А. Потебни // Вопросы литературы. 1990. №12. С. 332 — 344.

［81］Михайлов А. Д. Примечания // Песни о Гильоме Оранжском. М.: Наука, 1985.

［82］Неклюдов С. Ю. Владимир Пропп: от «морфологии» к «истории» (к 75-летию опубликования «Исторических корней волшебной сказки») // Новый филологический вестник. №. 2 (57). 2021. С. 100 — 132.

［83］Никольский К. Т. Пособие к изучению Устава Богослужения Православной церкви. СПб., 1894.

［84］Овсянико-Куликовский Д. Язык и искусство. СПб.: Типо-Литографія А.Рабиновича и Ц.Крайза, 1895.

［85］Ольга Михайловна Фрейденберг в науке, литературе, истории: Материалы XXIII Лотмановских чтений // Вестник РГГУ. Серия «История. Филология. Культурология. Востоковедение». М., 2018. № 3 (36), С. 7 — 152.

［86］Перетц В. Н. Краткий очерк методологии истории русской литературы, культуры. Пг., 1922.

［87］Петражицкий Л. Введение в изучение права и нравственности. 3-е изд. СПб.: тип. Ю.Н. Эрлих, 1908.

［88］Писемский А. Ф. Полн. собр. соч. СПб.: Изд. А.Ф.Маркса, 1910. Т. IV.

［89］Поварцов С. Сюжет о Шкловском // Вопросы литературы. № 5. 2001. С. 44 — 70.

［90］Поливанов Е. Д. О метрическом характере китайского стихосложения, «Доклады Российской Академии наук», серия V, 1924.

［91］Померанцева Г. Юрий Тынянов. Писатель и ученый. М.: Молодая гвардия, 1966.

［92］Попов В. Дмитрий Лихачев. М.: Молодая гвардия, 2013.

［93］Потебня А. А. Мысль и язык. 3 изд. доп. Харьков. 1913.

［94］Потебня А. А. Собрание трудов: Мысль и язык. М.: Лабиринт, 1999.

［95］Потебня А. А. Мысль и язык. Одесса.: Гос. изд-во Украины, 1922.

［96］Потебня А. А. О мифическом значении некоторых обрядов и поверий // ЧОИДР. 1865. Кн. 2-4 (Кн. 2. 1. Рождественские обряды; Кн.3. 2. Баба Яга; Кн.4. 3. Змей, волки, ведьмы) (Отд. отт. М., 1865).

［97］Потебня А. А. Объяснение малорусских и сродных народных песен // Русский филологический вестник. Вып. 1. Варшава: тип. М. Земкевича и В. Ноаковского, 1883.

［98］Потебня А. А. О доле и сродных с нею существах. М., 1865.

［99］Потебня А. А. О связи некоторых представлений в языке. Воронеж.: Типография В. Гольдштейна, 1864.

［100］Пресняков О. П. Поэтика познания и творчества. Теория словесности А. А. Потебни. М.: Художественная литература, 1980.

［101］Пропп В. Я. Неизвестный В. Я. Пропп. Древо жизни. Дневник старости. СПб.: Алетейя, 2002.

［102］Пропп В. Я. Проблемы комизма и смеха. М.: Искусство, 1976.

［103］Пропп В. Я. Морфология сказки. Изд. 2-е. М.: Наука, 1969.

［104］Пропп В. Я. Проблемы комизма и смеха. М.: Искусство, 1976.

［105］Ремизов А. М. Избранное. М.: Художественная литература, 1978.

［106］Сафонова Е. В. Формы, средства и приёмы создания комического в литературе [Электронный ресурс] // Молодой ученый. 2013. №5.

［107］Сборник статей к 70-летию проф. Ю. М. Лотмана. Тарту.: Тартуский университет, 1992.

［108］Смыкова Е. А. Особенности комического в истории российской культуры советского периода [Электронный ресурс]: Культура и цивилизация // Электрон. дан. 2012. № 4. С. 33 — 48.

［109］Сперанский М. Н. Русские подделки рукописей в начале XX века (Бардин и Сулукадзев) // Проблемы источниковедения. М.: АН СССР, 1956. Т. 5. С. 44 —101.

［110］Структурализм: «за» и «против». Сб. статей / Под ред. Е. Я. Басина и М. Я. Полякова. М.: Прогресс, 1975.

［111］Сухих С. И. Историческая поэтика А. Н. Веселовского. Из лекций по истории русского литературоведения. Нижний Новгород: Издательство «КиТиздат», 2001.

［112］Томашевский Б. В. К 100-летию со дня рождения. М.: Б. и., 1991.

［113］Томашевский Б. В. Писатель и книга. Очерк текстологии (издание второе). М.: Искусство, 1959.

［114］Томашевский Б. В. Теория литературы. Поэтика: Учеб. пособие / Вступ. статья Н. Д. Тамарченко. М.: Аспект Пресс, 1996.

［115］Томашевская З. Б. Несколько слов о Борисе Викторовиче Томашевском // Звезда. №. 8. 2007. С. 149-153.

［116］Топоров В. Н. Якобсон, Роман Осипович // Краткая литературная энциклопедия. Гл. ред. А. А. Сурков. М.: Советская энциклопедия, 1975.

［117］Троицкий С. А. Генетический метод О. М. Фрейденберг в исследовании культуры // Вестник РГГУ. Серия «История. Филология. Культурология. Востоковедение». М., 2017. № 4 (25). С. 39 — 60.

［118］Трубецкой С. Н. Новая теория образования религиозных гаонятий // Собрание сочинений. Т. 2. М.: Тип. Г. Лисснера и Д. Собко, 1908.

［119］Трубочкин Д. В. Фрейденберг, Ольга Михайловна // Культурология XX век: Энциклопедия. Т.II. СПб.: Университетская книга, 1998. С. 315 — 317.

［120］Тынянов Ю. Н. Автобиография // Юрий Тынянов. Писатель и ученый. Воспоминания. Размышления. Встречи. М.: Молодая гвардия, 1966. С. 9 —20.

［121］Тынянов Ю. Н. Литературный факт // Литературная эволюция: Избранные труды / Сост., вступ. ст., коммент. В.И. Новикова. М.: Аграф, 2002.

〔122〕Тынянов Ю. Н. Поэтика. История литературы. Кино. М., 1977.

〔123〕Тынянов Ю., Эйхенбаум Б., Шкловский В. Из переписки Ю. Тынянова и Б. Эйхенбаума с В. Шкловским / Вступ. заметка, публ. и коммент. О. Панченко // Вопросы литературы. 1984. № 12. С. 189.

〔124〕Узенер Г. Что такое мифология? // Известия Общества археологии, истории и этнографии при Казанском университете. Казань.: Типо-лит. Ун-та, 1908. Т. 24. №3.

〔125〕Федоров В. А. А. Потебня. История и современность // Вопросы литературы. 1981. №7. С. 270 — 275.

〔126〕Франк-Каменецкий И. Г. Разлука как метафора смерти в мифе и в поэзии // Известия АН СССР. 7 сер. ООН. Л., 1935. № 2.

〔127〕Франчук В. Ю. Александр Афанасьевич Потебня. М.: Просвещение, 1986.

〔128〕Фрейденберг О. М. Миф и литература древности. 2-е изд., испр. и доп. М.: «Восточная литература» РАН, 1998.

〔129〕Фрейденберг О. М. Миф и театр. Лекции. М.: ГИТИС, 1988.

〔130〕Фрейденберг О. М. Поэтика сюжета и жанра / Подгот., общ. ред., предисл. и послесл. Н. В. Брагинской, послесл. И. В. Пешкова. М.: Лабиринт, 1997.

〔131〕Чернышевский Н. Г. Возвышенное и комическое // Собрание сочинений в пяти томах. Т.4. М.: Правда, 1974.

〔132〕Чудакова М. О., Тоддес Е. А. Тынянов в воспоминаниях современника // Тыняновский сборник. Первые Тыняновские чтения. Рига: Зинатне, 1984. С. 78 — 105.

〔133〕Шкловский В. Б. Гамбургский счет: Статьи — воспоминания — эссе (1914 — 1933). М.: Советский писатель, 1990.

〔134〕Шкловский В. Б. Воскрешение слова. СПб.: тип. З. Соколинского, 1914.

〔135〕Шкловский В. Б. О теории прозы. М.: Федерация, 1929.

〔136〕Шлецер Б. Новейшая литература о Достоевском // Современные записки. 1923. № 17. С. 451 — 465.

〔137〕Шпенглер О. Причинность и судьба. Пг.: Петропечать, 1923.

〔138〕Шпет Г. Эстетические фрагменты. III. Пг.: Колос, 1923.

〔139〕Штернберг Л. Л. Современная этнология, новейшие успехи, научные течения и методы // Этнография. 1926. № 1 — 2.

〔140〕Эйхенбаум Б. М. Литература. Теория. Критика. Полемика. Л.: Прибой, 1927.

〔141〕Эйхенбаум Б. М. Творчество Тынянова // Эйхенбаум Б. М. О прозе: сб. ст. Л.: Худ. лит., 1969. С. 380 — 423.

〔142〕Якобсон Р. О. Новейшая русская поэзия. Прага: б. и., 1921.

〔143〕Якобсон Р. О. Структурализм: «за» и «против». Сб. Статьей / Под ред. Е. Я. Басина и М. Я. Полякова. М.: Прогресс, 1975.

［144］Якобсон Р. О. Работы по поэтике: Переводы / Сост. и общ. ред. М. Л. Гаспарова. М.: Прогресс, 1987.

中文文献

［145］巴赫金.巴赫金全集（全 7 卷）.石家庄：河北教育出版社，2009.

［146］鲍里斯·费奥多罗维奇·叶戈罗夫.尤·米·洛特曼的生平与创作.谢子轩，王加兴，译.南京：南京大学出版社，2023.

［147］曹丹红.俄国形式主义在法国的早期接受及其影响.浙江大学学报（人文社会科学版），2020，50（1）：141-151.

［148］弗·雅·普罗普.故事形态学.贾放，译.北京：中华书局，2006.

［149］黄玫.韵律与意义：20 世纪俄罗斯诗学理论研究.北京：人民出版社，2005.

［150］李广仓.论雅各布森"诗歌语法"批评.广州大学学报（社会科学版），2006（2）：68-71.

［151］凌建侯.巴赫金哲学思想与文本分析法.北京：北京大学出版社，2007.

［152］尼古拉·别尔嘉耶夫.别尔嘉耶夫文集第一卷：文化的哲学.于培才，译.上海：上海人民出版社，2007.

［153］尼古拉·别尔嘉耶夫.陀思妥耶夫斯基的世界观.耿海英，译.桂林：广西师范大学出版社，2020.

［154］王加兴.对话中的巴赫金：访谈与笔谈.董晓，王加兴，周启超，朱涛，译.南京：南京大学出版社，2014.

［155］王加兴.俄国文学修辞理论研究.哈尔滨：黑龙江大学出版社，2009.

［156］王加兴.中国学者论巴赫金.南京：南京大学出版社，2014.

［157］王建刚.狂欢诗学：巴赫金文学思想研究.上海：学林出版社，2001.

［158］夏忠宪.巴赫金狂欢化诗学研究.北京：北京师范大学出版社，2000.

［159］约翰·沃尔夫冈·冯·歌德.植物变形记.范娟，译.重庆：重庆大学出版社，2014.

［160］张冰.洛特曼的结构诗学.北京：中国社会科学出版社，2019.

［161］张冰.陌生化诗学 —— 俄国形式主义研究.北京：北京师范大学出版社，2000.

［162］赵晓彬.雅可布逊的诗学研究.北京：人民文学出版社，2014.

［163］周启超.从现代斯拉夫文论思想谱系看洛特曼的理论创新之源.学习与探索.2022（12）：161-171.

附录 1　人物名录

1. Аристотель (Aristotle，前 384 — 前 322) —— 亚里士多德，古希腊哲学家。

2. Аристофан (Aristophanes，约前 446 — 前 385) —— 阿里斯托芬，古希腊早期喜剧代表作家。

3. Афанасьев Александр Николаевич (1826 — 1871) —— 亚·尼·阿法纳西耶夫，俄国著名的民俗学家、文学史家和历史学家，被誉为斯拉夫民族精神文化研究的先驱。

4. Афиней (Athenaeus，2 — 3 世纪) —— 阿特纳奥斯（阿忒纳乌斯），古希腊作家。

5. Баратынский Евгений Абрамович (1800 — 1844) —— 叶·阿·巴拉丁斯基，俄国诗人。

6. барон Розен (Потапенко Наталья Игнатьевна，1889 — 1974) —— 罗森男爵夫人，是娜塔莉亚·波塔彭科的笔名，俄罗斯作家。

7. барон Брамбеус (Осип Иванович Сенковский，1800 — 1858) —— 布兰贝斯男爵，是奥西普·伊万诺维奇的笔名，俄国著名作家、文学评论家、音乐批评家和记者。

8. Бастиан Адольф (Adolf Bastian，1826 —1905) —— 阿道夫·巴斯蒂安，德国著名的人种学家、民族志学家和人类学家，被誉为现代人类学的奠基人之一。

9. Бейер Евгений Ильич фон (1818 — 1900) —— 叶·伊·冯·贝耶，俄国著名的数学家，他在数学分析、微分方程和几何学等领域做出了重要贡献。

10. Беккер Карл Фердинанд (Karl Ferdinand Becker，1775 —1849) —— 卡尔·斐迪南·贝

克，德国著名学者、哲学家和语言学家。

11. Бергсон Анри-Луи (Henri Bergson，1859 — 1941) —— 亨利·柏格森，法国著名哲学家、心理学家，也是直觉主义的代表人物之一。

12. Бёме Яков (Jakob Boehme，1575 —1624) —— 雅各布·波墨，德国宗教思想家和神学家。

13. Бёттихер Карл Готтлиб (Karl Gottlieb Wilhelm Bötticher，1806 — 1889) —— 卡尔·波提舍，德国考古学家、建筑学家和艺术史家。

14. Блуа Леон (Leon Bloy，1846 — 1917) —— 莱昂·布洛伊，法国作家、天主教徒和社会改革倡导者。

15. Боккаччо Джованни (Giovanni Boccaccio，1313 — 1375 ）—— 乔万尼·薄伽丘，意大利作家。

16. Бокль Генри Томас (Henry Thomas Buckle，1821—1862) —— 亨利·托马斯·巴克尔，英国著名的实证主义史家，以《英国文明史》著称。

17. Братья Гримм (Brothers Grimm)：Якоб Людвиг Карл (Jacob Ludwig Carl，1785 —1863) и Вильгельм Карл (Wilhelm Carl，1786 — 1859) —— 格林兄弟，即雅各布·格林和威廉·格林，是德国 19 世纪著名的语文学家和民俗学家。

18. Буслаев Фёдор Иванович (1818 —1897) —— 费·伊·布斯拉耶夫，俄国语文学家、艺术史家和彼得堡科学院院士。

19. Воеводский Леопольд Францевич (1846 — 1901) —— 莱·弗·沃耶沃茨基，俄国史学家、语文学家。

20. Вяземский Пётр Андреевич (1792 — 1878) —— 彼·安·维亚杰姆斯基，俄罗斯著名诗人、批评家。

21. Гамсун Кнут (Knut Hamsun，1859 — 1952) —— 克努特·汉姆生，挪威作家，1920 年诺贝尔文学奖获得者。

22. Ауэ Гартман фон (Hartmann von Aue，约 1168 —1210) —— 哈特曼·冯·奥埃，德国诗人 — 音乐家，有"恋诗歌手"(minnesinger) 之称。与埃申巴赫和斯特拉斯堡并称中古高地德语三大叙事诗人。

23. Гартман Николай (Nicolai Hartmann，1882 — 1950) —— 尼古拉·哈特曼，德国哲学家。

24. Парис Гастон (Gaston Paris，1839 — 1903) —— 加斯东·帕瑞斯（又译帕里斯），法国学者，《查理大帝史诗》的作者。

25. Гебель Иоганн Петер (Johann Peter Hebel，1760 — 1826) —— 约翰·彼得·赫贝尔，德国作家、神学家和教育家。

26. Гегель Георг Вильгельм Фридрих (Georg Wilhelm Friedrich Hegel，1770 —1831) —— 格奥尔格·威廉·弗里德里希·黑格尔，德国哲学家。

27. Гейне (Heinrich Heine，1797 — 1856) —— 海因里希·海涅，德国抒情诗人。

28. Гераклит Эфесский (Heraclitus，前 544 — 前 483) —— 赫拉克利特，古希腊哲学家。

29. Гербарт Иоганн Фридрих (Johann Friedrich Herbart，1776 — 1841) —— 赫尔巴特，德国教育家、心理学家和哲学家。

30. Герцен Александр Иванович (1812 — 1870) —— 亚·伊·赫尔岑，俄国作家、思想家。

31. Гёте Иоганн Вольфганг (Johann Wolfgang von Goethe，1749 — 1832) —— 约翰·沃尔夫冈·冯·歌德，德国著名思想家、作家和科学家。诗剧《浮士德》，小说《少年维特之烦恼》的作者。

32. Гиббон Эдуард (Edward Gibbon，1737 — 1794) —— 爱德华·吉本，近代英国杰出的历史学家，以其史学名著《罗马帝国衰亡史》著称。

33. Гинцбург Илья Яковлевич (1859 — 1939) —— 伊·雅·金茨堡，俄苏雕塑家。

34. Гнедов Василий Иванович (1890 — 1978) —— 瓦·伊·格涅多夫，俄罗斯未来派诗人。

35. Гофман Эрнст Теодор Амадей (Ernst Theodor Wilhelm Hoffmann，1776 — 1822) —— 恩斯特·西奥多·阿玛迪斯·霍夫曼，简称 E.T.A 霍夫曼，德国作家、作曲家、画家。

36. Горнфельд Аркадий Георгиевич (1867 — 1941) —— 阿·格·戈恩费尔德，俄苏文论家、文学批评家和翻译家。

37. Грановский Тимофей Николаевич (1813 — 1855) —— 季·尼·格拉诺夫斯基，俄国史学家，社会活动家。

38. Григорий Нисский (Gregory of Nyssa，约 335 — 394) —— 尼撒的格列高利，古代基督教希腊教父。

39. Гроссе Эрнст (Ernst Grosse，1862 — 1927) —— 恩斯特·格罗塞，德国艺术史家、社会学家，现代艺术社会学奠基人之一。

40. Гумбольдт Вильгельм фон (Wilhelm von Humboldt，1767 — 1835) —— 洪堡特，德国著名语言学家、哲学家和教育改革家。

41. Гуро Елена Генриховна (1877 — 1913) —— 叶·亨·古罗，俄国作家、画家。

42. Гуссерль Эдмунд (Edmund Husserl，1859 —1938) —— 埃德蒙·胡塞尔，德国著名哲学家，现象学的创始人。

43. Данте Алигьери (Dante Alighieri，1265 — 1321) —— 但丁，意大利诗人、思想家，以史诗《神曲》流芳百世。

44. Державин Гавриил Романович (1743 — 1816) —— 加·罗·杰尔查文，俄国诗人。

45. Джеймс Уильям (William James，1842 — 1910) —— 威廉·詹姆斯，美国哲学家、心理学家。

46. Джентиле Джованни (Giovanni Gentile，1875 — 1944) —— 乔万尼·秦梯利，意大利哲学家，新黑格尔主义的主要代表之一。

47. Дидро Дени (Denis Diderot，1713 — 1784) —— 德尼·狄德罗，法国启蒙时代杰出的思想家、哲学家、戏剧家和作家。

48. Диккенс Чарльз Джон Хаффем (Charles John Huffam Dickens，1812 — 1870)——查尔斯·约翰·赫法姆·狄更斯，英国作家。

49. Дюркгейм Эмиль (Emile Durkheim，1858 – 1917)——埃米尔·涂尔干（又译为杜尔凯姆），法国社会学家，社会学的学科奠基人之一。

50. Жонкблот (Willem Jozef Andreas Jonckbloet，1817 — 1885)——威廉·约瑟夫·安德烈亚斯·约恩克布卢特，荷兰文学史家。

51. Ибсен Генрик (Henrik Ibsen，1828 — 1906)——亨利克·易卜生，挪威著名作家和戏剧家，欧洲近代戏剧的创始人之一。

52. Игнатий Антиохийский (Saint Ignatius of Antioch，约 35 — 107)——安提阿的圣依格那修，早期基督教的重要人物，教会活动家。

53. Ильин Владимир Николаевич (1891— 1974)——弗·尼·伊利英，俄罗斯哲学家、神学家、文学音乐批评家和作曲家。

54. Каган Моисей Самойлович (1921— 2006)——莫·萨·卡冈，俄罗斯美学家、哲学家和艺术理论家。

55. Кант Иммануил (Kant Immanuel，1724 — 1804)——伊曼努尔·康德，德国著名哲学家、作家，现代哲学奠基人之一。

56. Каменский Василий Васильевич (1884 — 1961)——瓦·瓦·卡缅斯基，俄罗斯未来派诗人、文学批评家和艺术家。

57. Карлейль Томас (Thomas Carlyle，1795 — 1881)——托马斯·卡莱尔，苏格兰哲学家，评论家、历史学家和散文作家，著有《论英雄》。

58. Кирхманн Юлиус (Julius Hermann von Kirchmann，1802 — 1884)——尤利乌斯·基尔希曼，德国 19 世纪哲学家、政治家和法学家。

59. Козьма Прутков ——科兹马·普鲁特科夫，是 19 世纪中期几位俄国作家的集体笔名。主要创作者包括阿·托尔斯泰和他的三个表兄弟。

60. Крылов Иван Андреевич (1769 — 1844)——伊·安·克雷洛夫，19 世纪俄国作家和寓言家，被誉为"俄国的伊索"。

61. Лацарус Мориц (Moritz Lazarus，1824 — 1903)——莫里茨·拉扎勒斯，德国哲学家和心理学家。

62. Леви-Брюль Люсьен (Lucien Lévy-Bruhl，1857 — 1939)——吕西安·莱维 - 布吕尔，法国哲学家、心理学家和社会学家。

63. Лессинг Готхольд Эфраим (Gotthold Ephraim Lessing，1729 — 1781)——戈特霍尔德·埃夫莱姆·莱辛，德国 18 世纪剧作家、文艺理论家和哲学家。

64. Ликок Стивен Батлер (Stephen Butler Leacock，1869 — 1944)——斯蒂芬·里柯克，加拿大幽默作家、经济学家和教育家。

65. Лотце Рудольф Герман (Rudolf Hermann Lotze，1817 — 1881)——鲁道夫·赫尔曼·洛采，19 世纪德国著名的哲学家、心理学家和医学家。

66. Майков Аполлон Николаевич (1821 — 1897) —— 阿·尼·迈科夫，俄国诗人。

67. Мангардт Вильгельм (Wilhelm Mannhardt，1831 — 1880) —— 威廉·曼哈德，德国民间神话学的研究者。

68. Мандельштам Осип Эмильевич (1891— 1938) —— 奥·埃·曼德尔施塔姆，白银时代阿克梅派诗人。

69. Маркс Карл Генрих (Karl Heinrich Marx，1818 — 1883) —— 卡尔·海因里希·马克思，德国哲学家和社会学家。

70. Маро Клеман (Clément Marot, 1496 — 1544) —— 克莱芒·马罗，16 世纪法国诗人，法国文艺复兴时期的重要代表之一。

71. Марр Николай Яковлевич (1864 — 1934) —— 尼·雅·马尔，格鲁吉亚和俄苏东方学家、高加索学家、语文学、历史学、民族学家和考古学家。

72. Мезьер Альфред Жан Франсуа (Alfred Jean Francois Mezieres，1826 — 1915) —— 阿尔弗雷德·弗朗索瓦·梅齐耶尔，法国文学史家和政治活动家。

73. Мольер (Molière, 1622 — 1673) —— 莫里哀，法国 17 世纪最杰出的喜剧作家之一，也是世界文学史上最伟大的剧作家之一。

74. Монтень Мишель (Michel Eyquem de Montaigne, 1533 — 1592) —— 米歇尔·蒙田，法国文艺复兴后期和 16 世纪人文主义思想家、作家。蒙田的《随笔集》（Essais）被认为是西方文学中最伟大的散文作品之一。

75. Надсон Семён Яковлевич (1862 — 1887) —— 谢·雅·纳德松，19 世纪末俄国著名诗人。

76. Ницше Фридрих Вильгельм (Friedrich Wilhelm Nietzsche，1844 — 1900) —— 弗里德里希·威廉·尼采，19 世纪著名的德国哲学家、语文学家和文化批评家。尼采的"强力意志"（Will to Power）和"超人"（Übermensch）等概念成为了现代思想的重要组成部分。

77. Огарёв Николай Платонович (1813 — 1877) —— 尼·普·奥加廖夫，19 世纪俄国诗人和革命活动家。

78. Ончуков Николай Евгеньевич (1872 — 1942) —— 尼·叶·翁丘科夫，俄罗斯著名的民俗学家、民族学家和诗人。

79. Ориген (Origen, 约185 — 约253) —— 奥利金，早期基督教著名的神学家和哲学家。希腊教父之一，亚历山大学派的重要代表人物之一。

80. Петрарка Франческо (Francesco Petrarca，1304 — 1374) —— 弗兰齐斯科·彼特拉克，意大利著名诗人，文艺复兴时期三杰之一。

81. Платон (Plato, 前 428/427— 前 348/347) —— 柏拉图，古希腊最伟大的哲学家之一，被认为是西方哲学的奠基人之一。

82. Прейс Петр Иванович (1810 — 1846) —— 彼·伊·普莱斯，俄罗斯早期的斯拉夫学研究专家之一。

83. Пушкин Василий Львович (1766 — 1830) —— 瓦·利·普希金，18 世纪末至 19 世纪初的著名诗人。诗人普希金 (Александр Сергеевич Пушкин) 的叔父。

84. Рабле Франсуа (Francois Rabelais，1483 — 1553) —— 弗朗索瓦·拉伯雷，文艺复兴时期法国人文主义作家之一，《巨人传》的作者。

85. Расин Жан (Jean Racine，1639 — 1699) —— 让·拉辛，17 世纪法国最杰出的剧作家之一，与皮埃尔·高乃依（Pierre Corneille）并称为法国古典悲剧的两大代表。

86. Ронсар Пьер де (Pierre de Ronsard，1524 — 1585) —— 彼埃尔·德·龙沙，法国文艺复兴时期最杰出的抒情诗人之一，被认为是法国第一个近代抒情诗人。《致埃莱娜十四行诗》(1574) 被认为是他四部情诗中的最佳作品。

87. Руссо Жан-Жак (Jean-Jacques Rousseau，1712 — 1778) —— 让 - 雅克·卢梭，法国 18 世纪启蒙思想家、哲学家、教育家和作家。

88. Садовников Дмитрий Николаевич (1847 — 1883) —— 德·尼·萨多夫尼科夫，19 世纪俄国民俗学家、民族学家和诗人。

89. Салтыков-Щедрин Михаил Евграфович (1826 — 1889) —— 米·叶·萨尔蒂科夫 - 谢德林，19 世纪俄国著名的讽刺作家和社会评论家。

90. Сентив Пьер (Émile Nourry，笔名 Pierre Saintyves，1870-1935) —— 圣蒂夫，19 世纪末至 20 世纪初的法国民族志学家和民俗学专家。

91. Скотт Вальтер (Walter Scott，1771 — 1832) —— 沃尔特·司各特，英国著名的历史小说家和诗人。小说《艾凡赫》和叙事长诗《湖上夫人》是其代表作。

92. Скриб Эжен Огюстен (Scribe，1791 — 1861)，尤金·斯克里布，19 世纪法国剧作家。

93. Страсбургский Готфрид (Gottfried von Straßburg，约 1165— 约 1215) —— 戈特弗里德·冯·施特拉斯伯格，中世纪德国著名诗人之一，著有诗体小说《特里斯坦》。

94. Тайлор Эдуард Бернетт (Edward Burnett Tylor，1832 — 1917) —— 爱德华·伯内特·泰勒，英国人类学家。

95. Теннисон Альфред (Alfred Tennyson，1809 — 1892) —— 阿尔弗雷德·丁尼生，19 世纪英国最著名的诗人之一，也是维多利亚时代诗歌的代表人物。《国王叙事诗》是其著名的诗集。

96. Тэн Ипполит Адольф (Hippolyte Adolphe Taine，1828 — 1893) —— 伊波利特·阿道尔夫·丹纳（泰纳），19 世纪法国著名的文艺理论家、史学家和批评家，同时也是历史文化学派的奠基者和领袖人物。著有四卷集《英国文学史》（1864 — 1869）。

97. Узенер Герман (Hermann Usener，1834—1905) —— 赫尔曼·乌泽纳，德国著名的古典学学者、语言学家和宗教史学家。

98. Феликс Маркс Минуций (Marcus Minucius Felix，约 2 世纪末至 3 世纪初) —— 马库斯·米努修·菲利克斯，早期基督教护教者，同时也是一位罗马律师。

99. Фишер Куно (Kuno Fischer，1824 — 1907) —— 库诺·费希尔，19 世纪末至 20 世纪初的德国哲学家和哲学史家，以其对康德和黑格尔哲学的深刻研究而闻名。

100. Фолькельт Ганс (Hans Volkelt，1886 — 1964) —— 汉斯·沃尔克尔特，德国心理学家，主要以其在儿童心理学和感知心理学方面的研究而知名。

101. Франк-Каменецкий Израиль Григорьевич (1880 — 1937) —— 弗兰克 – 卡梅涅茨基，俄苏时期语文学家、埃及学家和圣经学家。

102. Франс Анатоль (Anatole France，1844 — 1924) —— 阿纳托尔·弗朗斯，法国著名的作家、文学评论家和历史学家。

103. Фрейд Зигмунд (Sigmund Freud，1856 — 1939) —— 西格蒙德·弗洛伊德，奥地利神经学家和心理学家，被誉为精神分析学的创始人。

104. Фрис Карл Фридрих (Carl Fries，1831— 1871) —— 卡尔·弗里斯，19 世纪的德国画家，以其风景画和肖像画而闻名。

105. Фрэзер Джеймс Джордж (James George Frazer，1854 — 1941) —— 詹姆斯·乔治·弗雷泽，19 世纪末至 20 世纪初的英国社会人类学家、民俗学家、宗教学者、民族学家和宗教史学家。

106. Хлебников Виктор Владимирович (1885 — 1922) —— 维·弗·赫列勃尼科夫，俄国未来主义诗歌的先驱之一，以其独特的诗风和创新的语言实验而闻名。

107. Холиншед Рафаэль (Raphael Holinshed，约 1525 — 1580) —— 拉斐尔·霍林谢德，16 世纪的英国编年史家，以其编纂的《英格兰、苏格兰和爱尔兰编年史》（*Chronicles of England, Scotland, and Ireland*）而闻名。

108. Шаль Виктор Эфемион-Филарет (Philarète Chasles，1798 — 1873) —— 菲拉雷特·夏尔，19 世纪法国著名的历史学家和文学批评家。

109. Шаль Эмиль (Émile Chasles,1827 — 1908) —— 埃米尔·夏尔（或埃米尔·沙尔），法国作家，语文学家和文学史家，是维克托·菲拉雷特·夏尔的儿子。

110. Шекспир Уильям (William Shakespeare，1564 — 1616) —— 威廉·莎士比亚，英国最伟大的剧作家、诗人和演员，被广泛认为是世界文学史上最杰出的作家之一。

111. Шелер Макс (Max Scheler，1874 — 1928) —— 马克斯·舍勒，德国哲学家，他的工作跨越了多个领域，包括现象学、伦理学、社会学、宗教哲学以及哲学人类学。

112. Шерер Вильгельм (Wilhelm Scherer，1841 — 1886) —— 威廉·舍雷尔，德国语文学家，以其在历史语言学、文学史和中世纪文学研究领域的贡献而闻名。

113. Шлегель Август (August Wilhelm von Schlegel，1767 — 1845) —— 奥古斯特·威廉·施莱格尔，德国作家、翻译家、语文学家和批评家。

114. Шлейхер Август (August Schleicher，1821 — 1868) —— 奥古斯特·施莱赫尔，德国语言学家，以其在历史语言学和比较语言学领域的贡献而闻名。

115. Шлёцер Борис Фёдорович (Boris de Schloezer，1881 — 1969) —— 鲍里斯·施洛泽，法国诗人、文学批评家和音乐批评家，出生于俄罗斯。

116. Шопенгауэр Артур (Arthur Schopenhauer，1788 — 1860) —— 亚瑟·叔本华，德国著名的哲学家，他的哲学体系深受印度哲学的影响，尤其是对佛教和吠檀多哲学的研究。

117. Шоу Бернард (Bernard Shaw，1856 — 1950)—— 萧伯纳，著名的爱尔兰剧作家、文学批评家和社会活动家，以其尖锐的讽刺和深刻的社会批判而闻名。

118. Шпенглер Освальд (Ocwald Spengler，1880 — 1936)—— 奥斯瓦尔德·斯宾格勒，德国哲学家、历史学家和文学家，以其对文化和历史的深刻分析而闻名。

119. Шпет Густав Густавович (1879—1937)—— 古·古·施佩特，俄罗斯哲学家、哲学史家和心理学家。

120. Шпильгаген Фридрих (Friedrich Spielhagen，1829 — 1911)—— 弗里德里希·斯皮尔哈根，德国作家，以其社会批判小说和文学理论著作而闻名。

121. Щастный Василий Николаевич (1802 — 1854)—— 瓦·尼·沙斯特尼，俄国诗人和翻译家，以其对波兰伟大诗人亚当·密茨凯维奇(Adam Mickiewicz)作品的翻译而闻名。

122. Эмерсон Ральф Уолдо (Ralph Waldo Emerson，1803 — 1882)—— 拉尔夫·沃尔多·爱默生，美国著名的思想家、文学家和诗人。

123. Эсхил (Aeschylus，前 525 — 前 456)—— 埃斯库罗斯，古希腊最伟大的悲剧诗人之一，被誉为"悲剧之父"。《被缚的普罗米修斯》是其代表剧作之一。

124. Эшенбах Вольфрам фон (Wolfram von Eschenbach，约 1170 — 1220)—— 沃尔夫拉姆·冯·埃申巴赫，中世纪德国最杰出的诗人之一，以其丰富的叙事诗和骑士文学作品而闻名。

125. *Юренев Ростислав Николаевич* (1912 — 2002)—— 罗·尼·尤列涅夫，苏联及俄罗斯著名的电影评论家和电影学家。

126. Ясперс Карл Теодор (Karl Theodor Jaspers，1883 — 1969)—— 卡尔·西奥多·雅斯贝尔斯，德国哲学家和精神病学家。

附录 2　作品名录

1. «Август» ——《八月》，俄罗斯著名诗人鲍·列·帕斯捷尔纳克创作的一首诗。

2. «Азбука о голом и небогатом человеке» ——《一个赤裸穷人的故事》，古罗斯时期一部讽刺文学作品，成书于 12 世纪至 13 世纪之间，作者不详。

3. «Андалузский пес» ——《一条安达鲁的狗》，是一部由西班牙导演路易斯·布努埃尔（Luis Buñuel）与艺术家萨尔瓦多·达利（Salvador Dalí）合作编剧的短片，拍摄于1929 年。

4. «Анджело» ——《安哲鲁》，俄国伟大诗人亚·谢·普希金根据威廉·莎士比亚的戏剧《一报还一报》（"Measure for Measure"）改编而成的一部长诗。

5. «Ат-Даван» ——《阿特 – 达万》，俄国作家弗·加·科罗连科于 1892 年创作的一篇短篇小说，收录在他的《西伯利亚短篇小说及特写集》中。

6. «Барышня-крестьянка» ——《村姑小姐》，亚·谢·普希金创作的一部中篇小说，收录在他的《别尔金小说集》中。

7. «Бахчисарайский фонтан» ——《巴赫奇萨拉伊的喷泉》，亚·谢·普希金于 1821 年至 1823 年间创作一部长诗。

8. «Бедные люди» ——《穷人》，费·米·陀思妥耶夫斯基的第一部长篇小说，发表于 1846 年。

9. «Белорусский сборник» ——《白俄罗斯民俗文化作品集》，由叶夫多基姆·罗曼诺夫收集整理的一部重要的民俗文化资料集。

10. «Белые ночи» ——《白夜》，费·米·陀思妥耶夫斯基创作的一部中篇小说。

11. «Без вины виноватые» ——《无辜的罪人》，俄国著名剧作家亚·尼·奥斯特洛夫斯基创作的一部四幕喜剧。

12. «Беовульф» ——《贝奥武夫》，英国古代盎格鲁 - 撒克逊（Anglo-Saxon）民族的一部英雄叙事长诗，被认为是现存古英语文学中最古老的作品，也是欧洲最早的方言史诗之一。

13. «Бесприданница» ——《没有陪嫁的姑娘》，亚·尼·奥斯特洛夫斯基创作的一部四幕话剧。

14. «Бесы» ——《群魔》，费·米·陀思妥耶夫斯基创作的一部长篇小说。

15. «Божественная комедия» ——《神曲》，意大利诗人但丁·阿利吉耶里创作的一部长篇叙事诗，被认为是欧洲文学史上最杰出的作品之一，与荷马的《奥德赛》、莎士比亚的《哈姆雷特》和塞万提斯的《堂吉诃德》并称为欧洲"四大名著"。

16. «Борис Годунов» ——《鲍里斯·戈都诺夫》，亚·谢·普希金创作的一部历史剧。

17. «Братья Карамазовы» ——《卡拉马佐夫兄弟》，费·米·陀思妥耶夫斯基创作的一部长篇小说。

18. «Братья разбойники» ——《强盗兄弟》，亚·谢·普希金创作的一部叙事长诗。

19. «Ведьмы» ——《女巫》，英国儿童文学作家罗尔德·达尔创作的一部奇幻小说。

20. «Великорусские сказки Вятской губернии» ——《维亚特省大俄罗斯民间故事》，由俄罗斯语言学家和民族学家德·康·泽列宁编纂的一部民间故事集。

21. «Вертоград многоцветный» ——《五彩花园》，17 世纪俄国诗人西蒙·波洛茨基创作的诗集，包括千余首诗歌。

22. «Вий» ——《维》，尼·瓦·果戈里创作的一部神秘小说。

23. «В начале жизни школу помню я» ——《我记得早年学校生活的时期》，亚·谢·普希金的创作的一首诗歌。

24. «Возмездие» ——《报复》，亚·亚·勃洛克创作的长诗，是诗人象征主义诗歌的代表作之一。

25. «Война и мир» ——《战争与和平》，列·尼·托尔斯泰创作的一部长篇小说。

26. «Война мышей и лягушек» ——《鼠蛙之战》，古希腊的一部讽刺史诗，通常被认为是《伊利亚特》的模仿之作，作者不详。

27. «Вольность» ——《自由颂》，亚·谢·普希金创作的一首政治抒情诗。

28. «Ворон» ——《乌鸦》，美国著名诗人埃德加·爱伦·坡创作的一首叙事诗，是其成名作和代表作。

29. «Воскресение» ——《复活》，列·尼·托尔斯泰创作的一部长篇小说。

30. «Воспоминания в Царском Селе» ——《皇村回忆》，亚·谢·普希金创作的一首浪漫抒情诗。

31. «Выстрел» ——《射击》，亚·谢·普希金创作的一部中篇小说，收录在他的《别尔金小说集》中。

32. «Гамбургская драматургия» ——《汉堡剧评》，18 世纪德国著名作家和文学理论家莱辛的戏剧理论力作。

33. «Гамлет» ——《哈姆雷特》，英国文学巨匠威廉·莎士比亚创作的一部著名悲剧，是其"四大悲剧"之一。

34. «Гаргантюа и Пантагрюэль» ——《巨人传》，文艺复兴时期法国作家弗朗索瓦·拉伯雷创作的一部多传本长篇小说。

35. «Голод» ——《饥饿》，挪威作家克努特·汉姆生创作的一部长篇小说。

36. «Господин Прохарчин» ——《普罗哈尔钦先生》，费·米·陀思妥耶夫斯基创作的一部短篇小说。

37. «Граф Нулин» ——《努林伯爵》，亚·谢·普希金创作的一首叙事长诗。

38. «Гробовщик» ——《棺材匠》，亚·谢·普希金的短篇小说，收录在他的《别尔金小说集》中。

39. «Двойник» ——《双重人格》，费·米·陀思妥耶夫斯基创作的一部中篇小说。

40. «Декамерон» ——《十日谈》，意大利作家乔万尼·薄伽丘的文艺复兴时期短篇小说集。

41. «Дети капитана Гранта» ——《格兰特船长的儿女》，法国作家儒勒·凡尔纳科幻小说三部曲的第一部，后两部分别是《海底两万里》和《神秘岛》。

42. «Детские годы Багрова внука» ——《孙子巴格罗夫的童年》，谢·季·阿克萨柯夫创作的一部家庭纪事小说。

43. «Детство» «Отрочество» «Юность» ——《童年》《少年》《青年》，列·尼·托尔斯泰的自传体小说三部曲。

44. «Дневник писателя» ——《作家日记》，费·米·陀思妥耶夫斯基的一部随笔集，这部作品实际上是一系列定期发表的文章汇编，内容涉及文学、哲学、政治、社会评论等多个方面。

45. «Домик в Коломне» ——《科洛姆纳的小屋》，亚·谢·普希金创作的一首幽默叙事诗。

46. «Дядюшкиный сон» ——《舅舅的梦》，费·米·陀思妥耶夫斯基创作的一部中篇小说。

47. «Евгений Онегин» ——《叶甫盖尼·奥涅金》，亚·谢·普希金创作的一部诗体小说。

48. «Женитьба» ——《婚事》，尼·瓦·果戈里的一部戏剧作品。

49. «Женщина в свете» ——《上流社会的女人》，尼·瓦·果戈里的《与友人书简》中的一篇文章。

50. «Житие великого грешника» ——《大罪人传》，费·米·陀思妥耶夫斯基计划创作但未完成的一部小说。

51. «Загадки русского народа» ——《俄国民间谜语》，俄罗斯诗人和民俗学家德·尼·萨多夫尼科夫编辑的一部谜语集。这是第一部系统收集和整理俄国民间谜语的作品，出版于 19 世纪。

52. «Записках из мертвого дома» ——《死屋手记》，费·米·陀思妥耶夫斯基的一部长篇小说。

53. «Записки из подполья» ——《地下室手记》，费·米·陀思妥耶夫斯基的一部中篇小说。

54. «Записки сумасшедшего» ——《狂人日记》，尼·瓦·果戈里的一部中篇小说，收录在他的小说集《彼得堡故事》中。

55. «Земля» ——《大地》，鲍·列·帕斯捷尔纳克创作的一首诗。

56. «Зеркало теней» ——《阴影之镜》，瓦·雅·勃留索夫的一部诗集。

57. «Зимние заметки о летних впечатлениях» ——《冬日里的夏日印象》，费·米·陀思妥耶夫斯基的一部旅行随笔。

58. «Золотой век» ——《黄金时代》，路易斯·布努埃尔执导的一部超现实主义讽刺喜剧影片。

59. «Иван Грозный и сын его Иван» ——《伊凡雷帝和他的儿子伊凡》（或《伊凡雷帝杀子》），伊·叶·列宾创作的一幅画。

60. «Идиот» ——《白痴》，费·米·陀思妥耶夫斯基的一部长篇小说。

61. «Избранные места из переписки с друзьями» ——《与友人书简》，尼·瓦·果戈里所著的一部政论文集。

62. «Илиада» ——《伊利亚特》，古希腊史诗，荷马所著。

63. «Ион» ——《伊安篇》，古希腊哲学家柏拉图早期创作的一篇对话录。

64. «История английской литературы» ——《英国文学史》，法国哲学家、美学家和作家伊波利特·丹纳的重要作品之一。

65. «История одного города» ——《一个城市的故事》，米·叶·萨尔蒂科夫 - 谢德林创作的一部讽刺小说。

66. «История цивилизации в Англии» ——《英国文明史》，英国历史学家亨利·托

马斯·巴克尔的著作。

67. «Кавказский пленник» ——《高加索俘虏》，亚·谢·普希金的一首浪漫主义长诗。

68. «Калевала» ——《卡莱瓦拉》（或《卡列瓦拉》），又名《英雄国》，芬兰民族史诗，由芬兰语言学家和民俗学家艾里阿斯·隆洛特在 19 世纪中叶收集整理而成。

69. «Калиф-аист» ——《鹳鸟哈里发》，德国作家威廉·豪夫的童话故事。

70. «Калязинская челобитная» ——《卡利亚津请愿书》，17 世纪俄罗斯的一部幽默文学作品，以讽拟请愿书的形式书写而成。

71. «Каменный гость» ——《石客》，亚·谢·普希金创作的四部小悲剧之一。

72. «Капитанская дочка» ——《上尉的女儿》，亚·谢·普希金的一部中篇小说。

73. «К вельможе» ——《致权贵》，亚·谢·普希金的一首诗。

74. «Книга Иисуса Навина» ——《约书亚记》，《圣经》旧约其中的一卷。

75. «Коляска» ——《马车》，尼·瓦·果戈里的一部中篇小说，收录在他的小说集《彼得堡故事》中。

76. «Королевские идиллии» ——《国王叙事诗》，英国维多利亚时代诗人阿尔弗雷德·丁尼生创作的一部叙事诗集。这部诗集由 12 首叙事诗组成，讲述了亚瑟王及其圆桌骑士的传奇故事。

77. «Король Лир» ——《李尔王》，威廉·莎士比亚创作的剧作，是其四大悲剧之一。

78. «Крейцерова соната» ——《克莱采奏鸣曲》，列·尼·托尔斯泰的一部中篇小说。

79. «Кюхля» ——《丘赫里亚》，尤·尼·蒂尼亚诺夫创作的一部传记小说。

80. «Л. Толстой и Достоевский» ——《托尔斯泰与陀思妥耶夫斯基》，俄国作家、诗人和文学评论家德·谢·梅列日科夫斯基的专著。

81. «Летописи села Горюхина» ——《戈琉辛诺村源流考》，亚·谢·普希金创作的一部讽刺作品。

82. «Лечебник, как лечить иноземцев» ——《外国人医治手册》，17 世纪俄罗斯的一部民间讽刺作品。

83. «Лошадиная фамилия» ——《马姓》，安·帕·契诃夫的短篇小说。

84. «Лягушка» ——《蛙》，古希腊喜剧作家阿里斯托芬的一部喜剧作品。

85. «Майская ночь» ——《五月之夜》，尼·瓦·果戈里的一部短篇小说。

86. «Маленький герой» ——《小英雄》，费·米·陀思妥耶夫斯基的短篇小说。

87. «Мастер и Маргарита» ——《大师与玛格丽特》，俄罗斯作家米·阿·布尔加科夫最著名的一部长篇小说。

88. «Медный Всадник» ——《青铜骑士》，亚·谢·普希金创作的一首叙事长诗。

89. «Мельмот Скиталец» ——《流浪者梅尔莫斯》，爱尔兰作家查尔斯·罗伯特·马图林创作一部著名的哥特式浪漫小说。

90. «Метель» ——《暴风雪》，亚·谢·普希金的一部中篇小说，收录在他的《别尔金小说集》中。

91. «Мертвые души» ——《死魂灵》，尼·瓦·果戈里的长篇讽刺小说。

92. «Милла-нур» ——《米拉努尔》，亚·亚·别斯图热夫 - 马林斯基的一部中篇小说。

93. «Могила любви» ——《爱的坟墓》，弗·格·本尼迪克托夫的一首诗。

94. «Моцарт и Сальери» ——《莫扎特与萨列里》，亚·谢·普希金创作的四部小悲剧之一。

95. «Моя родословная» ——《我的家谱》，亚·谢·普希金创作的一首诗歌。

96. «Мул без узды» ——《不戴笼头的骡子》，帕延·德·梅济埃创作于 13 世纪初的一部法国骑士小说。

97. «Небесный хозяин» ——《天主》，美国作家艾萨克·阿西莫夫的短篇科幻小说，最初发表在 1974 年 12 月的《男孩生活》（Boy's Life）杂志上。

98. «Невский проспект» ——《涅瓦大街》，尼·瓦·果戈里的一部中篇小说，后收入他的小说集《彼得堡的故事》中。

99. «Неточка Незванова» ——《涅朵奇卡·涅茨瓦诺娃》，费·米·陀思妥耶夫斯基未完成的一部长篇小说。

100. «Нибелунги»（Nibelungenlied）——《尼伯龙根之歌》，德国中世纪最重要的史诗之一。

101. «Новое средневековье» ——《新中世纪》，俄罗斯思想家、文论家尼·亚·别尔嘉耶夫的专著。

102. «Нос» ——《鼻子》，尼·瓦·果戈里创作的一部讽刺荒诞小说。

103. «О героях» ——《论英雄》（全称《论英雄、英雄崇拜和历史上的英雄事迹》），苏格兰哲学家、历史学家托马斯·卡莱尔的一部重要著作。

104. «Одиссея» ——《奥德赛》，古希腊最重要的两部史诗之一，与《伊利亚特》（Iliad）共同构成了《荷马史诗》。

105. «Окассен и Николет» ——《奥卡森和尼科莱特》，创作与 13 世纪的法国中世纪南方的一部说唱体传奇。作者不详。

106. «О назначении человека» ——《论人的使命》，俄罗斯思想家、文论家尼·亚·别尔嘉耶夫的一部哲学著作。

107. «Палата № 6» ——《第六病室》，安·帕·契诃夫的一部中篇小说。

108. «Песни, собранные П. Н. Рыбниковым» ——《雷布尼科夫收集的民歌》，19 世纪 60 年代俄罗斯民俗学家巴·尼·雷布尼科夫收集整理的民俗学作品集。

109. «Песнь о вещем Олеге» ——《英明的奥列格之歌》，亚·谢·普希金的一首叙事诗。

110. «Песнь о Гайавате» ——《海华沙之歌》，美国诗人亨利·朗费罗创作的一部长篇叙事诗，也是美国文学史上第一部以印第安人为主题的史诗。

111. «Песня о Роланде» ——《罗兰之歌》,法国中世纪最著名的英雄史诗之一,也是"武功歌"（chansons de geste）的代表作品。

112. «Петербург» ——《彼得堡》，安德烈·别雷创作的一部长篇小说。

113. «Пиковая дама» ——《黑桃皇后》，亚·谢·普希金的一部中篇小说。

114. «Письма русского путешественника» ——《俄国旅行家信札》，俄国著名作家、史学家尼·米·卡拉姆津游历欧洲各国时所写的书信集。

115. «Повести Белкина» ——《别尔金小说集》，亚·谢·普希金的中篇小说集。

116. «Повесть о Горе Злочастии» ——《痛苦和厄运的故事》，创作于 17 世纪的一部匿名的古俄罗斯诗歌作品。

117. «Повесть о Ерше Ершовиче» ——《约尔什·叶尔绍维奇的故事》，16 世纪末至 17 世纪初的俄罗斯讽刺文学作品。

118. «Повесть о куре и лисице» («Сказание о Куре и Лисице») ——《母鸡和狐狸的故事》，17 世纪的俄罗斯民间讽刺作品。

119. «Повесть о том, как поссорился Иван Иванович с Иваном Никифоровичем» ——《伊凡·伊凡诺维奇与伊凡·尼基福罗维奇吵架的故事》，尼·瓦·果戈里的一部中篇小说，收录在他的小说集《米尔戈罗德》中。

120. «Повесть о Фоме и Ереме» ——《托马斯和叶列梅的故事》，17 世纪俄罗斯的一部民间讽刺文学作品。

121. «Подросток» ——《少年》，费·米·陀思妥耶夫斯基的一部长篇小说。

122. «Подстриженными глазами. Книга узлов и закрут памяти» ——《洞见：盘根错节的记忆之书》，阿·米·列米佐夫创作的一部中篇小说。

123. «Полтава» ——《波尔塔瓦》，亚·谢·普希金创作的一部长篇叙事诗。

124. «Портрет» ——《肖像》，尼·瓦·果戈里的一部中篇小说，收录在他的小说集《彼得堡得故事》中。

125. «Послание дворительное недругу» ——《致敌人的宫廷信函》，17 世纪上半叶俄罗斯的一部书信体讽刺作品。

126. «Послание дворянина к дворянину» ——《一个贵族致另一个贵族的信函》，俄国 18 世纪诗人伊·瓦·弗尼科夫创作的一部书信体诗歌作品。

127. «Послеполуденный отдых фавна» ——《牧神的午后》，斯特芳·马拉美的诗歌，象征主义诗歌的代表作。

128. «Поэтика» ——《诗学》，亚里士多德的文学理论著作。

129. «Преступление и наказание» ——《罪与罚》，费·米·陀思妥耶夫斯基的一部长篇小说。

130. «Ревизор» ——《钦差大臣》，尼·瓦·果戈里的一部讽刺喜剧。

131. «Рифмологион» ——《韵文集》，17 世纪俄国著名诗人西·格·波洛茨基创作的一部诗集，包括两卷：分别是系列诗歌集和描写皇室生活的五本小书。

132. «Роман в девяти письмах» ——《九封信的故事》，费·米·陀思妥耶夫斯基的一部幽默短篇小说。

133. «Руслан и Людмила» ——《鲁斯兰与柳德米拉》，亚·谢·普希金创作的一部长篇叙事诗。

134. «Русская демократическая сатира XVII века» ——《十七世纪俄国民主讽刺作品集》，由瓦·巴·阿德里亚诺娃 - 佩列茨编著的一部幽默讽刺作品集。

135. «Русские заветные сказки» ——《俄罗斯民间童话集珍本》，由俄国史学家和民俗学家亚·尼·阿法纳西耶夫于 19 世纪收集并出版的一部重要民间童话集。

136. «Свои собаки грызутся — чужая не приставай» ——《自家的狗打架，外人不要插手》，亚·尼·奥斯特洛夫斯基的一部戏剧作品。

137. «Северные сказки» ——《北方民间故事》，由尼·叶·奥恩丘科夫编辑和出版的一部俄国北方民间故事集。

138. «Село Степанчиково» ——《斯捷潘奇科沃村》，费·米·陀思妥耶夫斯基的一部中篇小说。

139. «Сенсации и замечания г-жи Курдюковой за границею, дан л'этранже» ——《库尔久科娃女士在国外的感想和观察》，伊·彼·米亚特列夫创作的一部讽刺叙事诗，包括两部分。

140. «Сказание о бражнике» ——《酒鬼的故事》，古代俄罗斯的一部滑稽文学作品。

141. «Сказание о крестьянском сыне» ——《一个农民儿子的故事》，17 世纪的俄罗斯民间讽刺作品。

142. «Сказание о попе Саве и о великой его славе» ——《关于神父萨瓦及其伟大荣耀的传说》，17 世纪的俄罗斯民间讽刺作品。

143. «Сказка о золотом петушке» ——《金公鸡的故事》，亚·谢·普希金创作的一篇童话诗。

144. «Сказка о мертвой царевне и о семи богатырях» ——《死公主和七勇士的故事》，亚·谢·普希金创作的一篇童话诗。

145. «Сказка о попе и о работнике его Балде» ——《神父和他的长工巴尔达的故事》，亚·谢·普希金创作的一篇童话诗。

146. «Сказка о рыбаке и рыбке» ——《渔夫和金鱼的故事》，亚·谢·普希金创作的一篇著名童话诗。

147. «Сказка о царе Салтане, о сыне его славном и могучем богатыре князе Гвидоне Салтановиче и о прекрасной царевне Лебеди» ——《关于沙皇萨尔坦、他的儿子光荣而威武的勇士格维顿·萨尔坦诺维奇公爵及美丽的天鹅公主的故事》，亚·谢·普希金的根据俄罗斯民间传说创作的一篇童话诗。

148. «Скверный анекдот» ——《拙劣的笑话》，费·米·陀思妥耶夫斯基的一部短篇小说。

149. «Скупой рыцарь» ——《吝啬骑士》，亚·谢·普希金创作的四部小悲剧之一。

150. «Скучная история» ——《没意思的故事》，安·巴·契诃夫的一部中篇小说。

151. «Слово о полку Игореве» ——《伊戈尔远征记》，俄罗斯古代著名英雄史诗之一，作者不详。

152. «Служба кабаку» («Праздник кабацких ярыжек») ——《酒馆服务》，17 世纪俄罗斯的一部讽刺作品。

153. «Смысл истории» ——《历史的意义》，俄罗斯思想家、文论家尼·亚·别尔嘉耶夫的一部重要专著。

154. «Смысл творчества» ——《创作的意义》，俄罗斯思想家、文论家尼·亚·别尔嘉耶夫的一部重要专著。

155. «Снегурочка» ——《雪姑娘》，俄国作家亚·尼·奥斯特洛夫斯基的一部经典童话剧。

156. «Соборяне» ——《神职人员》，俄国作家尼·谢·列斯科夫的一部编年史小说。

157. «Стакан воды» ——《一杯水》，法国剧作家欧仁·斯克里布的一部喜剧作品。

158. «Станционный смотритель» ——《驿站长》，亚·谢·普希金的中篇小说，收录在他的《别尔金小说集》中。

159. «Старосветские помещики» ——《旧式地主》，尼·瓦·果戈里的中篇小说，收录在小说集《密尔格拉得》中。

160. «Стих о жизни патриарших певчих» ——《关于主教合唱团生活的诗》，17 世纪俄罗斯的一首讽刺诗。

161. «Страшная месть» ——《可怕的复仇》，尼·瓦·果戈里的中篇小说，收录在他的《狄康卡近乡夜话》中。

162. «Судьба человека в современном мире» ——《人在现代世界中的命运》，俄罗斯思想家、文论家尼·亚·别尔嘉耶夫的一部重要著作。

163. «Тристан и Изольда» ——《特里斯坦与伊索尔德》，中世纪欧洲最著名的爱情传奇之一，是法国作家、历史学家约瑟夫·贝迪耶整理和重述的一个版本之一。

164. «Тристрам Шенди» ——《项狄传》，18 世纪英国文学大师劳伦斯·斯特恩的一部长篇小说。

165. «Тысяча душ» ——《一千名农奴》，俄国 19 世纪作家阿·费·皮谢姆斯基的一部长篇小说。

166. «Уединенный домик на Васильевском» ——《瓦西里岛上孤独的小屋》，俄国作家弗·巴·蒂托夫的一部小说。

167. «Узник» ——《囚徒》，亚·谢·普希金的一首抒情诗。

168. «Униженные и оскорбленные» ——《被侮辱与被损害的人》，费·米·陀思妥耶夫斯基从西伯利亚流放归来创作的第一部长篇小说。

169. «Философия свободного духа» ——《自由的哲学》，俄罗斯思想家、文论家尼·亚·别尔嘉耶夫的一部重要专著。

170. «Фонтан» ——《喷泉》，美国戏剧家尤金·奥尼尔创作于 20 世纪 20 年代的一部戏剧作品。

171.《Фрегат "Надежда"》——《"希望"号护卫舰》，俄国作家亚·亚·别斯图热夫 - 马林斯基创作的一部长篇小说。

172.《Фрегат "Паллада"》——《"巴拉达"号护卫舰》，俄国作家伊·亚·冈察洛夫的一部著名游记作品。

173.《Хозяйка》——《女房东》，费·米·陀思妥耶夫斯基的一部中篇小说。

174.《Холстомер》——《霍尔斯托梅尔》，列·尼·托尔斯泰的一部短篇小说。

175.《Христианство и классовая борьба》——《基督教与阶级斗争》，俄罗斯思想家、文论家尼·亚·别尔嘉耶夫的一部重要专著。

176.《Цыганы》——《茨冈人》，俄国著名诗人亚·谢·普希金创作的一部叙事长诗，诗人在南方流放期间创作的一组浪漫主义长诗之一。

177.《Шинель》——《外套》，俄国著名作家尼·瓦·果戈里的中篇小说。

178.《Эдца》——《艾达》，古冰岛的一部重要史诗，是北欧神话和传说的重要文献之一。

179.《Я и мир объектов》——《我与客体世界》，俄罗斯思想家、文论家尼·亚·别尔嘉耶夫的一部专著。

180.《Alastor, or The Spirit of Solitude》——《阿拉斯特，或遁世的精灵》，英国浪漫主义诗人珀西·雪莱创作的一首长诗。

181.《An ordinary evening in New Haven》——《纽黑文的一个普通夜晚》，美国现代诗人华莱士·史蒂文斯创作的一首诗。

182.《At an Old Fashion Bar in Manhattan》——《在曼哈顿的一家老式酒吧》，美国诗人麦克·汉蒙德创作的一首诗。

183.《Buch der Lieder》——《诗歌集》，德国著名诗人海因里希·海涅的一部诗集。

184.《De arte amandi》——《爱的艺术》，古罗马诗人奥维德的一部著名爱情著作。

185.《Guillaume d'Orange》——《橙色威廉》，荷兰文史学家约恩·克布卢特撰写的一部关于威廉一世（William I，也被称为"沉默者威廉"或"橙色威廉"）的传记作品。

186.《Histoire poétique de Charlemagne》——《查理大帝史诗》，法国 19 世纪的著名学者加斯东·帕里斯的一部学术性著作。

187.《Lady of the Lake》——《湖上夫人》，英国历史小说家和诗人沃尔特·司各特爵士创作的一部叙事诗。

188.《L'apres-midi d'un faune》——《牧神的午后》，法国象征主义诗人斯特芳·马拉美创作的一首诗，是象征主义诗歌的经典之作。

189.《Laugh with an inextinguishable laughter》——《止不住的欢声笑语》，英国浪漫主义诗人珀西·雪莱创作的一首诗。

190.《Michel Cervantes》——《米格尔·塞万提斯》，法国历史学家和作家埃米尔·沙尔创作的一部关于西班牙文学巨匠米格尔·德·塞万提斯的传记。

191.《Poems》——《诗集》，19 世纪英国诗人杰拉尔德·霍普金斯创作的一部诗歌集。

192.《Preussentum und Sozialismus》）——《普鲁士精神与社会主义》，德国历史哲学

家奥斯瓦尔德·斯宾格勒的一部重要著作。

193. «Representative Men» ——《代表人物》，美国思想家、哲学家和诗人拉尔夫·爱默生的晚期代表作之一。

194. «Secretum» ——《秘密》，意大利文艺复兴时期著名诗人弗朗切斯科·彼得拉克创作的一部自传性作品，由三篇虚构的道德对话构成，被视为是彼特拉克研究最重要的拉丁文本之一。

195. «The Figure A Poem Makes» ——《一首诗的形迹》，20 世纪美国著名诗人罗伯特·弗罗斯特创作的一篇短文。

196. «The Handsome Heart» ——《美好的心》，19 世纪英国诗人杰拉尔德·霍普金斯创作的一首诗。

197. «The Rape of The Lock» ——《夺发记》（或《秀发劫》），18 世纪英国诗人亚历山大·蒲柏创作的一首仿英雄体讽刺史诗。

198. «Wrestling Jacob» ——《摔跤的雅各布》，18 世纪诗人查理·卫斯理创作的一首圣经题材的长诗。

199. «Wuthering Heights» ——《呼啸山庄》，19 世纪英国女作家艾米莉·勃朗特创作的长篇小说，也是其一生唯一的一部小说。

后　记

　　《20 世纪俄罗斯文论原典选读》作为研究生课程"20 世纪俄罗斯经典文论"的配套教材，其设计非常注重教学的实际需求和学术研究的价值。教材的整体特征主要表现为以下几个方面。

　　课时安排特点： 根据 16 周 32 学时的教学计划，精心安排了 12 讲，每位文论家占一讲，而巴赫金和洛特曼因其学术思想具有深远影响，各占两讲。这样的安排既保证了教学内容的广泛覆盖，又确保了对重点人物的深入探讨。在特定的时间点（第 9 周和第 16 周）安排了讨论课，这为学生提供了交流思想、分享观点的机会，有利于加深对课程内容的理解，同时也能激发学生的学习兴趣和主动性。

　　文献格式特点： 在处理文献的夹注和脚注时，编者既尊重了原著的原貌，又对注释内容进行了补充和完善，特别是统一了脚注格式。比如，将原著中的部分夹注和带 * 的脚注统一改为带序号的脚注，并对全书的脚注格式进行了统一。选读材料脚注中出现的俄文"编者注"字样（如 прим. сост., прим. ред.）均为原著中的标注。这一做法不仅提高了文献的可读性和易用性，也体现了对学术规范的重视，对于培养学生的学术素养具有重要意义。

　　结构设计特点： 本教材包括序言（以《巴赫金答〈新世界〉编辑部问》一文作为序言）、正文（每一讲包含预习思考题、原典选读、课后思考题和推荐阅读材料）、参考文献、附录和后记。预习思考题主要与文论家的生平、学术成果相关；课后思考题通常与选取的

2 篇文论原典直接相关，或是文论家之间的学术思想的比较类问题；推荐阅读文献包括文论家本人的学术成果和研究文论家的学术论著。附录包括人物名录、作品名录。人物名录中是文论原典中涉及的俄国和其他国家在文学、文化、历史、哲学、艺术等领域知名人物的基本中文信息，包括姓名、生卒年、个人主要研究领域等。作品名录主要提供了俄罗斯和其他国家的文学作品、影视作品等基本的中文信息（包括作品名称、性质及作者）。此外，还可以通过扫码了解文论家简介、文论原典目录等信息。文论家简介包括文论家的文论思想精粹、治学之路、学术成果及影响力等信息，作为文本外内容与教材内选读文本形成呼应。文论原典目录信息可以帮助读者快速发现选材内容在整部专著中的位置，可以在结构和内容上整体把握选材的价值。在参考文献中还列入了中国学者关于俄罗斯文论的最新研究成果。

文论选材原则： 本教材选取了 12 位文论家，每位文论家都有两篇文论选读材料，遴选的材料都标出了文论原典出处。这不仅能够展现 20 世纪俄罗斯文论的发展脉络，而且通过对比不同文论家的观点，有助于学生形成全面的理解和批判性思维。

首先，在遴选文论家时，我们不仅首选了那些世界著名的文论大家，而且关注了在国内尚未被充分认识但对后世有重要影响的文论家。因此，我们有意选取了波捷勃尼亚（А. А.Потебня）、维谢洛夫斯基（А.Н.Веселовский）和弗赖登贝格（О. М. Фрейдербург）的文论遗产。波捷勃尼亚将语言学与文艺学相结合的工作，特别是他对语言与思维、心理之间关系的探讨，为后来的文论研究开辟了新的视角。维谢洛夫斯基在确立文学史为一门独立学科方面的贡献，以及他在诗学与历史范畴内的深入理论探索，无疑为后来的研究者提供了丰富的资源和重要的学术启示。弗赖登贝格是苏联首位获得语文学博士学位的女性。她在当时的列宁格勒大学组织并领导了苏联第一个古典语文学教研室。在国内，读者可能仅知晓她作为诗人鲍里斯·帕斯捷尔纳克的表妹这一身份，但对于她在文论领域的贡献却知之甚少。她不仅是苏联时期的古典语文学家，而且还是古希腊罗马文化的研究专家。其次，在选材时强调材料的代表性和导读功能，而不是单纯追求大量的素材。这一原则不仅有助于避免信息过载，还能够确保学生专注于最核心、最有价值的内容，从而提升学习效果。

毫无疑问，在 12 位文论家中，别尔嘉耶夫作为哲学家的身份尤为突出。他不仅是俄国著名的哲学家和思想家，还是一位独具特色的文学批评家。我们知道，别尔嘉耶夫与巴赫金都曾先后著书研究陀思妥耶夫斯基。别尔嘉耶夫的《陀思妥耶夫斯基的世界观》（1923）问世多年后，巴赫金的《陀思妥耶夫斯基诗学问题》（1929）从艺术形式的角度揭示了陀氏小说创作的创新性，可视为在别尔嘉耶夫思想阐释背景下对文本阐释的一种形式化探索。别尔嘉耶夫以散文般的语言，充满作家的诗情与激情，表达了他对陀思妥耶夫斯基及其创作理念的深刻理解。这种融合了哲学家与文学家气质的独特风格，构成了别尔嘉耶夫文学评论的一大特色。通过他的笔触，陀思妥耶夫斯基及其复杂的思想变得更为亲切、易于理解和接受。让我们在他的《陀思妥耶夫斯基的世界观》选段中领略一下原汁原味的别氏文论风格吧！

在 形 式 论 学 派（Формальная школа）专 题 中 选 取 了 什 克 洛 夫 斯 基（В. Б.

Шкловский）、蒂尼亚诺夫（Ю. Н. Тынянов）和托马舍夫斯基（Б. В. Томашевский）三位文论家，作为相互独立又密切相关的三个专题。三位文论家都是诗歌语言学会（ОПОЯЗ）的创立者，形式主义文论的代表，但是他们具体的研究对象和研究方法还是迥异不同的。什克洛夫斯基与蒂尼亚诺夫不仅是学术上的战友，而且私交甚笃。什克洛夫斯基承认，他的一些文章或作品成熟于他和蒂尼亚诺夫、艾亨鲍姆的争论中。学界通常认为，以什克洛夫斯基为代表的形式论学派的当家之作是他的《散文理论》。但事实上，什克洛夫斯基的形式论文论最早的探索是始于诗歌体裁的。《词语的复活》一文是他"陌生化"理论的雏形。李辉凡先生对此是如此阐释的："词语是不断发展变化的，它在刚刚诞生时是生动的、形象的，随着时间的推移，词语会慢慢变得老化，也就是说，词慢慢地失去其新鲜感，失去了形象性。这时就必须用各种方法使词复活，恢复它的生动性、形象性。于是人们就去破坏词语，把词拆散，使它变形，或是造新词，或是用阴性词代替阳性词等。通过这些方法使词变得新颖，变得有刺激性、可感给人以深刻的印象。这就是'奇特化'手法。"[①]此处"奇特化"即"陌生化"。因此，为完整体现什克洛夫斯基的"陌生化"理论，我们选取了他的文章《词语的复活》全文和《散文理论》中"作为手法的艺术"这篇长文。这样可以发现文论家"陌生化"理论形成的连贯性。正是在对诗歌语言形式的思考中形成了什克洛夫斯基陌生化理论的雏形，并将诗歌语言形式的创新寄希望于未来派诗人。这里要指出的是，"Формализм"是 20 世纪俄罗斯文学史上重要的现象。但是形式论文论家本人没有使用过这个术语甚至排斥它。他们称自己为"形态学家"[②]。"Формальная школа"在国内学界有多种译法，如"形式派""形式主义文论""形式论""形式论学派""形式主义"等。

　　此外，作为形式论学派的代表之一的什克洛夫斯基引起我们注意的还有一点：就是他宽广的世界文化视野，在他的散文理论建设中体现了基于俄国和西方文学经典，最终转向东方中国的视野格局。

　　托马舍夫斯基的文论以材料详实丰富、分析严谨系统著称。他的《文学理论·诗学》（《Теория литературы. Поэтика》）一书是由他的《诗学简明讲义》（《Краткий курс поэтики》）发展而来的。在署名巴维尔·梅德韦杰夫（即巴赫金 М. М. Бахтин）的讲义评语中写道："不能不承认，就材料的丰富性和科学的系统性而言，这是读者收到的最好的一本书"[③]用巴赫金（他早期的读者）的话来说，他不是严格意义上的形式主义文论家，但是折射出强大的形式主义文论的思维技能。在他之前和之后的俄罗斯学界有很多学者提到"诗学"这一概念，但是在著述中都没有具体的界定。因此，在选材中我们除了选取《文学理论·诗学》一书正文的第一部分外，还特意选取了导言中"诗学的界定"这部分内容。

①　В. 什克洛夫斯基，李辉凡. 词语的复活. 外国文学评论，1993（2）：25.

②　参见：*Баршт К. А.* Русское литературоведение XX века: Учебное дособие. В двух частях. Часть1. С.-Петербург: РГПУ им. А. И. Герцена, 1997. С.147.

③　*Томашевский Б. В.* Теория литературы. Поэтика:Учеб. Пособие/Вступ. Статья Н. Д. Тамарченко. М.: Аспект Пресс, 1996. С. 6.

蒂尼亚诺夫批评接受索绪尔的二元对立观念后，发展了文学"动态体系"理论。他的主要贡献是，强调了文学的流动性、时间性，以"时代—体系"这个术语强化了将历时性和共时性结合起来的主张，从研究文学走向研究文学史。他撰写的《文学的事实》（《Литературный факт》）（1924）和《论文学演变》（《О литературной эволюции》）（1927）奠定了他的方法论基础，开启了他的创新之路。在《文学的事实》开篇就表明此文是献给什克洛夫斯基的。的确，这是对什克洛夫斯基文论主张的发展和深入。在两篇论文中他先后提出"动态的结构原则"，强调日常生活、材料和结构原则之间的相互作用，文学演变的动态意义，文本阐释的动态性，企图通过引入准确的术语为文学研究提供分析工具。而他的论文《陀思妥耶夫斯基与果戈里》（论戏仿理论）是我们全面了解和接受他的戏仿理论和文学演变理论的关键素材。蒂尼亚诺夫的研究不仅关注文本本身，而且关注文本外的社会因素。显然，与只关注文本内研究的什克洛夫斯基相比，蒂尼亚诺夫走得更远。

学界对普罗普的《故事形态学》研究颇多，但对其《滑稽与笑的问题》一书关注较少，而这部于1976年（学者去世后6年）出版的专著对理解俄罗斯的笑文化具有承上启下的作用。这部书问世前有巴赫金的《弗朗索瓦·拉伯雷的创作与中世纪和文艺复兴时期的民间文化》，在该书的导言中，巴赫金开创性地引入了"笑文化"这一概念，并通过对《巨人传》这部笑的百科全书进行文艺学分析，深入发掘了民间笑文化所蕴含的独特价值和深远意义。之后，又有利哈乔夫的长文《作为世界观的笑》（1997）。因此我们选材时尤其关注了普罗普的滑稽与笑的理论，而在预习思考题和推荐书目中则提及了他的《故事形态学》一书。

雅各布森（Р. О. Якобсон）的文论遗产非常丰富，他撰写了几十部学术著作，涵盖音位学、形态学、句法、诗学、社会语言学、心理语言学、语言哲学等领域。与很多文论家不同的是，他用英语、法语和德语撰写了不少诗学论文。如在他的《诗学论文集》（《Работы по поэтике》）中就包括从英语、法语、德语翻译过来的他的论文。其中，他选取普希金三部不同体裁（长诗、戏剧和童话）的作品并分析其中的雕塑形象的论文深深吸引了我们，连续几年我们都将其列入了文论课学习的内容。在众多普希金研究者中，雅各布森选取的研究对象、研究视角令我们折服。这是雕塑艺术与文学艺术跨学科思维的典范。

在国内，巴赫金的文论遗产不仅被广泛翻译，同时也得到了深入的研究。国内翻译的《巴赫金全集》（全七册）几乎囊括了巴赫金全部的文论创作。在选材时，我们有意选择了巴赫金的一部论文集《语言创作美学》（《Эстетика словесного творчества》）（也译《话语创作美学》）。正如这部文集的编者所言："这本书收录的作品反映了这位著名学者整个的创作道路：包含始于1919的早期短文创作，终于1979年的《人文科学方法论》的所有创作。"① 巴赫金的这些文论作品在其生前并未发表，而是在他去世后才陆续在俄罗斯的重要期刊上刊出。吴元迈先生认为，巴赫金的"语言创作美学"术语，不仅可以用来概

---

① Бахтин М. М. Эстетика словесного творчества / Сост. С. Г. Бочаров, примеч. С. С. Аверинцев и С. Г. Бочаров. М.: Искусство, 1979. С. 3.

括他当时正在撰写的一些论文中的思想，"也可以用来概括其一生的文艺学和美学的探讨。因为对巴赫金来说，所谓'语言创作美学'，其实就是对话美学。"① 该论文集中的所有作品散见于国内学者翻译的《巴赫金全集》（全七册）的不同卷册中。这对于中国读者而言是一大幸事，而这部俄语文集则让读者得以充分领略巴赫金所倡导的语言（话语）创作美学的魅力。

从《结构诗学讲义》（«Лекции по структуральной поэтике»）（1964）到《艺术文本的结构》（«Структура художественного текста»）（1970），洛特曼（Ю. М. Лотман）始终以诗歌为研究对象，逐步形成了系统完整的结构符号学理论。而在《思维世界》（«Внутри мыслящих миров»）（1999）中，洛特曼扩大了研究范围，将俄罗斯诗歌研究拓展到俄罗斯小说和欧洲小说的研究。受跨界学者维尔纳茨基的影响，他提出"符号圈"（域）（семиосфера）的概念，提出符号空间和象征空间的概念，由此拓展了小说的空间研究，从文本分析走向对人的研究和关注。

洛特曼的《艺术文本的结构》一书是在《结构诗学讲义》的基础上发展而来的，书中提出了文本的概念、艺术文本的结构原则以及艺术文本的意义问题。在他最后一本专著《思维世界》（1999）中，洛特曼进一步延展了文本问题的研究。在该书的第一部分，他提出了文本作为意义生成机制的观点，并通过文本的三个功能、动态过程中的文本、文化系统中的象征等方面对这一问题进行了具体阐释。第二部分，他提出了符号域（семиосфера）的概念，并通过符号空间、边界概念、对话机制、象征空间等方面对符号域进行了详细的阐释和论证。

洛特曼的结构主义诗学在国内已有专著研究（《洛特曼的结构诗学》）。鉴于此，我们在选读材料中只从《思维世界》中选取了专著第二部分中的两个理论话题，教学中可以结合这些理论引导学生去拓展阅读专著第二部分"象征空间"中的第二、三节内容，在讨论环节可以请大家分享洛特曼是如何结合具体文学作品来分析文本中空间的象征意义的。鉴于洛特曼的结构主义诗学在国内研究较为深入，因此我们以设置课后思考题的形式涵盖了这部分内容。

利哈乔夫（Д. С. Лихачев）不仅是 20 世纪伟大的文化学学者，他还以古罗斯文学研究者著称。他著作等身，我们选取了源自专著《语文学》（«О филологии»）一书中有关历史主义方法论的片段，期望在长远时间里观察从维谢洛夫斯基到利哈乔夫文学理论中历史方法论的演变。另外还选取了有关笑的理论片段，以古罗斯文学作品作为研究对象思考笑文化现象，这种研究体现了利哈乔夫作为俄罗斯古代文学研究专家和建立在这基础上的文论家的双重身份。关于笑的理论，在俄罗斯文论中有一个继承和发展的过程。比如巴赫金是在拉伯雷小说研究基础上建立了自己的笑文化理论，而普罗普和利哈乔夫是其追随者，都不同程度地受到巴赫金的影响，又都根据自己的方法论发展了笑文化理论。普罗普在研究笑文化时保留了其在《故事形态学》中的研究思路和研究方法，首先就是对笑进行分类，

---

① 周期超，王加兴. 中国学者论巴赫金. 南京：南京大学出版社，2014.

对笑的内涵形成了自己独特的思考。巴赫金的狂欢化理论国内已有系统的研究，如夏忠宪的《巴赫金狂欢化诗学研究》、王建刚的《狂欢诗学：巴赫金文学思想研究》等。我们选材时有意引入了在国内学界未引起足够重视的普罗普和利哈乔夫关于笑的理论的阐释，以便将与笑有关的理论进行比较分析，从而发现笑文化中隐含的民族特性。

此外，我们选材时不仅关注文论本身的内容，更关注文论家的方法论。从某种意义上来说，文论都是未完成的、开放的、有待发展的，但是方法论有时却是可以超越时空具有普遍的指导意义。

从教材结构设计、原典选材、文论家的遴选等方面，我们可以窥见俄罗斯文论的如下特征。

一、继承与发展

俄罗斯文论家在建构自己的理论过程中都经历了批判与接受、继承与发展的路径。波捷勃尼亚主要通过批判性地接受德国语言学家伯克尔（W. Böckel）、施泰因塔尔（H. Steinthal）、施莱赫尔（A. Schleicher）和洪堡特（W. Humboldt）的语言学思想，来探讨语言与思维之间的联系。他继承并发展了洪堡的语言哲学思想。如果洪堡特认为语言是思维的器官，那么波捷勃尼亚则进一步提出，语言不仅是思维的工具，更是产生思想的机制。根据他的理念，语言不是一种静态的产物，也不是单纯传递思想的手段，而是人类思想形成和自我意识发展的器官，是一种类似于文学创作的创造性活动。

在维谢洛夫斯基比较诗学形成之前，欧洲学界已对世界各民族文化具有的共通性和连结性达成了共识。18 世纪末，德国率先提出了"世界文学"的概念，并积累了比较文论的早期经验，形成了比较各民族文化和文学的传统。在德国学者歌德、赫尔德和黑格尔等人的影响下，"东方"和"西方"作为地理学和文化学的概念开始进入学术视野。民俗学中的神话学派和文化历史学派纷纷兴起。德国东方学家、流传学派奠基人特奥多尔·本菲（T. Benfey）的《五卷书》对整个欧洲的民间文学研究产生了巨大影响。本菲有许多追随者，维谢洛夫斯基就是其中之一。他发展了本菲的学说，认为文学活动中的流传是双向的，克服了神话学派和影响学派的片面性和极端性。通过一系列著述，维谢洛夫斯基"将历史比较研究法提升到了一个新的阶段"。①

什克洛夫斯基在《词语的复活》（«Воскрешение слова»）之后，专门撰写了一篇题为《波捷勃尼亚》的论文，对波捷勃尼亚的诗学主张提出了质疑。波捷勃尼亚认为意象和象征性是诗歌的本质特征，而忽略了诗歌的节奏和声音（我们称之为音象）。什克洛夫斯基对此表示异议，并进一步发展了波捷勃尼亚关于艺术或诗歌即形象思维的观点。他认为，诗歌不仅仅是形象思维的表达，还应包括节奏和声音等音象元素，这些元素同样构成了诗歌的重要组成部分。通过这一论述，什克洛夫斯基丰富了对诗歌本质的理解，拓展了诗学研究

---

① 刘魁立. 欧洲民间文学研究中的流传学派.（2007-01-04）[2024-10-10].https://www.chinesefolklore.org.cn/web/index.php?News ID=5852.

的视野。

弗赖登贝格（О. М. Фрейденберг）在《情节与体裁诗学》（«Поэтика сюжета и жанра»）一书中专门提到波捷勃尼亚和维谢洛夫斯基。正如沙伊塔诺夫（И. О. Шайтанов）所言，"弗赖登贝格的诗学正是在维谢洛夫斯基思考的空间里建构的，这一点是毋庸置疑的"①。普罗普在建构自己的故事形态学理论时，显然受到了维谢洛夫斯基的启发。他对维谢洛夫斯基使用的术语"动机"（мотив）进行了再接受，并以概念"功能"（функция）替换了它，对其内涵进行了更精确的界定。为了表示对这位伟大前辈的尊重，普罗普引用了维谢洛夫斯基在阐释情节诗学时的一段话作为《故事形态学》全书的结语："……我们的看似新颖的理论，有人对其已有直觉预见，这不是别人，正是维谢洛夫斯基，我们就以他的话结尾吧：……"②。

普罗普通过故事叙事学发展了维谢洛夫斯基的学术思想，他的创新之举为后来的结构主义奠定了基础，列维 - 斯特劳斯对此给出肯定的评价，他"视普罗普为自己不同知识领域三个最亲近的前辈之一"③。托多罗夫（Ц. Тодоров）甚至将普罗普视为形式主义学派的同道。尽管普罗普在《故事形态学》中建构自己的叙事理论时，依据的是俄罗斯童话100 例，但他在该论著的前言部分、第一、二、八、九章都有开篇词，每一段开篇词引用的都是歌德的话。这是因为歌德最早将术语"морфология"（形态学）引入自然科学。1790 年，歌德（И. В. Гете）发表《植物变形记》，首次将形态学引入生物学，而将生物学中的"形态学"引入语言学已经是 19 世纪下半叶的事了。可见，普罗普的论著借用歌德植物"形态学"术语，并在各个章节引用歌德的话，正是为了向歌德这位伟大先贤致敬，意在说明他的创作灵感来源于歌德的植物形态学研究。雅各布森的诗学和语言学理论传统源自俄国形式主义学派和布拉格语言学会，是基于瑞士语言学家索绪尔（F. Saussure）语言学理论的一种创新。而俄罗斯文论史上著名的语言之争④是了解以什克洛夫斯基为代表的形式主义和以雅各布森为代表的结构主义之间内在联系及个性化差异的鲜明案例。

别尔嘉耶夫（Н. А. Бердяев）在谈及自己世界观形成中前辈思想家的重要性时，首先提到了俄国两位文坛巨擘：陀思妥耶夫斯基和列夫·托尔斯泰。他认为对自己精神成长产生重要影响的思想家包括：古希腊哲学家赫拉克利特（Heraclitus）、早期基督教神学家奥利金（Origen）、希腊（东方）基督教神学的奠基者之一尼撒的格列高利（Gregory of Nyssa）、德国神秘主义神学家雅各布·波墨（Jakob Böhme），以及德国哲学家伊曼努尔·康德（Immanuel Kant）。其中，波墨和康德对他的影响尤为深远。在形成他的社会观点方面，卡尔·马克思（K. Marx）、托马斯·卡莱尔（T. Carlyle）、亨里克·易卜生（H. Ibsen）

---

① *Веселовский А. Н.* Избранное: Историческая поэтика. СПб.: «Университетская книга», 2011. С.7 — 8.

② 弗·雅·普罗普. 故事形态学. 贾放，译. 北京：中华书局，2006：113.

③ *Веселовский А. Н.* Избранное: Историческая поэтика. СПб.: «Университетская книга», 2011. С. 8.

④ *Калинин И. А.* Виктор Шкловский versus роман Якобсон: война языков// Вестник СПбГУ. Сер. 9. 2016. Вып. 3.

和莱昂·布洛伊（L. Bloy）等思想家同样具有重要意义。此外，别尔嘉耶夫对陀思妥耶夫斯基的阐释并非孤立无援，而是建立在列夫·舍斯托夫、德米特里·梅列日科夫斯基和维亚切斯拉夫·伊万诺夫等前辈学者研究的基础之上。

巴赫金"率先采用一种新模式来代替文本的静态切分，在这种新模式中，文学结构不是已然存在，而是在与另一个结构的关系中被建构。这种使结构主义更具有活力的工作只有从这样一种观念出发才成为可能，根据这种观念，'文学词语'不是一个点（一个固定的意义），而是一些文本之面的交汇，是多种写作之间的对话，即作家、接受者（或人物）与当前或先前的文化语境之间的对话"①。克里斯蒂娃的话显然证明了巴赫金试图超越形式主义学派的这一有力尝试。此外，作为康德主义和后牛顿力学的门徒，巴赫金关于时空体与文本意义生成之间关系的思考，为文本阐释开辟了新的前景。巴赫金还提出了语言的对话观，将其视为语言的基本属性，并将其扩展至生存层面，以"作者"与"主人公"的文学术语来隐喻"自我"与"他者"，以此来审视人生。巴赫金的对话理论、时空体理论和狂欢化理论带来了人类认知方式的变革。法国学者托多罗夫曾撰文将俄罗斯两位学者巴赫金和雅各布森进行比较，他甚至指出，"巴赫金在俄罗斯的精神上的复活主要应归功于雅各布森"。②

洛特曼的结构主义符号学理论和符号圈（域）概念的引入创立了文化阐释的新方法。洛特曼批判性地接受了俄国形式主义文论传统，摒弃了他们认为文本是封闭自足的观点。他不局限于研究艺术作品的形式结构，而是更关注在阐释艺术文本或文化现象时文本外的编码和解码机制。洛特曼的这一转变，不仅拓宽了文论研究的视野，也为文化分析提供了一种更为动态和开放的方法。

二、研究方法转向

俄罗斯文论家在研究对象、研究方法和思维方式等方面体现了对科学性的追求。

波捷勃尼亚在批判性地吸收德国语言学家思想的基础上，提出了自己对思想与语言关系的独特见解。他认为，语言不仅是思维的工具，更是思想产生的机制，是人类思想形成和自我意识发展的器官，是一种创造性的活动。

维谢洛夫斯基则是最早尝试将文学史作为一门科学来构建的学者之一。他的比较诗学不仅关注影响和吸收等具体问题，更发展出了根本性的研究方向。文学史能否作为科学的研究对象？这是维谢洛夫斯基早年就提出的问题。他明确表示："当我谈论文学史时，我是从这样的角度理解的——文学史就是文化思想史，而非仅是一系列按照时间顺序排列并充满审美评价和道德描绘的文学事实的罗列。"③维谢洛夫斯基认为，人类历史的发展遵

---

① 周启超. 欧美学者论巴赫金. 南京：南京大学出版社，2014：1-2.

② 王加兴. 对话中的巴赫金：访谈与笔谈. 董晓，王加兴，周启超，朱涛，译. 南京：南京大学出版社，2014：257.

③ 出юношеских дневников А. Н. Веселовского (Памяти акад. А. Н. Веселовского. Пг., 1921, С. 112).

循一定的规律，作为其中一部分的文学史，自然也遵循这些规律。因此，文学史家的任务在于揭示文学发展的客观历史规律。唯有如此，才能真正将文学史建立为一门科学。维谢洛夫斯基的观点强调了文学史研究的科学性和系统性，主张研究者不仅要关注文学作品本身，还需深入探究其背后的社会、文化和思想背景，以揭示文学发展的内在逻辑与规律。

文论家们在构建自己的文学理论时，通常以方法和理念为先导。例如，形式主义文论是对当时盛行的折衷主义研究方法和象征主义批评的一种理论反击。文论家们力求采用更加科学的研究手段，因此特别重视文学作品的形式层面。他们将诗歌语言视为一种交际工具来研究，专注于语言和技巧的具体应用。俄国形式主义批评的核心任务在于"探究文学之所以成为文学的内部规律，即文学性"①，这本身就是向科学性研究方法转变的一个标志。而"文学性"这一关键术语，正是由罗曼·雅各布森提出的。早在 1919 年，雅各布森便指出："文学科学的研究对象并非文学本身，而是文学性，即使某一作品具备文学特质的因素"②。他为"'文学性'研究和'文学科学'探索提供了术语、概念与方法"③。俄国形式主义文论和以雅各布森为代表的结构主义均试图从语言学的角度来研究文学。他们通过对文学作品本身，如语言、风格和结构等形式特征和功能的深入分析，旨在探寻文学的特性和规律，从而追求文学研究的客观性和科学性。雅各布森在这一方面表现得尤为突出，他不仅提出了"文学性"这一关键概念，还将科学性原则贯彻得更为彻底。他的论著结构严谨，分析过程逻辑严密，充分体现了他对科学性的执着追求。

普罗普的《故事形态学》之所以采用"形态学"一词，旨在希望"在民间故事领域里，对形式进行考察并确定其结构的规律性，能够像有机物的形态学一样精确"④。普罗普的叙事学理论论证极为严密，甚至高度契合当代学术规范。在论著的第一部分，他详细阐述了研究背景，回顾了前人关于童话的研究状况。这部分的开篇引用了歌德的话，意在表明普罗普是在对前人研究成果进行深入梳理的基础上，发现了自己独特的研究对象——魔幻童话，以及其童话分类的标准。通过这种方式，普罗普不仅展示了对前人工作的尊重，也突显了自己研究的创新性和科学性。

最引人注目的是，巴赫金、洛特曼和利哈乔夫受到了本土科学家 В.И. 韦尔纳茨基"生物圈"（биосфера）概念的影响，提出了诸如"语言圈"（логосфрера）、"符号圈（域）"（семиосфера）和"文化观念圈（域）"（Концептосфера）等术语。这种现象充分说明了人文科学研究在自觉主动地吸收自然科学研究的启示。

此外，巴赫金、洛特曼和利哈乔夫的研究方法超越了传统学派的单向思维和孤立看

---

① 朱立元. 当代西方文艺理论（第二版 增补版）. 上海：华东师范大学出版社，2005：39.

② *Якобсон Р. О.* Структурализм: «за» и «против». Сб. Статьей Под ред. Е. Я. Басина и М. Я. Полякова. М.: Прогресс, 1975. С.103.

③ 曹丹红. 俄国形式主义在法国的早期接受及其影响. 浙江大学学报（人文社会科学版），2020，50（1）：143.

④ 弗·雅·普罗普. 故事形态学. 贾放，译. 北京：中华书局，2006：7.

待问题的局限，展现了对话机制和动态系统思维的特色。这些特点不仅反映了他们思维的科学性，也体现了跨学科研究的价值。洛特曼在其学术研究中坚持马克思主义的科学观，他对文论研究科学性的追求，在《文艺学应该成为一门科学》（《Литературоведение должно быть наукой》）[1]一文中得到了充分体现。洛特曼以更加开放的视野对待文论研究，探索了一种新的文论模式。这种模式不仅关注文学作品本身的形式和内容，还重视其在更广泛的文化和社会背景中的位置与作用，从而为文论研究开辟了新的视角和方法。

三、学术影响力

在我们选取的几位文论家中，大多数都是在国际上具有影响力的大学者。例如，什克洛夫斯基、托马舍夫斯基、蒂尼亚诺夫、雅各布森、普罗普的文论思想都被译成法语，在法国广为传播，对法国的文学理论的建构具有借鉴意义，促进了法国叙事学的诞生与发展。

形式派文论于 20 世纪 20 年代末就终结了，尽管在俄国如昙花一现，但是它的影响是深远的。尤其是对法国叙事学的兴起和文学类型研究的影响至今得到学界认可："毫无疑问，20 世纪 60—70 年代在法国发展起来的叙事文结构分析从对俄国形式主义的接受中获得了重大推动力"[2]，"形式主义的文类研究观念和方法得到了法国诗学研究者尤其是托多罗夫的继承与发展"[3]，在他的叙事文、侦探小说和奇幻故事研究中可明显感受到俄国形式派文论的影响。

法国学者正是在俄国形式主义文论中"读到了一种理论的构想，即建立一种诗学"[4]，于是将理论研究命名为"诗学"，并创办《诗学》杂志。代表人物是托多罗夫和热奈特。

蒂尼亚诺夫提出的系统观和文学演变观对后来的文论家产生了极大的影响。许多文论家在与他的思想的对话中成长起来。其中值得一提的是洛特曼。尽管洛特曼可能会公开表达与蒂尼亚诺夫观点上的分歧，但这并不影响他对蒂尼亚诺夫作出真诚而公允的评价："科学思想不能与你放在地上的鹅卵石相比，而是要与种子相比，种子是会发芽且不断生长的。蒂尼亚诺夫的思想就是种子，他虽死了，但是种子会长出东西来。我想，如果从这些种子中会长出什么来，他本人也很会欣慰的。但是不管怎么说，我们现在已经看到了一棵树，这棵树很大程度上就是他种下的。"[5]

雅各布森的学术造诣及其对语言和诗歌风格的深刻理解，在学术界堪称独一无二。作为一名杰出的语言学家，雅各布森拥有卓越的语言天赋，精通包括德语、法语、波兰语、

---

① *Лотман Ю.* Литературоведение должно быть наукой // Вопросы литературы. №1 1967.

② 曹丹红. 俄国形式主义在法国的早期接受及其影响. 浙江大学学报（人文社会科学版），2020，50（1）：143.

③ 同上，2020（1）：145.

④ 同上，2020（1）：148.

⑤ *Цунский А.* Мелкая гениальность. Картина, навеянная Тыняновым. https://godliteratury.ru/articles/2019/10/18/melkaya-genialnost-kartina-naveyann

捷克语和英语在内的多种语言。他在教学过程中能够自如地在不同语言之间转换，展现了其非凡的语言能力。据记载，他能以 25 种语言阅读专业文献，并且在研究中运用了 16 种语言进行诗歌分析。这些技能在他的《诗学论文集》中得到了充分展现。《诗学论文集》不仅展示了雅各布森深厚的多语言背景——书中许多文章最初是以德语、法语或英语发表的——同时也体现了他跨越文化界限的能力，以及他对不同文化和文学传统深入理解的独特视角。此外，雅各布森与法国著名学者托多罗夫及列维 - 斯特劳斯之间的合作，极大地提升了他在国际上的声誉。列维 - 斯特劳斯在其写给雅各布森的一封信中表达了对他的高度赞扬："在我的人生旅途中，能够称得上伟大的人物屈指可数，而您无疑是其中之一。"①这不仅是对雅各布森个人成就的认可，也是对他为跨文化交流与学术研究做出贡献的高度评价。

雅各布森作为结构主义文论的代表在西方学术界享有广泛的声誉。他的学术长文《语言学与诗学》（《Лингвистика и поэтика》）不仅在国内引起了巨大反响，也在国际上产生了深远影响。在这篇文章中，雅各布森系统地阐述了语言的六大功能，并深入分析了语言学和诗学之间的内在联系。在文章最后，他强调指出："无论忽视语言诗学功能的语言学家，还是漠视语言学问题、不熟悉语言学研究方法的文艺学家，都是严重不合时宜的"②。这一观点已经充分彰显了雅各布森其学术能量之大和学术视野之广。

这里要指出的是，雅各布森在对诗歌格律进行共时性研究的同时，还特别关注了中国古典诗歌。他特别提到了中国语言学家王力及其著作《汉语诗律学》③，成为将中国语言学成果介绍给俄罗斯乃至世界的先驱之一。

当然，巴赫金、洛特曼和利哈乔夫在 20 世纪俄罗斯文论中的地位是不容置疑的。"有一次在普希金之家召开学术会议，有同事说：'我们学界的三分之二都来了。'洛特曼和利哈乔夫都来参会了，剩下的三分之一——巴赫金，则在养老院里。"④。这一趣事不仅反映了三位学者在学术界的崇高地位，也展示了他们在俄罗斯文论中的重要影响。

如周启超所言，巴赫金是"20 世纪 60 年代以来将近 50 年对整个世界的人文研究产生了广泛而深刻的持续性影响的一代大家。巴赫金学说的原创性，巴赫金思想的辐射力，巴赫金理论的再生产能量，使得巴赫金理论的'跨文化旅行'确乎成为一种世界性现象"⑤。毫不夸张地说，"巴赫金热"已经弥漫全球，这也使"巴赫金学"成为当代世界人文研究

① *Цунский А.* Мелкая гениальность. Картина, навеянная Тыняновым. https://godliteratury.ru/articles/2019/10/18/melkaya-genialnost-kartina-naveyann

② *Якобсон Р. О.* Структурализм: «за» и «против». Сб. статей / Под ред. Е. Я. Басина и М. Я. Полякова. М.: Прогресс, 1975. С. 228.

③ 王力. 汉语诗律学. 上海：上海教育出版社，1958.

④ *Баршт К. А.* Мыслящие миры Юрия Лотмана: К 100-летию со дня рождения учёного//Литературная газета. № 8 (6822) (23.02.2022).

⑤ 王加兴. 对话中的巴赫金：访谈与笔谈. 董晓，王加兴，周启超，朱涛，译. 南京：南京大学出版社，2014：1.

中的一门显学。在周启超编选的《欧美学者论巴赫金》一书中，呈现了来自英、美、加、法、德、意等国学者视野中的巴赫金，足见巴赫金在世界上的学术影响力。我们在此不妨列举一些评价。朱丽娅·克里斯蒂娃（Julia Kristeva）在 1976 年发表的论文中指出："巴赫金远离语言学家的技术严谨性，采用一种激情的、有时甚至是先知般的写作风格，触及到了今天的叙事结构研究所面对的基本问题，这些问题使得他大约四十年前的文章具有了现实意义"①。美国学者迈克尔·霍奎斯特（M. Holquist）认为，"巴赫金的文学研究理论是一个宣言，它宣告一套关于文学的性质的有机理论体系的诞生"②。而意大利学者维托尼奥·斯特拉达（V. Strada）则发现了巴赫金超越文论家本身的意义和价值："巴赫金的理论（或者进一步说他的文学理论）属于更广阔的研究领域。该研究特别强调建立一种'成为人'的认知"，所以也许可以将它定义为'认知人类学'"③。

尤里·洛特曼作为文化符号学的创始人，其学术贡献深远地影响了多个领域的人文科学研究。洛特曼提出的符号圈（域）、文化翻译、符号建模及文化动态性等理论，不仅在符号学领域内产生了重大影响，也被广泛应用于教育学、社会学乃至数字人文等多个学科。

洛特曼活跃于 20 世纪 60 至 80 年代，那时他身处一个充满活力且多元化的学术环境中，身边聚集了许多有影响力的自然科学家。这种独特的学术氛围激发了洛特曼的研究热情，使他能够虚心学习并吸收自然科学家们的研究方法。在此基础上，洛特曼在实证主义的传统中发现了结构主义的价值，成功地引导了文学理论研究从非科学化向科学化的转变。对于洛特曼而言，结构主义代表了 20 世纪所能达到的一种最为完善的理性科学形态。他积极倡导将自然科学与人文科学相结合，尝试通过借鉴自然科学的方法论来促进人文科学研究的进步。正如《思维世界》一书前言作者所言，"尽管他的学术论著探讨的是关于过去的科学，但它们却充分指向科学的未来"④。

学者巴尔什特（К. А. Баршт）在纪念洛特曼诞辰一百周年的文章中写道，"陀思妥耶夫斯基曾经写道：'你们知道一个人可能有多强吗？'我们国家最优秀的人之一、人文主义者、学者洛特曼的一生很好地回答了这个问题"⑤。

洛特曼不仅在学术上达到了顶峰，而且其以谦和的性格、有趣的个性、慷慨的精神和独特的人格魅力赢得了人们的尊敬和喜爱。他在人文科学领域的贡献远远超出了其研究成果本身，这些贡献还体现在他对学术研究方法、学术视野和思维方式的影响上。

《20 世纪俄罗斯文论原典选读》一书的目的在于向读者展示的不仅仅是文论家们的思想成果，更重要的是他们从事学术研究的方法、他们的学术视野以及他们在解决问题时

① 周启超 . 欧美学者论巴赫金 . 南京：南京大学出版社，2014：1.

② 同上，2014：150.

③ 同上，2014：70.

④ *Лотман Ю. М.* Внутри мыслящих миров. Человек - текст - семиосфера - история. М.: Языки русской культуры. 1996. С. XIV.

⑤ *Баршт К. А.* Мыслящие миры Юрия Лотмана: К 100-летию со дня рождения учёного//Литературная газета. № 8 (6822) (23.02.2022)

所展现的思维格局。通过这样的编排，本书不仅帮助读者更全面地理解文论家们的工作，同时也能激发读者对学术研究的兴趣和热情，促进学术思想的广泛传播与发展。在编写的过程中，我们深入探索了文论家们的思想世界，逐步认识到他们并非孤立的学术个体，而是属于一个有着承前启后、相互联系性质的学术共同体。这种认识使我们能够更深刻地理解每位文论家的贡献及其在整个学术脉络中的位置。

最后，要特别鸣谢浙江大学在本书出版过程中提供的支持。从编写到最终成书，每一步都离不开许多人的帮助与支持。在此，感谢俄罗斯语文学家巴尔什特先生在学术上给予的宝贵指导和答疑解惑；感谢浙江大学俄语语言文化研究所的研究生马宇航、孙城硕和左正中三位同学在校对书稿过程中付出的辛勤劳动；衷心感谢浙江大学出版社编辑等工作人员的一路支持与帮助！

俄语文论原典选读教材在国内不多见，初次尝试也遇到很多问题，希望各位同仁包容见谅，并提出宝贵意见和建议。

陈新宇

浙江大学紫金港校区

2024.10.18